Emily Brontë, geboren am 30. Juli 1818 in Thornton, ist am 19. Dezember 1848 in Haworth gestorben.

»›Wuthering Heights‹, Sturmhöhe, heißt Mister Heathcliffs Besitztum. ›Wuthering‹ ist ein trefflich mundartlicher Ausdruck, um den Aufruhr der Lüfte zu beschreiben, dem dieser Ort bei stürmischem Wetter ausgesetzt ist.«

Dort, in einer einsamen Moorgegend, spielt sich in einem Kreis von fünf Personen der weltberühmte Familienroman ab, der in kunstvoller Überschneidung und Verhüllung durch drei Generationen führt. In deren Mittelpunkt steht die düstere Gestalt des Mister Heathcliff, ein »unbeherrschtes Geschöpf ohne Bildung, ohne Kultur, eine dürre Wildnis von Stechginster und Basaltfelsen«. In seinem grenzenlosen Haß gegen den Zerstörer seiner ›unsterblichen‹ Liebe ruht er nicht, bis er ihn und sein Haus vernichtet zu haben glaubt.

Die Romane der Schwestern Brontë im Insel Verlag: Anne Brontë: *Agnes Grey* (it 1093), *Die Herrin von Wildfell Hall* (it 1547); Charlotte Brontë: *Jane Eyre* (it 813), *Der Professor* (it 1354), *Shirley* (it 1145), *Villette* (it 1447); Emily Brontë: *Die Sturmhöhe* (it 141). Über Leben und Werk der Schwestern Brontë: Elsemarie Maletzke und Christel Schütz (Hg.): *Die Schwestern Brontë. Leben und Werk in Texten und Bildern* (it 814); Robert de Traz: *Die Familie Brontë* (it 1548).

insel taschenbuch 2123
Emily Brontë
Die Sturmhöhe

Emily Brontë
Die Sturmhöhe

Aus dem Englischen
von Grete Rambach
Insel Verlag

insel taschenbuch 2123
Erste Auflage 1997
© Insel Verlag 1938
Alle Rechte vorbehalten durch den
Insel Verlag Frankfurt am Main und Leipzig
Hinweise zu dieser Ausgabe am Schluß des Bandes
Vertrieb durch den Suhrkamp Taschenbuch Verlag
Umschlag nach Entwürfen von Willy Fleckhaus
Druck: Nomos Verlagsgesellschaft, Baden-Baden
Printed in Germany

1 2 3 4 5 6 – 02 01 00 99 98 97

Erstes Kapitel

1801. Ich bin gerade von einem Besuch bei meinem Gutsherrn zurückgekehrt – diesem einsamen Nachbarn, der mir zu schaffen machen wird.
Was für eine schöne Gegend! Ich glaube nicht, daß ich in ganz England meinen Wohnsitz an einer anderen Stelle hätte aufschlagen können, die so vollkommen abseits vom Getriebe der Welt liegt. Ein echtes Paradies für Menschenfeinde; und Mr. Heathcliff und ich sind das richtige Paar, um diese Einsamkeit miteinander zu teilen. Ein famoser Bursche! Er ahnte wohl kaum, wie mein Herz ihm entgegenschlug, als ich sah, wie seine schwarzen Augen sich bei meinem Näherreiten so abweisend unter den Brauen verbargen und wie seine Hände sich in entschiedenem Mißtrauen tiefer in sein Wams vergruben, während ich meinen Namen nannte.
»Mr. Heathcliff?« fragte ich.
Ein Nicken war die Antwort.
»Mr. Lockwood, Ihr neuer Pächter. Ich erlaube mir, nach meiner Ankunft so bald wie möglich vorzusprechen, und hoffe, daß Ihnen die Beharrlichkeit, mit der ich mich um Thrushcross Grange beworben habe, nicht lästig geworden ist. Ich hörte gestern, Sie hätten die Absicht gehabt ...«
»Thrushcross Grange gehört mir«, unterbrach er mich auffahrend. »Ich erlaube niemand, mich zu belästigen, wenn ich es verhindern kann. – Kommen Sie herein!«
Das ›Kommen Sie herein‹ wurde zwischen den Zähnen hervorgestoßen und hieß soviel wie: Geh zum Teufel. Selbst die Gattertür, über die er sich lehnte, machte keine freundliche Bewegung zu seinen Worten. Ich glaube, nur ein Umstand bewog mich, die Einladung anzunehmen: mich fesselte ein Mann, der in noch stärkerem Maße als ich zurückhaltend ist. Als er sah, daß mein Pferd die Brust gegen das Gatter drängte,

streckte er die Hand aus, um die Kette zu lösen, und ging dann mürrisch den Dammweg voraus. Beim Betreten des Hofraumes rief er: »Joseph, nimm Mr. Lockwood das Pferd ab, und bring Wein herauf!«

›Dies wird wohl das ganze Gesinde sein‹, überlegte ich, als ich diesen zusammenfassenden Befehl vernahm. ›Kein Wunder, daß Gras zwischen dem Pflaster wächst und die Hecken nur von den Rindern gestutzt werden.‹

Joseph war ein ältlicher, nein, ein alter Mann; vielleicht war er sogar sehr alt, obwohl gesund und sehnig.

»Gott behüte!« sagte er grämlich und mißvergnügt vor sich hin, während er mir mein Pferd abnahm, und blickte mir dabei so verdrießlich ins Gesicht, daß ich den mitleidigen Schluß zog, er bedürfe wohl göttlicher Hilfe, um sein Mittagessen zu verdauen, und sein frommer Stoßseufzer könne sich nicht auf meine unerwartete Ankunft beziehen.

›Wuthering Heights‹, Sturmhöhe, heißt Mr. Heathcliffs Besitztum. ›Wuthering‹ ist ein trefflicher mundartlicher Ausdruck, um den Aufruhr der Lüfte zu beschreiben, dem dieser Ort bei stürmischem Wetter ausgesetzt ist. Die Leute dort oben müssen zu allen Zeiten kräftig durchgeblasen werden. Man kann sich die Gewalt des Sturmes, der um die Ecke bläst, recht vorstellen, wenn man die paar schiefgewehten dürftigen Kiefern am Ende des Hauses betrachtet und eine Reihe dürrer Dornbüsche sieht, die alle ihre Arme nach einer Seite strecken, als wollten sie die Sonne um ein Almosen bitten. Zum Glück hatte der Baumeister ein festes Haus hingesetzt: die schmalen Fenster sind tief in die Mauer eingelassen und die Ecken durch große vorstehende Steine gesichert.

Bevor ich über die Schwelle schritt, verhielt ich, um eine Menge grotesker Schnitzereien zu bewundern, die verschwenderisch an der Vorderseite und besonders am Haupteingang angebracht waren. Über diesem entdeckte ich mitten in einem Wirrwarr von zerbröckelnden Greifen und nackten kleinen Putten die Jahreszahl 1500 und den Namen Hareton Earnshaw. Ich hätte gern ein paar Bemerkungen gemacht und den mürrischen Eigentümer um eine kurze Geschichte des Hauses gebeten, aber seine Haltung an der Tür schien meinen schleunigen Eintritt oder mein endgültiges Verschwinden zu fordern, und ich hatte keine Lust, seine Ungeduld zu steigern, bevor ich das Allerheiligste besichtigt hatte.

Eine Stufe führte ohne irgendwelchen Vorraum oder Durchgang in den Wohnraum der Familie, hierzulande ›das Haus‹ genannt. Es ist gewöhnlich Küche und Empfangszimmer in einem, doch glaube ich, daß in Wuthering Heights die Küche in einen anderen Teil des Hauses verbannt war; jedenfalls vernahm ich Geplapper von Stimmen und Geklapper von Küchengeräten weiter innen im Hause. Auch bemerkte ich weder Anzeichen von Braten, Kochen oder Backen in der Nähe der riesigen Feuerstätte noch den Schimmer von kupfernen Bratpfannen und Zinndurchschlägen an der Wand. Von einem Ende allerdings wurde der starke Glanz des Lichtes und der Glut zurückgeworfen, und zwar von Reihen riesiger Zinnschüsseln, die sich zusammen mit silbernen Krügen und Kannen auf einer gewaltigen Eichenanrichte reihenweise fast bis zum Dach auftürmten. Dieses war nie unterzimmert worden; unverhüllt zeigte sich sein ganzes Gerippe dem forschenden Blick, bis auf die Stelle, wo es von einem hölzernen Gerüst verborgen wurde, das mit Haferkuchen und Bergen von Rinds-, Hammel- und Schweinskeulen beladen war. Über dem Kamin hingen mehrere alte Räuberflinten und ein Paar Reiterpistolen, und auf dem Sims standen, wohl als Schmuck, drei mit grellen Farben bemalte Blechbüchsen. Der Fußboden war aus glattem weißem Stein; die hochlehnigen Stühle, schlicht in der Form, waren grün gestrichen; ein oder zwei schwarze Lehnstühle standen im Schatten. Unter der Anrichte lag eine riesige fahlbraune Hühnerhündin, umgeben von einem Gewimmel quiekender Welpen, und in anderen Winkeln lagen noch mehr Hunde.

Das Zimmer und die Einrichtung hätten zu einem schlichten Landwirt des Nordens gepaßt, zu einem Mann mit sturem Gesichtsausdruck, dessen kräftige Glieder sich in Kniehosen und Gamaschen gut ausnehmen. Männer dieser Art, im Lehnstuhl sitzend, den schäumenden Bierkrug vor sich auf dem runden Tisch, kann man im Umkreis von fünf oder sechs Meilen überall in diesen Bergen antreffen, wenn man sie zur richtigen Zeit nach dem Mittagbrot aufsucht. Aber Mr. Heathcliff bildet einen merkwürdigen Gegensatz zu seiner Behausung und seinem Lebensstil. Seinem Aussehen nach ist er ein dunkelhäutiger Zigeuner, der Kleidung und dem Gehaben nach ein vornehmer Mann, das heißt in der Art vornehm, wie viele Landjunker es sind: vielleicht etwas schlampig, doch trotz der Vernachlässigung nicht übel aussehend, weil er ebenmäßig und gut gewachsen ist – und etwas mürrisch. Es ist möglich, daß er bei manchen Menschen im Verdacht eines ungebildeten Hochmuts steht; ich fühle in mir eine verwandte Saite klingen, die mir sagt, daß dem nicht so ist. Mein Gefühl sagt mir: seine Zurückhaltung entspringt einer Abneigung gegen Gefühlsäußerungen und Freundlichkeitsbekundungen. Er wird gleicherweise im verborgenen lieben und hassen und wird es als eine Art von Unverschämtheit erachten, wiedergeliebt oder -gehaßt zu werden. Aber halt, ich lasse mir zu sehr die Zügel schießen: ich statte ihn zu verschwenderisch mit meinen eigenen Charakterzügen aus. Vielleicht hat Mr. Heathcliff ganz andere Gründe dafür, seine Hand zu verstecken, wenn er einen trifft, der seine Bekanntschaft sucht, als die, die mich bewegen. Ich will hoffen, daß ich mit meiner Veranlagung einzeln dastehe. Meine liebe Mutter pflegte zu sagen, ich würde niemals ein gemütliches Heim haben, und erst im letzten Sommer habe ich mich als unwürdig erwiesen, eines zu gründen.

Während ich einen Monat schönen Wetters an der See verlebte, geriet ich in die Gesellschaft eines bezaubernden Geschöpfes, einer wahren Göttin in meinen Augen, solange sie mir keine Aufmerksamkeit schenkte. Ich gab meiner Liebe nie mit Worten Ausdruck; doch wenn Blicke sprechen können, hätte auch der ärgste Dummkopf erraten, daß ich bis über beide Ohren verliebt war. Sie verstand mich schließlich und erwiderte meine Augensprache mit dem süßesten Blick, den man sich vorstellen kann. Und was tat ich? Ich gestehe es voller Scham: ich zog mich, zu Eis erstarrt, in mich selbst zurück wie eine Schnecke, zog mich bei jedem Blick abgekühlter und weiter zurück, bis die arme Unschuld schließlich anfing, ihren eigenen Sinnen zu mißtrauen und, niedergeschlagen und verwirrt, ihre Mutter überredete, die Zelte abzubrechen. Durch diese merkwürdige Veranlagung bin ich in den Ruf vorsätzli-

cher Herzenskälte gekommen, wie unverdient, kann nur ich allein ermessen.
Mein Wirt ging auf den Herdsitz zu, ich nahm am entgegengesetzten Ende Platz und füllte eine Pause des Schweigens mit dem Versuch, die Hündin zu streicheln, die ihre Kinderstube verlassen hatte, wie ein Wolf von hinten an meine Beine herangeschlichen war und ihre weißen Zähne zum Zuschnappen bleckte. Mein Streicheln veranlaßte ein langgezogenes tiefes Knurren.
Auch Mr. Heathcliff knurrte. »Sie sollten den Hund lieber in Ruhe lassen!« Er unterdrückte gröbere Gefühlsäußerungen durch ein Aufstampfen mit dem Fuß. Sie ist nicht gewöhnt, gestreichelt zu werden; sie ist kein Spielhund.« Dann, zu einer Seitentür tretend, rief er wieder: »Joseph!«
Joseph brummelte undeutlich in der Tiefe des Kellers, gab aber nicht zu verstehen, daß er heraufkommen wolle; darum stieg sein Herr zu ihm hinab und ließ mich allein mit der wilden Hündin und einem Paar grimmig zottiger Schäferhunde, die sich mit ihr in die argwöhnische Bewachung jeder meiner Bewegungen teilten. Da ich nicht darauf brannte, mit ihren Fängen in Berührung zu kommen, saß ich still; aber weil ich mir einbildete, sie verstünden stumme Beleidigungen kaum, erlaubte ich mir unglücklicherweise, mit den Augen zu zwinkern und dem Trio Gesichter zu schneiden, und eine Grimasse brachte die Hundedame so auf, daß sie plötzlich in Wut geriet und auf meine Knie sprang. Ich schleuderte sie zurück und beeilte mich, den Tisch zwischen uns zu bringen. Dieser Vorgang brachte die ganze Meute auf die Beine. Ein halbes Dutzend vierfüßiger Furien, verschieden in Alter und Größe, kam aus verborgenen Winkeln hervor bis in die Mitte des Raumes. Auf meine Stiefelabsätze und Rockschöße hatten sie es besonders abgesehen, und während ich die größeren Angreifer, so gut es ging, mit dem Schüreisen abwehrte, sah ich mich gezwungen, laut nach jemand im Hause um Hilfe zu rufen, um den Frieden wiederherzustellen.
Mr. Heathcliff und sein Knecht stiegen die Kellertreppe mit aufreizender Ruhe herauf; ich glaube nicht, daß sie sich um eine Sekunde schneller bewegten als sonst, obwohl am Herdplatz ein wahres Unwetter von Toben und Kläffen war. Zum

Glück bewies eine Bewohnerin der Küche mehr Eile: eine lebhafte Frauensperson mit aufgeschürztem Kleid, nackten Armen und feuererhitzten Wangen stürzte, eine Bratpfanne schwingend, mitten unter uns und gebrauchte diese Waffe und ihre Zunge so erfolgreich, daß der Sturm sich wie durch Zauber legte und sie allein bewegt blieb wie die See nach einem Unwetter, als ihr Herr den Schauplatz betrat.
»Was zum Teufel ist hier los?« fragte er und blickte mich in einer Weise an, die ich nach dieser ungastlichen Behandlung schlecht ertragen konnte.
»Was zum Teufel? Allerdings!« brummte ich. »Die Schweineherde in der Bibel war sicherlich von keinem schlimmeren Geist besessen als Ihre Tiere hier. Geradesogut könnten Sie einen Fremden mit einer Tigerbrut allein lassen.«
»Sie tun keinem etwas zuleide, der nichts anfaßt«, bemerkte er, während er die Flasche vor mich hinstellte und den verschobenen Tisch zurechtrückte. »Die Hunde sind in ihrem Recht, wenn sie wachsam sind. – Nehmen Sie ein Glas Wein?«
»Nein, danke!«
»Sie sind doch nicht gebissen worden?«
»Wenn ich es wäre, hätte ich dem Beißer einen Denkzettel gegeben.«
Heathcliffs Gesicht entspannte sich in einem Grinsen.
»Na, na«, sagte er, »Sie sind aufgeregt, Mr. Lockwood. Hier, trinken Sie ein Glas Wein. Gäste sind in diesem Hause so selten, daß ich und meine Hunde – das gebe ich zu – kaum wissen, wie man sie empfängt. Zum Wohl, Mr. Lockwood!«
Ich verbeugte mich und trank ihm zu, denn ich sah ein, daß es töricht gewesen wäre, wegen des schlechten Betragens dieses Hundevolks zu schmollen. Überdies hatte ich keine Lust, dem Manne Gelegenheit zu geben, sich weiter über mich lustig zu machen, zumal er in der Stimmung dazu war.
Er, wohl von der Erwägung ausgehend, daß es unklug sei, einen guten Pächter zu beleidigen, mäßigte ein wenig seine Art, die Wörter einzeln abgehackt hervorzustoßen, und leitete zu einem Gegenstand über, von dem er annahm, daß er mich interessierte, einem Gespräch über die Vorteile und Nachteile meines neuen Wohnortes. Ich fand ihn sehr bewandert in den Dingen, die wir berührten, und bevor ich nach Hause ging,

war ich so weit ermutigt, daß ich mich aus freien Stücken für morgen wieder ansagte. Er wünschte augenscheinlich keine Wiederholung des Besuchs, doch werde ich trotzdem hingehen. Es ist erstaunlich, wie gesellig ich mir, mit ihm verglichen, vorkomme.

Zweites Kapitel

Gestern nachmittag setzten Nebel und Kälte ein. Ich hatte halb und halb Lust, in meinem Studierzimmer am Kamin zu bleiben, anstatt durch Heide und Lehmboden nach Wuthering Heights zu waten. Als ich jedoch vom Mittagessen aufstand (nebenbei bemerkt, ich esse zwischen zwölf und ein Uhr; die Haushälterin, eine ältere Frau, die ich laut Vereinbarung zugleich mit dem Hause übernommen hatte, konnte oder wollte meine Bitte, um fünf Uhr zu speisen, nicht begreifen), als ich also mit diesem bequemen Vorsatz die Treppe hinaufging und das Zimmer betrat, kniete dort, inmitten von Bürsten und Kohleneimern, eine Dienstmagd am Boden, die mit Haufen von Asche die Flammen erstickte und dabei einen höllischen Staub aufwirbelte. Dieser Anblick ließ mich augenblicklich entweichen; ich nahm meinen Hut und langte nach einem Marsch von vier Meilen bei Heathcliffs Gartenpforte an, gerade zur rechten Zeit, den ersten wirbelnden Flocken eines Schneegestöbers zu entrinnen.
Auf dieser kahlen Höhe war die Erde hart gefroren, und die kalte Luft ließ mich am ganzen Körper erschauern. Da ich die Kette nicht lösen konnte, sprang ich über den Zaun, lief den von Stachelbeersträuchern gesäumten gepflasterten Damm entlang und klopfte, vergeblich Einlaß begehrend, an das Tor, bis meine Knöchel schmerzten und die Hunde heulten.
›Elende Bande!‹ knirschte ich innerlich, ›ihr verdientet, für eure flegelhafte Ungastlichkeit ewig von euresgleichen gemieden zu werden! Zum mindesten würde ich meine Tür wäh-

rend des Tages nicht verriegeln. Mir ganz gleich – ich will hinein!‹ Mit diesem Entschluß faßte ich die Klinke und rüttelte heftig daran. Es dauerte noch eine Weile, bis das essigsaure Gesicht Josephs in einem runden Fenster der Scheune erschien.

»Was wolln Sie?« schrie er mich an. »Der Herr is drunten aufm Feld. Gehn Sie doch hinten rum, wenn Sie 'n sprechen wolln.«

»Ist denn niemand im Haus, der die Tür öffnen kann?« schrie ich zurück.

»Nee, nur die Frau, und die macht nich auf, und wenn Sie bis heut nacht weitertoben.«

»Warum nicht? Können Sie ihr nicht sagen, wer ich bin, he, Joseph?«

»Nee, ich nich! Ich will nix mit zu tun ham«, murmelte er, und der Kopf verschwand.

Der Schnee begann dichter zu fallen. Ich ergriff die Klinke, um noch einen Versuch zu machen, als ein junger Mann ohne Rock mit geschulterter Heugabel hinten im Hof erschien. Er rief mir zu, ihm zu folgen, und nachdem wir durch ein Waschhaus und einen gepflasterten Hof, an einem Kohlenschuppen, einer Pumpe und einem Taubenschlag vorbeigegangen waren, landeten wir endlich in dem großen, warmen, schönen Zimmer, in dem ich zuerst empfangen worden war. Es erstrahlte wohltuend im Schein eines gewaltigen Feuers, das von Kohle, Torf und Holz genährt wurde. Am Tisch, der für eine reichliche Abendmahlzeit gedeckt war, bemerkte ich zu meiner Freude die ›Frau‹, ein Wesen, von dessen Vorhandensein ich bis dahin nichts geahnt hatte. Ich verbeugte mich und wartete, in der Meinung, sie würde mir einen Platz anbieten. Sie blickte mich an, lehnte sich im Stuhl zurück und verharrte bewegungslos und stumm.

»Unfreundliches Wetter!« bemerkte ich: »Ich fürchte, Mrs. Heathcliff, die Tür wird infolge der lässigen Aufmerksamkeit Ihrer Diener etwas abbekommen haben. Es war ein verteufeltes Stück Arbeit, bis sie mich gehört haben!«

Sie öffnete den Mund nicht. Ich starrte sie und sie starrte mich an. Jedenfalls ließ sie ihre Augen auf eine kühle, unbekümmerte Art auf mir ruhen, die äußerst verwirrend und unangenehm war.

»Setzen Sie sich!« sagte der junge Mann mürrisch. »Er wird bald hier sein.«
Ich gehorchte, räusperte mich und lockte die böse Juno, die bei diesem zweiten Zusammentreffen geruhte, die äußerste Spitze ihres Schwanzes zu bewegen, als Zeichen, daß sie sich meiner Bekanntschaft erinnerte.
»Ein prachtvolles Tier!« begann ich von neuem. »Werden Sie die Jungen abgeben, gnädige Frau?«
»Sie gehören nicht mir«, sagte die liebenswürdige Wirtin noch abweisender, als selbst Heathcliff hätte antworten können.
»O, dann sind wohl das dort Ihre Lieblinge?« fuhr ich fort und wies auf ein dunkles Kissen, auf dem anscheinend Katzen lagen.
»Eine sonderbare Auswahl von Lieblingen!« bemerkte sie verächtlich.
Unglücklicherweise war es ein Haufen toter Kaninchen. Ich räusperte mich noch einmal, rückte näher an den Kamin und wiederholte meine Bemerkung über den stürmischen Abend.
»Sie hätten nicht ausgehen sollen«, sagte sie, stand auf und langte nach zwei von den bemalten Blechdosen auf dem Kaminsims.
Vorher war sie dem Licht abgewendet gewesen; jetzt erhielt ich einen klaren Eindruck von ihrer Gestalt und ihrem Gesicht. Sie war schlank und anscheinend kaum dem Kindesalter entwachsen, hatte die wundervollste Figur und das reizendste kleine Gesicht, das ich jemals gesehen habe; feine Züge, sehr schön; flachsblonde, nein, eigentlich goldene Locken, die lose über ihren zarten Nacken fielen; Augen, die unwiderstehlich gewesen wären, wenn sie einen angenehmen Ausdruck gehabt hätten. Zum Glück für mein empfängliches Herz schwankte das einzige Gefühl, das sie ausdrückten, zwischen Verachtung und einer Art Verzweiflung, und diese dort anzutreffen, mutete ganz besonders unnatürlich an.
Die Blechdosen waren für sie kaum zu erreichen; ich machte eine Bewegung, um ihr zu helfen, aber sie fuhr herum wie ein Geizhals, dem jemand beim Geldzählen helfen wollte.
»Ich brauche Ihre Hilfe nicht«, fuhr sie mich an, »ich kann sie allein herunterholen.«
»Verzeihen Sie!« beeilte ich mich zu entgegnen.

»Sind Sie zum Tee eingeladen?« fragte sie, während sie sich eine Schürze über ihr elegantes schwarzes Kleid band und einen Löffel voll Teeblätter über den Topf hielt.
»Ich würde gern eine Tasse trinken«, erwiderte ich.
»Sind Sie eingeladen?« wiederholte sie.
»Nein«, sagte ich lächelnd. »Vielleicht haben *Sie* die Güte, es zu tun.«
Sie schleuderte den Tee, den Löffel und alles übrige zurück, nahm ärgerlich ihren Platz wieder ein, runzelte die Stirn und schob ihre rote Unterlippe vor, wie ein Kind, das weinen will. Unterdessen hatte der junge Mann einen äußerst schäbigen Rock angezogen, stellte sich aufrecht vor das Feuer und blickte aus den Augenwinkeln auf mich herab, als ob eine tödliche Fehde unausgetragen zwischen uns bestünde. Ich schwankte, ob er ein Knecht war oder nicht: sowohl seine Kleidung wie seine Sprache waren primitiv, und es fehlte ihnen gänzlich die Überlegenheit Mr. und Mrs. Heathcliffs. Seine dichten braunen Locken waren widerspenstig und ungepflegt, ein Vollbart bedeckte seine Wangen wie ein Pelz, und seine Hände waren sonnengebräunt wie die eines einfachen Landarbeiters. Und doch war sein Auftreten sicher, fast stolz, und die Art, wie er die Frau des Hauses behandelte, bekundete keine dienerhafte Unterwürfigkeit. In Ermangelung genauer Kenntnis seiner Stellung hielt ich es für das beste, sein merkwürdiges Verhalten nicht zu beachten, und fünf Minuten später befreite mich Heathcliffs Eintritt in gewissem Grade aus diesem unbehaglichen Zustand.
»Wie Sie sehen, Mr. Heathcliff, bin ich, meinem Versprechen gemäß, gekommen«, rief ich mit gespielter Munterkeit aus, »und ich fürchte, ich werde für eine halbe Stunde durch das Wetter festgehalten werden, wenn Sie mir während dieser Zeit Obdach gewähren können.«
»Eine halbe Stunde?« meinte er und schüttelte die weißen Flocken von seinen Kleidern. »Ich möchte wissen, warum Sie sich einen Schneesturm zum Umherstreifen aussuchen. Wissen Sie, daß Sie Gefahr laufen, sich im Moore zu verirren? Selbst Leute, die mit unseren Sümpfen vertraut sind, kommen an solchen Abenden oft vom Wege ab, und ich sage Ihnen, daß im Augenblick keine Aussicht auf eine Änderung besteht.«

»Vielleicht darf ich einen Ihrer Burschen als Führer haben, und er kann bis morgen früh in meinem Gehöft bleiben. Können Sie jemanden entbehren?«

»Nein, das kann ich nicht.«

»Ach, wirklich? Nun, dann muß ich mich eben auf meinen eigenen Scharfsinn verlassen.«

»Hm!«

»Wirst du jetzt den Tee aufgießen?« fragte der im schäbigen Rock und ließ seine wilden Blicke von mir zu der jungen Dame wandern.

»Soll *er* welchen haben?« fragte sie, sich an Heathcliff wendend.

»Mach los!« war die in einem so wütenden Tone vorgebrachte Antwort, daß ich auffuhr. Der Ton, in dem die Worte gesprochen wurden, offenbarte unverhüllte Bosheit, und ich fühlte mich nicht mehr geneigt, Heathcliff einen famosen Burschen zu nennen. Als der Tee fertig war, lud er mich mit den Worten ein: »Na, dann rücken Sie Ihren Stuhl heran!« Wir alle, auch der bäuerliche junge Mann, vereinigten uns um den Tisch, und während wir uns mit der Mahlzeit beschäftigten, herrschte ein unfreundliches Schweigen.

Ich hielt mich zu einem Versuch verpflichtet, die Wolke, deren Ursache ich gewesen war, zu verscheuchen. Sie konnten doch nicht alle Tage so düster und schweigsam dasitzen; es war unmöglich, wie schlecht gelaunt sie auch sein mochten, daß der gemeinsame finstere Ausdruck ihr alltägliches Gesicht war!

»Es ist seltsam«, begann ich in der Pause zwischen zwei Tassen Tee, »Es ist seltsam, wie stark Gewohnheit unsere Neigungen und Vorstellungen formt. Manch einer könnte sich kein Glück denken in einem Leben völliger Abgeschiedenheit von der Welt, wie Sie es führen, Mr. Heathcliff. Und doch wage ich zu behaupten, daß, umgeben von Ihrer Familie und mit Ihrer liebenswürdigen Hausfrau, die in Ihrem Heim und Herzen regiert ...«

»Meine liebenswürdige Hausfrau?« unterbrach er mich mit einem geradezu teuflischen Hohnlachen im Gesicht. »Wo ist sie, meine liebenswürdige Hausfrau?«

»Ich meine Mrs. Heathcliff, Ihre Frau.«

»Ach so! Also Sie wollten andeuten, daß ihr Geist die Obliegenheiten eines Schutzengels übernommen hat und die Schätze von Wuthering Heights bewacht, obwohl ihr Leib dahin ist. War es so?«

Ich merkte, daß ich einen Fehler begangen hatte, und versuchte, ihn wiedergutzumachen. Ich hätte sehen müssen, daß der Altersunterschied zwischen den beiden zu groß war, als daß man sie für Mann und Frau hätte halten können. Er war etwa vierzig, ein Alter geistiger Kraft, in dem Männer sich selten der Täuschung hingeben, daß ein Mädchen sie aus Liebe heiraten könnte; dieser Traum ist uns als Trost für unseren Lebensabend vorbehalten. Sie sah aus wie höchstens siebzehn. Da blitzte es in mir auf: Der Tölpel an meiner Seite, der seinen Tee aus einem Napf trinkt und sein Brot mit ungewaschenen Händen ißt, ist vielleicht ihr Mann. Natürlich, Heathcliff junior. Das ist die Folge des Lebendigbegrabenseins: sie hat sich an diesen Bauernlümmel weggeworfen aus lauter Unkenntnis, daß es noch bessere Männer gibt! Wie schade! – Ich muß vorsichtig sein und ihr keine Ursache geben, ihre Wahl zu bereuen. – Diese letzte Überlegung mag eingebildet klingen, sie war es nicht. Mein Nachbar erfüllte mich fast mit Abscheu; aus Erfahrung wußte ich, daß ich leidlich anziehend wirkte.

»Mrs. Heathcliff ist meine Schwiegertochter«, sagte Heathcliff, meine Vermutung bestätigend. Während er sprach, warf er einen eigentümlichen Blick in ihre Richtung, einen haßerfüllten Blick, es wäre denn, daß er über höchst eigenwillige Gesichtsmuskeln verfügte, die nicht, wie die anderer Leute, die Sprache der Seele erkennen lassen.

»O natürlich – ich verstehe: Sie sind der glückliche Gefährte der guten Fee«, bemerkte ich, mich an meinen Nachbar wendend.

Das war schlimmer als alles Vorhergehende! Der junge Mann wurde puterrot und ballte die Fäuste mit allen Anzeichen eines beabsichtigten Angriffs. Aber schließlich schien er sich zu fassen und unterdrückte den Sturm mit einem auf mich gemünzten wilden Fluch, den ich zu überhören suchte.

»Sie haben Pech mit Ihren Vermutungen«, bemerkte mein Wirt; »keiner von uns hat den Vorzug, der Gefährte Ihrer guten Fee zu sein; ihr Mann ist tot. Ich sagte, daß sie meine Schwiegertochter sei, daher muß sie meinen Sohn geheiratet haben.«

»Und dieser junge Mann ist ...«
»Ganz gewiß nicht mein Sohn!« Heathcliff lächelte wieder, als ob es ein allzu kühner Scherz sei, ihm die Vaterschaft an diesem Bären zuzuschreiben.
»Mein Name ist Hareton Earnshaw«, knurrte der andere, »und ich rate Ihnen, Achtung davor zu haben!«
»Ich habe es nicht daran fehlen lassen«, entgegnete ich, innerlich über die Würde lachend, mit der er sich vorstellte.
Er starrte mich an, länger, als ich den Blick aushalten konnte, aus Furcht vor der Versuchung, ihm entweder eine Ohrfeige zu versetzen oder meine Heiterkeit zu verraten. Ich fühlte mich in diesem angenehmen Familienkreise durchaus fehl am Platze. Die düstere seelische Atmosphäre überwog die warme äußere Behaglichkeit um mich her, und ich beschloß, mich auf keinen Fall ein drittes Mal unter dieses Dach zu begeben. Die Mahlzeit war beendet, und da niemand zu geselliger Unterhaltung Neigung zeigte, ging ich ans Fenster, um nach dem Wetter zu sehen. Es war ein trostloser Anblick: die Nacht war vorzeitig hereingebrochen, der Himmel und die Berge schwammen in dem heftigen Wirbel des Windes und des alles begrabenden Schnees.
»Jetzt glaube ich selbst, daß ich mich ohne Führer nicht nach Hause zurückfände«, entfuhr es mir unwillkürlich, »die Straßen werden bereits verschneit sein, und selbst wenn sie es nicht wären, könnte ich sie kaum einen Schritt weit erkennen.«
»Hareton, treibe die zwölf Schafe in die Scheune! Sie werden einschneien, wenn sie die ganze Nacht in der Hürde bleiben. Lege auch eine Planke vor!« sagte Heathcliff.
»Was soll ich nur tun?« fragte ich mit aufsteigendem Ärger. Es kam keine Antwort auf meine Frage. Als ich mich umblickte, sah ich nur Joseph, der einen Eimer mit Grütze für die Hunde hereinbrachte, und Mrs. Heathcliff, die sich über das Feuer beugte und sich die Zeit damit vertrieb, ein Bündel Schwefelhölzer zu verbrennen, das vom Kaminsims heruntergefallen war, als sie die Teedosen an ihren Platz zurückgestellt hatte.
Als er seine Last abgesetzt hatte, unterzog Joseph das Zimmer einer kritischen Prüfung und stieß in krächzendem Tone hervor: »Möcht wissen, was das für 'ne Mode is, müßig dazustehn

und zu gucken, wie alle auslöschen! Aber Sie sind zu nix nutze, und 's hat kein Zweck, drüber zu reden. Sie wern Ihre schlechten Gewohnheiten nie lassen. Gehn Sie zum Teufel wie Ihre Mutter!«
Ich glaubte einen Augenblick lang, daß diese Rede an mich gerichtet sei, und ging, zur Genüge erbost, auf den alten Kerl zu mit der Absicht, ihn zur Tür hinauszuwerfen. Mrs. Heathcliff jedoch hinderte mich daran durch ihre Antwort.
»Du schändlicher alter Heuchler!« schrie sie. »Hast du nicht jedesmal Angst, daß dich der Teufel bei lebendigem Leibe holt, wenn du seinen Namen aussprichst? Ich warne dich davor, mich zu reizen, sonst werde ich als ganz besondere Gunst darum bitten, daß er dich holt. Halt! Sieh her, Joseph«, fuhr sie fort und nahm ein großes, dunkles Buch von einem Brett, »ich werde dir zeigen, wie weit ich in der Schwarzen Kunst fortgeschritten bin: ich bin bald so weit, daß ich das Haus säubern kann. Die rote Kuh ist nicht durch Zufall eingegangen, und dein Rheumatismus kann auch nicht gerade zu den glücklichen Heimsuchungen gerechnet werden!«
»Du schlechtes, schlechtes ...!« keuchte der Alte. »Der Herr erlöse uns von dem Übel!«
»Nein, Verworfener! Du bist ein Auswurf! Scher dich weg, oder ich tu dir etwas Schlimmes an! Ich werde euch alle in Wachs und Ton modellieren lassen, und der erste, der die Grenze überschreitet, die ich setze, wird ... ich werde nicht sagen, was mit ihm geschehen wird, aber du wirst schon sehen! Geh, ich habe ein Auge auf dich!«
Die kleine Hexe legte einen Ausdruck gespielter Bosheit in ihre schönen Augen, und Joseph, in ehrlichem Entsetzen zitternd, eilte hinaus und betete dabei und stieß das Wort ›schlecht‹ hervor. Ich glaubte, ihr Benehmen sei nur der Ausdruck einer derben Spottlust, und als wir wieder allein waren, bemühte ich mich, sie für meinen Kummer zu interessieren. »Mrs. Heathcliff«, sagte ich ernst, »Sie müssen entschuldigen, daß ich Sie belästige. Ich wage es, weil ich sicher bin, daß Sie, mit solchem Gesicht, gar nicht anders als gütig sein können. Geben Sie mir einen Wink, wie ich den Weg nach Hause finden kann. Ich weiß ebensowenig, wie ich heimkommen soll, wie Sie den Weg nach London fänden!«

»Gehen Sie denselben Weg, den Sie gekommen sind!« erwiderte sie und machte es sich in einem Stuhl bequem, eine Kerze und ein großes, aufgeschlagenes Buch vor sich. »Es ist ein kurzer Rat, aber der vernünftigste, den ich Ihnen geben kann.«
»Wenn Sie morgen hören, daß man mich im Sumpf oder in einer Grube voll Schnee tot aufgefunden hat, wird dann Ihr Gewissen Ihnen nicht zuraunen, daß Sie einen Teil Schuld daran tragen?«
»Wieso? Ich kann Sie nicht begleiten. Die würden mich nicht einmal bis zur Gartenmauer gehen lassen.«
»*Sie?* Wie könnte ich es wagen, Sie zu bitten, meinetwegen in einer solchen Nacht den Fuß über die Schwelle zu setzen!« rief ich. »Ich bitte, daß Sie mir den Weg beschreiben, nicht zeigen, oder daß Sie Mr. Heathcliff veranlassen, mir einen Führer zu stellen.«
»Wen? Hier wohnen er selbst, Earnshaw, Zillah, Joseph und ich. Wen wollen Sie haben?«
»Gibt es keine Burschen auf dem Gut?«
»Nein, das sind alle.«
»Das bedeutet also, daß ich gezwungen bin hierzubleiben.«
»Das müssen Sie mit Ihrem Wirt abmachen. Ich habe nichts damit zu tun.«
»Ich hoffe, es wird Ihnen eine Lehre sein, keine übereilten Ausflüge mehr auf diese Höhe zu machen«, rief Heathcliffs scharfe Stimme vom Kücheneingang her. »Was Ihr Hierbleiben betrifft – ich bin nicht auf das Unterbringen von Gästen eingerichtet. Sie müssen das Bett mit Hareton teilen oder mit Joseph, wenn Sie das wollen.«
»Ich kann auf einem Stuhl in diesem Zimmer schlafen«, entgegnete ich.
»Nein, nein! Ein Fremder ist ein Fremder, sei er reich oder arm; es paßt mir nicht, daß irgend jemand sich hier aufhält, solange ich ihn nicht bewachen kann«, sagte dieser unverschämte Kerl.
Bei dieser Beleidigung war meine Geduld zu Ende. Ich stieß einen Laut der Wut hervor, drängte mich an ihm vorbei zum Hof und rannte in meiner Hast gegen Earnshaw. Es war so dunkel, daß ich den Ausgang nicht erkennen konnte, und als

ich rundherum ging, erhielt ich eine neue Probe der höflichen Formen, mit denen sie untereinander verkehrten. Zuerst erschien der junge Mann, um mir behilflich zu sein.

»Ich werde mit ihm bis ans Ende des Parkes gehen«, sagte er.
»Du wirst den Teufel tun!« rief sein Herr oder was er sonst für ihn sein mochte. »Wer soll nach den Pferden sehen, he?«
»Ein Menschenleben ist wichtiger, als einmal die Pferde nicht zu versorgen; jemand muß doch gehen«, sagte Mrs. Heathcliff freundlicher, als ich erwartete.
»Nicht, wenn du es befiehlst«, versetzte Hareton. »Wenn dir an ihm liegt, hieltest du besser den Mund.«
»Dann hoffe ich, daß sein Geist dich verfolgt und daß Mr. Heathcliff nie wieder einen Pächter findet, bis das Gehöft zerfallen ist!« erwiderte sie scharf.
»Hört, hört! Sie flucht ihnen!« murmelte Joseph, auf den ich zugesteuert war.

Er saß so, daß er uns hören konnte, und molk die Kühe beim Licht einer Laterne, die ich ohne Umstände ergriff. Ich rief ihm zu, daß ich sie am nächsten Morgen zurückschicken würde, und stürzte der nächsten Hintertür zu.

»Herr, Herr, er stiehlt die Laterne!« schrie der Alte und verfolgte mich auf meiner Flucht. »He, Gnasher, he, Hunde, he, Wolf, faß, faß!«

Als ich die kleine Tür öffnete, sprangen mir zwei zottige Ungeheuer an die Kehle, warfen mich zu Boden und löschten das Licht aus, während ein schallendes Gelächter von Heathcliff und Hareton meiner Wut und meiner Demütigung die Krone aufsetzte. Glücklicherweise schienen die Bestien mehr dazu geneigt zu sein, ihre Pfoten zu spreizen, zu gähnen und mit den Schweifen zu wedeln, als mich bei lebendigem Leibe zu zerreißen. Aber daß ich mich aufrichtete, duldeten sie nicht, und ich mußte still liegen bleiben, bis es ihren boshaften Herren beliebte, mich zu befreien. Ohne Hut, zitternd vor Wut, verlangte ich dann von den Übeltätern, mich hinauszulassen; wenn sie mich noch eine Minute länger zurückhielten, würden sie es zu bereuen haben. Dieses bekräftigte ich mit unzusammenhängenden Drohungen von Wiedervergeltung, die in ihrer abgrundtiefen Bosheit an König Lear gemahnten.

Vor Aufregung bekam ich starkes Nasenbluten, und immer

noch lachte Heathcliff, und ich schimpfte. Ich weiß nicht, wie dieser Auftritt geendet hätte, wäre nicht eine Person zur Hand gewesen, die vernünftiger als ich und wohlmeinender als meine Gastgeber war. Es war Zillah, die dicke Haushälterin, die erschien, um sich nach dem Grund des Aufruhrs zu erkundigen. Sie glaubte, jemand hätte Hand an mich gelegt, und da sie nicht wagte, ihren Herrn anzugreifen, richtete sie ihr Wortgeschütz gegen den jüngeren Flegel.
»Na, Mr. Earnshaw«, schrie sie, »ich bin gespannt, was Sie nächstens noch anstellen werden! Sollen hier auf diesem Hofe Leute ermordet werden? Nein, in diese Wirtschaft passe ich nicht! Sehen Sie doch den armen Menschen an, der ist ja fast erwürgt worden! Kommen Sie, ich will Ihnen helfen. Nun halten Sie mal still!«
Mit diesen Worten goß sie mir plötzlich eiskaltes Wasser in den Nacken und zog mich in die Küche. Mr. Heathcliff folgte, und seine jäh ausgebrochene Heiterkeit machte ebensoschnell seinem gewöhnlichen mürrischen Wesen Platz.
Ich fühlte mich sehr schwach, schwindlig und einer Ohnmacht nahe, und es blieb mir nichts anderes übrig, als Beherbergung unter seinem Dach anzunehmen. Er wies Zillah an, mir ein Glas Branntwein zu geben, und ging in das innere Zimmer zurück. Während sie mir ihre Teilnahme an meiner bedauernswerten Lage ausdrückte, kam sie seiner Anweisung nach, und als ich mich durch den Branntwein etwas belebt fühlte, geleitete sie mich zu Bett.

Drittes Kapitel

Während sie mich die Treppe hinaufführte, riet sie mir, die Kerze zu verbergen und keinen Lärm zu machen; denn ihr Herr mache merkwürdig viel Wesen um das Zimmer, in das sie mich führen wolle, und würde gutwillig niemand dort wohnen lassen. Ich fragte sie nach dem Grund. Sie wisse ihn nicht, war die Antwort; sie sei erst seit ein oder zwei Jahren hier, und die Leute seien oft so wunderlich, daß sie nicht neugierig sein wolle.

Ich selbst war zu betäubt, als daß ich neugierig sein konnte, schloß meine Tür und sah mich nach dem Bett um. Die ganze Einrichtung bestand aus einem Stuhl, einem Kleiderschrank und einem großen Kasten aus Eichenholz, aus dessen oberem Teil Vierecke herausgeschnitten waren, die wie Wagenfenster aussahen. Ich ging auf das Ungetüm zu, um hineinzublicken, und entdeckte, daß es eine besondere Art altmodischer Lagerstätte war, äußerst zweckdienlich erdacht, damit nicht jedes Familienmitglied ein eigenes Zimmer brauchte. Es bildete ein richtiges kleines Kabinett, und der Sims eines Fensters diente als Tisch. Ich schob die getäfelten Schiebetüren beiseite, kroch mit meinem Licht hinein, schob sie wieder zusammen und fühlte mich vor Heathcliffs Wachsamkeit und aller Welt sicher.

In einer Ecke des Simses, auf den ich meine Kerze stellte, waren einige stockfleckige Bücher aufgestapelt, und in seinen Anstrich waren überall Schriftzeichen eingeritzt. Diese Zeichen aber bildeten alle nur einen Namen, der sich in allen Arten von Buchstaben, großen und kleinen, wiederholte: hier Catherine Earnshaw, da in Catherine Heathcliff umgewandelt, und dort wiederum in Catherine Linton.

In stumpfer Teilnahmslosigkeit lehnte ich meinen Kopf gegen das Fenster und buchstabierte immer wieder Catherine Earnshaw – Heathcliff – Linton, bis mir die Augen zufielen. Aber noch nicht fünf Minuten waren verstrichen, als ein Schimmer von weißen Buchstaben, lebendig wie Gespenster, aus dem Dunkel hervortrat. Die Luft war erfüllt von Catherinen, und als ich mich aufrichtete, um den aufdringlichen Namen zu bannen, entdeckte ich, daß der Docht meiner Kerze sich über einen der alten Bücherbände geneigt und daß sich der Raum mit dem Geruch angebrannten Kalbleders gefüllt hatte. Ich schneuzte das Licht, und da ich mich infolge der Kälte und einer aufsteigenden Übelkeit sehr elend fühlte, setzte ich mich auf und nahm den beschädigten Band auf meine Knie. Es war ein Testament in kleinem Druck, das schrecklich modrig roch. Das Vorsatzpapier trug die Inschrift

›Dies Buch gehört Catherine Earnshaw‹ und ein Datum, das etwa ein Vierteljahrhundert zurücklag. Ich klappte es zu und nahm ein anderes und noch ein anderes zur Hand, bis ich sie alle durchgesehen hatte. Catherines Bibliothek war erlesen, und der Zustand der Abnutzung, in dem sie sich befand, bewies, daß sie viel gebraucht worden war, allerdings nicht immer ihrer eigentlichen Bestimmung gemäß. Kaum ein Kapitel war frei von Randbemerkungen in Tintenschrift, die jeden Platz, den der Drucker frei gelassen hatte, ausfüllten. Manche von ihnen bestanden aus losen Sätzen, andere wieder stellten eine Art von regelrechtem Tagebuch dar, das in unausgeschriebener Kinderhand hingekritzelt war. Auf einer freien Seite (die einst wahrscheinlich wie ein Schatz entdeckt worden war) erblickte ich oben zu meinem großen Vergnügen eine ausgezeichnete Karikatur meines Freundes Joseph, roh, aber wirkungsvoll skizziert. Ein plötzliches Interesse für die unbekannte Catherine loderte in mir auf, und ich begann sogleich, ihre verblaßten Schriftzüge zu entziffern.

›Ein furchtbarer Sonntag!‹ begann der Absatz unter der Zeichnung. ›Ich wünschte, mein Vater wäre wieder da. Hindley ist ein unausstehlicher Ersatz für ihn. Sein Benehmen Heathcliff gegenüber ist abscheulich. H. und ich werden aufmucken. Wir haben heute abend den ersten Schritt dazu getan. Den ganzen Tag hatte es in Strömen geregnet, und wir konnten nicht in die Kirche gehen, darum mußte Joseph unbedingt eine Gemeinde in der Dachstube zusammentrommeln. Während Hindley sich mit seiner Frau vor einem behaglichen Feuer wärmte – ich bürge dafür, daß sie nichts anderes taten als in ihren Bibeln lesen –, wurde Heathcliff, mir und dem unglücklichen Ackerknecht befohlen, unsere Gebetbücher zu nehmen und hinaufzugehen. Wir wurden in einer Reihe auf einen Kornsack gesetzt, ächzend und vor Kälte klappernd, und hofften, Joseph würde auch frieren und uns in seinem eigenen Interesse eine kurze Predigt halten. Vergebliche Hoffnung! Der Gottesdienst dauerte genau drei Stunden. Und dann hatte mein Bruder die Stirn, als er uns herunterkommen sah, zu rufen: ›Was, schon fertig?‹ An Sonntagabenden wurde uns gewöhnlich erlaubt, zu spielen, wenn wir nicht viel

Lärm machten; jetzt genügt schon ein Kichern, in die Ecke gestellt zu werden!

›Ihr vergeßt, daß ihr hier euren Herrn habt‹, sagte der Tyrann. ›Den ersten, der mich reizt, schlage ich nieder! Ich bitte mir völligen Ernst und Ruhe aus. Junge, warst du das? Frances, Liebling, zieh ihn an den Haaren, wenn du vorbeigehst, er hat mit den Fingern geschnippt.‹ Frances zog ihn herzhaft an den Haaren, dann ging sie und setze sich auf den Schoß ihres Mannes, und so blieben sie, wie zwei kleine Kinder, küßten sich und redeten stundenlang Unsinn – närrisches Geschwätz, dessen wir uns geschämt hätten. Wir drängten uns, so dicht es ging, in die Nische unter der Anrichte. Ich hatte gerade unsere Kinderschürzen zusammengebunden und sie als Vorhang angebracht, als Joseph mit einer Bestellung aus dem Stall hereinkam. Er reißt mein Machwerk herunter, zieht mich an den Ohren und krächzt: ›Der Herr is grad erscht begraben und der Sonntag noch nich zu Ende, un de Worte vons Evangelium noch in eure Ohren, un ihr wagt zu spielen! Pfui über euch! Setzt euch hin, schlechte Kinder! 's gibt genug gute Bücher, wenn ihr lesen wollt. Setzt euch hin und denkt an eure Seelen!‹

So schalt er und zwang uns, uns so zu setzen, daß uns von dem entfernten Feuer ein schwacher Schein treffen konnte und uns den Text der Schwarten zeigte, die er uns aufdrängte. Ich konnte diese Beschäftigung nicht leiden. Ich ergriff den schmutzigen Band am Rücken, schleuderte ihn in die Hundehütte und schrie, ich haßte gute Bücher. Heathcliff versetzte dem seinen einen Fußtritt, so daß es in die gleiche Richtung flog. Und dann gab es einen Aufruhr.

›Mr. Hindley‹, schrie unser Geistlicher, ›komm Se her! Miß Cathy hat 'n Rücken von ‚Die Krone des Heils‘ abgerissen, un Heathcliff hat seine Wut am ersten Teil von ‚Die breite Straße zur Verdammnis‘ ausgelassen! 's is schändlich von Sie, daß Sie ihnen so den Willen lassen. Oh, der alte Herr hätt se tüchtig durchgeprügelt – aber der lebt ja nich mehr!‹

Hindley eilte aus seinem Paradies am Kamin herbei, packte einen von uns beim Kragen, den anderen beim Arm und steckte uns beide in die hintere Küche, während Joseph uns versicherte, der Gottseibeiuns werde uns bestimmt noch holen. Mit diesem Trost kroch jedes von uns in einen anderen Winkel, um auf sein Kommen zu warten. Ich holte mir dieses Buch und ein Tintenfaß vom Wandbrett, stieß die Haustür auf, um besser sehen zu können, und habe mir zwanzig Minuten lang die Zeit mit Schreiben vertrieben. Aber mein Leidensgenosse ist ungeduldig und macht den Vorschlag, wir sollten den Umhang der Melkfrau nehmen und unter seinem Schutz uns ins Moor davonmachen. Ein guter Gedanke, zumal der mürrische Alte, wenn er hereinkommt, glauben wird, seine Prophezeiung habe sich erfüllt – feuchter und kälter kann es draußen im Regen auch nicht sein!«

Ich denke, Catherine hat ihre Absicht ausgeführt, denn der nächste Satz handelte von etwas anderem: sie wurde weinerlich.
»Ich hätte es mir nie träumen lassen, daß Hindley mich jemals so zum Weinen bringen werde!« schrieb sie. »Mein Kopf schmerzt so, daß ich ihn auf dem Kissen nicht still halten kann; und doch kann ich nicht nachgeben. Armer Heathcliff! Hindley nennt ihn einen Landstreicher und will ihn nicht mehr bei uns sitzen oder mit uns essen lassen. Und er sagt, wir dürften nicht mehr miteinander spielen, und er droht, ihn aus dem Hause zu werfen, wenn wir seinen Befehlen zuwiderhandeln. Er hat unserem Vater vorgeworfen (wie durfte er?), daß er H. zu freigebig behandelt hat, und schwört, daß er ihn auf den Platz zurückweisen werde, der ihm gebühre ...«

Ich begann über der verblichenen Seite einzunicken, und meine Augen wanderten vom Geschriebenen zum Gedruckten. Ich sah einen rot verzierten Titel: »Siebenzigmal sieben und das erste vom einundsiebenzigsten Mal. Eine erbauliche Predigt, gehalten von Hochwürden Jabes Branderham, in der Kapelle von Gimmerden Sough.« Und während ich mir, nur halb bewußt, den Kopf darüber zerbrach, was Jabes Branderham wohl aus seinem Thema machen würde, sank ich ins Bett zurück und schlief ein. Wehe über die Wirkungen des Tees und der Aufregung! Denn was sonst konnte schuld daran sein, daß ich solch eine fürchterliche Nacht verbrachte? Ich entsinne mich keiner anderen, die nur im geringsten mit dieser zu vergleichen wäre, seit ich fähig war zu leiden.

Ich fing an zu träumen, fast bevor ich aufhörte zu wissen, wo ich war. Ich glaubte, es sei Morgen und ich hätte mich, mit Joseph als Führer, auf den Weg nach Hause gemacht. Der Schnee lag ellenhoch auf unserer Straße, und während wir dahinstapften, quälte mich mein Begleiter mit ständigen Vorwürfen, weil ich keinen Pilgerstab mitgenommen hätte, ohne den ich nie in das Haus gelangen werde; dabei schwang er prahlerisch einen plumpen Knüttel, den er, soviel ich verstand, als Pilgerstab bezeichnete. Einen Augenblick lang erschien es mir widersinnig, daß ich einer solchen Waffe bedürfen sollte, um in meine eigene Wohnung zu gelangen. Dann blitzte eine neue Vorstellung in mir auf: Ich ging gar nicht nach Hause; wir gingen über Land, um den berühmten Jabes Branderham über den Text ›Siebenzigmal sieben‹ predigen zu hören. Entweder Joseph oder der Prediger oder ich hatte das ›erste vom einundsiebenzigsten Mal‹ verbrochen und sollte an den Pranger gestellt und exkommuniziert werden.

Wir kamen zur Kapelle. In Wirklichkeit bin ich auf meinen Spaziergängen zwei- oder dreimal daran vorübergegangen; sie liegt in einer Senke zwischen zwei Bergen, einer hochgelegenen Senke bei einem Sumpf, dessen torfig feuchte Beschaffenheit die Eigentümlichkeit haben soll, die wenigen Leichname, die dort liegen, zu erhalten. Noch ist das Dach heil geblieben, aber da die Besoldung des Geistlichen nur zwanzig Pfund im Jahr beträgt und freie Wohnung in einem Haus mit zwei Zimmern, die Gefahr laufen, in Kürze zu einem einzigen zusammenzufallen, will kein Geistlicher die Obliegenheiten des Pastors übernehmen, um so weniger, als allgemein berichtet wird, daß seine Gemeinde ihn eher verhungern ließe, als seinen Lebensunterhalt auch nur durch einen Pfennig aus ihrer Tasche zu verbessern. In meinem Traum jedoch hatte Jabes eine vollzählige und andächtige Gemeinde. Und er predigte.

Großer Gott, diese Predigt! Sie bestand aus vierhundertneunzig Abschnitten, deren jeder völlig einer der üblichen Ansprachen von der Kanzel entsprach und eine besondere Sünde behandelte. Woher er sie alle nahm, weiß ich nicht. Er hatte seine eigene Art der Auslegung, und es schien wesentlich zu sein, daß sein Nächster bei jeder Gelegenheit mehrere Sünden beging. Sie waren von der seltsamsten Art: merkwürdige Vergehen, von denen ich vorher keine Ahnung gehabt hatte.

Oh, wie müde ich wurde! Wie ich mich krümmte und gähnte, einnickte und wieder aufschrak! Wie ich mich selbst zwickte und kniff, mir die Augen rieb, wie ich aufstand und mich wieder hinsetzte und Joseph anstieß, damit er mir Bescheid sagen sollte, wenn Jabes endlich zum Schluß käme. Ich war dazu verdammt, alles mit anzuhören. Schließlich gelangte er zum ›ersten vom einundsiebzigsten Mal‹. Bei diesem Punkt überkam mich eine plötzliche Erleuchtung: ich mußte aufstehen und Jabes Branderham als den Sünder brandmarken, dem kein Christ zu verzeihen braucht.

»Herr«, rief ich, »die ganze Zeit habe ich ohne Unterbrechung in diesen vier Wänden gesessen und habe die vierhundertneunzig Abschnitte Ihrer Predigt ertragen und verziehen. Siebenmal siebenzigmal habe ich meinen Hut genommen und war drauf und dran, fortzugehen – siebenmal siebenzigmal haben Sie mich albernerweise gezwungen, wieder niederzusitzen. Das vierhunderteinundneunzigste Mal ist zuviel. Leidensgefährten, packt ihn! Zerrt ihn herunter und reißt ihn in Fetzen, daß der Ort, der ihn kennt, ihn nicht mehr erkennen kann!«

»Du bist der Mann!« schrie Jabes nach einer feierlichen Pause und beugte sich über die Brüstung. Siebenmal siebenzigmal hast du dein Gesicht zum Gähnen verzerrt, siebenmal siebenzigmal habe ich mit meiner Seele Rat gepflogen. Siehe, das ist menschliche Schwäche; es soll vergeben sein! Das erste vom einundsiebzigsten Mal ist gekommen. Brüder, vollstreckt an ihm das Urteil, wie es geschrieben steht! So geschehe zur Ehre aller Seiner Heiligen!« Nach diesen abschließenden Worten stürzte die ganze Gemeinde sich wie ein Mann mit erhobenen Hirtenstäben auf mich und umzingelte mich, und da ich keine Waffe zur Verteidigung hatte, rang ich mit Joseph, meinem nächsten und wildesten Angreifer, um die seine. Im Handgemenge der Massen kreuzten sich die Knüttel; nach mir gezielte Hiebe sausten auf fremde Schädel nieder, schließlich hallte die ganze Kapelle von Schlägen und Gegenschlägen wider. Jeder kämpfte gegen jeden, und Branderham, der auch nicht müßig bleiben wollte, bewies seinen Eifer durch prasselndes Getrampel auf dem Bretterboden der Kanzel, das so laut dröhnte, daß es mich zu meiner unaussprechlichen Erleichterung weckte. Und was hatte mir den fürchterlichen Lärm vorgegaukelt? Was hatte bei dem Spektakel Jabes' Rolle gespielt? Nur der Zweig einer Föhre, der im Sturm manchmal gegen das Fenster schlug und dessen trockene Zapfen seltsam rasselten! Argwöhnisch lauschte ich einen Augenblick, entdeckte den Störenfried und drehte mich auf die andere Seite, schlummerte ein und träumte wieder, wenn möglich noch unangenehmer als vorher.

Dieses Mal war ich mir bewußt, in dem Eichenkabinett zu liegen, und vernahm deutlich den tobenden Wind und das Schneetreiben draußen. Ich hörte auch den Föhrenzweig mit seinem aufreizenden Geräusch, das ich nun der richtigen Ursache zuschrieb; aber es ärgerte mich so sehr, daß ich beschloß, es zum Schweigen zu bringen; ich glaubte aufzustehen und mich zu bemühen, den Fensterflügel loszuhaken. Der Haken war in der Krampe festgelötet, ein Umstand, den ich im Wachen bemerkt, aber wieder vergessen hatte. »Das muß trotzdem aufhören!« murmelte ich, stieß meine Faust durch die Scheibe und streckte den Arm aus, um den lästigen Zweig zu packen. Statt dessen schlossen sich meine Finger um eine kleine, eiskalte Hand! Das schreckhafte Entsetzen eines Alpdruckes überfiel mich. Ich versuchte meinen Arm freizubekommen, aber die Hand klammerte sich daran fest, und eine todtraurige Stimme schluchzte: »Laß mich hinein, laß mich hinein!« »Wer bist du?« fragte ich und versuchte mit Macht, mich zu befreien. »Catherine Linton«, antwortete es bebend. (Warum dachte ich nur an Linton? Ich hatte zwanzigmal öfter Earnshaw gelesen als Linton.) »Ich bin wieder da, ich hatte mich im Moor verirrt!« Während es sprach, nahm ich dunkel das Gesicht eines Kindes wahr, das durch das Fenster blickte. Das Entsetzen machte mich grausam: Da es zwecklos schien, das Geschöpf abzuschütteln, zog ich sein Handgelenk an das zerbrochene Glas und rieb es hin und her, bis das Blut herunterrann und die Bettücher befleckte. Und immer noch wehklagte es: »Laß mich hinein!«, hielt mich mit zähem Griff fest und machte mich fast wahnsinnig vor Angst. »Wie kann ich

denn!« sagte ich endlich. »Laß mich los, wenn ich dich einlassen soll!« Die Finger lockerten sich, ich zog meinen Arm mit einem Ruck durch das Loch zurück, türmte hastig die Bücher zu einer Pyramide davor auf und hielt mir die Ohren zu, um das klägliche Flehen nicht mehr zu hören. So hielt ich wohl eine Viertelstunde lang aus; doch kaum lauschte ich wieder, so war das traurige Weinen wieder da, das ohne Pause wimmerte. »Geh weg«, rief ich, »ich werde dich nie hereinlassen, und wenn du zwanzig Jahre bettelst!« »Es sind zwanzig Jahre«, klagte die Stimme, »zwanzig Jahre! Ich bin seit zwanzig Jahren heimatlos!« Jetzt war draußen ein schwaches Kratzen zu vernehmen, und der Bücherstapel bewegte sich, als wenn er mir entgegenstürzen wollte. Ich versuchte aufzuspringen, konnte aber kein Glied rühren und schrie in rasendem Entsetzen laut auf. Zu meiner Bestürzung entdeckte ich, daß der Schrei nicht geträumt war. Hastige Schritte näherten sich meiner Zimmertür, jemand stieß sie mit kräftiger Hand auf, und ein Licht schimmerte durch die Öffnungen oben an meinem Bett. Ich saß noch schaudernd da und wischte mir den Schweiß von der Stirn, da schien der Eindringling zu zögern und murmelte etwas vor sich hin. Schließlich sagte er flüsternd, offenbar ohne eine Antwort zu erwarten: »Ist jemand hier?« Ich hielt es für das beste, meine Anwesenheit zu bekennen, denn ich erkannte Heathcliffs Stimme und fürchtete, er würde weitersuchen, wenn ich mich ruhig verhielte. Deshalb wandte ich mich um und schob die Türen auseinander. Nie werde ich die Wirkung vergessen.
Heathcliff stand in Hemd und Hose an der Tür, eine Kerze tropfte über seine Finger, und sein Gesicht war so weiß wie die Wand hinter ihm. Das erste Knacken des Holzes durchfuhr ihn wie ein elektrischer Schlag, das Licht flog weit weg aus seiner Hand, und seine Aufregung war so heftig, daß er kaum imstande war, die Kerze wieder aufzuheben.
»Es ist nur Ihr Gast, Mr. Heathcliff«, rief ich laut, denn ich wollte ihm die Demütigung ersparen, seine Feigheit noch länger zu offenbaren. »Ich hatte das Mißgeschick, im Schlaf zu schreien. Ein furchtbarer Alpdruck ängstigte mich. Es tut mir leid, daß ich Sie gestört habe.«
»Hol Sie der Teufel, Mr. Lockwood! Ich wollte, Sie wären in

der Hölle!« rief mein Wirt und stellte die Kerze auf einen Stuhl, weil er merkte, daß er sie nicht ruhig halten konnte. »Und wer hat Sie in dieses Zimmer gewiesen?« fuhr er fort, bohrte seine Nägel in die Handflächen und knirschte mit den Zähnen, um das Zucken seiner Kinnbacken zu unterdrücken. »Wer war das? Ich habe nicht übel Lust, ihn augenblicklich aus dem Hause zu jagen.«
»Es war Ihre Magd Zillah«, erwiderte ich, sprang aus dem Wandbett und suchte eilig meine Kleider zusammen. »Ich hätte nichts dagegen, wenn Sie es täten, Mr. Heathcliff; sie hat es reichlich verdient. Ich glaube, sie wollte auf meine Kosten wieder mal feststellen, daß es hier spukt. Das tut es! Es wimmelt hier von Gespenstern und Kobolden! Ich versichere Ihnen, Sie haben alle Ursache, den Raum zu verschließen. Niemand wird Ihnen für einen Schlummer in einer solchen Bude Dank wissen.«
»Was meinen Sie damit?« fragte Heathcliff, »und was tun Sie da? Legen Sie sich nieder bis zum Morgen, da Sie nun doch einmal hier sind. Aber um Himmels willen, machen Sie nicht noch einmal solch schrecklichen Lärm; der wäre nicht zu entschuldigen, außer wenn Ihnen die Kehle durchgeschnitten würde!«
»Wenn die kleine Teufelin durch das Fenster hereingekommen wäre, so hätte sie mich wahrscheinlich erwürgt!« entgegnete ich. »Ich denke nicht daran, die Verfolgungen Ihrer gastlichen Ahnen noch einmal zu erdulden. War nicht der hochwürdige Jabes Branderham mütterlicherseits mit Ihnen verwandt? Und dieser Racker, Catherine Linton, oder Earnshaw, oder wie sie hieß, muß ein Wechselbalg gewesen sein, das schlechte kleine Geschöpf! Sie hat mir erzählt, sie habe seit zwanzig Jahren keine Ruhe auf Erden gefunden; ohne Zweifel die gerechte Strafe für ihre Sünden in dieser Welt!«
Kaum hatte ich diese Worte herausgebracht, da erinnerte ich mich der Verbindung von Heathcliffs und Catherines Namen in dem Buch, das meinem Gedächtnis bis zu meinem Erwachen völlig entfallen war. Ich errötete über meine Unüberlegtheit, ließ mir jedoch nicht merken, daß ich mir einer Kränkung bewußt war, und fuhr hastig fort: »Tatsache ist, daß ich den ersten Teil der Nacht damit verbracht habe« – hier brach

ich wieder ab, denn ich hatte sagen wollen: ›in den alten Bänden dort zu lesen‹, aber das hätte meine Kenntnis ihres geschriebenen und gedruckten Inhalts offenbart, darum fuhr ich, mich berichtigend, fort: »den Namen zu buchstabieren, der in den Fenstersims eingeritzt ist. Eine eintönige Beschäftigung, die mich einschläfern sollte, so wie Zählen oder ...«

»Was soll das heißen, daß Sie so zu mir sprechen?« donnerte Heathcliff in wilder Leidenschaft. »Wie ... wie wagen Sie das, unter meinem Dach? – Allmächtiger! Er ist wahnsinnig, daß er so spricht!« Und er schlug sich wie rasend vor die Stirn. Ich wußte nicht, ob ich diese Sprache übelnehmen oder in meiner Erklärung fortfahren sollte; aber er schien so vollkommen außer sich zu sein, daß ich von Mitleid ergriffen wurde und meine Träume weiter erzählte. Ich versicherte, daß ich den Namen Catherine Linton nie zuvor gehört, daß aber das wiederholte Lesen auf mich die Wirkung ausgeübt habe, daß er Gestalt annahm, als ich meine Vorstellungskraft nicht mehr in der Gewalt hatte. Heathcliff zog sich immer mehr in den Schatten des Bettes zurück, während ich sprach, und war, als er sich hinsetzte, fast dahinter verborgen. An seinen unregelmäßigen und unterbrochenen Atemzügen jedoch erkannte ich, daß er mit aller Macht versuchte, einen Ausbruch heftiger Gemütsbewegung niederzukämpfen. Ich wollte ihm nicht zeigen, daß ich seine Aufregung wahrnahm, und fuhr ziemlich geräuschvoll fort, mich anzuziehen, sah nach der Uhr und hielt ein Selbstgespräch über die Länge der Nacht: »Was, noch nicht drei Uhr? Ich hätte darauf geschworen, es wäre sechs. Die Zeit bleibt hier stehen; wir sind gewiß um acht zur Ruhe gegangen.«

»Im Winter um neun, und um vier stehen wir immer auf«, sagte mein Wirt, ein Stöhnen unterdrückend, und eine Bewegung seines Armschattens ließ mich ahnen, daß er eine Träne aus den Augen wischte. »Mr. Lockwood«, fügte er hinzu, »Sie können in mein Zimmer gehen; Sie würden unten so früh nur im Wege sein, und Ihr kindischer Angstschrei hat meinen Schlaf zum Teufel gejagt.«

»Meinen auch«, erwiderte ich. »Ich werde im Hof umhergehen, bis es dämmert, und dann werde ich verschwinden. Sie brauchen keine Sorge zu haben, daß ich meinen Besuch noch einmal wiederholen werde. Jetzt bin ich völlig davon geheilt, Geselligkeit zu suchen, sei es auf dem Lande oder in der Stadt. Ein verständiger Mensch sollte ausreichende Gesellschaft in sich selbst finden.«

»Höchst erfreuliche Gesellschaft!« murmelte Heathcliff. »Nehmen Sie die Kerze und gehen Sie, wohin Sie wollen, ich komme gleich nach. Vermeiden Sie jedoch den Hof – die Hunde sind los – und das ›Haus‹; dort hält Juno Schildwache, und ... nein, Sie können nur im Treppenhaus und in den Gängen hin und her gehen. Also fort jetzt! Ich komme in zwei Minuten!«

Ich gehorchte insofern, als ich das Zimmer verließ; dann aber blieb ich stehen, weil ich nicht wußte, wohin der schmale Korridor führte, und wurde der unfreiwillige Zeuge eines Ausbruchs von Aberglauben bei meinem Gutsherrn, der in auffallendem Gegensatz zu dem Wesen stand, das er sonst zur Schau trug. Er ging auf das Bett zu, stieß den Fensterflügel auf und brach dabei in leidenschaftliche Tränen aus. »Komm herein! Komm herein!« schluchzte er. »Cathy, komm doch! Oh, komm noch einmal! Oh, mein Herzensliebling! Höre mich wenigstens dieses eine Mal!« Das Gespenst zeigte sich so launisch, wie Gespenster eben sind: es gab kein Zeichen seines Daseins, aber der Schnee und der Wind wirbelten heftig herein, bis dorthin, wo ich stand, und bliesen das Licht aus.

Es lag so viel Pein in dem Schmerzensschrei, der diese Raserei begleitete, daß mein Mitleid seine Narrheit übersah und ich mich zurückzog, ärgerlich darüber, daß ich überhaupt gelauscht und meinen lächerlichen Alpdruck erzählt hatte, da dieser so unbeschreiblichen Schmerz hervorgerufen hatte, obwohl es über meine Begriffe ging, warum es geschah. Ich stieg vorsichtig in die unteren Regionen hinab und landete in der hinteren Küche, wo die Glut des Feuers, sorgfältig zusammengescharrt, es mir möglich machte, meine Kerze wieder anzuzünden. Nichts rührte sich, außer einer graugestreiften Katze, die aus der Asche gekrochen kam und mich mit einem kläglichen Miauen begrüßte.

Zwei zum Halbkreis geformte Bänke umschlossen fast den Herd; auf einer von ihnen streckte ich mich aus, und die Mieze sprang auf die andere. Wir waren beide eingeschlafen, ehe uns jemand in unseren Unterschlupf aufstöberte. Dann kam Joseph polternd eine Holzleiter herunter, die in einer Luke im Dach mündete, vermutlich der Aufstieg in seine Bodenkammer. Er warf einen finsteren Blick auf die kleine Flamme, die ich zu einem Flackern auf dem Rost angefacht hatte, stieß die Katze von ihrer erhöhten Lagerstätte, setzte sich auf den frei gewordenen Platz und machte sich daran, eine dreizöllige Pfeife mit Tabak zu stopfen. Meine Anwesenheit in seinem Heiligtum galt ihm augenscheinlich als Zudringlichkeit, viel zu schändlich, auch nur bemerkt zu werden. Schweigend nahm er die Pfeife zwischen die Lippen, verschränkte die Arme und paffte. Ich überließ ihn diesem Genuß ungestört; nachdem er das letzte Rauchwölkchen herausgezogen und einen tiefen Seufzer ausgestoßen hatte, stand er auf und verschwand ebenso ernsthaft, wie er gekommen war.

Dann näherten sich leichtere Schritte, und ich öffnete schon den Mund, um guten Morgen zu sagen, schloß ihn jedoch wieder, ohne mein Vorhaben auszuführen, denn Hareton Earnshaw verrichtete sein Morgengebet sotto voce mit einer Reihe von Flüchen, die er jedem Gegenstand entgegenschleuderte, den er berührte, während er eine Ecke nach einem Spaten oder einer Schippe durchstöberte, um die Schneewehen, wegzuschaufeln. Er blickte über die Lehne der Bank, blähte die Nüstern und tauschte ebensowenig Höflichkeiten mit mir wie mit meiner Gefährtin, der Katze. Ich schloß aus seinen Vorbereitungen, daß ich jetzt hinausgehen könne, verließ mein hartes Lager und machte Anstalten, ihm zu folgen. Das bemerkte er und stieß mit dem Ende des Spatens an eine ins Innere führende Tür, mit einem undeutlichen Grunzen andeutend, daß ich dorthin gehen müsse, wenn ich meinen Platz zu wechseln wünsche.

Die Tür führte in das ›Haus‹, wo die Frauen bereits tätig waren. Zillah trieb mit einem riesigen Blasebalg funkensprühende Flammen in den Schornstein hinauf, und Mrs. Heathcliff kniete am Kamin und las beim Feuerschein in einem Buch. Sie schützte ihre Augen mit der Hand vor der Ofenhitze und schien in ihre Beschäftigung versunken, die sie nur unterbrach, um die Magd zu schelten, wenn sie sie mit Funken übersprühte, oder um dann und wann einen Hund wegzustoßen, der gar zu vorwitzig in ihr Gesicht schnüffelte. Es überraschte mich, auch Heathcliff dort zu sehen. Er stand am Feuer, den Rücken mir zugedreht, und machte der armen Zillah gerade einen stürmischen Auftritt; sie unterbrach von Zeit zu Zeit ihre Arbeit, um einen Zipfel ihrer Schürze hochzunehmen und einen entrüsteten Laut auszustoßen.

»Und du, du nichtswürdiges ...«, fuhr er gerade, als ich eintrat, auf seine Schwiegertochter los und benutzte ein Beiwort, so harmlos wie Gans oder Schaf, das gewöhnlich durch einen Gedankenstrich ersetzt wird, »treibst du wieder deine müßigen Possen? Die anderen verdienen ihren Unterhalt – du lebst von meiner Gnade! Laß den Unsinn sein und mach dich nützlich! Du sollst mir für die Plage büßen, dich ewig vor Augen zu haben. Hörst du, du verdammtes Frauenzimmer?«

»Ich werde meinen Unsinn lassen, weil du mich dazu zwingen kannst, wenn ich nicht will«, antwortete die junge Dame, klappte ihr Buch zu und warf es auf einen Stuhl. »Aber ich werde nur tun, was mir paßt, und wenn du dir die Seele aus dem Halse fluchst!«

Heathcliff hob die Hand, und die Sprecherin, augenscheinlich mit ihrer Wucht vertraut, brachte sich in sichere Entfernung. Ich hatte keine Lust, einen Kampf von Hund und Katze hier mit anzusehen, und trat rasch vor, als wollte ich an der Wärme des Feuers teilhaben und hätte keine Ahnung von dem unterbrochenen Streit. Sie bewiesen beide genug Geschmack, die Feindseligkeiten einzustellen: Heathcliff vergrub seine Fäuste, die Versuchung bekämpfend, in seinen Taschen, während Mrs. Heathcliff mit gekräuselten Lippen einem weit entfernten Sitz zusteuerte und dort, solange ich noch anwesend war, ihren Worten getreu starr wie eine Bildsäule verharrte. Ich blieb nicht mehr lange. Am Frühstück teilzunehmen, lehnte ich ab, und beim ersten Schein der Dämmerung suchte ich eine Gelegenheit, in die frische Luft zu entkommen, die jetzt klar und still und eisig kalt war.

Bevor ich das Ende des Gartens erreichte, rief mein Gutsherr hinter mir her, ich solle stehenbleiben, und bot mir an, mich übers Moor zu begleiten. Es war gut, daß er das tat, denn der ganze Bergrücken war ein einziges wogendes weißes Meer. Die Höhen und Senken entsprachen nicht mehr den Erhebungen und Senkungen des Bodens, viele Gruben waren bis zum Rande angefüllt, und ganze Reihen der Schutthalden von den Steinbrüchen waren aus dem Bild der Landschaft verschwunden, das ich mir nach meinem gestrigen Marsch im Geiste gemacht hatte. Ich hatte mir auf einer Seite der Straße eine Reihe in Abständen von sechs bis sieben Ellen hochkant stehender Steine gemerkt, die sich durch die ganze Ausdehnung der Einöde fortsetzte. Die Steine waren aufgerichtet und mit Kalk bestrichen, um im Dunkeln als Wegweiser zu dienen, selbst wenn ein Schneefall wie dieser den Unterschied zwischen dem tiefer liegenden Sumpf zu beiden Seiten und dem festeren Weg verwischen sollte. Jedoch außer hin und wieder auftauchenden schmutzigen Flecken waren alle Spuren ihres Vorhandenseins verschwunden, und mein Führer mußte mich häufig durch Zurufe nach rechts oder links weisen, während ich mir einbildete, genau den Windungen der Straße zu folgen. Wir sprachen wenig miteinander. Am Parktor von Trushcross Grange machte er halt und sagte, dort könnte ich mich nicht mehr verirren. Unser Abschied beschränkte sich auf eine hastige Verbeugung, dann ging ich, auf mich selbst angewiesen, los, denn die Pförtnerwohnung ist noch nicht verpachtet. Die Entfernung vom Tor bis zum Gehöft beträgt zwei Meilen; ich glaube, bei mir wurden vier daraus, weil ich mich zwischen den Bäumen nicht zurechtfand und manchmal bis zum Hals im Schnee versank, eine Lage, die nur der nachempfinden kann, der so etwas durchgemacht hat. Auf alle Fälle – wie meine Irrfahrt auch verlief – schlug die Uhr zwölf, als ich das Haus betrat, und das entsprach genau einer Stunde für jede Meile des gewöhnlichen Weges von Wuthering Heights.

Mein Faktotum und ihre Trabanten stürzten zu meiner Begrüßung herbei und schrien durcheinander, sie hätten schon alle Hoffnung aufgegeben, mich wiederzusehen, sie hätten geglaubt, ich sei in der Nacht umgekommen, und hätten beratschlagt, wie die Suche nach meinen sterblichen Überresten aufgenommen werden sollte. Ich bat sie, sich zu beruhigen, da ich wieder da sei, und schleppte mich, bis ins Innerste erstarrt, die Treppe hinauf. Dort habe ich mich, nachdem ich trockene Kleider angezogen hatte und dreißig bis vierzig Minuten lang auf und ab gegangen war, um mein Blut wieder in rechten

Gang zu bringen, in meine Studierstube geschleppt, schwach wie ein Kätzchen, beinahe zu schwach, mich an dem lustigen Feuer und dem dampfenden Kaffee zu erfreuen, den die Magd zu meiner Belebung bereitet hatte.

Viertes Kapitel

Was für eitle Wetterfahnen sind wir doch! Ich, der ich beschlossen hatte, mich allem geselligen Verkehr fernzuhalten, und meinen Sternen dafür dankte, daß ich endlich einen Fleck entdeckt hatte, wo das nicht unausführbar schien, ich sah mich genötigt, die Segel zu streichen, nachdem ich, schwach und elend, bis zum Dunkelwerden einen Kampf gegen Niedergeschlagenheit und Einsamkeit ausgefochten hatte. Unter dem Vorwand, Auskünfte über Anschaffungen für den Haushalt einzuholen, bat ich Mrs. Dean, die mir das Abendbrot brachte, sich, während ich aß, zu mir zu setzen. Ich hoffte inständig, in ihr eine regelrechte Klatschbase zu finden, die mich mit ihrem Geschwätz entweder ermuntern oder in Schlaf lullen werde.

»Sie leben hier schon recht lange«, begann ich, »sechzehn Jahre, sagten Sie?«

»Achtzehn, Mr. Lockwood. Ich kam als Mädchen her, als die gnädige Frau heiratete, und nachdem sie gestorben war, behielt mich der Herr als Haushälterin.«

»Ach so.«

Hier folgte eine Pause. Sie war doch keine Klatschbase, oder höchstens in ihren eigenen Angelegenheiten, und die interessierten mich kaum. Als sie jedoch eine ganze Weile, die Hände auf die Knie gestützt, mit einem grüblerischen Ausdruck in ihrem roten Gesicht, nachgedacht hatte, rief sie aus: »Ach, wie sich die Zeiten seitdem geändert haben!«

»Ja«, sagte ich, »Sie müssen viele Wandlungen erlebt haben!«

»Das habe ich, und auch viel Unglück«, sagte sie.

›Jetzt werde ich die Rede auf die Familie meines Gutsherrn bringen‹, dachte ich bei mir. ›Ein gutes Gesprächsthema, zum Anfang – und die hübsche mädchenhafte Witwe, ich möchte wohl ihre Geschichte kennen: ob sie aus dieser Gegend stammt oder, was wahrscheinlicher ist, eine Fremde ist, die engherzige Einheimische nicht als Verwandte anerkennen wollen.‹ In dieser Absicht fragte ich Mrs. Dean, warum Thrushcross Grange verpachtet sei und die Familie Heathcliff in einer so kümmerlichen Behausung und in ebenso kümmerlichen Verhältnissen lebe. »Ist er nicht reich genug, die Besitzung instand halten zu können?« fragte ich.

»Reich, Mr. Lockwood?« entgegnete sie. »Er hat wer weiß wieviel Geld, und jedes Jahr wird es mehr. Ja, ja, er ist reich genug, in einem viel schöneren Hause zu leben; aber er ist sehr genau – geizig! Und wenn er auch nach Thrushcross Grange hätte ziehen wollen – sobald er von einem guten Pächter gehört hätte, hätte er es nicht ertragen können, daß ihm ein paar hundert entgangen wären. Es ist seltsam, daß Leute so habgierig sein können, wenn sie in der Welt allein stehen!«

»Er hatte anscheinend einen Sohn?«

»Ja, er hatte einen, aber der ist tot.«

»Und die junge Dame, Mrs. Heathcliff, ist seine Witwe?«

»Ja.«

»Woher stammt sie eigentlich?«

»Sie ist die Tochter meines verstorbenen Herrn, Catherine Linton war ihr Mädchenname. Ich habe sie großgezogen, das arme Ding. Ich hatte gehofft, Mr. Heathcliff werde sie zurückschicken, dann hätten wir wieder zusammen leben können.«

»Was, Catherine Linton?« rief ich erstaunt. Aber eine kurze Überlegung überzeugte mich, daß das nicht meine gespenstische Catherine war, und ich fuhr fort: »Dann war der Name meines Vorgängers Linton?«

»Ganz recht.«

»Und wer ist dieser Earnshaw, Hareton Earnshaw, der bei Mr. Heathcliff wohnt? Sind die beiden verwandt?«

»Nein, er ist der Neffe der verstorbenen Mrs. Linton.«

»Also der Vetter der jungen Dame?«

»Ja, und ihr Mann war ebenfalls ihr Vetter, der eine mütterlicherseits, der andere väterlicherseits: Heathcliff hat Mr. Lintons Schwester geheiratet.«

»Ich sah, daß am Haus in Wuthering Heights über der Eingangstür ›Earnshaw‹ eingemeißelt steht. Ist es eine alte Familie?«

»Sehr alt, Mr. Lockwood, und Hareton ist der Letzte von ihnen, so wie unsere Miß Cathy die Letzte von uns – ich meine, von den Lintons – ist. Waren Sie in Wuthering Heights? Verzeihen Sie, daß ich frage, aber ich wüßte gern, wie es ihr geht.«

»Mrs. Heathcliff? Sie sah sehr gut und sehr schön aus, aber ich fürchte, sie ist nicht sehr glücklich.«

»Du liebe Güte, das ist kein Wunder! Und wie gefiel Ihnen der Herr?«

»Ein recht grober Patron, Mrs. Dean. Stimmt das nicht?«

»Rauh wie ein Reibeisen und hart wie Granit! Je weniger Sie sich mit ihm einlassen, desto besser.«

»Er muß allerhand erlebt haben, was ihn zu einem solchen Grobian gemacht hat. Kennen Sie seine Lebensgeschichte?«

»Er ist ein Kuckucksei, Mr. Lockwood; ich kenne sein ganzes Leben, weiß nur nicht, wo er geboren ist, wer seine Eltern waren und wie er zuerst zu seinem Gelde gekommen ist. Und Hareton ist ausgestoßen worden, wie ein nackter kleiner Vogel! Der unglückliche Junge ist in unserem ganzen Kirchspiel der einzige, der keine Ahnung davon hat, wie sehr er benachteiligt worden ist.«

»Wissen Sie, Mrs. Dean, Sie würden ein gutes Werk tun, wenn Sie mir etwas über meine Nachbarn erzählten. Ich fühle, ich könnte jetzt noch nicht schlafen, wenn ich zu Bett ginge, also seien Sie so gut und plaudern Sie ein Stündchen mit mir.«

»Recht gern, Mr. Lockwood! Ich will nur mein Nähzeug holen, dann bleibe ich so lange, wie Sie wollen. Aber Sie haben sich erkältet; ich habe gesehen, daß Sie frösteln. Sie müssen jetzt eine Haferschleimsuppe essen, um die Krankheit zu vertreiben.«

Die treffliche Frau lief geschäftig hinaus, und ich rückte näher ans Feuer; mein Kopf glühte, und mein Körper war eiskalt; Nerven und Gehirn waren in hohem Maße erregt. Ich fühlte mich nicht unbehaglich, aber ich fürchtete (und befürchte es noch), daß die heutigen und gestrigen Ereignisse ernste Folgen haben werden. Mrs. Dean kam bald wieder und brachte eine dampfende Schüssel und einen Nähkorb mit. Sie stellte die Suppe auf den Kaminsims, und augenscheinlich erfreut, mich so umgänglich zu finden, rückte sie ihren Stuhl näher.

Bevor ich hierherkam – begann sie, ohne eine weitere Aufforderung zum Erzählen abzuwarten –, war ich meistens in Wuthering Heights; denn meine Mutter war die Amme von Mr. Hindley Earnshaw, das war Haretons Vater, und ich war gewöhnt, mit den Kindern zu spielen. Ich besorgte auch Botengänge, half beim Heuen und lungerte auf dem Gut herum, stets bereit, kleine Aufträge auszuführen. Eines schönen Sommermorgens – ich entsinne mich, es war zu Beginn der Ernte – kam Mr. Earnshaw, der alte Herr, zu einer Reise gerüstet, die Treppe herunter. Nachdem er Joseph gesagt hatte, was im Laufe des Tages getan werden sollte, wandte er sich an Hindley, Cathy und mich – denn ich aß meinen Haferbrei mit ihnen – und sagte, zu seinem Sohn gewendet: »Nun, kleiner Mann, ich gehe heute nach Liverpool, was soll ich dir mitbringen? Du darfst dir wünschen, was du möchtest, nur leicht muß es sein; denn ich gehe zu Fuß hin und zurück und jedesmal sechzig Meilen; das ist ein langer Marsch!« Hindley wollte eine Geige. Dann fragte er Miß Cathy; sie war kaum sechs Jahre alt, aber sie konnte jedes Pferd im Stall reiten, und sie wählte eine Peitsche. Er vergaß auch mich nicht, denn er hatte ein gütiges Herz, obwohl er manchmal recht streng war. Er versprach mir, eine Tasche voll Äpfel und Birnen mitzubringen. Dann küßte er seine Kinder, sagte Lebewohl und machte sich auf den Weg.

Sehr lange erschienen uns allen die drei Tage ohne ihn, und oft fragte die kleine Cathy, wann er nach Hause käme. Mrs. Earnshaw erwartete ihn am dritten Abend zum Nachtessen; sie schob die Mahlzeit von Stunde zu Stunde hinaus, aber nichts deutete auf sein Kommen hin, und schließlich wurden es die Kinder leid, zum Tor zu laufen, um Ausschau zu halten. Es wurde dunkel; sie hätte sie gern zu Bett geschickt, aber sie baten so kläglich, aufbleiben zu dürfen, und endlich, gegen elf Uhr, wurde die Türklinke leise heruntergedrückt, und herein trat der Herr. Er warf sich, halb lachend, halb stöhnend, in einen Stuhl und bat sie, ihn erst einmal in Ruhe zu lassen, er sei halbtot; nicht um die drei Königreiche wolle er wieder so einen Marsch machen.

»Und zum Schluß noch halb zu Tode gehetzt werden!« sagte er und öffnete seinen Mantel, den er wie ein Bündel in den Armen hielt. »Sieh her, Frau! In meinem Leben ist mir nichts so schwer gemacht worden. Aber du mußt es als Gabe Gottes hinnehmen, wenn es auch so dunkel ist, als käme es aus der Hölle.«

Wir drängten uns um ihn, und über Miß Cathys Kopf hinweg warf ich einen Blick auf ein schmutziges, zerlumptes, schwarzhaariges Kind. Es war groß genug, gehen und sprechen zu können, und sein Gesicht sah älter aus als Catherines. Als es jedoch auf die Füße gestellt wurde, starrte es nur in die Runde und brachte ein Kauderwelsch hervor, das keiner von uns verstehen konnte. Ich war erschrocken, und Mrs. Earnshaw war drauf und dran, es wieder hinauszuwerfen. Sie fuhr auf und fragte, wie er sich unterstehen könne, diesen Zigeunerjungen ins Haus zu bringen, da sie doch ihre eigenen Kinder zu ernähren und zu versorgen hätten; was er mit ihm zu tun gedächte und ob er wahnsinnig sei. Der Herr versuchte die Sache zu erklären, aber er war halbtot vor Müdigkeit. Das einzige, was ich zwischen ihren Scheltworten heraushören konnte, war, daß er das Kind hungernd, obdachlos und fast stumm vor Erschöpfung in den Straßen Liverpools gesehen und es aufgelesen hatte, um sich nach seinen Angehörigen zu erkundigen. Keine Seele wußte, wohin es gehörte, sagte er, und da er wenig Geld und Zeit hatte, hielt er es für besser, es nach Hause mitzunehmen, als sich dort in unnütze Unkosten zu stürzen. Denn er wollte es nicht so zurücklassen, wie er es gefunden hatte. Nun, am Ende fügte sich meine Herrin zögernd, und Mr. Earnshaw beauftragte mich, das fremde Kind zu waschen, ihm saubere Sachen zu geben und es bei den Kindern schlafen zu lassen.

Hindley und Catherine beschränkten sich darauf stumme Zuschauer zu sein, bis der Friede wiederhergestellt war; dann fingen beide an, ihres Vaters Taschen nach den Geschenken zu durchsuchen, die er ihnen versprochen hatte. Hindley war ein Junge von vierzehn Jahren; als er jedoch zutage förderte, was einmal eine Geige gewesen und im Mantel in Stücke zerquetscht worden war, heulte er laut. Und als Cathy hörte, daß der Herr die Peitsche verloren hatte, während er auf den Fremdling aufpaßte, ließ sie ihre schlechte Laune dadurch aus, daß sie dem dummen kleinen Wesen Fratzen schnitt und es anspuckte, bis ihr Vater ihr eine tüchtige Ohrfeige gab, um ihr bessere Manieren beizubringen. Beide Kinder weigerten sich heftig, den Findling bei sich im Bett und überhaupt in ihrem Zimmer zu haben, und ich war auch nicht vernünftiger und bettete ihn auf den Treppenabsatz, in der Hoffnung, er werde am Morgen verschwunden sein. Vielleicht vom Klang seiner Stimme angelockt, kroch er zu Mr. Earnshaws Tür, der ihn dort fand, als er sein Zimmer verließ. Es wurden Nachforschungen angestellt, wie er dorthin geraten war; ich mußte gestehen, und als Strafe für meine Feigheit und Roheit wurde ich aus dem Hause gewiesen.

Das war Heathcliffs Einführung in die Familie. Als ich einige Tage später zurückkehrte (denn ich betrachtete meine Verbannung nicht als endgültig), fand ich, daß sie ihn Heathcliff getauft hatten. Es war der Name eines Sohnes, der als kleines Kind gestorben war, und er hat ihm seither als Vorname wie als Zuname gedient. Miß Cathy und er waren schon dicke Freunde, aber Hindley haßte ihn und, um die Wahrheit zu sagen, ich mit ihm; wir quälten ihn und sprangen schändlich mit ihm um. Ich war nicht vernünftig genug, meine Ungerechtigkeit zu erkennen, und die Herrin brachte nie ein Wort zu seinen Gunsten vor, wenn sie sah, daß ihm Unrecht geschah. Er war ein gedrücktes, geduldiges Kind, anscheinend an schlechte Behandlung gewöhnt. Hindleys Schläge ertrug er, ohne zu zucken und ohne eine Träne zu vergießen, und wenn ich ihn kniff, so zog er nur den Atem ein und schlug seine Augen groß auf, als ob er sich durch Zufall weh getan hätte und niemand schuld daran sei. Diese Langmut brachte den alten Earnshaw in Wut, wenn er merkte, daß sein Sohn das arme, vaterlose Kind (so nannte er es) quälte. Er gewann Heathcliff auf erstaunliche Art lieb und glaubte ihm alles, was er sagte (übrigens sagte er herzlich wenig und fast immer die Wahrheit), und verwöhnte ihn weit mehr als Cathy, die für ein Hätschelkind zu mutwillig und zu launenhaft war.

So hat er von Anfang an im Hause Unfrieden gesät, und beim

Tode Mrs. Earnshaws, der weniger als zwei Jahre später eintrat, hatte der junge Herr gelernt, seinen Vater nicht als Freund, sondern als Unterdrücker zu betrachten und Heathcliff als einen, der sich die Zuneigung seines Vaters und seine Vorrechte erschlichen hatte, und das Grübeln über diese Kränkungen verbitterte ihn. Eine Zeitlang dachte ich genauso; aber als die Kinder an Masern erkrankten und ich sie pflegte und so die Sorgen einer Frau übernehmen mußte, änderte sich mein Sinn. Heathcliff war todkrank, und als es ganz schlimm um ihn stand, wollte er mich ständig an seinem Bett haben. Ich glaube, er fühlte, daß ich ihm wohltat, und er ahnte nicht, daß ich es gezwungen tat. Ich muß sagen, er war das ruhigste Kind, das je von einer Pflegerin versorgt wurde. Der Unterschied zwischen ihm und den anderen lehrte mich, weniger parteiisch zu sein. Cathy und ihr Bruder plagten mich schrecklich, *er* war geduldig wie ein Lamm; doch glaubte ich, daß es eher seine Verschlossenheit als Freundlichkeit war, die ihn so bescheiden machte.

Er genas, und der Arzt meinte, das sei zum größten Teil mein Verdienst, und lobte meine sorgfältige Pflege. Ich war stolz auf seine Anerkennung; sie stimmte mich weicher gegen das Menschenkind, das mir dieses Lob eingebracht hatte, und so verlor Hindley seinen letzten Verbündeten. Ich konnte mir jedoch nichts aus Heathcliff machen und fragte mich oft, was meinen Herrn so sehr zu dem einsilbigen Jungen hingezogen hatte, der, soweit ich mich erinnerte, seine Bevorzugung nie mit einem Zeichen von Dankbarkeit vergalt. Er war nicht ungezogen gegen seinen Wohltäter, er war nur gleichgültig. Dabei wußte er genau, welchen Halt er an ihm hatte, und er war sich klar darüber, daß er nur den Mund aufzutun brauchte, um das ganze Haus seinen Wünschen gefügig zu machen. Ich erinnere mich eines Beispiels. Eines Tages kaufte Mr. Earnshaw auf dem Jahrmarkt ein Paar Füllen und schenkte jedem der Jungen eines. Heathcliff nahm sich das schönste; aber bald fing es an zu lahmen, und als er das entdeckte, sagte er zu Hindley: »Du mußt dein Pferd mit mir tauschen, ich mag meines nicht, und wenn du nicht willst, werde ich deinem Vater erzählen, daß du mich diese Woche dreimal verprügelt hast, und werde ihm meinen Arm zeigen, der bis oben hin grün und blau ist.« Hindley steckte die Zunge heraus und versetzte ihm eine Ohrfeige. »Tu es lieber gleich«, beharrte Heathcliff und entwischte zur Tür (sie waren im Stall). »Du mußt ja doch, und wenn ich von diesen Schlägen erzähle, bekommst du sie mit Zinsen zurück.« »Weg, du Hund!« schrie Hindley und drohte ihm mit einem eisernen Gewicht, das zum Wiegen von Kartoffeln und Heu benutzt wurde. »Wirf nur«, entgegnete Heathcliff und stand still, »dann werde ich ihm erzählen, wie du damit geprahlt hast, du werdest mich vor die Tür setzen, sobald er tot ist; dann kannst du sehen, ob er dich nicht selbst gleich hinauswirft.« Hindley warf und traf ihn vor die Brust; er fiel hin, taumelte aber sofort wieder auf, atemlos und weiß im Gesicht, und hätte ich es nicht verhindert, dann wäre er so, wie er war, zum Herrn gegangen und hätte seine Verfassung für sich sprechen lassen. Hindleys Schuld wäre entdeckt worden, er hätte volle Genugtuung erhalten. »Na, dann nimm mein Füllen, Zigeuner!« sagte der junge Earnshaw. »Ich bete zu Gott, daß es dir einmal das Genick bricht; nimm's, du verdammter, erbärmlicher Eindringling! Schwatze nur meinem Vater alles ab, was er hat, zeige ihm nur hinterher dein wahres Gesicht, du Satansbrut! – Und jetzt noch das, hoffentlich fliegt dein Gehirn heraus!«

Heathcliff hatte das Tier losgebunden und wollte es in seinen eigenen Stand führen; er ging hinter ihm her, als Hindley ihn zu Fall brachte, indem er ihm ein Bein stellte und, ohne sich um die Folgen seiner Tat zu kümmern, davonrannte, so schnell er konnte. Ich war überrascht, wie kaltblütig sich der Knabe wieder aufrichtete und in seiner Beschäftigung fortfuhr. Er wechselte die Sättel und alles übrige aus, erst dann setzte er sich auf ein Heubündel, um, bevor er das Haus betrat, den Schwindel zu überwinden, den der heftige Stoß ihm verursacht hatte. Jetzt konnte ich ihn leicht dazu überreden, dem Pferd die Schuld an seinen Beulen zuzuschieben; ihm war es gleichgültig, was für ein Märchen erzählt wurde, er hatte ja erreicht, was er wollte. Er beklagte sich überhaupt so selten über solche Auftritte, daß ich wirklich glaubte, er sei nicht rachsüchtig. Ich irrte mich gründlich, wie Sie hören werden.

Fünftes Kapitel

Zu der Zeit fing Mr. Earnshaw an zu kränkeln. Er war rührig und gesund gewesen, doch plötzlich verließen ihn seine Kräfte, und als er so an das Zimmer gefesselt war, wurde er äußerst reizbar. Ein Nichts ärgerte ihn, und wenn er seine Autorität bedroht fühlte, konnte er rasend werden. Dies war am schlimmsten, wenn jemand versuchte, seinen Liebling zu schädigen oder zu tyrannisieren. Er war eifersüchtig darauf bedacht, daß kein Wort gegen Heathcliff gesagt wurde; denn er schien sich in den Kopf gesetzt zu haben, daß, weil er Heathcliff liebte, die anderen ihn haßten und nur darauf ausgingen, ihm böse Streiche zu spielen. Für den Jungen war das von Nachteil, denn die Gutmütigeren unter uns wollten den Herrn nicht kränken, darum unterstützten wir seine Vorliebe, und dies gab dem Stolz und der unseligen Veranlagung des Kindes reichlich Nahrung. Manchmal war es auch notwendig: zwei- oder dreimal brachten Hindleys Zornausbrüche, die sein Vater miterlebte, den alten Mann so in Raserei, daß er seinen Stock ergriff, um ihn zu schlagen, und vor Wut zitterte, weil seine Kräfte versagten.

Schließlich riet unser Vikar (wir hatten damals einen Vikar, der sein Auskommen fand, weil er die kleinen Lintons und Earnshaws unterrichtete und ein bißchen Land selbst bestellte), der junge Mann sollte auf die Universität geschickt werden, und Mr. Earnshaw stimmte, wenn auch schweren Herzens, zu, denn er sagte: »Hindley taugt nichts und wird kein Glück haben, wohin er auch kommt.«

Ich hoffte von Herzen, wir hätten nun Frieden. Der Gedanke tat mir weh, daß der Herr durch seine eigene Güte leiden sollte. Ich dachte, sein Leiden und seine Unzufriedenheit mit seiner Umgebung entsprängen den Unstimmigkeiten in seiner Familie, so wie er das auch behauptete; aber glauben Sie mir, in Wirklichkeit waren es seine schwindenden Kräfte. Wir wären trotz allem leidlich miteinander ausgekommen, wären nicht Miß Cathy gewesen und Joseph, der Knecht! Sie haben ihn sicherlich da oben gesehen. Er war und ist wohl immer noch der langweiligste, selbstgerechteste Pharisäer, der die Bibel durchstöbert, um die Versprechungen für sich in Anspruch zu nehmen und die Verwünschungen auf seinen Nächsten abzuwälzen. Sein Geschick im Predigen und seine erbaulichen Gespräche machten großen Eindruck auf Mr. Earnshaw, und je schwächer der Herr wurde, desto mehr Einfluß bekam Joseph über ihn. Erbarmungslos ermahnte er ihn, sich um sein Seelenheil zu kümmern und seine Kinder streng zu erziehen. Er bestärkte ihn darin, in Hindley einen Verworfenen zu sehen, und Abend für Abend spann er brummend ein langes Garn gegen Heathcliff und Catherine, immer darauf bedacht, Earnshaws Schwäche für den Jungen Vorschub zu leisten, indem er dem Mädchen die meiste Schuld zuschob.

Allerdings hatte Cathy ein Benehmen, wie ich es nie zuvor bei einem Kinde gesehen hatte. Sie stellte unsere Geduld fünfzigmal am Tage und öfter auf die Probe. Vom Augenblick an, da sie die Treppe herunterkam, bis sie zu Bett ging, waren wir nicht eine Minute sicher vor ihren Dummheiten. Sie war immer in ausgelassenster Stimmung, ihre Zunge war rastlos in Bewegung; sie sang und lachte und quälte jeden, der anders war. Ein schlimmer, wilder Schößling war sie, aber sie hatte die hübschesten Augen, das süßeste Lächeln und den zierlichsten Gang im Kirchspiel; und im Grunde meinte sie es niemals böse, glaube ich. Denn wenn sie einen einmal im Ernst zum Weinen gebracht hatte, so kam es selten vor, daß sie sich beruhigte, ehe sie ihre Unart wiedergutgemacht hatte. Sie hing viel zu sehr an Heathcliff. Die größte Strafe, die wir über sie verhängen konnten, war, sie von ihm fernzuhalten, und doch wurde sie am meisten um seinetwillen gescholten. Beim Spielen liebte sie es ganz besonders, die kleine Herrin herauszukehren, teilte freigebig Ohrfeigen und Knüffe aus und beherrschte ihre Spielgefährten. Mit mir versuchte sie es auch; aber ich ließ mir ihre Schläge und Befehle nicht gefallen.

Mr. Earnshaw vertrug keinen Scherz von seinen Kindern, er war immer streng und ernst mit ihnen umgegangen, und Catherine wiederum konnte nicht begreifen, warum ihr Vater in seiner Leidenszeit verdrießlicher und ungeduldiger sein sollte, als er es in früheren Jahren gewesen war. Seine mürrischen Vorhaltungen erweckten in ihr ein ungezogenes Vergnügen, ihn zu reizen; sie war nie glücklicher, als wenn wir alle gleichzeitig mit ihr schalten. Dann bot sie uns allen Schach mit dreisten, kecken Blicken und ihren schlagfertigen Erwiderungen, machte Josephs fromme Verwünschungen lächerlich, plagte mich und tat genau das, was ihren Vater am meisten ärgerte: sie bewies, daß ihre gespielte Frechheit, die Heathcliff für echt hielt, mehr Macht über ihn hatte als des Vaters Güte und daß der Junge ihre Wünsche alle erfüllte, seine nur, wenn sie seinen eigenen Neigungen entsprachen. Wenn sie den ganzen Tag über so ungezogen wie möglich gewesen war, schmiegte sie sich wohl am Abend zärtlich an ihn, um es wiedergutzumachen. »Nein, Cathy«, pflegte der alte Mann dann zu sagen, »ich kann dich nicht gern haben, du bist schlimmer als dein Bruder. Geh beten, Kind, und bitte Gott um Verzeihung. Ich glaube, deine Mutter und ich müssen bereuen, daß wir dich in die Welt gesetzt haben.« Anfänglich brachte sie das zum Weinen, aber da sie immer wieder abgewiesen wurde, verhärtete sie sich und lachte, wenn ich sie ermahnte, wegen ihrer Unarten um Verzeihung zu bitten.

Endlich kam die Stunde, die Mr. Earnshaws irdischen Sorgen ein Ende setzte. An einem Abend im Oktober entschlief er sanft in seinem Stuhl neben dem Kamin. Ein heftiger Wind brauste ums Haus und heulte im Schornstein; es hörte sich wild und stürmisch an, aber es war noch nicht kalt, und wir waren alle beisammen. Ich saß mit meinem Strickzeug etwas abseits vom Feuer, und Joseph las am Tisch in seiner Bibel (denn damals saß das Gesinde gewöhnlich im ›Haus‹, wenn die Arbeit getan war). Miß Cathy war krank gewesen und deshalb ungewöhnlich still; sie lehnte sich an ihres Vaters Knie, und Heathcliff lag auf dem Fußboden, den Kopf auf ihrem Schoß. Ich entsinne mich, daß der Herr, bevor er einschlummerte, ihr hübsches Haar streichelte – es gefiel ihm sehr, sie so ruhig zu sehen – und sagte: »Warum kannst du nicht immer so brav sein, Cathy?« Und sie erhob ihr Gesicht zu seinem empor, lachte und antwortete: »Warum kannst du nicht immer so gut sein, Vater?« Aber sobald sie sah, daß ihn dies ärgerte, küßte sie seine Hand und sagte, sie wolle ihn in Schlaf singen. Sie begann ganz leise zu singen, bis seine Finger die ihren losließen und sein Kopf auf die Brust sank. Ich sagte ihr, sie solle still sein und sich nicht rühren, um ihn nicht zu wecken. So blieben wir alle eine volle halbe Stunde mäuschenstill und hätten noch länger gesessen, wenn nicht Joseph, der sein Kapitel beendet hatte, aufgestanden wäre; er sagte, er müsse den Herrn wekken zum Beten und Schlafengehen. Er trat zu ihm, rief ihn an und berührte seine Schulter; als er sich nicht rührte, nahm er die Kerze und betrachtete ihn. Mir war es, als sei etwas nicht in Ordnung, als er das Licht wieder hinstellte, die Kinder bei den Händen nahm und ihnen zuflüsterte, sie sollten hinaufgehen und gar keinen Lärm machen, sie müßten heute abend allein beten, er hätte etwas zu tun.

»Erst werde ich Vater gute Nacht sagen«, meinte Catherine, und ehe wir sie daran hindern konnten, schlang sie ihre Arme um seinen Hals. Das arme Ding entdeckte sofort, was geschehen war; sie schrie auf: »Oh, er ist tot, Heathcliff, er ist tot!« Und beide brachen in herzzerbrechendes Schluchzen aus.

Ich klagte ebenso laut und bitterlich wie sie; aber Joseph fragte, was wir uns dabei dächten, über einen Heiligen im Himmel zu wehklagen. Er schickte mich nach Gimmerton zum Arzt und zum Pfarrer. Ich konnte mir nicht erklären, was die beiden jetzt noch nützen sollten, aber ich ging durch Wind und Regen und brachte einen von ihnen, den Arzt, mit zurück; der andere meinte, er werde am Morgen kommen. Ich ließ Joseph die nötigen Aufklärungen geben und lief ins Zimmer der Kinder. Ihre Tür stand weit offen, und ich sah, daß sie sich überhaupt noch nicht hingelegt hatten, obwohl es schon nach Mitternacht war; aber sie waren ruhiger und brauchten meinen Trost nicht. Die kleinen Seelen trösteten sich gegenseitig mit besseren Vorstellungen, als ich sie ihnen hätte geben können. Kein Geistlicher der Welt hat den Himmel jemals so herrlich ausgemalt, wie sie es in ihrem unschuldigen Geplapper taten, und während ich ihnen schluchzend lauschte, konnte ich nur wünschen, wir wären allesamt dort in Sicherheit.

Sechstes Kapitel

Mr. Hindley kam zum Begräbnis nach Hause, und – was uns in Erstaunen setzte und den Nachbarn rechts und links zum Klatschen Anlaß gab – er brachte eine Frau mit. Wer sie war und woher sie stammte, darüber gab er uns nie Auskunft; wahrscheinlich hatte sie weder einen Namen noch Vermögen aufzuweisen, sonst hätte er die Verbindung schwerlich vor seinem Vater geheimgehalten.

Sie war kein Mensch, der von sich aus viel Unruhe ins Haus gebracht hätte. Alles, was sie sah, nachdem sie die Schwelle überschritten hatte, schien sie zu entzücken, ebenso jeder Vorgang um sie her, mit Ausnahme der Vorbereitungen für das Begräbnis und der Anwesenheit der Trauernden. Man hätte sie für närrisch halten können nach ihrem Benehmen während der Trauerzeremonie. Sie lief in ihr Zimmer, und ich mußte mitkommen, obgleich ich die Kinder hätte anziehen müssen; und da saß sie zitternd und rang die Hände und fragte immer wieder: »Sind sie noch nicht fort?« Dann begann sie mit hysterischer Aufgeregtheit die Wirkung zu beschreiben, die Schwarz auf sie ausübe, und sprang auf und bebte und fing schließlich an zu weinen. Als ich fragte, was ihr fehle, sagte sie, sie wisse es selber nicht, aber sie habe solche Angst vor dem Sterben. Dabei sah sie ebenso gesund und lebendig aus wie ich selbst. Sie war zwar zart, aber sie hatte frische Farben, und ihre Augen funkelten wie Diamanten. Wohl bemerkte ich, daß sie beim Treppensteigen sehr schnell atmete, daß das geringste unerwartete Geräusch sie zusammenfahren ließ und daß sie manchmal sehr hustete. Aber ich wußte nicht, was solche Anzeichen bedeuten, und ich konnte kein Mitgefühl für sie aufbringen. Wir schließen uns hierzulande schwer an Fremde an, Mr. Lockwood, wenn sie nicht zuerst uns näherkommen.

Der junge Earnshaw hatte sich in den drei Jahren seiner Abwesenheit ziemlich verändert. Er war magerer geworden, hatte seine frische Farbe verloren und sprach und kleidete sich ganz anders. Gleich am Tage seiner Rückkehr ordnete er an, daß Joseph und ich uns künftighin in der hinteren Küche aufhalten und das ›Haus‹ ihm überlassen sollten. Ja er hätte am liebsten einen kleinen leeren Raum als Wohnzimmer tapezieren und mit Teppichen versehen lassen; aber seine Frau fand so viel Gefallen an dem weißen Fußboden, der gewaltigen leuchtenden Feuerstätte, an den Zinnschüsseln und dem Porzellanschrank, an der Hundehütte und an dem weiten Wohnraum, in dem man sich so frei bewegen konnte, daß er merkte, sie vermißte nichts, und den Plan wieder fallenließ.

Sie äußerte auch ihre Freude darüber, eine Schwester in ihrer neuen Umgebung vorzufinden; sie schwatzte auf Catherine ein und küßte sie, lief mit ihr umher und schenkte ihr anfänglich eine Menge Dinge. Ihre Zuneigung ließ jedoch bald nach, und als sie launisch wurde, wurde Hindley tyrannisch. Ein paar Worte der Abneigung gegen Heathcliff von ihr genügten, um seinen ganzen alten Haß gegen den Jungen von neuem auflodern zu lassen. Er verbannte ihn aus ihrer Gesellschaft zum Gesinde, entzog ihm den Unterricht beim Vikar, bestand darauf, daß er statt dessen im Freien arbeiten sollte, und zwar zwang er ihn zu der schweren Arbeit der anderen Burschen auf dem Gut.

Heathcliff ertrug seine Erniedrigung anfänglich ganz gut, weil Cathy ihm beibrachte, was sie lernte, und mit ihm auf den Feldern arbeitete oder spielte. Sie waren beide auf dem besten Wege, wie die Wilden aufzuwachsen; dem jungen Herrn war es ganz gleichgültig, wie sie sich benahmen und was sie taten, und sie gingen ihm aus dem Wege. Er würde nicht einmal darauf gesehen haben, daß sie sonntags in die Kirche gingen, wenn nicht Joseph und der Vikar ihm Vorwürfe gemacht hätten, als die Kinder einfach wegblieben; so strafte er Heathcliff mit einer Tracht Prügel und Catherine mit Entziehung des Mittag- und Abendessens. Eine ihrer Hauptbelustigungen war, morgens ins Moor hinauszulaufen und den ganzen Tag dort zu bleiben; die darauf folgende Strafe nahmen sie mit Lachen auf sich. Der Vikar konnte Catherine noch so viele Kapitel zum Auswendiglernen aufgeben und Joseph konnte Heathcliff schlagen, bis sein Arm schmerzte: im Augenblick, als sie wieder beisammen waren, vergaßen sie alles, ganz bestimmt aber in dem Augenblick, wenn sie einen ungezogenen Racheplan ausgeheckt hatten. Manch liebes Mal habe ich im geheimen geweint, wenn ich sie von Tag zu Tag ungebärdiger werden sah und nicht wagte, ein Wort laut werden zu lassen, aus Angst, den geringen Einfluß zu verlieren, den ich noch über die freundlosen Geschöpfe behalten hatte. An einem Sonntagabend waren sie wieder einmal wegen eines Lärms, den sie verursacht hatten, oder wegen eines ähnlichen leichten Vergehens aus dem Wohnzimmer verbannt worden, und als ich sie zum Abendbrot rufen wollte, konnte ich sie nirgends finden. Wir durchsuchten das Haus von oben bis unten, ebenso den Hof und die Ställe: sie blieben unsichtbar, und schließlich befahl Hindley, ganz aufgebracht, die Türen zu verriegeln, und verschwor sich, daß niemand sie in der Nacht einlassen werde. Alle im Haus gingen zu Bett, nur ich war zu unruhig, mich niederzulegen, öffnete meine Fensterläden und beugte den Kopf hinaus, in den Regen zu lauschen; denn ich hatte vor, sie trotz dem Verbot einzulassen, wenn sie zurückkämen. Nach einer Weile hörte ich Schritte auf der Straße näherkommen, und das Licht einer Laterne schimmerte durch die Pforte. Ich warf mir ein Tuch über den Kopf, denn ich wollte verhindern, daß Mr. Earnshaw durch ihr Klopfen geweckt werde. Nur Heathcliff stand da, und es gab mir einen Schlag, als ich ihn allein sah.

»Wo ist Miß Catherine?« rief ich hastig. »Hoffentlich ist kein Unglück geschehen?« »In Thrushcross Grange«, sagte er, »und ich wäre auch da, wenn sie so anständig gewesen wären, mich zum Bleiben aufzufordern.« »Nun, du wirst gehörig was abkriegen!« sagte ich. »Du wirst nicht eher Ruhe geben, bis du weggejagt wirst. Wie in aller Welt kamt ihr darauf, nach Thrushcross Grange zu laufen?« »Laß mich erst meine nassen Sachen ausziehen, dann werde ich dir alles erzählen, Nelly«, entgegnete er. Ich bat ihn, ja nicht den Herrn zu wecken, und während er sich entkleidete und ich darauf wartete, das Licht auszulöschen, fuhr er fort: »Cathy und ich entwischten durch das Waschhaus, um zusammen einen Streifzug zu machen, und als wir die Lichter des Gehöftes schimmern sahen, wollten wir hingehen und nachsehen, ob die Lintons ihre Sonntagabende auch damit zubringen, fröstelnd in den Ecken umherzustehen, während ihr Vater und ihre Mutter essen und trinken und mit strahlenden Augen am Feuer singen und lachen. Glaubst du, daß sie das tun? Oder daß sie Predigten lesen und von ihrem Knecht abgefragt werden und eine Spalte Bibelnamen lernen müssen, wenn sie nicht richtig antworten?« »Wahrscheinlich nicht«, entgegnete ich. »Sie sind gewiß artige Kinder und verdienen die Behandlung nicht, wie du sie für dein schlechtes Betragen erfährst.« »Red nicht so scheinheilig, Nelly«, sagte er. »Ist ja Unsinn! Wir rannten vom Gipfel der Anhöhe ohne Ausruhen bis zum Park; Cathy war ganz erschöpft vom Laufen, denn sie war barfuß. Nach ihren Schuhen kannst du morgen im Schlamm suchen. Wir krochen durch ein Loch in der Hecke, tasteten uns den Weg entlang und stellten uns in ein Blumenbeet unter dem Wohnzimmerfenster. Der Lichtschein kam von dort; sie hatten die Läden nicht geschlossen, und die Vorhänge waren nur halb vorgezogen. Wir konnten beide hineinblicken, wenn wir uns auf den Sockel stellten und uns am Sims festhielten, und wir sahen – oh, es war wunderbar – einen prächtigen Raum mit roten Teppichen, rot bezogenen Möbeln und einer schneeweißen, von einer goldenen Kante eingefaßten Zimmerdecke; von ihrer Mitte hingen viele Glastropfen an silbernen Ketten herab, die im Glanz von kleinen zarten Kerzen erstrahlten. Die alten Lintons waren nicht da, Edgar und seine Schwester hatten das Reich ganz für sich. Hätten sie nicht glücklich sein müssen? Wir wären uns wie im Himmel vorgekommen! Und nun rate, was deine ›artigen Kinder‹ taten. Isabella – ich glaube, sie ist elf, ein Jahr jünger als Cathy – lag schreiend in der hintersten Ecke des Zimmers und kreischte, als ob sie von Hexen mit glühenden Nadeln gestochen würde. Edgar stand am Kamin und weinte still vor sich hin, und in der Mitte des Tisches saß ein kleiner Hund, hob jämmerlich seine Pfote und kläffte, denn die Kinder hatten ihn, wie sie sich gegenseitig beschuldigten, fast in zwei Hälften gerissen. Solche Dummköpfe! Das war ihr Vergnügen! Sich zu zanken, wer von ihnen ein Bündel warmes Fell im Arm haben sollte, und hernach zu heulen, weil jeder nach dem Kampf sich weigerte, es zu nehmen. Wir lachten laut auf über die verhätschelten Dinger, wir verachteten sie. Wann hättest du erlebt, daß ich etwas haben wollte, was Catherine sich wünschte, oder daß wir allein zusammen wären und uns mit Schreien und Schluchzen unterhielten und, durch das ganze Zimmer voneinander getrennt, uns auf dem Boden umherwälzten? Nicht für tausend Leben würde ich mit Edgar Linton in Thrushcross Grange tauschen, selbst dann nicht, wenn ich Joseph vom höchsten Giebel hinunterstoßen und die Hauswand mit Hindleys Blut bestreichen dürfte.«

»Pst, pst!« unterbrach ich. »Heathcliff, du hast mir immer noch nicht erzählt, wie du Catherine zurückgelassen hast.« »Ich sagte dir ja, daß wir lachten«, antwortete er. »Die Lintons hörten uns und schossen gleichzeitig wie Pfeile auf die Tür zu. Erst war Ruhe, dann kam ein Schrei: ›Oh, Mama, Mama! Oh, Papa! Oh, Mama, kommt her! Oh, Papa, oh!‹ Wirklich, so ein Geheul ließen sie hören. Wir machten einen furchtbaren Lärm, um sie noch mehr zu erschrecken, und dann ließen wir den Sims los, weil jemand den Riegel zurückschob und wir meinten, es sei besser, auszurücken. Ich hielt Cathy bei der Hand und zog sie fort, als sie mit einem Mal hinfiel. ›Lauf, Heathcliff, lauf!‹ flüsterte sie. ›Sie haben die Bulldogge losgelassen, und sie hat mich gefaßt.‹ Der Teufel hatte sie beim Fußknöchel gepackt, Nelly, ich hörte sein abscheuliches Schnaufen. Sie schrie nicht, nein! Sie hätte nicht geschrien, selbst wenn sie von einem wilden Stier auf die Hörner gespießt worden wäre. Aber ich tat es! Ich stieß Flüche aus, die genügt hätten, alle bösen Feinde der Christenheit zu vernichten, und ich ergriff einen Stein und stieß ihn dem Hund in den Rachen und versuchte mit aller Kraft, ihn in seine Kehle hineinzuzwängen. Endlich kam ein ungeschlachter Knecht mit einer Laterne herbei und schrie: ›Halt ihn fest, Skulker, halt ihn fest!‹ Er änderte seinen Ton, als er sah, wie es um Skulker stand. Der Hund war abgewürgt, seine gewaltige, purpurrote Zunge hing ihm lang aus dem Maul, und von seinen hängenden Lefzen floß blutiger Geifer. Der Mann hob Cathy auf; ihr war übel, nicht vor Angst, das weiß ich, sondern vor Schmerzen. Er trug sie hinein; ich folgte, Verwünschungen und Drohungen vor mich hin brummend. ›Was bringst du,

Robert?‹ rief Linton vom Eingang her. ›Skulker hat ein kleines Mädchen gefaßt, Herr‹, erwiderte er, ›und hier ist ein Junge‹, fügte er hinzu und griff nach mir, ›der ganz verboten aussieht. Wahrscheinlich wollten die Räuber sie durchs Fenster schieben, damit sie der Bande die Tür öffneten, wenn wir alle schliefen, damit sie uns bequem ermorden konnten. – Halt dein loses Maul, du Dieb, du! Du sollst dafür an den Galgen kommen! Mr. Linton, legen Sie Ihre Flinte nicht weg!‹ ›Nein, nein, Robert!‹ sagte der alte Narr. ›Die Schurken wußten, daß gestern Zinstag war, und glaubten mich überrumpeln zu können. Kommt herein, ich werde ihnen einen Empfang bereiten! So, John, leg die Kette vor! Gib Skulker etwas Wasser, Jenny! Einen Friedensrichter in seinem Haus zu überfallen, noch dazu am Sonntag! Wovor wird ihre Frechheit haltmachen? Liebe Mary, sieh her! Erschrick nicht, es ist nur ein Junge, aber die Schlechtigkeit steht ihm im Gesicht geschrieben; wäre es nicht ein Segen für das Land, wenn er gleich gehängt würde, ehe sich seine wahre Natur so wie in seinen Gesichtszügen auch in Taten offenbart?‹ Er zog mich unter den Kronleuchter, Mrs. Linton setzte ihre Brille auf die Nase und erhob die Hände vor Schrecken. Die Feiglinge von Kindern krochen auch näher heran, und Isabella lispelte: ›Schrecklicher Kerl! Sperr ihn in den Keller, Papa! Er sieht genauso aus wie der Sohn des Wahrsagers, der meinen zahmen Fasan gestohlen hat, nicht wahr, Edgar?‹

Während sie mich begutachteten, kam Cathy herein; sie hörte die letzten Worte und lachte. Edgar Linton starrte sie neugierig an und faßte sich dann so weit, daß er sie wiedererkannte. Du weißt, sie sehen uns in der Kirche, wenn wir ihnen auch sonst nirgends begegnen. ›Das ist Miß Earnshaw‹, flüsterte er seiner Mutter zu, ›und sieh, wie Skulker sie gebissen hat, wie ihr Fuß blutet!‹

›Miß Earnshaw? Unsinn!‹ rief die Dame. ›Miß Earnshaw wird mit einem Zigeuner das Land durchstreifen! Und doch, mein Liebling, das Kind ist in Trauer, ja, ganz gewiß, und sie kann fürs ganze Leben lahm werden!‹

›Das ist ja eine sträfliche Nachlässigkeit von ihrem Bruder!‹ rief Mr. Linton aus und wandte sich von mir zu Catherine. ›Ich habe von Shielders gehört‹ – so hieß der Vikar, Mr. Lockwood – ›daß er sie in völligem Heidentum aufwachsen läßt. Aber wer ist das? Wo hat sie diesen Gefährten aufgelesen? Oh, ich hab's! Das wird die sonderbare Errungenschaft sein, die mein verstorbener Nachbar von seiner Reise nach Liverpool mitgebracht hat: ein kleiner Inder oder ein amerikanischer oder spanischer Schiffbrüchiger.‹

›Auf alle Fälle ein schlechter Junge‹, bemerkte die alte Dame, ›der ganz und gar nicht in ein anständiges Haus gehört! Hast du seine Sprache gehört, Linton? Ich bin entsetzt bei dem Gedanken, daß meine Kinder sie gehört haben könnten.‹

Ich fing wieder an zu fluchen – schilt nicht, Nelly –, und Robert wurde angewiesen, mich hinauszubefördern. Ich weigerte mich, ohne Cathy zu gehen; er zerrte mich in den Garten, drückte mir die Laterne in die Hand, versicherte mir, daß Mr. Earnshaw von meinem Benehmen in Kenntnis gesetzt werde, und indem er mir befahl, mich sofort auf den Weg zu machen, verriegelte er die Tür wieder. Die Vorhänge ließen immer noch eine Ecke des Fensters frei, und ich bezog von neuem meinen Späherposten; denn wenn Catherine hierher zurückgewollt hätte, so hätte ich die große Fensterscheibe in tausend Stücke zertrümmert, wenn sie sie nicht hinausließen. Sie saß ruhig auf dem Sofa. Mrs. Linton nahm ihr den grauen Mantel der Melkfrau ab, den wir für unseren Ausflug geborgt hatten, schüttelte den Kopf und machte ihr, glaube ich, Vorhaltungen. Cathy ist eine junge Dame, und es wurde ein Unterschied in ihrer und meiner Behandlung gemacht. Dann brachte die Magd eine Schüssel mit warmem Wasser und wusch Cathys Füße. Mr. Linton machte ein Glas Glühwein zurecht, Isabella schüttete einen Teller voll kleine Kuchen in ihren Schoß, und Edgar stand daneben und gaffte. Später trockneten sie ihr schönes Haar und kämmten es, gaben ihr ein Paar riesige Pantoffeln und schoben sie ans Feuer. Als ich wegging, war sie so vergnügt wie möglich, verteilte ihre Näschereien an den kleinen Hund und Skulker, den sie, während sie aß, an die Schnauze stupste. Dies weckte ein wenig Leben in den ausdruckslosen blauen Augen der Lintons, einen schwachen Widerschein ihres eigenen, entzückenden Gesichtes. Ich sah, daß sie voll blöder Bewunderung waren; sie ist ihnen so unermeßlich überle-

gen, überhaupt jedem anderen Geschöpf auf Erden, nicht wahr, Nelly?«
»Diese Sache wird mehr Staub aufwirbeln, als du glaubst«, antwortete ich, deckte ihn zu und löschte das Licht aus. »Du bist unverbesserlich, Heathcliff, und du wirst sehen, Mr. Hindley wird nun zu Gewaltmaßnahmen greifen.« Meine Worte erfüllten sich in schlimmerem Maße, als ich wünschte. Das unselige Abenteuer versetzte Earnshaw in Wut. Obendrein stattete uns Mr. Linton, um die Angelegenheit ins reine zu bringen, am nächsten Morgen einen Besuch ab und hielt dem jungen Herrn über die Art, wie er seine Familie behandelte, eine Strafpredigt, die ihn aufrüttelte und bewog, einmal ernstlich in sich zu gehen. Heathcliff bekam keine Prügel, doch wurde ihm bedeutet, daß das erste Wort, das er an Miß Catherine richten würde, seine Entfernung zur Folge hätte, und Mrs. Earnshaw nahm sich vor, ihre Schwägerin nach deren Rückkehr gebührend im Zaum zu halten, indem sie List, nicht Gewalt anwandte. Mit Zwang hätte sie nichts erreicht.

Siebentes Kapitel

Cathy blieb fünf Wochen, bis Weihnachten, in Thrushcross Grange. Unterdessen war ihr Fußknöchel vollständig geheilt, und sie hatte sich bessere Umgangsformen angeeignet. Die gnädige Frau besuchte sie in der Zwischenzeit öfters und fing ihre Erziehung damit an, daß sie versuchte, ihre Eitelkeit durch hübsche Kleider und Schmeicheleien zu wecken, worauf Cathy bereitwillig einging. So kam es, daß statt einer unbändigen, hutlosen kleinen Wilden, die ins Haus gesprungen wäre, um uns alle halbtot zu drücken, ein sehr zurückhaltendes Geschöpf von einem schönen schwarzen Pony stieg; braune Ringellocken fielen unter dem Aufschlag eines hohen Federhutes herab, und sie trug einen langen Tuchmantel, den sie mit beiden Händen raffen mußte, um hereinrauschen zu können. Hindley half ihr vom Pferde und rief entzückt aus: »Ei, Cathy, du bist ja eine regelrechte Schönheit! Ich hätte dich fast nicht erkannt; du siehst jetzt aus wie eine Dame. Isabella Linton kann sich nicht mit ihr messen, nicht wahr, Frances?« »Isabella ist nicht so hübsch wie sie«, erwiderte seine Frau, »aber sie muß sich davor hüten, hier wieder zu verwildern. Ellen, hilf Miß Catherine aus ihren Sachen! Halt still. Liebling, du wirst deine Locken in Unordnung bringen; laß mich deinen Hut losbinden!«

Ich nahm ihr den Mantel ab, und darunter kamen zum Vorschein: ein großartiges buntkariertes Seidenkleid, weiße Beinkleider und blank polierte Schuhe. Ihre Augen leuchteten voll Freude auf, als die Hunde zu ihrer Begrüßung angelaufen kamen, doch wagte sie kaum, sie zu berühren, um ihr schönes Kleid vor ihrem Ansprung zu bewahren. Sie küßte mich vorsichtig, denn ich war ganz mit Mehl bestäubt, weil ich Weihnachtskuchen buk, und eine Umarmung wäre nicht ratsam gewesen; und dann blickte sie sich nach Heathcliff um. Mr. und Mrs. Earnshaw sahen diesem Wiedersehen ängstlich entgegen; denn nun mußte es sich ja zeigen, wieweit sie darauf hoffen durften, die beiden Freunde voneinander zu trennen. Heathcliff war zunächst schwer aufzufinden. War er vor Catherines Abwesenheit schon verwahrlost und vernachlässigt gewesen, so war das jetzt zehnmal mehr der Fall. Niemand außer mir erwies ihm soviel Teilnahme, ihn einen schmutzigen Jungen zu nennen und ihn dazu anzuhalten, sich einmal wöchentlich zu waschen; Kinder seines Alters haben von Natur selten eine Vorliebe für Seife und Wasser. Daher waren sein Gesicht und seine Hände schrecklich schmutzig, gar nicht zu reden von seiner Kleidung, die ihm drei Monate lang in Schlamm und Staub gedient hatte, und von seinem dichten, ungekämmten Haar. Er mochte sich wohl hinter einem Sessel verborgen haben, als er ein so schönes, liebreizendes Fräulein in das Haus kommen sah statt des verwahrlosten Gegenstückes seiner selbst, das er erwartet hatte. »Ist Heathcliff nicht hier?« fragte sie, zog ihre Handschuhe aus und zeigte Hände, die vom Nichtstun und Stubensitzen wundervoll weiß geworden waren.

»Heathcliff, du kannst herkommen«, rief Mr. Hindley, wei-

dete sich an seiner Verwirrung und freute sich, beobachten zu können, als was für einen abstoßenden Gesellen er sich darstellen mußte. »Du kannst kommen und Miß Catherine willkommen heißen, wie das übrige Gesinde.«
Cathy, die ihren Freund in seinem Versteck erblickt hatte, flog auf ihn zu, um ihn zu umarmen; sie gab ihm im Nu sieben oder acht Küsse auf die Wange, dann hielt sie ein, trat zurück, fing an zu lachen und rief: »Ei, wie furchtbar schmutzig und widerwärtig du aussiehst! Und wie ... wie drollig und grimmig! Aber das kommt daher, daß ich an Edgar und Isabella Linton gewöhnt bin. Nun, Heathcliff, hast du mich vergessen?«
Sie hatte nicht unrecht, diese Frage zu stellen, denn Scham und Stolz hatten sein Gesicht zwiefach verdüstert und ließen ihn unbeweglich verharren.
»Gib die Hand, Heathcliff«, sagte Mr. Earnshaw herablassend, »für dieses Mal mag es erlaubt sein.«
»Das werde ich nicht«, entgegnete der Junge, endlich Worte findend, »ich will nicht dastehen und mich auslachen lassen. Das kann ich nicht ertragen!«
Er wäre davongelaufen, wenn Miß Cathy ihn nicht wieder gepackt hätte.
»Ich wollte dich nicht auslachen«, sagte sie, »ich konnte nur nicht an mich halten. Heathcliff, gib mir endlich die Hand! Warum bist du so verdrießlich? Du sahst nur so merkwürdig aus. Wenn du dein Gesicht wäschst und deine Haare bürstest, ist alles in Ordnung; aber du bist so schmutzig!«
Sie blickte besorgt auf die schwärzlichen Finger, die sie in ihrer Hand hielt, und auf ihr Kleid, denn sie fürchtete, es werde durch die Berührung mit ihnen keine Verschönerung erfahren.
»Du hättest mich nicht anzufassen brauchen!« antwortete er, ihrem Blick folgend, und zog seine Hand zurück. »Ich werde so schmutzig sein, wie es mir paßt; ich bin gern schmutzig, und ich *will* schmutzig sein!«
Damit stürzte er, mit dem Kopf voran, aus dem Zimmer, unter dem Gelächter des Herrn und der gnädigen Frau. Catherine aber war ernstlich bestürzt. Sie konnte nicht begreifen, warum ihre Bemerkungen einen derartigen Ausbruch hervorgerufen hatten.

Nachdem ich bei Catherine Kammerzofe gespielt, meine Kuchen in den Ofen geschoben und im Haus und in der Küche, wie es sich am Weihnachtsabend geziemt, helle Feuer angefacht hatte, machte ich mich fertig und wollte mich hinsetzen und ganz allein zu meiner Freude Weihnachtslieder singen, unbekümmert um Josephs Behauptung, meine fröhlichen Weisen klängen fast wie Gassenhauer. Er hatte sich zu stillem Gebet in sein Zimmer zurückgezogen, und Mr. und Mrs. Earnshaw fesselten des Fräuleins Aufmerksamkeit mit verschiedenen bunten Kleinigkeiten, die sie den kleinen Lintons in Erwiderung ihrer Freundlichkeit schenken sollte. Sie hatten sie eingeladen, den morgigen Tag in Wuthering Heights zu verbringen, und die Einladung war angenommen worden, unter einer Bedingung: Mrs. Linton hatte gebeten, ihre Lieblinge möchten sorgfältig von dem ›unartigen, fluchenden Jungen‹ ferngehalten werden.

Unter diesen Umständen blieb ich einsam. Ich roch den kräftigen Duft der heiß werdenden Gewürze und freute mich an den blanken Küchengeräten, an der polierten, mit Stechpalmen geschmückten Wanduhr, den silbernen Krügen, die auf ein Tablett gestellt waren, um beim Nachtessen mit gewürztem Bier gefüllt zu werden, und vor allem an der fleckenlosen Sauberkeit meines besonderen Sorgenkindes: des gescheuerten und rein gefegten Fußbodens. Ich zollte jedem Gegenstand innerlich meine Anerkennung, und dann dachte ich daran, wie der alte Earnshaw hereinzukommen pflegte, wenn alles rein gemacht war, mich ein scheinheiliges Mädchen nannte und einen Schilling als Weihnachtsgeschenk in meine Hand gleiten ließ. Von da wanderten meine Gedanken zu seiner Vorliebe für Heathcliff und seiner Befürchtung, er werde nach seinem Tode vernachlässigt werden, und das brachte mich dazu, über die jetzige Lage des armen Burschen nachzudenken – und aus dem Singen wurde Weinen. Dann aber fiel mir ein, daß es doch vernünftiger wäre, wenn ich mich bemühte, etwas von dem Unrecht gutzumachen, statt Tränen darüber zu vergießen; darum stand ich auf und ging in den Hof, um ihn zu suchen. Er war nicht weit; ich fand ihn damit beschäftigt, das glänzende Fell des neuen Ponys zu striegeln und die anderen Tiere, wie er es gewohnt war, zu füttern.

»Beeil dich, Heathcliff!« sagte ich, »in der Küche ist es so gemütlich; Joseph ist oben, mach schnell, damit ich dich hübsch anziehen kann, bevor Miß Cathy herauskommt, und dann könnt ihr den ganzen Herdplatz für euch allein haben und einen langen Schwatz machen bis zum Schlafengehen.«
Er fuhr mit seiner Arbeit fort und wandte nicht einmal den Kopf nach mir um.
»Komm! – Kommst du?« wiederholte ich. »Für jeden von euch ist ein kleiner Kuchen da, und du brauchst eine halbe Stunde zum Anziehen.«
Ich wartete fünf Minuten, aber als immer noch keine Antwort kam, ging ich weg. Catherine aß mit ihrem Bruder und ihrer Schwägerin zu Abend, Joseph und ich fanden uns zu einem ungeselligen Mahl zusammen, das von der einen Seite mit Vorwürfen, von der anderen mit schnippischen Antworten gewürzt wurde. Heathcliffs Kuchen und Käse blieben die ganze Nacht auf dem Tisch für die Feen. Er brachte es fertig, seine Arbeit bis neun Uhr hinauszuziehen; dann ging er starr und stumm in sein Zimmer. Cathy blieb lange auf, da sie eine Menge Dinge zum Empfang ihrer neuen Freunde vorzubereiten hatte. Einmal kam sie in die Küche, um mit ihrem alten Freund zu sprechen; aber er war hinausgegangen, und sie fragte nur, was mit ihm los sei, und ging dann zurück. Am Morgen stand er früh auf, und da es Feiertag war, trug er seine schlechte Laune ins Moor spazieren und erschien erst wieder, als die Familie zur Kirche gegangen war. Fasten und Nachdenken schien ihn in bessere Stimmung versetzt zu haben. Er lungerte eine Weile bei mir umher, dann nahm er seinen Mut zusammen und rief plötzlich: »Nelly, mach mich anständig, ich will artig sein!«
»Höchste Zeit, Heathcliff«, sagte ich, »du hast Catherine traurig gemacht; ich glaube, es tut ihr leid, daß sie überhaupt nach Hause gekommen ist. Es sieht so aus, als ob du sie beneidest, daß man von ihr soviel mehr Wesen macht als von dir.«
Daß er Catherine beneiden sollte, war ihm unfaßlich, aber daß er sie betrübt hätte, verstand er ganz deutlich.
»Hat sie gesagt, daß sie traurig ist?« fragte er mit sehr ernstem Gesicht.

»Sie hat geweint, als ich ihr sagte, daß du heute morgen wieder weggegangen wärst.«

»Nun, ich habe gestern abend geweint«, entgegnete er, »und ich hatte mehr Grund zu weinen als sie.«

»Ja, du hattest Grund, weil du mit stolzem Herzen und leerem Magen zu Bett gingst«, sagte ich. »Stolze Menschen schaffen sich selbst Sorgen. Aber wenn du dich deiner Empfindlichkeit schämst, mußt du um Verzeihung bitten, wenn sie hereinkommt, hörst du? Du mußt auf sie zugehen und ihr einen Kuß anbieten und sagen – du weißt selbst am besten, was; nur mach es herzlich und nicht so, als ob sie sich in deinen Augen durch ihre schönen Kleider in eine Fremde verwandelt hätte. Und nun werde ich mir, obwohl ich das Mittagessen richten muß, die Zeit stehlen und dich so zurechtmachen, daß Edgar Linton wie eine Puppe neben dir aussehen soll, denn das tut er. Du bist jünger, aber ich bin sicher, du bist größer und doppelt so breit in den Schultern; du könntest ihn im Handumdrehen niederschlagen. Glaubst du nicht, daß du das könntest?«

Heathcliffs Gesicht heiterte sich für eine Sekunde auf; dann verdüsterte es sich von neuem, und er seufzte: »Ja, aber Nelly, wenn ich ihn auch zwanzigmal niederschlüge, das machte ihn nicht häßlicher und mich nicht schöner. Ich wollte, ich hätte blondes Haar und helle Haut und wäre so hübsch angezogen und betrüge mich so gut wie er und hätte die Möglichkeit, so reich zu werden, wie er es einmal sein wird!«

»Und würdest bei jeder Gelegenheit nach Mama rufen«, fügte ich hinzu, »und zittern, wenn ein Bauernjunge dich mit erhobener Faust bedroht, und wegen eines Regenschauers den ganzen Tag zu Hause sitzen? O Heathcliff, du hast gar keinen Stolz! Komm vor den Spiegel, ich will dir zeigen, was du wünschen solltest. Siehst du die beiden Linien zwischen deinen Augen und die dichten Brauen, die, statt sich wie Bogen zu wölben, in der Mitte einfallen; und die zwei schwarzen Unholde, tief darunter verborgen, die niemals ihre Fenster keck öffnen, sondern wie Späher des Teufels glitzernd darunter hervorlauern? Wünsche dir und lerne, die mürrischen Falten zu glätten, deine Augenlider frei und offen aufzuschlagen und die Unholde in vertrauende, unschuldige Engel zu verwan-

deln, die nichts beargwöhnen und bezweifeln und immer Freunde sehen, wo sie nicht sicher sind, Feinden zu begegnen. Laufe nicht wie ein bösartiger Köter umher, der weiß, daß die Schläge, die er erhält, verdient sind, und der doch alle Welt und auch den Schlagenden für das, was er leidet, haßt.«
»Mit anderen Worten, ich soll mir Edgar Lintons blaue Augen und glatte Stirn wünschen«, entgegnete er. »Das tue ich ja, aber es hilft mir nichts.«
»Ein gutes Herz wird dir zu einem hübschen Gesicht verhelfen, mein Junge«, fuhr ich fort, »selbst wenn du ein richtiger Neger wärst; und ein böses Herz wird das hübscheste Gesicht so verwandeln, daß es schlimmer als häßlich erscheint. Und nun, da wir mit Waschen, Kämmen und Schmollen fertig sind: sag mal, hältst du dich nicht für ganz hübsch? Das kann ich dir sagen, ich tue es. Du könntest ein verkappter Prinz sein. Wer weiß denn, ob dein Vater nicht der Kaiser von China und ob deine Mutter nicht eine indische Prinzessin war, und jeder von ihnen so reich, daß sie mit den Einkünften einer Woche Wuthering Heights und Thrushcross Grange zusammen erstehen könnten? Und du bist von Seeräubern geraubt und nach England geschleppt worden. Wenn ich an deiner Stelle wäre, würde ich mir einen hohen Begriff von meiner Geburt machen, und das Bewußtsein dessen, was ich bin, würde mir Mut und Stolz genug verleihen, die Tyrannei eines kleinen Gutsherrn zu ertragen!«
So schwatzte ich fort, und Heathcliff sah weniger finster drein und fing an, ganz vergnügt zu werden, da wurde unsere Unterhaltung durch ein polterndes Geräusch unterbrochen, das, von der Straße herkommend, im Hof endete. Er lief ans Fenster, und ich kam gerade zur rechten Zeit zur Tür, daß ich sehen konnte, wie die beiden Lintons, in Mäntel und Pelze gehüllt, aus der Familienkalesche kletterten und die Earnshaws von ihren Pferden stiegen (im Winter pflegten sie oft zur Kirche zu reiten). Catherine faßte die Kinder bei der Hand, geleitete sie ins Haus und ans Feuer, das ihre weißen Gesichter bald rosig färbte.
Ich drängte meinen Gefährten, jetzt hinzueilen und sich von seiner liebenswürdigen Seite zu zeigen. Er gehorchte bereitwillig; aber das Unglück wollte es, daß Hindley von der ande-

ren Seite hereintrat, als Heathcliff die Tür zur Küche öffnete. Sie trafen zusammen, und der Herr, ärgerlich, ihn sauber und fröhlich zu sehen, oder vielleicht, um sein Mrs. Linton gegebenes Versprechen zu halten, drängte ihn mit einem derben Stoß zurück und befahl Joseph: »Laß den Burschen nicht ins Zimmer; schick ihn in die Bodenkammer, bis das Mittagessen vorüber ist! Er wird seine Finger in die Torten stecken und das Obst stehlen, wenn er eine Minute damit allein gelassen wird.«
»Nein, Herr« – ich konnte die Antwort nicht unterdrücken – »der faßt nichts an, ganz gewiß nicht, und ich meine, er sollte geradesogut sein Teil an den Leckereien haben wie wir.«
»Er wird sein Teil von meiner Hand abbekommen, wenn ich ihn vor Dunkelwerden noch einmal unten antreffe!« schrie Hindley. »Fort, du Landstreicher! Was, willst du hier den Stutzer spielen, he? Warte, ich werde dich an deinen eleganten Locken zupfen, mal sehen, ob ich sie nicht etwas länger ziehen kann!«
»Sie sind schon lang genug«, bemerkte Master Linton, verstohlen durch die Tür blickend. »Ich wundere mich, daß sie ihm keine Kopfschmerzen verursachen. Sie fallen wie eine Ponymähne über seine Augen!«
Er machte diese Bemerkung ohne kränkende Absicht, aber Heathcliff mit seiner Veranlagung zum Jähzorn war nicht geneigt, auch nur den Schein von Frechheit von einem zu erdulden, den er gerade in diesem Augenblick als Nebenbuhler haßte. Er ergriff eine Terrine mit heißer Apfeltunke – das erste beste, was er zu fassen kriegte – und warf sie dem Sprecher ins Gesicht. Der fing augenblicklich an zu jammern, so daß Isabella und Catherine herbeigeeilt kamen. Mr. Earnshaw faßte den Übeltäter sofort und führte ihn in sein Zimmer, wo er zweifellos ein nachdrückliches Mittel anwandte, um den Wutanfall zu ersticken; denn er kehrte mit gerötetem Gesicht und atemlos wieder. Ich nahm das Geschirrtuch und rieb voller Groll Edgars Nase und Mund ab und sagte, ihm sei ganz recht geschehen, weil er sich eingemischt habe. Seine Schwester fing an zu weinen, sie wollte nach Hause, und Cathy stand bestürzt dabei und errötete für die anderen.
»Du hättest nicht mit ihm sprechen sollen«, warf sie dem jun-

gen Linton vor. »Er hatte schlechte Laune, und nun hast du mir die Freude an eurem Besuch verdorben, und er wird Prügel kriegen. Ich kann das nicht ertragen, daß er verprügelt wird. Ich kann zu Mittag nichts essen. Warum hast du mit ihm gesprochen, Edgar?«
»Ich habe es ja gar nicht getan«, schluchzte der Junge, entwand sich meinen Händen und säuberte sich weiter mit seinem Batisttaschentuch. »Ich habe Mama versprochen, kein Wort mit ihm zu reden, und ich habe es auch nicht getan.«
»Nun, dann heule nicht!« entgegnete Catherine verächtlich. »Du lebst ja noch. Mach jetzt keine Dummheiten; mein Bruder kommt, sei ruhig! Hör auf, Isabella! Hat dir jemand weh getan?«
»Also los, Kinder, auf die Plätze!« rief Hindley, der geräuschvoll hereinkam. »Dieses Scheusal von Junge hat mir gehörig warm gemacht. Das nächste Mal, Master Edgar, hol dir dein Recht mit deinen eigenen Fäusten; das wird dir Hunger machen.«
Die kleine Gesellschaft gewann beim Anblick des duftenden Mahles ihren Gleichmut wieder. Sie waren hungrig nach dem Ritt und trösteten sich schnell, da ihnen tatsächlich ja auch nichts zugestoßen war. Mr. Earnshaw teilte ihnen von allem reichlich zu, und die gnädige Frau erheiterte sie mit lebhaftem Geplauder. Ich wartete hinter ihrem Stuhl auf und war schmerzlich berührt, zu sehen, wie Catherine mit trockenen Augen und gleichgültigem Gesichtsausdruck begann, einen Gänseflügel zu zerlegen. ›Ein herzloses Kind‹, dachte ich, ›wie leicht sie über den Kummer ihres alten Spielgefährten hinweggeht. Ich hätte sie nicht für so selbstsüchtig gehalten.‹ Sie führte einen Bissen zum Mund, ließ ihn aber sogleich wieder fallen; ihre Wangen bedeckten sich mit tiefer Röte, und die Tränen strömten darüber hin. Sie ließ ihre Gabel auf den Boden fallen und bückte sich hastig unter das Tischtuch, um ihre Bewegung zu verbergen. Ich nannte sie nicht mehr gefühllos, denn ich beobachtete, daß sie sich den ganzen Tag wie im Fegefeuer vorkam und sich bemühte, allein zu sein oder nach Heathcliff zu sehen, den der Herr eingeschlossen hatte; ich entdeckte dies, als ich versuchte, ihm heimlich etwas Essen zuzustecken.

Am Abend wurde getanzt. Cathy bat, daß er nun freigelassen werde, da Isabella Linton keinen Partner hatte; ihr Flehen war vergebens, und ich mußte den Fehlenden ersetzen. Unsere Trübsal verflog im Eifer des Tanzens, und unser Vergnügen steigerte sich, als die fünfzehn Mann starke Musikkapelle aus Gimmerton eintraf: eine Trompete, eine Posaune, Klarinetten, Fagotte, Waldhörner, eine Baßgeige und außerdem noch Sänger. Sie machen die Runde in allen größeren Gehöften und erhalten zu Weihnachten Geldspenden, und uns war es ein Hochgenuß ersten Ranges, sie zu hören. Nachdem die üblichen Weihnachtslieder vorgetragen worden waren, baten wir sie um weltliche Lieder und Rundgesänge. Mrs. Earnshaw gefiel die Musik, darum gaben sie uns viel zum besten.

Catherine gefiel die Musik auch, aber sie sagte, es höre sich am schönsten an, wenn man oben auf der Treppe stünde, und ging im Dunkeln hinauf; ich folgte ihr. Unten wurde die Haustür geschlossen; niemandem fiel unsere Abwesenheit auf, es waren zu viele Leute da. Sie blieb oben auf der Treppe nicht stehen, sondern stieg weiter hinauf zur Dachkammer, in die Heathcliff eingesperrt war, und rief nach ihm. Eine Zeitlang verweigerte er hartnäckig jede Antwort; sie beharrte jedoch und überredete ihn schließlich, sich durch die Holzlatten mit ihr zu unterhalten. Ich ließ die armen Dinger ungestört miteinander plaudern, bis der Gesang seinem Ende zuging und die Sänger eine Erfrischung bekamen; da kletterte ich die Leiter hinauf, um Cathy zu warnen. Anstatt sie draußen anzutreffen, hörte ich ihre Stimme drinnen. Der kleine Schlingel war am Dach entlang aus der Luke der einen Bodenkammer in die der anderen hinübergeklettert, und nur mit größter Schwierigkeit konnte ich sie überreden, wieder herauszukommen. Als sie herunterkam, begleitete sie Heathcliff, und sie bestand darauf, daß ich ihn mit in die Küche nahm, da mein Küchengefährte zu einem Nachbarn gegangen war, um unserem ›höllischen Psalmensingen‹, wie er es zu nennen beliebte, zu entgehen. Ich sagte, ich hätte keine Lust, ihre Streiche zu unterstützen; aber weil der Häftling seit gestern mittag nichts gegessen habe, wollte ich diesmal ein Auge zudrücken, wenn Mr. Hindley hintergangen würde. Heathcliff ging hinunter, ich setzte ihm einen Stuhl ans Feuer und bot ihm allerlei gute

Dinge an; aber er konnte wenig essen vor Schwäche, und meine Versuche, ihn zu unterhalten, schlugen fehl. Er stützte seine Ellenbogen auf die Knie, nahm das Kinn in die Hände und verharrte so in stumpfem Brüten. Als ich ihn fragte, woran er dächte, sagte er ernst: »Ich versuche mir auszudenken, wie ich es Hindley einmal heimzahlen kann. Es ist mir gleichgültig, wie lange ich warte, wenn ich es nur einmal tun kann. Ich hoffe, er stirbt nicht vorher.«

»Schäme dich, Heathcliff«, sagte ich, »es ist Gottes Sache, schlechte Menschen zu bestrafen; wir sollten lernen, zu verzeihen.«

»Nein, Gott wird nicht die Genugtuung haben, daß ich das lerne«, entgegnete er. »Ich möchte nur wissen, wie ich es am besten anfange. Laß mich allein, dann kann ich einen Plan machen; wenn ich daran denke, fühle ich keine Schmerzen.« – Aber, Mr. Lockwood, ich vergesse, daß diese Geschichten Sie nicht interessieren können. Wie ärgerlich, daß ich Ihnen so lange davon vorgeschwatzt habe. Und Ihre Hafersuppe ist kalt geworden, und Sie sind müde. Ich hätte das, was Sie von Heathcliffs Geschichte wissen müssen, in einem halben Dutzend Sätzen erzählen können.

Während sich die Haushälterin in dieser Weise unterbrach, stand sie auf und legte ihr Nähzeug beiseite; aber ich war nicht imstande, mich vom Kamin zu rühren, und war durchaus nicht müde. »Bitte, bleiben Sie sitzen, Mrs. Dean«, rief ich, »bleiben Sie noch eine halbe Stunde sitzen! Sie haben ganz recht daran getan, die Geschichte ausführlich zu erzählen! Das habe ich gerade gern, und Sie müssen sie auf die gleiche Art zu Ende bringen. Ich bin mehr oder weniger an jeder Person interessiert, über die Sie sprachen.«

»Es ist schon elf Uhr, Mr. Lockwood!«

»Das schadet nichts; ich bin gar nicht gewöhnt, vor Mitternacht schlafen zu gehen. Ein Uhr oder zwei ist früh genug für einen, der bis zehn Uhr liegenbleibt.«

»Sie sollten nicht bis zehn liegenbleiben. Die schönste Zeit des Morgens ist dann vorbei. Ein Mensch, der bis zehn Uhr noch nicht die Hälfte seines Tagewerks getan hat, läuft Gefahr, daß die andere Hälfte ungetan bleibt.«

»Und trotzdem, Mrs. Dean, bitte, setzen Sie sich wieder; ich werde sowieso morgen bis zum Nachmittag liegenbleiben; ich prophezeie mir eine hartnäckige Erkältung.«
»Das will ich nicht hoffen, Mr. Lockwood. – Erlauben Sie mir, etwa drei Jahre zu überschlagen. Während dieser Zeit war Mrs. Earnshaw ...«
»Nein, so etwas wird nicht erlaubt! Sie kennen gewiß den Zustand, in den wir geraten, wenn wir allein dasitzen und die Katze vor uns leckt auf dem Teppich ihre Jungen ab; wir sehen dann dem Vorgang so gespannt zu, daß es uns ernstlich verdrießen würde, wenn Mieze auch nur ein Öhrchen vernachlässigte.«
»Ist das nicht schrecklich langweilig?«
»Im Gegenteil, furchtbar spannend! Und genauso geht es mir jetzt, und darum fahren Sie nur mit allen Einzelheiten fort. Ich merke, daß die Menschen dieser Gegend gegenüber den Städtern an Wert gewinnen, genauso wie die Spinne im Kerker für den Gefangenen gegenüber der Spinne in einem Hause für seine Bewohner; und doch sind es nicht die äußeren Umstände des Zuschauers, die das tiefere Interesse bedingen. Sie leben wirklich hier mit mehr Ernst, innerlicher und ohne oberflächliche Abwechslung in leichtfertig äußerlichen Dingen. Hier kann ich eine Liebe fürs Leben fast für möglich halten, während ich früher nicht einmal an die Liebe für die Dauer eines Jahres geglaubt habe. Der eine Zustand ist mit dem eines hungrigen Mannes zu vergleichen, der vor ein einziges Gericht gesetzt wird, auf das er seinen ganzen Appetit richten und ihn stillen kann, der andere mit einem, der an einen von französischen Köchen bestellten Tisch geführt wird: er wird dem Ganzen vielleicht ebensoviel Genuß abgewinnen; aber jeder Gang wird nach seiner Auffassung und in seiner Erinnerung nur einen flüchtigen Eindruck machen.«
»Oh, wir sind genau dieselben Menschen wie anderswo auch, wenn Sie uns erst kennengelernt haben«, bemerkte Mrs. Dean, durch meine Worte etwas in Verlegenheit gebracht.
»Verzeihen Sie«, antwortete ich, »Sie, meine Liebe, sind der sprechende Beweis gegen diese Behauptung. Außer einigen belanglosen sprachlichen Eigentümlichkeiten finde ich bei Ihnen nichts von dem, was sonst als Eigenart Ihrer Klasse zu gel-

ten pflegt. Ich bin überzeugt, Sie haben ein gut Teil mehr gedacht als die Menschen in Ihrer Stellung im allgemeinen. Sie haben Ihre Fähigkeit zu denken gepflegt, da Ihnen die Gelegenheit fehlte, Ihr Leben mit nichtigen Kleinigkeiten zu vertrödeln.«

Mrs. Dean lachte. »Ich halte mich allerdings für eine solide, vernünftige Person«, sagte sie, »wenn auch nicht gerade deshalb, weil ich in den Bergen gelebt und dieselben Gesichter und Ereignisse vom einen Jahresende zum anderen gesehen habe; ich habe eine strenge Zucht durchgemacht, und die hat mich Vernunft gelehrt; und dann habe ich mehr gelesen, als Sie glauben, Mr. Lockwood. Sie können kein Buch in dieser Bibliothek aufschlagen, in das ich nicht hineingeblickt und aus dem ich mir nicht auch etwas herausgeholt hätte, außer den griechischen, lateinischen und französischen, aber auch diese kann ich wenigstens auseinanderhalten; mehr kann man von der Tochter eines armen Mannes nicht erwarten. Wenn ich jedoch meine Geschichte im richtigen Ton weiterspinnen soll, so will ich lieber der Reihe nach weitererzählen. Anstatt drei Jahre auszulassen, werde ich nur auf den nächsten Sommer übergehen, den Sommer 1778, das ist fast dreiundzwanzig Jahre her.«

Achtes Kapitel

An einem schönen Junimorgen wurde mein erster rosiger kleiner Pflegling und der Letzte vom Stamme der Earnshaws geboren. Wir waren in einem abgelegenen Feld mit Heuen beschäftigt, als das Mädchen, das uns gewöhnlich unser Frühstück brachte, eine Stunde zu früh quer über die Wiese und den Weg entlang gelaufen kam und dabei nach mir rief.

»Oh, so ein großes Kind!« keuchte sie. »Der schönste Junge, der je gelebt hat. Aber der Doktor sagt, die gnädige Frau muß sterben; er sagt, sie hat schon seit Monaten die Schwindsucht.

Ich habe gehört, wie er es Mr. Hindley sagte; jetzt hat sie nichts, was sie hier noch hält; sie wird sterben, bevor es Winter wird. Du sollst sofort heimkommen. Du sollst es pflegen, Nelly, es mit Zucker und Milch füttern und es Tag und Nacht warten. Ich wünschte, ich wäre du, weil es ganz dir gehört, wenn keine Frau mehr da ist.«
»Ist sie sehr krank?« fragte ich, warf meinen Rechen hin und setzte meine Haube auf.
»Ich glaube, ja, obwohl sie frisch aussieht«, erwiderte das Mädchen, »und sie redet so, als ob sie es noch erleben werde, daß aus dem Kinde ein Mann wird. Sie ist außer sich vor Freude; es ist ein so reizendes Kind! Wenn ich sie wäre, würde ich bestimmt nicht sterben; bei seinem bloßen Anblick ginge es mir besser, Doktor Kenneth zum Trotz. Ich war schön wütend auf ihn. Frau Archer brachte das Engelchen hinunter ins ›Haus‹ zum Herrn, und sein Gesicht fing gerade an zu strahlen, da geht der alte Unglücksrabe auf ihn zu und sagt: ›Earnshaw, es ist ein Segen, daß Ihre Frau am Leben blieb, um Ihnen diesen Sohn zu hinterlassen. Als sie herkam, war ich überzeugt, wir behielten sie nicht lange, und nun muß ich Ihnen sagen, daß es im Winter wohl mit ihr zu Ende gehen wird. Nehmen Sie es sich nicht zu Herzen, und kränken Sie sich nicht zu sehr darüber – es ist nicht zu ändern. Und außerdem hätten Sie etwas Besseres tun können, als sich ein so schwächliches Mädchen auszusuchen.‹«
»Und was hat der Herr geantwortet?« fragte ich.
»Ich glaube, er hat geflucht, aber ich habe mich nicht um ihn gekümmert, ich wollte gern das Kind sehen«, und sie begann wieder, es voller Entzücken zu beschreiben. Ebenso eifrig wie sie eilte ich heimwärts, voll Verlangen, das Kindchen zu bewundern, obwohl mir Hindley sehr leid tat. In seinem Herzen war nur Platz für zwei Götzen: für sich und seine Frau; er schwärmte für beide und betete den einen an; ich konnte mir gar nicht vorstellen, wie er ihren Verlust ertragen sollte.
Als wir nach Wuthering Heights kamen, stand er an der Eingangstür, und beim Hineingehen fragte ich: »Wie geht's dem Baby?«
»Das kann schon fast laufen, Nell!« erwiderte er und verzog sein Gesicht zu einem vergnügten Lächeln.

»Und die gnädige Frau?« wagte ich zu fragen; »der Arzt sagt, sie ...«
»Ach, der verdammte Doktor!« unterbrach er mich und wurde rot. »Frances geht es ganz gut; nächste Woche um diese Zeit wird sie wieder ganz gesund sein. Gehst du hinauf? Dann sage ihr, daß ich komme, wenn sie verspricht, nicht zu reden. Ich bin hinausgegangen, weil sie ihren Mund nicht halten wollte, und sie muß – sag ihr, Mr. Kenneth sagt, sie müsse ruhig sein!«
Ich richtete Mrs. Earnshaw diese Botschaft aus. Sie schien zum Scherzen aufgelegt zu sein und erwiderte vergnügt: »Ich habe kaum ein Wort gesprochen, Ellen, da ist er zweimal weinend hinausgegangen. Gut, sage ihm, ich gelobte, nicht zu sprechen; aber das wird mich nicht hindern, ihn auszulachen!«
Arme Seele! Bis eine Woche vor ihrem Tode hat ihr heiteres Gemüt sie nicht im Stich gelassen, und ihr Mann bestand eigensinnig, ja wütend auf der Meinung, ihr Befinden bessere sich von Tag zu Tag. Als Kenneth ihm sagte, seine Arzneien nützten in diesem Stadium nichts mehr, und es sei doch nicht nötig, sich durch die ärztliche Behandlung Unkosten zu verursachen, erwiderte er scharf: »Ich weiß, es ist nicht nötig. Sie ist gesund, sie braucht Ihre Behandlung nicht länger. Sie hat nie Schwindsucht gehabt. Es war ein Fieber, und jetzt ist es vorüber; ihr Puls schlägt jetzt so langsam wie meiner, und ihre Wangen sind so kühl wie meine.«
Er erzählte seiner Frau das gleiche Märchen, und sie schien ihm zu glauben. Aber eines Abends, als sie sich an seine Schulter lehnte und gerade sagte, sie glaube, morgen aufstehen zu können, bekam sie einen Hustenanfall – einen ganz leichten. Er richtete sie in seinen Armen auf, sie legte ihre Arme um seinen Hals, ihr Gesichtsausdruck veränderte sich, und sie war tot.
Wie das Mädchen damals vorausgesagt hatte, wurde der kleine Hareton vollständig meiner Pflege übergeben. Solange Mr. Earnshaw ihn gesund sah und nicht schreien hörte, war er in dieser Beziehung zufrieden. Im übrigen aber war er verzweifelt, obwohl sein Kummer sich nicht in Klagen äußerte. Er weinte und betete nicht; er fluchte und verhärtete sich in Trotz, verwünschte Gott und alle Welt und gab sich tollen

Ausschweifungen hin. Seine Leute konnten das tyrannische und böse Benehmen nicht lange ertragen; Joseph und ich waren die einzigen, die bei ihm aushielten. Ich brachte es nicht übers Herz, meinen Schützling zu verlassen, außerdem, wissen Sie, war ich Mr. Earnshaws Milchschwester gewesen und war deshalb eher geneigt, sein Benehmen zu entschuldigen, als Fremde. Joseph blieb, um die Pächter und Arbeiter zu tyrannisieren und weil er sich berufen fühlte, dort zu sein, wo er viel Schlechtigkeit rügen konnte.

Der schlechte Lebenswandel und der schlechte Umgang des Herrn waren ein schlimmes Beispiel für Catherine und Heathcliff. Die Behandlung, die er diesem zuteil werden ließ, hätte genügt, aus einem Heiligen einen Teufel zu machen. Und manchmal schien es damals, als wäre der Bursche von einem Teufel besessen. Mit einem unheiligen Frohlocken wurde er Zeuge davon, wie Hindley sich rettungslos entwürdigte und wie er von Tag zu Tag grausamer und wüster wurde. Ich kann Ihnen nicht annähernd beschreiben, was für ein höllisches Leben wir führten. Der Vikar hörte auf, uns zu besuchen, und schließlich kam kein anständiger Mensch mehr in unsere Nähe, nur Edgar Lintons Besuche bei Miß Cathy bildeten eine Ausnahme. Mit fünfzehn Jahren war sie die Königin der Umgegend; sie hatte nicht ihresgleichen, und das machte sie zu einem hochmütigen und eigenwilligen Geschöpf. Ich mochte sie nicht, als sie den Kinderschuhen entwachsen war, und ärgerte sie häufig dadurch, daß ich versuchte, ihren Dünkel zu brechen; trotzdem hat sie mir niemals ihre Zuneigung entzogen. Sie zeigte eine wunderbare Beständigkeit in ihren alten Freundschaften; selbst ihre Liebe zu Heathcliff blieb unverändert, und der junge Linton fand es, bei all seiner Überlegenheit, schwer, ebenso tiefen Eindruck auf sie zu machen. Er war mein verstorbener Herr, das ist sein Bildnis dort über dem Kamin. Früher hing es auf einer Seite und das seiner Frau auf der anderen, aber ihres ist entfernt worden, sonst könnten Sie sich ein Bild davon machen, wie sie war. Können Sie es so erkennen?

– Mrs. Dean hob die Kerze hoch, und ich erkannte ein Gesicht mit sanften Zügen, der jungen Dame in Wuthering Heights außerordentlich ähnlich, aber nachdenklicher und liebens-

würdiger im Ausdruck. Es war ein schönes Bild. Die langen blonden Haare waren an den Schläfen leicht gelockt, die Augen groß und ernst blickend, die Gestalt fast zu zierlich. Ich wunderte mich nicht, daß Catherine Earnshaw ihren ersten Freund über einer solchen Erscheinung vergessen konnte. Ich staunte sehr darüber, daß er, wenn sein Charakter mit seinem Äußeren übereinstimmte, die Frau lieben konnte, die meiner Vorstellung von Catherine Earnshaw entsprach.
»Ein sehr reizvolles Bildnis«, bemerkte ich zu der Haushälterin, »ist es ähnlich?«
»Ja«, antwortete sie, »aber er sah besser aus, wenn er angeregt war; dieses war sein Alltagsgesicht; im allgemeinen fehlte es ihm an Feuer.« –
Catherine hatte den Verkehr mit den Lintons nach ihrem fünfwöchigen Aufenthalt bei ihnen weiter fortgesetzt. Da in Thrushcross Grange die Versuchung fehlte, ihre rauhe Seite hervorzukehren, und da sie zu klug war, dort ungezogen zu sein, wo sie stets gleichbleibende Höflichkeit erfuhr, täuschte sie die alten Herrschaften unwissentlich durch ihre offene Herzlichkeit. Sie errang sich Isabellas Bewunderung und Herz und Seele des Bruders, Eroberungen, die ihr anfänglich schmeichelten – denn sie war voller Ehrgeiz – und die sie dahin brachten, ein doppeltes Wesen anzunehmen, ohne daß sie bewußt jemanden betrügen wollte. Dort, wo sie Heathcliff als ›gewöhnlichen jungen Raufbold‹ und ›schlimmer als ein Rohling‹ hatte bezeichnen hören, gab sie sich Mühe, sich besser zu betragen, aber zu Hause spürte sie wenig Neigung, Höflichkeit – über die doch nur gelacht worden wäre – zu üben oder sich zu beherrschen, denn das hätte ihr weder Ehre noch Anerkennung eingetragen.
Mr. Edgar brachte selten den Mut auf, Wuthering Heights in aller Offenheit zu besuchen. Er fürchtete Earnshaw und seinen Ruf, schrak vor einer Begegnung mit ihm zurück, obwohl wir alle uns bemühten, ihn immer so höflich wie möglich zu empfangen, und der Herr es sorgfältig vermied, ihn zu verletzen. Wenn er es nicht fertigbrachte, ihm freundlich gegenüberzutreten, dann ging er ihm wenigstens aus dem Wege. Ich glaube nicht, daß Catherine sich über diese Besuche freute. Sie war frei von Verstellung und Koketterie, und es war ihr

offensichtlich peinlich, daß ihre beiden Freunde sich überhaupt begegneten; denn wenn Heathcliff in Lintons Gegenwart aus seiner Verachtung für den Nebenbuhler kein Hehl machte, dann konnte sie ihm natürlich nicht so beistimmen, wie sie es in seiner Abwesenheit getan hätte, und wenn Linton seinen Widerwillen und Abscheu vor Heathcliff Luft machte, dann wagte sie nicht, so zu tun, als sei ihr diese Behandlung ihres Spielgefährten gleichgültig. Ich habe oft im stillen gelacht über ihre Verwirrung und ihre geheimen Sorgen, die sie vergeblich vor mir zu verbergen trachtete. Vielleicht klingt das boshaft, aber sie war so stolz, daß man ihre Nöte unmöglich bemitleiden konnte, bevor sie nicht ein wenig demütiger geworden war. Schließlich brachte sie es über sich, zu beichten und sich mir anzuvertrauen; ich war ja die einzige Seele, bei der sie sich Rat holen konnte.

Mr. Hindley war eines Nachmittags von Hause fortgegangen, und Heathcliff wagte es daraufhin, sich einen Feiertag zu machen. Ich glaube, er war damals sechzehn Jahre alt, und obwohl er nicht häßlich war und es ihm nicht an Verstand fehlte, machte er einen innerlich und äußerlich abstoßenden Eindruck, von dem jetzt gar keine Spuren mehr geblieben sind. Vor allen Dingen war von seiner anfänglichen Erziehung nichts mehr zu merken. Harte körperliche Arbeit von früh bis spät hatte alle seine Wißbegierde und alle Vorliebe für Bücher und für Lernen ausgelöscht. Das Gefühl der Überlegenheit, das die Güte des alten Mr. Earnshaw ihm als Kind eingeflößt hatte, war dahin. Er kämpfte lange, um sich mit Catherine in ihren Studien auf gleicher Höhe zu halten, und gab es mit heftigem, wenn auch stummem Bedauern auf, doch gab er es endgültig auf. Nichts konnte ihn bewegen, einen Schritt weiter auf dem Wege zu tun, der aufwärts führte, als er erkannt hatte, daß er notgedrungen unter seinem früheren Niveau bleiben mußte. Seine äußere Erscheinung paßte sich bald der geistigen Verwahrlosung an. Sein Gang wurde schwerfällig, sein Blick unstet; seine natürliche Veranlagung zur Zurückhaltung steigerte sich zu einer übertriebenen menschenfeindlichen Verdrossenheit, und er schien eine Art von grimmigem Vergnügen darin zu suchen, die Achtung seiner wenigen Bekannten in Abneigung zu verwandeln.

Catherine und er kamen immer noch in seiner freien Zeit zwischen der Arbeit zusammen; aber er hatte aufgehört, seine Liebe zu ihr in Worten auszudrücken, und wich voll ärgerlichen Mißtrauens vor ihren kindlichen Zärtlichkeiten zurück, so, als wäre er sich dessen bewußt, daß es kein Vergnügen sein konnte, Zeichen der Zuneigung an ihn zu verschwenden. An jenem Tage, von dem ich sprach, kam er ins ›Haus‹ und erklärte, er wolle faulenzen, während ich Miß Cathy half, ihr Kleid in Ordnung zu bringen. Sie hatte nicht damit gerechnet, daß er müßig da umhersitzen werde, sondern geglaubt, sie werde das ganze Haus für sich haben; so hatte sie es durch irgendwelche Mittel zuwege gebracht, Mr. Edgar von ihres Bruders Abwesenheit zu unterrichten, und bereitete sich nun darauf vor, ihn zu empfangen.

»Cathy, hast du heute nachmittag etwas vor?« fragte Heathcliff. »Gehst du aus?«

»Nein, es regnet«, antwortete sie.

»Warum hast du dann das seidene Kleid an?« sagte er. »Es kommt doch hoffentlich niemand her?«

»Nicht daß ich wüßte«, stotterte das Fräulein, »aber du solltest jetzt auf dem Felde sein, Heathcliff, es ist eine Stunde nach Mittag; ich dachte, du wärst draußen.«

»Wir haben ja selten das Glück, den verwünschten Hindley los zu sein«, bemerkte der Junge. »Ich werde heute nicht mehr arbeiten; ich werde bei dir bleiben.«

»Und wenn Joseph es verrät?« meinte sie; »du solltest lieber gehen.«

»Joseph muß am anderen Ende von Pennistow Crag Kalk einladen; er hat bis zum Dunkelwerden zu tun und wird es gar nicht merken.«

Mit diesen Worten schlenderte er zum Kamin und setzte sich hin. Catherine dachte einen Augenblick mit gerunzelter Stirn nach. Sie hielt es für gut, dem Besuch den Weg zu ebnen. »Isabella und Edgar Linton sprachen davon, heute nachmittag herzukommen«, sagte sie nach einem minutenlangen Schweigen. »Da es regnet, erwarte ich sie kaum; aber sie könnten doch kommen, und wenn sie es tun, dann läufst du Gefahr, ganz unnütz gescholten zu werden.«

»Laß Ellen ihnen ausrichten, du wärst nicht zu sprechen, Ca-

thy«, beharrte er; »wirf mich nicht hinaus wegen deiner erbärmlichen, albernen Freunde! Ich bin manchmal drauf und dran, mich zu beklagen, daß sie ... aber ich will nicht!«
»Daß sie was?« rief Catherine mit ängstlichem Gesicht. »Oh, Nelly«, fügte sie verdrießlich hinzu und entwand ihren Kopf meinen Händen, »du hast mir alle Locken ausgekämmt. Es ist genug, laß mich in Ruh! Worüber bist du drauf und dran, dich zu beklagen, Heathcliff?«
»Nichts – nur, sieh dir mal den Kalender an der Wand an«; er deutete auf einen eingerahmten Bogen, der in der Nähe des Fensters hing, und fuhr fort: »Die Kreuze bezeichnen die Abende, die du mit den Lintons verbracht hast, und die Punkte die, an denen du mit mir zusammen warst. Kannst du sehen? Ich habe jeden Tag eingezeichnet.«
»Ja, sehr albern; als ob ich darauf achtete!« erwiderte Catherine verdrossen. »Und was soll das alles?«
»Dir zeigen, daß *ich* darauf achte«, sagte Heathcliff.
»Soll ich denn immer bei dir sitzen?« fragte sie, ärgerlich werdend. »Was hätte ich davon? Worüber sprichst du? Du könntest geradesogut stumm oder ein kleines Kind sein, nach dem, womit du mich unterhältst oder was du sonst tust.«
»Du hast mir bisher noch nie gesagt, daß ich zuwenig spreche oder daß du meine Gesellschaft nicht magst, Cathy«, stieß Heathcliff in großer Erregung hervor.
»Das ist überhaupt keine Gesellschaft, wenn einer nichts weiß und nichts sagt«, murmelte sie.
Heathcliff stand auf, doch hatte er keine Zeit, seinen Gefühlen weiter Ausdruck zu geben; der Hufschlag eines Pferdes war auf dem Pflaster zu hören, es wurde leise angeklopft, und dann trat der junge Linton ein, strahlend vor Freude über die unerwartete Aufforderung, die er erhalten hatte. Ohne Zweifel bemerkte Catherine den Unterschied zwischen ihren Freunden, als der eine eintrat und der andere hinausging. Es war ein Gegensatz, wie wenn man ein ödes, hügeliges Kohlenrevier mit einem wundervoll fruchtbaren Tal vertauscht. Und das galt für Edgars Stimme und Begrüßung in gleicher Weise wie für seine Erscheinung. Er hatte eine angenehme leise Art zu reden und sprach die Worte so aus, wie Sie es tun, das heißt, weniger hart, als man hier spricht, und leiser.

»Ich bin hoffentlich nicht zu früh gekommen«, sagte er mit einem Blick auf mich. Ich hatte angefangen, das Geschirr abzuwischen und ein paar Schubfächer am anderen Ende der Anrichte aufzuräumen.

»Nein«, antwortete Catherine. »Was tust du da, Nelly?«

»Meine Arbeit, Miß«, erwiderte ich. (Mr. Hindley hatte mir befohlen, immer zugegen zu sein, wenn Linton seine heimlichen Besuche abstattete.)

Sie trat hinter mich und flüsterte verstimmt: »Scher dich weg mit deinen Staubtüchern; wenn Besuch im Haus ist, haben Dienstboten nicht im Zimmer, in dem er sich aufhält, zu wischen und reinzumachen!«

»Es ist eine gute Gelegenheit, jetzt, solange der Herr fort ist«, antwortete ich laut. »Er kann es nicht leiden, wenn ich in seiner Gegenwart mit diesen Dingen herumhantiere. Ich bin sicher, Mr. Edgar wird es entschuldigen.«

»Ich kann es nicht leiden, wenn du in *meiner* Gegenwart herumhantierst«, rief die junge Dame gebieterisch und ließ ihrem Gast nicht Zeit, zu sprechen. Sie hatte seit dem kleinen Streit mit Heathcliff ihren Gleichmut noch nicht wiedergewonnen.

»Das tut mir leid, Miß Catherine«, war meine Erwiderung, während ich unverdrossen in meiner Beschäftigung fortfuhr. Sie dachte, Edgar könne sie nicht sehen, riß mir das Tuch aus der Hand und kniff mich voller Bosheit mit einer Drehung der Hand in den Arm. Ich sagte schon, daß ich sie nicht mochte und daß ich manchmal Gefallen daran fand, sie in ihrer Eitelkeit ein wenig zu demütigen; überdies hatte sie mir weh getan, darum erhob ich mich von den Knien und kreischte laut auf:

»Oh, Miß, das ist ein böser Streich! Sie haben kein Recht, mich zu kneifen; das lasse ich mir nicht gefallen!«

»Ich hab dich gar nicht angefaßt, du, du verlogenes Geschöpf!« schrie sie, und ihre Finger zuckten, um den Griff zu wiederholen, und ihre Ohren waren rot vor Zorn. Sie war nie imstande, ihre Leidenschaft zu verbergen, die ihr immer das Blut ins Gesicht trieb.

»Und was ist dieses dann?« erwiderte ich scharf und zeigte, um sie zu widerlegen, auf einen unverkennbaren roten Fleck.

Sie stampfte mit dem Fuß auf, schwankte einen Augenblick, und dann, unwiderstehlich getrieben von dem bösen Geist in ihr, versetzte sie mir einen schmerzenden Schlag auf die Wange, der mir das Wasser in die Augen trieb.

»Catherine, Liebling! Catherine!« legte sich Linton ins Mittel, ganz entsetzt über das doppelte Vergehen der Lüge und der Heftigkeit, das sein Abgott begangen hatte.

»Mach, daß du hinauskommst, Ellen!« wiederholte sie, am ganzen Körper zitternd.

Als der kleine Hareton, der mir überallhin folgte und neben mir auf dem Fußboden saß, meine Tränen sah, fing er auch an zu weinen und klagte schluchzend ›die böse Tante Cathy‹ an. Das lenkte ihre Wut auf sein unglückliches Haupt. Sie packte ihn bei den Schultern und schüttelte ihn, bis der arme Junge leichenblaß wurde und Edgar unwillkürlich ihre Hände ergriff, um ihn zu befreien. Im Augenblick hatte sie ihm eine Hand entwunden, und der erstaunte junge Mann fühlte sie auf seiner eigenen Wange so heftig, daß er es nicht als Scherz gelten lassen konnte. Er wich bestürzt zurück. Ich nahm Hareton in meine Arme und ging mit ihm in die Küche, doch ließ ich die Verbindungstür offen, denn ich war neugierig, wie das enden würde. Der beleidigte Gast wandte sich blaß und mit zitternden Lippen der Stelle zu, wo er seinen Hut hinterlegt hatte. ›So ist es recht‹, sagte ich bei mir. ›Laß dich warnen und mach, daß du fortkommst! Es ist ein Glück, daß du sie kennenlernst, wie sie wirklich ist.‹

»Wo gehst du hin?« fragte Catherine und schritt zur Tür. Er machte eine Bewegung zur Seite und versuchte vorbeizugehen.

»Du darfst nicht gehen!« rief sie energisch.

»Ich muß und ich will gehen!« entgegnete er mit gedämpfter Stimme.

»Nein«, beharrte sie und ergriff die Türklinke, »noch nicht, Edgar Linton! Setz dich hin; du wirst mich nicht in dieser Stimmung allein lassen. Ich wäre die ganze Nacht unglücklich, und ich will um deinetwillen nicht unglücklich sein!«

»Kann ich bleiben, nachdem du mich geschlagen hast?« fragte Linton.

Catherine blieb stumm.

»Du hast mich erschreckt, und ich schäme mich für dich«, fuhr er fort. »Ich werde nicht wieder herkommen!«

Ihre Augen fingen an zu glitzern, und ihre Lider zuckten.
»Und du hast vorsätzlich die Unwahrheit gesagt!« meinte er.
»Das habe ich nicht getan!« schrie sie, ihre Sprache zurückgewinnend; »ich habe nichts vorsätzlich getan. Gut, geh, wenn du willst – geh weg! Aber dann werde ich weinen, krank weinen werde ich mich!«
Sie ließ sich an einem Stuhl auf die Knie niedergleiten und fing ganz im Ernst an zu weinen. Edgar beharrte in seinem Entschluß – bis zum Hof, dort zögerte er. Ich beschloß, ihn zu ermutigen.
»Das Fräulein ist schrecklich launisch, Herr«, rief ich hinaus. »Sie ist wie ein verwöhntes Kind; reiten Sie lieber nach Hause, sonst wird sie krank, nur um uns zu ärgern.«
Der weichherzige Junge blickte mißtrauisch durch das Fenster. Er konnte ebensowenig weggehen, wie die Katze eine Maus halb tot oder einen Vogel halb aufgefressen liegenläßt. ›Na‹, dachte ich, ›dem ist nicht mehr zu helfen; er entgeht seinem Schicksal nicht.‹ Und so war es: er drehte sich plötzlich um, eilte wieder ins Haus und schloß die Tür hinter sich. Als ich nach einer Weile hereinkam, um ihnen zu sagen, daß Earnshaw, sinnlos betrunken, nach Hause gekommen wäre, bereit, alles kurz und klein zu schlagen (seine übliche Stimmung in dieser Verfassung), sah ich, daß der Streit nur die Vertraulichkeit vergrößert, die Schranken jugendlicher Schüchternheit durchbrochen und sie dahin geführt hatte, den Deckmantel der Freundschaft fallen zu lassen und sich als Liebende zu bekennen.
Die Nachricht von Mr. Hindleys Ankunft trieb Linton schleunigst aufs Pferd und Catherine in ihr Zimmer. Ich ging, um den kleinen Hareton zu verstecken und die Kugel aus der Flinte des Herrn zu entfernen; denn er spielte in seiner Unzurechnungsfähigkeit und Erregung oft damit und brachte dadurch jeden, der ihn reizte, ja der nur seine Aufmerksamkeit zu sehr auf sich lenkte, in Lebensgefahr. Ich war darauf verfallen, sie herauszunehmen, damit er kein Unheil anrichtete, falls er einmal dahin kommen sollte, die Flinte abzufeuern.

Neuntes Kapitel

Schreckliche Flüche vor sich hin brüllend, stürzte er herein und erwischte mich dabei, wie ich seinen Sohn im Küchenschrank verstaute. Hareton war von einer heillosen Angst erfüllt, sowohl vor Hindleys tierisch wilder Zärtlichkeit wie auch vor seiner irrsinnigen Wut; bei der einen lief er Gefahr, zerquetscht oder totgeküßt, bei der anderen, ins Feuer geworfen oder an die Wand geschleudert zu werden. Darum verhielt sich das arme Wesen mucksmäuschenstill, wo auch immer ich es verbarg.

»So, da habe ich's endlich entdeckt!« schrie Hindley und zog mich an meiner Nackenhaut zurück wie einen Hund. »Himmel und Hölle, habt ihr euch verschworen, dieses Kind zu ermorden? Jetzt weiß ich, woher es kommt, daß ich es nie zu sehen kriege. Aber mit des Satans Hilfe werde ich dich zwingen, das Aufschnittmesser zu verschlingen, Nelly! Du brauchst nicht zu lachen, denn ich habe eben Kenneth mit dem Kopf voran ins Beachhorse-Moor gesteckt; auf einen mehr kommt es nicht an, jetzt muß einer von euch daran glauben, damit ich Ruhe bekomme.«

»Aber ich mag das Aufschnittmesser nicht, Mr. Hindley«, antwortete ich, »damit sind grüne Heringe geschnitten worden. Ich möchte lieber erschossen werden, wenn es Ihnen recht ist.«

»Du sollst lieber verdammt sein«, sagte er, »und du wirst es sein! Kein Gesetz in England kann einen Mann daran hindern, sein Haus anständig zu erhalten, und meins ist abscheulich! Öffne deinen Mund!«

Er hielt das Messer in der Hand und schob die Spitze zwischen meine Zähne; aber ich hatte nie sonderliche Angst vor seiner Unberechenbarkeit. Ich spuckte aus und versicherte, daß es scheußlich schmecke und daß ich es auf keinen Fall schlucken werde.

»Oh«, sagte er und ließ mich los, »jetzt merke ich, daß dieser häßliche kleine Kerl gar nicht Hareton ist. Entschuldige, Nell! Wenn er es wäre, verdiente er, lebendig geschunden zu werden, weil er nicht gelaufen kommt, um mich zu begrüßen, und weil er kreischt, als wäre ich ein Kobold. Her mit dir, du entarteter Junge! Ich werde dich lehren, einem gutherzigen Vater zu trotzen. Übrigens, glaubst du nicht, der Bengel sähe mit gestutzten Ohren besser aus? Das macht die Hunde wilder, und ich liebe das Wilde – gib mir eine Schere! –, etwas Wildes und Schmuckes. Außerdem ist es eine höllische Eitelkeit, eine teuflische Ziererei ist es, unsere Ohren wachsen zu lassen – wir sind auch ohne sie Esel. Scht, Kind, scht! Nun, nun, das ist mein Liebling! Scht, trockne deine Tränen! Das ist eine Freude! Küß mich! Was? Er will nicht? Küß mich, Hareton! Verdammt, küß mich! Herrgott, und so ein Scheusal soll ich aufziehen? So wahr ich lebe, ich werde dem Balg das Genick brechen!«

Der arme Hareton schrie und strampelte mit aller Macht in den Armen seines Vaters und verdoppelte sein Geschrei, als er ihn hinauftrug und ihn übers Treppengeländer hielt. Ich schrie ihn an, das Kind werde vor Angst Krämpfe kriegen, und lief, um es zu befreien. Als ich oben anlangte, beugte sich Hindley über das Geländer und horchte auf ein Geräusch von unten; dabei vergaß er beinahe, was er in den Händen hatte. »Wer ist da?« fragte er, als er Schritte hörte, die sich der Treppe näherten. Ich beugte mich auch vor, um Heathcliff, dessen Schritt ich erkannte, ein Zeichen zu geben, nicht weiterzugehen, und in dem Augenblick, als ich meine Augen von Hareton abwandte, bäumte der sich plötzlich auf, befreite sich aus dem nachlässigen Griff, der ihn hielt, und stürzte hinunter.

Es blieb kaum Zeit, einen Schauer des Entsetzens zu empfinden, als wir auch schon sahen, daß das kleine Unglückswurm unversehrt war. Heathcliff war gerade im kritischen Augenblick unten angelangt. Einem natürlichen Impuls folgend fing er ihn im Fallen auf, und während er ihn auf die Füße stellte, blickte er hinauf, um den Urheber des Unfalls zu entdecken. Ein Geizhals, der sich von einem Glückslos zu fünf Schilling getrennt hat und am nächsten Tag erfährt, daß er bei dem Handel fünftausend Pfund verloren hat, kann kein verblüffteres Gesicht machen als Heathcliff, als er Mr. Earnshaw oben erblickte. Es drückte, besser als Worte es können, den heftigsten Seelenschmerz darüber aus, daß er selbst das Werkzeug gewesen war, das seine Rache vereitelt hatte. Wenn es dunkel gewesen wäre, ich glaube wirklich, er hätte versucht, das Geschehene rückgängig zu machen, und hätte Haretons Schädel auf den Stufen zerschmettert; aber wir waren Zeugen seiner Rettung, und ich war auf der Stelle unten und drückte meine kostbare Bürde ans Herz. Hindley kam langsamer nach, ernüchtert und beschämt.

»Es ist deine Schuld, Ellen«, sagte er, »du hättest ihn vor mir verbergen müssen; du hättest ihn mir wegnehmen müssen! Ist er irgendwo verletzt?«

»Verletzt?« schrie ich ärgerlich. »Wenn er nicht tot ist, so wird er ein Idiot werden! Oh, ich wundere mich, daß seine Mutter nicht aus dem Grabe steigt, um zu sehen, wie Sie ihm mitspielen. Sie sind schlimmer als ein Heide! Ihr eigenes Fleisch und Blut so zu behandeln!«

Er versuchte das Kind anzufassen, das auf meinem Arm seinem Schrecken schluchzend Luft machte. Kaum jedoch berührte es sein Vater mit einem Finger, kreischte es wieder, lauter als zuvor, und sträubte sich, als wenn es Krämpfe kriegen wollte.

»Lassen Sie ihn in Ruhe!« fuhr ich fort. »Er haßt Sie! Alle hassen Sie, das ist die reine Wahrheit! Eine glückliche Familie haben Sie, und in eine schöne Lage haben Sie sich gebracht!«

»Das wird noch besser kommen, Nelly!« lachte der heruntergekommene Mann, schon wieder ganz in seiner heftigen Art. »Jetzt geh mir aus den Augen mit ihm. Und höre du, Heathcliff, bleib aus meiner Reich- und Hörweite! Ich möchte dir heute nacht nichts antun, es sei denn, daß ich das Haus in Brand stecke; aber das hängt von meiner Laune ab.«

Mit diesen Worten nahm er eine Halbliterflasche mit Branntwein von der Anrichte und goß etwas davon in ein Glas.

»Nein, nicht!« flehte ich. »Mr. Hindley, lassen Sie sich warnen. Erbarmen Sie sich dieses unglücklichen Kindes, wenn Ihnen nichts an Ihnen selbst liegt!«

»Jeder andere wird ihm mehr nützen als ich«, antwortete er.
»Haben Sie Erbarmen mit Ihrer eigenen Seele!« sagte ich und bemühte mich, ihm das Glas aus der Hand zu winden.
»Ich nicht! Im Gegenteil, ich wüßte nichts Besseres, als sie in die Verdammnis zu schicken, um ihren Schöpfer zu strafen!« rief der Gotteslästerer. »Es lebe die Verdammnis!«
Er trank den Branntwein, forderte uns ungeduldig auf, zu gehen, und beschloß seine Rede mit den schrecklichsten Verwünschungen, zu schlimm, als daß man sie wiederholen könnte oder sich ihrer erinnern möchte.
»Es ist ein Jammer, daß er sich nicht zu Tode trinken kann!« bemerkte Heathcliff mit einem Echo von Flüchen, als die Tür sich hinter uns geschlossen hatte. »Er tut, was er kann, aber seine Bärennatur ist stärker. Mr. Kenneth sagt, er will seine Stute darauf wetten, daß er alle Männer auf dieser Seite von Gimmerton überlebt und als grauköpfiger Sünder ins Grab sinkt, es sei denn, daß ihm durch einen glücklichen Zufall außer der Reihe etwas zustieße.«
Ich ging in die Küche und setzte mich hin, um mein Lämmchen in Schlaf zu lullen. Heathcliff ging weiter nach der Scheune. Später stellte es sich heraus, daß er nur bis ans andere Ende des Raumes gegangen war, sich dort, weitab vom Feuer, auf eine Bank an der Wand geworfen hatte und unbeweglich sitzen blieb.
Ich wiegte Hareton auf den Knien und summte ein Lied, das folgendermaßen begann:
    Die Kinder schrien, es war spät in der Nacht;
    im Grab hört's die Mutter und ist erwacht ...
als Miß Cathy, die den Lärm von ihrem Zimmer aus gehört hatte, den Kopf hereinsteckte und flüsterte: »Bist du allein, Nelly?«
»Ja, Miß!« antwortete ich.
Sie trat ein und näherte sich dem Herd. Ich blickte auf, denn ich dachte, sie wolle mir etwas sagen. Ihr Gesicht war verstört und unruhig. Ihre Lippen waren halb geöffnet, als ob sie sprechen wollte, und sie holte Luft; doch kam nur ein Seufzer, kein Satz. Ich nahm meinen Gesang wieder auf, denn ich hatte ihr Betragen von vorhin noch nicht vergessen.
»Wo ist Heathcliff?« sagte sie, mich unterbrechend.

»Bei seiner Arbeit im Stall«, war meine Antwort.
Er widersprach mir nicht; vielleicht war er eingeschlummert. Wieder folgte eine lange Pause, während der ich wahrnahm, daß ein oder zwei Tropfen von Catherines Wange auf die Fliesen hinabrollten. ›Tut ihr schändliches Betragen ihr leid?‹ fragte ich mich. ›Das wäre etwas Neues. Aber sie soll nur selber davon anfangen, ich werde ihr nicht helfen!‹ Nein, sie machte sich wenig Sorgen um andere Dinge, nur um das, was sie selbst anging.
»O Liebe!« rief sie endlich. »Ich bin sehr unglücklich!«
»Schade«, bemerkte ich. »Sie sind schwer zufriedenzustellen; da haben Sie nun so viele Freunde und so wenig Sorgen, und doch ist Ihnen das nicht genug.«
»Nelly, willst du ein Geheimnis für mich bewahren?« fuhr sie fort, kniete neben mir nieder und schlug ihre lieblichen Augen zu mir auf, mit einem Blick, der imstande war, den ärgsten Groll zu verscheuchen, selbst wenn man noch soviel Anlaß dazu gehabt hätte.
»Ist es wert, bewahrt zu werden?« fragte ich, weniger abweisend.
»Ja, und es quält mich, und ich muß es dir verraten. Ich möchte wissen, was ich tun soll. Heute hat Edgar Linton um mich angehalten, und ich habe ihm eine Antwort gegeben; ehe ich dir verrate, ob es eine Zustimmung oder eine Ablehnung war, sage du mir, was es hätte sein sollen.«
»Aber, Miß Catherine, was soll *ich* dazu sagen?« erwiderte ich. »Wenn ich bedenke, wie Sie sich heute nachmittag in seiner Gegenwart aufgeführt haben, möchte ich sagen, es sei klüger, ihn abzuweisen; da er Sie hinterher gefragt hat, muß er entweder hoffnungslos dumm oder ein waghalsiger Narr sein.«
»Wenn du so sprichst, werde ich dir nichts weiter erzählen«, erwiderte sie verdrießlich und erhob sich. »Ich habe seinen Antrag angenommen, Nelly. Nun sage mir schnell, ob es falsch war!«
»Sie haben ihn angenommen? Wozu dann also noch darüber reden? Sie haben Ihr Wort verpfändet und können es nicht rückgängig machen.«
»Aber sage mir, ob ich so recht gehandelt habe – sag es!« rief

sie in ärgerlichem Ton aus, rieb ihre Hände aneinander und runzelte die Stirn.
»Da ist vielerlei in Betracht zu ziehen, ehe man diese Frage richtig beantworten kann«, sagte ich bedeutungsvoll. »Zuerst und vor allem, lieben Sie Mr. Edgar?«
»Wer hätte ihn nicht gern? Natürlich liebe ich ihn!« antwortete sie.
Dann unterwarf ich sie dem folgenden Verhör, und für ein Mädchen von zweiundzwanzig Jahren war ich dabei vielleicht ganz verständig.
»Warum lieben Sie ihn, Miß Cathy?«
»Unsinn, ich tue es; das genügt.«
»Ganz und gar nicht, Sie müssen sagen können, warum.«
»Nun, weil er schön ist und weil man gern mit ihm zusammen ist.«
»Schlechte Antwort!« bemerkte ich.
»Und weil er jung und heiter ist.«
»Immer noch schlecht!«
»Und weil er mich liebt.«
»Belanglos in diesem Zusammenhang.«
»Und er wird reich sein, und mir wird es Spaß machen, die vornehmste Frau der Umgebung zu sein, und ich werde stolz darauf sein, einen solchen Mann zu haben.«
»Ganz schlecht! Und nun sagen Sie, wie Sie ihn lieben.«
»Wie jeder liebt – du bist töricht, Nelly!«
»Ganz und gar nicht. – Antworten Sie!«
»Ich liebe den Boden unter seinen Füßen und die Luft über seinem Haupt und alles, was er anfaßt, und jedes Wort, das er sagt. Ich liebe alles, was er ansieht, und alles, was er tut, und ihn selber ganz und gar, wie er ist. Da hast du's!«
»Und warum?«
»Also nein, du machst dich lustig darüber, das ist ganz furchtbar boshaft! Für mich ist es gar kein Spaß!« sagte die junge Dame grollend und kehrte ihr Gesicht dem Feuer zu.
»Ich denke nicht daran, mich lustig zu machen, Miß Catherine«, entgegnete ich. »Sie lieben Mr. Edgar, weil er schön und jung und heiter und reich ist und weil er Sie liebt. Das letzte jedoch gilt nicht; denn Sie liebten ihn wahrscheinlich auch so

und würden es nicht tun, wenn er die ersten vier anziehenden Eigenschaften nicht besäße.«
»Nein, sicherlich nicht; ich würde ihn höchstens bemitleiden, vielleicht ihn hassen, wenn er häßlich und ein Tölpel wäre.«
»Aber es gibt noch manche andere schöne, reiche, junge Männer auf der Welt, möglicherweise schönere und reichere als ihn. Was hindert Sie daran, diese zu lieben?«
»Wenn es solche gibt, so sind sie mir nicht über den Weg gekommen. Ich habe keinen besseren gesehen als Edgar.«
»Sie werden vielleicht einmal einen sehen; und Mr. Edgar wird nicht immer schön und jung sein und braucht nicht immer reich zu bleiben.«
»Jetzt ist er's, und ich habe nur mit der Gegenwart zu tun. Du solltest wirklich vernünftiger reden.«
»Nun, das entscheidet. Wenn Sie nur mit der Gegenwart zu tun haben, dann heiraten Sie Mr. Linton!«
»Ich brauche deine Erlaubnis nicht dazu, ich werde ihn heiraten; und doch hast du mir nicht gesagt, ob ich recht daran tue.«
»Vollkommen recht – wenn Menschen recht daran tun, nur für die Gegenwart zu heiraten. Und nun lassen Sie hören, worüber Sie unglücklich sind. Ihr Bruder wird sich freuen; die alten Herrschaften werden wohl nichts dagegen haben; Sie werden ein unordentliches, ungemütliches Heim mit einem wohlhabenden, hochgeachteten vertauschen; und Sie lieben Edgar, und Edgar liebt Sie. Alles scheint glatt und leicht – wo sitzt der Haken?«
»Hier! und hier!« erwiderte Catherine und schlug sich mit einer Hand auf die Stirn, mit der anderen auf die Brust, »wo immer die Seele sitzen mag. In meiner Seele und in meinem Herzen bin ich überzeugt, daß ich falsch handle.«
»Das ist sehr seltsam; das kann ich nicht verstehen.«
»Es ist mein Geheimnis. Wenn du mich nicht auslachen willst, werde ich es dir erklären. Deutlich kann ich es nicht; aber ich will dir beschreiben, was ich fühle.«
Sie setzte sich wieder neben mich, ihr Gesichtsausdruck wurde trauriger und ernster, und ihre verschlungenen Hände zitterten.
»Nelly, hast du jemals seltsame Träume?« sagte sie plötzlich nach einigen Minuten der Überlegung.

»Ja, dann und wann«, antwortete ich.

»Ich auch. Ich habe in meinem Leben Träume gehabt, die sich mir für immer eingeprägt und mein Inneres verwandelt haben; sie sind ganz und gar in mich eingegangen, wie Wein ins Wasser, und haben mich in meinem ganzen Denken verändert. Und dieses ist einer. Ich werde ihn erzählen; aber hüte dich, an irgendeiner Stelle darüber zu lächeln.«

»Oh, tun Sie es nicht, Miß Catherine!« rief ich. »Wir sind traurig genug, auch ohne Geister und Gesichte heraufzubeschwören, die uns verwirren. Kommen Sie, seien Sie lustig, seien Sie Sie selbst! Sehen Sie den kleinen Hareton an! Er träumt nichts Düsteres. Wie süß er im Schlafe lächelt!«

»Ja, und wie süß sein Vater in seiner Einsamkeit flucht! Ich glaube wohl, du erinnerst dich seiner, als er geradeso ein pausbäckiges Ding war, auch so jung und unschuldig. Trotzdem, Nelly, mußt du mich heute anhören; es dauert nicht lange, und ich habe heute abend nicht die Kraft, lustig zu sein.«

»Ich will nichts hören, ich will nichts hören!« wiederholte ich hastig.

Ich war damals abergläubisch, was Träume anbelangt, und bin es noch, und über Catherines Erscheinung lag eine so ungewöhnliche Schwermut, daß ich mich vor etwas fürchtete, woraus ich eine Prophezeiung hätte formen und eine furchtbare Katastrophe voraussehen können. Sie war unruhig, aber sie sprach nicht weiter. Nach einer Weile fing sie von etwas anderem an: »Wenn ich im Himmel wäre, Nelly, würde ich sehr, sehr unglücklich sein.«

»Weil Sie nicht wert sind, dort zu sein«, antwortete ich. »Alle Sünder sind im Himmel unglücklich.«

»Das ist es nicht. Ich habe einmal geträumt, ich wäre dort.«

»Ich sage Ihnen, ich will von Ihren Träumen nichts hören, Miß Catherine! Ich gehe zu Bett«, unterbrach ich sie wieder.

Sie lachte und drückte mich nieder; denn ich machte eine Bewegung, als wenn ich mich erheben wollte.

»Hab doch keine Angst!« rief sie. »Ich wollte nur sagen, daß der Himmel nicht meine Heimat zu sein schien; ich habe mir fast das Herz aus dem Leibe geweint, daß ich wieder zurück auf die Erde käme, und die Engel waren so böse, daß sie mich zuletzt hinauswarfen, mitten in die Heide, an der höchsten

Stelle von Wuthering Heights. Und dort erwachte ich, vor Freude schluchzend. Dieser Traum genügt, ebenso wie der andere, mein Geheimnis zu erklären. Es kommt mir ebensowenig zu, Edgar Linton zu heiraten, wie im Himmel zu sein, und wenn der Bösewicht da drinnen Heathcliff nicht so tief hätte sinken lassen, dann hätte ich niemals an dergleichen gedacht. Jetzt wäre es unter meiner Würde, Heathcliff zu heiraten, darum darf er nie wissen, wie sehr ich ihn liebe – und das nicht etwa, weil er schön ist, Nelly, sondern weil mein Wesen in ihm noch klarer ausgeprägt ist als in mir selber. Woraus auch unsere Seelen gemacht sein mögen, seine und meine gleichen sich; Linton aber unterscheidet sich von ihnen wie ein Mondstrahl vom Blitz, wie das Eis vom Feuer.«

Bevor sie zu Ende geredet hatte, wurde ich mir der Anwesenheit Heathcliffs bewußt. Da ich eine schwache Bewegung wahrgenommen hatte, wandte ich den Kopf und sah, wie er sich von der Bank erhob und sich geräuschlos hinausstahl. Er hatte zugehört, bis er Catherine sagen hörte, es wäre unter ihrer Würde, ihn zu heiraten, dann wollte er nichts weiter hören. Meine Gefährtin, die auf dem Fußboden saß, konnte durch die Rückenlehne des Sessels weder seine Anwesenheit noch seinen Aufbruch bemerken; aber ich erschrak und gebot ihr, still zu sein.

»Warum?« fragte sie und sah sich ängstlich um.

»Joseph ist hier«, antwortete ich, denn ich hörte gleichzeitig das Rollen seiner Karrenräder auf der Straße, »und Heathcliff wird mit ihm hereinkommen. Ich bin nicht sicher, ob er nicht in diesem Augenblick an der Tür war.«

»Oh, von der Tür aus konnte er mich nicht hören!« sagte sie. »Gib mir Hareton, während du das Nachtessen richtest, und wenn du fertig bist, lade mich ein, mit euch zu essen. Ich möchte mein Gewissen beruhigen und mich davon überzeugen, daß Heathcliff keine Ahnung von diesen Dingen hat. Nicht wahr, er weiß doch nichts? Er weiß doch nicht, was es heißt, verliebt zu sein?«

»Ich sehe nicht ein, warum er es nicht geradesogut wissen sollte wie Sie«, entgegnete ich, »und wenn seine Liebe auf Sie gefallen wäre, so wäre er das unglücklichste Geschöpf, das je geboren wurde! Sobald Sie Mrs. Linton werden, verliert er

Freundschaft, Liebe und alles! Haben Sie darüber nachgedacht, wie Sie die Trennung ertragen werden und wie er es ertragen wird, ganz verlassen zu sein in der Welt? Denn, Miß Catherine ...«

»Er ganz verlassen? Wir getrennt?« rief sie in verächtlichem Tonfall. »Bitte, wer soll uns trennen? Nicht, solange ich lebe, Ellen, um keines menschlichen Wesens willen. Alle Lintons der Welt könnten in nichts zergehen, ehe ich einwilligte, Heathcliff im Stich zu lassen. Oh, das ist nicht meine Absicht – ich denke gar nicht an so etwas! Ich würde um einen solchen Preis niemals Mrs. Linton werden. Er wird genau dasselbe für mich bleiben, was er sein Leben lang war. Edgar muß seine Abneigung überwinden und ihn zum mindesten dulden. Und er wird es tun, wenn er meine wahren Gefühle für ihn kennenlernt. Nelly, ich merke schon, du hältst mich für ein selbstsüchtiges Geschöpf; aber ist es dir nie eingefallen, daß Heathcliff und ich Bettler wären, wenn wir heiraten würden? Dagegen kann ich, wenn ich Linton heirate, Heathcliff helfen hochzukommen und kann ihn aus der Gewalt meines Bruders befreien.«

»Mit dem Gelde Ihres Mannes, Miß Catherine?« fragte ich. »Sie werden ihn nicht so nachgiebig finden, wie Sie glauben, und obwohl mir kaum ein Urteil darüber zusteht, meine ich, daß unter allen Gründen, die Sie bisher für eine Ehe mit dem jungen Linton angeführt haben, dies der schlimmste ist.«

»Nein«, widersprach sie, »es ist der beste! Bei den anderen Beweggründen handelte es sich um die Befriedigung meiner Launen und auch darum, Edgar zufriedenzustellen. Bei diesem handelt es sich um jemand, der in seiner Person meine Gefühle für Edgar und mich selbst vereinigt. Ich kann es nicht ausdrücken; aber sicher hast du und haben wir alle die Vorstellung, daß es ein Dasein im Jenseits gibt oder geben müßte. Welchen Wert hätte meine Erschaffung, wenn ich völlig an die Erde gebunden wäre? Meine schlimmsten Nöte in dieser Welt sind Heathcliffs Nöte gewesen, und ich habe jede von ihnen von Anfang an gesehen und mitgefühlt. Meine ganze Vorstellung vom Leben ist er. Wenn alle anderen zugrunde gingen und er übrigbliebe, würde ich fortfahren zu sein; und wenn alle anderen blieben und er würde vernichtet, so würde sich das Weltall in etwas vollkommen Fremdes verwandeln, und ich würde nicht mehr dazugehören. Meine Liebe zu Linton ist wie das Laub im Walde: die Zeit wird sie ändern, ich bin mir dessen bewußt, wie der Winter die Bäume verändert. Meine Liebe zu Heathcliff gleicht den ewigen Felsen dort unten; sie ist eine Quelle kaum wahrnehmbarer Freuden, aber sie ist notwendig. Nelly, ich *bin* Heathcliff! Ich habe ihn immer, immer im Sinn, nicht zum Vergnügen, genausowenig, wie ich mir selbst stets ein Vergnügen bin, sondern als mein eigenes Sein. Darum sprich nicht wieder von unserer Trennung; sie ist unausführbar und ...«

Sie hielt inne und verbarg ihr Gesicht in den Falten meines Kleides, aber ich stieß sie gewaltsam weg. Ich war empört über ihre Torheit.

»Wenn in Ihrem Unsinn überhaupt irgendein Sinn enthalten ist«, sagte ich, »so überzeugt mich das nur davon, daß Sie die Pflichten, die Sie bei einer Heirat übernehmen, nicht kennen oder daß Sie ein schlechtes, gewissenloses Mädchen sind. Aber verschonen Sie mich mit weiteren Geheimnissen; ich könnte nicht versprechen, darüber zu schweigen.«

»Aber dieses Mal wirst du schweigen?« fragte sie eifrig.

»Nein, ich werde das nicht versprechen«, wiederholte ich.

Sie wollte weiter in mich dringen, aber der Eintritt Josephs beendete unsere Unterhaltung; Catherine setzte sich in eine Ecke und nahm mir Hareton ab, während ich das Nachtessen bereitete. Als es gekocht war, begannen mein Küchengefährte und ich uns darüber zu zanken, wer Mr. Hindley etwas davon bringen sollte, und wir wurden uns nicht einig, bis alles fast kalt geworden war. Schließlich einigten wir uns: er mochte darum bitten, falls er essen wollte; denn wir gingen ganz besonders ungern zu ihm hinein, wenn er eine Zeitlang allein gewesen war.

»Un is 'n der Taugenichts noch nich vom Feld reingekommen? Wo is'r denn, der faule Kerl?« fragte der alte Mann und sah sich nach Heathcliff um.

»Ich werde ihn rufen«, entgegnete ich, »sicher ist er in der Scheune.«

Ich ging und rief, erhielt aber keine Antwort. Als ich zurückkehrte, flüsterte ich Catherine zu, ich glaubte, er hätte einen Teil von dem, was sie gesagt hatte, gehört, und erzählte ihr, daß ich ihn hatte die Küche verlassen sehen, gerade als sie sich über das Betragen ihres Bruders ihm gegenüber beklagte. Sie sprang in großem Schreck auf, legte Hareton hastig auf die Bank und lief, um ihren Freund selber zu suchen, ohne darüber nachzudenken, warum sie so erregt war und wie ihre Worte auf ihn gewirkt haben konnten. Sie war so lange draußen, daß Joseph vorschlug, wir sollten nicht länger warten. Sein Mißtrauen ließ ihn vermuten, daß sie so lange wegblieben, um nicht sein Tischgebet anhören zu müssen. Sie wären jeder Schlechtigkeit fähig, behauptete er. Ihretwegen fügte er seinem üblichen viertelstündigen Tischgebet an diesem Abend eine besondere Fürbitte an und hätte noch eine zweite ans Ende der Mahlzeit gesetzt, wenn nicht seine junge Herrin hereingestürzt wäre und ihm hastig befohlen hätte, er solle die Straße hinablaufen und Heathcliff, wo er sich auch herumtriebe, suchen und zur sofortigen Rückkehr veranlassen.

»Ich will und *muß* mit ihm sprechen, bevor ich hinaufgehe!« sagte sie. »Und die Pforte ist offen, er ist weit draußen, denn er antwortete nicht, obwohl ich von oben bei der Hürde nach ihm rief, so laut ich konnte.«

Zuerst machte Joseph Einwendungen; sie sprach jedoch zu ernst, als daß er weiteren Widerspruch wagte; schließlich nahm er seinen Hut und ging brummend davon.

Unterdessen ging Catherine auf und ab und rief: »Ich möchte wissen, wo er ist! – Wenn ich nur wüßte, wo er sein *kann*! Was habe ich gesagt, Nelly? Ich habe es vergessen. Hat er sich heute nachmittag über meine schlechte Laune geärgert? Liebe, sage mir, was ich gesagt habe, was ihn betrübt hat. Ich wollte, er käme. Ach, *wenn* er doch käme!«

»Was für ein Lärm um nichts!« rief ich, obwohl mir selbst unbehaglich zumute war. »Warum erschrecken Sie über eine solche Kleinigkeit! Es ist doch wirklich kein Grund zur Beunruhigung, wenn Heathcliff einen Mondscheinspaziergang ins Moor macht oder wenn er, weil er nicht mit uns reden will, sich auf dem Heuboden schlafen legt. Ich wette, er treibt sich dort umher. Sie werden sehen, ich stöbere ihn auf.«

Ich ging nun selbst auf die Suche nach ihm. Das Ergebnis war enttäuschend, und Joseph ging es nicht besser.

»'s wird immer schlimmer mit dem Burschen!« bemerkte er,

als er wieder hereinkam. »Sperrangelweit hat'r de Pforte aufgelassen, un das Pony hat zwei Kornpuppen umgetrampelt un is drüber weggesetzt un rein in de Wiese! Na, wie's is, wird der Herr morgen wie'n Teufel zwischenfahren, und das is gut. Er is die Geduld in Person mit so 'nem liederlichen, unnützen Geschöpf – die Geduld in Person is'r! Aber er wird's nich immer sein – ihr werd's sehn, ihr alle! Ihr müßt'n nich um nix un wieder nix verrückt machen!«

»Hast du Heathcliff gefunden, du Dummkopf?« unterbrach ihn Catherine. »Hast du nach ihm gesucht, wie ich befohlen hatte?«

»Ich sollt lieber nach'm Pferd suchen«, erwiderte er. »Das wär vernünftiger. Aber ich kann weder nach'm Pferd noch nach'm Mensch suchen in so 'ner Nacht, schwarz wie'n Schornstein! Un Heathcliff is nich einer, der auf'n Pfiff von mir kommt; vielleicht kommt'r, wenn'r *Sie* hört!«

Es war ein sehr dunkler Abend für den Sommer, die Wolken schienen ein Gewitter anzukündigen, und ich sagte, wir wollten uns lieber alle hinsetzen, denn der herannahende Regen triebe ihn sicherlich nach Hause. Catherine jedoch ließ sich nicht zur Ruhe bereden. Sie ging weiter zwischen Tür und Pforte hin und her in einem Zustand von Erregung, der kein Ausruhen gestattete, und blieb schließlich auf der einen Seite der Hauswand nahe der Straße stehen. Dort blieb sie, trotz allen meinen Vorstellungen, trotz dem grollenden Donner und den großen Tropfen, die rings um sie her spritzten – sie rief in gewissen Abständen, lauschte dann und weinte laut auf. Sie übertraf Hareton und jedes andere Kind im heftigen, leidenschaftlichen Weinen.

Um Mitternacht, als wir immer noch aufsaßen, kam das Unwetter mit voller Wucht heulend über die Anhöhe. Der Sturm tobte, der Donner grollte, und ein Blitz spaltete einen Baum an der Ecke des Hauses. Ein riesiger Ast fiel über das Dach, schlug einen Teil der östlichen Schornsteinreihe ein und sandte einen Hagel von Steinen und eine Wolke von Ruß in den Küchenkamin. Wir glaubten, ein Blitz sei mitten zwischen uns gefahren, und Joseph warf sich auf die Knie und flehte den Herrn an, er möge sich an Noah und Lot erinnern und wie in alten Zeiten, den Gerechten verschonen, wenn er die Gottlosen heimsuche. Ich hatte das Gefühl, als sei ein Strafgericht über uns gekommen. Der Jonas war in meiner Vorstellung Mr. Earnshaw, und ich rüttelte an der Klinke seines Zimmers, um mich zu vergewissern, ob er noch lebte. Er antwortete ganz deutlich und in einer Weise, die meinen Gefährten veranlaßte, noch ungestümer als zuvor auszurufen: es müsse ein großer Unterschied gemacht werden zwischen Heiligen gleich ihm und Sündern gleich seinem Herrn. Aber das Unwetter war nach zwanzig Minuten vorüber, und wir blieben alle unversehrt, außer Cathy, die zur Strafe für ihren Eigensinn völlig durchnäßt war und ohne Haube und Umschlagtuch dastand und alles Wasser in ihren Haaren und Kleidern auffing. Sie kam herein und legte sich, durchweicht, wie sie war, auf die Bank, kehrte ihr Gesicht der Wand zu und bedeckte es mit den Händen.

»Nun«, rief ich aus und berührte ihre Schulter, »Sie wollen sich wohl den Tod holen, ja? Wissen Sie, wie spät es ist? Halb eins! Kommen Sie, gehen Sie zu Bett! Es hat keinen Zweck, noch länger auf den närrischen Jungen zu warten; er wird nach Gimmerton gegangen sein und jetzt dort bleiben. Er wird nicht wissen, daß wir seinetwegen so lange wach geblieben sind, oder er wird annehmen, daß nur Mr. Hindley noch auf ist, und wird vermeiden wollen, sich vom Herrn die Tür öffnen zu lassen.«

»Nee, nee, er is nich in Gimmerton«, sagte Joseph. »Mich sollt's nich wundern, wenn'r auf'm Grund von 'nem Mauseloch wär. Diese Heimsuchung war nich für nix un wieder nix, un Sie, Frollein, müss'n aufpassen – Sie sin die nächste, die drankommt. Dem Himmel sei Dank für alles! Alles wendet sich zum Besten für den, der erwählt is un aus der Erniedrigung aufgelesen is! Sie wissen, was die Heilige Schrift sagt ...« Und er fing an, mehrere Stellen anzuführen, und bezeichnete uns die Kapitel und Verse, wo wir sie finden konnten.

Nachdem ich das eigensinnige Mädchen vergebens gebeten hatte, aufzustehen und ihre nassen Sachen auszuziehen, ließ ich Joseph predigend und sie fröstelnd zurück und begab mich zu Bett mit dem kleinen Hareton, der so fest schlief, als ob alle um ihn herum geschlafen hätten. Ich hörte Joseph noch eine

Weile weiterlesen, dann vernahm ich seine langsamen Schritte auf der Leiter, und dann schlief ich ein.

Als ich etwas später als gewöhnlich herunterkam, sah ich in den Sonnenstrahlen, die durch die Ritzen der Fensterläden drangen, Miß Catherine immer noch am Feuer sitzen. Die Haustür stand offen, das Licht flutete durch die nicht geschlossenen Fenster herein, und Hindley war heruntergekommen und stand, verstört und schläfrig, am Küchenherd.

»Was fehlt dir, Cathy?« sagte er gerade, als ich eintrat, »du siehst so unglücklich aus wie ein ertränkter junger Hund. Warum bist du so naß und bleich, Kind?«

»Ich bin naß geworden«, antwortete sie widerstrebend, »und mir ist kalt, das ist alles.«

»Oh, sie ist unartig!« rief ich, als ich merkte, daß der Herr leidlich nüchtern war. »Sie ist gestern abend bei dem Regenschauer durchnäßt worden und hat die ganze Nacht hindurch hier gesessen, und ich konnte sie nicht überreden, sich von der Stelle zu rühren.«

Mr. Earnshaw starrte uns überrascht an. »Die ganze Nacht hindurch?« wiederholte er. »Was hat sie wach gehalten? Doch sicherlich nicht Angst vor dem Gewitter? Das war ja schon seit Stunden vorüber.«

Keiner von uns wollte Heathcliffs Abwesenheit erwähnen, solange wir sie verheimlichen konnten; daher antwortete ich, ich wüßte nicht, warum sie es sich in den Kopf gesetzt hätte, aufzubleiben, und sie sagte nichts. Der Morgen war frisch und kühl, ich schlug die Fensterläden zurück, und augenblicklich wurde der Raum von süßen Düften aus dem Garten erfüllt, aber Catherine rief mir verdrossen zu: »Ellen, schließ das Fenster. Ich friere!« Und ihre Zähne klapperten, als sie näher an das erloschene Feuer rückte.

»Sie ist krank«, sagte Hindley und ergriff ihr Handgelenk; »ich denke, das war der Grund, warum sie nicht zu Bett gehen wollte. Verdammt! Ich will nichts weiter mit Krankheiten zu tun haben. Warum bist du in den Regen gegangen?«

»Um hinter die Burschen herzulaufen, wie gewöhnlich!« krächzte Joseph, der die Gelegenheit, als wir zögerten, wahrnahm, seine Bosheiten anzubringen. »Wenn ich Sie wär, Herr, ich tät allen die Tür vor die Nase zuschlagen, ob vornehm, ob gering! Da is kein Tag, wenn Sie weg sin, daß diese Katze Linton nich angeschlichen kommt; na, un Miß Nelly is mir 'ne Feine! Sie sitzt un paßt für sie in die Küche auf, un wenn Sie zur einen Tür reinkommen, geht er zu die andre raus, un denn macht unsre vornehme Dame anderen von ihr aus den Hof! Feines Benehmen is das, sich nach zwölf Uhr nachts mit den faulen, schändlichen Teufel von 'nem Zigeuner, den Heathcliff, in die Felder rumzutreiben! Die denken, ich bin blind, aber nix da, ich bin's nich! Ich hab den jungen Linton kommen und gehn sehen. Un ich hab *dich* gesehn (damit wandte er sich an mich), du nixnutzige, schlampige Hexe! Auskneifen un das Haus verriegeln, kaum daß du den Hufschlag vom Herrn auf der Straße hörst!«

»Schweig still, du Horcher!« schrie Catherine. »Ich will deine Unverschämtheiten nicht hören. Edgar Linton kam gestern zufällig, Hindley, und *ich* war es, die ihn bat, wegzugehen; denn ich wußte, du wärst ihm nicht gern begegnet, so wie du warst.«

»Du lügst natürlich, Cathy«, antwortete ihr Bruder, »und du bist ein verflixter Einfaltspinsel! Aber Linton ist mir augenblicklich gleichgültig. Sage mir, warst du nicht heute nacht mit Heathcliff zusammen? Sprich jetzt die Wahrheit! Du brauchst keine Angst zu haben, ihm dadurch zu schaden; ich hasse ihn wie nur je; aber er hat mir kürzlich einen Dienst erwiesen, das wird mich milde stimmen, und ich werde ihm nicht das Genick brechen. Damit es aber nicht doch dazu kommt, werde ich ihn noch diesen Morgen wegschicken, und wenn er weg ist, rate ich euch allen, euch vorzusehen, damit ich euch nicht mal etwas antue.«

»Ich habe Heathcliff vorige Nacht überhaupt nicht gesehen«, antwortete Catherine und begann bitterlich zu schluchzen, »und wenn du ihn vor die Tür setzt, dann werde ich mit ihm gehen. Aber vielleicht wirst du gar keine Gelegenheit dazu haben: vielleicht ist er auf und davon.« Hier brach sie in unbeherrschten Schmerz aus, und der Rest ihrer Worte war nicht zu verstehen.

Hindley überschüttete sie mit einem Strom höhnischer Schimpfworte und befahl ihr, sofort in ihr Zimmer zu gehen, oder er werde ihr Grund geben zum Weinen. Ich redete ihr zu, ihm zu gehorchen, und ich werde nie vergessen, wie sie sich aufführte, als wir in ihr Zimmer kamen: ich war zu Tode erschrocken. Ich dachte, sie verlöre den Verstand, und bat Joseph, den Arzt zu holen. Es stellte sich heraus, daß es beginnende Geistesverwirrung war; sobald Mr. Kenneth sie sah, sagte er, sie sei ernstlich krank, es sei ein Nervenfieber. Er ließ sie zur Ader, sagte mir, sie dürfe nur Molken und Haferschleim essen, und wir sollten aufpassen, daß sie sich nicht die Treppe hinunter oder aus dem Fenster stürze, und dann ging er weg, denn er hatte genug zu tun im Kirchspiel, wo die durchschnittliche Entfernung zwischen zwei Behausungen zwei bis drei Meilen betrug.

Obwohl ich keine sanfte Pflegerin war und Joseph und der Herr auch nicht besser waren, und obwohl unsere Kranke so schwierig und halsstarrig war, wie ein Patient es nur sein kann, kam sie doch durch. Die alte Mrs. Linton besuchte uns verschiedentlich, um sich von ihrem Befinden zu überzeugen und nach dem Rechten zu sehen, sie schalt mit uns und schickte uns alle hin und her, und als Catherine genesen war, bestand sie darauf, sie mit nach Thrushcross Grange zu nehmen. Wir waren froh, von dieser Last befreit zu werden, aber die arme Dame hatte guten Grund, ihre Güte zu bereuen: sie und ihr Mann erkrankten am Fieber und starben innerhalb weniger Tage kurz nacheinander.

Unser junges Fräulein kehrte frecher, jähzorniger und hochmütiger denn je zu uns zurück. Von Heathcliff hatte seit der Gewitternacht niemand mehr etwas gehört, und eines Tages, als sie mich ganz besonders gereizt hatte, beging ich die Ungeschicklichkeit, ihr die Schuld an seinem Verschwinden zu geben, was ja auch, wie sie wußte, zutraf. Von diesem Zeitpunkt an kannte sie mich für einige Monate nur noch in meiner Eigenschaft als Dienstbote. Joseph wurde auch in Bann getan, denn er wollte durchaus frei von der Leber weg sprechen und sie genauso schurigeln, als ob sie noch ein kleines Mädchen wäre, und sie betrachtete sich als Frau und unsere Gebieterin und glaubte, ihre verflossene Krankheit gäbe ihr das Recht, mit Rücksicht behandelt zu werden. Überdies hatte der Arzt gesagt, sie werde nicht viel Widerspruch vertragen, man müsse sie ihre Wege gehen lassen; so wäre es in ihren

Augen fast einem Mord gleichgekommen, wenn sich jemand herausgenommen hätte, aufzustehen und ihr zu widersprechen. Von Mr. Earnshaw und seinen Kumpanen hielt sie sich fern, und ihr Bruder, eingeschüchtert durch Kenneth und durch Angst vor Anfällen, die ihre Wutausbrüche oft begleiteten, erlaubte ihr alles, was sie zu verlangen beliebte, und vermied es im allgemeinen, ihr heftiges Temperament zu reizen. Er war zu nachsichtig in der Art, wie er ihre Launen duldete, und tat das nicht aus Liebe, sondern aus Ehrgeiz; denn er wünschte ernstlich, daß sie durch eine Verbindung mit den Lintons die Familie wieder zu Ansehen bringen möchte. Solange sie ihn selbst in Ruhe ließ, konnte sie uns wie Sklaven mit Füßen treten; ihm war es gleich. Edgar Linton war, wie Tausende vor und nach ihm, blind verliebt. Er hielt sich für den glücklichsten Mann auf Erden am Tage, als er sie, drei Jahre nach seines Vaters Tod, in die Kapelle von Gimmerton führte.

Sehr gegen meinen Willen wurde ich überredet, Wuthering Heights zu verlassen und sie hierher zu begleiten. Der kleine Hareton war fast fünf Jahre alt, und ich hatte angefangen, ihm das Abc beizubringen. Es war ein trauriger Abschied; aber Catherines Tränen hatten mehr Gewicht als unsere. Als ich mich weigerte, mitzugehen, und als sie merkte, daß ihr Flehen mich nicht rührte, beklagte sie sich bei ihrem Mann und ihrem Bruder über mich. Edgar bot mir freigebig hohen Lohn an, Hindley befahl mir, mich fortzuscheren: er brauche keine Frauen im Haus, sagte er, nun, da keine Herrin mehr da wäre; und was Hareton beträfe, so solle der Vikar ihn allmählich in die Hand nehmen. Und so blieb mir keine andere Wahl, als zu tun, was mir befohlen wurde. Ich sagte dem Herrn, er schicke alle anständigen Leute weg, nur um noch schneller ins Verderben zu rennen, küßte Hareton zum Abschied, und seitdem ist er mir ein Fremder geworden. Es ist seltsam, wenn man es bedenkt, aber ich bin davon überzeugt, daß er alles, was Ellen Dean betrifft, vollkommen vergessen hat, auch daß er einst die ganze Welt für sie bedeutete und sie für ihn! –

Als die Haushälterin bei diesem Punkt ihrer Erzählung angelangt war, warf sie zufällig einen Blick auf die Uhr über dem Kamin und war bestürzt, als sie sah, daß die Zeiger auf halb zwei zeigten. Sie wollte nichts davon hören, auch nur eine Sekunde länger zu bleiben, und ich war auch ganz bereit, die Fortsetzung ihrer Geschichte aufzuschieben. Und nun, da sie sich zur Ruhe begeben hat und ich noch eine Stunde oder zwei über das Gehörte nachgedacht habe, werde ich mich aufraffen und auch gehen, trotz schmerzender Benommenheit in Kopf und Gliedern.

Zehntes Kapitel

Eine reizende Einleitung für ein Einsiedlerleben! Vier Wochen Quälerei, Unruhe und Krankheit! Oh, diese rauhen Winde, der strenge nördliche Himmel, die unwegsamen Straßen und die saumseligen Landärzte! Und dieses Verlangen nach menschlichen Gesichtern! Und das Schlimmste von allem: Kenneth' schreckliche Ankündigung, ich dürfe nicht erwarten, vor Beginn des Frühlings ins Freie zu kommen!
Mr. Heathcliff hat mich soeben mit einem Besuch beehrt. Vor einer Woche etwa schickte er mir ein Paar Birkhühner, die letzten des Jahres. Oh, der Schurke! Er ist nicht ohne Schuld an meiner Krankheit, und ich hatte die größte Lust, ihm das zu sagen. Aber wie konnte ich einen Menschen beleidigen, der so barmherzig war, eine gute Stunde an meinem Bett zu sitzen und über anderes zu plaudern als über Pillen, Tropfen, Zugpflaster und Blutegel? Augenblicklich spürte ich eine kleine Erleichterung. Ich bin zu schwach zum Lesen und habe doch das Gefühl, als könnte ich mich an etwas Interessantem erfreuen. Warum soll ich nicht Mrs. Dean heraufbitten, damit sie ihre Erzählung beendet? Ich kann mich der wichtigsten Ereignisse erinnern, so weit sie damit gekommen war. Ja, ich weiß: ihr Held war auf und davon gegangen, und seit drei Jahren hatte niemand von ihm gehört; und die Heldin hatte geheiratet. Ich werde klingeln. Sie wird sich freuen, wenn sie

merkt, daß ich imstande bin, mich munter zu unterhalten. Mrs. Dean kam.
»Sie brauchen Ihre Arznei erst in zwanzig Minuten zu nehmen, Mr. Lockwood«, fing sie an.
»Nichts davon!« erwiderte ich. »Was ich wünsche, ist ...«
»Der Arzt sagt, Sie müssen aufhören mit den Pulvern.«
»Von Herzen gern! Bitte, unterbrechen Sie mich nicht. Kommen Sie, setzen Sie sich hierher. Lassen Sie die Finger von dieser scheußlichen Flaschenbatterie. Nehmen Sie Ihr Strickzeug aus dem Beutel – so ist es recht –, und fahren Sie mit der Geschichte von Mr. Heathcliff fort, von dort, wo Sie aufgehört haben, bis zum heutigen Tag. Hat er seine Ausbildung auf dem Festland beendet und ist er als vornehmer Herr zurückgekommen? Oder hat er ein Stipendium für die Universität erhalten, oder ist er nach Amerika geflohen und dort zu Ehren gekommen, indem er sein Heimatland schröpfte? Oder ist er noch schneller auf den englischen Landstraßen zu Vermögen gekommen?«
»Vielleicht hat er sich ein wenig in all diesen Berufen versucht, Mr. Lockwood, aber ich kann nichts dergleichen behaupten. Ich habe Ihnen schon früher gesagt, daß ich nicht weiß, wie er sein Geld erworben hat, auch nicht, welche Mittel er angewandt hat, um sich aus der barbarischen Unwissenheit zu erheben, in die er gesunken war; aber wenn Sie erlauben, werde ich nach meiner eigenen Weise weitererzählen, vorausgesetzt, daß Sie das unterhalten und nicht ermüden wird. Fühlen Sie sich heute besser?«
»Viel besser.«
»Das höre ich gerne!«

Ich begleitete Miß Catherine nach Thrushcross Grange und war aufs angenehmste überrascht, weil sie sich viel besser benahm, als ich zu hoffen gewagt hatte. Sie schien richtig vernarrt in Mr. Linton, und sogar seiner Schwester erwies sie viel Liebe. Beide waren allerdings sehr auf ihre Behaglichkeit bedacht. Nicht der Dornbusch wuchs dem Geißblatt entgegen: das Geißblatt umrankte den Dornbusch. Gegenseitige Zugeständnisse gab es nicht: der eine Teil stand unerschütterlich, die anderen gaben nach; und wer kann bösartig oder schlecht gelaunt sein, wenn er weder auf Widerstand noch auf Gleichgültigkeit stößt? Ich beobachtete, daß Mr. Edgar eine tief wurzelnde Angst davor hatte, man könnte sie reizen. Er verbarg es vor ihr; aber wenn er mich einmal scharf antworten hörte oder sah, daß einer der anderen Dienstboten auf einen herrisch geäußerten Befehl hin finster dreinblickte, pflegte er seine Unruhe durch ein mißbilligendes Stirnrunzeln zu bekunden, das nie erschien, wenn es sich um ihn selbst handelte. Er sprach häufig ernsthaft mit mir über mein schnippisches Wesen und versicherte, daß ein Messerstich ihm keine größere Qual bereiten könnte als das Bewußtsein, daß seine Frau sich ärgerte. Um meinen gütigen Herrn nicht zu betrüben, lernte ich, weniger empfindlich zu sein, und ein halbes Jahr lang lag das Schießpulver so harmlos wie Sand da, weil ihm kein Feuer nahe kam, das es zur Entzündung bringen konnte. Catherine hatte dann und wann Zeiten der Schwermut und Schweigsamkeit, die ihr Mann mit teilnahmsvollem Schweigen achtete, weil er sie einer Veränderung ihres Gesundheitszustandes nach ihrer lebensgefährlichen Krankheit zuschrieb; vorher war sie solchen seelischen Depressionen nie unterworfen gewesen. War bei ihr wieder Sonnenschein, so strahlte auch er. Ich glaube, es ist nicht zuviel gesagt, daß sie sich wirklich eines tiefen, wachsenden Glückes erfreuten.

Es nahm ein Ende. Schließlich *muß* ein jeder einsam werden; die Sanftmütigen und Großherzigen sind im Grunde selbstgerechter als die Tyrannischen; und es ging zu Ende, als sie beide zur Erkenntnis kamen, daß das, was den einen zumeist beschäftigte, nicht auch in den Gedanken des anderen den ersten Platz einnahm. – An einem milden Septemberabend kam ich aus dem Garten mit einem schweren Korb Äpfel, die ich aufgelesen hatte. Es war dunkel geworden, der Mond blickte über die hohe Hofmauer, und sein Licht warf unbestimmte Schatten in die Winkel der zahlreichen Vorsprünge des Gebäudes. Ich setzte meine Last auf die Stufen neben der Küchentür nieder und verweilte etwas, um mich auszuruhen und noch ein wenig die milde, süße Luft zu atmen. Ich blickte zum Monde auf und kehrte der Haustür den Rücken zu, als ich hinter mir eine Stimme hörte: »Nelly, bist du das?«

Es war eine tiefe Stimme und fremdartig im Tonfall, doch lag etwas in der Art, wie mein Name ausgesprochen wurde, was sie mir vertraut machte. Ich drehte mich ängstlich nach dem Sprecher um; denn die Türen waren geschlossen, und ich hatte niemanden gesehen, als ich mich den Stufen näherte. Im Torbogen bewegte sich etwas, und als ich näher trat, erkannte ich einen großen, dunkel gekleideten Mann mit dunklem Gesicht und Haar. Er lehnte an der Wand und legte die Hand auf die Klinke, als ob er beabsichtigte, die Tür selbst zu öffnen. ›Wer kann das sein?‹ dachte ich. ›Mr. Earnshaw? Unmöglich! Diese Stimme ist ganz anders als seine.‹

»Ich habe hier eine Stunde gewartet«, fuhr er fort, während ich ihn weiter anstarrte, »und die ganze Zeit über ist es hier totenstill gewesen. Ich wagte nicht, hineinzugehen. Erkennst du mich nicht? Sieh mich an, ich bin kein Fremder!«

Ein Lichtstrahl fiel auf sein Gesicht. Die Wangen waren gelblich und zur Hälfte bedeckt von einem schwarzen Bart, die Brauen finster zusammengezogen, die Augen tiefliegend und eigenartig. Diese Augen kannte ich.

»Was?« schrie ich auf, und da ich nicht wußte, ob da ein Mensch aus Fleisch und Blut vor mir stand, erhob ich meine Hände. »Was, Sie sind zurückgekommen? Sind Sie es wirklich?«

»Ja, ich bin Heathcliff«, erwiderte er und blickte von mir zu den Fenstern auf, die lauter glitzernde Monde widerspiegelten, aber kein Licht von innen sehen ließen. »Sind sie zu Hause? Wo ist sie? Nelly, du freust dich nicht! Du mußt nicht so verstört sein. Ist sie hier? Sag doch! Ich möchte ein Wort mit ihr sprechen, mit deiner Herrin. Geh und sag, jemand aus Gimmerton möchte sie sprechen.«

»Wie wird sie es aufnehmen?« rief ich. »Was wird sie tun? Die Überraschung verwirrt mich – sie wird außer sich sein! Und Sie sind wirklich Heathcliff? Aber wie verändert! Nein, man kann es gar nicht fassen. Sind Sie Soldat gewesen?«

»Geh und richte meinen Auftrag aus!« unterbrach er mich ungeduldig. »Ich leide Höllenqualen, solange du es nicht getan hast.«

Er drückte die Klinke hinunter, und ich ging hinein; aber als ich am Wohnzimmer stand, wo sich Mr. und Mrs. Linton aufhielten, konnte ich es nicht über mich bringen einzutreten.

Endlich wagte ich es unter dem Vorwand der Frage, ob die Kerzen angezündet werden sollten, und öffnete die Tür.
Sie saßen zusammen an einem Fenster, dessen weit zurückgeschlagene Flügel den Blick freigaben über die Bäume im Garten und den verwilderten grünen Park bis zum Tal von Gimmerton mit seinem langen, gewundenen Nebelstreifen, der sich ganz hinauf bis zum Ende zog. (Vielleicht haben Sie gesehen, daß gleich hinter der Kapelle das Rinnsal, das vom Moor herabkommt, mit einem Bach zusammenfließt, der den Windungen des engen Tales folgt.) Wuthering Heights erhob sich über dem silberigen Dunst, aber unser altes Haus war nicht zu sehen; es liegt tiefer auf der anderen Seite der Anhöhe. Das Zimmer und die Menschen darin und das Bild, auf das sie blickten, das alles sah wundersam friedlich aus. Unwillkürlich scheute ich davor zurück, meine Botschaft auszurichten; nachdem ich meine Frage wegen der Kerzen gestellt hatte, wendete ich mich wirklich schon ab, ohne es getan zu haben, aber das Bewußtsein meiner Torheit zwang mich, umzukehren und leise zu sagen: »Ein Mann aus Gimmerton möchte Sie sprechen, gnädige Frau.«
»Was will er?« fragte Mrs. Linton.
»Ich habe ihn nicht gefragt«, antwortete ich.
»Es ist gut, zieh die Vorhänge zu, Nelly«, sagte sie, »und bring den Tee herein. Ich werde gleich wieder hier sein.«
Sie verließ das Zimmer. Mr. Edgar fragte nebenhin, wer es sei.
»Jemand, den die gnädige Frau nicht erwartet«, entgegnete ich. »Es ist dieser Heathcliff – Sie werden sich seiner erinnern –, der bei Mr. Earnshaw lebte.«
»Was, der Zigeuner, der Ackerknecht?« rief er. »Warum hast du das Catherine nicht gesagt?«
»Pst! So dürfen Sie ihn nicht nennen, Mr. Linton«, sagte ich. »Es würde ihr sehr schmerzlich sein, wenn sie das hörte. Das Herz ist ihr fast gebrochen, als er davonlief. Ich glaube, seine Rückkehr wird ein Fest für sie sein.«
Mr. Linton ging zu einem Fenster an der anderen Seite des Zimmers und blickte über den Hof. Er öffnete es und lehnte sich hinaus. Ich glaube, sie standen darunter, denn er rief hastig: »Steh nicht dort draußen, Liebling! Laß den Mann herein, wenn er etwas Besonderes will.« Nicht lange danach hörte

ich das Knacken der Klinke, und Catherine flog atemlos und ungestüm die Treppe herauf. Sie war zu erregt, Freude zu zeigen; man hätte nach ihrem Gesicht eher auf ein schreckliches Unglück schließen können.

»O Edgar, Edgar!« keuchte sie und schlang ihre Arme um seinen Hals. »O Edgar, Liebling! Heathcliff ist wiedergekommen, denk dir!« Und sie preßte ihn noch fester an sich.

»Nun, nun«, meinte ihr Mann verdrießlich, »deshalb brauchst du mich nicht zu erwürgen! Ich habe ihn nie für eine solche Kostbarkeit gehalten. Seinetwegen brauchst du dich nicht so rasend zu gebärden!«

»Ich weiß, daß du ihn nicht leiden konntest«, antwortete sie, ihre Freude ein wenig dämpfend. »Aber um meintwillen müßt ihr nun Freunde werden. Darf ich ihn jetzt heraufkommen lassen?«

»Hierher«, sagte er, »ins Wohnzimmer?«

»Wohin sonst?« fragte sie.

Er sah ärgerlich aus und schlug die Küche als passenderen Ort für ihn vor. Mrs. Linton musterte ihn mit einem spaßigen Ausdruck, halb ärgerlich, halb belustigt über seine dünkelhafte Art.

»Nein«, entschied sie nach einer Weile, »ich kann nicht in der Küche sitzen. Stell zwei Tische her, Ellen: einen für deinen Herrn und Isabella, die Herrschaften, den andern für Heathcliff und mich, die wir geringeren Standes sind. Ist dir das so recht, Lieber? Oder soll ich anderswo Feuer machen lassen? Wenn du das willst, so gib Anordnungen. Ich werde hinunterlaufen und mir meinen Gast sichern; die Freude ist so groß, daß ich fürchte, alles ist am Ende nicht wahr!«

Sie wollte forteilen, aber Edgar hielt sie fest.

»Du kannst ihm sagen, er möchte heraufkommen«, sagte er, sich an mich wendend, »und nun, Catherine, versuche dich zu freuen, ohne albern zu sein! Es ist nicht nötig, daß der ganze Haushalt Zeuge wird, wenn du einen davongelaufenen Knecht als Bruder willkommen heißt.«

Ich ging hinunter und fand Heathcliff, der unter dem Torbogen wartete und offenbar damit rechnete, hinaufgebeten zu werden. Er folgte mir, ohne ein Wort zu verlieren, und ich führte ihn hinein zum Herrn und zur gnädigen Frau, deren

rote Wangen Spuren einer hitzigen Unterhaltung verrieten. Aber noch viel tiefer erglühten Mrs. Lintons Wangen, als ihr Freund in der Tür erschien: sie sprang ihm entgegen, ergriff seine beiden Hände und führte ihn zu ihrem Mann; dann faßte sie Lintons widerstrebende Hände und drückte sie in seine. Nun, da sich Heathcliffs Erscheinung beim Feuer und Kerzenlicht voll zeigte, setzte mich seine Verwandlung noch mehr als zuvor in Erstaunen. Er war ein großer, kräftiger, gutgewachsener Mann geworden, neben dem mein Herr ganz schlank und jünglinghaft wirkte. Seine aufrechte Haltung ließ vermuten, daß er Soldat gewesen war. Sein Gesicht wirkte durch den Ausdruck und die Energie der Züge älter als das Mr. Lintons; er sah klug aus und zeigte keine Spur der früheren Erniedrigung mehr. Eine halb gezähmte unterdrückte Wildheit lauerte unter den zusammengezogenen Brauen und in den düster feurigen Augen; sein Wesen war würdig: frei von aller Schroffheit, doch zu streng, als daß es anmutig wirkte. Meines Herrn Überraschung war nicht geringer als meine, ja übertraf sie noch; er zögerte eine Minute, denn er war in Verlegenheit, auf welche Weise er den Ackerknecht, wie er ihn genannt hatte, begrüßen sollte. Heathcliff ließ seine schmale Hand los und stand, ihn kühl ansehend, da, bis er ihn anredete.
»Nehmen Sie Platz, Sir«, sagte er schließlich. »Mrs. Linton, die sich alter Zeiten erinnert, wünscht, daß ich Sie freundlich empfange, und ich bin selbstverständlich froh, wenn ihr etwas Vergnügen macht.«
»Ich ebenfalls«, antwortete Heathcliff, »besonders, wenn es sich um etwas handelt, woran ich beteiligt bin. Ich werde gern ein oder zwei Stunden bleiben.«
Er setzte sich Catherine gegenüber, die ihren Blick auf ihn gerichtet hielt, als fürchtete sie, Heathcliff könnte verschwinden, wenn sie ihn abwandte. Er sah sie nicht oft an, ein schneller Blick dann und wann genügte; doch strahlte er mit jedem Mal deutlicher die unverhüllte Freude wider, die er aus ihren Blicken trank. Sie waren zu sehr in ihre gegenseitige Freude vertieft, als daß sie Verlegenheit empfunden hätten. Mr. Edgar dagegen wurde bleich vor Ärger, der seinen Höhepunkt erreichte, als seine Frau aufstand, über den Teppich schritt, Heathcliffs Hände von neuem ergriff und wie von Sinnen lachte.

»Morgen werde ich denken, es war ein Traum«, rief sie. »Ich werde einfach nicht mehr fassen können, daß ich dich wiedergesehen, berührt und gesprochen habe. Und dabei, grausamer Heathcliff, verdienst du gar nicht, so willkommen geheißen zu werden. Drei Jahre wegzubleiben, ohne etwas von dir hören zu lassen, und nicht mehr an mich zu denken!«

»Doch etwas mehr, als du an mich gedacht hast«, sagte er leise. »Ich hörte erst kürzlich von deiner Heirat, Cathy, und während ich unten im Hof wartete, habe ich mir folgenden Plan zurechtgelegt: ich wollte nur eben dein Gesicht sehen, einen Blick der Überraschung vielleicht und gespielter Freude darin; danach wollte ich meine Rechnung mit Hindley begleichen und dann dem Gesetz zuvorkommen, indem ich das Urteil selbst an mir vollstreckte. Deine Bewillkommnung hat mir diese Gedanken aus dem Sinn geschlagen. Aber hüte dich, mir das nächste Mal auf andere Art zu begegnen! Nein, du wirst mich nicht wieder vertreiben. Habe ich dir wirklich leid getan, ja? Nun, Grund genug dazu war vorhanden. Ich habe ein hartes Leben durchkämpft, seit ich deine Stimme zuletzt gehört habe, und du mußt mir verzeihen, denn ich habe nur für dich gekämpft.«

»Catherine, wenn unser Tee nicht kalt werden soll, komm bitte zu Tisch«, unterbrach Linton. Dabei bemühte er sich, seinen gewöhnlichen Tonfall und einen gebührenden Grad von Höflichkeit beizubehalten. »Mr. Heathcliff hat noch einen weiten Weg vor sich, einerlei, wo er heute übernachten mag, und ich habe Durst.«

Sie nahm ihren Platz vor der Teemaschine ein, Miß Isabella kam, von der Tischglocke gerufen, und ich verließ, nachdem ich ihre Stühle an den Tisch herangeschoben hatte, das Zimmer. Die Mahlzeit dauerte kaum zehn Minuten. Catherines Tasse blieb leer; sie konnte weder essen noch trinken. Edgar verschüttete etwas Tee in seine Untertasse und aß kaum einen Bissen.

Der Gast blieb an jenem Abend nur noch eine Stunde. Als er aufbrach, fragte ich, ob er nach Gimmerton ginge.

»Nein, nach Wuthering Heights«, antwortete er. »Mr. Earnshaw hat mich eingeladen, als ich ihn heute früh besuchte.«

Mr. Earnshaw hat *ihn* eingeladen! und *er* hat Mr. Earnshaw

besucht! Schmerzlich erwog ich diesen Satz, nachdem er gegangen war. Wird er sich als Heuchler entpuppen, der ins Land kommt, um unter einem Deckmantel Unheil zu stiften? Ich überlegte und hatte im Grunde meines Herzens das Gefühl, er wäre besser weggeblieben.
Etwa um Mitternacht wurde ich aus meinem ersten Schlummer durch Mrs. Linton geweckt, die in mein Zimmer gehuscht war, sich auf meinen Bettrand setzte und mich an den Haaren zog, um mich munter zu machen.
»Ich finde keine Ruhe, Ellen«, sagte sie wie zur Entschuldigung. »Und ich brauche ein Wesen, das mir in meinem Glück Gesellschaft leistet! Edgar schmollt, weil ich mich über etwas freue, wofür er nichts übrig hat; er macht den Mund nur auf, um zu nörgeln und alberne Reden zu halten, und er behauptet, es wäre grausam und selbstsüchtig, zu sprechen, wenn er sich elend und müde fühle. Er hat es fein heraus, bei der geringsten Unannehmlichkeit den Kranken zu spielen. Ich sagte ein paar lobende Worte über Heathcliff, da begann er in einem Anfall von Eifersucht oder weil er Kopfschmerzen hatte, zu weinen; zuletzt bin ich aufgestanden und habe ihn allein gelassen.«
»Was hat es für einen Zweck, Heathcliff vor ihm zu loben?« antwortete ich. »Als Jungen konnten sie einander nicht leiden, und Heathcliff würde es genausowenig vertragen können, wenn man den anderen lobte; das ist menschlich. Lassen Sie Mr. Linton mit ihm in Ruhe, wenn Sie es nicht zu einem offenen Streit zwischen den beiden kommen lassen wollen.«
»Aber ist das nicht ein Zeichen von großer Schwäche?« fuhr sie fort. »Ich mißgönne niemand etwas. Ich gräme mich nie über den Glanz von Isabellas blondem Haar, die Zartheit ihrer Haut, ihre zierliche Anmut und die Aufmerksamkeit, die die ganze Familie ihr erweist. Selbst du, Nelly, stehst Isabella sofort bei, wenn wir einmal verschiedener Meinung sind, und ich gebe nach, wie eine schwache Mutter, nenne sie Liebling und bringe sie durch Schmeicheleien wieder in gute Laune. Ihrem Bruder gefällt es, wenn wir uns gut vertragen, und das wieder freut mich. Aber sie sind sich sehr ähnlich: verwöhnte Kinder, die sich einbilden, die Welt sei geschaffen, damit sie bequem leben können; obwohl ich beiden ihren Willen lasse, glaube ich, daß eine derbe Strafe ihnen recht heilsam wäre.«

»Sie irren sich, Mrs. Linton«, sagte ich. »Die beiden lassen *Ihnen* den Willen. Ich weiß, was geschehen würde, wenn sie es nicht täten. Sie können es sich wohl leisten, ihren vorübergehenden Launen nachzugeben, solange sie es als ihre Pflicht betrachten, Ihnen jeden Wunsch von den Augen abzulesen. Sie könnten jedoch einmal über etwas stolpern, das für beide Teile von gleicher Bedeutung wäre, und dann wären die, die Sie für schwach halten, sehr wohl imstande, ebenso hartnäckig zu sein wie Sie.«

»Und dann werden wir uns bis auf den Tod bekämpfen, nicht wahr, Nelly?« erwiderte sie lachend. »Nein! Ich sage dir, ich glaube so fest an Lintons Liebe, daß ich ihn töten könnte, ohne daß er wünschte, Gleiches mit Gleichem zu vergelten.«

Ich gab ihr den Rat, ihn um dieser Liebe willen um so mehr zu schätzen.

»Das tue ich«, antwortete sie, »aber er brauchte nicht wegen jeder Kleinigkeit seine Zuflucht zum Jammern zu nehmen. Das ist kindisch, und statt in Tränen auszubrechen, weil ich sagte, Heathcliff sei jetzt der Achtung eines jeden wert, und der vornehmste Mann des Landes könne es sich zur Ehre anrechnen, sein Freund zu sein, hätte er es selber sagen und aus Liebe für mich sich freuen müssen. Er muß sich an ihn gewöhnen, und es wäre besser, wenn er ihn gern hätte; wenn ich bedenke, wieviel Grund zur Abneigung Heathcliff hat, dann finde ich, er hat sich tadellos benommen.«

»Was halten Sie davon, daß er nach Wuthering Heights geht?« fragte ich. »Er hat sich anscheinend in jeder Beziehung gewandelt: der wahre Christ – reicht jedem seiner Feinde ringsumher die Freundeshand!«

»Er hat es mir erklärt«, erwiderte sie. »Ich war genauso erstaunt wie du. Er sagte, er habe dort vorgesprochen, um bei dir Erkundigungen über mich einzuziehen; denn er glaubte, du lebtest noch dort. Joseph meldete es Hindley, der kam heraus, fing an, ihn auszufragen, was er die ganze Zeit über gemacht habe und wie es ihm ergangen sei, und bat ihn schließlich hereinzukommen. Es waren mehrere Leute beim Kartenspiel; Heathcliff setzte sich zu ihnen, mein Bruder verlor eine kleine Summe an ihn, und als er sah, daß er reichlich mit Geld versehen war, lud er ihn ein, am Abend wiederzukommen, was er

annahm. Hindley ist zu leichtsinnig, als daß er seine Bekanntschaften vorsichtig auswählte; er denkt gar nicht darüber nach, daß er vielleicht Ursache hätte, jemandem zu mißtrauen, den er auf gemeine Art beleidigt hat. Aber Heathcliff behauptet, die Hauptgründe, warum er die Beziehung zu seinem früheren Peiniger wiederaufnimmt, seien der Wunsch, sich so niederzulassen, daß er unser Gehöft zu Fuß erreichen kann, und eine Anhänglichkeit an das Haus, in dem wir zusammen gelebt haben. Gleichzeitig hofft er, daß ich mehr Gelegenheit hätte, ihn dort zu sehen, als wenn er in Gimmerton wohnte. Er beabsichtigt, reichliche Bezahlung anzubieten, wenn man ihm erlaubt, auf dem Gut zu wohnen, und ohne Zweifel wird der Geiz meines Bruders ihn veranlassen, das Angebot anzunehmen; er war von jeher habgierig; und doch: was er mit der einen Hand erhascht, das wirft er mit der anderen hinaus.«
»Der rechte Ort für einen jungen Mann, sich häuslich niederzulassen!« sagte ich. »Haben Sie keine Angst vor den Folgen, Mrs. Linton?«
»Nicht für meinen Freund«, erwiderte sie; »denn sein starker Verstand wird ihn vor Gefahr schützen; höchstens ein wenig für Hindley. Aber er kann moralisch nicht weiter herunterkommen, als er es bereits ist, und daß er körperlich Schaden leidet, werde ich zu verhindern wissen. Der heutige Abend hat mich mit Gott und den Menschen ausgesöhnt. Ich hatte mich zornig gegen die Vorsehung aufgelehnt. Oh, ich habe sehr, sehr schwer gelitten, Nelly! Wenn Linton wüßte, *wie* schwer, dann würde er sich schämen, mir jetzt, wo alles vorbei ist, die Freude durch seine Launen zu trüben. Aus Rücksicht auf ihn habe ich alles allein getragen; hätte ich die Qual, die ich oft empfand, hinausgeschrien, dann hätte er gelernt, sich ebensosehr nach ihrer Linderung zu sehnen wie ich. Nun ist es überstanden, und ich will keine Vergeltung üben. Nach dem, was vorgefallen ist, bin ich imstande, alles zu erdulden! Wenn mich das niedrigste Wesen jetzt auf die Wange schlüge, ich würde ihm nicht nur die andere hinhalten, sondern würde es um Verzeihung dafür bitten, daß ich es herausgefordert habe, und zum Beweis dafür werde ich sofort mit Edgar Frieden schließen. Gute Nacht! Ich bin ein Engel!«
Mit dieser selbstgefälligen Betrachtung verließ sie mich, und

der Morgen offenbarte ihren in die Tat umgesetzten Entschluß. Mr. Linton hatte nicht nur seine Verdrießlichkeit aufgegeben (obwohl seine Stimmung immer noch durch Catherines Gefühlsüberschwang gedämpft war), er hatte sogar nichts dagegen einzuwenden, daß sie Isabella am Nachmittag mit sich nach Wuthering Heights nahm. Sie wiederum überschüttete ihn zur Belohnung mit so viel Liebreiz und Zärtlichkeit, daß das Haus mehrere Tage lang ein Paradies war und sich Herr und Gesinde gleichermaßen des beständigen Sonnenscheins erfreuten.

Heathcliff – Mr. Heathcliff sollte ich in Zukunft sagen – machte von der Erlaubnis, Thrushcross Grange zu besuchen, anfänglich mit Vorsicht Gebrauch: er schien abzuwägen, wieweit der Besitzer dort sein Eindringen zulassen werde. Auch Catherine hielt es für ratsam, ihre Freudenausbrüche zu mäßigen, wenn sie ihn empfing, und nach und nach betrachtete er es als sein Recht, erwartet zu werden. Er hatte noch viel von der Zurückhaltung an sich, die ihm als Knabe eigen war, und sie befähigte ihn dazu, alle überraschenden Gefühlsäußerungen zu unterdrücken. Die Unruhe meines Herrn legte sich, und bald wurde sie in eine andere Richtung gelenkt.

Die neue Quelle seiner Sorgen entsprang dem unvorhergesehenen Mißgeschick, daß Isabella Linton eine plötzliche und unwiderstehliche Zuneigung zu dem geduldeten Gast faßte. Sie war damals eine reizende junge Dame von achtzehn Jahren, kindlich in ihrem Wesen, doch mit einem klaren Verstand, starkem Gefühl und auch sehr leidenschaftlich, wenn sie gereizt wurde. Ihr Bruder, der sie zärtlich liebte, war entsetzt über diese unmögliche Neigung. Ganz abgesehen von der Erniedrigung, die eine Verbindung mit einem namenlosen Mann bedeutet hätte, und der Möglichkeit, daß in Ermangelung männlicher Erben sein Vermögen einmal in solche Hände geraten könnte, war er klug genug, Heathcliffs Charakteranlage zu durchschauen; er erkannte, daß, obwohl sein Äußeres verändert war, sein Wesen unwandelbar und unverwandelt war. Er fürchtete diesen Charakter, der ihn abstieß, und ahnungsvoll schrak er vor dem Gedanken zurück, ihm Isabella anzuvertrauen. Er wäre noch entsetzter gewesen, wenn er gewußt hätte, daß ihre Zuneigung ungebeten wuchs und

sich verschenkte, obwohl ihr Gefühl nicht erwidert wurde. Im Augenblick, als er das Vorhandensein dieses Gefühls entdeckte, beschuldigte er Heathcliff im stillen, diese Liebe vorsätzlich geweckt zu haben, um sie für seine geheimen Pläne auszunutzen.
Seit einiger Zeit hatten wir alle beobachtet, daß Miß Linton sich über etwas grämte und verzehrte. Sie wurde mürrisch und war schwierig zu behandeln, gab Catherine schnippische Antworten und quälte sie dauernd, trotz der drohenden Gefahr, ihre begrenzte Geduld einmal zu erschöpfen. Wir entschuldigten sie bis zu einem gewissen Grade, weil sie zu kränkeln schien: sie wurde immer weniger und schwand vor unseren Augen dahin. Eines Tages war sie besonders launisch, sie schickte ihr Frühstück zurück und beklagte sich, die Dienstboten hätten nicht getan, was sie ihnen aufgetragen hätte, die gnädige Frau ließe sie im Hause gar nicht gelten, und Edgar vernachlässigte sie; sie hätte sich erkältet, weil man die Türen offen gelassen hätte, und wir hätten das Feuer im Wohnzimmer absichtlich ausgehen lassen, um sie zu ärgern, und viele andere noch geringfügigere Dinge. Mrs. Linton bestand ganz entschieden darauf, daß sie zu Bett gehen sollte, und nachdem sie sie herzhaft gescholten hatte, drohte sie, nach dem Arzt zu schicken. Die Erwähnung von Doktor Kenneth veranlaßte Isabella sofort, zu versichern, sie sei ganz gesund, nur Catherines Härte mache sie so unglücklich.
»Wie kannst du sagen, daß ich hart bin, du verwöhntes Geschöpf«, rief die gnädige Frau, durch die unvernünftige Behauptung überrascht. »Du bist wohl von Sinnen! Wann bin ich hart gewesen? Sage mir das!«
»Gestern«, schluchzte Isabella, »und eben jetzt.«
»Gestern?« sagte ihre Schwägerin. »Bei welcher Gelegenheit?«
»Bei unserem Spaziergang durchs Moor. Du sagtest mir, ich sollte mich tummeln, wo ich wollte, während du mit Mr. Heathcliff dahinschlendertest!«
»Und das nennst du Härte?« sagte Catherine lachend. »Ich wollte damit gar nicht sagen, daß du uns lästig wärst; es war uns gleichgültig, ob du mit uns gingst oder nicht. Ich dachte nur, Heathcliffs Gespräch wäre nicht unterhaltsam genug für dich.«

»O nein«, weinte die junge Dame, »du wolltest mich fort haben, weil du wußtest, daß ich gern dageblieben wäre!«
»Ist sie richtig im Kopf?« fragte Mrs. Linton, sich an mich wendend. »Ich werde dir unsere Unterhaltung Wort für Wort wiederholen, Isabella, und dann sag mir, welchen Reiz sie für dich haben konnte.«
»Die Unterhaltung ist mir einerlei«, antwortete sie. »Ich wollte bei ...«
»Nun?« sagte Catherine, die bemerkte, wie sie zögerte, den Satz auszusprechen.
»Bei ihm sein, und ich will nicht immer weggeschickt werden!« fuhr sie fort, wieder in Hitze geratend. »Du bist ein Neidhammel, Cathy, und willst nicht, daß jemand neben dir geliebt wird!«
»Du bist ein unverschämtes kleines Balg!« rief Mrs. Linton erstaunt aus. »Ich kann diesen Unsinn nicht glauben! Es ist doch unmöglich, daß du von Heathcliff verehrt sein willst, daß du ihn für einen netten Menschen halten kannst! Ich habe dich wohl mißverstanden, Isabella?«
»Nein, das hast du nicht«, sagte das betörte Mädchen. »Ich liebe ihn mehr, als du Edgar jemals geliebt hast, und er würde mich lieben, wenn du es zulassen würdest.«
»In *dem* Fall möchte ich nicht um ein Königreich an deiner Stelle sein!« erklärte Catherine mit Nachdruck und großer Aufrichtigkeit. »Nelly, hilf mir, sie von ihrer Tollheit zu überzeugen. Sag ihr, was Heathcliff ist: ein unbeherrschtes Geschöpf, ohne Bildung, ohne Kultur, eine dürre Wildnis von Stechginster und Basaltfelsen. Eher würde ich den kleinen Kanarienvogel dort an einem Tag im Winter im Park aussetzen, als dir empfehlen, ihm dein Herz zu schenken! Es ist beklagenswerte Unkenntnis seines Wesens und nichts anderes, mein Kind, was dir diesen Traum eingegeben hat. Bitte, bilde dir nicht ein, daß er unter dem rauhen Äußeren eine Welt von Güte und Zärtlichkeit verbirgt. Er ist kein ungeschliffener Diamant, keine schlichte Auster, die eine Perle beherbergt: er ist ein wilder, unbarmherziger, wölfischer Mensch. Ich sage nie zu ihm: ›Laß diesen oder jenen Feind in Ruh, weil es unedel oder grausam wäre, ihm zu schaden‹; ich sage: ›Laß ihn in Ruh, denn *mir* wäre es schrecklich, wenn ihm Unrecht

geschähe.‹ Glaube mir, Isabella, er würde dich zerdrücken wie ein Sperlingsei, wenn du ihm eines Tages lästig würdest. Ich weiß, er könnte nie eine Linton lieben, und doch wäre er imstande, dein Vermögen und die Aussichten, die du hast, zu heiraten. Der Geiz wird bei ihm mehr und mehr zum Laster. Da hast du seinen Charakter, von mir gezeichnet, die ich seine Freundin bin, und zwar so sehr, daß ich wahrscheinlich meinen Mund gehalten und dich in seine Falle hätte gehen lassen, wenn er im Ernst daran gedacht hätte, dich zu erobern.«

Miß Linton betrachtete ihre Schwägerin voll Entrüstung. »Schäme dich, schäme dich!« wiederholte sie ärgerlich. »Du bist schlimmer als zwanzig Feinde, du giftige Freundin!«

»Du willst mir also nicht glauben?« sagte Catherine. »Du denkst, ich spräche aus böser Selbstsucht?«

»Ich bin gewiß, daß du das tust«, erwiderte Isabella scharf, »und mir graut vor dir.«

»Gut«, schrie die andere, »überzeuge dich selbst, wenn dein Gefühl dich dazu treibt. Ich habe das Meine getan; nun sieh du, wohin du mit deiner Unverschämtheit kommst!«

»Und ich muß unter ihrer Selbstsucht leiden«, schluchzte Isabella, als Mrs. Linton aus dem Zimmer gegangen war. »Alle sind gegen mich; sie hat meinen einzigen Trost zunichte gemacht. Aber sie hat gelogen, nicht wahr? Mr. Heathcliff ist kein Teufel; er ist ein edler Mensch und ist treu, wie wäre er sonst zu ihr zurückgekommen?«

»Verbannen Sie ihn aus Ihren Gedanken, Miß«, sagte ich. »Er ist ein Unglücksvogel, kein Mann für Sie. Mrs. Linton hat harte Worte gebraucht, aber ich kann ihr nicht widersprechen. Sie kennt sein Herz besser als ich oder sonst jemand, und sie wird ihn nie schlechter machen, als er ist. Ehrliche Leute verbergen ihre Taten nicht. Wie hat er gelebt? Wie ist er so reich geworden? Warum bleibt er in Wuthering Heights, im Hause eines Mannes, den er verachtet? Es wird erzählt, mit Mr. Earnshaw werde es schlimmer und schlimmer, seit er gekommen ist. Sie bleiben die ganzen Nächte zusammen auf, und Hindley hat Geld auf sein Land aufgenommen und tut nichts anderes als spielen und trinken. Ich hörte es erst vor einer Woche. Joseph hat es mir erzählt; ich traf ihn in Gimmerton. ›Nel-

ly‹, sagte er, ›bei unserer Herrschaft is balde Nachfrage nach'm Leichenbeschauer. Der eine hat sich balde die Finger abgeschnitten, weil er'n andern hindern wollte, der sich selbst wollt abstechen wie'n Kalb. Das is der Herr, weißte, un das geht so, bis's Maß voll is. Er hat nich Angst vorm Gericht un den Richtern, nich vor Paul, vor Peter, vor Johannes un vor Matthäus un vor keinen von ihn'n, *der* nich! Er würd sich am liebsten mit frechen Gesicht vor sie hinstelln! Na, un der feine Bursch, der Heathcliff, weißte, das is mir der Rechte! Der lacht, wie de andern auch, über 'nen Teufelsspaß. Erzählt er nix von sein feines Leben bei uns, wenn'r zu euch kommt? So geht's da zu: aufstehn tun se, wenn de Sonne untergeht, dann gibt's Würfelspiel un Branntwein bei geschloßne Fensterläden un Kerzenlicht, bis anderntags zu Mittag. Dann geht der Narr in sein Zimmer, flucht un schwätzt Unsinn, so daß anständige Leute sich de Finger in de Ohren stoppen aus Scham, un der Spitzbube kann sein Geld zähln un essen un schlafen, un dann geht's fort zu sein Nachbar, um mit seine Frau zu schwätzen. Natürlich erzählt er der Dame Catherine, wie's Gold von ihrm Vater in seine Tasche fließt un wie der Sohn von ihrm Vater die breite Straße der Sünde runterrennt un er voranläuft, um die Pforten zu öffnen!‹ Nun, Miß Linton, Joseph ist ein alter Spitzbube, aber kein Lügner, und wenn sein Bericht über Heathcliffs Verhalten der Wahrheit entspräche, dann könnten Sie doch nie daran denken, sich einen solchen Gatten zu wünschen, nicht wahr?«
»Du bist mit den übrigen im Bunde, Ellen!« entgegnete sie. »Ich will nicht auf deine Verleumdungen hören. Wieviel Bosheit muß in dir stecken, daß du mich durchaus davon überzeugen willst, daß es kein Glück auf Erden gibt!«
Ob sie, sich selbst überlassen, über diese Liebe hinweggekommen wäre oder dadurch, daß sie sie ständig nährte, daran festgehalten hätte, kann ich nicht sagen; sie hatte wenig Zeit zum Nachdenken. Am folgenden Tag fand im nächsten Ort eine Zusammenkunft der Friedensrichter statt, der mein Herr beiwohnen mußte, und Mr. Heathcliff, der von seiner Abwesenheit wußte, kam viel früher als sonst zu uns. Catherine und Isabella saßen in der Bibliothek, in feindlicher Stimmung, aber schweigsam: Isabella beunruhigt wegen ihrer gestrigen

Unbesonnenheit und der Preisgabe ihrer geheimsten Gefühle in einem vorübergehenden Anfall von Leidenschaft, Catherine nach reiflicher Überlegung wirklich gekränkt über ihre Schwägerin und, obwohl sie über ihr schnippisches Wesen lachen mußte, dazu entschlossen, zu handeln, daß der andern das Lachen vergehen sollte. Sie lachte, als sie Heathcliff am Fenster vorübergehen sah. Ich reinigte den Kamin und bemerkte ein mutwilliges Lächeln auf ihren Lippen. Isabella, in ihre Grübeleien oder in ein Buch vertieft, blieb ahnungslos sitzen, bis sich die Tür öffnete; und da war es zu spät zu dem Fluchtversuch, den sie gern gemacht hätte, wenn er ihr möglich gewesen wäre.

»So ist's recht, komm herein!« rief die gnädige Frau fröhlich und zog einen Stuhl ans Feuer. »Hier sind zwei Menschen, die dringend einen dritten brauchen, um das Eis zwischen ihnen aufzutauen, und du bist gerade der, den wir uns beide wünschen würden. Heathcliff, ich bin stolz darauf, dir endlich jemand zeigen zu können, der mehr für dich schwärmt als ich. Ich erwarte, daß du dich geschmeichelt fühlst. Nein, es ist nicht Nelly, du brauchst sie nicht anzusehen! Meiner armen kleinen Schwägerin bricht das Herz, wenn sie dich nur sieht in der Schönheit deines Leibes und deiner Seele. Es liegt in deiner eignen Macht, Edgars Schwager zu werden! Nein, nein, Isabella, du sollst nicht weglaufen«, fuhr sie fort und hielt das verwirrte Mädchen, das zornig aufgesprungen war, in gespieltem Mutwillen fest. »Wir haben uns wie Hund und Katze über dich gezankt, Heathcliff, und ich mußte mich vor den Beteuerungen der Zuneigung und Bewunderung geschlagen geben. Überdies wurde mir bedeutet: wenn ich nur den Anstand besäße, beiseite zu stehen, würde meine Rivalin – dafür hält sie sich nämlich – dir einen Pfeil ins Herz schießen, der dich für immer fesseln und mein Bild in die ewige Vergessenheit tauchen würde!«

»Catherine«, sagte Isabella, die sich auf ihre Würde besann und es verschmähte, sich gegen den festen Griff zu wehren, der sie hielt, »ich wäre dir dankbar, wenn du bei der Wahrheit bleiben und mich nicht, auch nicht im Spaß, verleumden wolltest! Mr. Heathcliff, seien Sie so liebenswürdig und bitten Sie Ihre Freundin, mich loszulassen; sie vergißt, daß Sie und ich uns nicht so gut kennen und daß für mich unaussprechlich qualvoll ist, was ihr Spaß macht.«

Da der Gast nicht antwortete, sondern sich setzte und völlig gleichgültig schien gegen die Gefühle, die sie für ihn hegte, wandte sie sich um und flüsterte ihrer Peinigerin eine dringende Bitte zu, sie loszulassen.

»Auf keinen Fall!« rief Mrs. Linton. »Ich will nicht noch einmal Neidhammel genannt werden. Du *sollst* bleiben! Nun, Heathcliff, warum zeigst du gar keine Freude über meine angenehmen Nachrichten? Isabella schwört, daß die Liebe, die Edgar für mich empfindet, nichts ist gegen ihr Gefühl für dich. Sie hat bestimmt etwas dieser Art gesagt, nicht wahr, Ellen? Und sie hat seit unserem vorgestrigen Spaziergang gefastet aus Kummer und Wut darüber, daß ich ihr angeblich deine Gesellschaft nicht gegönnt habe. Sie hat sich eingebildet, wir wollten sie los sein.«

»Ich glaube, du tust ihr Unrecht«, sagte Heathcliff und drehte seinen Stuhl so, daß er ihnen ins Gesicht sehen konnte. »Auf alle Fälle wünscht sie augenblicklich meine Gesellschaft nicht.«

Und er starrte den Gegenstand unseres Gespräches unverwandt an, so wie man ein fremdländisches, abstoßendes Tier beschaut, einen Tausendfüßler aus Indien zum Beispiel, den man trotz dem Abscheu, den er erregt, aus Neugierde betrachten muß. Das arme Ding konnte das nicht ertragen; sie wurde abwechselnd weiß und rot, während Tränen aus ihren Augen perlten, und versuchte mit der schwachen Kraft ihrer kleinen Hände den festen Griff Catherines zu lockern. Als sie merkte, daß sich immer ein anderer Finger um ihren Arm preßte, wenn sie eben den einen gelöst hatte, und daß sie die ganze Hand nicht entfernen konnte, machte sie Gebrauch von ihren scharfen Fingernägeln, und sogleich war die Hand ihrer Peinigerin mit roten Kratzern bedeckt.

»So eine Katze!« rief Mrs. Linton, ließ sie frei und schüttelte ihre Hand vor Schmerz. »Scher dich schleunigst weg und verbirg dein Gesicht, du böse Sieben! Wie töricht von dir, *ihm* solche Krallen zu enthüllen! Ahnst du nicht, welche Schlüsse er daraus ziehen wird? Sieh her, Heathcliff, mit solchen Werkzeugen richtet man Verheerungen an. Hüte deine Augen!«

»Ich würde sie ihr von den Fingern reißen, wenn sie mich jemals damit bedrohte«, antwortete er roh, als sich die Tür hinter ihr geschlossen hatte. »Aber was hast du damit bezweckt, das Geschöpf in dieser Weise zu quälen, Cathy? Du hast doch nicht die Wahrheit gesprochen, nicht wahr?«

»Gewiß habe ich das«, entgegnete sie. »Seit mehreren Wochen schmachtet sie nach dir; heute früh hat sie von dir geschwärmt und hat mich heftig beschimpft, weil ich deine Mängel in helles Licht rückte, um ihre Anbetung zu dämpfen. Aber nun kümmere dich weiter nicht darum; ich wollte sie für ihre Unverschämtheit bestrafen, das ist alles. Ich habe sie viel zu gern, mein lieber Heathcliff, als zuzulassen, daß du sie ganz und gar nimmst und verschlingst.«

»Und ich liebe sie viel zuwenig, als daß ich auch nur den Versuch machte«, sagte er; »oder ich täte es wie ein Dämon. Du würdest seltsame Dinge hören, wenn ich mit diesem zimperlichen Puppengesicht allein leben müßte; das Harmloseste wäre noch, ihr die Farben des Regenbogens auf die weiße Haut zu malen und ihre blauen Augen alle paar Tage in schwarze zu verwandeln; sie ähneln denen Lintons abscheulich.«

»Erfreulich!« bemerkte Catherine. »Es sind Taubenaugen, Engelsaugen!«

»Sie wird ihren Bruder beerben, nicht wahr?« fragte er nach kurzem Schweigen.

»Es würde mir leid tun, wenn das so wäre«, entgegnete seine Gefährtin. »Hoffentlich wird ihr ein halbes Dutzend Neffen einmal den Titel streitig machen. Aber hänge deine Gedanken nicht länger daran; du hast es gar zu eilig, nach den Gütern deines Nachbarn zu trachten; bedenke, *dieses* Nachbarn Güter sind die meinen.«

»Wenn sie *mir* gehörten, würden sie es nicht weniger sein«, sagte Heathcliff; »aber wenn Isabella Linton auch einfältig sein mag, verrückt ist sie schwerlich; und nun wollen wir den Gedanken daran aufgeben, wie du es wünschst.«

Sie gaben ihn auf, wenigstens in der Unterhaltung, und Catherine vergaß ihn wahrscheinlich bald. Heathcliff aber rief ihn sich im Lauf des Abends oft zurück. Ich sah ihn vor sich hin lächeln, eher grinsen, und in unheilvolles Brüten fallen, sobald Mrs. Linton einmal nicht im Zimmer war.

Ich beschloß, seine Schritte zu beobachten. Mit dem Herzen war ich mehr auf des Herrn als auf Catherines Seite, und das wohl mit Recht, denn er war gütig, vertrauenswürdig und ehrenhaft, während sie, wenn man sie auch nicht das Gegenteil davon nennen konnte, sich so viele Freiheiten gestattete, daß ich wenig Zutrauen zu ihren Grundsätzen und noch weniger Zuneigung für sie hatte. Ich hoffte, es werde sich eines Tages etwas ereignen, was sowohl Wuthering Heights als auch Thrushcross Grange in aller Stille von Mr. Heathcliff befreite, so daß das Leben wieder wie vor seiner Rückkehr wäre. Seine Besuche lagen wie ein Alpdruck auf uns und wahrscheinlich auch auf meinem Herrn. Heathcliffs Aufenthalt in Wuthering Heights löste eine nicht zu erklärende Beklemmung in uns aus. Ich fühlte: Gott hatte das verirrte Lamm dort seinen eigenen krummen Wegen überlassen, und der böse Wolf lungerte zwischen ihm und der Hürde umher und wartete seine Zeit ab, um zuzuspringen und zu vernichten.

Elftes Kapitel

Manchmal, wenn ich allein saß und über diese Dinge nachdachte, bin ich in plötzlichem Schrecken aufgefahren und habe meine Haube aufgesetzt, um hinzugehen und nachzusehen, wie es auf dem Gute stand. Mein Gewissen sagte mir, es sei meine Pflicht, Hindley zu warnen und ihm zu sagen, was die Leute über seine Lebensweise sprächen. Dann entsann ich mich seiner tief eingewurzelten schlechten Gewohnheiten und wußte, wie aussichtslos der Versuch war, ihn zu bessern, und so gab ich es auf, das schreckliche Haus wieder zu betreten; ich würde es nicht ertragen haben, wenn man meinen Worten keinen Glauben geschenkt hätte.

Als ich einmal nach Gimmerton ging, machte ich einen kleinen Umweg und kam an der alten Pforte vorbei. Es war etwa zu der Zeit, von der ich zuletzt erzählte, an einem hellen, frostigen Nachmittag, die Erde war kahl und die Straßen hart und trocken. Ich kam an einen Stein, wo die Landstraße linker Hand ins Moor abzweigt; es war eine Säule aus Sandstein, an deren Nordseite die Buchstaben W. H. eingeritzt waren, im Osten ein G. und im Südwesten T. G. Er dient als Wegweiser nach Wuthering Heights, ins Dorf Gimmerton und nach Thrushcross Grange. Die Sonne schien gelb auf den grauen Block und gemahnte mich an den Sommer; ich kann nicht erklären, wie das kam, aber plötzlich überstürzte ein Strom von Kindheitserinnerungen mein Herz. Vor zwanzig Jahren war dies ein Lieblingsplatz von Hindley und mir gewesen. Ich blickte lange auf den verwitterten Steinklotz, und als ich mich niederbeugte, bemerkte ich an seinem Fuß ein Loch, das noch voller Schneckenhäuser und Kieselsteine war, die wir gern mit anderen, vergänglicheren Dingen dort aufhäuften, und lebendig wie in Wirklichkeit glaubte ich auf einmal meinen ehemaligen Spielgefährten auf dem ausgetrockneten Torf sitzen zu sehen, seinen dunklen, viereckigen Kopf vornübergebeugt, in seiner kleinen Hand ein Stück Schiefer, mit dem er die Erde herausschaufelte. »Armer Hindley!« rief ich unwillkürlich aus. Ich stutzte: mein Auge schien wirklich zu sehen, daß das Kind sein Gesicht emporhob und geradenwegs in meines blickte! Die Erscheinung verschwand im Augenblick, aber sogleich fühlte ich ein unwiderstehliches Verlangen, in Wuthering Heights zu sein. Die innere Unruhe trieb mich an, diesem Impuls nachzugeben. ›Wenn er nun tot ist!‹ dachte ich, ›oder wenn er bald stürbe! Wenn dieses ein Vorzeichen seines Todes war!‹ Je näher ich dem Hause kam, desto erregter wurde ich, und als es auftauchte, zitterte ich an allen Gliedern. Die Erscheinung war schneller gewesen als ich, sie stand und guckte durch die Pforte; das war mein Gefühl, als ich einen Jungen mit einem Wuschelkopf und braunen Augen bemerkte, der sein rotes Gesicht gegen die Stangen preßte. Eine weitere Überlegung sagte mir, das müsse Hareton sein, *mein* Hareton, der sich kaum verändert hatte in den zehn Monaten, seit ich ihn verlassen hatte.

»Gott segne dich, Liebling!« rief ich und vergaß augenblicklich meine törichten Befürchtungen. »Hareton, ich bin Nelly, Nelly, deine Kinderfrau!«

Er wich um Armeslänge zurück und hob einen großen Kieselstein auf.

»Ich möchte mit deinem Vater sprechen, Hareton«, fügte ich hinzu; denn seiner Bewegung entnahm ich, daß er Nelly, wenn sie überhaupt noch in seiner Erinnerung lebte, nicht in mir erkannt hatte.

Er hob sein Wurfgeschoß, um es zu schleudern; ich wollte ihn beschwichtigen, vermochte aber seinen Wurf nicht aufzuhalten, und der Stein traf meine Haube. Und dann folgte von den stammelnden Lippen des kleinen Burschen eine Reihe von Flüchen, die, ob er sie verstand oder nicht, mit einem Nachdruck vorgebracht wurden, der auf Übung schließen ließ, und die kindlichen Gesichtszüge zu einem Ausdruck von erschreckender Bosheit verzerrten. Sie können mir glauben, dies tat mir viel mehr weh, als daß es mich ärgerte. Dem Weinen nahe, nahm ich eine Apfelsine aus meiner Tasche und bot sie ihm zur Versöhnung an. Er zögerte, dann riß er sie mir aus der Hand, als ob er fürchtete, ich wolle ihn nur damit locken und nachher enttäuschen. Ich zeigte ihm noch eine, hielt sie aber so, daß er sie nicht erreichen konnte.

»Wer hat dir diese schönen Reden beigebracht, mein Kind?« fragte ich. »Der Vikar?«

»Verdammt sollt ihr sein, der Vikar und du! Gib her!« rief er.

»Sag mir, wo du Stunden nimmst, und du sollst sie haben«, sagte ich. »Wer ist dein Lehrer?«

»Der Teufel Vati«, war seine Antwort.

»Und was lernst du bei Vati?« fuhr ich fort.

Er sprang nach der Frucht, ich hielt sie höher. »Was lehrt er dich?« fragte ich.

»Nix«, sagte er, »nur ihm aus dem Wege zu gehen. Vati kann mich nicht ausstehen, weil ich ihn beschimpfe.«

»Oh, und der Teufel lehrt dich, Vati zu beschimpfen?« bemerkte ich.

»Ja – nee«, meinte er gedehnt.

»Wer denn?«

»Heathcliff.«

Ich fragte ihn, ob er Mr. Heathcliff gern hätte.

»Ja«, antwortete er wieder.

Als ich wissen wollte, warum er ihn gern hätte, konnte ich nur

folgende Sätze aufschnappen: »Ich weiß nich; er zahlt Vater heim, was er mir tut; er schimpft Vater, wenn der mich beschimpft. Er sagt, ich kann tun, was ich will.«
»Und der Vikar lehrt dich also nicht lesen und schreiben?« beharrte ich.
»Nee, sie haben nur gesagt, sie wollen dem Vikar seine verdammten Zähne einschlagen, wenn er über die Schwelle kommt; Heathcliff hat's versprochen.«
Ich legte die Apfelsine in seine Hand und bat ihn, seinem Vater zu sagen, daß eine Frau, Nelly Dean, an der Gartenpforte warte, um mit ihm zu sprechen. Er ging den Weg hinaus und ins Haus, aber statt Hindleys erschien Heathcliff im Torweg, und ich drehte mich auf den Hacken um und lief so schnell ich konnte, die Straße hinunter, ohne haltzumachen, bis zum Wegweiser, und war so erschrocken, als hätte ich ein Gespenst beschworen. Dies hat nicht viel zu tun mit Miß Isabellas Angelegenheiten, außer daß es mich antrieb, weiterhin eifrig aufzupassen und das Äußerste zu wagen, um diesen schlechten Einfluß auf dem Gut zu brechen, selbst auf die Gefahr hin, einen häuslichen Sturm heraufzubeschwören, wenn ich Mrs. Lintons Absichten durchkreuzte.
Als Heathcliff das nächste Mal kam, traf es sich, daß Isabella die Tauben auf dem Hof fütterte. Sie hatte seit drei Tagen kein Wort mehr mit ihrer Schwägerin gesprochen; aber sie hatte wenigstens ihr verdrießliches Jammern aufgegeben, und das war uns eine große Erleichterung. Heathcliff hatte, wie ich wußte, nicht die Gewohnheit, auch nur eine einzige unnütze Höflichkeit an Miß Linton zu verschwenden. Als er sie entdeckt hatte, war heute seine erste Vorsichtsmaßregel, die Hausfront prüfend zu überblicken. Ich stand am Küchenfenster, zog mich aber zurück, so daß ich nicht gesehen werden konnte. Er ging über das Pflaster zu ihr hin und sprach sie an, sie schien verlegen und versuchte wegzugehen; um dies zu verhindern, legte er seine Hand auf ihren Arm. Sie wandte ihr Gesicht ab; anscheinend stellte er eine Frage an sie, die sie nicht beantworten wollte. Wieder ein rascher Blick nach dem Haus hin, und da er sich unbeobachtet wähnte, hatte der Schurke die Unverschämtheit, sie zu küssen.

»Judas! Verräter!« rief ich aus. »Heuchelst du auch noch, du berechnender Betrüger?«

»Wer, Nelly?« sagte Catherines Stimme dicht an meiner Schulter. Ich war zu sehr in meine Beobachtung des Paares draußen vertieft gewesen, als daß ich ihr Eintreten wahrgenommen hätte.

»Ihr unwürdiger Freund!« antwortete ich hitzig. »Der schleichende Fuchs dort drüben. Jetzt hat er uns entdeckt – er kommt herein! Ich bin neugierig, welche Entschuldigung dafür, daß er unserem Fräulein den Hof macht, seine Gerissenheit jetzt erfinden wird, nachdem er Ihnen erzählt hat, er hasse sie.«

Mrs. Linton sah, wie Isabella sich losriß und in den Garten lief, und eine Minute später öffnete Heathcliff die Tür. Ich konnte mir nicht versagen, meiner Entrüstung in Worten Luft zu machen, aber Catherine gebot ärgerlich Ruhe und drohte, mich aus der Küche zu schicken, wenn ich mir anmaßte, jetzt den Mund nicht zu halten.

»Wenn dich die Leute hören, werden sie meinen, du wärst die Herrin hier«, rief sie. »Ich muß dir einmal gründlich den Kopf zurechtsetzen. Heathcliff, was fällt dir ein, solche Aufregung zu verursachen? Ich hatte dir gesagt, du solltest Isabella in Ruhe lassen! – Ich bestehe darauf, wenn du Wert darauf legst, weiter hierherzukommen, ohne daß Linton dir die Tür weist.«

»Gott bewahre ihn, daß er das versucht!« antwortete der schwarze Bösewicht, den ich in diesem Augenblick mehr denn je haßte. »Gott erhalte ihn sanft und geduldig! Jeden Tag wünsche ich heißer, ihn in den Himmel zu befördern!«

»Still!« sagte Catherine und schloß die innere Tür. »Quäle mich nicht so. Warum hast du meine Bitte mißachtet? Lief Isabella dir absichtlich über den Weg?«

»Was geht dich das an?« brummte er. »Es ist mein gutes Recht, sie zu küssen, wenn sie es sich gefallen läßt, und du hast kein Recht, Einwendungen zu machen. Ich bin nicht *dein* Mann: *du* hast überhaupt keinen Grund, eifersüchtig zu sein!«

»Ich bin gar nicht eifersüchtig,« entgegnete die gnädige Frau, »ich bin nur besorgt um dich. Mach ein freundliches Gesicht; du sollst mich nicht so finster anblicken! Wenn du Isabella liebst, sollst du sie heiraten. Aber liebst du sie wirklich? Sage die Wahrheit, Heathcliff! Siehst du, darauf schweigst du. Ich bin sicher, du liebst sie nicht!«

»Und würde Mr. Linton billigen, daß seine Schwester diesen Mann heiratet?« fragte ich.

»Mr. Linton muß einwilligen«, entgegnete meine Herrin entschieden.

»Er kann sich die Mühe sparen,« sagte Heathcliff, »ich kann es ebensogut ohne seine Einwilligung tun. Und was dich betrifft, Catherine, so möchte ich, weil wir gerade bei diesem Thema sind, ein paar Worte dazu sagen. Ich möchte, daß dir endlich klar wird, daß ich *weiß,* wie teuflisch du mich behandelt hast – teuflisch! Hörst du? Und wenn du dir einbildest, ich merkte es nicht, dann bist du eine Närrin; und wenn du glaubst, ich lasse mich mit süßen Worten trösten, bist du dumm; und wenn du dir einbildest, ich werde das alles ruhig hinnehmen, so wirst du dich bald vom Gegenteil überzeugen können! Inzwischen meinen Dank dafür, daß du mir das Geheimnis deiner Schwägerin verraten hast; ich schwöre, daß ich es nach Möglichkeit ausschlachten werde. Und jetzt mische du dich nicht in diese Sache!«

»Was ist in diesen Menschen gefahren?« rief Mrs. Linton voller Bestürzung. »Ich hätte dich teuflisch behandelt, und du willst dich dafür rächen? Was fällt dir ein, du undankbarer Mensch? Wann habe ich dich teuflisch behandelt?«

»Ich will mich nicht an dir rächen«, erwiderte Heathcliff weniger heftig. »Das liegt nicht in meiner Absicht. Der Tyrann quält seine Sklaven, ohne daß sie sich gegen ihn kehren; sie wiederum unterdrücken, was unter ihnen steht. Du darfst mich zu deinem Vergnügen zu Tode foltern, nur mußt du mir gestatten, mich im selben Stil zu vergnügen, und mußt möglichst Beleidigungen vermeiden. Nachdem du meinen Palast dem Boden gleichgemacht hast, darfst du keine elende Hütte errichten und selbstgefällig deine Barmherzigkeit bewundern, wenn du sie mir als Heim bietest. Wenn ich mir vorstelle, du wünschest wirklich, daß ich Isabella heirate, würde ich mir die Kehle durchschneiden!«

»Oh, das Unglück ist also, daß ich *nicht* eifersüchtig bin?« rief Catherine. »Nein, ich werde dir keine Frau weiter vorschlagen; das hieße Satan eine verlorene Seele anbieten. Dein größtes Glück besteht darin, andere ins Unglück zu stürzen. Du beweist es. Edgar ist von der schlechten Laune geheilt, die er zeigte, als du kamst; ich fange an, mich sicher und ruhig zu fühlen, da erscheinst du, voller Unruhe darüber, uns in Frieden zu wissen, und bist entschlossen, einen Streit vom Zaun zu brechen. Streite nur mit Edgar, wenn es dir Vergnügen macht, Heathcliff, und betrüge seine Schwester. Damit wirst du dich bestimmt am wirksamsten an mir rächen können.«

Die Unterhaltung brach ab. Mrs. Linton setzte sich erhitzt und mit finsterer Miene ans Feuer. Sie war ganz außer sich und konnte ihre Leidenschaft weder unterdrücken noch beherrschen. Heathcliff stand, über seinen bösen Gedanken brütend, mit verschränkten Armen neben dem Herd. So verließ ich die beiden, um den Herrn zu suchen, der sich schon wunderte, was Catherine so lange unten aufhielt.

»Ellen,« sagte er, als ich eintrat, »hast du deine Herrin gesehen?«

»Ja, sie ist in der Küche, Mr. Linton«, antwortete ich. »Sie ist durch Mr. Heathcliffs Betragen völlig aus der Fassung gebracht, und es ist wohl höchste Zeit, ihm seine Besuche zu untersagen. Oft bringt es Schaden, zu sanft zu sein, und jetzt ist es dahin gekommen, daß ...« Und ich berichtete von dem Vorgang im Hof und, soweit ich es wagte, von dem darauf folgenden Streit. Ich glaubte, es sei für Mrs. Linton nicht belastend, wenn sie sich nicht nachträglich ins Unrecht setzte dadurch, daß sie ihren Gast verteidigte. Edgar Linton fiel es schwer, mich bis zu Ende anzuhören. Seine ersten Worte bewiesen, daß er seine Frau nicht von Schuld freisprach.

»Das ist unerträglich!« rief er aus. »Es ist schändlich, daß sie ihn als Freund anerkennt und mir seine Gesellschaft aufzwingt! Ruf mir zwei Männer von draußen, Ellen! Catherine soll sich nicht länger mit dem gemeinen Schurken streiten, ich habe ihr lange genug nachgegeben.«

Er ging hinunter, befahl den Leuten, im Flur zu warten, und begab sich mit mir zur Küche. Dort hatten die beiden ihren heftigen Streit wiederaufgenommen. Mrs. Linton zum mindesten schalt mit großer Heftigkeit; Heathcliff war ans Fenster getreten und ließ den Kopf hängen, er schien etwas eingeschüchtert durch ihr heftiges Zanken. Er sah den Herrn zuerst und machte eine heftige Bewegung, damit sie schweigen sollte; sie gehorchte sofort, als sie seinen Wink verstand. »Was soll das heißen?« sagte Linton, sich an sie wendend, »schämst du dich gar nicht, hier zu bleiben, nachdem dieser Lump in solchem Ton mit dir geredet hat? Du scheinst nichts darin zu finden, weil das seine gewöhnliche Redeweise ist. Du bist an seine Roheit gewöhnt und bildest dir ein, ich werde mich auch daran gewöhnen!«

»Hast du an der Tür gelauscht, Edgar?« fragte die gnädige Frau in einem Ton, der ihren Gatten aufs äußerste reizen mußte, da er sowohl Gleichgültigkeit wie auch Nichtachtung seines Ärgers verriet. Heathcliff, der bei Lintons Rede aufgesehen hatte, stieß bei Catherines Worten ein höhnisches Lachen aus, anscheinend in der Absicht, Lintons Aufmerksamkeit auf sich zu lenken. Das gelang ihm, aber Edgar wollte ihn nicht zum Zeugen eines leidenschaftlichen Ausbruches machen.

»Ich habe bisher Nachsicht mit Ihnen gehabt, Mr. Heathcliff«, sagte er ruhig, »nicht, weil ich Ihren jämmerlichen Charakter verkannte, sondern weil ich fühlte, daß Sie nur zum Teil dafür verantwortlich waren; und weil Catherine wünschte, die Bekanntschaft mit Ihnen aufrechtzuerhalten, habe ich, törichterweise, eingewilligt. Ihre Anwesenheit ist ein moralisches Gift, das jeden anständigen Menschen beflecken muß; deshalb und um schlimmere Folgen zu verhüten, werde ich Ihnen in Zukunft den Zutritt in dieses Haus verweigern und fordere jetzt Ihr sofortiges Verschwinden. Wenn Sie noch länger als drei Minuten hierbleiben, wird Ihr Abgang unfreiwillig und schimpflich sein.«

Heathcliff maß den Sprecher von oben bis unten mit unsagbarem Hohn in den Augen.

»Cathy, dein Lamm droht wie ein Stier«, sagte er. »Er ist in Gefahr, sich den Schädel an meinen Knöcheln einzurennen. Weiß Gott, Mr. Linton, es tut mir ungeheuer leid, daß Sie nicht wert sind, niedergeschlagen zu werden!«

Mein Herr blickte nach dem Flur und gab mir ein Zeichen, die Leute zu holen, denn er hatte nicht die Absicht, sich in eine Prügelei einzulassen. Ich gehorchte dem Wink, aber Mrs. Lin-

ton, die etwas argwöhnte, folgte mir, und als ich versuchte, die Männer zu rufen, zog sie mich zurück, schlug die Tür heftig zu und schloß sie ab.
»Feine Methoden!« sagte sie, den ärgerlich überraschten Blick ihres Mannes erwidernd. »Wenn du nicht den Mut hast, ihn anzugreifen, dann bitte um Entschuldigung oder gib dich geschlagen. Das wird dich davon heilen, mehr Tapferkeit zu heucheln, als du besitzt. Nein, eher werde ich den Schlüssel verschlucken, als daß du ihn bekommst! Ihr habt meine Güte alle beide schön belohnt! Nachdem ich mit dem schwachen Charakter des einen und dem schlechten des anderen Nachsicht gehabt habe, ernte ich von beiden Seiten schnöden Undank, und das ist dumm und abgeschmackt! Edgar, eben noch habe ich dich und die Deinen verteidigt, aber jetzt wünschte ich, Heathcliff prügelte dich windelweich dafür, daß du schlecht von mir denkst!«
Es bedurfte nicht der Prügel, um die gleiche Wirkung auf den Herrn auszuüben. Er versuchte vergeblich, den Schlüssel Catherines Hand zu entwinden, zur Sicherheit schleuderte sie ihn ins Feuer, wo es am hellsten brannte. Daraufhin wurde Mr. Edgar von einem nervösen Zittern befallen, und sein Gesicht wurde totenblaß. Und wenn es sein Leben gegolten hätte, er hätte diesen Gefühlsausbruch nicht unterdrücken können; Schmerz, mit Demütigung gepaart, überwältigte ihn vollkommen. Er beugte sich auf die Lehne des Stuhles und bedeckte sein Gesicht.
»Du lieber Himmel! In alten Zeiten hättest du dir damit die Ritterschaft erworben!« rief Mrs. Linton aus. »Wir sind besiegt! Wir sind besiegt! Heathcliff wird ebensowenig einen Finger gegen dich erheben, wie ein König seine Armee gegen einen Zug von Mäusen in Marsch setzen wird. Fasse Mut, es wird dir nichts geschehen! Du bist kein Lamm, sondern ein Hasenfuß.«
»Ich wünsche dir viel Freude an dem milchblütigen Feigling, Cathy!« sagte ihr Freund. »Meine Glückwünsche zu deinem Geschmack! Und dieses hündische, zitternde Wesen hast du mir vorgezogen! Einen Faustschlag ist er nicht wert, aber ich würde ihm mit der größten Befriedigung einen Fußtritt versetzen. Weint er, oder gedenkt er vor Angst in Ohnmacht zu fallen?«

Heathcliff näherte sich und versetzte dem Stuhl, auf dem Linton saß, einen Stoß. Er hätte lieber Abstand wahren sollen: mein Herr sprang schnell in die Höhe und versetzte ihm einen Schlag gegen den Hals, der einen schmächtigeren Mann gefällt hätte. Es verschlug Heathcliff eine Minute lang den Atem, und während er nach Luft rang, ging Mr. Linton zur hinteren Tür in den Hof hinaus und von dort zum vorderen Eingang.

»So, nun ist Schluß mit deinen Besuchen!« rief Catherine. »Mach jetzt, daß du wegkommst; er wird mit einem Paar Pistolen und einem halben Dutzend Helfern zurückkommen. Wenn er unser Gespräch belauscht hat, wird er dir natürlich nie verzeihen. Du hast mir einen schlechten Streich gespielt, Heathcliff! Aber geh, eile dich! Ich möchte lieber Edgar als dich in Schwierigkeiten sehen.«

»Glaubst du, ich könnte weggehen nach diesem Schlag, der mir in der Gurgel brennt?« donnerte er. »Beim Teufel, nein! Ich werde seine Rippen zerquetschen wie eine wurmstichige Haselnuß, bevor ich die Schwelle überschreite! Wenn ich ihn jetzt nicht zu Boden strecke, so werde ich ihn eines Tages erschlagen; also wenn du Wert auf sein Leben legst, so laß mich an ihn heran!«

»Er kommt nicht«, warf ich ein, eine kleine Lüge erfindend. »Da sind der Kutscher und die beiden Gärtner. Sie werden doch sicherlich nicht darauf warten, von ihnen auf die Straße geworfen zu werden. Jeder hat einen Knüttel, und der Herr wird wahrscheinlich vom Wohnzimmerfenster aus beobachten, ob sie seine Befehle ausführen.«

Die Gärtner und der Kutscher waren da, aber Linton mit ihnen. Sie hatten bereits den Hof betreten. Nach sekundenlanger Überlegung entschloß sich Heathcliff, einen Kampf gegen drei Leute zu vermeiden; er ergriff den Feuerhaken, zerschmetterte das Schloß der Innentür und machte sich aus dem Staube, als sie gerade hereinstapften.

Mrs. Linton, die sehr erregt war, befahl mir, sie hinaufzugeleiten. Sie wußte nichts von meinem Anteil an der Verwirrung, und mir lag viel daran, daß dies so blieb.

»Ich bin fast wahnsinnig, Nelly!« rief sie aus und warf sich auf das Sofa. »Tausend Schmiedehämmer klopfen in meinem

Kopf. Sag Isabella, sie soll mir aus dem Wege bleiben; sie hat diesen Aufruhr verschuldet. Wenn sie oder sonst jemand mich jetzt noch reizt, so werde ich wild. Und, Nelly, sage Edgar, wenn du ihn heute abend noch siehst, daß ich in Gefahr bin, ernstlich krank zu werden. Ich hoffe sogar, daß es dahin kommt. Er hat mich so furchtbar erschreckt und betrübt, daß ich ihm gern einen Schreck einjagen möchte. Überdies, wenn er mich sieht, wird er eine Reihe von Beschimpfungen und Klagen abhaspeln; dann werde ich ihm sicherlich die Antwort nicht schuldig bleiben, und Gott weiß, wo das enden wird. Willst du mir den Gefallen tun, meine gute Nelly? Es ist dir doch klar, daß mir in dieser Sache keinerlei Vorwurf zu machen ist. Was fiel ihm ein, den Lauscher zu spielen? Heathcliffs Sprache war ausfallend, nachdem du hinausgegangen warst; aber ich hätte ihn bald von Isabella ablenken können, und das übrige war unwichtig. Nun ist alles verdorben, weil dieser Narr Verlangen danach trug, Schlechtes über sich selbst zu hören, ein Verlangen, von dem manche Menschen wie von einem bösen Geist befallen werden. Wenn Edgar unsere Unterhaltung nicht aufgeschnappt hätte, hätte er nichts versäumt. Wirklich, als er mich in diesem unvernünftig abfälligen Ton ausschalt, nachdem ich Heathcliff um *seinetwillen* geschmäht hatte, bis ich heiser war, war es mir ziemlich gleichgültig, was sie einander antaten, um so mehr, als ich fühlte, daß, wie der Auftritt auch enden mochte, wir alle auf wer weiß wie lange Zeit auseinandergerissen werden würden. Nun, wenn ich Heathcliff nicht als Freund behalten kann, wenn Edgar kleinlich und eifersüchtig sein will, dann werde ich ihre Herzen brechen, indem mein eigenes bricht. Die schnellste Art, ein Ende zu machen, wird sein, mich zum Äußersten zu bringen. Aber das darf nur der letzte verzweifelte Versuch sein. Ich würde Linton nicht damit überraschen. Er war immer verständig genug, mich nicht herauszufordern; du mußt ihm die Gefahr darlegen und ihn an meine leidenschaftliche Gemütsart erinnern, die, wenn sie sich entzündet, zum Wahnsinn führt. Ich wollte, du sähest etwas weniger gleichgültig aus und wärest etwas besorgter um mich.«

Die Unerschütterlichkeit, mit der ich ihre Anweisungen hinnahm, war zweifellos recht ärgerlich; denn sie wurden mit vollkommener Aufrichtigkeit vorgebracht; aber ich glaubte, ein Mensch, der seine Leidenschaftsausbrüche im voraus berechnen konnte, würde es mit einiger Willensanstrengung zuwege bringen, sich, selbst unter ihrer Einwirkung, leidlich zu beherrschen. Auch wollte ich ihrem Mann keinen ›Schreck einjagen‹ und seine Sorgen nicht noch vermehren, nur weil es ihr so gefiel. Darum sagte ich nichts, als ich den Herrn traf, der aufs Wohnzimmer zuging, doch nahm ich mir die Freiheit, umzukehren und zu horchen, ob sie ihren Streit wiederaufnähmen.

»Bleib, wo du bist, Catherine«, sagte er, ohne Ärger in der Stimme, aber voll schmerzlicher Mutlosigkeit. »Ich werde nicht bleiben. Ich bin weder gekommen, um zu streiten, noch um mich zu versöhnen; ich wünsche nur zu erfahren, ob du nach den Ereignissen dieses Abends beabsichtigst, den vertrauten Umgang mit ...«

»Um's Himmels willen,« unterbrach die gnädige Frau und stampfte mit dem Fuß auf, um's Himmels willen, höre auf damit! Dein kaltes Blut ist keiner Fieberglut fähig; in deinen Adern fließt Eiswasser, in meinen kocht es, und der Anblick solcher Kälte macht mich rasend.«

»Wenn du mich loswerden willst, beantworte meine Frage«, beharrte Mr. Linton. »Du mußt sie beantworten, und deine Heftigkeit schreckt mich nicht. Ich weiß, daß du so ruhig und gelassen sein kannst wie nur einer, wenn es dir paßt. Willst du jetzt Heathcliff aufgeben, oder willst du mich aufgeben? Es ist unmöglich für dich, gleichzeitig mit mir und mit ihm gut Freund zu sein, und ich verlange unbedingt von dir zu hören, welchen von uns du wählst.«

»Ich verlange, allein gelassen zu werden!« rief Catherine wütend. »Ich fordere es! Siehst du nicht, daß ich kaum imstande bin, zu stehen? Edgar, du – laß mich in Ruhe!«

Sie nahm die Klingel und schüttelte sie, bis sie mit einem scharfen Ton zersprang; ich trat gemächlich ein. Ihr sinnloses, bösartiges Wüten hätte genügt, das Gemüt eines Heiligen auf die Probe zu stellen. Da lag sie nun, schlug ihren Kopf auf die Armlehne des Sofas und knirschte mit den Zähnen, so daß man meinen konnte, sie müßten zersplittern. Mr. Linton stand und sah sie in plötzlicher Reue und Angst an. Er befahl mir,

etwas Wasser zu holen. Sie bekam keine Luft mehr zum Sprechen. Ich brachte ein Glas voll, und als sie nicht trinken wollte, spritzte ich es über ihr Gesicht. Nach einigen Sekunden streckte sie sich steif aus, verdrehte die Augen, während ihre Wangen bleich und bläulich wurden und eine leichenhafte Färbung annahmen. Linton sah erschrocken aus.
»Das ist nicht so schlimm, wie es aussieht«, flüsterte ich. Ich wollte nicht, daß er nachgab, obwohl ich innerlich ebenfalls erschrocken war.
»Sie hat Blut auf den Lippen«, sagte er schaudernd.
»Das tut nichts«, antwortete ich scharf. Und ich erzählte ihm, wie sie, bevor er hereinkam, beschlossen hatte, einen Tobsuchtsanfall vorzutäuschen. Unvorsichtigerweise erstattete ich meinen Bericht laut, und sie hörte mich; denn plötzlich sprang sie auf, ihr Haar hing über ihre Schultern herab, ihre Augen funkelten, und ihre Hals- und Armmuskeln traten unnatürlich hervor. Ich machte mich zum mindesten auf gebrochene Knochen gefaßt; aber sie stierte nur einen Augenblick lang um sich und stürzte dann aus dem Zimmer. Der Herr wies mich an, ihr zu folgen, und ich tat es bis zu ihrer Zimmertür. Sie ließ mich nicht hinein, sondern schloß vor mir ab.
Als sie sich am nächsten Morgen nicht anschickte, zum Frühstück herunterzukommen, fragte ich, ob ich es ihr hinaufbringen sollte. »Nein!« antwortete sie sehr entschieden. Die gleiche Frage wurde zu Mittag und zum Tee und am darauffolgenden Morgen wiederholt, und immer kam die gleiche Antwort. Mr. Linton verbrachte seine Zeit in der Bibliothek und fragte nicht, womit sich seine Frau beschäftigte. Isabella und er hatten eine einstündige Aussprache miteinander, in deren Verlauf er versuchte, von ihr zu hören, daß sie bei Heathcliffs Annäherungsversuchen ein Gefühl schicklichen Entsetzens verspürt hätte; aber er konnte nichts mit ihren ausweichenden Antworten anfangen und sah sich genötigt, das Verhör ergebnislos abzubrechen. Er schloß jedoch mit der ernsten Warnung, daß, wenn sie so verrückt wäre, diesen unwürdigen Freier zu ermutigen, alle Bande der Verwandtschaft zwischen ihr und ihm gelöst sein würden.

Zwölftes Kapitel

Inzwischen streifte Miß Linton schwermütig in Park und Garten umher, fast immer in Tränen, und ihr Bruder verschanzte sich hinter seinen Büchern, die er nicht einmal aufschlug, wie ich vermutete, zermürbt von der ständigen unbestimmten Erwartung, daß Catherine ihr Betragen bereuen und aus eigenem Antrieb um Verzeihung bitten und Versöhnung suchen werde. Sie wiederum fastete hartnäckig weiter, wahrscheinlich in dem Gedanken, daß Edgar bei jeder Mahlzeit, an der sie nicht teilnahm, mühsam das Essen hinunterwürgte und daß nur sein Stolz ihn davon abhielt, zu ihr zu eilen und sich ihr zu Füßen zu werfen. Ich aber ging meinen häuslichen Pflichten nach und war im Innern davon überzeugt, daß in ganz Thrushcross Grange nur eine einzige vernünftige Seele wohnte, und daß ich dies war. Ich verschwendete weder Teilnahme an das Fräulein noch viele Worte an meine Herrin und überhörte die Seufzer meines Herrn, der danach schmachtete, wenigstens den Namen seiner Frau nennen zu hören, solange er ihre Stimme entbehren mußte. Meinetwegen sollten sie tun, was sie wollten, und obwohl die Tage langsam und ermüdend dahinschlichen, begann ich schließlich, mich zu freuen, weil sich die Andeutung eines Fortschrittes bemerkbar machte, wie ich mir einbildete.

Mrs. Linton entriegelte am dritten Tag ihre Tür, und weil weder in ihrem Krug noch in der Karaffe Wasser war, verlangte sie nach frischem und nach einem Teller Haferschleim; ihr war zum Sterben elend zumute. Ich hielt das für Gerede, für Edgars Ohren bestimmt; ich glaubte nichts dergleichen, darum behielt ich es für mich und brachte ihr etwas Tee und trockenen Toast. Sie aß und trank gierig, sank wieder auf ihr Kissen zurück, rang ihre Hände und stöhnte. »Oh, ich möchte sterben«, rief sie, »niemandem liegt etwas an mir. Hätte ich doch nichts gegessen!« Dann, eine ganze Weile später, hörte ich sie murmeln: »Nein, ich werde nicht sterben – er würde sich darüber freuen – er liebt micht überhaupt nicht – er würde mich gar nicht vermissen!«

»Wünschen Sie etwas, gnädige Frau?« fragte ich und blieb äußerlich ruhig, trotz ihrem leichenblassen Gesicht und ihrem sonderbar aufgeregten Wesen.

»Was tut dieser gefühllose Mensch?« fragte sie und strich sich die dichten, verwirrten Locken aus ihrem eingefallenen Gesicht. »Hat er die Schlafsucht, oder ist er tot?«

»Keins von beiden«, erwiderte ich, »sofern Sie Mr. Linton meinen. Ich glaube, er ist leidlich wohl, wenn ihn auch seine Studien mehr in Anspruch nehmen, als sie sollten; er steckt ständig zwischen seinen Büchern, da er keine andere Gesellschaft hat.«

Ich hätte das nicht so gesagt, wenn ich ihren wahren Zustand erkannt hätte; aber ich konnte mich nicht von der Vorstellung frei machen, daß sie einen Teil ihrer Unpäßlichkeit vortäuschte.

»Zwischen seinen Büchern!« schrie sie bestürzt. »Und ich sterbe! Ich, am Rande des Grabes! Mein Gott! Weiß er, wie verändert ich bin?« fuhr sie fort und starrte auf ihr Bild, das ein Spiegel an der gegenüberliegenden Wand zurückwarf. »Ist dies Catherine Linton? Er meint, es sei Laune oder gar Spiel bei mir. Kannst du ihm nicht klarmachen, daß es bitterer Ernst ist? Nelly, wenn es nicht schon zu spät ist, werde ich, sobald ich seine wahren Gefühle kenne, zwischen zwei Dingen wählen: entweder ich werde gleich verhungern – das wäre nur dann eine Strafe, wenn er ein Herz hätte –, oder ich werde gesund werden und außer Landes gehen. Willst du mir endlich die Wahrheit über ihn sagen? Bedenke, was du sagst. Ist ihm mein Leben tatsächlich so völlig gleichgültig?«

»Ei, gnädige Frau«, antwortete ich, »der Herr hat keine Ahnung von Ihrem Gemütszustand, und darum kann er selbstverständlich nicht fürchten, daß Sie sich durch Verhungern das Leben nehmen werden.«

»Glaubst du mir nicht? Kannst du ihm nicht sagen, daß ich es tun werde?« entgegnete sie. »Überzeuge ihn, sprich aus dir heraus, sag ihm, du glaubtest selbst, daß ich es tun werde!«

»Sie vergessen, Mrs. Linton«, meinte ich, »daß Sie heute abend freiwillig etwas Nahrung zu sich genommen haben; morgen werden Sie die gute Wirkung davon verspüren.«
»Wenn ich wüßte, daß es ihn töten würde«, unterbrach sie, »dann würde ich sofort ein Ende machen. In diesen drei entsetzlichen Nächten habe ich kein Auge zugetan, und oh, wie bin ich gefoltert und verfolgt worden, Nelly! Aber ich fange an zu glauben, daß ich dir gleichgültig bin. Wie seltsam! Ich habe mir immer eingebildet, alle müßten mich liebhaben, wenn sie sich auch gegenseitig haßten und verachteten. Und nun haben sich alle in wenigen Stunden in Feinde verwandelt. Ganz bestimmt haben sie das, die Leute *hier*. Wie traurig das ist, von lauter kalten Gesichtern umgeben, dem Tod ins Antlitz zu schauen! Isabella, entsetzt und abgestoßen, hat Angst, nur mein Zimmer zu betreten; es wäre doch schrecklich, Catherine sterben zu sehen. Und Edgar steht feierlich dabei und sieht zu; hinterher schickt er Dankgebete zu Gott, weil seinem Haus der Friede wiedergegeben wurde, und geht zurück zu seinen Büchern! Was um alles in der Welt gehen ihn Bücher an, wenn ich sterbe?«
Der Gedanke an Mr. Lintons philosophische Entsagung, den ich ihr in den Kopf gesetzt hatte, war ihr unerträglich. Sie warf sich hin und her, ihre fiebrige Verwirrtheit steigerte sich bis zum Wahnsinn, sie zerriß ihr Kissen mit den Zähnen; dann richtete sie sich glühend vor Hitze auf und verlangte, daß ich das Fenster öffnete. Es war mitten im Winter, der Wind wehte scharf aus Nordost, und ich weigerte mich. Sowohl der schnelle Wechsel ihres Gesichtsausdruckes wie auch der Umschwung in ihren Stimmungen fingen an, mich aufs höchste zu beunruhigen; sie erinnerte mich an ihre frühere Krankheit und an die Weisung des Arztes, sie nicht aufzuregen. Eben noch war sie heftig gewesen; jetzt stützte sie sich auf einen Arm, hatte mich und meine Weigerung vergessen und fand ein kindisches Vergnügen darin, die Federn aus dem zerrissenen Kopfkissen herauszuziehen. Sie ordnete sie nach ihrer verschiedenen Art auf dem Bettuch; ihr Geist hatte sich anderen Gedankengängen zugewandt.
»Diese ist von einem Truthahn«, murmelte sie vor sich hin, »die von einer Wildente und diese von einer Taube. Ach, sie

haben Taubenfedern in die Kissen gestopft, kein Wunder, daß ich nicht sterben konnte! Ich muß achtgeben, daß ich sie auf die Erde werfe, bevor ich mich hinlege. Und diese ist von einem Sumpfhuhn, und diese da, ich würde sie unter Tausenden erkennen, ist von einem Kiebitz. Hübscher Vogel! Du schwingst dich mitten im Moor über unsere Köpfe empor. Du willst zu deinem Nest, denn die Wolken berühren die Anhöhen, und du weißt, daß es regnen wird. Diese Feder ist in der Heide aufgelesen, der Vogel ist nicht geschossen worden. Im Winter sahen wir sein Nest, es war voll von kleinen Gerippen. Heathcliff hatte eine Schlinge darübergelegt, und die Alten wagten es nicht, heranzukommen. Er mußte mir versprechen, daß er nie wieder einen Kiebitz schießen werde, und er hat es auch nicht getan. Ach, hier sind noch mehr! Hat er meine Kiebitze geschossen, Nelly? Ist einer von ihnen rot? Laß mich sehen!«

»Hören Sie auf mit diesem kindischen Treiben!« unterbrach ich sie, zog ihr das Kissen weg und kehrte es mit den Löchern zur Matratze; denn sie holte eine Handvoll Federn nach der anderen heraus. »Legen Sie sich hin, und schließen Sie die Augen, Sie phantasieren ja! Eine schöne Bescherung! Die Daunen fliegen wie Schneeflocken umher!«

Ich lief hin und her und sammelte sie ein.

»Nelly«, fuhr sie fort, »ich sehe in dir eine alte Frau mit grauen Haaren und gebeugten Schultern. Dieses Bett ist die Märchenhöhle unter der Felsenklippe von Penistone, und du sammelst Elfenpfeile, um unsere jungen Kühe damit zu beschießen, und behauptest, solange ich in der Nähe bin, es wären nur Haarlocken. So wirst du nach fünfzig Jahren sein, ich weiß, daß du jetzt nicht so bist. Ich phantasiere nicht, du irrst dich, denn sonst würde ich ja glauben, daß du wirklich diese verschrumpelte Hexe bist, und ich würde meinen, ich bin unter der Felsenklippe von Penistone; dabei weiß ich, daß es Nacht ist und daß auf dem Tisch zwei Kerzen brennen, die den schwarzen Schrank wie Jett glänzen lassen.«

»Den schwarzen Schrank? Wo ist der?« fragte ich. »Sie sprechen im Schlaf.«

»An der Wand, wo er immer ist«, entgegnete sie. »Das scheint seltsam – ich sehe ein Gesicht darin!«

»Es ist kein Schrank im Zimmer, und es war nie einer da«, sagte ich, nahm meinen Platz wieder ein und steckte den Vorhang auf, damit ich sie beobachten konnte.

»Siehst du das Gesicht nicht?« fragte sie und blickte ernsthaft in den Spiegel.

Ich konnte sagen, was ich wollte, es gelang mir nicht, ihr begreiflich zu machen, daß es ihr eigenes war; darum stand ich auf und bedeckte den Spiegel mit einem Tuch.

»Es ist immer noch dahinter«, fuhr sie unruhig fort. »Und es hat sich bewegt. Wer ist das? Hoffentlich kommt es nicht heraus, wenn du fortgegangen bist. O Nelly, in diesem Zimmer spukt es! Ich habe Angst, allein zu bleiben.«

Ich nahm ihre Hand in meine und bat sie, sich zu beruhigen; denn ein Schauer nach dem anderen schüttelte sie, und sie sah immer wieder angestrengt nach dem Spiegel.

»Es ist niemand hier«, beharrte ich. »Sie selbst sind da im Spiegel, Mrs. Linton; vor einer Weile wußten Sie es noch.«

»Ich selbst«, keuchte sie, »und die Uhr schlägt zwölf! Es ist also wahr. Das ist furchtbar!«

Ihre Finger krampften sich in die Laken und zogen sie über ihr Gesicht. Ich versuchte mich zur Tür zu stehlen, um Mr. Linton heraufzurufen; doch wurde ich von einem schrillen Schrei zurückgerufen: das Tuch war vom Spiegelrahmen herabgeglitten.

»Was ist denn los?« rief ich. »Wer wird so ängstlich sein! Wachen Sie auf! Das ist der Spiegel, der Spiegel, Mrs. Linton, und Sie sehen sich darin; und hier stehe ich, neben Ihnen.«

Zitternd und verwirrt hielt sie mich fest, doch allmählich wich das Entsetzen aus ihrem bleichen Gesicht und machte einer Schamröte Platz.

»Du liebe Güte! Eben noch glaubte ich, ich wäre zu Hause«, seufzte sie. »Ich dachte, ich läge in meinem Zimmer in Wuthering Heights. Weil ich so schwach bin, haben sich meine Gedanken verwirrt, und ich habe wohl sogar geschrien. Sprich nicht, aber bleibe bei mir. Ich fürchte mich vor dem Schlaf und vor meinen Träumen.«

»Ein fester Schlaf würde Ihnen guttun, gnädige Frau«, antwortete ich, »ich hoffe, Ihr Zustand wird Sie für immer von dem Wunsche, zu verhungern, heilen.«

»Oh, wenn ich nur in meinem eigenen Bett im alten Hause läge!« jammerte sie und rang die Hände. »Und wie der Wind in den Föhren am Fenstergitter rauscht! Laß mich ihn spüren – er kommt geradenwegs vom Moor – laß mich ein wenig davon einatmen.«

Um sie zu beruhigen, hielt ich das Fenster einige Sekunden lang offen. Ein kalter Windstoß fuhr herein; ich schloß das Fenster wieder und kehrte an meinen Platz zurück. Sie lag jetzt still, ihr Gesicht in Tränen gebadet. Körperliche Erschöpfung hatte auch ihrem Geist alle Kraft genommen. Unsere feurige Catherine war nur noch ein jammerndes Kind.

»Wie lange ist es her, seit ich mich hier eingeschlossen habe?« fragte sie, plötzlich wieder auflebend.

»Am Montag abend war es«, erwiderte ich, »und jetzt haben wir Donnerstag nacht oder vielmehr Freitag früh.«

»Was, noch dieselbe Woche?« rief sie aus. »Nur so kurze Zeit?«

»Lang genug, wenn man nur von kaltem Wasser und schlechter Laune lebt«, bemerkte ich.

»Mit scheint es eine endlose Zahl von Stunden«, murmelte sie ungläubig, »es muß länger sein. Ich erinnere mich, daß ich im Wohnzimmer war, nachdem sie sich gezankt hatten, daß Edgar mich grausam herausforderte und ich verzweifelt in dieses Zimmer lief. Kaum hatte ich die Tür verriegelt, wurde es mir schwarz vor den Augen, und ich fiel auf die Erde. Ich konnte Edgar nicht klarmachen, daß ich bestimmt wieder einen Anfall bekäme oder wahnsinnig würde, wenn er fortführe, mich zu quälen. Ich hatte die Herrschaft über meine Zunge und meine Gedanken verloren, und er ahnte vielleicht nichts von meiner Todesangst; mir blieb gerade noch so viel Verstand, vor ihm und seiner Stimme zu fliehen. Bevor ich so weit bei Besinnung war, daß ich sehen und hören konnte, dämmerte der Morgen. Nelly, ich will dir sagen, was ich gedacht habe, was mir wieder und wieder durch den Kopf ging, bis ich für meinen Verstand fürchtete: Als ich hier mit dem Kopf am Tischbein lag und meine Augen nur undeutlich das graue Viereck des Fensters wahrnahmen, glaubte ich, ich wäre in dem eichengetäfelten Bett zu Hause eingeschlossen und mein Herz schmerzte vor schwerem Kummer, doch konnte ich mich beim

Erwachen seiner nicht entsinnen. Ich überlegte und quälte mich, um herauszubekommen, was es sein konnte, und seltsamerweise waren die letzten sieben Jahre meines Lebens ausgelöscht. Ich konnte mich nicht erinnern, daß sie überhaupt gewesen waren. Ich war ein Kind; mein Vater war gerade beerdigt, und mein Elend entsprang der Trennung, die Hindley über mich und Heathcliff verhängt hatte. Zum ersten Male hatte ich allein im Zimmer geschlafen, und als ich nach einer durchweinten Nacht aus einem quälenden Schlummer erwachte und die Hand hob, um die Täfelung beiseite zu schieben, berührte ich die Tischplatte! Ich tastete am Teppich entlang, und plötzlich stürzte die Erinnerung auf mich ein, und mein im Traum ausgestandener Schmerz ging in einen Anfall von Verzweiflung über. Ich kann nicht sagen, warum ich mich so über alle Maßen elend fühlte; es muß vorübergehende Geistesgestörtheit gewesen sein, ein anderer Grund ist kaum vorhanden. Aber wenn du dir vorstellst, daß mir mit zwölf Jahren mein Zuhause, jede Kindheitserinnerung und mein ein und alles – denn das war Heathcliff damals – entrissen worden war und ich mit einem Schlage in Mrs. Linton, die Herrin von Thrushcross Grange und die Frau eines Fremden, verwandelt worden war, verbannt und verstoßen von allem, was bis dahin meine Welt gewesen war, dann kannst du vielleicht annähernd ermessen, was für einen Abgrund ich vor mir sah! Du kannst deinen Kopf schütteln, soviel du willst, Nelly, *du* hast mitgeholfen, mich von Sinnen zu bringen. Du hättest mit Edgar sprechen müssen, wirklich, das hättest du tun sollen, und ihn zwingen, mich in Ruhe zu lassen. Oh, ich verbrenne! Ich wünschte, ich wäre draußen. Ich wünschte, ich wäre wieder ein Mädchen, halb wild und verwegen und frei, das über Kränkungen lacht und nicht den Verstand darüber verliert. Warum bin ich so verändert? Warum braust mein Blut beim geringsten Wort in höllischem Aufruhr? Ich bin überzeugt, ich würde wieder ich selbst sein, wenn ich nur einmal in der Heide dort auf den Hügeln sein könnte. Öffne das Fenster noch einmal weit, laß es offen! Schnell, schnell, warum zögerst du?«

»Weil ich nicht will, daß Sie sich auf den Tod erkälten«, antwortete ich.

»Weil du mir nicht die Möglichkeit geben willst, zu leben,

meinst du wohl«, sagte sie finster. »Ich bin aber noch nicht hilflos, ich werde es selbst öffnen.«
Und bevor ich es verhindern konnte, glitt sie aus dem Bett, taumelte schwankend durch das Zimmer, riß das Fenster auf und lehnte sich hinaus, unbekümmert um die Frostluft, die ihr wie mit Messern in die Haut schnitt. Ich flehte sie an und versuchte, sie zurückzuhalten. Aber die Kraft, die ihr der Wahnsinn verlieh, war der meinen überlegen (und daß sie wahnsinnig war, davon überzeugten mich ihre späteren Handlungen und Phantasien). Der Mond schien nicht; drunten lag alles in verschwommener Finsternis: aus keinem Hause, ob nah oder fern, schimmerte Licht, überall war es schon lange gelöscht worden, und die Lichter von Wuthering Heights waren gar nicht zu sehen; und doch behauptete sie, sie könne ihren Schein wahrnehmen.
»Sieh«, rief sie eifrig, »das ist mein Zimmer mit der Kerze darin und den schwankenden Bäumen davor – und die andere Kerze brennt in Josephs Bodenkammer –, Joseph bleibt lange wach, nicht war? Er wartet, bis ich nach Hause komme, damit er die Pforte abschließen kann – nun, er wird noch eine Weile warten müssen. Es ist eine beschwerliche Wanderung, wenn man sie mit traurigem Herzen unternimmt; wir müssen an dem Friedhof von Gimmerton vorbei auf unserem Weg. Wir haben seinen Geistern oft gemeinsam getrotzt und haben uns gegenseitig dazu ermutigt, mitten zwischen den Gräbern zu stehen und sie zu beschwören. – Aber, Heathcliff, wenn ich dich jetzt dazu aufforderte, würdest du es wieder wagen? Wenn du es tust, werde ich dich dabehalten. Ich will nicht allein dort liegen. Und wenn sie mich drei Meter tief begraben und noch die Kirche auf mich herunterstürzen, ich werde doch keine Ruhe haben, bis du bei mir bist. Niemals!«
Sie hielt ein und fuhr dann mit einem seltsamen Lächeln fort: »Er überlegt es sich – er möchte lieber, daß ich zu ihm komme. Ich suche einen anderen Weg. Nicht durch den Friedhof dort ... Du bist schwerfällig. Beruhige dich, du bist mir immer gefolgt.«
Ich sah ein, daß es vergebens war, mich ihrem Wahnsinn zu widersetzen, darum überlegte ich, wie ich eine warme Hülle herbeiholen konnte, um sie einzuwickeln, ohne sie loszulas-

sen, denn ich durfte sie nicht allein an dem weit geöffneten Fenster lassen. Da hörte ich zu meiner Bestürzung ein Geräusch an der Türklinke und sah Mr. Linton eintreten. Er war gerade aus der Bibliothek gekommen; als er den Korridor entlangging, hatte er uns sprechen hören und kam, von Sorge und Neugier getrieben, um nachzusehen, was das zu dieser späten Stunde bedeute.

»Oh, Mr. Linton!« rief ich, ehe seine Lippen einen Ausruf formen konnten über den Anblick, der sich ihm bot, und über die düstere Stimmung des Zimmers, »meine arme Herrin ist krank; sie ist stärker als ich, und ich kann gar nicht mit ihr fertig werden; bitte, helfen Sie mir und überreden Sie sie, sich wieder zu Bett zu legen. Vergessen Sie Ihren Ärger, denn sie läßt sich nur leiten, wenn man ihr den Willen läßt.«

»Ist Catherine krank?« sagte er und eilte auf uns zu. »Schließe das Fenster, Ellen! Catherine, warum ...«

Er verstummte. Die Verstörtheit in Mrs. Lintons Erscheinung benahm ihm die Sprache, und in hilflosem Entsetzen ließ er seine Blicke von ihr zu mir wandern.

»Sie hat sich hier in Kummer verzehrt«, fuhr ich fort, »hat kaum etwas gegessen, aber nicht geklagt; bis heute abend hat sie niemanden von uns eingelassen; wir konnten Sie nicht von ihrem Zustand unterrichten, wir wußten selbst nichts davon; aber es ist hoffentlich nicht schlimm.«

Ich fühlte, daß ich meine Erklärungen unbeholfen vorbrachte, und der Herr runzelte die Stirn. »Es ist nicht schlimm, meinst du, Ellen Dean?« sagte er streng. »Du sollst mir später genauer Rechenschaft darüber ablegen, warum du mich hierüber in Unkenntnis gelassen hast.« Und er nahm seine Frau in seine Arme und betrachtete sie voll Schmerz.

Anfänglich lag in ihrem Ausdruck kein Zeichen des Wiedererkennens: ihr Mann war ihrem abwesenden Blick unsichtbar. Ihre Gemütsverwirrung war jedoch nicht von Dauer; nachdem sich ihre Augen von der Betrachtung der Finsternis draußen losgelöst hatten, wurde sie sich allmählich seiner Anwesenheit bewußt und entdeckte, wer sie im Arme hielt.

»Ach, bist du wirklich einmal gekommen, Edgar Linton?« sagte sie in zorniger Erregung. »Du bist eines von den Geschöpfen, die immer da sind, wenn sie am wenigsten gebraucht werden, und nie, wenn man sie nötig hat. Ich glaube, es wird jetzt viele Klagen geben – ja, das wird es –, aber sie können mich nicht mehr vor meiner engen Heimstätte dort unten bewahren, meinem Ruheplatz, der mich aufnehmen wird, ehe der Frühling vorbei ist. Dort ist er: bedenke es wohl, nicht bei den Lintons unter dem Kirchendach, sondern unter freiem Himmel, mit einem Grabstein, und du kannst wählen, ob du zu ihnen gehen oder zu mir kommen willst.«

»Catherine, was hast du getan?« begann der Herr. »Bin ich dir gar nichts mehr? Liebst du diesen elenden Heath ...«

»Schweig!« schrie Mrs. Linton. »Schweig augenblicklich! Wenn du diesen Namen aussprichst, dann mache ich durch einen Sprung aus dem Fenster sofort ein Ende. Was du jetzt im Arm hast, magst du haben, aber meine Seele wird oben auf jenem Hügel sein, bevor du wieder von mir Besitz ergreifen kannst. Ich brauche dich nicht, Edgar, die Zeit ist vorbei, da ich dich nötig hatte. Kehre zu deinen Büchern zurück. Ich freue mich, daß du einen Trost an ihnen hast; denn was dir von mir gehörte, ist nicht mehr.«

»Sie phantasiert«, warf ich ein. »Sie hat den ganzen Abend Unsinn geredet; aber lassen Sie ihr Ruhe und richtige Pflege zuteil werden, dann wird sie sich erholen. – Wir müssen uns nur in Zukunft davor hüten, sie aufzuregen.«

»Ich wünsche keine Ratschläge mehr von dir«, antwortete Mr. Linton. »Du kanntest deine Herrin und hast mich noch ermutigt, sie zu quälen. Mir keine einzige Andeutung zu machen, wie sie diese drei Tage zugebracht hat, das war herzlos. Monatelange Krankheit hätte nicht solche Veränderung verursachen können.«

Ich fing an, mich zu verteidigen; denn ich fand es unrecht, daß ich für die böse Launenhaftigkeit einer anderen büßen sollte. »Mrs. Linton war immer halsstarrig und herrschsüchtig!« rief ich, »aber ich wußte nicht, daß Sie ihre Leidenschaftlichkeit noch begünstigen wollen. Ich wußte nicht, daß ich ihr zuliebe Heathcliff gegenüber ein Auge zudrücken sollte. Ich habe die Pflicht einer treuen Dienerin erfüllt, als ich Ihnen Bescheid sagte, und wie eine treue Dienerin bin ich belohnt worden. Nun, ich werde daraus die Lehre ziehen, das nächste Mal vor-

sichtiger zu sein. Das nächste Mal können Sie sich Ihre Auskünfte selbst holen.«
»Wenn du mir noch einmal Klatsch zuträgst, wirst du aus meinem Dienst entlassen, Ellen Dean«, entgegnete er.
»Also wollen Sie am liebsten nichts mehr darüber hören, Mr. Linton?« sagte ich. »Heathcliff hat Ihre Erlaubnis, dem Fräulein den Hof zu machen und bei jeder Gelegenheit, die Ihre Abwesenheit bietet, herzukommen und die gnädige Frau gegen Sie aufzuhetzen?«
Trotz ihrer Verwirrung war Catherine wachsam unserer Unterhaltung gefolgt.
»Oh, Nelly hat den Angeber gespielt!« rief sie leidenschaftlich aus. »Nelly ist mein verborgener Feind. Du Hexe! Also hast du doch Elfenpfeile gesucht, um uns zu treffen. Laß mich los, sie soll es bereuen! Sie soll es winselnd widerrufen.«
Die Wut des Wahnsinns glomm in ihren Augen; sie kämpfte verzweifelt, um sich aus Lintons Armen zu befreien. Ich hatte keine Lust, den Ausgang des Kampfes abzuwarten, darum verließ ich das Zimmer, entschlossen, auf eigene Verantwortung ärztliche Hilfe herbeizuholen.
Als ich durch den Garten nach der Straße ging, sah ich an der Mauer an einem für das Zaumzeug bestimmten Haken etwas Weißes hängen in zuckender, offenbar nicht durch den Wind verursachter Bewegung. Trotz meiner Eile blieb ich stehen, um nachzusehen, damit ich mir nicht später einmal einbilden könnte, es sei ein Wesen aus einer anderen Welt gewesen. Meine Überraschung und Bestürzung waren groß, als ich, mehr durch Betasten als mit den Augen, Miß Isabellas Hündchen Fanny erkannte, das an einem Taschentuch aufgeknüpft und fast erstickt war. Schnell befreite ich das Tierchen und setzte es in den Garten. Ich hatte gesehen, wie es hinter seiner Herrin die Treppe hinaufgelaufen war, als sie zu Bett ging, und zerbrach mir den Kopf, wie es hierhergeraten sein konnte und welcher boshafte Mensch es so behandelt haben mochte. Während ich den Knoten am Haken löste, war es mir wiederholt, als ob ich in einiger Entfernung den Hufschlag galoppierender Pferde vernähme; meine Gedanken jedoch waren so mit anderen Dingen beschäftigt, daß ich den Umstand kaum beachtete, obgleich es an diesem Ort

und um zwei Uhr nachts ein ungewöhnliches Geräusch war.

Doktor Kenneth trat glücklicherweise gerade aus seinem Haus, um einen Patienten im Dorf zu besuchen, als ich die Straße heraufgelaufen kam, und mein Bericht über Catherine Lintons Krankheit veranlaßte ihn, mich sofort zurückzubegleiten. Er war immer aufrichtig und geradezu und äußerte jetzt offen seine Zweifel daran, daß sie diesen zweiten Anfall überleben werde, es sei denn, sie werde seinen Anordnungen gegenüber gefügiger sein als früher.

»Nelly Dean«, sagte er, »ich muß annehmen, daß ein besonderer Grund für die Krankheit vorliegt. Was ist in Thrushcross Grange vorgefallen? Man hört hier merkwürdige Dinge. Eine kräftige und gesunde Frau wie Catherine wird nicht um einer Kleinigkeit willen krank, und solche Menschen sollten auch nicht krank werden; denn es ist ein hartes Stück Arbeit, sie durch ein Fieber oder ähnliche schwere Krankheiten durchzubringen. Wie kam es dazu?«

»Der Herr wird es Ihnen sagen«, antwortete ich, »aber Sie kennen ja die jähzornige Veranlagung der Earnshaws, die Mrs. Linton im Übermaß besitzt. Ich kann nur so viel sagen: Es begann mit einem Streit. Während eines leidenschaftlichen Ausbruchs erlitt sie einen Anfall. Zum mindesten sagt sie selber das; denn als er seinen Höhepunkt erreicht hatte, stürzte sie hinaus und schloß sich ein. Danach weigerte sie sich, zu essen, und jetzt verfällt sie abwechselnd in Raserei und eine Art Traumzustand. Wohl erkennt sie ihre Umgebung, doch ist ihr Geist von allerlei seltsamen Gedanken und Vorstellungen erfüllt.«

»Nimmt Mr. Linton es sehr schwer?« bemerkte Kenneth in fragendem Ton.

»Schwer? Das Herz würde ihm brechen, wenn etwas geschehen sollte«, erwiderte ich. »Beunruhigen Sie ihn nicht mehr als nötig.«

»Ich habe ihm früher schon gesagt, er solle sich vorsehen«, sagte mein Begleiter, »nun muß er die Folgen tragen, weil er meine Warnung in den Wind geschlagen hat. Ist er nicht in letzter Zeit mit Mr. Heathcliff befreundet gewesen?«

»Heathcliff kommt häufig zu uns«, antwortete ich, »allerdings

mehr, weil die gnädige Frau ihn als Jungen gekannt hat, als weil der Herr seine Gesellschaft schätzt. Augenblicklich ist er der Sorge wegen dieser Besuche enthoben, und zwar, weil sich Heathcliff in anmaßender Art um Miß Linton bemüht hat. Ich glaube kaum, daß man ihn wieder empfangen wird.«
»Und zeigt ihm Miß Linton die kalte Schulter?« war die nächste Frage des Arztes.
»Sie hat mich nicht ins Vertrauen gezogen«, erwiderte ich, denn es widerstrebte mir, das Gespräch fortzusetzen.
»Natürlich, sie ist eine Heimlichtuerin«, bemerkte er und wiegte den Kopf hin und her. »Sie behält ihre Absichten für sich. Aber sie ist wirklich eine kleine Närrin. Ich weiß aus zuverlässiger Quelle, daß sie mit Heathcliff in der vergangenen Nacht – und was für einer Nacht! – über zwei Stunden lang in der Schonung hinter Ihrem Hause spazierengegangen ist und daß er in sie drang, nicht wieder hineinzugehen, sondern auf sein Pferd zu steigen und mit ihm fortzureiten. Mein Gewährsmann sagt, sie vermochte ihn nur dadurch hinzuhalten, daß sie ihm ihr Ehrenwort gab, bei ihrem nächsten Zusammentreffen bereit zu sein; wann das stattfinden sollte, konnte er nicht hören; aber Sie sollten Mr. Linton zureden, daß er scharf aufpaßt.«
Diese Nachricht erfüllte mich mit neuer Furcht; ich ließ Kenneth langsamer folgen und legte fast den ganzen Weg laufend zurück. Der kleine Hund kläffte immer noch im Garten. Ich verweilte eine Minute, um ihm die Pforte zu öffnen, aber anstatt zur Haustür zu laufen, jagte er hin und her, beschnupperte das Gras und wäre auf die Straße entwischt, wenn ich ihn nicht ergriffen und mit mir ins Haus genommen hätte. Als ich Isabellas Zimmer betrat, bestätigte sich mein Verdacht: es war leer. Wäre ich ein paar Stunden früher gekommen, so hätte Mrs. Lintons Krankheit ihren voreiligen Schritt vielleicht verhindert. Aber was war jetzt zu tun? Die einzige Möglichkeit, sie einzuholen, wäre gewesen, wenn man sie sofort verfolgt hätte. *Ich* jedoch konnte sie nicht verfolgen, und ich wagte nicht, die Familie aufzuschrecken und alles in Verwirrung zu versetzen, und noch weniger konnte ich die Sache meinem Herrn berichten, denn er war so sehr von seinen gegenwärtigen Sorgen in Anspruch genommen, daß in seinem

Herzen kein Platz für neuen Kummer war. Ich sah keinen anderen Ausweg, als den Mund zu halten und den Dingen ihren Lauf zu lassen, und als Kenneth anlangte, ging ich mit leidlich gefaßtem Gesicht, um ihn anzumelden. Catherine lag in unruhigem Schlummer; ihrem Mann war es gelungen, den Anfall ihres Wahnsinns zu beschwichtigen; jetzt war er über ihr Kissen gebeugt und beobachtete jeden Schatten und jede Veränderung in ihren schmerzlich ausdrucksvollen Zügen.

Als der Arzt den Fall allein untersucht hatte, äußerte er sich Linton gegenüber hoffnungsvoll über einen günstigen Ausgang, wenn es uns möglich sein würde, in ihrer Umgebung für völlige und anhaltende Ruhe zu sorgen. Mir bedeutete er, daß die drohende Gefahr nicht so sehr im Tod als vielmehr in dauernder Geistesgestörtheit bestehe.

In dieser Nacht schloß ich kein Auge und Mr. Linton auch nicht; wir gingen überhaupt nicht zu Bett, und die Knechte und Mägde waren alle lange vor der gewohnten Stunde auf, bewegten sich im Hause mit behutsamen Schritten und unterhielten sich im Flüsterton, wenn sie sich bei ihrer Arbeit begegneten. Jeder war beschäftigt, nur Miß Isabella fehlte, und es fiel allmählich auf, daß sie so fest schlief; auch ihr Bruder fragte, ob sie aufgestanden sei; er wünschte sich offenbar ihre Gesellschaft, und es kränkte ihn wohl, daß sie so wenig Besorgnis um ihre Schwägerin zeigte. Ich zitterte, er könnte mich schicken, um sie zu rufen, doch es blieb mir erspart, als erste ihre Flucht zu verkünden. Eine der Mägde, ein gedankenloses Ding, das schon frühzeitig mit einem Auftrag in Gimmerton gewesen war, kam atemlos, mit offenem Mund, die Treppe herauf, stürzte ins Zimmer und schrie: »Himmel, Himmel! Was wird nächstens noch geschehen? Herr, Herr, unser gnädiges Fräulein ...«

»Mach nicht solchen Lärm!« rief ich hastig, denn ich ärgerte mich über ihr Ungestüm.

»Sprich leiser, Mary! – Was ist los?« sagte Mr. Linton. »Was fehlt deiner jungen Herrin?«

»Sie is weg, sie is weg, Der Heathcliff is mit ihr durchgebrannt«, keuchte das Mädchen.

»Das ist nicht wahr!« rief Linton aus und erhob sich aufgeregt. »Es kann nicht sein! Wie bist du auf den Gedanken gekommen? Ellen Dean, geh und suche sie! Das ist unmöglich; das kann doch nicht sein!«

Während er sprach, zog er die Magd zur Tür und wiederholte dort seine Frage nach den Gründen für eine derartige Behauptung.

»Ich traf auf der Straße einen Burschen, der hier Milch holt«, stammelte sie, »und er fragte, ob wir im Gehöft nicht in Sorge wären. Ich dachte, er meinte wegen gnädige Fraus Krankheit, und sagte ja. Dann sagte er: ›Ich denke, es is schon jemand hinter ihnen her?‹ Ich starrte ihn an. Er merkte, daß ich nichts wußte, und erzählte mir, daß ein Herr und eine Dame kurz nach Mitternacht bei einem Hufschmied, zwei Meilen hinter Gimmerton, haltgemacht hätten, um ein Pferd neu beschlagen zu lassen. Die Tochter des Schmiedes war aufgestanden, um zu sehen, wer sie waren, und hat sie beide sofort erkannt. Und sie beobachtete, wie der Mann – sie war sicher, daß es Heathcliff war, überdies ist er gar nicht zu verkennen – ihrem Vater als Bezahlung ein Goldstück in die Hand drückte. Die Dame hatte einen dichten Schleier vor dem Gesicht, aber sie verlangte einen Schluck Wasser, und während sie trank, verschob sich der Schleier, und das Mädchen sah sie ganz deutlich. Heathcliff hielt beide Zügel, als sie davonritten; sie drehten dem Dorf den Rücken und ritten so schnell, wie die schlechten Wege es erlaubten. Das Mädchen sagte ihrem Vater nichts, aber heute früh hat sie es in ganz Gimmerton herumerzählt.«

Ich lief und warf, der Form wegen, einen Blick in Isabellas Zimmer und bestätigte nach meiner Rückkehr die Behauptungen des Mädchens. Mr. Linton hatte seinen Platz am Bett wieder eingenommen; bei meinem Eintritt hob er die Augen, erkannte, was meine blasse Miene bedeutete, und senkte sie wieder, ohne einen Befehl zu erteilen oder ein Wort zu äußern.

»Sollen wir irgendwelche Maßnahmen ergreifen, um sie einzuholen und zurückzubringen?« fragte ich. »Was sollen wir tun?«

»Sie ging aus eigenem Willen«, sagte der Herr; »sie hatte das Recht, zu gehen, wenn es ihr gefiel. Laß mich in Ruhe mit ihr. Von jetzt an ist sie nur noch dem Namen nach meine Schwester, nicht weil ich sie verleugne, sondern weil sie mich verleugnet hat.«

Das war alles, was er über diese Angelegenheit sagte. Er stellte in Zukunft weder eine Frage, noch erwähnte er sie überhaupt; nur befahl er mir, alle Sachen von ihr, die im Hause waren, an sie zu schicken, sobald ich ihren neuen Wohnsitz erfahren hätte.

Dreizehntes Kapitel

Die Flüchtlinge blieben zwei Monate verschwunden. In diesen zwei Monaten hielt Mrs. Linton dem schlimmsten Ansturm ihrer Krankheit stand, die als Gehirnentzündung bezeichnet wurde, und überwand sie. Keine Mutter hätte ihr einziges Kind hingebungsvoller warten können, als Edgar sie pflegte. Tag und Nacht wachte er und ertrug geduldig alle Qualen, die reizbare Nerven und gestörter Verstand einem Menschen bereiten können. Wohl behauptete Kenneth, was er da vor dem Grabe rette, werde seine Mühe nur damit lohnen, in Zukunft eine Quelle ständiger Sorge zu sein, ja er meinte sogar, daß Linton seine Gesundheit und Kraft opfere, um eine menschliche Ruine am Leben zu erhalten. Und doch kannte Edgars Dankbarkeit und Freude keine Grenzen, als festgestellt wurde, daß Catherine außer Lebensgefahr war; stundenlang saß er neben ihr, verfolgte die allmähliche Wiederkehr körperlicher Gesundheit und schmeichelte seinen gar zu hoch gespannten Hoffnungen in dem Wahn, ihr Verstand werde allmählich wieder ins rechte Gleis kommen und sie werde bald wieder die alte sein.

Anfang März verließ sie ihr Zimmer zum erstenmal. Mr. Linton hatte am Morgen eine Handvoll goldener Krokusse auf ihr Kissen gestreut. Ihre Augen, denen seit langer Zeit jeder Freudenschimmer fremd war, erblickten sie beim Erwachen und leuchteten entzückt auf, als sie sie eifrig aufsammelte.

»Dies sind die ersten Blumen droben auf der Höhe«, rief sie aus. »Sie erinnern mich an milden Tauwind, warmen Sonnenschein und fast geschmolzenen Schnee. Edgar, haben wir nicht Südwind, und ist nicht der Schnee beinahe weggetaut?«
»Der Schnee ist hier unten schon ganz verschwunden, Liebling«, entgegnete ihr Mann, »ich sehe nur noch zwei weiße Flecken auf dem ganzen Moorland; der Himmel ist blau, die Lerchen singen, und die Quellen und Bäche sprudeln fast über. Catherine, vorigen Frühling um diese Zeit wünschte ich dich sehnlichst unter dieses Dach; jetzt möchte ich, du wärst ein oder zwei Meilen weiter oben auf den Hügeln dort; die Luft weht da so süß, ich fühle, das würde dich gesund machen.«
»Dort werde ich nur noch einmal sein«, sagte die Kranke, »und dann wirst du mich verlassen, und ich werde ewig dort bleiben. Im nächsten Frühling wirst du dich wieder danach sehnen, mich unter diesem Dach zu haben, und du wirst rückwärts blicken und denken, wie glücklich du doch heute warst.«
Linton überschüttete sie mit Zärtlichkeiten und versuchte, sie mit den liebevollsten Worten aufzuheitern; sie aber betrachtete die Blumen mit abwesenden Blicken, und ihre Augen füllten sich mit Tränen, die sie achtlos die Wangen hinabrinnen ließ. Wir wußten, daß es ihr wirklich besser ging, daher zogen wir den Schluß, daß der lange Aufenthalt im Krankenzimmer viel von dieser Mutlosigkeit verursacht haben mochte, und hofften, daß ein Wechsel der Umgebung vielleicht einen Teil davon beseitigen werde. Der Herr befahl mir, in dem seit vielen Wochen verwaisten Wohnzimmer Feuer zu machen und einen Lehnstuhl in die Sonne ans Fenster zu stellen, und dann brachte er Catherine hinunter. Sie saß eine lange Zeit und genoß die wohltuende Wärme, und wie wir erwartet hatten, lebte sie wieder auf beim Anblick all der Gegenstände um sie herum, die ihr wohlvertraut waren, frei von den düsteren Gedankengängen, die das verhaßte Krankenzimmer in ihr weckte. Am Abend schien sie völlig erschöpft zu sein; aber keine Vernunftgründe konnten sie dazu bewegen, wieder in das alte Zimmer zurückzukehren; ich mußte das Sofa im Wohnzimmer als Bett für sie zurechtmachen, bis ein anderer

Raum für sie hergerichtet werden konnte. Um das ermüdende Treppensteigen zu vermeiden, setzten wir das Zimmer instand, in dem Sie augenblicklich liegen, auf demselben Flur wie das Wohnzimmer, und sie war bald kräftig genug, daß sie, auf Edgars Arm gestützt, aus dem einen ins andere gehen konnte. Ach, ich glaubte selbst, sie könne gesund werden bei der Pflege, die sie hatte. Und zwiefach war die Veranlassung, es zu wünschen; denn von ihrem Leben hing ein zweites ab: wir hegten die Hoffnung, daß in Kürze durch die Geburt eines Erben Mr. Lintons Herz beglückt werde und seine Ländereien vor dem Zugriff eines Fremden gesichert blieben.
Ich muß erwähnen, daß Isabella, etwa sechs Wochen nach ihrem Verschwinden, ihrem Bruder einen kurzen Brief sandte, in dem sie ihm ihre Heirat mit Heathcliff meldete. Er schien trocken und kühl, aber unten war undeutlich mit Bleistift eine Entschuldigung hingekritzelt und die flehentliche Bitte um freundliches Gedenken und um Verzeihung, wenn ihr Verhalten ihn gekränkt haben sollte. Sie versicherte, sie habe damals nicht anders gekonnt, und da es einmal geschehen sei, habe sie jetzt nicht mehr die Macht, es rückgängig zu machen. Linton antwortete, glaube ich, nicht darauf; und nach weiteren vierzehn Tagen erhielt ich einen langen Brief, der mir sehr seltsam erschien, wenn ich bedachte, daß er aus der Feder einer jungen Frau stammte, die gerade die Flitterwochen hinter sich hatte. Ich werde ihn vorlesen; ich bewahre ihn immer noch auf. Jedes Andenken an Tote ist wertvoll, wenn sie zu Lebzeiten geschätzt wurden.

Er beginnt: Liebe Ellen, ich bin gestern abend nach Wuthering Heights gekommen und habe zum erstenmal gehört, daß Catherine sehr krank war und es immer noch ist. Ich vermute, daß ich ihr nicht schreiben darf, und mein Bruder scheint entweder zu ärgerlich oder zu betrübt zu sein, meine Briefe zu beantworten. Aber an jemand muß ich schreiben, und da kann meine Wahl nur auf Dich fallen.
Sage Edgar, ich würde die ganze Welt darum geben, wenn ich sein Gesicht wiedersehen dürfte. – Mein Herz ist nach Thrushcross Grange zurückgekehrt, vierundzwanzig Stunden, nachdem ich es verlassen hatte, und es weilt in diesem Augen-

blick dort voll innigen Mitgefühls für ihn und Catherine. Und doch kann ich ihm nicht folgen (diese Worte sind unterstrichen), sie brauchen mich nicht zu erwarten und können daraus folgern, was sie wollen, nur sollen sie es nicht meinem schwachen Willen oder mangelnder Liebe zur Last legen.

Der Rest des Briefes ist für Dich allein bestimmt. Ich möchte zwei Fragen an Dich richten. Die erste ist: Wie hast Du es fertiggebracht, das Mitgefühl mit der menschlichen Natur Dir zu bewahren, als du hier lebtest? Ich kann bei diesen Menschen nicht eine einzige Gefühlsregung entdecken, die sie mit mir gemein hätten.

Die zweite Frage, die von großer Wichtigkeit für mich ist, lautet: Ist Mr. Heathcliff ein Mensch? Wenn ja, ist er wahnsinnig? Und wenn nicht, ist er ein Teufel? Ich werde Dir keine Gründe für diese Frage nennen, aber ich beschwöre Dich, wenn Du es kannst, mir zu erklären, wen ich geheiratet habe; das heißt, wenn Du mich besuchst, und Du mußt recht bald kommen, Ellen. Schreibe nicht, sondern komm und bring mir etwas von Edgar.

Nun sollst Du hören, wie ich in meiner neuen Heimat – denn so werde ich Wuthering Heights wohl nennen müssen – empfangen worden bin. Um mir die Zeit zu vertreiben, verweile ich bei solchen Dingen wie dem Mangel an äußeren Bequemlichkeiten; meine Gedanken beschäftigen sich nur in Augenblicken, wenn ich sie vermisse, mit ihnen. Ich würde vor Freude lachen und tanzen, wenn ich merkte, daß ihr Nichtvorhandensein mein ganzes Elend ausmachte und alles andere ein wüster Traum war.

Die Sonne ging hinter dem Gehöft unter, als wir ins Moor einbogen, daraus schloß ich, daß es sechs Uhr war. Mein Begleiter machte eine halbe Stunde halt, um den Park, die Gärten und das Haus selbst, so gut er konnte, zu besichtigen, daher war es schon dunkel, als wir im gepflasterten Hofraum des Gutshofes vom Pferde stiegen und Dein alter Arbeitsgefährte Joseph herauskam, um uns beim Schein einer Kerze zu empfangen. Er tat es mit einer Höflichkeit, die ganz seinem Ruf entsprach. Das erste, was er vollbrachte, war, daß er seine Fackel in die Höhe meines Gesichtes hob, mich boshaft anschielte, seine Unterlippe vorschob und sich abwandte. Dann nahm er die beiden Pferde, führte sie in die Ställe und erschien von neuem, um die äußere Pforte zu verschließen, als ob wir in einem altertümlichen Schlosse wohnten.

Heathcliff blieb stehen und sprach mit ihm, und ich betrat die Küche, ein dunkles, schmutziges Loch; ich bin überzeugt, Du würdest sie nicht wiedererkennen, so sehr ist sie verändert, seit Du darin gewirtschaftet hast. Neben dem Feuer stand ein verwahrlostes Kind von kräftigem Gliederbau, mit schmutzigen Kleidern; um die Augen und den Mund ähnelte es Catherine.

›Das ist Edgars richtiger Neffe‹, überlegte ich, ›also in gewisser Weise auch meiner; ich muß ihm die Hand geben, und – ja – ich muß ihn küssen. Es ist richtig, wenn man von Anfang an ein gutes Einvernehmen herstellt.‹

Ich näherte mich ihm, versuchte seine dicke Faust zu fassen und sagte: »Wie geht es dir, mein Lieber?«

Er antwortete in einem Kauderwelsch, das ich nicht verstand. »Wollen wir Freunde werden, Hareton?« war mein nächster Versuch, eine Unterhaltung in Gang zu bringen.

Ein Fluch und die Drohung, Throttler auf mich zu hetzen, wenn ich mich nicht ›wegscherte‹, belohnte meine Beharrlichkeit.

»He, Throttler, Bursche«, flüsterte das kleine Scheusal und störte eine halbwüchsige Bulldogge von ihrem Lager in einer Ecke auf. »Na, willste wohl?« fragte er gebieterisch.

Angst um mein Leben zwang mich, nachzugeben; ich ging hinaus, um zu warten, bis die anderen hereinkamen. Mr. Heathcliff war nirgends zu sehen, und Joseph, dem ich in die Ställe folgte und den ich bat, mich hineinzubegleiten, starrte mich an und murmelte etwas vor sich hin, dann rümpfte er die Nase und sagte: »Papperlapapp! Hat je'n Christenmensch so was gehört? So'n affiges Reden! Ich kann nix verstehn.«

»Ich sage, du sollst mit mir ins Haus gehen!« schrie ich, weil ich ihn für taub hielt, äußerst abgestoßen von seiner Grobheit. »Nee, ich nich. Ich hab andres zu tun«, antwortete er und fuhr in seiner Beschäftigung fort, und indem er seine Kinnbacken bewegte, prüfte er meine Kleidung und mein Gesicht mit überlegener Verachtung. (Mein Kleid war viel zu schön, mein

Gesichtsausdruck aber sicherlich so traurig, wie er es nur wünschen konnte.)

Ich ging rings um den Hof herum und gelangte durch ein Pförtchen zu einer anderen Tür. Ich faßte Mut und klopfte an, in der Hoffnung, es werde sich ein höflicherer Bedienter zeigen. Nach kurzer Pause öffnete ein großer, hagerer Mann ohne Halstuch, der auch sonst ungemein verwahrlost aussah, die Tür; sein Gesicht verbarg sich unter dichtem, zottigem Haar, das auf seine Schultern herabhing, und auch seine Augen glichen auf gespenstige Art denen Catherines, wenn auch all ihre Schönheit dahin war.

»Was haben Sie hier zu suchen?« fragte er finster. »Wer sind Sie?«

»Ich hieß Isabella Linton«, erwiderte ich. »Sie kennen mich von früher. Vor kurzem habe ich Mr. Heathcliff geheiratet, und er hat mich hergebracht, ich vermute, mit Ihrer Erlaubnis.«

»Also ist er zurückgekommen?« fragte der Einsiedler und blickte wie ein hungriger Wolf drein.

»Ja, wird sind gerade angekommen«, sagte ich, »aber er hat mich an der Küchentür stehenlassen, und als ich hineingehen wollte, spielte Ihr kleiner Junge dort Schildwache und hat mich mit Hilfe einer Bulldogge weggejagt.«

»Gut, daß der verfluchte Schurke Wort gehalten hat«, knurrte mein zukünftiger Wirt und spähte in die Finsternis hinter mir, in der Erwartung, Heathcliff zu entdecken, und dann verfiel er in ein Selbstgespräch, das in Verwünschungen bestand und in Drohungen, was er getan haben würde, wenn der ›Teufel‹ ihn betrogen hätte.

Ich bereute, hier angeklopft zu haben, und hatte nur einen Wunsch: hinauszuschlüpfen, bevor er mit Fluchen fertig war; aber ehe ich meine Absicht ausführen konnte, hatte er mich hineingenötigt und die Tür geschlossen und verriegelt. Ein großes Feuer war die einzige Beleuchtung in dem gewaltigen Raum, dessen Fußboden eine gleichmäßig graue Färbung angenommen hatte; auch die einstmals glänzenden Zinnschüsseln, die, als ich noch ein Kind war, meine Blicke auf sich gelenkt hatten, wiesen die gleiche durch Rost und Staub verursachte Färbung auf. Ich fragte, ob ich die Magd rufen und in ein Schlafzimmer geführt werden könnte. Mr. Earnshaw würdigte mich keiner Antwort. Er ging auf und ab, die Hände in den Taschen, und schien meine Anwesenheit ganz vergessen zu haben, und seine Versunkenheit war augenscheinlich so tief und sein ganzes Aussehen so menschenfeindlich, daß ich ihn nicht wieder stören wollte.

Du wirst nicht überrascht sein, Ellen, daß meine Stimmung unsagbar trostlos war, als ich, schlimmer als allein, an jenem ungastlichen Herd saß und daran dachte, daß vier Meilen entfernt meine wunderschöne Heimat lag, mit den einzigen Menschen, die ich auf Erden liebte. Es könnte uns genausogut der Ozean trennen statt dieser vier Meilen: ich kann nicht hinüber! Ich fragte mich selbst, wohin ich mich wenden sollte, um Trost zu finden, und – aber erzähle das Edgar oder Catherine nicht – stärker als jede andere Sorge erwuchs in mir überwältigend die Verzweiflung darüber, daß niemand hier war, der mein Verbündeter gegen Heathcliff sein wollte oder könnte. Ich hatte fast freudig in Wuthering Heights Schutz gesucht, weil ich hier davor bewahrt wurde, mit ihm allein zu leben; aber er kannte die Menschen, zu denen wir kamen, und fürchtete keine Einmischung von ihnen.

Ich saß und sann während einer schmerzlich langen Zeit; die Uhr schlug acht und schlug neun, und immer noch ging mein Gefährte hin und her, den Kopf auf die Brust gesenkt, sein Schweigen nur durch ein gelegentliches Stöhnen oder einen schmerzlichen Ausruf unterbrechend. Ich horchte, ob ich nicht die Stimme einer Frau im Haus vernähme, und inzwischen gab ich mich bitterer Reue und trüben Vorahnungen hin, bis ich schließlich Seufzen und Weinen nicht mehr unterdrücken konnte. Ich war mir nicht bewußt, daß sich mein Kummer laut äußerte, bis Earnshaw in seinem gemessenen Auf und Ab vor mir innehielt und mir einen Blick neu erwachten Erstaunens zuwarf. Als ich sah, daß er mich wieder bemerkte, rief ich: »Ich bin müde von der Reise, und ich möchte zu Bett gehen! Wo ist das Stubenmädchen? Führen Sie mich zu ihr, da sie nicht zu mir kommen will!«

»Wir haben keins«, antwortete er, »sie müssen sich selbst bedienen.«

»Wo soll ich denn schlafen?« schluchzte ich; ich war nicht

mehr fähig, meine Würde zu wahren, so sehr hatten mich Elend und Müdigkeit niedergedrückt.

»Joseph wird Ihnen Heathcliffs Zimmer zeigen«, sagte er, »öffnen Sie die Tür, er ist dort drinnen.«

Ich wollte gehorchen, doch hielt er mich plötzlich fest und fügte in ganz seltsamem Tone hinzu: »Seien Sie so gut und drehen Sie den Schlüssel herum und schieben Sie den Riegel vor – vergessen Sie es nicht!«

»Gut«, sagte ich. »Aber warum, Mr. Earnshaw?« Mich entzückte die Vorstellung gar nicht, daß ich mich mit Heathcliff absichtlich einschließen sollte.

»Sehen Sie her«, erwiderte er und zog aus seiner Rocktasche eine merkwürdig konstruierte Pistole, an deren Lauf ein zweischneidiges Messer angebracht war. »Dies ist eine große Versuchung für einen verzweifelten Menschen, nicht wahr? Ich kann nicht anders, ich muß jeden Abend damit hinaufgehen und nachsehen, ob seine Tür verschlossen ist. Wenn ich sie einmal offen finde, ist's um ihn geschehen! Es ist unabwendbar, daß ich es tue, selbst wenn ich mich eine Minute zuvor der hundert Gründe erinnerte, die mich davon zurückhalten sollten; irgendein Teufel zwingt mich, meine eigenen Pläne zu durchkreuzen, indem ich ihn töte; solange man kann, kämpft man gegen diese Versuchung an; es ist umsonst, wenn die Zeit gekommen ist, können alle Engel im Himmel Heathcliff nicht retten.«

Ich betrachtete die Waffe voller Neugier; ein häßlicher Gedanke durchzuckte mich: wie mächtig wäre ich im Besitz eines solchen Werkzeuges! Ich nahm es ihm aus der Hand und berührte die Klinge. Erstaunt nahm er den Ausdruck wahr, den mein Gesicht einen kurzen Augenblick lang zeigte, er spiegelte nicht Schrecken, sondern heftiges Verlangen wider. Eifersüchtig entriß er mir die Pistole, klappte das Messer zu und verbarg sie wieder in ihrem Versteck.

»Es ist mir gleichgültig, ob Sie es ihm erzählen«, sagte er. »Warnen Sie ihn, und bewachen Sie ihn. Sie wissen, wie wir miteinander stehen, und ich sehe: die Gefahr, die ihm droht, schreckt Sie nicht.«

»Was hat Ihnen Heathcliff getan?« fragte ich, »welches Unrecht hat er Ihnen zugefügt, das diesen entsetzlichen Haß rechtfertigte? Wäre es nicht klüger, wenn Sie ihn bäten, das Haus zu verlassen?«

»Nein!« donnerte Earnshaw; »wenn er es versuchte, mich zu verlassen, wäre er ein toter Mann, und wenn Sie ihn dazu überreden, dann sind Sie eine Mörderin! Soll ich *alles* verlieren, ohne Aussicht, es zurückzugewinnen? Soll Hareton ein Bettler werden? O ewige Verdammnis! Ich *will* es wiederhaben, und ich will *sein* Gold dazu haben und dann sein Blut, und die Hölle mag seine Seele haben. Mit diesem Gast wird sie noch zehnmal schwärzer werden, als sie je zuvor gewesen ist.«

Du hast mich mit den Gewohnheiten Deines früheren Herrn bekannt gemacht, Ellen. Er ist offenkundig am Rande des Wahnsinns, jedenfalls war er es gestern abend. Mich schauderte, in seiner Nähe zu sein; der ungehobelte und mürrische Knecht erschien mir angenehm dagegen. Als er jetzt seinen eintönigen Marsch wiederaufnahm, drückte ich die Klinke hinunter und entschlüpfte in die Küche. Joseph beugte sich über das Feuer, schaute in einen großen Kessel, der darüber hing, und dicht daneben auf der Bank stand eine hölzerne Schüssel mit Hafermehl. Als der Inhalt des Kessels zu kochen anfing, wendete er sich, um seine Hand in die Schüssel zu tauchen. Ich vermutete, daß dies wahrscheinlich eine Vorbereitung für unser Abendessen war, und mein Hunger trieb mich dazu, es genießbar zu machen. Mit dem heftigen Ruf: »*Ich* werde den Haferbrei kochen!« entfernte ich die Schüssel aus Josephs Reichweite und legte Hut und Reitkleid ab. Dann fuhr ich fort: »Mr. Earnshaw hat mir gesagt, ich solle mich selbst bedienen; das werde ich tun. Ich will nicht bei euch die große Dame spielen, denn dann müßte ich verhungern.«

»Großer Gott«, murmelte er, setzte sich hin und strich mit den Händen von den Knien bis zu den Knöcheln über seine gestreiften Strümpfe hinab. »Wenn hier neue Ordnung soll wer'n, grad wo ich mich an zwee Herrn gewöhnt hab, wenn ich 'ne *Frau* über mir ham soll, denn is's Zeit, zu ziehn. Ich hab nie nich an den Tag wolln denken, wo ich fort muß von die alte Stelle, aber jetzt is's wohl soweit.«

Ich schenkte diesen Klagen keine Beachtung, sondern machte mich munter an die Arbeit und seufzte in der Erinnerung an eine Zeit, in der das alles Spaß gemacht hätte, zwang mich

aber, diesen Gedanken wieder zu verscheuchen. Es quälte mich, an vergangenes Glück zu denken, und je größer die Gefahr wahr, die Erinnerung daran heraufzubeschwören, desto schneller rührte ich mit dem Löffel und desto hastiger folgte eine Handvoll Mehl der anderen ins Wasser. Joseph betrachtete meine Kochkunst mit wachsender Entrüstung.
»Da haben wir's!« rief er. »Hareton, du wirst heut abend keinen Brei nich essen, das sin ja nix wie Klumpen, so groß wie 'ne Faust. Da, schon wieder! Wenn ich Sie wär, tät ich gleich die Schüssel un alles reinschmeißen! Da, nun rührn Se schnell noch mal das Zeug um, dann wer'n Se damit fertig sein. Bums, bums! 'n Glück, daß der Boden nich rausgestoßen is!«
Ich gebe zu, daß es eine recht klumpige Speise war, die in die Näpfe gegossen wurde; vier davon waren gefüllt, und aus der Milchkammer war ein Fünfliterkrug frische Milch geholt worden. Hareton ergriff ihn und fing an, so gierig daraus zu trinken, daß die Milch aus seinem breiten Mund wieder zurückfloß. Ich verwehrte ihm das und verlangte, er solle seine Milch aus einem Becher trinken, und versicherte, ich würde ein derart verunreinigtes Getränk nicht zu mir nehmen. Der alte Grobian tat gewaltig beleidigt über meine Empfindlichkeit und versicherte wiederholt, daß das Kind geradeso gut wäre wie ich, dazu kerngesund, und wollte wissen, wie ich dazu käme, so ›affig‹ zu sein. Unterdessen trank der ungezogene Junge ruhig weiter und schielte mich von unten her herausfordernd an, während er in den Krug sabberte.
»Ich werde meine Mahlzeit in einem anderen Zimmer einnehmen«, sagte ich. »Habt ihr keinen Raum, den ihr Wohnzimmer nennt?«
»Wohnzimmer!« gab er höhnisch grinsend zurück, »Wohnzimmer. Nee, wir ham kein Wohnzimmer nich. Wenn Ihnen unsre Gesellschaft nich paßt, gehn Se zum Herrn, un wenn der Ihnen nich paßt, komm Se zu uns.«
»Dann werde ich hinaufgehen. Zeig mir ein Zimmer.«
Ich stellte meine Schüssel auf ein Tablett und ging selbst, um mir noch etwas Milch zu holen. Mit viel Gebrumm erhob sich der Alte und ging mir die Treppe hinauf voran; wir gingen bis zu den Bodenkammern, und er öffnete hin und wieder eine Tür, um in die Zimmer zu blicken, an denen wir vorbeikamen.

»Hier is'n Zimmer«, sagte er endlich und schlug eine schief in den Angeln hängende Lattentür zurück. »Das is gut genug, um 'n bißchen Haferbrei drin zu essen. Da is'n Packen Korn in der Ecke, da, einigermaßen sauber; wenn Se Angst ham, Ihr scheenes Seidnes zu verdrecken, legen Se Ihr Taschentuch drüber.«

Das ›Zimmer‹ war eine Art Rumpelkammer, die stark nach Malz und Korn roch; es war in Säcken ringsherum aufgestapelt, die einen weiten leeren Raum in der Mitte frei ließen.

»Aber, Mann!« rief ich aus und sah ihn ärgerlich an, »das ist kein Raum, wo man schlafen kann. Ich möchte mein Schlafzimmer sehen.«

»Schlafzimmer«, wiederholte er spöttisch. »Sie solln alle *Schlafzimmer* sehn, die's hier gibt. Da is meins.«

Er deutete in die zweite Bodenkammer, die sich von der ersten nur dadurch unterschied, daß ihre Wände noch nackter waren und daß an einem Ende ein großes, niedriges Bett ohne Vorhänge mit einer indigofarbenen Bettdecke stand.

»Was soll ich mit deinem anfangen?« fragte ich scharf. »Soll ich vielleicht glauben, daß Mr. Heathcliff unterm Dach wohnt, wie?«

»Oh, Sie wollen in das vom Herrn Heathcliff?« rief er, als ob er eine neue Entdeckung gemacht hätte. »Konnten Se denn das nich gleich sagen? Dann hätt ich Ihnen ohne die viele Mühe sagen können, daß Sie das nich sehn können; er hält's stets verschlossen, un keiner darf rein, nur er selbst.«

»Das ist ein reizendes Haus, Joseph«, ich konnte diese Bemerkung nicht unterdrücken, »und nette Leute; ich glaube, an dem Tage, an dem ich mein Geschick mit dem ihren verband, war ich ganz von Sinnen. Aber das gehört nicht hierher. – Es muß doch noch andere Zimmer geben. Um's Himmels willen, mach schnell und laß mich irgendwo zur Ruhe kommen!«

Er antwortete nicht auf diese Beschwörung, stapfte nur mürrisch die Holztreppe hinunter und blieb vor einem Zimmer stehen, und eben die Tatsache, daß er nicht eintrat, und die Güte der Einrichtung ließen mich vermuten, daß es das beste Zimmer sei. Ein guter Teppich lag da, dessen Muster aber vom Staub unkenntlich geworden war; über dem Kamin hing die Tapete in Fetzen herab; weiter stand da eine schöne Eichenbettstelle mit dichten roten Vorhängen aus wertvollem Stoff und in moderner Raffung, die augenscheinlich schlecht behandelt worden waren; denn der in Bogen aufgehängte Faltenkranz war von seinen Ringen heruntergerissen, und die eiserne Stange, die sie trug, war an einer Seite so herabgebogen, daß der Vorhang auf dem Boden schleifte. Auch die Stühle waren beschädigt, viele von ihnen sogar schwer, und tiefe Kerben entstellten die Täfelung der Wände. Ich bemühte mich, soviel Entschlußkraft aufzubringen, um einzutreten und davon Besitz zu ergreifen, als mein närrischer Führer verkündete: »Das hier gehört dem Herrn.« Mein Essen war unterdessen kalt geworden, der Appetit war mir vergangen, und meine Geduld war am Ende. Ich bestand darauf, daß mir augenblicklich ein Zufluchtsort und die Möglichkeit, mich auszuruhen, verschafft werde.

»Wo, zum Teufel?« begann der fromme Alte. »Der Herr segne uns, der Herr verzeihe uns. Wo, zum Teufel, wolln Se hin, Sie gräßliches, lästiges Ding? Sie ham alles gesehn, nur nich Haretons kleines Zimmer. Hier im Haus is kein anderes Loch nich, wo man sich hinlegen kann.«

Ich war so verärgert, daß ich mein Tablett mit allem, was darauf war, auf die Erde schleuderte, mich dann oben auf die Treppe setzte und weinte.

»Hoppla, hoppla!« rief Joseph. »Recht so, Miß Cathy! Recht so, Miß Cathy! Na aber, wenn der Herr hier über de Scherben stolpert, dann könn wir was ze hören kriegen, dann wird er's uns schon zeigen! Nichtsnutziges Ding! Sie müßten von jetz bis Weihnachten büßen dafür, daß Sie Gottes Gaben auf'n Fußboden schmeißen in Ihrer sündhaften Wut. Na, ich wette, die Grillen wer'n Ihnen bald vergehen. Denken Se denn, Heathcliff duldet solche Manieren? Ich wünsch bloß, er tät Sie in dieser Patsche überraschen. Ja, das wünsch ich.«

So scheltend, ging er hinunter in seine Höhle und nahm die Kerze mit, so daß ich im Dunkeln blieb. Ich konnte nun über meine kindische Tat nachdenken und mußte erkennen, daß ich meinen Stolz mäßigen und meine Wut unterdrücken müßte; darum machte ich mich daran, ihre Spuren zu entfernen. Eine unerwartete Hilfe erschien mir in Gestalt von Throttler, den ich nun als Sohn unseres alten Skulker erkannte. Er hatte seine Kindheit bei uns verlebt, und mein Vater hatte ihn Mr. Hindley geschenkt. Ich glaube, er erkannte mich; er berührte mein Gesicht mit seiner Schnauze, wohl zur Begrüßung, und beeilte sich dann, den Haferbrei aufzulecken, während ich mich von Stufe zu Stufe tastete, die verstreuten Tonscherben zusammensuchte und mit meinem Taschentuch die Milchspritzer vom Treppengeländer abwischte. Unsere Arbeit war kaum beendet, als ich Earnshaws Schritt im Flur hörte. Mein vierbeiniger Gehilfe klemmte den Schwanz ein und drückte sich dicht an die Wand; ich stahl mich zur nächsten Türnische. Die Bemühung des Hundes, ihm zu entgehen, hatte keinen Erfolg, wie ich aus einem Gepolter auf der Treppe unten und einem langgezogenen jämmerlichen Jaulen schloß. Ich hatte mehr Glück: er ging vorüber, betrat sein Zimmer und schloß die Tür. Gleich danach kam Joseph mit Hareton herauf, den er zu Bett bringen wollte. Ich hatte in Haretons Zimmer Zuflucht gefunden, und der alte Mann sagte, als er mich sah: »Jetz is genug Platz für Sie un Ihren Stolz im ›Haus‹ unten, sollt ich meinen. Es is leer, un Sie könn's ganz für sich alleine ham, un für ihn, der in schlechter Gesellschaft stets der Dritte is.«

Erleichtert machte ich von seinem Wink Gebrauch, und im selben Augenblick, als ich mich in einen Sessel am Kamin geworfen hatte, schlief ich auch schon. Mein Schlummer war tief und süß, aber er nahm ein viel zu frühes Ende. Mr. Heathcliff weckte mich: er war soeben hereingekommen und fragte in seiner liebevollen Art, was ich da täte. Ich erklärte ihm den Grund meines langen Aufbleibens: weil er den Schlüssel unseres Zimmers in der Tasche hätte. Das Wort ›unser‹ erregte entsetzlichen Anstoß. Er fluchte und sagte, das wäre nicht mein Zimmer und werde es nie sein, und er werde..., aber ich werde seine Worte nicht wiederholen und sein übliches Benehmen nicht schildern; er ist erfinderisch und rastlos in dem Bemühen, meinen Abscheu hervorzurufen. Ich staune manchmal so sehr über ihn, daß meine Furcht verschwindet, und doch versichere ich Dir, ein Tiger oder eine Giftschlange könnte kein solches Entsetzen in mir wachrufen, wie er es tut. Er erzählte mir von Catherines Krankheit und beschuldigte meinen Bruder, sie verursacht zu haben, und versprach,

ich sollte so lange an Edgars Stelle leiden, bis er seiner habhaft werden könnte.
Wie ich ihn hasse! Ich bin elend – was für eine Närrin war ich! Hüte Dich, jemandem in Thruscross Grange ein Wort von alledem zu verraten! Ich warte jeden Tag auf Dich, enttäusche mich nicht!

Isabella.

Vierzehntes Kapitel

Sobald ich diesen Brief durchgelesen hatte, ging ich zum Herrn und teilte ihm mit, daß seine Schwester in Wuthering Heights angekommen sei und daß sie mir einen Brief geschickt habe, der ihrer Sorge um Mrs. Lintons Befinden und ihrem glühenden Wunsch Ausdruck gebe, daß er ihr so bald wie möglich durch mich ein Zeichen seiner Verzeihung übersenden möge.
»Verzeihung?« sagte Linton. »Ich habe ihr nichts zu verzeihen, Ellen. Du kannst heute nachmittag nach Wuthering Heights gehen, wenn du willst, und sagen, daß ich nicht *böse* bin, aber sehr *traurig* darüber, daß ich sie verloren habe, besonders, da ich mir nicht vorstellen kann, daß sie glücklich wird. Ich kann sie dort nie besuchen; wir sind für immer geschieden, und wenn sie mir einen Gefallen tun will, so soll sie den Schurken, den sie geheiratet hat, dazu überreden, außer Landes zu gehen.«
»Werden Sie ihr nicht wenigstens ein Briefchen schreiben, Mr. Linton?« bat ich flehentlich.
»Nein«, antwortete er. »Es hat keinen Zweck. Meine Verbindung mit Heathcliffs Familie soll geradeso karg bemessen sein wie seine mit meiner Familie. Sie soll überhaupt nicht vorhanden sein.«
Mr. Edgars Kälte drückte mich ungemein nieder. Auf dem ganzen Weg von Thrushcross Grange zerbrach ich mir den

Kopf, wie ich seinen Worten etwas mehr Wärme geben und seine Weigerung, Isabella zum Trost ein paar Zeilen zu schreiben, abschwächen könnte, wenn ich sie ausrichtete. Ich glaube, sie hielt schon seit dem Morgen Ausschau nach mir; ich sah sie durch das Fenstergitter blicken, als ich den Gartenweg entlangging, und nickte ihr zu; aber sie zog sich zurück, als fürchte sie, beobachtet zu werden. Ich trat ein, ohne zu klopfen. Welch düsteren, traurigen Anblick bot das einst so fröhliche Haus! Ich muß gestehen, an Stelle der jungen Dame hätte ich wenigstens den Herd gefegt und die Tische mit einem Staubtuch abgewischt. Aber sie war bereits von dem Geist der Vernachlässigung, der sie umgab, angesteckt worden. Ihr hübsches Gesicht war bleich und schlaff, ihre Haare nicht gelockt, ein paar Strähnen hingen lang herunter, andere waren liederlich um ihren Kopf geschlungen. Wahrscheinlich war sie seit gestern abend nicht aus den Kleidern gekommen. Hindley war nicht anwesend. Mr. Heathcliff saß an einem Tisch und blätterte in einem Notizbuch; aber er stand auf, als ich erschien, sagte ganz freundlich guten Tag und bot mir einen Stuhl an. Er war der einzige Mensch dort, der anständig wirkte, ja mir schien, er habe nie besser ausgesehen. So sehr hatten die Umstände die Stellung der beiden gewandelt, daß er einem Fremden, der Geburt und der Erziehung nach, als vornehmer Mann erschienen wäre und seine Frau als ausgesprochene kleine Schlampe. Sie kam lebhaft auf mich zu, um mich zu begrüßen, und streckte eine Hand aus, um den erwarteten Brief in Empfang zu nehmen. Ich schüttelte den Kopf. Sie wollte den Wink nicht verstehen, sondern folgte mir zu einem Seitentisch, auf den ich meine Haube legen wollte, und bestürmte mich im Flüsterton, ihr sofort zu geben, was ich mitgebracht hätte. Heathcliff erriet die Bedeutung ihres Verhaltens und sagte: »Wenn du etwas für Isabella hast – und zweifellos hast du etwas, Nelly –, dann gib es ihr. Du brauchst kein Geheimnis daraus zu machen; wir haben keine Geheimnisse voreinander.«

»Ich habe nichts«, erwiderte ich, denn ich hielt es für das beste, gleich die Wahrheit zu sagen. »Mein Herr hat mir aufgetragen, seiner Schwester zu sagen, daß sie im Augenblick weder einen Brief noch einen Besuch von ihm erwarten solle. Er läßt Ihnen, gnädige Frau, durch mich viele Grüße und Wünsche für Ihr Wohlergehen überbringen und seine Verzeihung für den Kummer, den Sie ihm angetan haben. Doch meint er, daß von jetzt an der Verkehr zwischen seinem Hause und diesem hier aufhören müsse; wenn er fortgesetzt werde, käme nichts Gutes dabei heraus.«

Mrs. Heathcliffs Lippe zitterte ein wenig, und sie kehrte zu ihrem Platz am Fenster zurück. Ihr Mann kam zu mir herüber an den Kaminplatz und begann, mich über Catherine auszufragen. Ich erzählte ihm von ihrer Krankheit soviel, wie ich für richtig hielt; doch holte er durch ein Kreuzverhör fast alle Ereignisse aus mir heraus, die mit dem Ursprung ihrer Erkrankung zusammenhingen. Ich klagte sie an – und sie verdiente es –, daß sie selbst Schuld daran trüge, und sprach schließlich die Hoffnung aus, daß er Mr. Lintons Beispiel folgen und in Zukunft alle Einmischung seiner Familie, sei es im Guten oder Bösen, vermeiden werde.

»Mrs. Linton befindet sich jetzt endlich auf dem Wege der Besserung«, sagte ich, »sie wird nie wieder die alte werden, aber ihr Leben ist wenigstens gerettet, und wenn Sie wirklich etwas für sie fühlen, dann vermeiden Sie es, ihren Weg wieder zu kreuzen, ja dann ziehen Sie fort aus diesem Land. Damit es Ihnen leichter fällt, will ich Ihnen sagen, daß Catherine Linton genauso verschieden von Ihrer alten Freundin Catherine Earnshaw ist wie ich von dieser jungen Dame. Ihre äußere Erscheinung ist sehr verändert, ihr Charakter noch mehr, und der Mann, der gezwungen ist, ihr Lebensgefährte zu sein, kann seine Zuneigung nur durch die Erinnerung an das, was sie einstmals war, aufrechterhalten, aus Menschlichkeit und Pflichtgefühl.«

»Das ist schon möglich«, bemerkte Heathcliff, der sich zwang, ruhig zu scheinen, »schon möglich, daß dein Herr nur Menschlichkeit und Pflichtgefühl besitzt, auf die er sich berufen kann. Aber bildest du dir ein, ich werde Catherine seinem *Pflichtgefühl* und seiner *Menschlichkeit* überlassen? Und kannst du meine Gefühle für Catherine mit den seinen vergleichen? Bevor du dieses Haus verläßt, fordere ich von dir das Versprechen, daß du mir eine Unterredung mit ihr verschaffst. Einerlei, ob du einwilligst oder nicht – ich werde sie sehen. Was hast du dazu zu sagen?«

»Mr. Heathcliff«, erwiderte ich, »ich sage, Sie dürfen es nicht, und ich werde Ihnen auf keinen Fall dazu verhelfen. Noch ein Zusammentreffen zwischen Ihnen und dem Herrn würde sie bestimmt töten.«

»Mit deiner Hilfe kann das vermieden werden«, fuhr er fort, »und wenn die Gefahr eines solchen Ereignisses bestünde, wenn er die Veranlassung dazu wäre, daß ihrem Dasein noch ein einziger Schmerz zugefügt würde, nun, dann wäre ich wohl gerechtfertigt, wenn ich es zum Äußersten kommen ließe. Ich wollte, du wärst aufrichtig genug, mir zu sagen, ob Catherine sehr unter seinem Verlust leiden würde; nur die Befürchtung, daß sie es täte, hält mich zurück. Daran kannst du die Verschiedenheit unserer Gefühle erkennen: Wäre er an meiner und ich an seiner Stelle gewesen, ich hätte nie die Hand gegen ihn erhoben, auch dann nicht, wenn mein Haß so stark gewesen wäre, daß er mir das Leben in Galle verwandelt hätte. Du kannst mich ungläubig ansehen, wenn es dir beliebt. Ich hätte sie nie seiner Gesellschaft beraubt, solange sie danach verlangt hätte. Im Augenblick, da ihre Liebe aufgehört hätte, würde ich ihm das Herz aus dem Leibe gerissen und sein Blut getrunken haben. Aber bis dahin – wenn du mir nicht glaubst, kennst du mich nicht –, bis dahin wäre ich lieber langsam gestorben, als daß ich ihm nur ein Haar gekrümmt hätte.«

»Und doch«, unterbrach ich ihn, »haben Sie keine Bedenken, alle Hoffnungen auf ihre völlige Wiederherstellung zu vernichten, indem Sie sich in ihr Gedächtnis eindrängen und sie in einen neuen Aufruhr von Zwietracht und Trübsal stürzen, jetzt, wo sie Sie fast vergessen hat?«

»Du glaubst, sie hätte mich fast vergessen?« sagte er. »O Nelly, du weißt genau, daß das nicht der Fall ist. Du weißt so gut wie ich, daß sie für jeden Gedanken, den sie Linton schenkt, tausend für mich hat. In einer sehr elenden Zeit meines Lebens mußte ich selbst glauben, daß sie mich vergessen hätte. Noch als ich vorigen Sommer in diese Gegend zurückkehrte, verfolgte mich diese Vorstellung; jetzt aber könnten nur ihre eigenen Worte diesen schrecklichen Gedanken wieder in mir aufkommen lassen. Und dann würden weder Linton und Hindley noch all die Träume, die ich je geträumt habe, etwas bedeuten. Zwei Worte würden meine Zukunft in sich fassen: *Tod* und *Hölle;* denn das Dasein, wenn ich sie verloren hätte, wäre Hölle. Ich war ein Narr, auch nur einen Augenblick zu glauben, daß sie Edgar Lintons Zuneigung höher einschätze als meine. Wenn er sie mit allen Fasern seines kläglichen Seins lieben würde, könnte er ihr in achtzig Jahren nicht soviel Liebe geben wie ich an einem Tag. Und Catherines Herz ist ebenso tief wie meines; sowenig wie der Futtertrog dort das Meer in sich fassen kann, so wenig kann Linton ihre ganze Liebe für sich beanspruchen. Pah, er ist ihr kaum teurer als ihr Hund oder ihr Pferd! Es steckt nicht in ihm, so geliebt zu werden wie ich, und wie kann sie etwas in ihm lieben, was er nicht hat?«

»Catherine und Edgar lieben sich so, wie sich zwei Menschen nur lieben können!« rief Isabella mit plötzlicher Lebhaftigkeit. »Niemand hat das Recht, so von ihnen zu sprechen, und ich darf nicht ruhig mit anhören, wie mein Bruder hinter seinem Rücken herabgesetzt wird!«

»Dein Bruder hat auch dich erstaunlich lieb, nicht wahr?« bemerkte Heathcliff höhnisch. »Er überläßt dich mit überraschender Bereitwilligkeit deinem Schicksal.«

»Er weiß nicht, was ich auszustehen habe«, entgegnete sie. »Das habe ich ihm nicht berichtet.«

»Du hast ihm also etwas berichtet; du hast geschrieben, ja?«

»Um ihm mitzuteilen, daß ich geheiratet habe, habe ich geschrieben. Du hast das Briefchen gesehen.«

»Und seitdem nichts?«

»Nein.«

»Meine junge Herrin hat sich durch die veränderten Umstände traurig zu ihrem Nachteil verwandelt«, bemerkte ich. »Jemand läßt es in ihrem Fall offensichtlich an Liebe fehlen; ich kann wohl mutmaßen, wer es ist, doch sollte ich es vielleicht nicht sagen.«

»Ich möchte mutmaßen, daß sie selbst es ist«, sagte Heathcliff. »Sie artet in eine regelrechte Schlampe aus. Sie hat die Bemühungen, mir zu gefallen, ungewöhnlich schnell satt bekommen. Du wirst es kaum glauben, aber am Morgen unserer Hochzeit hat sie geweint, weil sie nach Hause wollte. Jedenfalls paßt sie um so besser in dieses Haus, je weniger eigen sie ist, und ich werde dafür sorgen, daß sie mir keine Schande macht, indem sie draußen umherstreift.«

»Mr. Heathcliff«, erwiderte ich, »Sie bedenken hoffentlich, daß Mrs. Heathcliff daran gewöhnt ist, daß man für sie sorgt und sie bedient, und daß sie erzogen worden ist wie eine einzige Tochter, der jeder gern zu Diensten war. Sie müssen ihr eine Magd halten, die ihre Sachen in Ordnung bringt, und Sie müssen ihr freundlich begegnen. Wie Sie auch über Mr. Edgar denken mögen, Sie dürfen nicht daran zweifeln, daß sie imstande ist, stark zu lieben, sonst hätte sie nicht ihr schönes und bequemes Heim und seine Freunde verlassen, um sich mit Ihnen freiwillig in einer solchen Wildnis hier niederzulassen.«

»Sie ist unter dem Einfluß einer Selbsttäuschung dort weggegangen«, antwortete er, »weil sie in mir einen romantischen Helden sah und von meiner ritterlichen Zuneigung unbegrenzte Nachsicht erwartete. Ich kann sie kaum als vernünftiges Wesen betrachten, so eigensinnig hat sie sich eine märchenhafte Vorstellung von meinem Charakter gebildet und nach diesen falschen Voraussetzungen gehandelt. Aber ich glaube, jetzt fängt sie endlich an, mich zu erkennen. Ich beachte weder das alberne Lächeln und die Grimassen, die mich anfänglich erzürnten, noch die törichte Unfähigkeit, zu erkennen, daß ich im Ernst sprach, als ich ihr meine Meinung über sie und ihre Vernarrtheit sagte. Es war ein erstaunlicher Beweis ihres Scharfblickes, als sie entdeckte, daß ich sie nicht liebte. Eine Zeitlang glaubte ich, keine Erfahrung könne sie das lehren. Und doch hat sie es nur mangelhaft begriffen; denn heute morgen verkündete sie mir – als wäre dies eine entsetzliche Nachricht –, daß ich sie tatsächlich dahin gebracht hätte, mich zu hassen. Geradezu eine Herkulesarbeit, das kann ich dir versichern. Wenn ich sie vollendet habe, werde ich aufatmen. Kann ich deiner Versicherung Glauben schenken, Isabella? Bist du sicher, daß du mich haßt? Wirst du nicht wieder mit Seufzern und Schmeichelreden zu mir kommen, wenn ich dich einen halben Tag allein lasse? Ich glaube, sie hätte es gern gesehen, wenn ich vor dir Zärtlichkeit geheuchelt hätte; es verletzt ihre Eitelkeit, daß die Wahrheit ans Licht kommt. Aber mir ist es gleichgültig, ob jemand weiß, daß die Leidenschaft ausschließlich auf einer Seite war; und ich habe ihr nie darüber die Unwahrheit gesagt. Sie kann mich nicht beschuldigen, ihr auch nur eine Spur von Sanftmut vorgetäuscht zu haben. Das erste, was sie mich tun sah, als sie aus Thrushcross Grange kam, war, daß ich ihren kleinen Hund aufhängte; und als sie für ihn bat, waren meine ersten Worte der Wunsch, ich könnte alles Lebende, was zu ihr gehört, aufhängen, mit einer Ausnahme – möglicherweise bezog sie diese auf sich. Aber keine Grausamkeit stieß sie ab; ich vermute eher, daß Grausamkeit einen Reiz auf sie ausübt, vorausgesetzt, daß ihre kostbare Person dabei vor Schaden bewahrt bleibt. Also: war es nicht der Gipfel der Abgeschmacktheit, des vollkommenen Unsinns, daß dieses jämmerliche, sklavische, unbedeutende Ding davon träumte, ich könnte es lieben? Sag deinem Herrn, Nelly, daß ich in meinem Leben keinem so verächtlichen Geschöpf begegnet bin wie ihr. Sie entehrt selbst den Namen Linton; und manchmal hat mich meine Erfindungsgabe im Stich gelassen bei den Versuchen, wieviel sie erdulden könnte und dann doch wieder schamlos demütig zurückkriecht. Aber sage ihm auch, um sein brüderliches und richterliches Herz zu beruhigen, daß ich mich streng in den Grenzen des Gesetzes halte. Ich habe ihr bis jetzt nicht den leisesten Grund gegeben, eine Trennung zu fordern, und, was mehr bedeutet, sie würde keinem danken, der uns trennte. Wenn sie gehen will, mag sie es tun: die Plage ihrer Gegenwart wiegt das Vergnügen auf, sie zu quälen.«

»Mr. Heathcliff«, sagte ich, »das ist die Sprache eines Wahnsinnigen, und Ihre Frau ist wahrscheinlich überzeugt davon, daß Sie wahnsinnig sind, und hat aus diesem Grunde bisher Nachsicht mit Ihnen gehabt. Aber nachdem Sie ihr gesagt haben, sie könne gehen, wird sie ohne Zweifel von der Erlaubnis Gebrauch machen. Nicht wahr, gnädige Frau, Sie werden doch nicht so behext sein, daß Sie aus freien Stücken bei ihm bleiben?«

»Nimm dich in acht, Ellen!« antwortete Isabella, und ihre Augen funkelten zornig. Ihr Ausdruck ließ keinen Zweifel daran aufkommen, daß die Bemühungen ihres Mannes, sich verhaßt zu machen, vollen Erfolg gehabt hatten. »Glaube ihm nicht ein einziges Wort. Er ist ein lügnerischer Unhold, ein Scheusal, kein menschliches Wesen. Er hat mir schon einmal gesagt, ich könnte ihn verlassen, und ich habe den Versuch gemacht; aber ich wage keine Wiederholung. Ellen, versprich mir, daß du keine Silbe von diesem niederträchtigen Gespräch vor meinem Bruder oder Catherine erwähnen wirst. Was er dir auch erzählt – er hat die Absicht, Edgar herauszufordern; er sagt, er habe mich geheiratet, um Gewalt über ihn zu bekommen, und das soll er nicht erreichen, eher will ich sterben. Ja, ich hoffe und bete, daß er seine teuflische Vorsicht außer acht läßt und mich tötet. Die einzige Freude, die ich mir vorstellen kann, ist sterben oder ihn tot zu sehen.«

»So, das genügt vorläufig«, sagte Heathcliff. »Wenn du vor Gericht geladen wirst, Nelly, dann erinnere dich ihrer Worte. Und präge dir ihr Gesicht gut ein; jetzt ist sie fast bei dem Punkt angelangt, wo ich sie haben will. Nein, du bist nicht reif dazu, Isabella, jetzt dein eigener Hüter zu sein, und da ich dein gesetzlicher Beschützer bin, muß ich dich in Gewahrsam behalten, wie sehr mir diese Verpflichtung auch zuwider sein mag. Geh hinauf, ich habe mit Ellen Dean etwas unter vier Augen zu besprechen. Nicht dorthin, hinauf habe ich gesagt. Hier, mein Kind, führt der Weg hinauf.«

Er packte sie und warf sie zum Zimmer hinaus. Als er zurückkehrte, sagte er mit unterdrückter Stimme: »Ich habe kein Mitleid, ich habe kein Mitleid. Je mehr die Würmer sich krümmen, desto mehr verlangt es mich danach, sie zu zertreten. Es ist wie ein moralisches Zahnen: je schlimmer die Schmerzen werden, um so kräftiger beiße ich die Zähne zusammen.«

»Wissen Sie, was das Wort Mitleid bedeutet?« fragte ich und beeilte mich, meine Haube aufzusetzen. »Haben Sie in Ihrem Leben jemals einen Hauch davon verspürt?«

»Leg das Ding hin!« unterbrach er mich, als er meine Absicht, wegzugehen, bemerkte. »Du wirst noch nicht gehen. Komm jetzt her, Nelly! Ich muß dich überreden oder zwingen, mir bei der Ausführung meines Entschlusses, Catherine zu sehen, behilflich zu sein, und zwar ohne Aufschub. Ich schwöre dir, daß ich nichts Böses im Schilde führe. Ich möchte keine Störung verursachen, will auch Mr. Linton nicht erzürnen oder beleidigen, ich möchte nur von ihr selbst hören, wie es ihr geht und wie das mit ihrer Erkrankung gewesen ist, und sie fragen, ob ich irgend etwas tun könnte, was von Nutzen für sie wäre. Vorige Nacht bin ich sechs Stunden lang im Garten von Thrushcross Grange gewesen, heute nacht werde ich wieder hinkommen, und jede Nacht und jeden Tag werde ich dort sein, bis ich eine Gelegenheit finde, das Haus zu betreten. Wenn Edgar Linton mir begegnet, werde ich ihn ohne Skrupel niederschlagen und ihn so zurichten, daß er, solange ich bleibe, Ruhe hält. Wenn seine Dienerschaft sich mir entgegenstellt, werde ich sie mit diesen Pistolen verscheuchen. Aber wäre es nicht möglich, eine Begegnung mit ihnen oder ihrem Herrn zu verhindern? Dir wäre das ein leichtes. Ich werde dir ein Zeichen geben, wenn ich da bin, dann läßt du mich unbemerkt ein, sobald sie allein ist, und kannst mit ruhigem Gewissen Wache halten, bis ich fortgehe. Du wirst auf solche Weise Unheil verhüten.«

Ich weigerte mich, im Hause meines Brotherrn diese treulose Rolle zu spielen, und überdies wies ich auf die Grausamkeit und Selbstsucht hin, die darin läge, wenn er Mrs. Lintons Ruhe um seiner Rechtfertigung willen störte. »Der alltäglichste Vorfall erschreckt sie schmerzhaft«, sagte ich. »Sie ist ein Nervenbündel, und ich bin sicher, sie überstünde die Überraschung nicht. Bestehen Sie nicht darauf, Mr. Heathcliff, sonst müßte ich meinen Herrn von Ihrem Vorhaben unterrichten, damit er Maßnahmen ergreift, um sein Haus und dessen Insassen vor solchen unrechtmäßigen Zudringlichkeiten zu sichern.«

»In diesem Fall werde ich Maßnahmen ergreifen, um dich mir zu sichern, Weib!« rief Heathcliff aus; »du wirst Wuthering Heights nicht vor morgen früh verlassen. Es ist törichtes Geschwätz, daß Catherine es nicht ertragen könnte, mich zu sehen, und überraschen will ich sie gar nicht; du sollst sie vorbereiten; frage sie, ob ich kommen darf. Du sagst, daß sie meinen Namen nie erwähnt und daß keiner mit ihr über mich spricht.

Mit wem sollte sie über mich sprechen, wenn das ein verbotenes Gesprächsthema im Hause dort ist? Sie hält euch alle für Spione ihres Mannes. Ich zweifle keinen Augenblick daran, daß ihr ihr das Leben zur Hölle macht. Ihr Schweigen läßt mich erraten, was sie fühlt. Du sagst, sie ist oft unruhig und sieht bekümmert aus; ist das ein Beweis von Ruhe? Du erzählst, daß ihr Geist gestört sei. Wie, zum Teufel, sollte es anders sein, in ihrer fürchterlichen Vereinsamung? Und diese abgeschmackte, erbärmliche Kreatur pflegt sie aus *Pflicht* und *Menschlichkeit,* aus Mitleid und Barmherzigkeit! Geradesogut könnte er eine Eiche in einen Blumentopf pflanzen und erwarten, daß sie gedeiht, wie er hoffen dürfte, sie mit seiner schalen Fürsorge wieder zu Kräften zu bringen. Wir wollen es gleich entscheiden: Willst du hier bleiben, und soll ich mir den Weg zu Catherine über Linton und seine Dienerschaft erkämpfen? Oder willst du mein Helfer sein, wie du es bisher gewesen bist, und tun, was ich verlange? Entscheide dich! Ich werde keine Minute länger zögern, wenn du auf deinem bösen Dickkopf beharrst.«

Nun, Mr. Lockwood, ich habe gestritten und gefleht, habe mich fünfzigmal rundweg geweigert, aber zuletzt zwang er mir meine Einwilligung ab. Ich versprach, meiner Herrin einen Brief von ihm zu überbringen und ihm, wenn sie einverstanden wäre, Nachricht zukommen zu lassen, wann Linton das nächste Mal nicht zu Hause wäre, damit er sie dann besuchen könnte. Ich würde unsichtbar sein, und die übrige Dienerschaft sollte ihm ebenfalls nicht in den Weg kommen. War es recht oder unrecht? Ich fürchte, es war unrecht, obwohl es ratsam schien. Ich wollte durch meine Willfährigkeit einen neuen Ausbruch verhindern; überdies glaubte ich, der Besuch könnte eine günstige Wendung in Catherines Geisteskrankheit herbeiführen. Dann erinnerte ich mich Mr. Edgars ernsten Vorwurfs, ich hätte ihm Klatschgeschichten zugetragen, und ich versuchte meine Unruhe zu verscheuchen, indem ich mir immer und immer wieder versicherte, daß dieser Vertrauensbruch – wenn das, was ich tat, diesen harten Namen verdiente – der letzte sein sollte. Trotzdem war mein Rückzug trauriger als mein Hinweg, und ich machte mir viele Gedanken, ehe ich mich dazu entschließen konnte, Mrs. Linton das Schreiben in die Hand zu geben.

Aber da kommt Kenneth; ich werde hinuntergehen und ihm erzählen, wieviel besser es Ihnen geht. Meine Geschichte ist ein langes Garn, wie wir sagen, und wir werden noch einen Morgen damit hinbringen.

›Lang und düster‹, dachte ich, als die gute Frau hinunterging, um den Arzt zu empfangen, ›und nicht gerade das, was ich mir zur Erheiterung gewünscht hätte. Aber das tut nichts. Ich werde aus Mrs. Deans herben Kräutern heilsame Arzneien herausziehen, und als erstes werde ich mich vor der Bezauberung hüten, die in Catherine Heathcliffs glänzenden Augen liegt. Ich würde mich in einer merkwürdigen Lage befinden, wenn ich der jungen Dame mein Herz schenkte und die Tochter sich als neue Auflage der Mutter erwiese.‹

Fünfzehntes Kapitel

Wieder ist eine Woche vorüber, und ich habe mich um ebensoviel Tage der Gesundheit und dem Frühling genähert. Ich habe nun die ganze Geschichte meines Nachbarn während verschiedener Sitzungen gehört, wenn die Haushälterin ihre Zeit nicht für wichtigere Beschäftigungen benötigte. Ich werde mit ihren eigenen Worten fortfahren, nur ein wenig zusammengedrängt. Sie ist, alles in allem, eine sehr gute Erzählerin, ich glaube nicht, daß ich ihren Stil verbessern könnte.

Am Abend, sagte sie, am Abend, nachdem ich auf dem Gut gewesen war, wußte ich so genau, als hätte ich ihn gesehen, daß Mr. Heathcliff sich in der Nähe des Hauses aufhielt. Ich vermied es, hinauszugehen, weil ich seinen Brief immer noch in der Tasche hatte und mich nicht weiter bedrohen und quälen lassen wollte. Ich hatte beschlossen, ihn erst während einer Abwesenheit meines Herrn abzugeben, weil ich nicht wußte, wie der Empfang des Briefes auf Catherine wirken werde. Die Folge war, daß er erst nach Ablauf von drei Tagen in ihre Hände gelangte. Der vierte war ein Sonntag, und ich brachte den Brief in ihr Zimmer, nachdem die Familie zur Kirche gegangen war. Nur ein Bedienter war zurückgelassen worden, um mit mir das Haus zu hüten. Gewöhnlich pflegten wir während der Zeit des Gottesdienstes die Türen zu schließen, aber an diesem Tage war das Wetter so warm und freundlich, daß ich sie weit öffnete. Weil ich wußte, wer kommen werde, sagte ich, um mein Versprechen zu halten, zu dem Diener, daß die gnädige Frau sehr gern ein paar Apfelsinen haben wolle, er solle ins Dorf laufen und einige holen, sie würden am nächsten Morgen bezahlt werden. Er verschwand, und ich ging hinauf zu ihr.

Mrs. Linton saß, in einem losen, weißen Gewand, mit einem dünnen Umschlagtuch um ihre Schultern, wie gewöhnlich in der Nische des geöffneten Fensters. Ihr volles langes Haar war zu Beginn ihrer Krankheit zum Teil abgeschnitten worden; jetzt fiel es in natürlichen Locken schlicht über ihre Schläfen und den Nacken. Wie ich Heathcliff gesagt hatte, war ihre Erscheinung verändert; aber wenn sie ruhig war, schien überirdische Schönheit in dem Wandel zu liegen. Das Blitzen ihrer Augen war von einer träumerischen und schwermütigen Sanftheit abgelöst worden; sie machten nicht mehr den Eindruck, als ob sie die Gegenstände ihrer Umgebung betrachteten, sie schienen immer darüber hinaus, weit darüber hinaus zu blicken, man hätte sagen können, in eine andere Welt. Die Blässe ihres Gesichtes – sein verstörtes Aussehen war verschwunden, als es sich wieder rundete – und der eigentümliche Ausdruck, der ihrem geistigen Zustand entsprang, steigerten die rührende Teilnahme, die sie erweckte, wenn sie auch auf schmerzliche Weise den Ernst ihres Zustandes verrieten. Ich weiß, daß dieses alles mir – und ich glaube, auch allen anderen, die sie sahen – die greifbaren Beweise ihrer Genesung widerlegte und sie zu einer Todgeweihten stempelte.

Ein Buch lag aufgeschlagen auf der Fensterbank vor ihr, und der kaum wahrnehmbare Wind bewegte von Zeit zu Zeit seine Blätter. Ich glaube, Linton hatte es dort hingelegt; denn sie wollte sich nie durch Lesen oder eine Beschäftigung irgendwelcher Art zerstreuen, und er pflegte manche Stunde auf den Versuch zu verwenden, ihre Aufmerksamkeit auf einen Gegenstand zu lenken, der sie früher ergötzt hatte. Sie erriet seine Absicht, und wenn sie sich in guter Stimmung befand, ertrug sie seine Bemühungen ruhig und bekundete ihre Nutzlosigkeit nur durch einen gelegentlichen gelangweilten Seufzer, bis sie ihm schließlich mit traurigem Lächeln und Küssen Einhalt tat. Zu anderen Zeiten pflegte sie sich verdrießlich abzuwenden und ihr Gesicht in den Händen zu verbergen, ja sie stieß ihn sogar ärgerlich weg – und dann ließ er sie allein, denn er wußte, daß seine Gegenwart nichts bessern konnte.

Die Kirchenglocken von Gimmerton läuteten noch, und das tiefe, eintönige Murmeln des Baches im Tal klang wohltuend an unser Ohr. Es war ein lieblicher Ersatz für das noch ferne Rauschen des Sommerlaubes, das diese Musik in der Umgebung des Gehöftes übertönte, wenn die Bäume belaubt waren. In Wuthering Heights war das Läuten immer an ruhigen Tagen nach starkem Tauwetter oder anhaltendem Regen zu hören. Und an Wuthering Heights dachte Catherine, während sie lauschte, das heißt, wenn sie überhaupt dachte und lauschte. Sie hatte wieder den unbestimmten, abwesenden Blick, den ich schon beschrieb und der nicht erkennen ließ, ob sie etwas sah oder hörte.

»Hier ist ein Brief für Sie, Mrs. Linton«, sagte ich und legte ihn leise in ihre Hand, die auf dem Knie ruhte. »Sie müssen ihn sofort lesen, da auf Antwort gewartet wird. Soll ich das Siegel erbrechen?« »Ja«, antwortete sie, ohne die Richtung ihres Blickes zu verändern. Ich öffnete ihn; er war ganz kurz. »Hier«, fuhr ich fort, »lesen Sie ihn.« Sie zog ihre Hand fort und ließ ihn fallen. Ich legte ihn auf ihren Schoß zurück und blieb wartend stehen, bis sie einmal hinunterschauen werde; doch dies ließ so lange auf sich warten, daß ich endlich fortfuhr: »Soll ich ihn vorlesen, gnädige Frau? Er ist von Heathcliff.«

Die Folge war ein Hochfahren, ein beunruhigter Schimmer aufsteigender Erinnerung in ihren Augen und die Anstrengung, ihre Gedanken zu ordnen. Sie hob den Brief auf und schien ihn durchzulesen, und als sie an die Unterschrift kam, seufzte sie. Ich erriet jedoch, daß sie seine Bedeutung nicht erfaßt hatte; denn auf meine Bitte um eine Antwort wies sie nur auf den Namen und schaute mich in trauriger und fragender Verwunderung an.

»Ja, er möchte Sie sehen«, sagte ich, denn ich erriet, daß sie einen Dolmetscher nötig hatte. »Er steht im Garten und wartet ungeduldig auf die Antwort, die ich ihm bringen soll.«

Während ich sprach, bemerkte ich, daß der große Hund, der unten auf dem sonnigen Rasen lag, die Ohren spitzte, als ob er bellen wollte, sie wieder zurücklegte und durch ein Wedeln des Schwanzes bekundete, daß sich jemand näherte, den er kannte. Mrs. Linton beugte sich vor und lauschte atemlos. Einen Augenblick später hörte man Schritte in der Halle: die offene Haustür war eine zu große Versuchung für Heathcliff – er konnte nicht widerstehen einzutreten. Wahrscheinlich vermutete er, ich hätte die Absicht, mein Versprechen nicht zu halten, und entschloß sich daher, sich auf seine eigene Kühnheit zu verlassen. Mit gespannter Erwartung blickte Catherine zur Tür. Er fand nicht sogleich das richtige Zimmer, und sie machte eine Bewegung, daß ich ihn einlassen sollte; bevor ich zur Tür gelangen konnte, fand er sich zurecht, war in ein bis zwei langen Schritten an ihrer Seite und hielt sie mit seinen Armen umschlungen.

Während der nächsten fünf Minuten sprach er kein Wort, lockerte auch seinen Griff nicht und überschüttete sie mit mehr Küssen, als er jemals in seinem Leben verschenkt haben mochte; aber meine Herrin hatte ihn auch zuerst geküßt, und ich sah deutlich, daß er es, von Schmerz übermannt, kaum über sich bringen konnte, ihr ins Gesicht zu blicken. Im Augenblick, als er sie sah, wußte er ebensogut wie ich, daß keine Aussicht auf Genesung mehr war, daß das Schicksal sie gezeichnet hatte, daß sie sterben mußte.

»O Cathy, o mein Leben! Wie soll ich es ertragen?« war das erste, was er sagte, in einem Ton, der seine Verzweiflung nicht zu verbergen suchte. Und dann schaute er sie so schwermütig an, daß ich glaubte, allein die Eindringlichkeit seines Blickes müsse ihm Tränen in die Augen treiben; sie brannten in Schmerz, blieben aber trocken.

»Was denn?« sagte Catherine, lehnte sich zurück und gab seinen Blick mit plötzlich umwölkter Stirn zurück; denn ihre Stimmung war, gleich einer Wetterfahne, ständigem Wechsel unterworfen. »Du und Edgar, ihr habt mir das Herz gebrochen, Heathcliff. Und nun kommt ihr beide und betrauert die Tat vor mir, als wenn ihr diejenigen wäret, denen Mitleid gebührt. Ich werde euch nicht bemitleiden, bestimmt nicht. Ihr habt mich getötet – ihr habt es erreicht. – Wie stark du bist!

Was meinst du, wieviel Jahre wirst du noch leben, wenn ich tot bin?«

Heathcliff hatte sich, um sie zu umarmen, auf ein Knie niedergelassen; er versuchte sich aufzurichten, aber sie packte ihn beim Haar und drückte ihn nieder.

»Ich wollte, ich könnte dich halten«, fuhr sie schmerzlich fort, »bis wir beide tot wären. Ich würde mich nicht darum kümmern, ob du leidest. Deine Leiden sind mir gleichgültig. Warum solltest du nicht ebenso wie ich leiden? Wirst du mich vergessen? Wirst du glücklich sein, wenn ich unter der Erde liege? Wirst du in zwanzig Jahren sagen: Dies ist das Grab von Catherine Earnshaw. Vor langer Zeit habe ich sie geliebt und war unglücklich über ihren Tod. Aber das ist vorüber. Ich habe seither viele andere geliebt; meine Kinder sind mir teurer, als sie es war, und wenn ich sterbe, werde ich mich nicht darauf freuen, zu ihr zu kommen, sondern werde traurig darüber sein, daß ich die Kinder verlassen muß. Wirst du so sprechen, Heathcliff?«

»Willst du mich so lange foltern, bis ich so wahnsinnig bin wie du?« schrie er zähneknirschend und befreite seinen Kopf gewaltsam.

Die beiden boten einem unbeteiligten Dritten ein seltsam schauerliches Bild. Catherine mochte glauben, daß der Himmel für sie eine Ort der Verbannung sein würde, wenn sie mit ihrem sterblichen Körper nicht auch ihr sterbliches Wesen abstreifen konnte. In diesem Augenblick spiegelte sich in ihren bleichen Zügen, in den blutleeren Lippen und funkelnden Augen wilde Rachsucht wider, und in ihren verkrampften Fingern hielt sie ein Büschel Haare, die sie Heathcliff ausgerissen hatte. Er wiederum hatte sich beim Aufstehen auf eine Hand gestützt und mit der anderen ihren Arm mit so wenig Zartheit gepackt, daß ich trotz ihrem Zustande vier deutliche Abdrücke auf ihrer farblosen Haut gewahrte, als er sie losließ.

»Bist du vom Teufel besessen«, fuhr er wild auf, »daß du so mit mir sprechen kannst, wenn du dem Tode nahe bist? Hast du dir überlegt, daß diese Worte sich in mein Gedächtnis einbrennen und sich immer tiefer hineinfressen werden, nachdem du mich verlassen hast? Du weißt, daß du lügst, wenn du sagst, ich hätte dich getötet, und, Catherine, du weißt, daß ich

dich ebensowenig vergessen kann wie mich selber. Genügt es deiner teuflischen Selbstsucht nicht, daß ich mich in Höllenqualen winden werde, während du deinen Frieden hast?«
»Ich werde keinen Frieden haben«, stöhnte Catherine, zum Bewußtsein ihrer körperlichen Schwäche zurückgerufen durch das heftige, unregelmäßige Klopfen ihres Herzens, das bei diesem Übermaß von Aufregung sichtbar und hörbar schlug. Sie sagte nichts, bis der Anfall vorüber war, dann fuhr sie freundlicher fort: »Ich wünsche dir keine größeren Qualen, als ich leide, Heathcliff. Ich wünschte nur, wir würden nie getrennt, und wenn dich von nun an ein Wort von mir betrübt, dann denke daran, daß ich unter der Erde den gleichen Kummer empfinde, und vergib mir um meinetwillen. Komm wieder zu mir und knie wieder hin. Du hast mir nie in deinem Leben ein Leid zugefügt. Aber wenn du zornige Gedanken hegst, wird die Erinnerung daran schlimmer sein als an meine harten Worte. Willst du nicht wieder herkommen? Komm doch, bitte!«
Heathcliff trat hinter die Lehne ihres Stuhles und beugte sich darüber, aber nicht so weit, daß sie sein Gesicht sehen konnte, das bleich vor innerer Bewegung war. Sie drehte sich herum, um ihn anzusehen; er wollte es nicht zulassen, wendete sich schroff ab und ging zum Kamin, wo er, mit dem Rücken zu uns, schweigend stehenblieb. Mrs. Lintons Augen folgten ihm argwöhnisch, jede Bewegung weckte in ihr eine neue Empfindung. Nach einer Pause und einem langen Blick wandte sie sich an mich und sagte im Ton zorniger Enttäuschung: »Siehst du, Nelly, er gäbe keinen Schritt breit nach, um mich vor dem Grabe zu bewahren. *So* werde ich geliebt! Nun, es schadet nichts. Das ist nicht *mein* Heathcliff. Ich werde meinen trotzdem lieben und ihn mit mir nehmen: er ist in meiner Seele. Und«, fügte sie nachdenklich hinzu, »was mich am meisten bedrängt, ist am Ende dieses traurige Gefängnis. Ich bin es müde, so müde, hier eingeschlossen zu sein. Ich sehne mich danach, in jene herrliche Welt zu entfliehen und immer dort zu sein; ich möchte sie nicht verschwommen durch Tränen sehen und nicht mit wehem Herzen danach schmachten, sondern mit ihr und in ihr sein. Nelly, du denkst, du bist besser daran und glücklicher als ich, in voller Gesund-

heit und Kraft; du bedauerst mich; das wird sehr bald anders sein. Ich werde *dich* bedauern. Ich werde unvergleichlich weit und hoch über euch allen stehen. Ich wüßte gern, ob er mir nahe sein wird«, fuhr sie wie zu sich selbst fort. »Ich glaube, er wäre gern bei mir. Lieber Heathcliff, du solltest jetzt nicht trotzig sein. Komm zu mir, Heathcliff.«

In ihrem Eifer erhob sie sich und stützte sich auf die Lehne ihres Stuhles. Auf ihre flehentliche Bitte hin wandte er sich mit vollkommen verzweifeltem Ausdruck nach ihr um. Seine weit geöffneten, nun endlich mit Tränen gefüllten Augen blitzten sie leidenschaftlich an, und seine Brust hob und senkte sich krampfhaft. Einen Augenblick verweilten sie so, dann – wie sie zusammenkamen, ich kann es kaum sagen – machte Catherine einen Schritt auf ihn zu, er fing sie auf, und sie fanden sich in einer Umarmung, aus der meine Herrin, wie ich glaubte, nie lebend hervorgehen würde, und wirklich schien mir, als sei sie bewußtlos. Er warf sich mit ihr in den nächsten Sessel, und als ich hastig näher kam, um zu sehen, ob sie ohnmächtig war, fletschte er die Zähne nach mir, schäumte wie ein tollwütiger Hund und zog sie voll gieriger Eifersucht an sich. Er schien kein menschliches Wesen mehr zu sein; er machte den Eindruck, als verstünde er mich nicht, wenn ich mit ihm spräche; darum hielt ich mich in einiger Entfernung und schwieg in großer Verwirrung.

Eine Bewegung, die Catherine machte, beruhigte mich gleich darauf; sie hob ihren Arm, um ihn um seinen Nacken zu schlingen, und drückte ihre Wange an seine, während er sie hielt. Er wiederum bedeckte sie mit hemmungslosen Liebkosungen und sagte leidenschaftlich: »Du lehrst mich jetzt erkennen, wie grausam du gewesen bist, grausam und falsch. *Warum* hast du mich verschmäht? *Warum* hast du dein eigenes Herz verraten, Cathy? Ich habe kein Wort des Trostes. Du verdienst dein Schicksal, du hast dich selbst getötet. Wohl magst du mich küssen und weinen und mir Küsse und Tränen entlocken – sie werden dich vernichten – sie werden dich verdammen. Du hast mich geliebt: – wer gab dir dann das Recht, mich zu verlassen? Wer gab es dir – antworte mir! –, um der armseligen Zuneigung willen, die du für Linton fühltest? Nicht Elend, Erniedrigung und Tod und nichts, was Gott oder

Satan uns zufügen konnten, hätte uns trennen dürfen. *Du,* du tatest es aus freiem Willen. Ich habe dir nicht das Herz gebrochen, du hast es gebrochen, und damit hast du auch meines gebrochen. Das ist um so schlimmer, weil ich stark bin. Will ich denn leben? Was für ein Leben wird das sein, wenn du ... o Gott! Möchtest du leben, wenn deine Seele im Grabe liegt?«
»Laß mich, laß mich!« schluchzte Catherine. »Wenn ich Unrecht getan habe, so sterbe ich dafür. Es ist genug! Du hast mich auch verlassen; aber ich will dich nicht tadeln. Ich verzeihe dir, verzeihe du mir auch!«
»Es ist schwer, zu verzeihen und in diese Augen zu blicken und diese welken Hände zu spüren«, antwortete er. »Küß mich wieder und laß mich deine Augen nicht sehen. Ich verzeihe, was du mir angetan hast. Ich liebe *meinen* Mörder, aber *deinen,* wie kann ich das?«
Sie schwiegen, ihre Gesichter aneinandergeschmiegt und von ihren Tränen benetzt; jedenfalls glaube ich, daß sie beide weinten, da Heathcliff bei einer seelischen Erschütterung wie dieser anscheinend zu weinen vermochte.
Allmählich wurde es mir sehr unbehaglich zumute; denn der Nachmittag war weit vorgeschritten; der Mann, den ich fortgeschickt hatte, kam von seinem Gang zurück, und ich konnte beim Schein der Abendsonne im Tal sehen, wie sich aus dem Kirchenportal in Gimmerton die Menschen hervordrängten.
»Der Gottesdienst ist zu Ende«, verkündete ich. »Mein Herr wird in einer halben Stunde hier sein.«
Heathcliff stieß einen Fluch aus und drückte Catherine fester an sich; sie bewegte sich nicht.
Bald danach sah ich eine Gruppe des Gesindes die Straße entlang auf den Wirtschaftsflügel zugehen. Nicht weit hinter ihnen kam Mr. Linton; er öffnete die Pforte und schlenderte langsam herauf. Er schien den lieblichen Nachmittag zu genießen, der so mild war wie im Sommer.
»Jetzt ist er hier!« rief ich aus. »Um des Himmels willen, beeilen Sie sich, daß Sie hinunterkommen! Sie werden auf der Vordertreppe niemandem begegnen. Schnell, schnell, und bleiben Sie zwischen den Bäumen stehen, bis er vollends drinnen ist.«
»Ich muß gehen, Cathy«, sagte Heathcliff und versuchte, sich

den Armen seiner Gefährtin zu entwinden. »Aber wenn ich am Leben bin, werde ich dich wiedersehen, bevor du einschläfst. Ich werde mich nicht weiter als fünf Meter von deinem Fenster entfernen.«

»Du sollst nicht gehen«, antwortete sie und hielt ihn so fest, wie ihre Kräfte es ihr erlaubten. »Du sollst nicht, sage ich dir!«

»Nur für eine Stunde«, bat er dringend.

»Nicht für eine Minute«, entgegnete sie.

»Ich muß – Linton wird gleich oben sein«, beharrte der bestürzte Eindringling.

Er wollte aufstehen und versuchte dabei, den Griff ihrer Finger zu lösen; aber sie klammerte sich keuchend fest, wahnsinnige Entschlossenheit in den Zügen.

»Nein!« schrie sie. »Oh, geh nicht, geh nicht! Es ist das letzte Mal! Edgar wird uns nichts tun, Heathcliff; ich werde sterben!«

»Verdammter Narr! Da ist er!« rief Heathcliff und sank auf den Stuhl zurück. »Ruhig, mein Liebling! Ruhig, ruhig, Catherine! Ich bleibe. Wenn er mich so erschießen würde – ich stürbe mit einem Segen auf meinen Lippen.«

Und wieder hielten sie sich umschlungen. Ich hörte meinen Herrn die Treppe heraufkommen – kalter Schweiß lief mir über die Stirn –, ich war entsetzt.

»Werden Sie wirklich auf die Rasende hören?« sagte ich in plötzlichem Zorn. »Sie weiß nicht, was sie sagt. Wollen Sie sie zugrunde richten, weil sie den Verstand nicht hat, sich selbst zu helfen? Stehen Sie auf! Sie könnten sofort frei sein! Das ist die teuflischste Tat, die Sie je vollbracht haben. Wir sind alle verloren, der Herr, die gnädige Frau und ich.« Ich rang die Hände und schrie auf, und Mr. Linton beschleunigte seinen Schritt bei dem Lärm. Inmitten meiner Aufregung war ich aufrichtig erleichtert, als ich bemerkte, daß Catherines Arm herabgesunken war und ihr Kopf kraftlos zur Seite hing.

›Sie ist ohnmächtig oder tot‹, dachte ich. ›Um so besser. Viel besser, sie wäre tot, als daß sie langsam dahinsiecht, eine Last und eine Qual für ihre Umgebung.‹

Edgar stürzte auf den ungebetenen Gast zu, totenbleich vor Schreck und Wut. Was er zu tun beabsichtigte, kann ich nicht sagen; jedenfalls brach der andere allen Ausbrüchen sofort

die Spitze ab, indem er die leblos scheinende Gestalt in seine Arme legte.
»Sehen Sie her«, sagte er. »Wenn Sie kein Unmensch sind, helfen Sie zuerst ihr, dann sollen Sie mit mir reden.«
Er ging ins Wohnzimmer und setzte sich hin. Mr. Linton rief mich herbei, und mit großer Mühe gelang es uns, nachdem wir allerlei Mittel versucht hatten, sie ins Bewußtsein zurückzurufen, aber sie war vollkommen verwirrt, seufzte und stöhnte und erkannte niemand. In seiner Angst um sie vergaß Edgar ihren verhaßten Freund. Ich nicht. Bei der ersten Gelegenheit ging ich und bat ihn dringend, fortzugehen. Ich versicherte ihm, daß es Catherine besser ginge und daß er am anderen Morgen von mir hören sollte, wie sie die Nacht verbracht hätte.
»Ich werde mich nicht weigern, das Haus zu verlassen«, antwortete er, »aber ich werde im Garten bleiben, und, Nelly, denke daran, morgen dein Wort zu halten. Ich werde dort unter den Lärchen sein. Denk daran. Oder ich statte euch noch einen Besuch ab, ob nun Linton da ist oder nicht.«
Er warf einen hastigen Blick durch die halbgeöffnete Tür des Zimmers, und als er sich vergewissert hatte, daß meine Worte offenbar der Wahrheit entsprachen, befreite er das Haus von seiner unseligen Gegenwart.

Sechzehntes Kapitel

In jener Nacht, gegen zwölf Uhr, wurde die Catherine geboren, die Sie in Wuthering Heights gesehen haben: ein kümmerliches Siebenmonatskind, und zwei Stunden später starb die Mutter, ohne so viel Bewußtsein zurückerlangt zu haben, Heathcliff zu vermissen oder Edgar zu erkennen. Mr. Lintons Verzweiflung über seinen Verlust war zu schmerzlich, als dabei verweilen zu können. Die späteren Auswirkungen zeigten, wie tief der Kummer in ihm saß. Ich glaube, viel trug dazu bei, daß er ohne Erben blieb. Ich beklagte das, wenn ich das schwächliche, mutterlose Kind betrachtete, und machte dem alten Linton im stillen Vorwürfe, weil er sein Besitztum – wenn auch aus einer verständlichen Vorliebe – seiner eigenen Tochter gesichert hatte statt der seines Sohnes. Es war ein unwillkommenes Kind, das arme kleine Ding. Es hätte aus dem Leben hinschwinden können, und keiner hätte sich in den ersten Stunden seines Daseins etwas daraus gemacht. Wir haben die Vernachlässigung später wiedergutgemacht, aber sein Lebensanfang war so freudlos, wie sein Ende es wahrscheinlich sein wird.

Der nächste Morgen brach strahlend und heiter an, drang, durch die Vorhänge gedämpft, in das stille Gemach und übergoß das Sterbebett und die Gestalt darauf mit einem sanften, zärtlichen Licht. Edgar Linton hatte seinen Kopf auf das Kissen gelegt und die Augen geschlossen. Seine jungen, schönen Züge waren fast so totenbleich wie die der Gestalt neben ihm und fast ebenso starr; aber auf seinem Gesicht lag die Ruhe erschöpften Schmerzes, auf dem ihren die Ruhe vollkommenen Friedens. Ihre Stirn war geglättet, ihre Augen geschlossen, auf ihren Lippen lag ein Lächeln: kein Engel im Himmel konnte schöner sein als sie. Und ich hatte teil an der unendlichen Ruhe, die über ihr lag; nie war es mir feierlicher zumute gewesen als beim Anblick dieses ungetrübten Bildes göttlichen Friedens. Unwillkürlich wiederholte ich die Worte, die sie wenige Stunden zuvor ausgesprochen hatte: ›Unvergleichlich weit und hoch über euch allen!‹ und fühlte: ob noch auf Erden oder schon im Himmel, ihr Geist ist daheim bei Gott.

Ich weiß nicht, ob es nur meine Eigenart ist, aber ich bin eigentlich immer glücklich, sobald ich in einem Totenzimmer wache, wenn sich keine tobenden oder verzweifelten Hinterbliebenen mit mir in das Amt teilen. Ich empfinde eine Ruhe, die weder Erde noch Hölle stören kann, und spüre den Glauben an das unendliche und schattenlose Jenseits, die Ewigkeit, in die die Toten eingegangen sind, wo alles grenzenlos ist: die Dauer des Lebens, die Kraft der Liebe und das Maß an Freude. Bei dieser Gelegenheit bemerkte ich, wieviel Selbstsucht selbst in einer Liebe sein kann, wie Linton sie hegte, sonst hätte er Catherines gesegnete Erlösung nicht so betrauern können. Gewiß, man konnte im Zweifel darüber sein, ob sie nach dem launenhaften und ungeduldigen Leben, das sie geführt hatte, ein Eingehen in den Hafen des Friedens verdiente. In Zeiten kühler Überlegung konnte man vielleicht daran zweifeln, aber nicht damals, angesichts der Toten. Die Ruhe, die sie offenbarte, schien eine Bürgschaft dafür zu sein, daß ihre Seele diese Ruhe gefunden hatte. –

Glauben Sie, daß solche Menschen in der anderen Welt wirklich glücklich sind, Mr. Lockwood? Ich würde viel darum geben, wenn ich das wüßte.

Ich lehnte es ab, Mrs. Deans Frage zu beantworten, die mir wenig zu unserem Glauben zu passen schien. Sie fuhr fort:

Wenn wir den Lebenslauf von Catherine Linton zurückverfolgen, haben wir, fürchte ich, nicht das Recht, zu glauben, daß sie glücklich ist, aber wir wollen sie ihrem Schöpfer empfehlen.

Der Herr sah aus, als ob er schliefe, so wagte ich denn, kurz nach Sonnenaufgang, mich aus dem Zimmer zu stehlen und in die reine frische Luft hinauszugehen. Das Gesinde dachte, ich wäre gegangen, um mir nach der langen Nachtwache die Müdigkeit aus den Gliedern zu treiben; in Wirklichkeit wollte ich Mr. Heathcliff aufsuchen. Wenn er die ganze Nacht unter den Lärchen geblieben war, würde er nichts von der Aufregung im Gehöft gehört haben, es sei denn, er hätte das Galoppieren des Boten, der nach Gimmerton ritt, wahrgenommen. Wäre er näher gekommen, so wäre er wahrscheinlich durch die hin und her irrenden Lichter und durch das Öffnen und Schließen der Außentüren gewahr geworden, daß drinnen etwas nicht stimmte. Ich wünschte und fürchtete mich gleichzeitig davor, ihm zu begegnen. Ich wußte, die schreckliche Kunde mußte überbracht werden, und ich sehnte mich danach, es hinter mir zu haben; aber wie ich es tun sollte, wußte ich nicht. Er war da, einige Meter tiefer im Park, lehnte an einer alten Esche, ohne Hut, sein Haar durchnäßt vom Tau, der sich an den Knospen der Zweige gesammelt hatte und tropfend auf ihn niederfiel. Er mußte lange Zeit in dieser Stellung verharrt haben, denn ich sah ein Amselpärchen kaum drei Fuß von ihm entfernt hin und her fliegen, emsig mit seinem Nestbau beschäftigt und

seine Nähe nicht mehr beachtend als die irgendeines Baumes. Sie flogen davon, als ich mich näherte.
Er hob den Blick und sagte: »Sie ist tot. Ich habe nicht auf dich gewartet, um das zu erfahren. Steck dein Taschentuch weg, heul mir nichts vor. Der Teufel hole euch alle! Sie bedarf *eurer* Tränen nicht.«
Ich weinte ebensosehr um ihn wie um sie. Wir haben oft Mitleid für Geschöpfe, die dieses Gefühl weder für sich noch für andere kennen, und gleich als ich ihm ins Gesicht blickte, sah ich, daß er von der Katastrophe wußte, und ein törichter Gedanke ergriff mich: sein Herz sei demütig geworden und er bete, weil seine Lippen sich bewegten und sein Blick zu Boden gerichtet war.
»Ja, sie ist tot«, antwortete ich, unterdrückte mein Schluchzen und trocknete meine Tränen, »und ich hoffe, in den Himmel eingegangen, wo wir alle mit ihr vereint sein werden, wenn wir uns rechtzeitig warnen und unseren schlechten Taten gute folgen lassen.«
»Hat sie sich etwa rechtzeitig warnen lassen?« fragte Heathcliff mit dem Versuch, höhnisch zu lachen. »Ist sie wie eine Heilige gestorben? Komm, gib mir eine genaue Beschreibung des Vorganges. Wie ist...«
Er bemühte sich, den Namen auszusprechen, brachte es aber nicht zustande. Mit zusammengepreßtem Mund focht er einen stummen Kampf mit seiner inneren Qual aus und bot dabei meiner Teilnahme Trotz, indem er mich herausfordernd und wild anstarrte. »Wie starb sie?« fuhr er endlich fort, trotz seiner sonstigen Unerschrockenheit froh, eine Stütze hinter sich zu haben; denn nach dem Kampf zitterte er wider Willen am ganzen Körper.
›Armer Kerl‹, dachte ich, ›du hast ein Herz und hast Nerven genau wie deine Mitmenschen. Warum bist du so ängstlich darauf bedacht, sie zu verbergen? Dein Stolz kann Gott nicht täuschen. Du reizt ihn, dich zu martern, bis er dir einen Schrei der Demütigung abzwingt.‹
»Sanft wie ein Lamm«, sagte ich laut. »Sie seufzte und streckte sich aus wie ein Kind, das erwacht und wieder in Schlaf sinkt. Fünf Minuten später spürte ich noch einen schwachen Schlag ihres Herzens, und dann nichts mehr.«

»Und – hat sie mich noch erwähnt?« fragte er zögernd, als ob er fürchtete, die Antwort auf seine Frage würde Einzelheiten aufdecken, die zu hören er nicht ertragen könnte.

»Sie hat das Bewußtsein nicht zurückerlangt; sie erkannte keinen, seit Sie sie verlassen hatten«, sagte ich. »Sie liegt da, mit einem süßen Lächeln auf dem Gesicht, und ihre letzten Gedanken wanderten zu früheren, schönen Zeiten zurück. Ihr Leben endete in einem freundlichen Traum. Möge sie in jener anderen Welt ebenso angenehm erwachen!«

»Möge sie in Höllenqualen erwachen!« schrie er mit furchtbarer Heftigkeit, stampfte mit dem Fuß und stöhnte in einem plötzlichen Anfall unbeherrschter Leidenschaft. »Oh, sie hat bis zum Schluß gelogen! Wo ist sie? Nicht dort, nicht im Himmel, nicht in der Verdammnis, wo? Oh, du hast gesagt, du kümmertest dich nicht um meine Leiden. Und ich bete ein Gebet, ich wiederhole es, bis meine Zunge erstarrt: Catherine Earnshaw, mögest du keine Ruhe finden, solange ich am Leben bin! Du hast gesagt, ich hätte dich getötet – gut denn, verfolge mich! Die Ermordeten verfolgen ihre Mörder. Ich glaube, nein, ich weiß, daß Geister auf Erden gewandelt sind. Sei immer um mich, nimm jede Gestalt an, treibe mich zum Wahnsinn, nur laß mich nicht in diesem Abgrund, wo ich dich nicht finden kann. O Gott, es ist unaussprechlich! Ich kann nicht leben ohne mein Leben! Ich kann nicht leben ohne meine Seele!«

Er schlug mit dem Kopf gegen den knorrigen Baumstamm, verdrehte die Augen und heulte, nicht wie ein Mensch, sondern wie ein wildes Tier, das mit Messern und Speeren zu Tode gehetzt wird. Ich bemerkte mehrere Blutspritzer auf der Rinde des Baumes, und seine Hand und seine Stirn wiesen beide Flecken auf. Wahrscheinlich war das Schauspiel, dessen Zeuge ich war, eine Wiederholung ähnlicher Szenen, die sich in der Nacht abgespielt hatten. Ich konnte kaum Mitleid aufbringen, er stieß mich ab; und doch widerstrebte es mir, ihn so zu verlassen. Aber sobald er sich so weit in der Gewalt hatte, daß er bemerkte, wie ich ihn beobachtete, donnerte er mir den Befehl zu, ich solle gehen, und ich gehorchte. Es lag nicht in meiner Kraft, ihn zu beruhigen oder zu trösten.

Mrs. Lintons Begräbnis sollte an dem Freitag, der ihrem Hinscheiden folgte, stattfinden; bis dahin blieb ihr Sarg offen und mit Blumen und duftigen Blättern bedeckt im großen Wohnzimmer stehen. Linton verbrachte seine Tage und Nächte dort, ein schlafloser Wächter, und – ein Umstand, der allen außer mir verborgen war – Heathcliff verbrachte zum mindesten seine Nächte draußen, ebenfalls ohne Schlaf. Ich stand in keiner Verbindung mit ihm, doch war mir seine Absicht bewußt, hereinzukommen, sobald er konnte. Am Dienstag, kurz nach Dunkelwerden, als sich mein Herr, von Müdigkeit überwältigt, gezwungen sah, sich auf ein paar Stunden zurückzuziehen, ging ich und öffnete für Heathcliff, durch seine Ausdauer gerührt, eines der Fenster, um ihm die Möglichkeit zu geben, dem dahinwelkenden Bild der Angebeteten einen letzten Abschiedsblick zu schenken. Er verfehlte nicht, schnell und vorsichtig die Gelegenheit zu benutzen, so vorsichtig, daß nicht das leiseste Geräusch seine Gegenwart verriet. Ja nicht einmal ich würde entdeckt haben, daß er dagewesen war, wenn nicht das Laken neben dem Gesicht der Toten verschoben gewesen wäre und wenn ich nicht auf dem Fußboden eine blonde Haarlocke bemerkt hätte, die mit einem silbernen Faden zusammengebunden war. Bei genauerer Prüfung stellte ich fest, daß sie einem Medaillon entnommen war, das an Catherines Hals hing. Heathcliff hatte das Schmuckstück geöffnet, seinen Inhalt entfernt und ihn durch eine schwarze Locke von sich ersetzt. Ich flocht beide Locken zusammen und verschloß sie in dem Medaillon.

Mr. Earnshaw war natürlich eingeladen worden, die sterblichen Reste seiner Schwester zum Grabe zu geleiten. Er schickte keine Entschuldigung, aber er kam auch nicht, so daß die Leidtragenden neben Mr. Linton nur der Pächter und das Gesinde waren. Isabella war nicht aufgefordert worden.

Catherines letzte Ruhestätte befand sich, zum Erstaunen der Dorfleute, weder in der Kirche, unter der gemeißelten Gedenktafel der Lintons, noch draußen bei den Gräbern ihrer eigenen Familie. Sie liegt an einem grünen Abhang in einem Winkel des Kirchhofes, wo die Mauer so niedrig ist, daß Heidekraut und Heidelbeerpflanzen vom Moor her darüber weggeklettert sind, und ist fast in der Torferde verschwunden. Catherines Gatte ruht jetzt an derselben Stelle, und jedes von ihnen hat am Kopfende einen schlichten Grabstein und zu Füßen einen glatten grauen Klotz, um die Gräber kenntlich zu machen.

Siebzehntes Kapitel

Jener Freitag war für einen Monat der letzte schöne Tag. Am Abend schlug das Wetter um, der Wind drehte von Süden auf Nordost und brachte zuerst Regen und dann Graupelwetter und Schnee. Am nächsten Morgen konnte man sich kaum vorstellen, daß drei Wochen lang Sommer gewesen war; die Primeln und Krokusse waren unter winterlichem Schnee begraben, die Lerchen schwiegen, und die jungen Blätter der vorwitzigen Bäume sahen verschrumpelt und schwärzlich aus. Düster, kalt und trübe kroch der Vormittag hin. Mein Herr blieb in seinem Zimmer, ich richtete mich in der verlassenen Wohnstube ein, verwandelte sie in ein Kinderzimmer und saß dort mit dem wimmernden Püppchen von einem Säugling auf meinen Knien und schaukelte es hin und her. Ich beobachtete, wie sich die immer noch fallenden Flocken vor dem vorhanglosen Fenster aufhäuften, als die Tür geöffnet wurde und jemand atemlos und lachend hereinkam. Mein Ärger war im ersten Augenblick größer als mein Erstaunen. Ich glaubte, es sei eine der Mägde, und rief: »Hör auf! Was fällt dir ein, hier so albern zu lachen? Was würde Mr. Linton sagen, wenn er dich hörte?«

»Entschuldige«, antwortete eine vertraute Stimme; »aber ich weiß, daß Edgar zu Bett ist, und ich kann einfach nicht an mich halten.«

Mit diesen Worten kam die Sprecherin ans Feuer. Sie rang nach Luft und preßte ihre Hand gegen die Rippen.

»Ich bin den ganzen Weg von Wuthering Heights hierher gerannt«, fuhr sie nach einer Pause fort, »wenn ich nicht hinfiel. Ich weiß nicht, wie viele Male ich gestürzt bin. Mir tut alles weh. Hab keine Angst, ich werde dir alles erklären, sobald ich dazu imstande bin; nur sei jetzt so gut und bestell mir schnell einen Wagen, der mich nach Gimmerton bringt, und laß mir von einer der Mägde ein paar Sachen aus meinem Kleiderschrank heraussuchen.«

Der Eindringling war Mrs. Heathcliff. Ihr Zustand war wahrhaftig nicht zum Lachen: ihr Haar hing, triefend von Schnee und Wasser, auf ihre Schultern herab. Sie trug ein Kleid aus ihrer Mädchenzeit, das wohl zu ihrem jugendlichen Alter, nicht aber zu ihrem jetzigen Stand paßte, ein Hängerkleid mit kurzen Ärmeln; Kopf und Hals waren unbedeckt. Das Kleid war aus dünner Seide und so naß, daß es an ihr festklebte; an den Füßen hatte sie nur dünne Morgenschuhe. Unter dem einen Ohr sah ich eine tiefe Schnittwunde, die wohl nur der Frost am starken Bluten verhindert hatte; ihr blasses Gesicht war zerkratzt und voller Beulen, und sie konnte sich vor Müdigkeit kaum aufrecht halten. Sie können sich vorstellen, daß mein erster Schrecken nicht geringer wurde, als ich sie genauer betrachten konnte.

»Meine liebe junge Herrin«, rief ich aus, »ich werde nirgends hingehen und nichts anhören, bis Sie sich vollkommen entkleidet und trockene Sachen angezogen haben; überdies werden Sie heute abend nicht nach Gimmerton fahren, darum ist es unnütz, den Wagen zu bestellen.«

»Ich muß auf alle Fälle hin«, sagte sie, »einerlei, ob zu Fuß oder im Wagen. Ich habe aber nichts dagegen, mich vorher ordentlich anzuziehen. Oh, sie nur, wie das Blut jetzt an meinem Hals herunterläuft. In der Wärme fängt die Wunde wieder an zu schmerzen.«

Sie bestand darauf, daß ich ihre Befehle ausführte, ehe ich sie anrühren durfte, und erst nachdem der Kutscher angewiesen war, anzuspannen, und eine Magd beauftragt war, einige notwendige Kleidungsstücke zusammenzupacken, durfte ich die Wunde verbinden und ihr beim Wechseln der Kleider helfen.

Als wir fertig waren und sie in einem Lehnstuhl, mit einer Tasse Tee vor sich, am Kamin saß, sagte sie:

»Nun, Ellen, setz dich mir gegenüber und lege das Baby der armen Catherine weg, ich mag es nicht sehen. Du mußt nicht denken, daß ich Catherine nicht geliebt habe, weil ich mich so verrückt benommen habe, als ich hier hereinkam. Auch ich habe bitterlich geweint, bitterlicher als andere, weil ich mehr Grund zum Weinen habe. Du weißt ja, wir sind unversöhnt voneinander geschieden, und das werde ich mir nie vergeben. Aber trotz alledem konnte ich kein Mitgefühl mit ihm haben, mit dieser Bestie. Gib mir den Feuerhaken! – Dieses ist das letzte, was ich von ihm an mir habe«, sie zog den Trauring von ihrem Finger und warf ihn auf die Erde. »Ich will ihn zerschlagen«, fuhr sie fort und schlug in kindischem Haß nach ihm, »und dann will ich ihn verbrennen.« Und sie hob das mißhandelte Ding auf und warf es in die Glut. »So, er soll einen neuen kaufen, wenn er mich zurückkriegt. Er ist imstande, mich hier zu suchen, nur um Edgar zu quälen; ich darf nicht hierbleiben, damit er in seiner Bosheit nicht erst auf den Gedanken kommt. Und überdies ist Edgar auch nicht freundlich zu mir gewesen, nicht wahr? Ich will ihn weder um Hilfe bitten noch ihm weitere Unannehmlichkeiten bereiten. Notgedrungen mußte ich hier Schutz suchen; wenn ich nicht erfahren hätte, daß Edgar sich in sein Zimmer eingeschlossen hat, wäre ich nur in die Küche gegangen, hätte mein Gesicht gewaschen, mich gewärmt, mir von dir bringen lassen, was ich brauchte, und wäre weitergegangen, einerlei wohin, nur aus der Reichweite meines verfluchten – dieses Bösewichtes. Oh, wie wütend er war! Wenn er mich erwischt hätte! Es ist ein Jammer, daß Earnshaw ihm an Körperkraft nicht gewachsen ist. Ich wäre nicht eher weggelaufen, bis ich ihn zerschmettert am Boden gesehen hätte, wenn Hindley ihn hätte überwältigen können.«

»Nun, nun, sprechen Sie nicht so schnell, Miß!« unterbrach ich sie. »Das Taschentuch, das ich Ihnen umgebunden habe, verschiebt sich sonst, und die Wunde blutet wieder. Trinken Sie Ihren Tee, werden Sie ruhig und hören Sie auf zu lachen. Lachen ist wirklich nicht am Platz unter diesem Dach und in Ihrer Lage.«

»Das ist zweifellos wahr«, erwiderte sie. »Hör nur das Kind! Es wimmert ununterbrochen! Laß es auf eine Stunde fortschaffen, damit ich es nicht mitanhören muß; länger werde ich nicht bleiben.«

Ich klingelte und übergab das Kindchen der Obhut einer Magd. Dann fragte ich, was sie veranlaßt habe, in einem so unmöglichen Zustand aus Wuthering Heights zu fliehen, und wohin sie zu gehen gedächte, da sie nicht bei uns bleiben wolle.

»Ich möchte und ich sollte aus zwei Gründen hierbleiben: um Edgar zu trösten und das Kindchen zu pflegen, und weil Thrushcross Grange meine richtige Heimat ist. Aber glaube mir, er würde es nicht zulassen. Glaubst du, er könnte es ertragen, daß ich dick und vergnügt würde, und er könnte uns in Ruhe hier leben lassen, ohne unseren Frieden zu vergiften? Ich weiß genau, er verabscheut mich so sehr, daß er mich unter gar keinen Umständen in Seh- oder Hörweite haben kann. Wenn ich nur in seine Nähe komme, bemerke ich, daß seine Gesichtsmuskeln sich unwillkürlich zu einem Ausdruck von Haß verzerren. Haß, weil er weiß, daß ich guten Grund habe, ihn auch zu hassen, und Haß aus instinktivem Widerwillen. Diese Abneigung ist so stark, daß ich ziemlich sicher bin, er wird mich nicht durch ganz England verfolgen, wenn er annimmt, die Flucht sei mir gelungen; und darum muß ich weit weg von hier gehen. Ich wünsche mir nicht mehr den Tod von seiner Hand; aber ich wollte, er brächte sich eines Tages selbst um. Er hat meine Liebe ganz und gar zertreten, und jetzt fühle ich mich wieder frei. Ich kann mich noch dunkel erinnern, wie sehr ich ihn geliebt habe, und kann mir vorstellen, daß ich ihn immer noch lieben könnte, wenn... Nein, nein! Selbst wenn er in mich verliebt gewesen wäre, so hätte sich seine teuflische Natur doch irgendwie gezeigt. Catherine hat einen geradezu widernatürlichen Geschmack gehabt, daß sie ihn so hochschätzte, obwohl sie ihn so gut kannte. Ungeheuer! Ich wollte, er könnte aus der Schöpfung und aus meinem Gedächtnis ausgetilgt werden.«

»Still, still! Er ist auch ein menschliches Wesen«, sagte ich. »Seien Sie etwas nachsichtiger, es gibt noch schlimmere Menschen als ihn.«

»Er ist kein menschliches Wesen«, erwiderte sie scharf, »und hat keinen Anspruch auf meine Menschenfreundlichkeit. Ich habe ihm mein Herz geschenkt, er nahm es, hat es zu Tode gequält und hat es mir dann wieder vor die Füße geworfen. Die

Menschen fühlen mit dem Herzen, Ellen; und nachdem er das meine zertreten hat, bin ich nicht mehr fähig, für ihn zu fühlen, und ich will es auch nicht, selbst dann nicht, wenn er von heute bis zu seinem Sterbetag seufzen und blutige Tränen um Catherine weinen würde. Nein, wahr und wahrhaftig, ich will nicht!«
Bei diesen Worten fing Isabella an zu weinen, doch sie wischte sich schnell die Tränen von den Augen und begann von neuem: »Du hast mich gefragt, was mich schließlich zur Flucht getrieben hat. Ich mußte sie versuchen, weil ich zuletzt seine Wut so gesteigert hatte, daß sie seine berechnende Bösartigkeit noch übertraf. Jemandem die Nerven mit rotglühenden Zangen herauszureißen, erfordert mehr Kaltblütigkeit, als ihm einen Schlag auf den Kopf zu versetzen. Er war so außer sich, daß er die kalte Vorsicht, deren er sich gerühmt hatte, vergaß und sich zu blutiger Gewalttat hinreißen ließ. Ich empfand Freude darüber, daß es mir gelungen war, ihn so in Wut zu versetzen; das Gefühl dieser Freude weckte meinen Selbsterhaltungstrieb, darum brach ich einfach aus, und wenn ich ihm je wieder in die Hände falle, dann kann er sich auf eine furchtbare Rache gefaßt machen.
Du weißt, daß Mr. Earnshaw gestern dem Begräbnis hätte beiwohnen sollen. Er blieb zu diesem Zweck nüchtern, einigermaßen nüchtern, ging nicht um sechs Uhr benebelt zu Bett und stand nicht, noch halb betrunken, um zwölf Uhr auf. Die Folge war, daß er sich in einer selbstmörderischen Stimmung erhob, die weder in die Kirche noch zu menschlicher Gesellschaft paßte, und darum setzte er sich schließlich an den Kamin und stürzte Schnaps und Branntwein wasserglasweise hinunter.
Heathcliff – es graut mir davor, seinen Namen auszusprechen – ist seit dem vorigen Sonntag bis heute kaum zu Hause gewesen. Ob die Engel ihn gespeist haben oder die bösen Mächte, kann ich nicht sagen, aber er hat seit einer Woche keine Mahlzeit mit uns eingenommen. Er ist erst nach Hause gekommen, wenn es dämmerte, ist in sein Zimmer hinaufgegangen und hat sich dort eingeschlossen – als ob jemand auch nur im Traum Verlangen nach seiner Gesellschaft trüge. Oben hat er unaufhörlich gebetet wie ein Methodist, nur daß die Gottheit, die er anflehte, Staub und Asche ist und daß er Gott, wenn er

ihn anrief, seltsamerweise mit dem Teufel verwechselte. Wenn er diese seltsamen Gebete beendet hatte – gewöhnlich dauerte es so lange, bis er heiser war und seine Stimme ihm nicht mehr gehorchte –, machte er sich wieder auf, immer geradenwegs nach Thrushcross Grange hinunter. Ich wundere mich, daß Edgar nicht die Polizei holen und ihn festnehmen ließ. Trotz meinem Kummer um Catherine empfand ich diese Tage der Befreiung von erniedrigender Knechtschaft als Feiertage für mich.

Ich schöpfte wieder so viel Mut, daß ich Josephs ewige Strafpredigten anhören konnte, ohne zu weinen, und nicht mehr wie ein ertappter Dieb im Hause umherschlich wie vorher. Du wirst nicht glauben wollen, daß ich über etwas, was Joseph sagt, weinen konnte, aber er und Hareton sind eine schreckliche Gesellschaft. Lieber noch saß ich bei Hindley und hörte sein entsetzliches Gerede an, als bei dem ›jungen Herrn‹ und seinem getreuen Beschützer, diesem widerwärtigen alten Mann. Wenn Heathcliff zu Hause ist, muß ich mich oft entweder in der Küche in ihrer Gesellschaft aufhalten oder in den feuchten, unbewohnten Zimmern Hunger leiden. Wenn er, wie in dieser Woche, nicht da ist, rücke ich mir einen Tisch und Stuhl an eine Seite des Feuers im ›Haus‹ und kümmere mich nicht darum, womit Mr. Earnshaw sich beschäftigt, und er mischt sich nicht in meine Angelegenheiten. Er ist jetzt ruhiger als früher – wenn niemand ihn reizt –, eher mürrisch und niedergeschlagen, nicht mehr so wütend. Joseph versichert, er sei ein anderer Mensch geworden, der Herr habe sein Herz berührt und ihn erlöst, ›so wie durch Feuer‹. Ich bemühe mich, Zeichen der günstigen Veränderung zu entdecken – aber was geht es mich schließlich an?

Gestern abend saß ich in meinem Winkel und las bis zu vorgerückter Stunde, bis gegen zwölf, in alten Büchern. Bei dem wilden Schneetreiben draußen in mein Zimmer hinaufzugehen, während meine Gedanken ständig zum Kirchhof und dem frischen Grab hin wanderten, war mir unmöglich. Ich wagte kaum, die Augen von dem Buch aufzuheben; denn sofort rückte sein trauriges Bild an dessen Stelle. Hindley saß mir gegenüber, den Kopf in die Hand gestützt; vielleicht dachte er über das gleiche nach wie ich. Er hatte aufgehört zu trinken, als er noch bei klarem Verstande war, und hatte sich seit zwei oder drei Stunden nicht gerührt und hatte nicht gesprochen. Im ganzen Haus war kein Laut zu vernehmen, außer dem Heulen des Windes, der von Zeit zu Zeit an den Fenstern rüttelte, dem feinen Knistern der Kohlen und dem Knacken der Lichtschere, wenn ich ab und zu den langen Docht der Kerze entfernte. Hareton und Joseph lagen wahrscheinlich schon zu Bett und schliefen fest. Es war sehr, sehr traurig, und während ich las, seufzte ich, denn alle Freude schien mir unwiderbringlich aus der Welt verschwunden zu sein.

Die trübselige Stille wurde endlich durch ein Geräusch an der Küchentür unterbrochen; Heathcliff war, wohl wegen des plötzlichen Sturmes, früher als gewöhnlich von seiner Wache zurückgekommen. Der hintere Eingang war verriegelt, und wir hörten ihn herumgehen und durch den anderen hereinkommen. Ich erhob mich; unwillkürlich entschlüpfte meinen Lippen ein Laut tiefsten Widerwillens, und das veranlaßte Earnshaw, der nach der Tür gestarrt hatte, sich umzuwenden und mich anzusehen.

›Ich werde ihn fünf Minuten lang aussperren‹, rief er, ›Sie haben doch nichts dagegen?‹

›Nein, meinthalben können Sie ihn die ganze Nacht aussperren‹, antwortete ich, ›tun Sie es nur. Stecken Sie den Schlüssel ins Schloß, und schieben Sie den Riegel vor.‹

Earnshaw war damit fertig, ehe sein Gast die Vordertür erreicht hatte. Dann kam er, stellte seinen Stuhl auf die andere Seite meines Tisches, lehnte sich darüber und suchte in meinen Augen einen Widerschein des glühenden Hasses, der in seinen brannte. Daß er wie ein Mörder fühlte, prägte sich in seinen Gesichtszügen aus, und wenn er auch in mir nicht das fand, was er suchte, so ermutigte ihn mein Aussehen doch zum Sprechen.

›Sie und ich‹, sagte er, ›wir haben beide eine große Rechnung mit dem Mann dort draußen ins reine zu bringen. Wenn wir nicht beide Feiglinge wären, würden wir uns zusammentun, um sie zu begleichen. Sind Sie so sanftmütig wie Ihr Bruder? Wollen Sie bis zum Letzten alles erdulden und nicht ein einziges Mal versuchen, es ihm heimzuzahlen?‹

›Ich bin des Duldens müde‹, erwiderte ich, ›und ich werde jede Vergeltung begrüßen, die nicht auf mich selbst zurückfällt. Aber Verrat und Gewalt sind an beiden Enden zugespitzte Speere; sie verwunden die, die ihre Zuflucht zu ihnen nehmen, mehr als ihre Feinde.‹

›Verrat und Gewalt sind gerechte Vergeltung für Verrat und Gewalt!‹ schrie Hindley. ›Mrs. Heathcliff, ich verlange nichts von Ihnen, als daß Sie sich still verhalten und schweigen. Sagen Sie mir, können Sie das? Ich bin überzeugt, Sie würden sich ebenso freuen wie ich, wenn Sie das Ende dieses Teufels mitansehen könnten. Er wird *Ihr* Tod sein, wenn Sie diese Chance jetzt nicht ausnützen, und er wird *mein* Untergang sein. Gott verdamme den höllischen Schurken! Da klopft er an die Tür, als ob er hier bereits der Herr wäre. Versprechen Sie mir, den Mund zu halten, und bevor die Uhr dort schlägt – es fehlen noch drei Minuten an eins –, sind Sie von ihm befreit.‹

Er nahm die Waffen, die ich dir in meinem Brief beschrieben habe, aus der Tasche und wollte die Kerze auslöschen. Ich riß aber das Licht weg und packte seinen Arm.

›Ich werde meinen Mund nicht halten!‹ sagte ich. ›Sie sollen ihn nicht anrühren. Lassen Sie die Tür verschlossen und verhalten Sie sich ruhig!‹

›Nein, ich habe meinen Entschluß gefaßt, und so wahr mir Gott helfe, ich werde ihn ausführen!‹ schrie der verzweifelte Mensch. ›Ich werde Ihnen, auch gegen Ihren Willen, eine Wohltat erweisen und Hareton sein Recht verschaffen. Und Sie brauchen sich keine Gedanken zu machen, wie Sie mich schützen. Catherine ist tot. Keine Menschenseele würde um mich trauern oder sich meiner schämen, wenn ich mir in diesem Augenblick die Kehle durchschnitte; und es ist Zeit, ein Ende zu machen.‹

Ich hätte geradesogut gegen einen Bären ankämpfen oder mit einem Irrsinnigen streiten können. Der einzige Ausweg, der mir blieb, war, an ein Fenstergitter zu laufen und das von ihm ausersehene Opfer vor dem Los, das seiner harrte, zu warnen.

›Du tätest besser, heute nacht irgendwo anders Unterkunft zu suchen!‹ rief ich in fast triumphierendem Ton. ›Mr. Earnshaw hat die Absicht, dich zu erschießen, falls du weiter versuchst, hier einzudringen.‹

›Öffne mir lieber die Tür, du…‹, antwortete er und nannte mich bei einem schönen Namen, den ich nicht wiederholen will.

›Ich mische mich da nicht ein‹, erwiderte ich scharf. ›Komm herein und laß dich erschießen, wenn du Lust hast. Ich habe meine Pflicht getan.«

Damit schloß ich das Fenster und kehrte zu meinem Platz am Feuer zurück, denn ich konnte keine Angst um sein Leben heucheln. Earnshaw verfluchte mich voller Jähzorn, behauptete, daß ich den Schurken immer noch liebe, und gab mir allerlei Schimpfnamen wegen der niedrigen Gesinnung, die ich bekundete. Und ich dachte im innersten Herzen, ohne Gewissensbisse, welch ein Segen es für *ihn* wäre, wenn Heathcliff ihn von seinem elenden Leben befreite, und welch ein Segen für *mich,* wenn er Heathcliff zur Hölle schickte. Als ich so saß und diese Gedanken durch meinen Kopf schossen, wurde das Fenster hinter mir eingeschlagen, und Heathcliffs finsteres Antlitz blickte unheilverkündend herein. Die Gitterstäbe standen zu dicht beieinander, als daß sie seine Schultern hindurchließen, und ich lächelte frohlockend im Gefühl meiner Sicherheit. Sein Haar und seine Kleider waren weiß von Schnee, und seine vor Kälte und Wut entblößten Raubtierzähne glänzten durch das Dunkel.

›Isabella, laß mich hinein, oder du sollst es bereuen!‹ fauchte er.

›Ich kann doch keinen Mord begehen‹, entgegnete ich. ›Mr. Hindley steht mit einem Messer und einer geladenen Pistole Wache.‹

›Laß mich durch die Küchentür ein‹, sagte er.

›Hindley wird vor mir dort sein‹, antwortete ich, ›ist denn deine Liebe so kläglich, daß sie nicht einmal ein Schneegestöber ertragen kann? Wir hatten Ruhe in unseren Betten, solange Sommerwetter war, aber kaum kehrt der Wintersturm ein, mußt du nach Obdach suchen. Heathcliff, ich an deiner Stelle legte mich über ihr Grab und stürbe wie ein treuer Hund. Die Welt ist jetzt ja nicht mehr wert, weiter darin zu leben, nicht wahr? Du hast es mir so deutlich gemacht, daß

Catherine die einzige Freude deines Lebens war, daß ich mir nicht vorstellen kann, wie du ihren Verlust überleben willst.‹
›Ist er dort?‹ rief Earnshaw und stürzte an das Fenster. ›Wenn ich meinen Arm hinausstrecken kann, dann kann ich ihn treffen.‹
Ellen, ich fürchte, du wirst mich für niederträchtig schlecht halten; aber du weißt nicht alles, darum richte nicht. Um nichts in der Welt hätte ich geholfen oder einen Anschlag unterstützt, selbst wenn er auf *sein* Leben gezielt hätte. Aber seinen Tod wünschen mußte ich, darum war ich so furchtbar enttäuscht und vor Entsetzen über die Folgen meiner höhnischen Reden wie gelähmt, als Heathcliff sich auf Earnshaws Waffe stürzte und sie seiner Hand entrang.
Die Ladung ging los, das Messer klappte zurück und drang tief in das Handgelenk seines Eigentümers ein. Heathcliff riß es mit Gewalt heraus, wobei er einen tiefen Fleischriß verursachte, und steckte es bluttriefend in seine Tasche. Dann nahm er einen Stein, zertrümmerte die Verbindung zwischen zwei Fenstern und sprang hindurch in die Halle. Sein Gegner war vor starkem Schmerz und Blutverlust – eine Hauptader mußte getroffen sein – bewußtlos zu Boden gesunken. Der Rohling schlug und trat nach ihm und stieß seinen Kopf wiederholt auf die Steinfliesen. Dabei hielt er mich mit einer Hand fest, um zu verhindern, daß ich Joseph rief. Er überwand sich mit übermenschlicher Selbstbeherrschung so weit, daß er seinen Feind nicht ganz totschlug; als ihm der Atem ausging, ließ er von ihm ab und schleppte den leblos scheinenden Körper auf die Bank am Kamin. Dort riß er den Ärmel von Earnshaws Rock herunter, verband die Wunde mit brutaler Roheit und spuckte und fluchte während dieser Verrichtung genauso heftig, wie er vorher getreten hatte. Kaum hatte er mich freigelassen, suchte ich nach dem alten Knecht, der, als er den Sinn meines hastigen Berichtes allmählich begriffen hatte, zwei Stufen auf einmal nehmend, hinuntereilte und keuchte: ›Was is'n hier jetz los? Was is'n hier jetz los?‹
›Das ist hier los‹, donnerte Heathcliff, ›daß dein Herr wahnsinnig ist; und wenn er in einem Monat noch lebt, lasse ich ihn in eine Anstalt sperren. Wie, zum Teufel, konntest du dich unterstehen, mich auszusperren, du zahnloser Schuft? Was

mummelst und brummst du da? Komm her, ich denke nicht daran, ihn zu pflegen. Wisch das dort auf, und achte dabei auf die Flamme deiner Kerze, denn mehr als die Hälfte davon ist Branntwein.‹

›Un Sie ham ihn nu ermordet?‹ rief Joseph, und in seinem Schrecken hob er die Hände hoch und blickte gen Himmel. ›Nee, so was hab ich noch nie gesehn. Möge der Herr...‹ Heathcliff versetzte ihm einen Stoß, daß er mitten in der Blutlache auf die Knie fiel, und warf ihm ein Handtuch zu. Aber statt aufzuwischen, faltete Joseph die Hände und begann ein Gebet zu sprechen, das mich durch seine seltsame Ausdrucksweise zum Lachen brachte. Ich befand mich in einer Gemütsverfassung, in der mich nichts erschütterte, ja ich war so gleichgültig, wie es manche Übeltäter am Fuße des Galgens sind.

›Oh, dich hatte ich vergessen‹, sagte der Tyrann, ›du kannst das tun. Nieder mit dir! Und du hast dich mit ihm gegen mich verschworen, he? Da, das ist die rechte Arbeit für dich.‹ Er schüttelte mich, daß meine Zähne aufeinanderschlugen; dann schleuderte er mich an Josephs Seite hin, der sein Gebet unbeirrt zu Ende sprach, sich dann erhob und schwor, er wolle sich sofort nach Thrushcross Grange aufmachen. Mr. Linton sei Friedensrichter, und wenn ihm auch fünfzig Frauen gestorben wären, diese Sache hier müsse er untersuchen. Er beharrte so eigensinnig auf seinem Entschluß, daß Heathcliff es für ratsam hielt, einen genauen Bericht der Ereignisse aus meinem Munde zu erzwingen; er stand, geschwellt von Bosheit, vor mir, während ich meine Aussagen auf seine Fragen widerwillig machte. Es war ein hartes Stück Arbeit, bei meinen mühsam herausgepreßten Antworten dem alten Mann begreiflich zu machen, daß Heathcliff nicht der Angreifer gewesen war. Bald jedoch überzeugte er sich davon, daß Mr. Earnshaw noch am Leben war, und beeilte sich, ihm etwas Branntwein einzuflößen, durch den sein Herr bald Bewegungsfähigkeit und Bewußtsein wiedererlangte. Als Heathcliff merkte, daß er nichts von dem ahnte, was während seiner Bewußtlosigkeit vor sich gegangen war, erklärte er ihn für sinnlos betrunken, sagte, er könne sein abscheuliches Betragen nicht länger mit ansehen, und forderte ihn auf, zu Bett zu gehen. Zu meiner Freude verließ uns Heathcliff, nachdem er diesen verständigen Rat gegeben hatte, und Hindley streckte sich auf den Fliesen vor dem Kamin aus. Ich begab mich in mein Zimmer und wunderte mich, daß ich so leichten Kaufes davongekommen war.

Als ich heute vormittag gegen halb zwölf herunterkam, saß Mr. Earnshaw todelend am Feuer; sein böser Dämon, geisterhaft bleich und hager, lehnte am Kamin. Keiner von beiden schien essen zu wollen, und nachdem ich gewartet hatte, bis alles auf dem Tisch kalt geworden war, fing ich an, allein zu essen. Nichts hielt mich davon ab, herzhaft zuzugreifen; mit einem gewissen Gefühl der Genugtuung und der Überlegenheit streifte ich von Zeit zu Zeit meine schweigsamen Gefährten mit einem Blick und fühlte die Wohltat eines guten Gewissens. Als ich mit Essen fertig war, nahm ich mir die ungewöhnliche Freiheit, in die Nähe des Feuers zu rücken. Ich ging um Earnshaws Stuhl herum und kniete mich in die Ecke neben ihm.

Heathcliff sah nicht nach mir hin, und ich blickte zu ihm auf und betrachtete seine Züge fast so furchtlos, als wenn sie sich in Stein verwandelt hätten. Auf seiner Stirn, die mir einstmals so männlich erschien und die ich jetzt so teuflisch finde, lagerte eine schwere Wolke. Seine Basiliskenaugen waren fast blicklos vor Schlaflosigkeit oder vielleicht vor Weinen, denn seine Wimpern waren feucht; seine Lippen, einmal nicht durch höhnisches Grinsen verzerrt, waren in einem Ausdruck unsagbarer Trauer zusammengepreßt. Wäre es ein anderer gewesen, ich hätte, angesichts solchen Schmerzes, mein Haupt verhüllt. Hier befriedigte es mich, und wenn es auch unedel ist, einen gefallenen Feind zu kränken, so konnte ich mich nicht enthalten, einen Pfeil abzuschießen. Seine Schwäche bot ja die einzige Gelegenheit, Böses mit Bösem zu vergelten.«

»Pfui, pfui, Miß!« unterbrach ich. »Man könnte glauben, Sie hätten in Ihrem Leben nie die Bibel aufgeschlagen. Wenn Gott Ihre Feinde heimsucht, so sollte Ihnen das wirklich genügen. Es ist nicht nur niedrig, es ist auch anmaßend, Gottes Prüfungen von sich aus noch etwas hinzuzufügen.«

»Im allgemeinen mag das zutreffen, Ellen«, fuhr sie fort, »aber keine Qual, die Heathcliff auferlegt wird, könnte mir

Genugtuung verschaffen, wenn ich nicht selbst die Hand dabei im Spiele haben könnte. Lieber wollte ich, er litte *weniger,* wenn ich nur dieses Leiden verursachen könnte und wenn er wüßte, daß ich die Veranlassung dazu bin. Ich habe ihm viel heimzuzahlen. Ich könnte ihm nur vergeben, wenn ich Auge um Auge, Zahn um Zahn fordern und für jedes Mal, da er mich gequält hat, ihm die gleichen Leiden zufügen könnte. Weil er der erste war, der Unrecht tat, müßte er auch der erste sein, der um Verzeihung fleht, und – dann könnte ich vielleicht Großmut beweisen. Aber es ist völlig unmöglich, daß mir jemals Genugtuung geschieht, und darum kann ich ihm nie verzeihen. – Hindley bat um etwas Wasser, und ich reichte ihm ein Glas und fragte, wie er sich fühle.

›Nicht so krank, wie ich wünschte‹, erwiderte er. ›Abgesehen von meinem Arm tut mir jeder Zoll meines Körpers so weh, als hätte ich mit einem Heer von Kobolden gekämpft.‹

›Das ist kein Wunder‹, bemerkte ich darauf. ›Catherine pflegte zu prahlen, daß sie Sie davor geschützt habe, körperlichen Schaden zu nehmen; sie meinte damit, daß gewisse Leute Ihnen keinen Schaden zufügten, aus Angst davor, ihr wehe zu tun. Es ist gut, daß die Menschen nicht *wirklich* aus ihren Gräbern aufstehen, sonst hätte sie gestern nacht ein widerwärtiges Schauspiel mit ansehen müssen. Haben Sie nicht über der Brust und an den Schultern Quetschungen und Verletzungen?‹

›Das weiß ich nicht‹, antwortete er, ›aber was meinen Sie damit? Hat er es gewagt, mich zu schlagen, als ich am Boden lag?‹

›Er hat Sie getreten und gestoßen und Ihren Kopf auf den Steinboden geschlagen‹, flüsterte ich. ›Und er lechzte danach, Sie mit den Zähnen zu zerreißen, denn er ist nur zur Hälfte ein Mensch, nein, nicht einmal so viel.‹

Mr. Earnshaw blickte wie ich zu dem Gesicht unseres gemeinsamen Feindes auf, der, in seinen Schmerz versunken, gegen alles, was ihn umgab, unempfindlich schien. Je länger er so dastand, desto deutlicher prägten sich seine schwarzen Gedanken auf seinen Zügen aus.

›Oh, wenn Gott mir nur genügend Kraft geben würde, um ihn in meinem Todeskampf zu erwürgen, dann wollte ich mit

Freuden zur Hölle fahren‹, stöhnte der ungeduldige Mann und versuchte krampfhaft, sich zu erheben. Doch verzweifelt sank er zurück, überzeugt, daß er dem Kampf nicht gewachsen sei.

›Nein, es ist genug, daß er einen von Ihnen ermordet hat‹, sagte ich laut. ›In Thrushcross Grange weiß jeder, daß Ihre Schwester jetzt noch lebte, wenn Mr. Heathcliff nicht gewesen wäre. Schließlich ist es besser, von ihm gehaßt als von ihm geliebt zu werden. Wenn ich bedenke, wie glücklich wir waren, wie glücklich Catherine war, bevor er kam, möchte ich den Tag seiner Rückkehr verfluchen.‹

Anscheinend erfaßte Heathcliff mehr die Wahrheit dieser Worte, als daß ihm die Person der Sprecherin bewußt wurde. Ich sah, daß seine Aufmerksamkeit geweckt war; denn aus seinen Augen stürzten Tränen und tropften in die Kohlenglut, und er hielt den Atem an, um sein Seufzen zu ersticken. Ich starrte ihm voll ins Gesicht und lachte verächtlich. Die verhängten Fenster der Hölle blitzten mich einen Augenblick lang an, der Teufel jedoch, der sonst herausblickte, war so trübe und verschwommen, daß ich mich nicht scheute, meinem Hohn nochmals Ausdruck zu geben.

›Steh auf und geh mir aus den Augen‹, sagte der schmerzgebeugte Mann.

Wenigstens glaube ich, daß er diese Worte sagte; seine Stimme war kaum zu vernehmen.

›Verzeihung‹, entgegnete ich, ›aber ich habe Catherine auch geliebt, und ihr Bruder braucht jetzt Pflege, die ich ihm um ihretwillen angedeihen lassen werde. Nun, da sie tot ist, sehe ich sie in Hindley. Hindley hat dieselben Augen wie sie, nur daß sie durch deine Bemühungen in Höhlen liegen, mit schwarzen Schatten, rot gerändert und...‹

›Steh auf, Kanaille, bevor ich dir etwas antue!‹ schrie er und machte eine Bewegung auf mich zu, die mich auffahren ließ.

›Aber‹, fuhr ich, mich sprungbereit haltend, fort, ›wenn die arme Catherine dir vertraut hätte und den lächerlichen, verächtlichen, entwürdigenden Namen einer Mrs. Heathcliff angenommen hätte, dann würde sie bald einen ähnlichen Anblick dargeboten haben. *Sie* hätte dein abscheuliches Betragen nicht schweigend erduldet, sie hätte ihrem Ekel und Widerwillen Worte verliehen.‹

Der Stuhlrücken und Earnshaw befanden sich zwischen ihm und mir; er versuchte daher nicht, mich mit dem Arm zu erreichen, sondern ergriff ein Messer vom Tisch und warf es mir an den Kopf. Es traf mich unter dem Ohr und hinderte mich am Weitersprechen; ich entfernte es, sprang zur Tür und sagte von dort her etwas, was wohl tiefer traf als sein Geschoß. Das letzte, was ich von ihm erhaschte, war, daß er sich wütend auf mich stürzen wollte, daß Hindley ihm in den Arm fiel und daß beide ringend am Kamin zu Boden stürzten. Auf meiner Flucht durch die Küche schickte ich Joseph seinem Herrn zu Hilfe, riß Hareton um, der im Torweg einen Wurf junger Hunde an einer Stuhllehne erhängte, und sprang, schoß und flog, glücklich wie eine dem Fegefeuer entronnene Seele, den steilen Weg hinab. Zuletzt rannte ich geradeaus, quer übers Moor, rollte Abhänge hinab, watete durch Morast und stürzte im wahrsten Sinne des Wortes dem winkenden Licht von Thrushcross Grange entgegen. Lieber will ich dazu verdammt sein, für immer in der Hölle zu wohnen, als auch nur eine Nacht wieder unter dem Dach von Wuthering Heights zubringen.« –

Damit schloß Isabella ihren Bericht und nahm einen Schluck Tee. Dann erhob sie sich, ließ sich von mir die Haube und ein großes Umschlagtuch, das ich ihr gebracht hatte, umbinden, taub gegen meine Bitten, noch eine Stunde zu bleiben. Zuletzt stieg sie auf einen Stuhl, küßte Edgars und Catherines Bilder, küßte auch mich zum Abschied und ging hinunter zum Wagen, begleitet von Fanny, die vor Freude über ihre wiedergefundene Herrin laut bellte. Sie fuhr davon und kehrte niemals wieder in diese Gegend zurück; aber zwischen ihr und meinem Herrn entspann sich ein regelmäßiger Briefwechsel, als die Dinge zur Ruhe gekommen waren. Ich glaube, ihr neuer Aufenthaltsort war im Süden, nahe bei London, und dort gebar sie einige Monate nach ihrer Flucht einen Sohn. Er wurde Linton getauft und war, wie sie berichtete, von Anfang an ein kränkliches, jämmerliches Geschöpf.

Mr. Heathcliff, der mich eines Tages im Dorf traf, fragte, wo sie lebe. Ich weigerte mich, Auskunft zu geben. Er meinte, es sei nicht von Bedeutung, nur solle sie sich hüten, zu ihrem Bruder zurückzukommen; sie solle nicht bei ihm sein, wenn er

für sie sorgen müsse. Obwohl ich keine Auskunft gab, wurde ihm durch jemanden vom Gesinde sowohl ihr Aufenthaltsort wie die Geburt des Kindes mitgeteilt. Trotzdem behelligte er sie nicht, und diese Zurückhaltung hatte sie wohl seiner Abneigung zu verdanken. Er fragte oft nach dem Kind, wenn er mich sah, und als er seinen Namen erfuhr, lächelte er grimmig und meinte: »Sie wünschen wohl, daß ich auch ihn hasse.«
»Ich glaube, sie wünschen nicht, daß Sie irgend etwas darüber erfahren«, antwortete ich.
»Aber ich werde ihn haben, wenn ich ihn brauche«, sagte er. »Damit sollen sie rechnen.«
Zum Glück starb seine Mutter, ehe diese Zeit kam; es war etwa dreizehn Jahre nach Catherines Hinscheiden, als Linton zwölf Jahre oder ein wenig älter war.
Am Tage nach Isabellas unerwartetem Besuch hatte ich keine Gelegenheit, mit meinem Herrn zu sprechen; er wich jeder Unterhaltung aus, und man konnte nichts mit ihm besprechen. Als er mich endlich anhörte, sah ich, daß die Nachricht ihn erleichterte, seine Schwester habe ihren Mann verlassen; denn er verabscheute ihn mit einer Heftigkeit, die seinem sanftmütigen Wesen zu widersprechen schien. So empfindlich war er und so tief war seine Abneigung, daß er es vermied, irgendwohin zu gehen, wo er möglicherweise Heathcliff hätte sehen oder von ihm hören können. Diese Scheu im Verein mit seinem Schmerz verwandelte ihn in einen ausgesprochenen Einsiedler, er legte sein Amt als Friedensrichter nieder, stellte sogar die Kirchenbesuche ein, mied das Dorf, wo er nur konnte, und führte innerhalb der Grenzen seines Parks und seiner Ländereien ein völlig abgeschlossenes Leben, das nur durch einsame Streifzüge durchs Moor und Besuche am Grabe seiner Frau unterbrochen wurde, und diese machte er fast immer abends oder am frühen Morgen, wenn noch niemand unterwegs war. Aber er war zu fromm, als daß er lange tief unglücklich sein konnte. Er betete nicht darum, daß Catherines Seele ihn verfolgen möge. Die Zeit brachte ihm Entsagung und eine Schwermut, süßer als alltägliche Freuden. Er pflegte die Erinnerung an sie mit inbrünstiger, zärtlicher Liebe und dem hoffenden Verlangen nach der besseren Welt, in die sie – daran zweifelte er nicht – eingegangen war.

Und er hatte auch irdische Tröstungen und Neigungen. Ich erzählte Ihnen, daß er sich einige Tage um die winzige Nachfolgerin der Hingeschiedenen nicht zu kümmern schien; doch schmolz diese Kälte dahin wie Schnee im April, und ehe das kleine Ding ein Wort lallen oder ein schwankendes Schrittchen machen konnte, schwang es schon ein Tyrannenzepter in seinem Herzen. Es hieß Catherine; aber er nannte es nie bei vollem Namen, so wie er den Namen der ersten Catherine nie abgekürzt hatte, wahrscheinlich, weil Heathcliff die Gewohnheit hatte, das zu tun. Die Kleine war immer Cathy; das stellte für ihn sowohl eine Unterscheidung von der Mutter wie auch eine Verbindung mit ihr dar; seine Zuneigung entsprang viel mehr der Verwandtschaft des Kindes mit ihr als der Tatsache, daß es sein eigenes Fleisch und Blut war.

Ich pflegte Vergleiche zwischen ihm und Hindley Earnshaw anzustellen und mir den Kopf zu zerbrechen, warum ihr Verhalten unter den gleichen Umständen so grundverschieden war. Sie waren beide liebevolle Ehemänner gewesen und hingen beide an ihren Kindern, und ich konnte nicht begreifen, warum sie nicht beide, im Guten wie im Bösen, den gleichen Weg hätten gehen können. Aber, so dachte ich bei mir, Hindley, offensichtlich der klügere Kopf, hatte sich betrüblicherweise als schlechterer und schwächerer Mensch erwiesen. Als sein Schiff auf Grund lief, verließ der Kapitän seinen Posten, und die Mannschaft, statt einen Versuch zur Rettung zu unternehmen, stürzte sich in Aufruhr und Verwirrung und beraubte das unglückliche Fahrzeug aller Hoffnung. Linton entfaltete im Gegensatz dazu den wahren Mut einer treuen und gläubigen Seele; er vertraute auf Gott, und Gott tröstete ihn. Der eine hoffte, der andere verzweifelte. Sie wählten jeder ihr eigenes Los und mußten es gerechterweise zu Ende tragen. Aber Sie wollen sicher meine moralischen Betrachtungen nicht hören, Mr. Lockwood, Sie werden diese Dinge ebensogut beurteilen können wie ich, zum mindesten werden Sie es glauben, und das kommt aufs gleiche hinaus. Earnshaws Ende war von der Art, wie es zu erwarten gewesen war; er folgte seiner Schwester bald, kaum ein halbes Jahr lag dazwischen. Wir in Thrushcross Grange erhielten nie einen klaren Bericht über die Zeit vor seinem Tode. Was ich hörte, als ich dort war, um bei den Vorbereitungen zum Leichenbegängnis zu helfen, war alles, was ich erfuhr. Mr. Kenneth kam, um meinem Herrn den Vorfall zu melden.

»Nun, Nelly«, sagte er, als er eines Morgens in den Hof geritten kam, so früh, daß mich eine plötzliche Vorahnung des kommenden Unheils schreckte, »jetzt haben wir beide Grund zum Trauern. Was glaubst du wohl, wer uns jetzt verlassen hat?«

»Wer denn?« fragte ich aufgeregt.

»Rate einmal«, erwiderte er, stieg vom Pferd und schlang die Zügel um einen Haken an der Tür. »Und nimm schon den Schürzenzipfel zur Hand, du wirst ihn bestimmt brauchen.«

»Doch nicht etwa Mr. Heathcliff« rief ich aus.

»Was, würdest du für den Tränen haben?« sagte der Arzt. »Nein, Heathcliff ist ein zäher, junger Kerl, er sieht heute blühend aus, ich habe ihn soeben gesehen. Er ist sehr schnell wieder zu Kräften gekommen, seit er seine bessere Hälfte verloren hat.«

»Wer ist es dann, Mr. Kenneth?« wiederholte ich ungeduldig meine Frage.

»Hindley Earnshaw! Dein alter Freund Hindley«, antwortete er, »und mein schlimmer Kumpan, obwohl er mir schon seit einiger Zeit viel zu toll war. Siehst du, ich wußte, daß es Tränen geben werde. Aber tröste dich. Er starb, getreu seiner Art, betrunken wie ein Edelmann. Armer Kerl! Mir tut er auch leid. Man vermißt einen alten Gefährten doch, auch wenn er die übelsten Sprünge machte, die ein Mensch sich ausdenken kann, und mir manchen bösen Streich gespielt hat. Er war kaum siebenundzwanzig; das ist auch dein Alter, nicht wahr? Wer sollte meinen, daß ihr im gleichen Jahr geboren seid?«

Ich gestehe, diesen Schmerz empfand ich härter als den Schreck über Mrs. Lintons Tod. Kindheitserinnerungen umfingen mein Herz. Ich setzte mich in den Torweg und weinte wie um einen Blutsverwandten und bat Kenneth, einen anderen Bedienten zu suchen, um sich bei dem Herrn melden zu lassen. Ich mußte immer wieder über die Frage nachgrübeln: ›War alles mit rechten Dingen zugegangen?‹ Dieser Gedanke beunruhigte mich bei allen meinen Beschäftigungen und wurde so hartnäckig quälend, daß ich beschloß, Urlaub zu erbitten und nach Wuthering Heights zu gehen, um dem Toten die letzten Dienste erweisen zu helfen. Mr. Linton widerstrebte es sehr, seine Einwilligung zu geben; aber ich schilderte ihm in beredten Worten, wie einsam und verlassen Hindley dort lag, und sagte ihm, mein ehemaliger Herr und Milchbruder habe ebenso großen Anspruch auf meine Dienste wie er selbst. Überdies erinnerte ich ihn daran, daß das Kind Hareton der Neffe seiner Frau war und er, da keine näheren Verwandten vorhanden waren, als sein Vormund handeln müsse; er solle und müsse Erkundigungen einziehen, wie es denn um die Hinterlassenschaft bestellt sei, und er müsse die Interessen seines Schwagers wahrnehmen. Er war damals nicht imstande, sich um solche Angelegenheiten zu kümmern, aber er bat mich, mit seinem Rechtsanwalt zu sprechen, und gestattete mir schließlich, zu gehen. Sein Rechtsanwalt war auch der Earnshaws gewesen; ich sprach im Dorf bei ihm vor und bat ihn, mich zu begleiten. Er schüttelte den Kopf und riet, Heathcliff in Ruhe zu lassen; denn er behauptete, daß, wenn die Wahrheit bekannt würde, Hareton nicht viel besser als ein Bettler dastünde.

»Sein Vater war verschuldet, als er starb«, sagte er, »die ganze Besitzung ist mit Hypotheken belastet, und die einzige Aussicht für den natürlichen Erben besteht darin, im Herzen des Gläubigers so viel Teilnahme zu erwecken, daß der bereit ist, glimpflich mit ihm zu verfahren.«

Als ich auf das Gut kam, erklärte ich, ich sei gekommen, um dafür zu sorgen, daß alles, wie es sich gehöre, vonstatten gehe, und Joseph, der ziemlich verzweifelt schien, war sehr erleichtert über meine Anwesenheit. Mr. Heathcliff sagte zwar, er sähe nicht ein, wozu ich nötig sei; aber ich könne bleiben und die Vorbereitungen für das Leichenbegängnis treffen, wenn ich wolle.

»Von Rechts wegen«, meinte er, »sollte der Leichnam dieses Narren ohne irgendwelche Feierlichkeiten am Kreuzwege verscharrt werden. Als ich ihn gestern nachmittag zehn Minuten allein ließ, hat er in dieser Zeit die beiden Türen des Hauses vor mir verschlossen und hat die Nacht damit zugebracht, sich vorsätzlich zu Tode zu trinken. Heute früh haben wir die

Tür erbrochen, denn wir hörten, daß er wie ein Pferd schnaufte, und da lag er quer über der Bank; man hätte ihn schinden und skalpieren können, er wäre nicht erwacht. Ich schickte nach Kenneth, und er kam, aber erst, als das Vieh krepiert war: er war tot, kalt und steif; du wirst zugeben, daß es keinen Zweck hat, großes Aufheben um ihn zu machen.«

Der alte Knecht bestätigte diesen Bericht, aber er brummelte: »Ich hätt gewollt, er wär selber zu'n Dokter gegangen. Ich hätt besser auf'n Herrn gepaßt als er; un er war nich tot, als ich fort bin, nich die Spur.«

Ich bestand darauf, daß das Leichenbegängnis würdig verlief. Mr. Heathcliff sagte, ich könne auch darin freie Hand haben, nur bat er mich, zu bedenken, daß das Geld für die ganze Sache aus seiner Tasche käme. Er trug ein schroffes, unbekümmertes Wesen zur Schau, das weder Freude noch Kummer offenbarte, höchstens drückte es eine kalte Befriedigung darüber aus, ein schweres Stück Arbeit erfolgreich zu Ende geführt zu haben. Einmal allerdings beobachtete ich etwas wie Frohlocken in seinen Zügen, das war in dem Augenblick, als die Männer den Sarg aus dem Hause trugen. Er konnte sich so gut verstellen, daß er den Leidtragenden spielte, und bevor er mit Hareton dem Sarge folgte, hob er das unglückselige Kind auf den Tisch und murmelte mit eigentümlicher Betonung: »Nun, mein Bürschchen, gehörst du mir. Und wir wollen doch sehen, ob nicht ein Baum ebenso krumm wird wie der andere, wenn der gleiche Wind ihn peitscht.« Dem arglosen Jungen gefiel die Rede, er spielte mit Heathcliffs Schnurrbart und patschte ihn auf die Wangen; aber ich erriet die Bedeutung und bemerkte scharf: »Dieser Junge soll mit mir nach Thrushcross Grange kommen, Herr. Nichts in der Welt gehört Ihnen weniger als er.«

»Sagt das Linton?« fragte er.

»Selbstverständlich, er hat mir aufgetragen, ihn mitzunehmen«, erwiderte ich.

»Schön«, sagte der Schurke, »wir wollen jetzt nicht über diese Dinge streiten; aber ich habe mir in den Kopf gesetzt, einen jungen Menschen aufzuziehen. Darum gib deinem Herrn zu verstehen, daß ich meinen Sohn an seine Stelle setzen würde, wenn er versuchen sollte, ihn mir zu nehmen. Ich beabsichtige

nicht, mir Hareton ohne Widerspruch nehmen zu lassen; aber wenn es geschähe, dann würde ich mir den anderen ganz sicher herholen. Vergiß nicht, ihm das zu sagen.«
Dieser Hinweis genügte, uns die Hände zu binden. Bei meiner Rückkehr wiederholte ich die Worte, und Edgar Linton, der von Anfang an wenig Interesse gezeigt hatte, sprach nicht weiter davon, sich einzumischen. Ich glaube nicht, daß er es mit irgendwelchem Erfolg hätte tun können, auch wenn er noch so gern gewollt hätte.
Der Gast war nun der Herr von Wuthering Heights, das er mit fester Hand in Besitz nahm. Er bewies dem Rechtsanwalt, der es seinerseits Mr. Linton mitteilte, daß Earnshaw jeden Zollbreit Landes, das er besaß, gegen Bargeld verpfändet hatte, um seiner Spielleidenschaft frönen zu können, und er, Heathcliff, war der Gläubiger. Auf diese Weise wurde Hareton, der sonst jetzt der erste Edelmann der Gegend wäre, in ein vollkommenes Abhängigkeitsverhältnis zu dem hartnäckigsten Feind seines Vaters gebracht. Er lebt in seinem eigenen Haus wie ein Knecht, der nicht einmal Lohn erhält, und ist nicht imstande, sich Recht zu verschaffen, weil er keinen Freund besitzt und gar nicht weiß, daß ihm Unrecht geschehen ist.

Achtzehntes Kapitel

Die zwölf Jahre, die dieser trüben Zeit folgten, fuhr Mrs. Dean fort, waren die glücklichsten meines Lebens. Meine größten Sorgen drehten sich in jenen Tagen um die Kinderkrankheiten unseres kleinen Fräuleins, die sie, wie alle Kinder, ob arm oder reich, durchmachen mußte. Im übrigen wuchs und gedieh sie nach dem ersten halben Jahr zusehends und konnte gehen und auch auf ihre Weise sprechen, bevor das Heidekraut zum zweiten Mal auf Mrs. Lintons Grab blühte. Das kleine Ding hatte ein so gewinnendes Wesen, daß es Sonnenschein in das vereinsamte Haus brachte. Sie war eine richtige kleine Schönheit, mit den wundervollen dunklen Augen der Earnshaws, aber der hellen Haut, den feinen Zügen und den blonden Locken der Lintons. Sie war lebhaft, ohne stürmisch zu sein, und hatte ein empfindsames Herz, das, wenn es liebte, zum Überschwang neigte. Diese Fähigkeit, heftige Zuneigungen zu fassen, erinnerte mich an ihre Mutter, und doch ähnelte sie ihr nicht; denn sie konnte sanft und mild sein wie eine Taube, und sie hatte eine weiche Stimme und einen nachdenklichen Ausdruck; ihr Ärger steigerte sich nie zu Wut, ihre Liebe war nie wild, sondern tief und voll Zärtlichkeit. Dennoch darf man nicht verschweigen, daß sie Fehler hatte, die ihre guten Anlagen in den Schatten stellten. Da war einmal ihr Hang, vorlaut zu sein, sodann ihr Eigensinn, wie ihn verzogene Kinder sich ausnahmslos angewöhnen, einerlei, ob sie gutartig oder boshaft sind. Wenn es vorkam, daß einer von den Leuten sie ärgerte, hieß es gleich: »Ich werde es Papa sagen!« Wenn ihr Vater sie rügte, und sei es auch nur durch einen Blick, so hätte man meinen können, das Herz wolle ihr brechen; ich glaube, er hat ihr nie ein hartes Wort gesagt. Er nahm ihre Erziehung ausschließlich in seine Hand und machte sich ein Vergnügen daraus. Glücklicherweise war sie dank ihrer Wißbegier und schnellen Auffassungsgabe eine gute Schülerin; sie lernte sehr schnell und eifrig und wußte seinen Unterricht zu schätzen.

Bis zu ihrem dreizehnten Jahr war sie nicht ein einziges Mal allein aus dem Bereich des Parkes hinausgekommen. Ganz selten pflegte Mr. Linton sie etwa eine Meile weit mit sich hinauszunehmen, doch vertraute er sie niemandem anders an. Gimmerton war für ihre Ohren ein Name, mit dem sie keinen Begriff verband, die Kapelle das einzige Gebäude, in dessen Nähe sie gekommen war und das sie betreten hatte, ihr eigenes Heim ausgenommen. Wuthering Heights und Mr. Heathcliff waren für sie nicht vorhanden. Sie war ein richtiger Einsiedler und allem Anschein nach bei diesem Leben vollkommen glücklich. Manchmal allerdings, wenn sie vom Kinderzimmerfenster aus die Landschaft betrachtete, meinte sie: »Ellen, wie lange wird es noch dauern, bis ich auf die Berge dort steigen kann? Ich möchte wissen, was auf der anderen Seite liegt. Ist es die See?«

»Nein, Miß Cathy«, antwortete ich dann wohl, »es sind wieder Berge wie diese hier.«
»Und wie sehen die goldenen Felsen dort aus, wenn man darunter steht?« fragte sie eines Tages.
Der steile Abhang der Felsenklippe von Penistone fesselte ihre Aufmerksamkeit ganz besonders, zumal, wenn die untergehende Sonne darauf schien und die höchsten Berggipfel anstrahlte, während die ganze übrige Landschaft schon im Schatten lag. Ich erklärte ihr, daß es kahle Felsmassen seien, die kaum genug Erde in ihren Spalten hätten, einen kümmerlichen Baum zu ernähren.
»Und warum leuchten sie noch so lange, wenn es hier schon Abend ist?« fuhr sie fort.
»Weil sie ein gut Teil höher liegen als wir hier«, erwiderte ich. »Sie könnten nicht da hinaufsteigen, es ist zu hoch und zu steil. Im Winter ist die Kälte schon lange dort, bevor sie zu uns kommt, und mitten im Sommer habe ich in der schwarzen Schlucht an der Nordostseite noch Schnee gefunden.«
»Oh, du bist schon oben gewesen!« rief sie erfreut. »Dann kann ich auch hingehen, wenn ich groß bin. War Papa oben, Ellen?«
»Papa würde Ihnen sagen«, antwortete ich hastig, »daß es nicht der Mühe wert ist, hinzugehen. Das Heidemoor, das Sie mit ihm durchstreifen, ist viel hübscher, und unser Park ist der schönste Ort der Welt.«
»Aber den Park kenne ich und das dort nicht«, murmelte sie vor sich hin. »Und ich möchte so gern vom Rande der höchsten Kuppe aus um mich blicken; mein Pony Minny soll mich einmal hintragen.«
Eine der Mägde, die die Feengrotte erwähnte, setzte ihr vollends den Wunsch in den Kopf, dorthin zu gehen; sie quälte Mr. Linton damit, bis er ihr den Ausflug für später versprach, wenn sie älter sein werde. Aber Miß Catherine maß ihr Alter nach Monaten, und ihre ständige Frage war: »Bin ich nun alt genug, nach der Felsklippe von Penistone zu gehen?« Der Weg dorthin führte nah an Wuthering Heights vorbei. Edgar hatte nicht den Mut, ihn zu betreten, deshalb erhielt sie immer wieder die Antwort: »Noch nicht, Liebling, noch nicht.«
Ich sagte schon, daß Mrs. Heathcliff, nachdem sie ihren Gat-

ten verlassen hatte, noch etwa zwölf Jahre lebte. Die Menschen ihrer Familie waren zarte Naturen; auch den Geschwistern Isabella und Edgar mangelte die robuste Gesundheit, die man im allgemeinen bei Bewohnern dieser Gegend antrifft. Woran sie gelitten hat, weiß ich nicht genau, aber ich glaube, sie sind beide an der gleichen Krankheit gestorben: sie litten an einer Art Fieber, anfänglich schleichend, aber unheilbar, das zum Schluß die Lebenskraft mit rasender Schnelligkeit verzehrte. Sie schrieb ihrem Bruder, um ihn auf das voraussichtliche Ende ihrer Krankheit, an der sie vier Monate lang gelitten hatte, vorzubereiten. Sie flehte ihn an, wenn irgend möglich, zu ihr zu kommen; denn sie hatte noch vieles zu ordnen und wünschte, von ihm Abschied zu nehmen und ihren Sohn wohlbehalten seiner Obhut zu übergeben. Sie hoffte, daß Linton bei ihm bleiben könne, wie er bisher bei ihr gewesen war, und versuchte sich einzureden, sein Vater werde keine Lust haben, die Last seines Unterhaltes und seiner Erziehung auf sich zu nehmen. Mein Herr zögerte keinen Augenblick, ihrer Bitte stattzugeben. Sosehr es ihm sonst widerstrebte, auf gewöhnliche Aufforderungen hin sein Haus zu verlassen, so eilig hatte er es, diesem Ruf zu folgen. Er empfahl Catherine meiner besonderen Wachsamkeit während seiner Abwesenheit und schärfte mir zu wiederholten Malen ein, daß sie den Park auch nicht unter meinem Schutz verlassen dürfe; denn damit, daß sie einmal allein fortgehen werde, rechnete er gar nicht.

Er blieb drei Wochen fort. Die ersten Tage saß mein Schützling in einer Ecke der Bibliothek, war zu traurig, um zu lesen oder zu spielen, und machte mir in dieser ruhigen Verfassung wenig Mühe. Doch bald folgte eine Zeit ungeduldigen, reizbaren Überdrusses, und da ich zu beschäftigt und auch schon zu alt war, um zu ihrem Vergnügen hin und her zu laufen, verfiel ich auf ein anderes Mittel, um ihr Abwechslung zu schaffen. Ich schickte sie auf Streifzüge durch das ganze Grundstück, manchmal zu Fuß, manchmal auf dem Pony, und lauschte, wenn sie zurückkehrte, geduldig dem Bericht von all den Abenteuern, die sie wirklich erlebt hatte oder sich auch nur einbildete.

Der Sommer prangte in voller Blüte, und sie fand solches Gefallen an diesen einsamen Streifereien, daß sie oft vom Frühstück bis zum Tee draußen blieb, und die Abendstunden vertrieben wir uns dann mit ihren phantastischen Geschichten. Ich hatte keine Angst, daß sie ausbrechen könnte, da die Pforten gewöhnlich geschlossen waren, und ich glaubte nicht, daß sie sich allein hinauswagen werde, selbst wenn sie weit offengestanden hätten. Unglücklicherweise war dieses Vertrauen nicht angebracht. Catherine kam eines Morgens um acht Uhr zu mir und sagte, sie sei heute ein arabischer Kaufherr, der mit seiner Karawane durch die Wüste ziehen wolle, und ich solle ihr reichlich Mundvorrat geben für sie selbst und die Tiere, ein Pferd und drei Kamele, dargestellt durch einen großen Jagdhund und zwei Vorstehhunde. Ich suchte einen ordentlichen Vorrat an Leckerbissen zusammen und packte sie in einen Korb an einer Seite des Sattels. Sie sprang fröhlich wie eine Elfe aufs Pferd, durch ihren breitkrempigen Hut und den Gazeschleier vor der Julisonne geschützt, und trabte mit vergnügtem Lachen davon; denn sie machte sich über meine ängstlichen Ratschläge, nicht zu galoppieren und bald zurückzukommen, lustig. Das ungehorsame Ding erschien nicht einmal zum Tee. Einer ihrer Gefährten, der Jagdhund, der ein altes Tier war und sein Behagen liebte, kam zurück, aber weder Cathy noch das Pony, noch die beiden Vorstehhunde waren irgendwo zu sehen, und ich schickte Boten auf diesem und jenem Wege aus und machte mich schließlich selbst auf die Suche nach ihr. Ich sah einen Arbeiter am Ende des Grundstücks an der Umzäunung einer Pflanzung arbeiten und fragte ihn, ob er unser junges Fräulein gesehen habe.

»Am Morgen hab ich sie gesehen«, antwortete er, »sie ließ sich von mir eine Haselgerte abschneiden, sprang mit ihrem kleinen Pferd über die Hecke dort, wo sie am niedrigsten ist, und galoppierte davon.«

Sie können sich vorstellen, wie mir zumute war, als ich diesen Bericht hörte. Sofort durchzuckte mich der Gedanke, sie müsse sich auf den Weg nach der Felsklippe von Penistone gemacht haben. ›Wie wird es ihr ergehen?‹ seufzte ich, schob mich durch eine Öffnung im Zaun, die der Mann ausbesserte, und eilte auf die Landstraße zu. Ich ging Meile um Meile, als gelte es eine Wette, bis an einer Wegbiegung Wuthering

Heights vor meinen Augen auftauchte, doch konnte ich nah und fern keine Catherine entdecken. Die Felsenklippen liegen etwa anderthalb Meilen hinter Mr. Heathcliffs Haus, das sind vier Meilen von Thrushcross Grange, und ich bekam es mit der Angst zu tun, die Nacht könne hereinbrechen, bevor ich dorthin gelangen konnte. ›Und wenn sie nun beim Herumklettern in den Felsen ausgeglitten ist‹, überlegte ich, ›wenn sie tödlich abgestürzt ist oder sich etwas gebrochen hat?‹ Meine Ungewißheit war wirklich qualvoll, und im ersten Augenblick fühlte ich mich wunderbar erleichtert, als ich, dem Gutshaus zueilend, Charlie, den wildesten der Vorstehhunde, mit geschwollenem Kopf und blutendem Ohr unter einem Fenster liegen sah. Ich öffnete das Pförtchen, lief zur Haustür und klopfte heftig um Einlaß. Eine Frau, die ich kannte und die früher in Gimmerton gewohnt hatte, öffnete; seit Mr. Earnshaws Tod war sie dort als Magd.

»Oh«, sagte sie, »Sie suchen wohl Ihre kleine Herrin? Sie brauchen keine Angst zu haben; sie ist hier gut aufgehoben. Aber ich bin froh, daß es nich der Herr is.«

»Er ist also nicht zu Hause?« keuchte ich, ganz außer Atem vom schnellen Laufen und von der Aufregung.

»Nein, nein«, erwiderte sie, »alle beide, Joseph und er, sind weg, und ich denke, sie wer'n nich so bald zurückkommen. Kommen Sie rein un ruhn Sie sich 'n bißchen aus.«

Ich trat ein und erblickte mein verirrtes Schäfchen am Kamin, wo sie sich in einem kleinen Stuhl schaukelte, der ihrer Mutter als Kind gehört hatte. Ihr Hut hing an der Wand, und sie schien sich vollkommen zu Hause zu fühlen. Sie lachte und schwatzte in der denkbar besten Stimmung auf Hareton ein, der jetzt ein großer, starker Bursche von achtzehn Jahren war und sie voller Neugier und Erstaunen anstarrte. Er verstand wohl herzlich wenig von dem Redeschwall und den Fragen, die sie unaufhörlich hervorsprudelte.

»Das ist ja heiter, Miß!« rief ich aus und verbarg meine Freude hinter einem ärgerlichen Gesicht. »Das war Ihr letzter Ritt, bevor Papa wiederkommt. Ich werde Sie nicht wieder über die Schwelle lassen, Sie ungezogenes Mädchen!«

»Ach, Ellen!« rief sie fröhlich, sprang auf und kam auf mich zugelaufen. »Heute abend werde ich dir etwas Hübsches erzäh

len können; du hast mich also doch ausfindig gemacht. Bist du schon einmal in deinem Leben hier gewesen?«
»Setzen Sie Ihren Hut auf, und dann marsch nach Hause!« sagte ich. »Ich bin sehr, sehr ärgerlich über Sie, Miß Cathy! Das war nicht recht von Ihnen. Schmollen und Weinen hat keinen Sinn, das macht die Sorge nicht wieder gut, mit der ich die ganze Gegend nach Ihnen durchsucht habe. Wenn ich bedenke, wie Mr. Linton mir auf die Seele gebunden hat, Sie nicht hinauszulassen, und Sie stehlen sich auf diese Art davon. Das zeigt, was für ein schlauer kleiner Fuchs Sie sind; niemand wird Ihnen je wieder trauen.«
»Was habe ich denn getan?« schluchzte sie in plötzlicher Abwehr. »Papa hat mir nichts auf die Seele gebunden, er wird mich nicht schelten, Ellen; er ist nie böse wie du.«
»Kommen Sie«, wiederholte ich, »ich werde die Schleife binden. Nun, machen Sie hier keine Geschichten. Schämen Sie sich! Dreizehn Jahre alt und noch so ein Kindskopf!«
Dieser Ausruf entfuhr mir, weil sie sich den Hut vom Kopf riß und zum Kamin zurückwich, wo ich sie nicht fassen konnte.
»Nicht doch«, sagte die Magd, »seien Sie nicht hart mit dem lieben Mädchen, Mrs. Dean. Wir haben sie veranlaßt, hier zu bleiben. Sie wäre gern fortgeritten aus Furcht, Sie könnten sich um sie ängstigen. Aber Hareton hat ihr angeboten, sie zu begleiten, und ich fand das ganz in der Ordnung; denn der Weg über die Berge ist öde.«
Während dieser Erörterung stand Hareton mit den Händen in den Taschen da, zu linkisch, um zu sprechen; aber man konnte ihm ansehen, daß er über mein Kommen nicht erfreut war.
»Wie lange soll ich noch warten?« fuhr ich fort, ohne die beschwichtigende Rede der Frau zu beachten. »In zehn Minuten wird es dunkel sein. Wo ist das Pony, Miß Cathy? Und wo ist Phönix? Ich werde ohne Sie gehen, wenn Sie sich nicht beeilen. Also bitte!«
»Das Pony ist im Hof«, antwortete sie, »und Phönix ist dort eingeschlossen. Er ist gebissen worden und Charlie ebenfalls. Ich wollte dir alles erzählen, aber du hast schlechte Laune und verdienst nicht, es zu hören.«
Ich hob ihren Hut auf und näherte mich ihr, um ihn ihr wieder aufzusetzen. Da sie aber merkte, daß die Leute vom Haus ihre

Partei ergriffen, fing sie an, im Zimmer umherzuhüpfen, und als ich nach ihr haschen wollte, lief sie wie ein Mäuschen über, unter und hinter die Möbel, und ich hätte mich lächerlich gemacht, wenn ich sie weiter verfolgt hätte. Hareton und die Frau lachten, sie stimmte in ihr Gelächter ein und wurde immer ungezogener, bis ich in größter Erbitterung rief: »Nun, Miß Cathy, wüßten Sie, wessen Haus dies ist, wären Sie nur froh, wenn Sie wieder draußen wären.«

»Es gehört doch *Ihrem* Vater, nicht wahr?« sagte sie, sich an Hareton wendend.

»Nee«, entgegnete er, niederblickend und schamhaft errötend.

Er konnte dem festen Blick ihrer Augen nicht standhalten, obwohl sie den seinen glichen.

»Wem dann, Ihrem Herrn?« fragte sie.

Er errötete tiefer, doch aus einem anderen Gefühl heraus, murmelte einen Fluch und wandte sich ab.

»Wer ist sein Herr?« fuhr das schreckliche Kind, sich an mich wendend, fort. »Er sprach von ›unserem Haus‹ und ›unseren Leuten‹. Ich glaubte, er sei der Sohn des Hausherrn. Und er hat mich kein einziges Mal Miß genannt, und das hätte er doch tun müssen, wenn er zum Gesinde gehörte, nicht wahr?«

Bei diesem kindischen Geplapper verfinsterte sich Haretons Gesicht wie der Himmel bei Gewitter. Schweigend schüttelte ich meinen kleinen Plagegeist, und es gelang mir schließlich, sie zum Fortgehen zurechtzumachen.

»Nun hol mein Pferd!« sagte sie zu ihrem ihr unbekannten Vetter wie zu einem Stalljungen zu Hause. »Und du kannst mitkommen. Ich möchte sehen, wo der Koboldjäger aus dem Moor emporsteigt, und will etwas über die Elfen hören; aber beeil dich. Was ist denn los? Ich habe gesagt, du sollst mein Pferd holen!«

»Verdammt will ich sein, wenn ich dich bediene«, knurrte der Bursche.

»Was willst du sein?« fragte Catherine erstaunt.

»Verdammt, du unverschämte Hexe!« antwortete er.

»Da haben Sie's, Miß Cathy! Sie sehen, Sie sind in eine feine Gesellschaft geraten«, warf ich ein. »Eine schöne Sprache einer jungen Dame gegenüber! Ich bitte Sie, fangen Sie nicht an,

mit ihm zu streiten. Kommen Sie, wir wollen Minny allein suchen und machen, daß wir fortkommen.«
»Aber Ellen«, schrie sie, starr vor Staunen, »wie darf er es wagen, so mit mir zu reden? Muß er nicht tun, was ich ihm sage? Du schlechtes Geschöpf, ich werde Papa erzählen, was du gesagt hast. Du wirst schon sehen!«
Auf Hareton schien diese Drohung keinen Eindruck zu machen, und vor Entrüstung schossen ihr Tränen in die Augen. »Hol du das Pony«, rief sie, sich an die Frau wendend, »und laß augenblicklich meinen Hund frei!«
»Sachte, sachte, Miß«, erwiderte die Angeredete. »Sie werden sich nichts vergeben, wenn Sie höflich sind! Wenn Mr. Hareton dort auch nicht des Herrn Sohn ist, so ist er doch Ihr Vetter, und ich bin nicht dazu da, Sie zu bedienen.«
»Er – mein Vetter?« rief Cathy, höhnisch lachend.
»Ja, allerdings«, entgegnete die Frau.
»Oh, Ellen, erlaube ihnen nicht, so etwas zu sagen«, fuhr sie ganz verwirrt fort. »Papa ist nach London gereist, um meinen Vetter zu holen; mein Vetter ist der Sohn eines Edelmanns. Der dort, nein...«, sie hielt inne und weinte laut los, außer sich bei der bloßen Vorstellung, mit so einem Tölpel verwandt zu sein.
»Still, still«, flüsterte ich, »man kann viele und mancherlei Vettern haben, Miß Cathy, ohne schlecht dabei zu fahren, nur braucht man ihre Gesellschaft nicht zu suchen, wenn sie unangenehm und schlecht sein sollten.«
»Er ist nicht mein Vetter, er ist es nicht, Ellen!« beharrte sie; aber der Gedanke machte ihr neuen Kummer, und sie stürzte sich, als wollte sie Schutz davor suchen, in meine Arme.
Ich war sehr ärgerlich auf sie und die Frau wegen der beiderseitigen Enthüllungen, denn ich zweifelte nicht daran, daß Cathys Erzählung von Lintons bevorstehender Ankunft Heathcliff hinterbracht werden würde, so wie sie bei ihres Vaters Heimkehr sofort bestimmt eine Erklärung für die Behauptung der Magd über ihren ungeschlachten Verwandten verlangen würde. Hareton, der sich von seiner Wut, für einen Dienstboten gehalten zu werden, erholt hatte, schien von ihrem Kummer gerührt. Nachdem er das Pony vor das Tor geführt hatte, nahm er, um sie zu versöhnen, einen schönen, krummbeinigen

jungen Rattler aus dem Hundestall, legte ihn in ihre Arme und bat sie, sich zu beruhigen, denn er habe es nicht bös gemeint. Sie hielt mit ihren Klagen inne, sah ihn voller Entsetzen und Furcht an und brach dann von neuem in Tränen aus.

Ich konnte mich kaum eines Lächelns erwehren über die Abneigung gegen den armen Burschen, der ein gut gewachsener, kräftiger junger Mann war, mit hübschen Gesichtszügen, stark und gesund, jedoch in einer Kleidung, wie sie zu seiner täglichen Beschäftigung paßte: der Arbeit auf dem Gut und dem Umherstreifen im Moor bei der Jagd nach Kaninchen und anderem Wild. Doch glaubte ich in seinen Zügen bessere Charakteranlagen zu entdecken, als sein Vater sie je besessen hatte. Gute Keime in einer Wildnis von Unkraut, dessen Üppigkeit ihr zurückgebliebenes Wachstum überwucherte, und trotz alledem Beweis von fruchtbarem Boden, der unter anderen, günstigeren Umständen üppige Ernten hervorbringen konnte. Ich glaube, Mr. Heathcliff hatte ihn körperlich nicht mißhandelt, dank seiner furchtlosen Natur, die zu dieser Art der Unterdrückung nicht verleitete; sie war frei von der ängstlichen Empfindsamkeit, die in Heathcliffs Augen Mißhandlung zum Genuß gemacht hätte. Anscheinend hatte seine Bosheit einen anderen Weg eingeschlagen, den, ihn zum Tier zu machen: er hatte ihn nie lesen oder schreiben gelehrt, hatte ihn nie wegen einer schlechten Angewohnheit gerügt, die ihn selbst nicht ärgerte, hatte ihn nie auch nur einen Schritt zur Tugend hingeführt oder ihn durch ein einziges Verbot vor dem Laster bewahrt. Und nach dem, was ich hörte, hat Joseph stark zu seiner Entartung beigetragen, durch seine engstirnige Parteinahme, die ihn veranlaßte, Hareton als Kind zu schmeicheln und zu verhätscheln, weil er das Haupt der alten Familie war. Und so, wie es seine Art gewesen war, Catherine Earnshaw und Heathcliff, als sie noch klein waren, zu beschuldigen, sie hätten die Geduld des Herrn über Gebühr auf die Probe gestellt und hätten ihn durch ihr schlechtes Benehmen gezwungen, im Trunk Vergessen zu suchen, so schob er jetzt die Schuld an Haretons Fehlern dem unrechtmäßigen Besitzer seines Vermögens in die Schuhe. Wenn der Junge fluchte, tadelte er ihn nicht, auch dann nicht, wenn er sich noch so sträflich benahm. Anscheinend gewährte es Joseph eine gewisse

Genugtuung, zu beobachten, wie er nach und nach immer tiefer sank; er ließ es geschehen, daß er zugrunde gerichtet und daß seine Seele der Verdammnis preisgegeben wurde; denn dann, so folgerte er, werde Heathcliff das verantworten müssen. Haretons Blut käme auf sein Haupt, und in diesem Gedanken lag für ihn etwas ungeheuer Tröstliches. Joseph hatte in dem Jungen Stolz auf seinen Namen und seine Abstammung geweckt; er würde, wenn er es gewagt hätte, zwischen ihm und dem gegenwärtigen Eigentümer des Gutes Haß genährt haben; aber die Furcht vor eben diesem Eigentümer grenzte an Aberglauben, und er beschränkte seine Gefühlsäußerungen, soweit es ihn betraf, auf halblaute Anspielungen und heimliche Verwünschungen. Ich will nicht behaupten, daß ich mit den damals in Wuthering Heights üblichen Lebensgewohnheiten besonders vertraut war, ich spreche nur vom Hörensagen, denn ich habe wenig gesehen. Die Dorfbewohner versicherten, daß Heathcliff geizig und seinen Pächtern gegenüber ein grausam harter Gutsherr sei; aber das Haus hatte in seinem Innern unter weiblichen Händen seinen alten Anblick von Behaglichkeit wiedergewonnen, und zu lärmenden Auftritten, wie sie zu Hindleys Zeiten üblich gewesen waren, kam es in seinen Mauern jetzt nicht mehr. Der Herr war in allzu düsterer Stimmung, irgendwelche Gesellschaft zu suchen, ob gute oder schlechte, und so ist er geblieben.

Aber ich komme auf diese Weise mit meiner Geschichte nicht vorwärts. Miß Cathy lehnte den Rattler als Friedensgabe ab und forderte ihre eigenen Hunde Charlie und Phönix. Sie erschienen hinkend und ließen die Köpfe hängen; wir machten uns beide, tief niedergeschlagen, auf den Heimweg. Ich konnte aus meiner kleinen Herrin nicht herauskriegen, wie sie den Tag verbracht hatte, nur, daß das Ziel ihrer Wallfahrt, wie ich vermutet hatte, die Felsenklippe von Penistone gewesen war. Sie war ohne Abenteuer an der Pforte des Gutshofes angelangt, als zufällig Hareton mit einer Meute von Hunden herauskam, die ihren Troß angriffen; es gab einen heldenhaften Kampf, bevor ihre Besitzer sie trennen konnten, und das bildete einen Anknüpfungspunkt. Catherine erzählte Hareton, wer sie sei und wohin sie reite; sie bat ihn, ihr den Weg zu zeigen, und überredete ihn schließlich, sie zu begleiten. Er erschloß ihr die Geheimnisse der Feengrotte und zwanzig anderer seltsamer Orte; doch da ich in Ungnade war, wurde mir keine Beschreibung der interessanten Dinge, die sie gesehen hatte, gegönnt. Ich entnahm jedoch ihren Worten, daß ihr Führer bei ihr in Gunst gestanden hatte, bis sie seine Gefühle dadurch verletzte, daß sie ihn wie einen Dienstboten behandelte, und Heathcliffs Haushälterin sie dadurch gekränkt hatte, daß sie Hareton als ihren Vetter bezeichnete. Überdies wurmte sie die Art, wie er mit ihr gesprochen hatte; sie, die bei uns von allen immer nur ›mein Schatz‹ und ›Liebling‹ und ›Prinzeßchen‹ und ›Engel‹ genannt wurde, war von einem Fremden so unerhört beleidigt worden! Das konnte sie nicht fassen, und es kostete große Mühe, ihr das Versprechen abzuverlangen, daß sie sich nicht bei ihrem Vater darüber beschweren werde. Ich erklärte ihr, wie sehr er gegen die Bewohner des Gutes oben eingenommen sei und wie traurig es ihn machen würde, wenn er erführe, daß sie dort gewesen sei. Aber am meisten hielt ich ihr vor: wenn sie ihm meine Nachlässigkeit gegenüber seinen Befehlen verriete, werde er vielleicht so böse werden, daß ich meinen Dienst aufgeben müßte, und diese Aussicht konnte Cathy nicht ertragen; sie gab mir ihr Wort und hielt es mir zuliebe. Sie war trotz allem ein süßes kleines Ding.

Neunzehntes Kapitel

Ein Brief mit Trauerrand meldete den Ankunftstag meines Herrn. Isabella war tot, und er schrieb mir, daß ich für seine Tochter Trauersachen beschaffen und ein Zimmer nebst anderen Bequemlichkeiten für seinen jugendlichen Neffen herrichten sollte. Catherine war wie von Sinnen vor Freude bei dem Gedanken, ihren Vater wiederzusehen, und gab sich den zuversichtlichsten Hoffnungen über die unzähligen Vorzüge ihres ›richtigen‹ Vetters hin. Der Abend, an dem sie erwartet wurden, war gekommen. Vom frühen Morgen an war Cathy eifrig damit beschäftigt, ihre eigenen kleinen Angelegenheiten in Ordnung zu bringen, und jetzt, angetan mit ihrem neuen schwarzen Kleid – armes Ding, der Tod ihrer Tante machte ihr nicht allzuviel Eindruck – quälte sie mich ohne Unterlaß, mit ihr den Erwarteten entgegenzugehen.

»Linton ist genau ein halbes Jahr jünger als ich«, plauderte sie, während wir gemächlich im Schatten der Bäume über das moosbewachsene hügelige Gelände dahinschlenderten. »Wie herrlich wird es sein, ihn zum Spielgefährten zu haben! Tante Isabella hat Papa einmal eine wunderschöne Locke von seinem Haar geschickt; es war heller als meines, mehr flachsblond und ebenso fein. Ich habe sie sorgfältig in einer kleinen Glasdose aufbewahrt, und oft habe ich gedacht, welche Freude es machen müßte, ihren Eigentümer zu sehen. Oh, ich bin glücklich – und Papa, lieber, lieber Papa! Komm, Ellen, wir wollen laufen! Komm, lauf!«

Sie lief und kam zurück und lief viele Male hin und her, ehe ich mit meinen gemäßigten Schritten die Pforte erreichte. Und dann setzte sie sich auf die Rasenbank am Wege und versuchte geduldig zu warten; aber das war unmöglich, sie konnte nicht eine Minute ruhig sitzen.

»Wie lange sie ausbleiben!« rief sie. »Oh, ich sehe auf der Landstraße Staub: sie kommen! Nein, doch nicht. Wann werden sie endlich hier sein? Können wir ihnen nicht ein kleines Stück entgegengehen, eine halbe Meile, Ellen, nur eine halbe Meile? Sag doch ja, bis zu der Birkengruppe an der Wegbiegung.«

Ich weigerte mich hartnäckig, und schließlich wurde ihrer Spannung ein Ende gemacht: die Reisekutsche kam in Sicht. Miß Cathy jauchzte und streckte ihre Arme aus, sobald sie ihres Vaters Gesicht am Wagenfenster entdeckte. Er stieg aus, fast so ungeduldig wie sie, und es verstrich eine beträchtliche Zeit, ehe die beiden einen Gedanken für andere übrig hatten. Während sie Zärtlichkeiten austauschten, warf ich einen Blick in den Wagen, um nach Linton zu sehen. Er schlief in einer Ecke, in einen warmen, pelzgefütterten Mantel gehüllt, als wäre es Winter. Ein blasser, zarter, mädchenhafter Knabe, den man für den jüngeren Bruder meines Herrn hätte halten können, so groß war die Ähnlichkeit, doch lag in seinen Zügen eine ungesunde Grämlichkeit, die Edgar Linton nie gehabt hatte. Mein Herr sah, wie ich den Jungen betrachtete, und nachdem er mir die Hand geschüttelt hatte, gab er mir den Rat, die Wagentür zu schließen und ihn nicht zu stören, denn die Reise habe ihn ermüdet. Cathy hätte gern einen Blick hineingeworfen, aber ihr Vater forderte sie auf, mitzukommen, und sie gingen zusammen durch den Park, während ich voraneilte, um das Gesinde vorzubereiten.

»Mein Liebling«, sagte Mr. Linton zu seiner Tochter, als sie am Fuße der Freitreppe stehenblieben, »dein Vetter ist nicht so kräftig und nicht so vergnügt wie du; du mußt bedenken, daß er seine Mutter erst vor ganz kurzer Zeit verloren hat; darum mußt du nicht erwarten, daß er gleich mit dir spielt und umherläuft. Und plage ihn nicht zu sehr mit deinem Geschwätz; laß ihn wenigstens heute abend in Ruh, ja?«

»Ja, ja, Papa«, antwortete Catherine, »aber ich möchte ihn sehen, und er hat nicht ein einziges Mal herausgeschaut.«

Die Kutsche hielt an, und der Schläfer wurde geweckt und von seinem Onkel herausgehoben.

»Linton, das ist deine Kusine Cathy«, sagte er und legte ihre kleinen Hände ineinander. »Sie hat dich jetzt schon gern; und, hörst du, du darfst sie nicht betrüben, indem du heute abend weinst. Versuche jetzt, vergnügt zu sein; die Reise ist zu Ende, und du darfst dich jetzt erholen und dir die Zeit vertreiben, wie du Lust hast.«

»Dann laß mich zu Bett gehen«, antwortete der Junge, der vor Catherines Begrüßung zurückwich und seine Hände an die Augen führte, um hervorquellende Tränen wegzuwischen.

»Kommen Sie, seien Sie lieb«, flüsterte ich ihm zu, während ich ihn hineinführte. »Sie werden sie sonst noch zum Weinen bringen; sehen Sie, wie betrübt sie um Sie ist?«

Ich weiß nicht, ob es Sorge um ihn war, aber seine Kusine setzte ein ebenso trauriges Gesicht auf wie er und trat wieder zu ihrem Vater. Alle drei gingen hinauf in die Bibliothek, wo der Tee schon bereitstand. Ich machte mich daran, Linton die Mütze und den Mantel abzunehmen, und setzte ihn auf einen

Stuhl am Tisch, doch kaum saß er, als er von neuem zu weinen begann. Mein Herr fragte, was ihm wäre.
»Auf einem Stuhl kann ich nicht sitzen«, schluchzte der Junge.
»Dann leg dich aufs Sofa, und Ellen wird dir etwas Tee bringen«, antwortete sein Onkel geduldig.
Wie sehr mochte er während der Reise von seinem verdrießlichen, kränklichen Schützling geplagt worden sein! Langsam schleppte sich Linton zum Sofa und legte sich nieder. Cathy holte eine Fußbank und setzte sich mit einer Tasse Tee neben ihn. Zuerst saß sie ruhig da, doch lange konnte sie das nicht aushalten. Sie hatte sich vorgenommen, aus ihrem kleinen Vetter eine Hätschelpuppe zu machen, so, wie sie es wünschte, und begann, seine Locken zu streicheln, seine Wangen zu küssen und ihm Tee aus ihrer Untertasse zu reichen, wie einem kleinen Kind. Das gefiel ihm, denn er war wirklich nur ein Kind; er trocknete seine Augen, und ein schwaches Lächeln erhellte sein Gesicht.
»Oh, er wird sich schon ganz gut herausmachen«, sagte mein Herr zu mir, nachdem er die beiden eine Weile beobachtet hatte. »Ganz gut, wenn wir ihn behalten können, Ellen. Die Gesellschaft eines gleichaltrigen Kindes wird ihm bald neuen Mut geben, und der Wunsch, Kraft zu gewinnen, wird ihn gesund werden lassen.«
›Vorausgesetzt, daß wir ihn behalten können‹, dachte ich bei mir; trübe Vorahnungen sagten mir, daß diese Hoffnung nur sehr schwach war. Und dann überlegte ich, wie in aller Welt dieser Schwächling in Wuthering Heights zwischen seinem Vater und Hareton leben sollte. Was für Spielgefährten und Erzieher wären sie ihm! Unsere Zweifel wurden sehr bald behoben, ja früher, als ich erwartet hatte. Ich hatte nach dem Tee die Kinder hinaufgebracht und war oben geblieben, bis Linton eingeschlafen war, vorher wollte er mich nicht fortlassen. Dann war ich wieder hinuntergegangen, stand nun eben in der Halle am Tisch und zündete eine Schlafzimmerkerze für Mr. Edgar an, als eine Magd aus der Küche kam und mir mitteilte, Mr. Heathcliffs Knecht Joseph sei an der Tür und wünsche den Herrn zu sprechen.
»Erst werde ich ihn fragen, was er will«, sagte ich, sehr be-

stürzt. »Eine recht ungewöhnliche Stunde, um Leute zu belästigen, noch dazu, wenn sie gerade von einer langen Reise zurückgekehrt sind. Ich glaube nicht, daß der Herr für ihn zu sprechen ist.«

Joseph war während meiner Worte durch die Küche gekommen und stand nun in der Vorhalle. Er hatte seinen Sonntagsanzug an, und seine Miene war so scheinheilig und süßsauer wie nur möglich. Er hielt seinen Hut in der einen und seinen Stock in der anderen Hand und fing an, seine Stiefel auf der Matte zu reinigen.

»Guten Abend, Joseph«, sagte ich kühl. »Was bringt dich zu so später Stunde her?«

»Mit'm Herrn Linton hab ich zu reden«, sagte er, mich verächtlich beiseite schiebend.

»Mr. Linton geht gerade zu Bett. Wenn du ihm nicht etwas Besonderes zu sagen hast, wird er dich jetzt sicherlich nicht anhören«, fuhr ich fort. »Du solltest dich lieber hersetzen und mir deinen Auftrag anvertrauen.«

»Wo is sein Zimmer?« beharrte der Bursche und musterte die Reihe geschlossener Türen.

Ich merkte, daß er von meiner Vermittlung nichts wissen wollte, darum ging ich widerstrebend zur Bibliothek hinauf, meldete den ungelegenen Besucher und riet, ihn bis zum nächsten Morgen abzuweisen. Mr. Linton hatte jedoch keine Zeit, mich dazu zu ermächtigen, denn Joseph folgte mir dicht auf den Fersen, schob sich in das Zimmer, pflanzte sich am anderen Ende des Tisches auf, beide Hände auf den Knauf seines Stockes gestützt, und begann in erhabenem Ton, so, als ob er einem Widerspruch zuvorkommen wollte: »Heathcliff hat mich nach sei'm Jungen geschickt, un ich darf nich ohn ihn zu Hause kommen.«

Eine Weile schwieg Mr. Linton; ein tiefer Kummer prägte sich in seinen Zügen aus. Das Kind hätte ihm schon um seiner selbst willen leid getan; wenn er aber an Isabellas Hoffnungen und Befürchtungen, an ihre ängstlichen Wünsche für ihren Sohn dachte und wie sie ihn seiner Obhut anvertraut hatte, war er ernstlich beunruhigt bei dem Gedanken, ihn aufgeben zu müssen, und überlegte im Innern, wie das vermieden werden könnte. Er sah keinen Weg. Wenn er auch nur durchblik-

ken ließe, daß er ihn zu behalten wünschte, würden Heathcliffs Ansprüche noch entschiedener werden; es blieb nichts anderes übrig, als ihm zu entsagen. Doch wollte er ihn nicht aus dem Schlaf wecken.
»Sage Mr. Heathcliff«, antwortete er ruhig, »daß sein Sohn morgen nach Wuthering Heights kommen wird. Er ist zu Bett gegangen und ist zu müde, jetzt den weiten Weg zu gehen. Du kannst ihm auch erzählen, daß Lintons Mutter gewünscht hat, er solle unter meiner Obhut bleiben, und im Augenblick ist seine Gesundheit sehr angegriffen.«
»Nee«, sagte Joseph, stieß mit seinem Stock auf den Fußboden und setzte eine gebieterische Miene auf, »nee, das taugt nix, Heathcliff macht sich nix aus der Mutter un aus Ihnen auch nix; aber er will sei'n Jungen ham, un ich wer'n mitnehm', daß Sie's nur wissen.«
»Heute abend wird das nicht geschehen«, entgegnete Linton entschieden. »Geh sofort hinunter und wiederhole deinem Herrn, was ich gesagt habe. Ellen, geleite ihn hinunter, geh!«
Und indem er den entrüsteten alten Mann durch ein Heben des Armes hinauswies, gelang es ihm, ihn loszuwerden und die Tür hinter ihm zu schließen.
»Na, is gut!« schrie Joseph, als er sich langsam zurückzog. »Morgen kommt'r selber, dann könn Sie *ihn* rausschmeiß'n, wenn Sie's wagen.«

Zwanzigstes Kapitel

Um die Ausführung dieser Drohung zu verhindern, trug mir Mr. Linton auf, den Jungen recht früh auf Catherines Pony nach Wuthering Heights hinaufzubringen, und fügte hinzu: »Da wir weder im Guten noch im Bösen Einfluß auf sein Geschick haben, darfst du meiner Tochter nicht sagen, wohin er gegangen ist. Sie kann in Zukunft doch nicht mit ihm zusammenkommen, und es ist besser für sie, wenn sie nicht weiß, daß er so nahe ist, denn sie würde nur unruhig werden und würde ihn in Wuthering Heights besuchen wollen. Erzähle ihr nur, sein Vater habe plötzlich nach ihm geschickt, und da hätte er uns verlassen müssen.«

Linton war sehr ungehalten darüber, daß er schon um fünf Uhr aus dem Bett geholt wurde, und war erstaunt, als ihm gesagt wurde, er müsse sich wieder für eine Reise zurechtmachen. Ich milderte das ein wenig durch die Nachricht, er werde einige Zeit bei Mr. Heathcliff, seinem Vater, zubringen, der ihn so sehr zu sehen wünsche, daß er das Vergnügen nicht so lange aufschieben wollte, bis er sich von seiner Reise erholt hätte.

»Mein Vater?« rief er, merkwürdig erstaunt, »Mama hat mir nie gesagt, daß ich einen Vater habe. Wo lebt er? Ich möchte lieber bei meinem Onkel bleiben.«

»Er lebt nicht weit von hier«, erwiderte ich, »gerade hinter den Bergen dort, gar nicht weit; Sie können zu Fuß hierherkommen, wenn Sie kräftig geworden sind. Und Sie sollten froh sein, nach Hause zu kommen und ihn zu sehen. Sie müssen sich Mühe geben, ihn zu lieben wie Ihre Mutter, dann wird er Sie auch lieben.«

»Aber warum habe ich früher nichts von ihm gehört?« fragte Linton. »Warum haben Mama und er nicht zusammen gelebt wie andere Leute?«

»Er hatte Geschäfte, die ihn im Norden festhielten«, antwortete ich, »und Ihre Mutter mußte ihrer Gesundheit wegen im Süden leben.«

»Und warum hat mir Mama nichts von ihm erzählt?« beharrte das Kind. »Sie hat oft von Onkel gesprochen, und ich habe ihn schon vor langer Zeit lieben gelernt. Wie soll ich Papa lieben? Ich kenne ihn nicht.«

»Ach, alle Kinder lieben ihre Eltern«, sagte ich. »Ihre Mutter hat vielleicht gedacht, Sie würden zu ihm wollen, wenn sie oft von ihm gesprochen hätte. Nun wollen wir uns aber beeilen. Ein Ritt in der Frühe, an einem schönen Morgen, ist weit besser, als eine Stunde länger zu schlafen.«

»Wird sie mitkommen«, fragte er, »das kleine Mädchen, das ich gestern gesehen habe?«

»Jetzt nicht«, entgegnete ich.
»Aber Onkel?« fuhr er fort.
»Nein, ich werde Sie hinbegleiten«, sagte ich.
Linton ließ sich auf sein Kissen zurückfallen und versank in dumpfes Brüten.
»Ich will nicht ohne Onkel gehen!« schrie er endlich. »Wer weiß, wo du mich hinschleppen willst.«
Ich versuchte ihm klarzumachen, wie unartig es sei, sich gegen eine Begegnung mit seinem Vater zu sträuben, und doch widersetzte er sich eigensinnig allen Bemühungen, ihn anzukleiden, und ich mußte den Herrn zu Hilfe rufen, damit er ihn dazu brachte, aufzustehen. Das arme Kerlchen wurde schließlich nur dadurch herausgelockt, daß man ihm einredete, er werde nur kurze Zeit fort sein und Mr. Edgar und Cathy würden ihn besuchen. Ich erfand noch andere ebenso unbegründete Versprechungen und wiederholte sie während des ganzen Weges von Zeit zu Zeit immer wieder. Die reine, würzige Heideluft, der helle Sonnenschein und Minnys leichter Galopp linderten nach einer Weile seine Verzweiflung. Er fing an, mit größerer Teilnahme und Lebhaftigkeit Fragen nach seinem neuen Heim und dessen Bewohnern zu stellen.
»Ist Wuthering Heights auch so schön wie Thrushcross Grange?« erkundigte er sich, drehte sich um und warf einen letzten Blick ins Tal, aus dem ein leichter Nebel aufstieg, der sich in Form einer flockigen Wolke gegen das Blau des Himmels abhob.
»Es liegt nicht so unter Bäumen verborgen«, erwiderte ich, »und es ist nicht ganz so groß, aber Sie können die ganze Gegend rundherum herrlich sehen, und die Luft ist gesünder für Sie, frischer und trockener. Sie werden das Gebäude im Anfang vielleicht alt und düster finden, und doch ist es ein ansehnliches Haus, das zweitbeste der Nachbarschaft. Und Sie können so schöne Streifzüge durchs Moor unternehmen. Hareton Earnshaw – das ist Miß Cathys anderer Vetter und dadurch gewissermaßen auch Ihrer – wird Ihnen die hübschesten Plätze zeigen. Und Sie können bei schönem Wetter ein Buch mitnehmen und können so eine grüne Schlucht zu Ihrem Arbeitszimmer machen. Und von Zeit zu Zeit kann Ihr Onkel

sich Ihnen bei Ihren Spaziergängen anschließen; er wandert oft über die Berge.«
»Und wie sieht mein Vater aus?« fragte er. »Ist er ebenso jung und schön wie Onkel?«
»Er ist ebenso jung«, sagte ich, »aber er hat schwarze Haare und Augen und blickt finsterer, und er ist überhaupt größer und breiter. Zuerst wird er Ihnen nicht so sanft und freundlich vorkommen, denn das ist nicht seine Art, aber achten Sie nur darauf, daß Sie offen und herzlich zu ihm sind, dann wird er Sie mehr lieben als jeder Onkel, weil Sie zu ihm gehören.«
»Schwarze Haare und Augen«, grübelte Linton. »Ich kann ihn mir nicht vorstellen. Ich sehe ihm also nicht ähnlich, nicht wahr?«
»Nicht sehr«, antwortete ich, ›nicht die Spur‹, dachte ich und musterte mit Bedauern die weiße Gesichtshaut und den schmächtigen Körperbau meines Gefährten und seine großen, glanzlosen Augen; es waren die Augen seiner Mutter, nur daß sie, wenn sie nicht gerade in krankhafter Reizbarkeit aufflakkerten, nichts von ihrem funkelnden Geist verrieten.
»Wie merkwürdig, daß er niemals Mama und mich besucht hat«, murmelte er. »Hat er mich überhaupt gesehen? Aber dann muß ich noch ganz klein gewesen sein; ich erinnere mich überhaupt nicht an ihn.«
»Ei, Master Linton«, sagte ich, »dreihundert Meilen sind eine große Entfernung, und zehn Jahre erscheinen einem erwachsenen Menschen viel kürzer als Ihnen. Wahrscheinlich hat Mr. Heathcliff von einem Jahr zum anderen beabsichtigt, hinzukommen, hat aber nie eine passende Gelegenheit gefunden, und nun ist es zu spät. Quälen Sie ihn nicht mit Fragen darüber, das würde ihn unnötig ärgern.«
Der Knabe war für den Rest des Rittes, bis wir vor der Gartenpforte des Gutshauses anhielten, vollauf mit seinen eigenen Gedanken beschäftigt. Ich beobachtete den Ausdruck seiner Züge. Er musterte die Vorderwand des Hauses mit den Verzierungen und die tiefliegenden Fenstergitter, die wuchernden Stachelbeersträucher und verkrüppelten Kiefern mit gespannter Aufmerksamkeit, dann schüttelte er den Kopf. Seinem ganzen Wesen mißfiel das Äußere seines neuen Wohnsitzes durchaus. Aber er war vernünftig genug, jetzt

noch nichts darüber zu sagen; denn es konnte ja sein, daß das Innere des Hauses ihn dafür entschädigte.

Noch ehe er vom Pferde stieg, öffnete ich die Tür. Es war halb sieben Uhr. Die Familie war gerade mit Frühstücken fertig; die Magd räumte das Geschirr weg und wischte den Tisch sauber; Joseph stand neben dem Stuhl seines Herrn und erzählte ihm eine Geschichte von einem lahmen Pferd, und Hareton machte sich fertig, um zum Heuen zu gehen.

»Hallo, Nelly!« rief Mr. Heathcliff, als er mich sah. »Ich fürchtete schon, ich müßte hinunterkommen und mein Eigentum selbst holen. Du hast ihn gebracht, nicht wahr? Laß sehen, was sich damit anfangen läßt.«

Er stand auf und ging zur Tür. Hareton und Joseph folgten, neugierig gaffend. Der arme Linton ließ einen erschrockenen Blick über die Gesichter der drei gleiten.

»Gewißlich«, sagte Joseph nach einer ernsten Prüfung, »hat er mit Ihn' getauscht, Herr, un das dort is seine Tochter.«

Heathcliff, der seinen Sohn durch sein Anstarren in qualvolle Verwirrung versetzt hatte, lachte höhnisch auf.

»Lieber Gott, was für eine Schönheit! Was für ein niedliches, entzückendes Ding!« rief er aus. »Das ist wohl mit Schnecken und saurer Milch aufgezogen worden, Nelly? Gott verdamm mich! Aber das ist schlimmer, als ich erwartet hatte, und, weiß der Teufel, ich habe mir keine großen Hoffnungen gemacht.«

Ich ließ das zitternde, bestürzte Kind absteigen und eintreten. Er verstand den Sinn der Worte seines Vaters nicht genau und wußte nicht, ob sie für ihn bestimmt waren, ja er war sich noch nicht einmal klar darüber, ob dieser finstere, spottende Fremde sein Vater sei. Er klammerte sich mit wachsender Bestürzung an mich an, und als Mr. Heathcliff sich setzte und ihm zurief: »Komm her!«, verbarg er sein Gesicht an meiner Schulter und weinte.

»Pah, pah«, sagte Heathcliff, streckte seine Hand nach ihm aus, zog ihn roh zu sich heran, nahm ihn zwischen die Knie und hob sein Gesicht am Kinn hoch. »Laß den Unsinn! Wir werden dir nicht weh tun, Linton – so heißt du doch, wie? Du bist ganz und gar das Kind deiner Mutter. Wo ist mein Anteil an dir, du piepsendes Küken?«

Er nahm dem Jungen die Mütze ab, strich ihm die dichten, flachsblonden Locken zurück und befühlte seine schlanken Arme und zarten Finger. Während dieser Untersuchung hörte Linton auf zu weinen und schlug seine großen blauen Augen zu dem Manne auf.

»Kennst du mich?« fragte Heathcliff, nachdem er sich überzeugt hatte, daß die Gliedmaßen alle gleich zerbrechlich und zart waren.

»Nein«, sagte Linton mit einem Blick unverhüllter Angst.

»Ich vermute, du hast von mir gehört?«

»Nein«, entgegnete er wieder.

»Nein? Welche Schande für deine Mutter, daß sie nie deine kindlichen Gefühle für mich geweckt hat. Du bist mein Sohn, das sage ich dir, und deine Mutter war ein boshaftes Frauenzimmer, daß sie dich in Unwissenheit darüber ließ, daß du einen solchen Vater hast. Nun, zuck nicht zusammen, und werde nicht rot, wenn es auch sehenswert ist, daß du nicht etwa weißes Blut hast. Sei ein guter Junge, und ich werde für dich sorgen. Nelly, wenn du müde bist, kannst du dich hinsetzen, wenn nicht, geh wieder nach Hause. Ich nehme an, du wirst dort haargenau berichten, was du hörst und siehst, und so schnell wird diese Angelegenheit doch nicht ins reine gebracht, daß du so lange hierbleiben könntest.«

»Nun«, entgegnete ich, »ich hoffe, Sie werden freundlich zu dem Jungen sein, Mr. Heathcliff, sonst werden Sie ihn nicht lange behalten; und er ist das einzige verwandte Wesen, das Sie auf der ganzen Welt haben, vergessen Sie das nicht.«

»Ich werde *sehr* gut zu ihm sein, du brauchst keine Angst zu haben«, sagte er lachend. »Nur darf niemand sonst gut zu ihm sein wollen; ich bin eifersüchtig darauf bedacht, seine Liebe allein für mich zu haben. Und, um gleich mit Freundlichkeit zu beginnen, bring dem Jungen etwas Frühstück, Joseph. Hareton, du verflixtes Kalb, mach, daß du an die Arbeit kommst! Ja, Nelly«, fügte er hinzu, als sie weggegangen waren, »mein Sohn ist der voraussichtliche Eigentümer von eurem Grund und Boden, und ich möchte nicht, daß er stirbt, bevor ich die Gewißheit habe, sein Nachfolger zu sein. Überdies gehört er *mir,* und ich will den Triumph auskosten, *meinen* Nachkommen als freien Herrn ihrer Besitztümer zu sehen und zu erleben, daß mein Sohn ihre Kinder dazu dingt, ihres Vaters Land gegen Lohn zu bestellen. Das ist der einzige Gedanke, der mir das Dasein dieses Sprößlings erträglich macht, ich verachte ihn um seiner selbst willen und hasse ihn um der Erinnerungen willen, die er wachruft. Aber dieser Gedanke genügt; er ist bei mir so sicher und wird so sorgfältig behütet werden, wie dein Herr sein Kind hütet. Oben ist ein Zimmer für ihn hübsch eingerichtet worden, ich habe auch einen Lehrer für ihn bestellt, der dreimal in der Woche einen Weg von zwanzig Meilen hierher macht; der soll ihm beibringen, was er lernen möchte. Ich habe Hareton befohlen, ihm zu gehorchen, und alles ist bis ins einzelne vorbereitet für ihn, als den künftigen Edelmann, der eines Tages über seine Standesgenossen gesetzt wird. Es tut mir aber leid, daß er diese Mühe so wenig verdient. Wenn ich mir ein Glück auf dieser Welt gewünscht habe, so war es dies, ihn meines Stolzes würdig zu finden, und ich bin bitter enttäuscht von diesem weinerlichen Milchgesicht.«

Während er sprach, kam Joseph zurück; er trug eine Schüssel Hafermilchbrei, die er vor Linton hinstellte. Der rührte mit einem Ausdruck des Widerwillens in dem einfachen Gericht herum und behauptete, er könne das nicht essen. Ich sah, daß der alte Mann seines Herrn Verachtung für das Kind in hohem Maße teilte, wenn er auch genötigt war, diese Empfindung in seinem Herzen zu verschließen, weil Heathcliff seinen Untergebenen nicht erlaubte, unehrerbietig zu sein.

»Kann's nich essen?« wiederholte er, blickte Linton ins Gesicht und dämpfte seine Stimme zu einem Flüstern, aus Angst, von seinem Herrn gehört zu werden. »Aber Master Hareton hat nie nix andres gegessen, als er klein war, un was gut gnug war für ihn, is gut gnug für Sie, sollt ich meinen.«

»Ich werde das nicht essen«, antwortete Linton schnippisch, »nimm es weg.«

Joseph nahm ihm die Speise entrüstet weg und brachte sie zu uns.

»Fehlt'm Essen irgend was?« fragte er und hielt Heathcliff die Schüssel unter die Nase.

»Was sollte ihm fehlen?« sagte er.

»Was«, antwortete Joseph, »der verwöhnte Junge dort sagt, er könnt's nich essen. Aber 's wird schon stimmen. Seine Mut-

ter war gradso; 's war doch fast so, daß wir ihr zu dreckig warn, um das Korn zu sän, aus dem ihr Brot gebacken wurde.«
»Sprich mir nicht von seiner Mutter!« sagte der Herr böse. »Gib ihm etwas, was er essen kann, und damit Schluß. Woran ist er gewöhnt, Nelly?«
Ich schlug gekochte Milch oder Tee vor, und die Haushälterin erhielt Auftrag, etwas zuzubereiten. ›Schau, schau‹, dachte ich, ›seines Vaters Selbstsucht wird ihm gute Behandlung verschaffen. Er wird einsehen, daß er sehr zart ist und daß man ihn erträglich behandeln muß. Es wird Mr. Edgar trösten, wenn ich ihm mitteile, auf welche neue Laune Heathcliff verfallen ist.‹ Da ich keinen Grund hatte, länger zu bleiben, schlüpfte ich hinaus, während Linton damit beschäftigt war, die Annäherungsversuche eines gutmütigen Schäferhundes schüchtern abzuweisen. Doch war er zu sehr auf der Hut, als daß man ihn hätte täuschen können: als ich die Tür schloß, hörte ich einen Schrei und die in wahnsinniger Angst wiederholten Worte: »Geh nicht weg! Ich will nicht hierbleiben! Ich will nicht hierbleiben!«
Dann wurde der Schlüssel im Schloß umgedreht; sie erlaubten ihm nicht, herauszukommen. Ich bestieg Minny und ließ sie in Trab fallen, und so endete mein kurzes Hüteramt.

Einundzwanzigstes Kapitel

An jenem Tage hatten wir ein schweres Stück Arbeit mit der kleinen Cathy. Sie erwachte in heller Fröhlichkeit, voller Ungeduld, ihren Vetter wiederzusehen, und die Nachricht von seiner Abreise weckte so leidenschaftliche Tränen und Klagen, daß Edgar selbst sie durch die Zusicherung beschwichtigen mußte, er werde bald wiederkommen. Er fügte jedoch hinzu: »Wenn man ihn zu mir läßt«, und dafür bestand keine Aussicht. Dieses Versprechen beruhigte sie nur wenig, doch tat die Zeit ihre Wirkung. Und wenn sie auch anfänglich immer wieder ihren Vater fragte, wann Linton zurückkäme, so waren, bevor sie ihn wiedersah, seine Züge so sehr ihrem Gedächtnis entschwunden, daß sie ihn nicht wiedererkannte.

Wenn ich die Haushälterin von Wuthering Heights bei meinen Geschäftsgängen nach Gimmerton zufällig traf, erkundigte ich mich nach dem Befinden des jungen Herrn; denn er lebte fast so zurückgezogen wie Catherine, und man bekam ihn nie zu sehen. Ich entnahm ihren Antworten, daß er nach wie vor von zarter Gesundheit und als Hausgenosse ein Plagegeist war. Sie sagte, Mr. Heathcliff könne ihn offenbar, je länger es dauerte, immer weniger leiden, obwohl er sich Mühe gebe, dies zu verbergen. Er hatte eine Abneigung gegen den Klang seiner Stimme und konnte es einfach nicht über sich gewinnen, länger als ein paar Minuten im gleichen Zimmer mit ihm zu sitzen. Selten sprachen sie miteinander; Linton machte seine Schulaufgaben und verbrachte seine Abende in einem kleinen Raum, den sie das Wohnzimmer nannten. Oft lag er den ganzen Tag zu Bett, denn er hatte immer Husten und Schnupfen und Schmerzen aller Art.

»Noch nie habe ich ein so zimperliches Geschöpf gesehen«, fügte die Frau hinzu, »und keines, das so ängstlich besorgt um sich selbst ist. Wie er sich anstellt, wenn ich das Fenster abends etwas länger offen lasse! Ja, ein wenig Nachtluft einzuatmen ist lebensgefährlich! Und mitten im Sommer muß er Feuer im Kamin haben, und der Rauch von Josephs Pfeife ist Gift für ihn, und immer muß er Süßigkeiten und Leckerbissen haben, und immer Milch und wieder Milch, und fragt nichts danach, ob wir anderen im Winter hungern müssen. Und da sitzt er dann, in seinen Pelzmantel gehüllt, in seinem Stuhl am Feuer, immer etwas geröstetes Brot und Wasser oder andere Krankenkost auf dem Kaminsims, damit er davon nippen kann. Und wenn Hareton aus lauter Mitleid einmal zu ihm kommt, um ihm die Zeit zu vertreiben – denn Hareton ist nicht bösartig von Natur, nur ungeschliffen –, dann gehen sie sicherlich bald auseinander, der eine fluchend, der andere weinend. Ich glaube, wäre es nicht sein Sohn, würde der Herr sich freuen, wenn Earnshaw ihn windelweich prügelte, und ich weiß genau, er wäre bereit, Linton an die Luft zu setzen, wenn er nur annähernd ahnte, was für ein Wesen der von sich macht.

Darum vermeidet er es, sich in Versuchung zu begeben: nie betritt er das Wohnzimmer, und wenn Linton sich einmal in seiner Gegenwart von dieser Seite zeigt, dann schickt er ihn sofort hinauf.«

Ich schloß aus diesem Bericht, daß der völlige Mangel an Zuneigung den jungen Heathcliff selbstsüchtig und unliebenswürdig gemacht hatte, wenn er es nicht von Natur aus schon war. Infolgedessen ließ mein Interesse an ihm nach; aber sein Los bekümmerte mich doch noch immer, und ich wünschte, er wäre bei uns geblieben.

Mr. Edgar ermutigte mich, weiter Erkundigungen einzuziehen; ich glaube, er dachte viel an Linton und hätte sogar etwas aufs Spiel gesetzt, um ihn zu sehen; einmal trug er mir auf, die Haushälterin zu fragen, ob er jemals ins Dorf ginge. Sie sagte, er sei nur zweimal zu Pferde dort gewesen, als er seinen Vater begleitete, und beide Male habe er sich, wie er behauptete, hinterher drei oder vier Tage lang wie zerschlagen gefühlt. Diese Haushälterin verließ ihren Dienst, wenn ich mich recht entsinne, zwei Jahre nachdem Linton gekommen war, und eine andere, die ich nicht kannte, war ihre Nachfolgerin; sie lebt noch dort.

Für uns in Thrushcross Grange verstrich die Zeit in der alten angenehmen Weise, bis Miß Cathy sechzehn Jahre alt wurde. Ihr Geburtstag wurde niemals fröhlich gefeiert, weil er ja auch der Todestag meiner verstorbenen Herrin war. Ihr Vater verbrachte diesen Tag immer allein in der Bibliothek; erst wenn es dämmerte, ging er bis zum Kirchhof von Gimmerton und dehnte seinen Besuch dort manchmal bis nach Mitternacht aus. Darum war Catherine darauf angewiesen, sich selbst die Zeit zu vertreiben.

Diesmal war der 20. März ein wunderbarer Frühlingstag, und als ihr Vater sich zurückgezogen hatte, kam meine junge Herrin, zum Ausgehen angekleidet, herunter und sagte, sie habe gefragt, ob sie mit mir am Rande des Moors umherstreifen dürfe. Mr. Linton habe die Erlaubnis dazu erteilt, wenn wir nicht zu weit gingen und in einer Stunde zurück wären.

»Also, beeil dich, Ellen!« rief sie. »Ich weiß, wohin ich gehen möchte, dorthin, wo sich ein Schwarm Birkhühner niederge-

lassen hat; ich möchte sehen, ob sie schon am Nestbauen sind.«
»Das muß ganz hübsch weit sein«, antwortete ich; »die nisten nicht am Rande des Moores.«
»Nein, es ist nicht weit«, sagte sie. »Ich bin mit Papa ganz nahe dran gewesen.«
Ich setzte meine Haube auf und machte mich auf den Weg, ohne weiter darüber nachzudenken. Sie sprang vor mir her, kehrte zu mir zurück und lief wieder weg, wie ein junger Windhund. Zuerst hatte ich vollauf damit zu tun, dem Gesang der Lerchen von nah und fern zu lauschen, mich an dem süßen warmen Sonnenschein zu erfreuen und meinen Liebling zu beobachten, meine Wonne, mit ihren goldenen Locken, die im Winde flatterten, ihren lieblichen Wangen, die so zart und rein blühten wie wilde Rosen, und den Augen, in denen sich ungetrübte Freude spiegelte. Sie war in jenen Tagen ein glückliches Geschöpf, ein Engel. Ein Jammer nur, daß sie sich nicht damit zufriedengeben konnte.
»Nun«, sagte ich, »wo sind Ihre Birkhühner, Miß Cathy? Wir müßten längst da sein; die Parkmauer des Gehöftes liegt schon weit hinter uns.«
»Oh, ein bißchen weiter, nur ein bißchen weiter, Ellen«, war ihre ständige Antwort. »Steige auf den Hügel dort und geh am Abhang entlang, und bis du an der anderen Seite angelangt bist, werde ich die Vögel aufgescheucht haben.«
Aber es gab dort so viele Hügel und Abhänge, über die wir steigen mußten, daß ich schließlich müde wurde und ihr sagte, wir müßten haltmachen und unsere Schritte heimwärts lenken. Ich rief sie, da sie mich weit hinter sich zurückgelassen hatte; aber entweder hörte sie es nicht oder achtete nicht darauf; denn sie sprang weiter, und ich war gezwungen, ihr zu folgen. Schließlich tauchte sie in einer Vertiefung unter, und bevor ich sie wieder zu Gesicht bekam, befand sie sich zwei Meilen näher an Wuthering Heights als an ihrem eigenen Heim, und ich erblickte zwei Menschen, von denen sie angehalten wurde, und war überzeugt, daß einer davon Mr. Heathcliff selbst war.
Cathy war beim Plündern oder zum mindesten doch beim Aufstöbern der Birkhuhnnester ertappt worden. Die Anhö-

hen gehörten zu Heathcliffs Grund und Boden, und er machte der kleinen Wilddiebin Vorhaltungen.

»Ich habe weder welche genommen noch überhaupt welche gefunden«, sagte sie, als ich hinzutrat, und streckte zur Bekräftigung ihrer Worte die geöffneten Hände aus. »Ich wollte sie nicht nehmen; aber Papa hat mir erzählt, hier oben gäbe es Unmengen davon, und ich wollte gern die Eier sehen.«

Heathcliff blickte mich mit einem boshaften Lächeln an, das besagen wollte, daß er über Miß Cathys Person Bescheid wüßte und ihr folglich nicht wohlgesinnt sei. Wer denn ›Papa‹ sei, fragte er.

»Mr. Linton auf Thrushcross Grange«, erwiderte sie. »Ich dachte mir, daß Sie mich nicht kennen, sonst hätten Sie nicht so mit mir gesprochen.«

»Demnach meinen Sie, daß Ihr Papa hoch geachtet und geehrt wird?« fragte er spöttisch.

»Und wer sind Sie?« erkundigte sich Catherine, den Sprecher neugierig betrachtend. »Den Mann dort habe ich schon einmal gesehen, ist es Ihr Sohn?«

Sie wies auf Hareton, Heathcliffs Begleiter. Er hatte in den zwei Jahren, die verstrichen waren, lediglich an Größe und Stärke zugenommen, sonst schien er so linkisch und ungeschlacht wie nur je.

»Miß Cathy«, unterbrach ich, »nun sind wir schon bald drei Stunden unterwegs. Wir müssen endlich heimgehen.«

»Nein, dieser Mann ist nicht mein Sohn«, sagte Heathcliff, mich beiseite schiebend. »Aber ich habe einen, und Sie haben ihn auch schon einmal gesehen, und obwohl Ihre Begleiterin es so eilig hat, wird Ihnen beiden eine kleine Rast guttun. Wollen Sie nicht um diesen Heidehügel herumgehen und in mein Haus kommen? Sie werden früher zu Hause anlangen, wenn Sie ausgeruht sind, und Sie sind herzlich willkommen.«

Ich flüsterte Catherine zu, sie dürfe auf keinen Fall die Aufforderung annehmen, das sei ganz und gar unmöglich.

»Weshalb?« fragte sie laut. »Ich bin vom Laufen müde, und der Boden ist naß vom Tau, so daß ich mich hier nicht setzen kann. Wir wollen mitgehen, Ellen. Überdies sagt er, ich hätte seinen Sohn gesehen. Ich glaube, er irrt sich; aber ich kann mir denken, wo er wohnt: in dem Gutshaus, in dem ich einkehrte, als ich von der Felsklippe von Penistone kam. Stimmt's?«

»Ja«, sagte Heathcliff, »komm, Nelly, halt den Mund. Es wird ihr Spaß machen, bei uns hereinzuschauen. Hareton, geh voran mit dem Mädchen. Du kannst mit mir gehen, Nelly.«

»Nein, sie soll nicht hingehen!« schrie ich und versuchte meinen Arm zu befreien, den er gepackt hatte; aber sie war schon fast am Torweg und lief in aller Eile um den Hügel herum. Ihr Begleiter verspürte keine Lust, an ihrer Seite zu bleiben; er bog nach der Landstraße hin ab und verschwand.

»Mr. Heathcliff, das ist sehr unrecht von Ihnen«, fuhr ich fort, »und Sie wissen selbst, daß Sie nichts Gutes im Sinne haben. Dort wird sie Linton sehen, und sobald wir nach Hause kommen, wird alles brühwarm erzählt werden, und mir wird man die Schuld geben.«

»Ich will, daß sie Linton sieht«, antwortete er; »in diesen Tagen sieht er besser aus, und es kommt nicht oft vor, daß er sich sehen lassen kann. Und wir werden ihr schon einreden, den Besuch geheimzuhalten. Was ist also dabei?«

»Was dabei ist? Ihr Vater würde mir zürnen, wenn er wüßte, daß ich ihr gestattet habe, Ihr Haus zu betreten, und ich bin überzeugt, Sie führen Böses im Schilde, wenn Sie sie dazu ermuntern«, entgegnete ich.

»Mein Plan ist so ehrenhaft wie nur möglich. Ich werde dir offen sagen, worauf er hinausgeht. Ich will, daß Vetter und Kusine sich ineinander verlieben und sich heiraten. Ich handle großmütig an deinem Herrn. Seine Tochter hat keine Ansprüche auf das Gut, aber wenn sie meine Wünsche unterstützt, wäre sie mit einem Male, als gemeinsame Erbin mit Linton, versorgt.«

»Wenn Linton stirbt«, antwortete ich, »und er ist nicht kräftig, dann wäre Catherine die Erbin?«

»Nein«, sagte er. »Das Testament weist keine Klausel auf, die ihr das sichert; sein Besitztum würde an mich fallen. Aber, um jedem Streit vorzubeugen: Ich wünsche ihre Verbindung und bin entschlossen, sie zuwege zu bringen.«

»Und ich bin entschlossen, dafür zu sorgen, daß sie Ihrem Haus nie wieder mit mir zu nahe kommt«, entgegnete ich, als wir die Pforte erreichten, wo Miß Cathy auf uns wartete.

Heathcliff befahl mir, zu schweigen, ging uns voran und beeilte sich, die Tür zu öffnen. Meine junge Herrin sah ihn wiederholt von der Seite an, als wenn sie nicht recht wüßte, was sie von ihm denken sollte; aber jetzt lächelte er, wenn er ihrem Blick begegnete, und dämpfte seine Stimme, wenn er zu ihr sprach. Und ich war töricht genug, mir einzubilden, die Erinnerung an ihre Mutter könne ihn davon abhalten, ihr Böses zu wünschen. Linton stand am Herd. Er hatte einen Gang durch die Felder gemacht, denn er hatte noch die Mütze auf, und rief nach Joseph, der ihm trockene Schuhe bringen sollte. Er war groß für sein Alter, es fehlten noch einige Monate an sechzehn Jahren. Seine Züge waren immer noch hübsch und seine Augen und seine Gesichtsfarbe lebhafter, als ich sie in Erinnerung hatte. Doch hatten sie den Schimmer wohl nur zeitweise in der gesunden Luft und der warmen Sonne angenommen.

»Nun, wer ist dies?« fragte Mr. Heathcliff, sich an Cathy wendend. »Wissen Sie es?«

»Ihr Sohn?« sagte sie, nachdem sie zweifelnd erst den einen, dann den anderen gemustert hatte.

»Ja, ja«, antwortete er. »Aber ist dies das erste Mal, daß Sie ihn sehen? Denken Sie nach. Oh, Sie haben ein kurzes Gedächtnis. Linton, erinnerst du dich nicht deiner Kusine, mit der du uns so geplagt hast, weil du sie wiedersehen wolltest?«

»Was, Linton?« schrie Cathy und strahlte bei Nennung dieses Namens vor freudiger Überraschung. »Ist dies der kleine Linton? Er ist ja größer als ich. Bist du wirklich Linton?«

Der Jüngling kam auf sie zu und gab sich zu erkennen; sie küßte ihn innig, und beide sahen verwundert, wie die Zeit ihre äußere Erscheinung gewandelt hatte. Catherine hatte ihre endgültige Größe erreicht, ihre Gestalt war voll und gleichzeitig schlank und biegsam wie eine Gerte, und sie strahlte vor Gesundheit und Lebenslust. Lintons Blicke und Bewegungen waren sehr matt und seine Figur ungemein schmächtig; aber es lag eine Anmut in seiner Art, sich zu geben, die diese Mängel ausglich und ihn nicht unangenehm erscheinen ließ. Nachdem Cathy ihn mit Zärtlichkeiten überschüttet hatte, ging sie zu Mr. Heathcliff, der an der Tür stehengeblieben war und so tat, als ob er hinaussähe; in Wirklichkeit aber beobachtete er, was innen vor sich ging.

»Und Sie sind also mein Onkel!« rief sie und hob die Arme, um ihn zu begrüßen. »Es war mir gleich so, als wenn ich Sie gern hätte, obwohl Sie zuerst grob zu mir waren. Warum besuchen Sie uns nicht mit Linton? Es ist doch merkwürdig, daß Sie all diese Jahre in so naher Nachbarschaft mit uns leben und uns nie besuchen. Warum haben Sie das getan?«

»Ich war, bevor du geboren wurdest, ein- oder zweimal zu oft dort«, antwortete er. »Na, verdammt! Wenn du Küsse übrig hast, dann gib sie Linton, bei mir sind sie verschwendet.«

»Unartige Ellen!« rief Catherine, und flog auf mich zu, um nun mich mit Zärtlichkeiten zu überschütten. »Böse Ellen! Und du hast versucht, mich am Herkommen zu hindern! Aber ich werde in Zukunft jeden Morgen diesen Spaziergang machen, darf ich, Onkel? Und manchmal werde ich Papa mitbringen. Werden Sie sich nicht freuen, uns zu sehen?«

»Selbstverständlich«, erwiderte der Onkel mit einer nur schlecht unterdrückten Grimasse, die seiner tiefen Abneigung für beide Besucher Ausdruck gab. »Aber warte«, fuhr er fort, sich an die junge Dame wendend, »da ich gerade daran denke, es ist besser, ich erzähle es dir. Mr. Linton hat ein Vorurteil gegen mich; wir haben uns zu einer gewissen Zeit unseres Lebens wild wie die Heiden miteinander gestritten, und wenn du ihm gegenüber erwähnst, daß du herkommst, wird er dir die Besuche überhaupt verbieten. Darum mußt du sie nicht erwähnen, es sei denn, dir liegt nichts daran, deinen Vetter auch fernerhin zu sehen. Du kannst kommen, wann du willst, aber du darfst nicht darüber sprechen.«

»Warum habt ihr euch gestritten?« fragte Catherine ganz niedergeschlagen.

»Er hielt mich für zu arm, seine Schwester zu heiraten«, antwortete Heathcliff, »und war gekränkt, daß ich sie bekam; sein Stolz war verletzt, und er wird es mir nie verzeihen.«

»Das ist unrecht«, sagte sie, »ich werde es ihm schon einmal sagen. Aber Linton und mich geht euer Streit nichts an. Ich werde also nicht herkommen, er kann nach Thrushcross Grange hinunterkommen.«

»Das wird zu weit für mich sein«, murmelte ihr Vetter. »Vier

Meilen gehen, das wäre mein Tod. Nein, komm du von Zeit zu Zeit hierher, Miß Catherine; nicht jeden Morgen, aber ein- oder zweimal die Woche.«

Der Vater warf seinem Sohn einen Blick bitterster Verachtung zu.

»Ich fürchte, Nelly, meine Mühe wird umsonst sein«, sagte er halblaut, zu mir gewandt. »›Miß Catherine‹, wie der Tropf sie nennt, wird seinen Wert bald erkennen und ihn zum Teufel schicken. Ja, wenn es Hareton wäre! Weißt du, daß ich mir mindestens zwanzigmal am Tag wünsche, daß Hareton, trotz seiner Verkommenheit, mein Sohn wäre? Ich hätte den Jungen geliebt, wäre er das Kind eines anderen gewesen. Aber ich glaube, vor *ihrer* Liebe ist er sicher. Ich werde ihn gegen dieses erbärmliche Geschöpf ausspielen, wenn es sich nicht schnell heranmacht. Er wird wohl kaum achtzehn Jahre alt werden. Zum Teufel mit dem blutlosen Ding! Er denkt an nichts anderes, als trockene Füße zu bekommen, und sieht sie überhaupt nicht an. – Linton!«

»Ja, Vater?« antwortete der Junge.

»Hast du deiner Kusine nichts hier herum zu zeigen, kein Kaninchen und keinen Wieselbau? Nimm sie mit in den Garten, bevor du die Schuhe wechselst, und in den Stall; du kannst ihr dein Pferd zeigen.«

»Willst du nicht lieber hier sitzen bleiben?« fragte Linton Cathy in einem Ton, der deutlich verriet, daß er keine Lust hatte, wieder hinauszugehen.

»Ich weiß nicht«, erwiderte sie und warf einen sehnsüchtigen Blick nach der Tür, offensichtlich voller Tatendrang.

Er blieb sitzen und rückte näher ans Feuer. Heathcliff erhob sich, ging in die Küche und von dort in den Hof und rief nach Hareton. Der antwortete, und gleich darauf traten die beiden wieder ein. Der junge Mann hatte sich augenscheinlich gewaschen; seine geröteten Wangen und sein nasses Haar verrieten das.

»Oh, ich werde dich fragen, Onkel«, rief Miß Cathy, sich an die Behauptung der Haushälterin erinnernd. »Das ist doch nicht mein Vetter, nicht wahr?«

»Doch«, entgegnete er, »der Neffe deiner Mutter. Gefällt er dir nicht?«

Das unhöfliche kleine Ding stellte sich auf die Zehenspitzen und flüsterte Heathcliff etwas ins Ohr. Der lachte. Hareton wurde rot. Ich bemerkte, daß er sehr empfindlich war, wenn er Mißachtung vermutete, und daß er augenscheinlich eine dunkle Ahnung von seiner Minderwertigkeit hatte. Aber sein Herr und Vormund verscheuchte die Wolke, indem er rief: »Du wirst der Günstling unter uns sein, Hareton! Sie sagt, du seist ein... was war es doch gleich? Jedenfalls etwas sehr Schmeichelhaftes. So, du gehst jetzt mit ihr durch das Gut. Und benimm dich wie ein vornehmer Herr, hörst du? Brauche keine schlechten Ausdrücke, und stiere die junge Dame nicht an, wenn sie wegguckt, und kehre dein Gesicht ab, wenn sie dich ansieht. Und wenn du sprichst, dann setze deine Worte hübsch langsam, und steck die Hände nicht in die Taschen. Nun geh, und unterhalte sie, so gut du kannst.«

Er beobachtete durchs Fenster, wie das Paar fortging. Earnshaw hielt sein Gesicht ganz von seiner Begleiterin abgekehrt. Er schien die bekannte Landschaft mit dem Interesse eines Fremden und Künstlers zu betrachten. Catherine warf ihm einen verstohlenen Blick zu, der wenig Bewunderung ausdrückte. Dann machte sie sich daran, auf eigene Faust Unterhaltung zu suchen, trippelte lustig vorwärts und trällerte ein Liedchen vor sich hin, da kein Gespräch aufkommen wollte.

»Ich habe seine Zunge gebunden«, bemerkte Heathcliff. »Er wird die ganze Zeit über keine Silbe zu sprechen wagen. Nelly, du erinnerst dich meiner in dem Alter, nein, als ich noch einige Jahre jünger war. Habe ich jemals so dumm dreingeblickt wie er?«

»Schlimmer«, erwiderte ich, »weil Sie dabei noch mürrisch aussahen.«

»Ich habe Freude an ihm«, fuhr er fort, in Gedanken verloren. »Er hat meine Erwartungen erfüllt. Wenn er von Geburt ein Narr wäre, würde ich mich nicht halb so sehr freuen. Aber er ist kein Narr, und ich kann ihm alle Gefühle nachempfinden, weil ich das gleiche durchgemacht habe. Ich weiß zum Beispiel genau, was er im Augenblick leidet, und doch ist es erst der Beginn dessen, was er noch leiden wird. Und er wird nie imstande sein, sich von diesen Fesseln der Unbildung und Unwissenheit zu befreien. Ich habe ihn fester am Gängelband, als sein Vater mich damals hatte, und halte ihn noch mehr nieder; denn er ist stolz auf seine Roheit. Ich habe ihn gelehrt, alles, was besonders gebildet ist, als albern und schwächlich zu verachten. Glaubst du nicht, Hindley wäre stolz auf seinen Sohn, wenn er ihn sehen könnte, fast so stolz, wie ich auf meinen bin? Aber da liegt der Unterschied: der eine ist Gold, das zu Pflastersteinen verwendet wird, der andere ist Zinn, das poliert wird, um ein silbernes Eßgeschirr vorzutäuschen. *Mein* Sohn hat nichts Wertvolles aufzuweisen, doch habe ich das Verdienst, so viel aus ihm zu machen, wie es mit so kümmerlichen Mitteln möglich ist. *Sein* Sohn hatte die besten Anlagen, und sie sind verloren; das ist schlimmer, als wenn sie nie vorhanden gewesen wären. Ich habe mir nichts, Hindley hätte sich mehr vorzuwerfen, als irgend jemand außer mir weiß. Und das beste ist, daß Hareton mich verdammt gern hat. Du mußt zugeben, daß ich Hindley darin ausgestochen habe. Wenn der tote Halunke aus dem Grabe steigen könnte, um mich wegen des Unrechts an seinem Sprößling zur Rede zu stellen, so würde ich den Spaß erleben, daß besagter Sprößling sich gegen ihn wenden und ihn zurücktreiben würde, empört darüber, daß er dem einzigen Freund, den er auf der Welt besitzt, zu nahetritt!«

Bei dieser Vorstellung stieß Heathcliff ein teuflisches Lachen aus. Ich unterdrückte eine Entgegnung, da ich sah, daß er keine erwartete. Inzwischen begann sein junger Sohn unruhig zu werden. Er saß zu weit von uns entfernt, um zu hören, was wir sprachen. Wahrscheinlich bereute er es, daß er sich die Freude an Catherines Gesellschaft aus Angst vor etwas Ermüdung versagt hatte. Sein Vater bemerkte, wie seine Blicke unruhig zum Fenster wanderten und wie er seine Hand unentschlossen nach seiner Mütze ausstreckte.

»Steh auf, fauler Junge!« rief er mit gespielter Herzlichkeit. »Geh ihnen nach, sie sind gerade an der Ecke bei den Bienenstöcken.«

Linton nahm all seinen Mut zusammen und trat vom Feuer weg. Die Haustür war offen, und als er hinausging, hörte ich gerade, wie Cathy ihren unnahbaren Begleiter fragte, was denn die Inschrift über der Tür bedeute. Hareton starrte hinauf und kratzte sich den Kopf, wie ein richtiger Tölpel.

»Es is irgend so'n verdammtes Geschreibsel«, antwortete er, »ich kann's nich lesen.«

»Kannst es nicht lesen?« rief Catherine; »ich kann das lesen, es ist Englisch. Aber ich möchte wissen, warum es da steht.«

Linton kicherte, das erste Zeichen von Fröhlichkeit, das er von sich gab.

»Er kann nicht lesen«, sagte er zu seiner Kusine. »Hättest du es für möglich gehalten, daß es einen so großen Dummkopf gibt?«

»Ist er ganz richtig im Kopf?« fragte Miß Cathy ernst, »oder ist er blöde oder verrückt? Ich habe ihn nun schon zweimal gefragt, und jedesmal hat er ein so dummes Gesicht gemacht, daß ich glaube, er hat mich nicht verstanden. Jedenfalls kann ich *ihn* kaum verstehen.«

Linton lachte wieder und warf Hareton, der in diesem Augenblick wirklich nicht ganz klar bei Besinnung zu sein schien, einen spöttischen Blick zu. »Daran ist nur deine Faulheit schuld, nicht wahr, Earnshaw?« sagte er. »Meine Kusine hält dich für einen Idioten. Jetzt spürst du, was dabei herauskommt, wenn man Buchgelehrsamkeit verachtet. Cathy, ist dir sein schreckliches Yorkshire-Platt aufgefallen?«

»Zum Teufel, was hat 'n das für 'n Sinn?« brummte Hareton, der eher geneigt war, seinem täglichen Gefährten zu antworten. Er wollte sich noch weiter darüber auslassen, aber die zwei jungen Leute brachen in lärmende Heiterkeit aus; denn meine unbesonnene kleine Herrin war von der Entdeckung begeistert, daß man sich über seine merkwürdige Art, zu sprechen, lustig machen konnte.

»Was hat der Teufel in deinem Satz zu tun?« kicherte Linton. »Papa hat dir gesagt, du solltest keine schlechten Ausdrücke gebrauchen, und du kannst deinen Mund nicht öffnen, ohne es zu tun. Versuche, dich wie ein gebildeter Mann zu benehmen, ja?«

»Wenn du nich wie'n Mädchen wärst statt wie'n Junge, tät ich dich gleich niederschlagen, du olle Bohnenstange!« entgegnete der wütende Grobian scharf und ging weg. Sein Gesicht brannte vor Wut und Ärger, denn er empfand, daß man ihn gekränkt hatte, und wußte nicht, wie er es heimzahlen sollte.

Mr. Heathcliff, der die Unterhaltung, genau wie ich, mit angehört hatte, lächelte, als er ihn gehen sah; aber gleich darauf warf er einen Blick voll Widerwillen auf das schwatzende Paar, das im Torweg stehenblieb. Der Junge fand einen Zeitvertreib darin, sich über Haretons Fehler und Unzulänglichkeiten zu unterhalten und kleine Geschichten über sein Tun und Treiben zum besten zu geben, und das Mädchen hatte Spaß an seinen frechen, gehässigen Reden, ohne sich klar darüber zu werden, welche Bosheit sich darin offenbarte. Ich mochte Linton nicht mehr, ich konnte ihn nicht bemitleiden, ja ich fing an, seinen Vater in gewisser Weise zu entschuldigen, wenn er ihn so geringachtete.

Wir blieben bis zum Nachmittag, eher konnte ich Cathy nicht fortbringen; aber glücklicherweise hatte mein Herr sein Zimmer nicht verlassen und nichts von unserer langen Abwesenheit bemerkt. Auf dem Heimweg hätte ich meinen Schützling gern über den Charakter der Leute, die wir gerade verlassen hatten, aufgeklärt, aber sie hatte es sich in den Kopf gesetzt, ich sei gegen sie voreingenommen.

»Oh«, rief sie, »du stehst auf Papas Seite, Ellen, du bist parteiisch, das weiß ich, sonst hättest du mich nicht jahrelang glauben lassen, daß Linton weit von hier entfernt lebte. Ich bin wirklich sehr böse; aber ich bin auch wieder so froh, wie ich es gar nicht zeigen kann. Aber du sollst nichts über meinen Onkel sagen, bedenke, er ist *mein* Onkel, und ich werde Papa schelten, daß er sich mit ihm gestritten hat.«

Und so sprach sie weiter, bis ich den Versuch aufgab, sie von ihrem Irrtum zu überzeugen. An jenem Abend erwähnte sie unseren Besuch nicht, weil sie Mr. Linton nicht sah. Am nächsten Morgen kam zu meinem großen Kummer alles heraus, und doch war ich nicht allzu traurig darüber; denn ich dachte, es wäre wirksamer, wenn Mr. Linton einschritte und warnte, als wenn ich es täte. Er war jedoch zu schüchtern, um triftige Gründe für seinen Wunsch anzugeben, daß sie den Verkehr mit dem Gutshaushalt meiden solle, und Cathy wollte für jedes Verbot, das sich ihrem verwöhnten Willen entgegenstellte, gute Gründe hören.

»Papa«, rief sie nach der Begrüßung am Morgen, »rate, wen ich gestern bei meinem Spaziergang im Moor gesehen habe!

Ach, Papa, du bist erschrocken; das kommt, weil du nicht recht getan hast. Ich sah... Aber hör zu, und du wirst hören, wie ich hinter deine Schliche gekommen bin und hinter Ellens, die mit dir im Bunde ist und die so getan hat, als täte ich ihr leid, wenn ich auf Lintons Rückkehr hoffte und immer so enttäuscht war, wenn er nicht kam.«

Sie gab einen genauen Bericht von ihrem Ausflug und seinen Folgen, und mein Herr sagte nichts, bis sie ihn beendet hatte, obgleich er mir mehr als einen vorwurfsvollen Blick zuwarf. Dann zog er sie zu sich heran und fragte, ob sie wisse, warum er Lintons nahe Nachbarschaft vor ihr geheimgehalten habe. Ob sie glaube, er werde ihr ein Vergnügen versagen, wenn sie sich daran erfreuen könne, ohne Schaden zu nehmen.

»Du hast es nur getan, weil du Mr. Heathcliff nicht leiden kannst«, antwortete sie.

»Dann glaubst du, meine eigenen Gefühle seien mir wichtiger als deine, Cathy?« sagte er. »Nein, es geschah nicht, weil ich Mr. Heathcliff nicht leiden kann, sondern weil Mr. Heathcliff mich nicht leiden kann und weil er ein ganz teuflischer Mensch ist, dem es Freude macht, denen, die er haßt, Schaden zuzufügen und sie zugrunde zu richten, wenn sie ihm den geringsten Anlaß geben. Ich wußte, daß du die Bekanntschaft mit deinem Vetter nicht aufrechterhalten konntest, ohne mit ihm in Verbindung zu treten, und ich wußte, sein Vater würde dich um meinetwillen verabscheuen, und deshalb habe ich in deinem eigenen Interesse, und aus keinem anderen Grunde, Vorsorge getroffen, daß du Linton nicht wiedersehen solltest. Ich hätte es dir eines Tages erklärt, wenn du älter gewesen wärst, und es tut mir leid, daß ich es aufgeschoben habe.«

»Aber Mr. Heathcliff war sehr herzlich, Papa«, bemerkte Catherine, gar nicht überzeugt, »und er hatte nichts dagegen, daß wir uns sehen; er sagte, ich könnte hinkommen, sooft ich wollte, nur sollte ich es dir nicht sagen, weil du mit ihm gestritten hättest und ihm nicht verzeihen wolltest, daß er Tante Isabella geheiratet hat. Und das willst du ja auch nicht. Du hast schuld; er erlaubt, daß Linton und ich Freunde sind, aber du nicht.«

Als mein Herr merkte, daß sie seinen Worten über ihres Onkels schlechten Charakter keinen Glauben schenkte, erzählte er ihr in kurzen Zügen von seinem Verhalten Isabella gegenüber und von der Art, wie Wuthering Heights sein Eigentum geworden war. Er konnte es nicht ertragen, lange bei diesem Gegenstand zu verweilen; denn obwohl er wenig davon sprach, fühlte er immer noch das gleiche Entsetzen und denselben Abscheu vor seinem ehemaligen Feind, den er seit Mrs. Lintons Tod im Herzen getragen hatte. ›Sie könnte noch am Leben sein, wenn er nicht gewesen wäre‹, war seine ständige bittere Überlegung, und in seinen Augen war Heathcliff ein Mörder. Miß Cathy – mit keinen schlechten Taten vertraut, außer vielleicht ihrem eigenen Ungehorsam und der Ungerechtigkeit und Leidenschaftlichkeit, die ihrem lebhaften Temperament und einer gewissen Gedankenlosigkeit entsprangen und die noch am gleichen Tage bereut wurden – war bestürzt über die Schwärze eines Charakters, der jahrelang Rache brüten und hegen konnte und seine Pläne mit Bedacht und ohne Reue verfolgte. Sie schien so tief beeindruckt und entsetzt über diesen neuen Einblick in die menschliche Natur, der außerhalb all ihrer bisherigen Erfahrungen und Vorstellungen lag, daß es Mr. Edgar unnötig erschien, den Gegenstand weiter zu verfolgen. Er fügte lediglich hinzu: »Mein Liebling, du wirst nun einsehen, warum ich will, daß du ihn und seine Familie meidest. Kehre jetzt zu deinen gewohnten Beschäftigungen und Vergnügungen zurück und denke nicht mehr daran.«

Catherine küßte ihren Vater und setzte sich einige Stunden lang ruhig an ihre Schulaufgaben, wie sie es gewohnt war. Dann begleitete sie ihn durch das Grundstück, und der ganze Tag verstrich wie gewöhnlich. Aber als sie sich am Abend in ihr Zimmer zurückgezogen hatte und ich hinging, um ihr beim Entkleiden zu helfen, fand ich sie weinend auf den Knien vor ihrem Bett.

»O pfui, dummes Kind!« rief ich. »Wenn Sie wirkliche Sorgen hätten, würden Sie sich schämen, auch nur eine Träne über diese Meinungsverschiedenheiten zu vergießen. Sie haben noch nie auch nur den Schatten einer wirklichen Sorge kennengelernt. Miß Catherine. Stellen Sie sich nur einen Augenblick lang vor, der Herr und ich wären tot und Sie wären ganz allein auf der Welt: wie würden Sie sich dann fühlen? Verglei-

chen Sie das, was Ihnen jetzt widerfahren ist, mit einem solchen Mißgeschick, und seien Sie dankbar für die Freunde, die Sie haben, statt nach neuen zu begehren.«
»Ich weine nicht um meinetwillen, Ellen«, antwortete sie, »ich weine um ihn. Er erwartet, mich morgen wiederzusehen, und nun wird er so enttäuscht sein und wird auf mich warten, und ich werde nicht kommen.«
»Torheiten«, sagte ich, »bilden Sie sich ein, er hat so oft an Sie gedacht wie Sie an ihn? Er hat doch Hareton zur Gesellschaft. Wer wird denn gleich weinen, wenn er einen Verwandten verliert, den er nur an zwei Nachmittagen gesehen hat. Linton wird sich schon denken können, wie die Dinge liegen, und sich keine Gedanken mehr über Sie machen.«
»Aber kann ich ihm nicht ein Briefchen schreiben und ihm sagen, warum ich nicht komme«, fragte sie und erhob sich, »und ihm die Bücher schicken, die ich ihm versprochen habe? Er hat längst nicht so schöne Bücher wie ich, und er wollte sie so gern haben, als ich ihm erzählte, wie spannend sie sind. Darf ich, Ellen?«
»Nein, ganz bestimmt nicht«, erwiderte ich sehr entschieden. »Er würde Ihnen dann antworten, und es nähme gar kein Ende. Nein, Miß Catherine, die Bekanntschaft muß ganz aufhören. Papa erwartet das, und ich werde darauf sehen, daß es geschieht.«
»Aber wie kann ein kleines Briefchen…«, begann sie von neuem und setzte eine flehentliche Miene auf.
»Still!« unterbrach ich. »Wir wollen gar nicht erst mit kleinen Briefchen anfangen. Gehen Sie zu Bett!«
Sie warf mir einen sehr ungezogenen Blick zu, so ungezogen, daß ich ihr zuerst keinen Gutenachtkuß geben wollte. Ich deckte sie zu und schloß die Tür sehr ärgerlich. Aber auf halbem Wege bereute ich es und kehrte leise um, und siehe da! da stand Miß Cathy am Tisch, ein Stück weißes Papier vor sich und einen Bleistift in der Hand, den sie schuldbewußt verschwinden ließ, als ich wieder eintrat.
»Sie werden niemand finden, der Ihnen das besorgt, Catherine«, sagte ich, »wenn Sie das schreiben, und jetzt werde ich Ihre Kerze auslöschen.«
Ich setzte das Hütchen auf die Flamme und fühlte im selben

Augenblick einen Schlag auf meine Hand und hörte ein ärgerliches »Dummes Ding!«. Ich verließ sie wieder, und sie schob in allerschlimmster Laune den Riegel vor. Der Brief wurde geschrieben, und vom Milchjungen, der aus dem Dorf kam, seinem Bestimmungsort zugeführt; doch das erfuhr ich erst einige Zeit später. Wochen vergingen, und Cathys Stimmung besserte sich, obwohl sie eine seltsame Vorliebe dafür faßte, sich allein in Winkel zu verkriechen. Oft, wenn ich, während sie las, in ihre Nähe kam, fuhr sie zusammen und beugte sich über das Buch, augenscheinlich bestrebt, es zu verbergen, und ich entdeckte Ecken von losen Blättern, die zwischen den Seiten hervorguckten. Auch ersann sie die List, früh am Morgen herunterzukommen und in der Küche umherzulungern, als ob sie etwas erwarte, und sie hatte ein kleines Schubfach in einem Schrank in der Bibliothek, an dem sie sich stundenlang zu schaffen zu machen wußte und dessen Schlüssel sie ganz besonders sorgsam verwahrte, wenn sie fortging.

Eines Tages, als sie in diesem Schubfach kramte, bemerkte ich, daß die Spielsachen und Schmuckstücke, die früher darin gelegen hatten, durch zusammengefaltete Papierbogen ersetzt worden waren. Meine Neugierde und mein Mißtrauen waren erwacht; ich beschloß, einen Blick auf ihre heimlichen Schätze zu werfen; darum suchte ich, als ich vor ihr und meinem Herrn sicher war, unter meinen Wirtschaftsschlüsseln einen, der zu dem Schloß paßte, und fand ihn bald. Als ich das Schubfach geöffnet hatte, leerte ich seinen ganzen Inhalt in meine Schürze und nahm ihn zu mir in mein Zimmer, um ihn in Muße durchsehen zu können. Obwohl ich schon Verdacht geschöpft hatte, war ich doch überrascht, als ich entdeckte, daß es eine ausgiebige, fast tägliche Korrespondenz von Linton Heathcliff war, Antworten auf Briefe von ihr. Die früher datierten Briefe waren schüchtern und kurz, allmählich entwickelten sie sich jedoch zu wortreichen Liebesbriefen, närrisch, wie es bei dem Alter des Schreibers nur natürlich war; hin und wieder aber wiesen sie Züge auf, die, wie ich glaubte, einer erfahreneren Quelle entstammten. Einige von ihnen fielen mir als ein besonders eigentümliches Gemisch von Glut und Plattheit auf: im Anfang drückten sie echtes Gefühl aus und endeten in geziertem Wortschwall, wie ihn ein Schuljunge vielleicht anwendet, wenn er einer Geliebten schreibt, die nur in seiner Einbildung lebt. Ob sie Catherine befriedigten, weiß ich nicht, mir jedenfalls erschienen sie als recht wertloses Zeug. Nachdem ich so viele durchgelesen hatte, wie mir tunlich schien, band ich sie in ein Taschentuch zusammen, legte sie beiseite und verschloß das leere Schubfach wieder.

Ihrer Gewohnheit getreu, kam meine junge Herrin früh herunter und ging in die Küche. Ich beobachtete, wie sie bei der Ankunft eines bestimmten Jungen zur Tür trat, und während das Milchmädchen seine Kannen füllte, ließ sie etwas in seine Tasche gleiten und holte etwas anderes heraus. Ich ging um den Garten herum und lauerte dem Boten auf, der das ihm Anvertraute tapfer verteidigte, so daß wir die Milch verschütteten; aber es gelang mir, ihm den Brief abzunehmen, und ich drohte ihm mit den schlimmsten Strafen, wenn er nicht schleunigst nach Hause liefe. Dann stellte ich mich an die Mauer und las Miß Cathys verliebtes Geschreibsel. Es war schlichter und beredter als die Briefe ihres Vetters, sehr niedlich und sehr albern. Ich schüttelte den Kopf und ging nachdenklich ins Haus zurück. Da es regnete, konnte sie sich nicht die Zeit damit vertreiben, im Park umherzustreifen, darum nahm sie, als ihre morgendlichen Schulstunden zu Ende waren, ihre Zuflucht zu dem Schubfach. Ihr Vater saß lesend am Tisch; ich machte mir absichtlich an einigen abgetrennten Fransen der Fenstervorhänge zu schaffen und behielt sie und jede ihrer Bewegungen genau im Auge. Ein Vogel, der zu seinem ausgeplünderten Nest zurückkehrt, das er voll mit zirpendem jungem Leben verlassen hat, kann mit seinem ängstlichen Geschrei und Geflatter nicht tiefere Verzweiflung ausdrücken als sie durch ein einfaches »Oh!« und den Wechsel in ihren eben noch so glücklichen Zügen. Mr. Linton blickte auf.

»Was ist dir, Liebling? Hast du dir weh getan?« sagte er.

Sein Ton und sein Blick verrieten ihr, daß er nicht der Entdecker ihres Schatzes gewesen war.

»Nein, Papa«, hauchte sie. »Ellen, Ellen! Komm hinauf, ich fühle mich krank.«

Ich folgte ihrer Aufforderung und begleitete sie hinaus.

»Oh, Ellen, du hast sie!« begann sie sofort und warf sich auf die Knie nieder, als wir allein waren. »O gib sie mir wieder, und ich werde es nie, nie wieder tun! Sage Papa nichts! Du hast doch Papa nichts gesagt? Ellen, sage, daß du nichts gesagt hast. Ich bin sehr, sehr unartig gewesen, aber ich werde es nicht wieder tun.«

Mit ernster Miene und Gebärde gebot ich ihr, aufzustehen. »So, Miß Catherine«, rief ich, »Sie haben es ja anscheinend recht weit gebracht; Sie sollten sich schämen. Sie haben da wirklich einen hübschen Schund in Ihren Mußestunden studiert, wert, gedruckt zu werden. Und was soll der Herr darüber denken, wenn ich ihm das zeige? Bis jetzt habe ich es noch nicht getan, aber Sie brauchen sich nicht einzubilden, daß ich Ihre lächerlichen Geheimnisse bewahren werde. Schämen Sie sich! Und Sie müssen die erste gewesen sein, die solchen Unsinn geschrieben hat; ich bin sicher, er hätte nicht daran gedacht, damit anzufangen.«

»Das habe ich nicht, das habe ich nicht!« schluchzte Cathy, als wenn ihr das Herz brechen sollte. »Ich habe überhaupt nicht daran gedacht, ihn zu lieben, bis...«

»*Lieben*!« rief ich so höhnisch, wie ich das Wort nur aussprechen konnte. »*Lieben*! Hat jemand schon so etwas gehört! Ich könnte genausogut behaupten, daß ich den Müller liebe, der einmal im Jahr kommt, um unser Getreide zu kaufen. Eine schöne Liebe! Die beiden Male zusammen haben Sie Linton kaum vier Stunden in Ihrem Leben gesehen. Hier ist der kindliche Plunder. Ich werde damit in die Bibliothek gehen, und wir werden sehen, was Ihr Vater zu solcher *Liebe* sagt.«

Sie sprang nach ihren kostbaren Briefen, aber ich hielt sie über meinen Kopf, und dann sprudelte sie in großer Aufregung flehentliche Bitten hervor, ich solle sie verbrennen, solle alles andere tun, nur nicht sie zeigen. Und da ich wirklich ebenso geneigt war, zu lachen wie zu schelten – denn ich hielt es alles für die Eitelkeit eines jungen Mädchens –, gab ich schließlich in einer Weise nach und fragte: »Wenn ich einwillige, sie zu verbrennen, werden Sie mir dann aufrichtig versprechen, weder Briefe abzuschicken noch zu empfangen, auch kein Buch wieder – denn ich habe gemerkt, daß Sie ihm Bücher geschickt haben – und keine Haarlocken oder Ringe oder Spielsachen?«

»Wir schicken uns keine Spielsachen!« schrie Cathy; ihr Stolz war stärker als ihre Zerknirschung.
»Dann eben überhaupt nichts, mein Fräulein«, sagte ich. »Wenn Sie es nicht wollen, gehe ich.«
»Ich verspreche es dir, Ellen!« schrie sie und hielt mich am Kleid fest. »Oh, wirf sie ins Feuer, bitte, bitte!«
Aber als ich begann, mit dem Feuerhaken in der Glut Platz zu machen, schien ihr das Opfer zu groß, das sie bringen sollte. Sie flehte mich ernstlich an, ihr einen oder zwei Briefe übrigzulassen.
»Einen oder zwei, Ellen, die ich zur Erinnerung an Linton behalten kann.«
Ich entknotete das Taschentuch und fing an, sie von oben in die Flammen fallen zu lassen, so daß der Rauch aufkräuselte.
»Ich will einen haben, du grausame Person!« kreischte sie, steckte die Hand ins Feuer und zog ein paar halbverbrannte Fetzen hervor, ohne ihre Finger zu schonen.
»Schön, und ich will ein paar behalten, um sie Papa vorzulegen«, antwortete ich, schob den Rest in das Bündel zurück und wandte mich von neuem zur Tür.
Sie warf ihre angekohlten Stücke ins Feuer zurück und ließ mich das Opfer vollenden. Als es getan war, schürte ich in der Asche und begrub sie unter einer Schaufel voll Kohlen; sie jedoch zog sich stumm und tief beleidigt in ihr Schlafzimmer zurück. Ich ging hinunter, um meinem Herrn zu berichten, daß der Schwächeanfall meiner jungen Herrin fast vorüber sei, daß ich es aber für besser hielte, wenn sie sich etwas niederlegte. Mittag wollte sie nicht essen; aber zum Tee erschien sie wieder, mit blassen Wangen und roten Augen und merkwürdig sanft.
Am nächsten Morgen beantwortete ich den Brief mit einem Zettel, auf dem geschrieben stand: ›Master Heathcliff wird ersucht, Miß Linton keine Briefe mehr zu schicken, da sie sie nicht mehr annehmen wird.‹ Und von da an kam der kleine Junge mit leeren Taschen.

Zweiundzwanzigstes Kapitel

Der Sommer ging zu Ende, und es wurde früh Herbst; Michaelis war vorüber, aber die Ernte wurde in jenem Jahr spät eingebracht, und einige unserer Felder waren noch nicht geschnitten. Mr. Linton und seine Tochter pflegten häufig zu den Schnittern hinauszugehen. Beim Einfahren des letzten Getreides blieben sie draußen, bis es dämmerte, und da der Abend kalt und feucht war, zog sich mein Herr eine böse Erkältung zu, die seinen Lungen hartnäckig zusetzte und ihn den ganzen Winter über, fast ohne Unterbrechung, ans Haus fesselte.

Die arme Cathy, durch ihren kleinen Roman eingeschüchtert, war, seit er zu Ende war, merklich trauriger und stumpfer geworden, und ihr Vater bestand darauf, daß sie weniger lesen und sich mehr Bewegung machen sollte. Dabei mußte sie auf seine Gesellschaft verzichten, und ich hielt es für meine Pflicht, ihn so gut wie möglich zu ersetzen: kein vollgültiger Ersatz, denn ich konnte mich von meinen zahlreichen täglichen Verrichtungen nur auf zwei bis drei Stunden frei machen, um ihren Schritten zu folgen, und meine Gesellschaft war augenscheinlich weniger erwünscht als die seine.

An einem Nachmittag im Oktober oder Anfang November, einem kühlen, feuchten Nachmittag, an dem auf Rasen und Wegen die nassen welken Blätter raschelten und der kalte blaue Himmel hinter dunkelgrauen Wolkenfetzen verschwand, die mit großer Geschwindigkeit von Westen heraufzogen und tüchtigen Regen ankündigten, bat ich meine junge Herrin, ihren Spaziergang aufzugeben, da ich bestimmt glaubte, es werde einen Guß geben. Sie weigerte sich, ich legte widerstrebend einen Mantel um und nahm meinen Regenschirm, um sie auf ihrer Wanderung bis zum Ende des Parks zu begleiten. Es war ein gehöriger Spaziergang, den sie gern machte, wenn sie niedergeschlagen war, und das war sie immer, wenn es Mr. Edgar schlechter als gewöhnlich ging. Wir entnahmen das nie seinen Äußerungen, sondern merkten es beide an seiner noch größeren Schweigsamkeit und der Schwermut seines Ausdruckes. Sie ging betrübt dahin; jetzt gab es kein Rennen und Springen mehr, wenngleich der kalte Wind sie zu einem Lauf hätte verleiten können. Und oft stellte ich durch einen Seitenblick fest, daß sie eine Hand erhob und etwas von ihrer Wange wegwischte. Ich blickte mich nach etwas um, was ihre Gedanken hätte ablenken können. An einer Seite des Weges erhob sich ein hoher, unebener Erdwall, der Haselnußsträuchern und verkümmerten Eichen, deren Wurzeln halb frei lagen, einen unsicheren Halt gewährte; denn der Boden war zu locker für die Eichen, und manche von ihnen hatte der heftige Sturm fast bis zur Erde gebeugt. Im Sommer machte es Miß Catherine große Freude, auf den Baumstämmen herumzuklettern, in den Zweigen zu sitzen und sechs Meter über dem Erdboden zu schweben. Obwohl mir ihre Gewandtheit und ihre kindliche Leichtherzigkeit gefielen, hielt ich es doch für richtig, sie jedesmal auszuschelten, wenn ich sie in so luftiger Höhe entdeckte, doch so, daß sie merkte, sie brauchte nicht herunterzukommen. Vom Mittagessen bis zum Tee pflegte sie in ihrer vom Winde geschaukelten Wiege zu liegen und tat nichts anderes, als alte Lieder, die ich ihr als Kind beigebracht hatte, vor sich hin zu singen oder die Vögel, die in dem Baume lebten, zu beobachten, wie sie ihre Jungen fütterten und fliegen lehrten, oder sich mit geschlossenen Augen, halb sinnend, halb träumend, zusammenzukauern, glücklicher, als Worte es zu schildern vermögen.

»Sehen Sie, Miß«, rief ich, auf eine hohle Stelle unter den Wurzeln eines verkrümmten Baumes weisend, »dahin ist der Winter noch nicht gelangt. Dort drüben steht eine kleine Blume, die letzte Knospe aus der Menge blauer Glockenblumen, die im Juli den Rasenflächen dort einen bläulichen Schimmer gaben. Wollen Sie nicht hinüberklettern und sie pflücken, um sie Papa zu zeigen?«

Cathy starrte eine lange Zeit nach der einsamen Blüte, die im Schutz des Erdreichs zitterte, und erwiderte endlich: »Nein, ich will sie nicht anfassen; aber sieht sie nicht traurig aus, Ellen?«

»Ja«, bemerkte ich, »ungefähr so verhungert und kraftlos wie Sie selbst; Ihre Wangen sind ohne Blut. Kommen Sie, wir wollen uns an den Händen fassen und laufen. Sie sind so schwach, daß ich glaube, ich werde mit Ihnen Schritt halten können.«

»Nein«, wiederholte sie und schlenderte weiter, blieb von Zeit zu Zeit stehen und grübelte über einem Stück Moos oder einem Büschel fahlen Grases oder einem Pilz, dessen leuchtendes Gelb aus den Haufen braunen Laubes hervorschien. Dabei fuhr sie sich hin und wieder mit der Hand über ihr abgewandtes Gesicht.

»Catherine, warum weinen Sie, meine Liebe?« fragte ich, mich ihr nähernd und ihr den Arm um die Schultern legend. »Sie müssen nicht weinen, weil Papa erkältet ist; seien Sie dankbar, daß es nichts Schlimmeres ist.«

Jetzt ließ sie ihren Tränen freien Lauf, und ihre Stimme war vom Schluchzen erstickt, als sie sagte: »Oh, es wird aber schlimmer werden. Und was soll ich tun, wenn Papa und du mich verlassen und ich ganz allein bleibe? Ich kann deine Worte nicht vergessen, Ellen, sie klingen mir immer im Ohr: wie anders das Leben sein, wie trübe die Welt werden wird, wenn ihr beide gestorben sein werdet.«

»Keiner kann wissen, ob Sie nicht vor uns sterben werden«, entgegnete ich. »Es ist nicht recht, den Teufel an die Wand zu malen. Wir wollen hoffen, daß noch viele, viele Jahre vergehen werden, ehe einer von uns abberufen wird; denn der Herr ist jung, und ich bin kräftig und noch nicht fünfundvierzig. Meine Mutter ist achtzig geworden und war bis zum Schluß munter und vergnügt. Und nehmen wir an, Mr. Linton würde bis zu seinem sechzigsten Jahr verschont bleiben, so wären es bis dahin mehr Jahre, als Sie zählen, Miß. Und ist es nicht närrisch, ein Unglück zwanzig Jahre im voraus zu betrauern?«

»Aber Tante Isabella war jünger als Papa«, bemerkte sie und blickte in der schüchternen Hoffnung auf weiteren Trost zu mir auf.

»Tante Isabella hatte weder Sie noch mich zur Pflege«, erwiderte ich. »Sie war nicht so glücklich wie der Herr, denn sie besaß nicht so viel, wofür es sich zu leben lohnte. Alles, was Sie zu tun haben, ist Ihren Vater gut zu pflegen, ihn dadurch froh zu stimmen, daß er Sie fröhlich sieht, und alles zu vermeiden, was ihn aufregen könnte; bedenken Sie das wohl, Cathy. Ich will es nicht vor Ihnen verbergen, daß es ihn töten könnte, wenn Sie so unverständig und leichtsinnig wären, eine törichte, eingebildete Liebe für den Sohn eines Menschen zu nähren, der ihn gern im Grabe wüßte, und wenn Sie sich vor ihm anmerken ließen, daß Sie unter der Trennung leiden, die er nun einmal angeordnet hat.«

»Ich leide unter nichts auf der Welt als unter Papas Krankheit«, antwortete meine Begleiterin. »Im Vergleich mit Papa gilt mir nichts anderes etwas. Und ich werde nie, nie, oh, niemals, solange ich meine Sinne beisammen habe, etwas tun oder sagen, was ihn bekümmern würde. Ich liebe ihn mehr als mich selbst, Ellen, und das erkenne ich daran: ich bete jeden Abend, daß ich länger lebe als er, denn lieber möchte ich unglücklich sein, als daß er es wäre. Das beweist doch, daß ich ihn mehr liebe als mich?«

»Das sind schöne Worte«, erwiderte ich, »doch müssen es auch die Taten beweisen, und wenn er wieder gesund ist, beachten Sie wohl, daß Sie die in der Stunde der Angst gefaßten Vorsätze nicht vergessen.«

Während wir plauderten, näherten wir uns einer Tür, die auf die Straße hinausführte; meine junge Herrin, die wieder auflebte, kletterte hinauf, setzte sich oben auf die Mauer und beugte sich hinüber, um ein paar Hagebutten zu pflücken, die ihr aus den oberen Zweigen der Heckenrosensträucher entgegenleuchteten. An den unteren Zweigen waren keine Früchte mehr, und an die oberen reichten nur die Vögel und Cathy von ihrem augenblicklichen Sitz aus. Als sie sich reckte, um sie zu ergreifen, fiel ihr Hut hinunter, und da die Tür verschlossen war, machte sie den Vorschlag, ihm nachzuklettern und ihn zu holen. Ich bat sie, vorsichtig zu sein, damit sie nicht hinfiele, und sie verschwand behende. Aber wieder heraufzukommen war nicht so leicht, die Steine waren glatt und sauber verputzt, und die Rosenbüsche und wilden Brombeerschößlinge boten nicht genügend Halt zum Emporklimmen. Ich Törin hatte das nicht bedacht, bis ich hörte, wie sie lachte und rief: »Ellen, du wirst einen Schlüssel holen müssen, sonst muß ich bis zur

Pförtnerwohnung um die Mauer herumlaufen. Ich kann sie von dieser Seite aus nicht ersteigen.«

»Bleiben Sie, wo Sie sind«, antwortete ich, »ich habe mein Schlüsselbund in der Tasche, vielleicht kann ich die Tür öffnen, wenn nicht, werde ich gehen.«

Catherine vertrieb sich die Zeit, während ich all die großen Schlüssel der Reihe nach ausprobierte, indem sie vor der Tür hin und her sprang. Ich hatte den letzten versucht, keiner paßte; darum wiederholte ich meine Bitte, sie solle dort stehenbleiben, und wollte so schnell wie möglich nach Hause eilen, als ein näherkommendes Geräusch mich zurückhielt. Es war der Hufschlag eines Pferdes. Cathy hörte auf zu springen, und gleich darauf hielt das Pferd auch schon an.

»Wer ist das?« flüsterte ich.

»Ellen, ich wünschte, du könntest die Tür öffnen«, gab meine Begleiterin ängstlich flüsternd zurück.

»Hallo, Miß Linton!« rief eine tiefe Stimme, die dem Reiter gehörte. »Ich bin froh, daß ich Sie treffe. Gehen Sie nicht so schnell hinein, denn ich habe Sie um eine Erklärung zu bitten.«

»Ich werde nicht mit Ihnen sprechen, Mr. Heathcliff«, antwortete Catherine, »Papa sagt, Sie sind ein schlechter Mensch und hassen sowohl ihn wie mich, und Ellen sagt dasselbe.«

»Das gehört nicht hierher«, sagte Heathcliff, denn er war es. »Meinen Sohn hasse ich doch wohl nicht, und um seinetwillen bitte ich um Ihre Aufmerksamkeit. Ja, Sie haben allen Grund, zu erröten. Hatten Sie nicht vor zwei oder drei Monaten die Gewohnheit, an Linton zu schreiben, die Verliebte zu spielen, he? Ihr beide hättet Prügel dafür verdient. Besonders Sie als die Ältere und, wie es sich herausgestellt hat, die Unempfindlichere. Ich bin im Besitz Ihrer Briefe, und wenn Sie mir schnippisch kommen, werde ich sie Ihrem Vater schicken. Ich nehme an, Sie wurden des Spieles überdrüssig und machten ein Ende, nicht wahr? Aber Sie haben Linton dadurch in einen Abgrund von Verzweiflung gestürzt. Er war ernstlich verliebt, wirklich. So wahr ich lebe, er stirbt um Ihretwillen, das Herz bricht ihm wegen Ihrer Unbeständigkeit, nicht bildlich gesprochen, sondern tatsächlich. Obgleich Hareton ihn seit sechs Wochen zur Zielscheibe seines Spottes macht und ich ernstere Maßnahmen ergriffen und versucht habe, ihm den

Unsinn auszutreiben, geht es ihm täglich schlechter. Er wird, noch bevor es Sommer wird, unter der Erde liegen, wenn Sie ihn nicht heilen.«
»Wie können Sie das arme Kind so schamlos anlügen!« rief ich von drinnen. »Bitte, reiten Sie weiter! Wie können Sie vorsätzlich so erbärmliche Lügen auftischen! Miß Cathy, ich werde das Schloß mit einem Stein zerschlagen; Sie werden doch diesen niederträchtigen Unsinn nicht glauben. Sie müssen doch selber fühlen, daß es unmöglich ist, daß jemand aus Liebe zu einem Fremden stirbt.«
»Ich wußte nicht, daß es hier Lauscher gibt«, sagte der ertappte Schurke. »Würdige Mrs. Dean, ich habe dich sehr gern; deine Doppelzüngigkeit aber habe ich nicht gern«, fügte er hinzu. »Wie konntest du so schamlos lügen und behaupten, ich haßte das ›arme Kind‹, und es durch erfundene Schauergeschichten von meiner Schwelle fernhalten? Catherine Linton – bei dem bloßen Namen wird mir warm ums Herz –, mein liebes Mädchen, ich werde diese ganze Woche nicht zu Hause sein, gehen Sie und überzeugen Sie sich, ob ich nicht wahr gesprochen habe. Seien Sie lieb. Stellen Sie sich vor, Ihr Vater wäre an meiner Stelle und Linton an Ihrer; überlegen Sie, was Sie von Ihrem kaltherzigen Liebhaber denken würden, wenn er sich weigerte, auch nur einen Schritt zu tun, um Sie zu trösten, wenn Ihr Vater selbst ihn darum anflehte. Verfallen Sie nicht aus bloßer Dummheit in denselben Fehler. Ich schwöre bei meiner Seligkeit, er sinkt ins Grab, und Sie allein können ihn retten.«
Das Schloß gab nach, und ich trat hinaus.
»Ich schwöre, Linton stirbt«, wiederholte Heathcliff und blickte mich scharf an. »Und Kummer und Enttäuschung beschleunigen seinen Tod. Nelly, wenn du sie nicht hinlassen willst, so kannst du selbst hingehen. Aber ich werde erst nächste Woche um diese Zeit zurückkommen, und ich glaube, sogar dein Herr würde kaum etwas dagegen haben, daß sie ihren Vetter besucht.«
»Kommen Sie herein«, sagte ich, faßte Cathy beim Arm und zwang sie beinahe, hereinzukommen, denn sie zögerte und betrachtete mit besorgten Blicken die Züge des Sprechers, die zu starr waren, seine Tücke zu verraten.

Er drängte sein Pferd dicht an die Mauer, beugte sich herab und bemerkte: »Miß Catherine, ich gestehe, daß ich wenig Geduld mit Linton habe, und Hareton und Joseph haben noch weniger. Ich gestehe, daß er sich in einer rauhen Gesellschaft befindet. Er lechzt nach Güte und nach Liebe, und ein freundliches Wort von Ihnen wäre für ihn die beste Medizin. Kümmern Sie sich nicht um Mrs. Deans grausame Warnungen, sondern seien Sie großmütig, und machen Sie es möglich, ihn zu sehen. Er träumt Tag und Nacht von Ihnen und läßt sich nicht einreden, daß Sie ihn nicht verabscheuen, obwohl Sie weder schreiben noch ihn besuchen.«

Ich schloß die Tür und wälzte einen Stein davor, der sie, da das Schloß zerstört war, sichern sollte. Dann spannte ich meinen Regenschirm auf und hielt ihn über meinen Schützling, denn der Regen begann durch die ächzenden Zweige der Bäume zu rieseln und trieb uns zur Heimkehr an. Unsere Eile, mit der wir dem Hause zustrebten, verhinderte jede Bemerkung über die Begegnung mit Heathcliff, doch merkte ich, daß Catherine noch trübsinniger geworden war. Ihre Gesichtszüge waren so traurig, es schienen gar nicht die ihren zu sein; anscheinend hielt sie jede Silbe von dem, was sie gehört hatte, für die volle Wahrheit.

Der Herr hatte sich zur Ruhe begeben, bevor wir nach Hause kamen. Cathy stahl sich in sein Zimmer, um zu fragen, wie es ihm ginge, doch war er schon eingeschlafen. Sie kam zurück und bat mich, mich zu ihr in die Bibliothek zu setzen. Wir tranken zusammen Tee, danach legte sie sich auf den Teppich und sagte mir, ich solle nicht sprechen, da sie müde sei. Ich nahm ein Buch und tat, als ob ich läse. Sobald sie mich in meine Lektüre vertieft wähnte, fing sie wieder an, still vor sich hin zu weinen; das schien im Augenblick ihre Lieblingsbeschäftigung. Eine Weile ließ ich sie gewähren; dann machte ich ihr Vorhaltungen, verspottete Mr. Heathcliffs Behauptungen über seinen Sohn und zog sie ins Lächerliche, so, als wäre ich sicher, daß sie mit mir einer Meinung sei. Ach, ich war nicht gewandt genug, dem Eindruck seines Berichtes entgegenzuwirken, und das hatte er ganz genau gewußt.

»Du magst recht haben, Ellen«, antwortete sie, »aber ich

werde nicht eher Ruhe haben, als bis ich Bescheid weiß. Und ich muß Linton sagen, daß es nicht meine Schuld ist, wenn ich nicht schreibe, und muß ihn davon überzeugen, daß ich mich nicht ändern werde.«

Was halfen mein Zorn und mein Einspruch gegen ihre kindische Leichtgläubigkeit? An jenem Abend trennten wir uns als Gegner, aber der nächste Morgen sah mich auf der Straße nach Wuthering Heights neben dem Pony meiner eigenwilligen jungen Herrin dahinschreiten. Ich konnte es nicht ertragen, ihren Kummer mit anzusehen, ihr blasses, niedergeschlagenes Gesichtchen, ihre verweinten Augen; und ich gab nach, in der schwachen Hoffnung, daß Linton selbst durch die Art, wie er uns empfinge, beweisen werde, wie wenig die Erzählung auf Tatsachen beruhte.

Dreiundzwanzigstes Kapitel

Die regnerische Nacht war einem nebligen Morgen gewichen; ein kalter Sprühregen fiel, und von Zeit zu Zeit wurde unser Weg von Bächen überquert, die gurgelnd vom Hochland niederstürzten. Meine Füße waren völlig durchnäßt. Ich war verdrießlich und niedergeschlagen, gerade in der Stimmung, die zu unserem unerquicklichen Vorhaben paßte. Wir betraten das Gutshaus durch die Küche, um uns Gewißheit zu verschaffen, ob Mr. Heathcliff wirklich nicht da sei, denn ich traute ihm nicht.

Joseph saß anscheinend ganz allein in einer Art Elysium neben einem knatternden Feuer, seine kurze schwarze Pfeife im Mund, ein Viertel Bier vor sich auf dem Tisch, der mit großen Stücken von geröstetem Haferkuchen beladen war. Catherine lief zum Herd, um sich zu wärmen. Ich fragte, ob der Herr zu Hause sei; doch blieb meine Frage so lange unbeantwortet, daß ich glaubte, der alte Mann wäre taub geworden, und sie lauter wiederholte.

»Nee«, knurrte oder vielmehr stieß er durch die Nase hervor. »Macht, daß 'r hingeht, wo 'r hergekommen seid.«
»Joseph!« Gleichzeitig mit mir rief das eine grämliche Stimme aus dem inneren Zimmer. »Wie oft soll ich dich rufen? Hier ist kaum noch etwas Glut. Joseph, komm sofort her!«
Ein kräftiges Paffen aus der Pfeife und der unbewegte starre Blick ins Herdfeuer bekundeten, daß er diesem Ruf keine Folge leisten wollte. Die Haushälterin und Hareton waren unsichtbar; wahrscheinlich machte sie eine Besorgung, und er war bei seiner Arbeit. Wir hatten Lintons Stimme erkannt und traten ein.
»Oh, ich wünsche dir, daß du in einer Bodenkammer verhungerst«, sagte der Junge, der uns kommen hörte und glaubte, es sei der pflichtvergessene Knecht.
Er hielt inne, als er seinen Irrtum bemerkte, und seine Kusine flog auf ihn zu.
»Sind Sie es, Miß Linton?« sagte er und hob seinen Kopf von der Lehne des großen Sessels, in dem er ruhte. »Nein, küssen Sie mich nicht, es benimmt mir den Atem. Du meine Güte! Papa sagte, Sie kämen«, fuhr er fort, nachdem er sich etwas von Catherines Umarmungen erholt hatte, während sie sehr zerknirscht dastand. »Wollen Sie bitte die Tür schließen? Sie haben sie offen gelassen, und diese – diese abscheulichen Geschöpfe wollen keine Kohlen für den Kamin bringen. Es ist so kalt.«
Ich schürte in der Asche und holte selbst einen Korb Kohlen. Der Kranke beschwerte sich, ich hätte ihn mit Asche bestäubt; aber da er einen quälenden Husten hatte und fiebrig und krank aussah, nahm ich seine schlechte Laune ohne Vorwurf hin.
»Nun, Linton«, murmelte Catherine, als die Falten seiner Stirn sich geglättet hatten, »freust du dich, mich zu sehen? Kann ich irgend etwas für dich tun?«
»Warum sind Sie nicht eher gekommen?« sagte er. »Sie hätten herkommen sollen, statt zu schreiben. Es war gräßlich ermüdend, so lange Briefe zu schreiben. Ich hätte mich viel lieber mit Ihnen unterhalten. Jetzt kann ich weder Sprechen noch sonst etwas vertragen. Ich möchte wissen, wo Zillah ist. Willst du«, mit einem Blick auf mich, »mal in die Küche gehen und nachsehen?«

Ich hatte keinen Dank für meine anderen Dienste geerntet, und da ich keine Lust hatte, auf sein Geheiß hin und her zu laufen, erwiderte ich: »Dort ist niemand außer Joseph.«
»Ich habe Durst«, sagte er, sich verdrießlich abwendend. »Zillah läuft immer nach Gimmerton, seit Papa fort ist. Es ist ein Elend. Und ich muß hier herunterkommen, denn sie haben sich vorgenommen, mich überhaupt nicht zu hören, wenn ich oben bin.«
»Kümmert sich Ihr Vater um Sie, Master Heathcliff?« fragte ich, als ich merkte, daß Catherines freundliches Entgegenkommen abgelehnt wurde.
»Kümmern? Zum mindesten sorgt er dafür, daß *sie* sich etwas mehr um mich kümmern«, schrie er. »Die Bande! Wissen Sie, Miß Linton, dieses Scheusal, der Hareton, macht sich über mich lustig. Ich hasse ihn. Wirklich, ich hasse sie alle; sie sind widerwärtige Geschöpfe.«
Cathy suchte nach etwas Wasser; im Schrank stieß sie auf einen Krug, füllte ein Glas und brachte es ihm. Er bat sie, einen Löffel Wein aus der Flasche auf dem Tisch hinzuzufügen, wurde, nachdem er etwas davon getrunken hatte, ruhiger und sagte, sie wäre sehr freundlich.
»Und freust du dich, mich zu sehen?« sagte sie, ihre frühere Frage wiederholend und froh, die schwache Andeutung eines Lächelns bei ihm zu entdecken.
»Ja, ich freue mich. Es ist mal etwas anderes, eine Stimme wie die Ihre zu hören«, entgegnete er. »Aber ich bin sehr ärgerlich gewesen, weil Sie nicht herkommen wollten. Und Papa schwor, ich sei daran schuld; er nannte mich einen erbärmlichen, wankelmütigen, unnützen Bengel und meinte, Sie verachteten mich. Er sagte, wenn er an meiner Stelle gewesen wäre, würde er bereits in Thrushcross Grange mehr zu sagen haben als Ihr Vater. Aber nicht wahr, Sie verachten mich nicht, Miß...«
»Ich möchte, daß du Catherine oder Cathy zu mir sagst«, unterbrach meine junge Herrin. »Dich verachten? Nein. Nächst Papa und Ellen bist du mir der liebste Mensch auf Erden. Aber Mr. Heathcliff mag ich nicht, und ich wage nicht, herzukommen, wenn er wieder da ist. Wird er lange wegbleiben?«

»Nicht lange«, antwortete Linton; »aber er geht häufig ins Moor, seit die Jagd begonnen hat, und du könntest während seiner Abwesenheit ein oder zwei Stunden bei mir sein. Ja? Sag, daß du es willst. Ich glaube, mit dir würde ich nicht so verdrießlich sein; du würdest mich nicht reizen, sondern immer bereit sein, mir zu helfen, nicht wahr?«

»Ja«, sagte Catherine und streichelte sein langes, weiches Haar, »wenn ich nur von Papa die Erlaubnis bekommen könnte, würde ich die Hälfte meiner Zeit bei dir zubringen, lieber Linton. Ich wünschte, du wärst mein Bruder.«

»Und dann würdest du mich so lieb haben wie deinen Vater?« bemerkte er, fröhlicher. »Aber Papa sagt, du würdest mich mehr als ihn und alle Welt lieben, wenn du meine Frau wärst; darum möchte ich eigentlich, du wärst es.«

»Nein, ich könnte niemand mehr lieben als Papa«, erwiderte sie ernsthaft. »Und manche Männer hassen ihre Frauen, nicht aber ihre Schwestern und Brüder, und wenn du mein Bruder wärst, würdest du bei uns wohnen, und Papa würde dich genauso lieb haben wie mich.«

Linton bestritt, daß Männer jemals ihre Frauen haßten, aber Cathy bestand darauf, daß es vorkäme, und führte in ihrer Weisheit die Abneigung seines eigenen Vaters gegen ihre Tante an. Ich versuchte ihr gedankenloses Mundwerk zum Schweigen zu bringen, doch gelang es mir nicht eher, als bis alles, was sie wußte, ausgeplaudert war. Master Heathcliff behauptete, sehr erzürnt, ihr Bericht sei unwahr.

»Papa hat es mir gesagt, und Papa sagt keine Unwahrheit«, antwortete sie schnippisch.

»Mein Vater verachtet deinen«, schrie Linton. »Er nennt ihn einen Leisetreter.«

»Deiner ist ein schlechter Mensch«, gab Catherine scharf zurück, »und du bist sehr unartig, daß du zu wiederholen wagst, was er sagt. Er muß schlecht sein, weil er Tante Isabella dazu gebracht hat, ihn zu verlassen, so, wie sie es getan hat.«

»Sie hat ihn nicht verlassen«, sagte der Junge; »du sollst mir nicht widersprechen.«

»Doch«, schrie meine junge Herrin.

»So, dann werde ich *dir* etwas erzählen«, sagte Linton. »Deine Mutter hat deinen Vater gehaßt; nun weißt du's.«

»Oh«, rief Catherine, zu empört, um weiterzusprechen.
»Und sie hat meinen geliebt«, fügte er hinzu.
»Du alter Lügner! Jetzt hasse ich dich«, keuchte sie, und ihr Gesicht war rot vor Zorn.
»Sie hat es getan, sie hat es getan«, sang Linton, in den Schutz des Sessels zurücksinkend und seinen Kopf zurücklehnend, um sich besser an der Aufregung seiner Partnerin weiden zu können, die hinter ihm stand.
»Still, Master Heathcliff«, sagte ich, »das hat Ihnen wohl auch Ihr Vater vorerzählt.«
»Nein, halt den Mund!« antwortete er. »Sie hat es getan, sie hat es getan, Catherine. Sie hat es getan, sie hat es getan.«
Cathy, außer sich, versetzte dem Stuhl einen heftigen Stoß, so daß Linton gegen eine der Armlehnen fiel. Sofort wurde er von einem erstickenden Husten befallen, der seinem Triumph ein schnelles Ende bereitete. Er dauerte so lange, daß selbst ich erschrocken war. Und seine Kusine, ach, sie weinte aus Leibeskräften, entsetzt über das Unheil, das sie angerichtet hatte, doch sagte sie nichts. Ich hielt ihn, bis der Anfall vorüber war, dann stieß er mich von sich und ließ schweigend den Kopf hängen. Catherine unterdrückte ihre Klagen ebenfalls, setzte sich ihm gegenüber und blickte ernst ins Feuer.
»Wie fühlen Sie sich jetzt, Master Heathcliff?« fragte ich, als zehn Minuten verflossen waren.
»Ich wünschte, *sie* fühlte sich so wie ich«, antwortete er. »Boshaftes, grausames Ding! Hareton rührt mich nie an; er hat mich noch nie im Leben geschlagen. Und heute ging es mir besser, und jetzt...«, seine Worte gingen in einem Wimmern unter.
»*Ich* habe dich nicht geschlagen«, murmelte Cathy und biß sich auf die Lippen, um einen neuen Gefühlsausbruch zu verhindern.
Er seufzte und stöhnte wie einer, der große Qualen leidet, und das tat er eine Viertelstunde lang, offenbar absichtlich, um seine Kusine zu betrüben, denn jedesmal, wenn er ein unterdrücktes Schluchzen von ihr vernahm, gab er seiner Stimme einen noch schmerzlicheren und ergreifenderen Klang.
»Es tut mir leid, daß ich dir weh getan habe«, sagte sie endlich, über die Grenzen des Erträglichen hinaus gefoltert. »Aber

mir hätte so ein kleiner Stoß nicht weh getan, und ich hatte auch keine Ahnung, daß er dir weh tun würde. Aber es war nicht schlimm, nicht wahr, Linton? Laß mich nicht nach Hause gehn mit dem Bewußtsein, daß du durch meine Schuld Schmerzen leidest. Antworte doch! Sprich zu mir!«
»Ich kann nicht mit dir sprechen«, murmelte er, »du hast mir so weh getan, daß ich die ganze Nacht wach liegen werde, von diesem Husten geschüttelt. Wenn du ihn hättest, wüßtest du, wie das ist; aber du wirst behaglich schlafen, während ich mich in Todesqual winde und niemand bei mir ist. Ich möchte wissen, wie dir zumute wäre, wenn du so fürchterliche Nächte durchmachen müßtest.« Und er fing an, aus lauter Mitleid mit sich selber, laut zu jammern.
»Da Sie daran gewöhnt sind, fürchterliche Nächte zu verleben«, sagte ich, »wird es nicht Miß Cathy sein, die Ihre Ruhe stört; es wird nicht anders sein, als wenn sie nie gekommen wäre. Sie soll Sie aber nicht wieder stören, und vielleicht werden Sie ruhiger werden, wenn wir Sie allein lassen.«
»Muß ich gehen?« fragte Catherine traurig und beugte sich über ihn. »Willst du, daß ich gehe, Linton?«
»Du kannst das, was du angerichtet hast, nicht ändern«, erwiderte er mürrisch und wich vor ihr zurück, »du kannst es nur noch schlimmer machen, indem du mich quälst, bis ich Fieber habe.«
»Also, dann muß ich gehen?« wiederholte sie.
»Laß mich wenigstens in Ruhe«, sagte er, »ich kann dein Sprechen nicht ertragen.«
Sie zögerte und widerstand meiner Überredung zum Aufbruch noch eine ganze Weile; aber da er weder aufblickte noch sprach, machte sie schließlich eine Bewegung nach der Tür hin, und ich folgte ihr. Ein Schrei rief uns zurück. Linton war von seinem Stuhl auf die Steinfliesen vor dem Herd hinabgeglitten und wand sich dort mit dem ganzen Eigensinn eines verwöhnten Kindes, das entschlossen ist, so unausstehlich und unleidlich wie nur möglich zu sein. Seinen Hang dazu verriet sein Betragen, und ich sah sofort, daß der Versuch, ihn zu beschwichtigen, Torheit gewesen wäre. Nicht so meine Begleiterin. Sie lief in hellem Schrecken zurück, kniete nieder und weinte und redete ihm gut zu und flehte ihn an, bis er ruhig

wurde, weil ihm die Luft ausging, nicht etwa, weil er bereute, sie betrübt zu haben.

»Ich werde ihn auf die Bank legen«, sagte ich, »dort kann er sich herumwerfen, soviel er will; wir können nicht bleiben und ihm dabei zusehen. Ich hoffe, Sie haben sich davon überzeugt, Miß Cathy, daß Sie ihn nicht heilen können und daß sein Gesundheitszustand nicht durch seine Zuneigung zu Ihnen verursacht ist. So, da liegt er. Kommen Sie! Sobald er merkt, daß niemand da ist, der sich um seine Albernheit kümmert, wird er froh sein, still liegen zu können.«

Sie legte ihm ein Kissen unter den Kopf und bot ihm etwas Wasser an; doch wies er es zurück und wälzte sich so unruhig auf dem Kissen hin und her, als wäre es ein Stein oder ein Stück Holz. Sie versuchte, es ihm bequemer hinzulegen.

»So geht es nicht«, sagte er; »es ist nicht hoch genug.«

Catherine brachte noch eines und legte es darauf.

»Das ist zu hoch«, murmelte der Quälgeist.

»Wie soll ich es denn machen?« fragte sie, ganz verzweifelt.

Er richtete sich an ihr, die neben der Bank halb kniete, auf und benutzte ihre Schulter als Lehne für seinen Kopf.

»Nein, das gibt es nicht«, sagte ich. »Sie müssen mit dem Kissen vorliebnehmen, Master Heathcliff. Das Fräulein hat schon viel zuviel Zeit mit Ihnen vergeudet; wir können nicht fünf Minuten länger bleiben.«

»Doch, doch, wir können wohl«, erwiderte Cathy. »Jetzt ist er brav und geduldig. Er fängt an einzusehen, daß ich heute nacht viel elender sein werde als er, wenn ich glauben müßte, mein Besuch habe ihm geschadet; ich würde dann nicht wagen wiederzukommen. Linton, sage mir die Wahrheit; denn ich darf nicht kommen, wenn ich dir weh getan habe.«

»Du sollst kommen, um mich gesund zu machen«, antwortete er. »Du mußt deshalb kommen, weil du mir weh getan hast; denn das hast du, und sogar sehr. Ich war, als du kamst, nicht so krank, wie ich jetzt bin, nicht wahr?«

»Aber du hast dich selbst krank gemacht durch dein Weinen und Toben; es war nicht allein meine Schuld«, sagte seine Kusine. »Aber nun wollen wir wieder Freunde sein. Und du brauchst mich? Du möchtest mich wirklich manchmal sehen?«

»Ich habe es dir doch schon gesagt«, entgegnete er ungeduldig. »Setz dich auf die Bank und laß mich meinen Kopf auf deinen Schoß legen. So hat es Mama ganze Nachmittage lang gemacht. Sitz ganz still und sprich nicht; aber du darfst ein Lied singen, wenn du singen kannst, oder du darfst eine lange, spannende Ballade aufsagen, eine von denen, die du mir beibringen wolltest, oder eine Geschichte. Aber lieber möchte ich von dir eine Ballade hören. Fang also an!«
Catherine sagte die längste auf, die sie kannte. Das gefiel beiden über alle Maßen. Linton wollte noch eine hören und danach noch eine, ungeachtet meiner eifrigen Einwände, und so trieben sie es weiter, bis die Uhr zwölf schlug und wir im Hof Hareton hörten, der zum Mittagessen kam.
»Und morgen, Catherine, wirst du morgen wieder hier sein?« fragte der junge Heathcliff und hielt sie am Kleid fest, als sie sich widerstrebend erhob.
»Nein«, antwortete ich, »und übermorgen auch nicht.« Sie jedoch gab ihm offenbar einen anderen Bescheid; denn seine Stirn glättete sich, als sie sich niederbeugte und ihm etwas ins Ohr flüsterte.
»Sie werden morgen nicht hingehen, denken Sie daran, Miß Cathy«, begann ich, als wir das Haus verlassen hatten. »Sie können doch nicht im Traum daran denken?«
Sie lächelte.
»Oh, ich werde schon gut achtgeben«, fuhr ich fort. »Ich werde das Schloß instand setzen lassen, und eine andere Stelle zum Entwischen gibt es nicht.«
»Ich kann über die Mauer klettern«, sagte sie lachend. »Thrushcross Grange ist kein Gefängnis, Ellen, und du bist nicht mein Wärter. Außerdem bin ich beinahe siebzehn Jahre, ich bin erwachsen. Und ich bin sicher, Linton würde sich schnell erholen, wenn ich nach ihm sähe. Ich bin älter als er, denke daran, und klüger, weniger kindisch, nicht wahr? Er wird bald tun, was ich ihm sage, wenn ich ihm nur ein bißchen zurede. Er ist so ein niedlicher, lieber kleiner Kerl, wenn er brav ist. Ich würde eine Hätschelpuppe aus ihm machen, wenn er mir gehörte. Wir würden uns nie zanken, wenn wir uns aneinander gewöhnt hätten, nicht wahr? Hast du ihn nicht gern, Ellen?«

»Ich ihn gern haben?« rief ich aus. »Diesen übellaunigsten aller kränklichen Sprößlinge, die es je gegeben hat? Zum Glück wird er, wie Mr. Heathcliff vermutet, gar nicht zwanzig Jahre alt werden. Ja, ich bezweifle sogar, daß er den Frühling erleben wird. Es wird kein großer Verlust für seine Familie sein, wenn er entschläft. Und ein Glück für uns, daß sein Vater ihn zu sich genommen hat; denn je freundlicher er behandelt worden wäre, desto anspruchsvoller und selbstsüchtiger wäre er geworden. Ich bin froh, daß keine Möglichkeit für Sie besteht, ihn zu heiraten, Miß Catherine.«
Meine Begleiterin wurde ernst bei meinen Worten. Daß ich so gleichgültig von seinem Tod sprechen konnte, verletzte ihre Gefühle.
»Er ist jünger als ich«, antwortete sie nach einer langen Pause des Nachdenkens, »und er sollte länger leben; er wird, er muß so lange leben wie ich. Er ist jetzt genauso kräftig wie damals, als er zu uns in den Norden kam, davon bin ich überzeugt. Es ist nur eine Erkältung, die ihn plagt, so eine, wie Papa sie hat. Du sagst, Papa wird gesund werden, warum also er nicht auch?«
»Nun ja«, rief ich, »im übrigen brauchen wir uns keine Gedanken darüber zu machen; denn, hören Sie gut zu, Miß Cathy, und bedenken Sie, daß ich mein Wort halten werde: wenn Sie versuchen, noch einmal nach Wuthering Heights zu gehen – ob mit mir oder allein –, werde ich Mr. Linton davon in Kenntnis setzen, und wenn er es nicht gestattet, soll die Freundschaft mit Ihrem Vetter nicht erneuert werden.«
»Sie ist bereits erneuert worden«, murmelte Cathy verdrossen.
»Dann soll sie nicht fortgesetzt werden«, sagte ich.
»Wir werden sehen«, war ihre Entgegnung, dann ritt sie im Galopp voran und ließ mich mühselig nachfolgen.
Wir kamen beide noch vor dem Mittagessen nach Hause. Mein Herr nahm an, wir wären durch den Park gestreift, darum forderte er keine Erklärung für unser Fernbleiben. Sobald ich im Hause war, beeilte ich mich, meine durchnäßten Schuhe und Strümpfe zu wechseln; aber das Unheil war bereits geschehen, als ich so lange oben in Wuthering Heights gesessen hatte. Am nächsten Tag mußte ich das Bett hüten,

und drei Wochen lang war ich außerstande, meinen Pflichten nachzukommen, ein Zustand, den ich nie zuvor und – ich bin dankbar, es sagen zu können – niemals seither durchgemacht habe.

Meine kleine Herrin betrug sich wie ein Engel. Sie kam und pflegte mich und heiterte mich in meiner Einsamkeit auf. Meine Gefangenschaft drückte mich ungemein nieder. Es ist schwer für einen lebhaften, tätigen Menschen; aber viele haben mehr Grund zum Klagen, als ich damals hatte. Sobald Catherine Mr. Lintons Zimmer verließ, eilte sie an mein Bett. Ihr Tag war zwischen uns geteilt; keine Minute gehörte ihrem Vergnügen; sie vernachlässigte die Mahlzeiten, ihre Studien und ihre Spiele, und sie war die zärtlichste Pflegerin, die man sich denken konnte. Welch weiches Herz mußte sie haben, daß sie, die ihren Vater so liebte, mir noch so viel Zeit opferte.

Ich sagte, ihre Tage waren zwischen uns geteilt; aber der Herr zog sich früh zurück, und ich brauchte gewöhnlich nach sechs Uhr nichts mehr; also hatte sie die Abende für sich. Armes Ding! Ich zerbrach mir nie den Kopf, was sie nach dem Tee mit sich anfing. Zwar fiel mir häufig, wenn sie mir gute Nacht sagen kam, die frische Farbe ihrer Wangen und die Röte ihrer schlanken Hände auf; aber anstatt darauf zu verfallen, daß das durch einen Ritt über das kalte Moor verursacht sein könnte, schob ich es auf das heiße Kaminfeuer in der Bibliothek.

Vierundzwanzigstes Kapitel

Nach drei Wochen war ich imstande, mein Zimmer zu verlassen und mich im Hause zu bewegen. Als ich zum erstenmal abends aufblieb, bat ich Catherine, mir vorzulesen, da meine Augen schwach waren. Wir hielten uns in der Bibliothek auf, da der Herr zu Bett gegangen war. Sie willigte, wie mir schien, ziemlich widerstrebend ein, und da ich glaubte, meine Bücher

paßten ihr nicht, schlug ich ihr vor, sie sollte sich aussuchen, was sie lesen wollte. Sie wählte eines ihrer Lieblingsbücher aus und las etwa eine Stunde hintereinander. Dann begann sie Fragen zu stellen.
»Ellen, bist du nicht müde? Solltest du dich nicht lieber jetzt niederlegen? Es wird dir schaden, wenn du so lange aufbleibst, Ellen.«
»Nein, nein, meine Liebe, ich bin nicht müde«, erklärte ich immer wieder.
Als sie merkte, daß ich fest blieb, versuchte sie, auf eine andere Art zu zeigen, wie wenig ihr das Vorlesen zusagte. Sie fing an zu gähnen und sich zu recken.
»Ellen, ich bin müde.«
»Dann hören Sie auf. Wir wollen uns unterhalten«, antwortete ich.
Das war noch schlimmer; sie zog ein Gesicht und seufzte, sah nach der Uhr, bis es acht war, und ging schließlich in ihr Zimmer, nach ihrer stumpfen, schläfrigen Miene und dem ständigen Reiben ihrer Augen zu schließen, völlig vom Schlaf übermannt. Am nächsten Abend schien sie noch ungeduldiger zu sein, und am dritten Abend nach meiner Genesung klagte sie über Kopfweh und ließ mich allein. Ich fand ihr Benehmen merkwürdig, und nachdem ich eine ganze Weile allein geblieben war, beschloß ich, sie zu fragen, ob es ihr besser ginge, und sie zu bitten, zu mir zu kommen und auf dem Sofa statt oben im Dunkeln zu liegen. Aber oben war keine Catherine zu entdecken und unten auch nicht. Die Dienstboten versicherten, sie nicht gesehen zu haben. Ich horchte an Mr. Edgars Tür: es war nichts zu hören. Ich kehrte in ihr Zimmer zurück, löschte meine Kerze und setzte mich ans Fenster.
Der Mond schien hell, eine leichte Schneedecke lag auf dem Boden, und ich überlegte, es sei ihr vielleicht in den Sinn gekommen, im Garten spazierenzugehen, um sich abzukühlen. Ich entdeckte eine Gestalt, die innen am Parkgitter entlang schlich, doch war es nicht meine junge Herrin. Als die Gestalt in den Bereich des Mondlichts kam, erkannte ich einen der Stalljungen. Er stand lange Zeit und blickte durch die Anlagen auf die Fahrstraße, dann lief er flink davon, als wenn er etwas entdeckt hätte, und erschien gleich darauf wieder, Miß

Cathys Pony führend. Und da war sie selbst, eben abgestiegen, und ging neben ihm her. Der Bursche führte das Tier heimlich über das Gras in den Stall. Cathy stieg durch das Fenster des Wohnzimmers ein und schlüpfte lautlos herauf, wo ich sie erwartete. Sie schloß leise die Tür, streifte ihre schneebedeckten Schuhe von den Füßen und entledigte sich ihres Mantels, ohne meine Anwesenheit zu ahnen, als ich plötzlich aufstand und mich zu erkennen gab. Die Überraschung versteinerte sie einen Augenblick. Sie stieß einen unverständlichen Ausruf aus und blieb wie angewurzelt stehen.

»Meine liebe Miß Catherine«, begann ich, noch zu stark unter dem Eindruck ihrer kürzlich mir erwiesenen Freundlichkeit, als daß ich sie hätte schelten können, »wohin sind Sie zu dieser späten Stunde geritten? Und warum haben Sie versucht, mich zu täuschen, indem Sie schwindelten? Wo waren Sie? Sagen Sie es mir!«

»Am Ende des Parkes«, stammelte sie. »Ich habe nicht geschwindelt.«

»Und nirgends sonst?« fragte ich.

»Nein«, war die gemurmelte Antwort.

»O Catherine«, rief ich bekümmert. »Sie wissen, daß Sie etwas Unrechtes getan haben, sonst wäre es Ihnen nicht eingefallen, mir die Unwahrheit zu sagen. Das macht mich traurig. Lieber möchte ich drei Monate krank sein als Sie eine vorsätzliche Lüge aussprechen hören.«

Sie lief auf mich zu, brach in Tränen aus und schlang die Arme um meinen Hals.

»Ellen, ich habe solche Angst davor, daß du böse wirst«, sagte sie. »Wenn du mir versprichst, nicht böse zu werden, sollst du die ganze Wahrheit hören. Es ist mir schrecklich, sie zu verbergen.«

Wir ließen uns auf dem Fenstersitz nieder; ich gab ihr die Zusicherung, daß ich nicht schelten werde, welcher Art ihr Geheimnis auch sei; denn natürlich ahnte ich es, und so begann sie:

»Ich war in Wuthering Heights, Ellen, und ich habe keinen Tag versäumt, hinzugehen, seit du erkrankt warst, außer dreimal, bevor du dein Zimmer verließest, und zweimal nachher. Ich habe Michael Bücher und Bilder gegeben, damit er

Minny jeden Abend sattelte und in den Stall zurückführte, und vergiß nicht, du darfst auch ihn nicht schelten. Ich langte etwa um halb sieben oben an und blieb gewöhnlich bis halb neun, und dann galoppierte ich heim. Ich ging nicht zu meinem Vergnügen hin; manchmal war ich die ganze Zeit über unglücklich. Dann und wann war ich glücklich, vielleicht einmal die Woche. Anfänglich glaubte ich, es werde mich viel Mühe kosten, dich zu überreden, daß ich Linton mein Wort hielt; denn ich hatte ihm, als wir ihn verließen, versprochen, ihn am nächsten Tag wieder zu besuchen. Dadurch, daß du am anderen Morgen oben in deinem Zimmer bliebst, wurde ich dieser Sorge enthoben, und während Michael am Nachmittag das Schloß der Parktür ausbesserte, setzte ich mich in den Besitz des Schlüssels. Ich erzählte ihm, wie sehr mein Vetter sich wünscht, daß ich ihn besuche, weil er krank ist und nicht zu uns kommen kann, und wie sehr Papa dagegen ist. Und dann verhandelte ich mit ihm über das Pony. Er liest sehr gern, und er will bald weggehen, um zu heiraten. Darum erklärte er sich bereit, zu tun, was ich wollte, wenn ich ihm Bücher aus der Bibliothek leihen würde. Ich zog aber vor, ihm meine eigenen zu geben, und damit war ihm noch mehr gedient.

Bei meinem zweiten Besuch schien Linton in angeregter Stimmung zu sein, und Zillah – das ist ihre Haushälterin – räumte das Zimmer auf und machte uns ein gutes Feuer. Sie sagte uns, da Joseph zur Betstunde gegangen und Hareton Earnshaw mit den Hunden unterwegs sei – wie ich später erfuhr, hat er in unseren Waldungen Fasanen gejagt –, könnten wir tun, was wir wollten. Sie brachte mir Glühwein und Pfefferkuchen und machte einen ungemein liebenswürdigen Eindruck. Linton saß im Armsessel und ich in dem kleinen Schaukelstuhl vor dem Kamin; wir lachten und plauderten so vergnügt und hatten uns sehr viel zu sagen. Wir machten Pläne, wo wir im Sommer hingehen und was wir tun wollten. Ich brauche es nicht zu wiederholen, denn du fändest es albern.

Einmal allerdings hätten wir uns beinahe gezankt. Er sagte, die schönste Art, einen heißen Julitag hinzubringen, sei, vom Morgen bis zum Abend auf einem Heidehügel mitten im Moor zu liegen, wenn die Bienen einschläfernd zwischen den Blüten summten, die Lerchen hoch über unseren Häuptern

sängen und die Sonne ununterbrochen vom wolkenlosen blauen Himmel schiene. Das war seine vollkommenste Vorstellung von der himmlischen Seligkeit. Meine aber war, mich in einem rauschenden, grünen Baumwipfel zu wiegen; dabei müßte Westwind wehen und leuchtend weiße Wolken müßten über mir schnell dahinziehen. Nicht nur Lerchen, auch Drosseln, Amseln, Hänflinge und Kuckucke müßten von allen Seiten ein Konzert veranstalten; in der Ferne müßte man das Moor sehen mit seinen kühlen, dunklen Tälern, nahebei aber sanfte Hügel mit hohen Gräsern, in die der Wind Wellenlinien zaubert, und Wälder und rauschende Wässer; und die ganze Welt müßte wach und toll vor Freude sein. Er wollte, daß alles in tiefstem Frieden daliegen sollte, ich wünschte, daß alles funkelte und tanzte in jubelnder Pracht. Ich sagte, sein Himmel lebe nur zur Hälfte, und er sagte, mein Himmel wäre berauscht. Ich sagte, ich schliefe in seinem ein, und er sagte, er könne in meinem nicht atmen, und fing an, schnippisch zu werden. Zum Schluß kamen wir überein, beide Himmel auszuprobieren, sobald das Wetter es zulassen werde, und dann küßten wir uns und waren wieder gut Freund.
Nachdem wir eine Stunde stillgesessen hatten, sah ich mich in dem großen Raum, mit dem glatten Fußboden ohne Teppich, um und dachte, wie hübsch es sein müßte, dort zu spielen, wenn wir den Tisch entfernten. Ich sagte Linton, er solle Zillah hereinrufen, daß sie uns helfe, damit wir Blindekuh spielen könnten; sie sollte versuchen, uns zu fangen, so, wie du es früher getan hast, weißt du noch, Ellen? Er wollte nicht; er sähe keinen Spaß darin, sagte er; aber er willigte ein, mit mir Ball zu spielen. Wir fanden zwei Bälle in einem Schrank unter einem Haufen alter Spielsachen: Kreisel, Reifen, Federbälle und Schläger. Der eine war mit C, der andere mit H gezeichnet; ich wollte den mit C haben, weil das Catherine bedeutete, und H konnte für seinen Nachnamen, Heathcliff, gelten; doch hatte der Ball ein Loch, und Linton mochte ihn nicht haben. Ich gewann andauernd, und er wurde wieder ärgerlich und hustete und ging zu seinem Stuhl zurück. An jenem Abend fand er jedoch seine gute Laune ziemlich schnell wieder; denn er war entzückt von zwei oder drei hübschen Liedern, *deinen* Liedern, Ellen; und als ich gehen mußte, bat und bettelte er,

daß ich am nächsten Abend wiederkäme, und ich versprach es. Minny und ich flogen wie der Wind nach Hause, und ich träumte bis zum Morgen von Wuthering Heights und meinem süßen lieben Vetter.

Am nächsten Morgen war ich traurig, zum Teil, weil es dir schlecht ging, und zum Teil, weil ich wünschte, mein Vater wüßte von meinen Ausflügen und billige sie. Nach dem Tee aber war herrlicher Mondschein, und während ich ritt, verflüchtigte sich mein Trübsinn. ›Ich werde wieder einen glücklichen Abend verbringen‹, dachte ich bei mir, ›und Linton wird es auch‹, und das beglückte mich noch mehr. Ich trabte durch ihren Garten und bog nach der Rückseite des Hauses ab, als mir dieser Bursche, der Earnshaw, entgegenkam, die Zügel ergriff und mich bat, zum Vordereingang hineinzugehen. Er beklopfte Minnys Hals, sagte, sie sei ein hübsches Tier, und schien eine Unterhaltung mit mir zu wünschen. Ich sagte ihm nur, er solle mein Pferd in Ruhe lassen, sonst schlüge es aus. Er antwortete in seiner gewöhnlichen Mundart: ›Das würd kein' großen Schaden nich anricht'n‹, und betrachtete lächelnd seine Beine. Ich war halb und halb geneigt, es auf einen Versuch ankommen zu lassen; er ging jedoch fort, um die Tür zu öffnen. Als er die Klinke niederdrückte, blickte er hinauf zu der Inschrift über der Tür und sagte in einer törichten Mischung von Unbeholfenheit und Stolz:

›Miß Catherine, nu kann ich das da oben les'n.‹

›Großartig‹, rief ich. ›Nun, laß hören; du bist ja sehr gescheit geworden.‹

Er buchstabierte und brachte silbenweise gedehnt den Namen Hareton Earnshaw hervor.

›Und die Zahlen?‹ rief ich ermunternd, als ich sah, daß er an einen toten Punkt kam.

›Die kann ich noch nicht‹, antwortete er.

›Oh, du Dummkopf‹, sagte ich und lachte herzlich über sein Versagen.

Der Narr starrte vor sich hin mit einem unschlüssigen Lächeln um die Lippen und einer finsteren Wolke über den Augen, als wüßte er nicht recht, ob er in meine Fröhlichkeit einstimmen dürfte, ob es muntere Vertraulichkeit war oder Verachtung, und das letzte war es in Wirklichkeit. Ich machte seinen Zweifeln ein Ende, indem ich plötzlich wieder ernst wurde und ihm fortzugehen befahl, da mein Besuch Linton und nicht ihm gelte. Er errötete – ich sah es im Mondlicht –, ließ die Türklinke los und schlich sich fort, die Verkörperung gekränkter Eitelkeit. Ich glaube, er bildete sich ein, ebenso klug zu sein wie Linton, weil er seinen eigenen Namen lesen konnte, und war ganz und gar erschlagen, daß ich nicht so dachte.«

»Halt, Miß Catherine, meine Liebe«, unterbrach ich, »ich will Sie nicht schelten, aber es gefällt mir nicht, wie Sie sich da betragen haben. Wenn Sie daran gedacht hätten, daß Hareton genau wie Master Heathcliff Ihr Vetter ist, hätten Sie fühlen müssen, wie unpassend es war, sich so zu benehmen. Jedenfalls war es ein lobenswerter Ehrgeiz von ihm, daß er es Linton gleichzutun wünschte, und wahrscheinlich hat er es nicht nur gelernt, um sich damit zu brüsten. – Sie haben damals zweifellos Anlaß gegeben, daß er sich seiner Unwissenheit schämte und daß er wünschte, dem Zustand abzuhelfen und Ihnen zu gefallen. Daß Sie seine mangelhaften Versuche belacht haben, war sehr ungehörig. Wenn *Sie* in den gleichen Verhältnissen aufgewachsen wären wie er, würden Sie dann etwa gebildeter sein? Er war als Kind genauso gescheit und aufgeweckt wie Sie, und es kränkt mich, daß er jetzt verachtet wird, weil der schlechte Heathcliff ihn so ungerecht behandelt hat.«

»Nun, Ellen, ich hoffe, du wirst deshalb nicht gleich weinen«, rief sie, erstaunt über meinen Ernst. »Aber warte ab, du wirst hören, ob er das Abc gelernt hat, um mir zu gefallen, und ob es der Mühe wert war, zu diesem Grobian höflich zu sein. Ich trat ein; Linton lag auf der Bank und richtete sich halb auf, um mich zu begrüßen.

›Ich bin heute abend krank, Catherine, mein Liebling‹, sagte er, ›und du mußt die Unterhaltung bestreiten und mich zuhören lassen. Komm, setz dich zu mir. Ich wußte, daß du dein Wort nicht brechen werdest, und bevor du gehst, werde ich dir wieder ein Versprechen abnehmen.‹

Ich wußte gleich, daß ich ihn nicht necken durfte, weil er krank war; darum sprach ich leise mit ihm, stellte keine Fragen und vermied alles, was ihn reizen konnte. Ich hatte ihm einige meiner schönsten Bücher mitgebracht; er bat mich, aus einem etwas vorzulesen, und ich wollte ihm gerade den Willen tun, als Earnshaw, der durch Grübeln auf boshafte Gedanken gekommen war, die Tür aufriß. Er kam auf uns zu, packte Linton am Arm und schleuderte ihn von seinem Sitz herunter.

›Geh in dein eignes Zimmer‹, sagte er mit einer vor Zorn bebenden Stimme, und sein Gesicht war rot vor Zorn. ›Nimm se mit zu dir, wenn se dich besuchen kommt; du sollst mich nich von hier verdrängen. Macht, daß 'r rauskommt, alle beide!‹

Er fluchte und ließ Linton keine Zeit, zu antworten; denn er warf ihn fast in die Küche, ballte die Fäuste, als ich ihm folgte, und hatte nicht übel Lust, mich niederzuschlagen. Im Augenblick war ich erschrocken und ließ eines der Bücher fallen; er warf es mir nach und sperrte uns aus. Ich hörte ein krächzendes, boshaftes Gelächter neben dem Herd, und als ich mich umwandte, entdeckte ich dort den widerwärtigen Joseph, der dastand, sich die knochigen Hände rieb und zitterte.

›Ich wußt doch, daß 'rs euch geben würde. Er is 'n großartger Bursch, der hat die richtige Art. Er weiß's, ha, er weiß's so gut wie ich, wer hier der Herr sein sollt. – Hahaha! Er hat euch ordentlich auf'n Trab gebracht. Hahaha!‹

›Wo sollen wir hingehen?‹ fragte ich meinen Vetter, ohne den Spott des alten Scheusals zu beachten.

Linton war ganz weiß und zitterte. In dem Augenblick war er gar nicht hübsch, Ellen. O nein, er sah entsetzlich aus; denn sein schmales Gesicht und seine großen Augen waren durch einen Ausdruck rasender, ohnmächtiger Wut ganz entstellt. Er packte die Klinke und rüttelte an der Tür: sie war von innen verschlossen.

›Wenn du mich nicht hineinläßt, werde ich dich umbringen! Wenn du mich nicht hineinläßt, werde ich dich umbringen!‹ Er rief es nicht, sondern kreischte: ›Teufel! Teufel! Ich werde dich umbringen!‹

Joseph stieß wieder sein krächzendes Gelächter aus.

›Ha, das is der Vater‹, schrie er, ›das is der Vater! Wir ham immer auch was von der andern Seite in uns. Mach dir nix draus, Hareton, Junge, hab keine Angst, er kann nich an dich ran.‹

Ich faßte Linton bei den Händen und versuchte ihn wegzuziehen; aber er schrie so entsetzlich, daß ich es wieder sein ließ.

Endlich wurde sein Geschrei von einem furchtbaren Hustenanfall erstickt, Blut strömte aus seinem Mund, und er fiel zu Boden. Ich rannte, vor Schrecken schwach, in den Hof und rief, so laut ich konnte, nach Zillah. Sie hörte mich bald; sie war in einem Schuppen hinter der Scheune beim Melken der Kühe, stand eiligst von ihrer Arbeit auf und erkundigte sich, was los wäre. Ich war so außer Atem, daß ich nichts erklären konnte; ich zerrte sie hinein und sah mich nach Linton um. Earnshaw war herausgekommen, um das Unheil, das er angerichtet hatte, zu betrachten, und war gerade dabei, den armen Jungen hinaufzutragen. Zillah und ich folgten ihm; aber er hielt mich am Ende der Treppe an und sagte, da dürfe ich nicht hinein, ich solle nach Hause gehen. Ich schrie ihn an, er habe Linton getötet, und ich wolle hinein. Joseph schloß die Tür und erklärte, ich würde nichts dergleichen tun, und fragte mich, ob ich auch so verrückt werden wolle wie Linton. Ich stand da und weinte, bis die Haushälterin wieder erschien. Sie behauptete, es werde ihm bald besser gehen; aber er könne das Geschrei und den Lärm nicht vertragen, und sie umfaßte mich und trug mich fast in das ›Haus‹.
Ellen, ich hätte mir die Haare raufen können. Ich schluchzte und weinte so, daß ich kaum aus den Augen sehen konnte, und der Grobian, den du so gern hast, stand vor mir und nahm sich heraus, mich hin und wieder zu bitten, ruhig zu sein, und zu behaupten, daß es nicht seine Schuld sei. Eingeschüchtert durch meine Drohung, daß ich es Papa sagen und daß er ins Gefängnis kommen und gehenkt werde, fing er schließlich an zu weinen und stürzte hinaus, um seine feige Aufregung zu verbergen. Und doch war ich ihn immer noch nicht los; als sie mich endlich zum Wegreiten genötigt hatten und ich etliche hundert Meter von dem Grundstück entfernt war, kam er plötzlich aus dem Schatten des Wegrandes hervor, hielt Minny an und griff nach mir.
›Miß Catherine, es tut mir sehr leid‹, fing er an, ›aber es is zu schlimm, daß...‹
Ich versetzte ihm einen Schlag mit der Reitgerte, weil ich glaubte, er wolle mich ermorden. Er ließ los, stieß einen seiner schrecklichen Flüche aus, und ich galoppierte, halb von Sinnen, heim.

An dem Abend habe ich dir nicht gute Nacht gesagt, und am nächsten Tag bin ich nicht nach Wuthering Heights geritten. Ich hätte es sehr gern getan, aber ich war seltsam erregt: ich fürchtete zu hören, daß Linton tot sei, und schauderte bei dem Gedanken, Hareton zu begegnen. Am dritten Tag schließlich faßte ich mir ein Herz, denn ich konnte die Ungewißheit nicht länger ertragen, und stahl mich noch einmal fort. Ich ging um fünf Uhr, und zwar zu Fuß, weil ich glaubte, ich könnte unbemerkt ins Haus und in Lintons Zimmer hinaufschlüpfen. Aber die Hunde gaben Laut, als ich näher kam. Zillah empfing mich, sagte, der Junge erhole sich ganz nett, und führte mich in ein kleines, sauberes, mit Teppichen ausgelegtes Zimmer, wo ich zu meiner unaussprechlichen Freude Linton erblickte, der auf einem kleinen Sofa lag und in einem meiner Bücher las. Aber er wollte mich eine ganze Stunde lang weder ansehen noch mit mir sprechen, Ellen; er ist so unglücklich veranlagt. Und was mich geradezu bestürzte, als er seinen Mund auftat, war, daß er die unwahre Behauptung aufstellte, ich hätte neulich den ganzen Aufruhr verursacht und Hareton sei unschuldig. Außerstande, ruhig zu antworten, stand ich auf und ging aus dem Zimmer. Er schickte ein schwaches ›Catherine!‹ hinter mir her. Er rechnete wohl nicht damit, eine Antwort zu erhalten, und ich wollte nicht umkehren. Am nächsten Tag blieb ich zum zweiten Male zu Hause, nahezu entschlossen, ihn nicht mehr zu besuchen. Aber es war so trübselig, ins Bett zu gehen und aufzustehen und nichts von ihm zu hören, daß mein Entschluß in nichts zerfloß, ehe er richtig gefaßt worden war. Vorher war es mir unrecht erschienen, den Ausflug zu unternehmen, jetzt erschien es erst recht unrecht, ihn zu unterlassen. Michael kam und fragte, ob er Minny satteln solle, ich sagte: ›Ja‹, und als sie mich über die Hügel trug, kam es mir vor, als ob ich eine Pflicht erfüllte. Ich mußte an den vorderen Fenstern vorbei, um in den Hof zu gelangen; der Versuch, meine Anwesenheit zu verbergen, hatte keinen Zweck.

›Der junge Herr ist im ›Haus‹‹, sagte Zillah, als sie sah, daß ich aufs Wohnzimmer zuging. Ich trat ein; Earnshaw war auch da, doch verließ er den Raum sofort. Linton saß, halb im Schlaf, in dem großen Lehnstuhl; ich ging zum Feuer und begann, ihm in ernstem Ton eine Rede zu halten, die ich zum Teil selbst für bare Münze hielt.

›Da du mich nicht leiden magst, Linton, und da du glaubst, ich käme in der Absicht, dir wehe zu tun, und ich täte es jedesmal, ist das heute unser letztes Zusammensein. Wir wollen Abschied nehmen, und sage du Mr. Heathcliff, daß du kein Verlangen hast, mich zu sehen, und daß er in dieser Sache nicht noch mehr Unwahrheiten erfinden soll.‹

›Setz dich und nimm deinen Hut ab, Catherine‹, antwortete er. ›Du bist so viel glücklicher als ich, daß du besser sein solltest. Papa spricht so oft über meine Fehler und zeigt mir so deutlich seine Verachtung, daß es nur natürlich ist, wenn ich kein Selbstvertrauen habe. Häufig glaube ich selber, daß ich so überflüssig bin, wie er behauptet, und dann fühle ich mich verdrießlich und verbittert und hasse alle Menschen. Ich *bin* unnütz und übellaunig und fast immer mißmutig, und wenn du willst, magst du mir Lebewohl sagen, und du wirst ein Ärgernis los sein. Nur, Catherine, laß mir Gerechtigkeit widerfahren; glaube mir, daß, wenn ich so süß, so freundlich und so gut sein könnte, wie du es bist, ich es sein würde, und noch bereitwilliger so glücklich und so gesund. Und glaube mir, deine Güte hat mich veranlaßt, dich tiefer zu lieben, als wenn ich deine Liebe verdiente. Und obwohl ich nicht anders kann, als dir meine wahre Natur zu zeigen, bedauere und bereue ich es und werde es bedauern und bereuen, bis ich sterbe.‹

Ich fühlte, daß er die Wahrheit sprach, und ich fühlte, daß ich ihm verzeihen mußte; und wenn er im nächsten Augenblick wieder streiten würde, müßte ich ihm wieder verzeihen. Wir hatten uns versöhnt, aber wir weinten beide, solange ich dort blieb, nicht nur aus Kummer, und es tat mir leid, daß er so ein unglückliches Wesen ist. Er wird seine Freunde nie in Ruhe lassen und wird selbst nie zur Ruhe kommen.

Seit jenem Abend bin ich immer in sein kleines Wohnzimmer gegangen, weil sein Vater am Tage darauf wiederkam.

Etwa dreimal, glaube ich, waren wir vergnügt und voller Hoffnung wie am ersten Abend; meine übrigen Besuche waren trübe und teils durch Lintons Selbstsucht und Bosheit, teils durch seine Krankheit gestört. Doch habe ich gelernt, das eine mit so wenig Verdruß zu ertragen wie das andere. Mr.

Heathcliff meidet mich absichtlich, ich habe ihn überhaupt kaum gesehen. Vorigen Sonntag allerdings, als ich früher kam als sonst, hörte ich, wie er den armen Linton wegen seines Benehmens am Abend vorher grausam beschimpfte. Ich kann mir nicht erklären, woher er es wußte, es sei denn, daß er gehorcht hätte. Linton hatte sich zwar sehr herausfordernd benommen, aber das ging nur mich etwas an, und ich unterbrach Mr. Heathcliffs Strafpredigt, indem ich eintrat und ihm meine Meinung sagte. Er brach in Lachen aus und entfernte sich mit den Worten, er sei froh, daß ich die Sache so auffasse. Seitdem, habe ich Linton gesagt, muß er seine Ungezogenheiten im Flüsterton sagen.

Nun hast du alles gehört, Ellen, und weißt, daß man mich nicht hindern kann, nach Wuthering Heights zu reiten, ohne zwei Menschen unglücklich zu machen. Außerdem brauchen meine Besuche dort, wenn du nur Papa nichts davon sagst, keinen Menschen in seiner Ruhe zu stören. Du wirst doch nichts erzählen, nicht wahr? Es wäre sehr herzlos von dir.«

»Ich muß mir das bis morgen durch den Kopf gehen lassen, Miß Catherine«, entgegnete ich. »Das bedarf des Nachdenkens, und nun will ich Sie Ihrer Ruhe überlassen und gehen und es mir überlegen.«

Ich überlegte es laut in Gegenwart meines Herrn; denn ich ging geradenwegs aus ihrem Zimmer zu ihm und erzählte ihm die ganze Geschichte, nur ließ ich ihre Unterhaltungen mit ihrem Vetter weg und erwähnte Hareton überhaupt nicht. Mr. Linton war bestürzter und betrübter, als er mich merken lassen wollte. Am Morgen erfuhr Catherine meinen Vertrauensbruch und hörte gleichzeitig, daß ihre heimlichen Besuche ein Ende hätten. Vergeblich weinte sie, lehnte sich gegen das Verbot auf und flehte ihren Vater an, Mitleid mit Linton zu haben. Der einzige Trost, der ihr gewährt wurde, war das Versprechen, daß Mr. Edgar ihm schreiben und ihm freistellen werde, wann er wolle, nach Thrushcross Grange zu kommen, mit der Erklärung, er dürfe nicht mehr erwarten, Catherine in Wuthering Heights zu sehen. Wenn er Kenntnis vom Charakter und vom Gesundheitszustand seines Neffen gehabt hätte, würde er vielleicht sogar dieses geringfügige Versprechen nicht gegeben haben.

Fünfundzwanzigstes Kapitel

Diese Dinge ereigneten sich im vorigen Winter, sagte Mrs. Dean, vor kaum einem Jahr. Vorigen Winter hätte ich nicht gedacht, daß ich sie nach einem weiteren Jahr einem Fremden zu seinem Zeitvertreib erzählen werde. Aber wer weiß, wie lange Sie für die Familie ein Fremder bleiben werden. Sie sind zu jung, um sich für alle Zeit damit zu begnügen, allein zu leben, und dann bilde ich mir auch ein, daß niemand Catherine Linton sehen kann, ohne sie zu lieben. Sie lächeln. Aber warum sehen Sie so lebhaft und teilnehmend aus, wenn ich von ihr spreche, und warum haben Sie mich gebeten, ihr Bild über Ihren Kamin zu hängen? Und warum…

»Halt, gute Frau«, rief ich. »Es kann sehr leicht möglich sein, daß ich sie liebe, aber würde sie mich wiederlieben? Ich zweifle daran und möchte meine Ruhe lieber nicht dadurch aufs Spiel setzen, daß ich der Versuchung erliege. Überdies fühle ich mich hier nicht zu Hause. Ich komme aus der geschäftigen Welt und muß dahin zurückkehren. Nun, fahren Sie fort! Hat Catherine die Anordnungen ihres Vaters befolgt?«

Ja, sagte die Haushälterin. Ihre Liebe zu ihm war noch immer das stärkste Gefühl in ihrem Herzen; und er sprach ohne Unwillen zu ihr, er sprach mit der tiefen Zärtlichkeit eines Menschen, der im Begriff ist, seine geliebte Tochter, von Gefahren und Feinden umgeben, allein zu lassen, im Bewußtsein, daß die Erinnerung an seine Worte die einzige Hilfe ist, die er ihr hinterlassen kann, damit sie sich einmal auch ohne ihn im Leben zurechtfinde. Einige Tage später sagte er zu mir: »Ellen, ich wünschte, mein Neffe schriebe oder er käme her. Sage mir aufrichtig, was du über ihn denkst. Hat er sich zu seinem Vorteil verändert, und besteht überhaupt die Aussicht auf einen Fortschritt, wenn er sich zum Mann entwickelt?«

»Er ist sehr zart, Herr«, entgegnete ich, »und wird wahrscheinlich kein hohes Alter erreichen; aber das eine kann ich sagen: seinem Vater ähnelt er nicht, und wenn Miß Catherine das Unglück haben sollte, ihn zu heiraten, würde er unter ihrem Einflusse stehen, wenn sie nicht über alle Maßen törichterweise nachsichtig wäre. Aber, Herr, Sie werden reichlich Zeit haben, ihn kennenzulernen und zu sehen, ob er zu ihr passen würde; denn es sind noch mehr als vier Jahre, bis er volljährig ist.«

Edgar seufzte, begab sich zum Fenster und blickte hinaus auf die Kirche von Gimmerton. Es war ein diesiger Nachmittag, die Februarsonne schien matt, und wir konnten die zwei Kiefern auf dem Friedhof und die spärlich verstreuten Grabsteine gerade erkennen.

»Ich habe oft gebetet«, sagte er halb zu sich selbst, »daß das Unvermeidliche kommen möge, und nun fange ich an, davor zurückzuschrecken und mich zu fürchten. Ich habe gedacht, die Erinnerung an die Stunde, da ich als Bräutigam in das Tal hinabschritt, werde nicht so süß sein wie die Vorstellung, daß ich bald, in wenigen Monaten oder möglicherweise Wochen, hinaufgetragen und in die einsame Gruft gelegt werde. Ellen, ich bin mit meiner kleinen Cathy sehr glücklich gewesen. In Winternächten und Sommertagen war sie wie eine lebendige Hoffnung an meiner Seite. Und doch bin ich ebenso glücklich gewesen, wenn ich sinnend allein zwischen den Steinen bei der alten Kirche einen ganzen Juniabend lang auf dem grünen Grabhügel ihrer Mutter lag und die Zeit herbeiwünschte und herbeisehnte, da ich darunter liegen werde. Was kann ich für Cathy tun? Wie darf ich sie allein lassen? Ich würde mir nichts daraus machen, daß Linton Heathcliffs Sohn ist und daß er sie mir nimmt, wenn er sie nur über meinen Verlust trösten könnte. Es wäre mir auch gleichgültig, wenn Heathcliff sein Ziel erreichte und mich im Triumph meines letzten Glückes beraubte. Aber wenn Linton unwürdig wäre, ein blindes Werkzeug seines Vaters, dann kann ich sie ihm nicht anvertrauen. Und wenn es auch hart ist, ihr heiteres Gemüt zu beschweren, so muß ich ihr doch, solange ich lebe, weiterhin Kummer machen und sie einsam zurücklassen, wenn ich sterbe. Mein Liebling! Lieber wollte ich sie Gott anvertrauen und sie vor mir in die Erde betten.«

»Empfehlen Sie sie Gott, wie die Dinge liegen, Herr«, antwortete ich, »und wenn wir Sie verlieren sollten – was Er verhüten möge –, werde ich mit Seiner Hilfe bis zuletzt Miß Cathys Freundin und Beraterin sein. Sie ist ein gutes Mädchen, ich habe keine Angst, daß sie vorsätzlich Unrecht tun wird; und Menschen, die ihre Pflicht tun, werden am Ende immer belohnt.«

Es ging dem Frühling entgegen, aber mein Herr kam nicht wieder recht zu Kräften, obwohl er seine Spaziergänge durch das Grundstück mit seiner Tochter wiederaufnahm. Bei ihrer Unerfahrenheit erschien ihr das allein schon ein Zeichen von Genesung, und da er oft rote Wangen und glänzende Augen hatte, glaubte sie sicher, daß er gesund werde.

An ihrem siebzehnten Geburtstag ging er nicht auf den Kirchhof. Es regnete, und ich meinte: »Sie werden heute abend sicher nicht ausgehen, Herr?«

»Nein«, antwortete er, »ich werde es dieses Jahr etwas länger hinausschieben.«

Er schrieb wieder an Linton und gab seinem Wunsch, ihn zu sehen, lebhaft Ausdruck; und wenn der Kranke in einer Verfassung gewesen wäre, in der er sich hätte sehen lassen können, würde sein Vater ihm ohne Zweifel erlaubt haben, zu kommen. Beeinflußt, wie er war, schrieb Linton zurück, Mr. Heathcliff erlaube ihm nicht, nach Thrushcross Grange zu kommen; das freundliche Gedenken seines Onkels beglücke ihn jedoch, und er hoffe, ihm einmal auf seinen Spaziergängen zu begegnen und ihn persönlich bitten zu können, daß er und seine Kusine nicht auf die Dauer so ganz voneinander getrennt blieben.

Dieser Teil seines Briefes war schlicht und stammte wahrscheinlich von ihm selbst. Heathcliff wußte, wie beredt er in seinen Bitten um Catherines Gesellschaft sein konnte. Weiter hieß es:

›Ich verlange nicht, daß sie mich hier besucht; aber soll ich sie nie wiedersehen, weil mein Vater mir verbietet, zu ihr zu gehen, und Du ihr verbietest, zu mir zu kommen? Reite doch Du mit ihr dann und wann in Richtung der Sturmhöhe, und laß uns in Deinem Beisein ein paar Worte miteinander wechseln. Wir haben nichts getan, womit wir diese Trennung verdient

hätten, und Du bist doch nicht böse auf mich; Du hast keinen Grund, mich nicht zu mögen, das mußt Du selbst zugeben. Lieber Onkel! Sende mir morgen ein paar freundliche Zeilen, mit der Erlaubnis, Euch, wo Du willst, zu treffen, nur nicht in Thrushcross Grange. Ich glaube, eine Unterredung mit mir würde Dich davon überzeugen, daß der Charakter meines Vaters nicht der meine ist; er selbst behauptet, ich sei mehr Dein Neffe als sein Sohn. Ich weiß, ich habe Fehler, die mich Catherines unwürdig machen; aber sie hat sie verziehen, und um ihretwillen solltest Du es auch tun. Du fragst nach meiner Gesundheit: es geht mir besser. Aber solange ich von jeder Hoffnung abgeschnitten und zur Einsamkeit oder zur Gesellschaft derer verurteilt bin, die mich nie geliebt haben und es nie tun werden, kann ich nicht fröhlich und wohlauf sein.‹
Edgar, der Mitleid mit dem Jungen fühlte, konnte nicht einwilligen, seine Bitte zu erfüllen, da er Catherine nicht begleiten konnte. Er sagte, sie könnten sich vielleicht im Sommer treffen; inzwischen sollte er fortfahren, ihm in gewissen Abständen zu schreiben, und versprach, ihm mit Rat und Trost beizustehen, soweit es brieflich möglich sei, da er sich seiner schwierigen Stellung in seiner Familie bewußt sei. Linton fügte sich, und wenn er nicht unter Aufsicht gestanden hätte, würde er seine Briefe mit Klagen und Gejammer angefüllt und damit alles verdorben haben. So aber hatte sein Vater ein wachsames Auge auf ihn und bestand darauf, daß ihm jede Zeile, die mein Herr schrieb, gezeigt werde. Anstatt also seine eigenen besonderen Leiden und Kümmernisse zu Papier zu bringen, die seine Gedanken ständig in hohem Maße beschäftigten, klagte er das grausame Geschick an, das ihn von seiner Freundin und Geliebten fernhielt, und deutete leise an, daß Mr. Linton ihm bald eine Unterredung gewähren solle, sonst müsse er glauben, er speise ihn absichtlich mit leeren Versprechungen ab.
Zu Hause war Cathy ihm eine starke Bundesgenossin, und schließlich erlangten sie von meinem Herrn die Erlaubnis, etwa einmal wöchentlich unter meiner Aufsicht einen Ritt oder Spaziergang in dem Thrushcross Grange am nächsten liegenden Moor zu unternehmen. Im Juni nämlich wurde Mr. Edgar immer hinfälliger, und obwohl er alljährlich einen Teil

seines Einkommens für die Zukunft meiner jungen Herrin beiseite gelegt hatte, fühlte er den natürlichen Wunsch in sich, daß sie das Haus ihrer Ahnen behalten oder wenigstens in Kürze dahin zurückkehren möge, und sah die einzige Möglichkeit dazu in einer Verbindung mit Linton, seinem Erben. Er hatte keine Ahnung, daß es mit dem fast ebenso schnell bergab ging wie mit ihm selbst, und auch sonst ahnte es, glaube ich, niemand. Kein Arzt kam nach Wuthering Heights, und niemand sah Master Heathcliff, der uns von seiner Verfassung hätte Bericht erstatten können. Selbst ich fing an, mir einzubilden, mein Vorgefühl wäre falsch gewesen, und er müßte sich tatsächlich erholt haben, da er von Ausritten und Spaziergängen im Moor schrieb und sein Ziel so ernsthaft zu verfolgen schien. Ich konnte mir nicht vorstellen, daß ein Vater sein sterbendes Kind so tyrannisch behandeln konnte, daß er es zu diesem scheinbaren Liebeseifer zwang – erst später erfuhr ich, er habe es wirklich getan –. Und seine Bemühungen verdoppelten sich in dem Maße, als der Tod seine habgierigen und herzlosen Pläne zu vereiteln drohte.

Sechsundzwanzigstes Kapitel

Der Sommer hatte seinen Höhepunkt bereits überschritten, als Edgar den Bitten der Kinder widerstrebend nachgab und Catherine und ich unseren ersten Ritt unternahmen, um ihren Vetter zu treffen. Es war ein schwüler, trüber Tag ohne Sonnenschein, doch war der Himmel weniger wolkig als dunstig und ließ keinen Regen befürchten. Unser Treffpunkt war beim Wegweiser an der Straßenkreuzung; als wir jedoch dort anlangten, berichtete uns ein kleiner, als Bote geschickter Hirtenjunge, Master Linton sei auf der anderen Seite des Hügels und wäre uns dankbar, wenn wir ihm etwas weiter entgegenkämen.

»Dann hat Master Linton die erste Bedingung seines Onkels

vergessen«, bemerkte ich. »Er hat uns befohlen, auf dem Boden von Thrushcross Grange zu bleiben, und hier würden wir ihn verlassen.«

»Nun«, antwortete meine Begleiterin, »sobald wir ihn treffen, wenden wir die Pferde und machen unseren Spazierritt in der Richtung nach Hause.«

Aber als wir bei ihm anlangten – und das war kaum eine Viertelmeile von seiner eigenen Tür entfernt –, sahen wir, daß er kein Pferd hatte, und waren gezwungen, abzusteigen und unsere Gäule grasen zu lassen. Er lag im Heidekraut und erwartete uns. Doch erhob er sich erst, als wir dicht bei ihm waren. Und dann ging er so schwankend und sah so blaß aus, daß ich sofort ausrief: »Ei, Master Heathcliff, heute wird Ihnen aber in Ihrer Verfassung ein Spaziergang kein Vergnügen machen. Wie krank Sie aussehen!«

Catherine musterte ihn mit Besorgnis und Verwunderung. Der Freudenschrei erstarb auf ihren Lippen und verwandelte sich in einen Schreckensruf, und statt der Beglückwünschung zu ihrem so lange hinausgeschobenen Wiedersehen fand sie nur die ängstliche Frage, ob es ihm schlechter ginge als sonst.

»Nein – besser – besser«, keuchte er zitternd und hielt ihre Hand fest, als brauche er eine Stütze, während er seine großen blauen Augen schüchtern zu ihr aufhob; sie lagen tief in den Höhlen, und dadurch schienen sie, die ehemals so matt gewesen waren, in verstörter Wildheit aufzuflackern.

»Aber es ist dir schlecht gegangen«, beharrte seine Kusine, »schlechter als damals, als ich dich das letzte Mal sah; du bist magerer und...«

»Ich bin müde«, fiel er ihr hastig ins Wort. »Es ist zu heiß zum Spazierengehen, wir wollen hier rasten. Und morgens fühle ich mich oft schwach; Papa sagt, ich wachse zu schnell.«

Nur halb zufriedengestellt, setzte sich Cathy hin, und er ließ sich neben ihr nieder und lehnte sich an sie an.

»Dies ist ungefähr so, wie du dir das Paradies vorstellst«, sagte sie in dem Bemühen, ihn aufzuheitern. »Erinnerst du dich, daß wir ausgemacht hatten, wir wollten zwei Tage an dem Ort und auf die Art verbringen, die uns am angenehmsten schien? Dies ist fast dein Paradies, nur daß Wolken am Himmel sind;

aber die sind so weich und lind, daß es schöner ist, als wenn die Sonne schiene. Wenn du kannst, wollen wir nächste Woche nach dem Park von Thrushcross Grange reiten und auch mein Paradies ausprobieren.«

Linton schien sich dessen, wovon sie sprach, nicht zu entsinnen, und es bereitete ihm augenscheinlich große Schwierigkeit, überhaupt einer Unterhaltung zu folgen. Sein mangelndes Interesse an allem, wovon sie zu sprechen begann, und sein völliges Unvermögen, etwas zu ihrer Unterhaltung beizutragen, waren so auffallend, daß sie ihre Enttäuschung nicht verbergen konnte. Eine unerklärliche Veränderung war mit seinem Wesen und seiner Art, sich zu geben, vor sich gegangen. Seine Übellaunigkeit, die früher durch Zärtlichkeit weggeschmeichelt werden konnte, war einer stumpfen Teilnahmslosigkeit gewichen. Das war nicht mehr die verdrießliche Laune eines Kindes, das trotzt und schmollt, um getröstet zu werden, das war mehr das selbstisch mürrische Wesen eines ausgesprochen kranken Menschen, der alle Tröstungen zurückweist und bereit ist, die gutgemeinte Fröhlichkeit anderer als Beleidigung zu betrachten. Catherine bemerkte ebensogut wie ich, daß ihm unsere Gesellschaft eher eine Strafe als ein Vergnügen war, und sie machte ohne Bedenken den Vorschlag, sogleich wieder heimzureiten. Unerwarteterweise weckte dieser Vorschlag Linton aus seiner Lethargie und versetzte ihn in einen seltsamen Zustand von Aufregung. Er blickte ängstlich nach Wuthering Heights und bat, sie solle doch wenigstens noch eine halbe Stunde bleiben.

»Aber ich glaube«, meinte Cathy, »du würdest es behaglicher zu Hause haben, als wenn du hier sitzt. Und heute kann ich dich, wie ich sehe, nicht mit meinen Geschichten und Liedern und mit meinem Geplauder unterhalten. Du bist im letzten halben Jahr gescheiter geworden als ich, und meine Zerstreuungen sind nicht mehr nach deinem Geschmack. Wenn ich dir die Zeit vertreiben könnte, so würde ich gern bleiben.«

»Bleib und ruh dich aus«, entgegnete er. »Und, Catherine, du mußt nicht denken und sagen, daß ich *sehr* krank bin. Es ist die drückende Luft und die Hitze, die mich so matt machen; außerdem bin ich, bevor du kamst, für meine Verhältnisse zuviel gegangen. Sage Onkel, daß es mir leidlich gut geht, ja?«

»Ich werde ihm sagen, daß *du* das sagst, Linton. Ich könnte nicht behaupten, daß es wirklich so ist«, bemerkte meine junge Herrin und wunderte sich, daß er hartnäckig auf etwas bestand, was eine offensichtliche Unwahrheit war.

»Und sei nächsten Donnerstag wieder hier«, fuhr er, ihrem nachdenklichen Blick ausweichend, fort. »Und sage ihm meinen Dank dafür, daß er dir erlaubt hat, zu kommen, meinen besten Dank, Catherine. Und – und, falls du meinen Vater treffen solltest und er dich nach mir fragt, so bringe ihn nicht auf den Gedanken, ich sei besonders schweigsam und langweilig gewesen, und mach kein so trauriges und niedergeschlagenes Gesicht wie gerade jetzt; er wird böse werden.«

»Ich fürchte mich nicht vor seinem Zorn«, rief Cathy, die meinte, dieser werde sich gegen sie richten.

»Aber ich«, sagte ihr Vetter schaudernd, »*bitte,* bringe ihn nicht gegen mich auf, Catherine, denn er ist sehr hart.«

»Ist er streng zu Ihnen, Master Heathcliff?« fragte ich. »Ist er der Nachsicht müde geworden und von duldendem zu tätlichem Haß übergegangen?«

Linton sah mich an, antwortete aber nicht. Cathy blieb weitere zehn Minuten an seiner Seite sitzen; während dieser Zeit sank sein Kopf schläfrig vornüber, und nichts anderes war von ihm zu vernehmen als unterdrücktes Stöhnen vor Erschöpfung oder vor Schmerz. Also suchte sie sich eine Zerstreuung und fing an, Heidelbeeren zu pflücken, und teilte den Ertrag ihres Sammelns mit mir. Sie bot ihm nichts davon an, denn sie sah, daß jede weitere Annäherung ihn nur belästigen und ärgern werde.

»Die halbe Stunde ist jetzt vorüber, Ellen«, flüsterte sie mir schließlich ins Ohr. »Ich sehe nicht ein, warum wir noch bleiben sollen. Er schläft, und Papa wird warten, daß wir zurückkommen.«

»Nun, wir können ihn nicht allein lassen, während er schläft«, antwortete ich; »warten Sie, bis er erwacht, und haben Sie Geduld. Sie konnten es ja gar nicht erwarten, daß wir uns auf den Weg hierher machten; aber Ihre Sehnsucht, den armen Linton zu sehen, hat sich schnell verflüchtigt.«

»Warum hat er mich sehen wollen?« entgegnete Catherine. »Ich habe ihn früher mit seinen übelsten Launen lieber gehabt als in seiner gegenwärtigen merkwürdigen Stimmung. Es ist geradeso, als wäre diese Zusammenkunft eine Aufgabe, die er gezwungenermaßen erfüllt hätte, aus Angst, sein Vater könnte ihn schelten. Aber ich habe nicht die Absicht herzukommen, um Mr. Heathcliff ein Vergnügen zu machen, einerlei, was für Gründe er haben mag, Linton diese Bußübung vorzuschreiben. Und obgleich ich froh bin, daß es ihm gesundheitlich besser geht, so tut er mir doch leid, daß er soviel weniger vergnügt und mir gegenüber soviel weniger liebevoll ist.«
»Also meinen Sie, daß es ihm gesundheitlich besser geht?« sagte ich.
»Ja«, antwortete sie, »weil er sonst immer soviel Aufheben von seinen Leiden gemacht hat, weißt du. Es geht ihm nicht so gut, wie ich es Papa erzählen soll, aber es geht ihm offenbar besser.«
»Dann sind wir verschiedener Meinung, Miß Cathy«, bemerkte ich. »Ich meine, es geht ihm viel schlechter.«
Hier fuhr Linton plötzlich verwirrt und erschreckt aus dem Schlaf hoch und fragte, ob jemand seinen Namen gerufen habe.
»Nein«, sagte Catherine, »vielleicht im Traum. Ich kann nicht begreifen, wie du es zuwege bringst, morgens im Freien zu schlafen.«
»Ich glaubte meinen Vater zu hören«, ächzte er, zu der finsteren Höhe aufblickend. »Bist du sicher, daß niemand gesprochen hat?«
»Ganz sicher«, erwiderte seine Kusine. »Ellen und ich haben uns nur über deine Gesundheit unterhalten. Bist du wirklich kräftiger, Linton, als im Winter, als wir uns trennten? Und wenn du es auch bist, eines ist gewiß nicht stärker geworden, nämlich dein Gefühl für mich. – Sag, bist du kräftiger?«
Tränen stürzten aus Lintons Augen, als er antwortete: »Ja, ja, ich bin es.« Und immer noch unter dem Bann des eingebildeten Anrufes, wanderten seine Blicke umher, um zu entdecken, woher die Stimme gekommen sein könnte.
Cathy erhob sich. »Für heute müssen wir scheiden«, sagte sie.

»Und ich will kein Hehl daraus machen, daß ich von unserer Begegnung bitter enttäuscht bin, wenn ich auch zu keinem außer dir davon sprechen will; nicht etwa, daß ich vor Mr. Heathcliff Angst hätte.«
»Still«, murmelte Linton, »um des Himmels willen, still! Er kommt.« Und er klammerte sich an Catherines Arm und versuchte sie zurückzuhalten; aber als sie das merkte, befreite sie sich hastig von ihm und pfiff nach Minny, die wie ein Hund gehorchte.
»Ich werde nächsten Donnerstag hier sein«, rief sie, in den Sattel springend. »Leb wohl! Schnell, Ellen!«
Und so verließen wir ihn. Er war sich unseres Fortgehens kaum bewußt, so sehr war er von dem Vorgefühl in Anspruch genommen, daß sein Vater sich nähere.
Noch bevor wir zu Hause anlangten, sänftigte sich Catherines Mißvergnügen und machte einem verwirrten Gefühl des Mitleids und des Bedauerns Platz, in das sich unbestimmte, unbehagliche Zweifel über Lintons wahre Körper- und Seelenverfassung mischten. Ich teilte ihre Zweifel, doch riet ich ihr, nicht viel darüber zu sprechen, denn nach einem zweiten Ausflug könnten wir besser urteilen. Mein Herr forderte einen Bericht über unsere Erlebnisse. Der Dank seines Neffen wurde, wie es sich gehörte, ausgerichtet, das übrige streifte Miß Cathy nur, und auch ich ließ ihn über vieles im dunkeln; denn ich wußte wirklich kaum, was verborgen und was enthüllt werden sollte.

Siebenundzwanzigstes Kapitel

Sieben Tage flossen dahin, und jeder von ihnen hinterließ seine Spur durch die von da an rasch fortschreitende Verschlimmerung in Edgar Lintons Befinden. Die Auszehrung, die sich durch Monate vorbereitet hatte, vollzog sich jetzt im Verlauf von Stunden. Gern hätten wir es vor Catherine noch verborgen, aber ihr eigener lebhafter Verstand ließ sich nicht täuschen; sie erriet es insgeheim und brütete über die fürchterliche Möglichkeit nach, die allmählich zur Gewißheit wurde. Sie brachte es nicht übers Herz, ihren Ausflug zu erwähnen, als der Donnerstag gekommen war; darum tat ich es für sie und erhielt die Erlaubnis, sie hinauszutreiben. Die Bibliothek nämlich, in der ihr Vater täglich eine kurze Zeit zubrachte – nur einige Stunden lang konnte er es ertragen, aufzusitzen –, und sein Zimmer waren ihre ganze Welt. Sie grollte jedem Augenblick, den sie nicht ihm widmen konnte, sei es, daß sie sich über sein Kissen beugte oder neben ihm saß. Ihr Gesicht wurde blaß durch die Sorge und das viele Wachen, und mein Herr entließ sie gern, da er glaubte, daß die andere Umgebung und Gesellschaft eine glückliche Abwechslung für sie sein würden. Überdies gewährte ihm die Hoffnung Trost, daß sie nach seinem Tode nun nicht ganz einsam zurückbliebe.

Wie ich aus allerlei Bemerkungen schloß, die er fallen ließ, war er auf die fixe Idee gekommen, daß sein Neffe ihm, da er ihm äußerlich ähnlich sah, auch im Wesen gleichen müsse; denn Lintons Briefe enthielten nur wenige oder gar keine Hinweise auf die Mängel seines Charakters. Und ich unterließ es aus einer verzeihlichen Schwäche, diesen Irrtum richtigzustellen; denn ich fragte mich, was es wohl für einen Sinn gehabt hätte, ihn vor seinem Ende noch mit der Aufklärung über diese Dinge zu beunruhigen, da er weder die Macht noch die Gelegenheit hatte, ihren Lauf zu beeinflussen.

Wir verschoben unseren Ausflug bis zum Nachmittag, einem goldenen Nachmittag im August. Jeder Windhauch, der von den Höhen her kam, war so angefüllt mit Lebenskraft, daß man meinen konnte, wer ihn einatmete, müsse, auch wenn er im Sterben liege, wiederaufleben. Catherines Antlitz war ein Spiegel der Landschaft, Schatten und Sonnenschein glitten in schneller Folge darüber hin; aber die Schatten verweilten länger, und der Sonnenschein war flüchtiger; denn in ihrem Herzen machte sich das arme Ding selbst über diese vorübergehende Vernachlässigung ihrer Pflichten Vorwürfe.

Wir sahen Linton an derselben Stelle, die er das letzte Mal gewählt hatte, nach uns ausschauen. Meine junge Herrin stieg vom Pferd und sagte mir, da sie entschlossen sei, nur ganz kurz zu bleiben, sollte ich lieber das Pony halten und selbst auf meinem Pferde sitzen bleiben. Aber ich weigerte mich, denn ich wollte meinen Schützling keine Minute aus den Augen verlieren; und so erstiegen wir gemeinsam den Heidehügel. Master Heathcliff empfing uns diesmal mit größerer Lebhaftigkeit, einer Lebhaftigkeit aber, die weder gehobener Stimmung noch der Freude entsprang, sie sah mehr nach Angst aus.

»Es ist spät«, sagte er kurzatmig, und das Sprechen schien ihm schwerzufallen. »Ist dein Vater nicht sehr krank? Ich glaubte, du kämest nicht.«

»Warum willst du nicht aufrichtig sein?« rief Catherine und verschluckte ihre Begrüßung. »Warum kannst du mir nicht gleich sagen, daß du mich nicht haben willst? Es ist seltsam, Linton, daß du mich zum zweitenmal mit Absicht hierher bestellt hast, anscheinend aus keinem anderen Grunde als zum Mißvergnügen für uns beide.«

Linton schauerte zusammen und blickte sie halb demütig, halb beschämt an; aber die Geduld seiner Kusine war am Ende, sie konnte sein rätselhaftes Benehmen nicht länger ertragen.

»Mein Vater ist sehr krank«, sagte sie, »warum hat man mich von seinem Lager weggerufen, warum hast du mir keine Botschaft geschickt, um mich von meinem Versprechen zu entbinden, wenn du doch wünschtest, ich hielte es nicht? Also? Ich fordere eine Erklärung; für Spiel und Zeitvertreib habe ich jetzt keinen Sinn, und ich kann keine Rücksicht auf deine Albernheiten nehmen.«

»Meine Albernheiten«, murmelte er, »was meinst du? Um des Himmels willen, Catherine, sieh nicht so böse drein! Verachte mich, sosehr du willst, ich bin ein unnützes, feiges, erbärmliches Geschöpf, ich kann nicht genug verachtet werden; aber ich bin zu gering für deinen Zorn: hasse meinen Vater, mich aber verachte nur.«

»Unsinn!« schrie Catherine voller Wut. »Törichter, alberner Junge! Nun sieh nur: er zittert, als ob ich ihn wirklich anfassen wollte. Du brauchst nicht um Verachtung zu bitten, Linton, jeder wird sie von selbst für dich bereit haben. Geh weg! Ich werde nach Hause reiten, es ist Tollheit, dich vom Kamin wegzuholen unter dem Vorwand – ja, unter welchem Vorwand? Laß mein Kleid los! Wenn ich Mitleid mit dir hätte, weil du weinst und so erschrocken aussiehst, solltest du das Mitleid verschmähen. Ellen, sage ihm, wie unwürdig sein Benehmen ist. Steh auf und erniedrige dich nicht zu einem verächtlichen Wurm, hörst du?«

Mit tränenüberströmtem Gesicht, Todesangst im Blick, war Lintons kraftlose Gestalt zu Boden gesunken. Er schien von heftigem Entsetzen geschüttelt.

»Oh«, schluchzte er, »ich kann es nicht aushalten. Catherine, Catherine, ich bin auch ein Betrüger und wage nicht, es dir zu gestehen. Verlasse mich, und man wird mich töten. *Liebe* Catherine, mein Leben liegt in deiner Hand, und du hast gesagt, daß du mich liebst; und wenn du es tätest, würde dir nichts geschehen. Wirst du nicht weggehen, liebe, süße, gute Catherine? Und vielleicht wirst du einwilligen, und er wird mich bei dir sterben lassen.«

Meine junge Herrin beugte sich, als sie seinen heftigen Schmerz wahrnahm, zu ihm nieder, um ihn aufzurichten. Das alte Gefühl nachsichtiger Zärtlichkeit überwog ihren Ärger, und sie war nur noch bewegt und bestürzt.

»In was soll ich einwilligen?« fragte sie. »Hierzubleiben? Sage mir, was deine seltsamen Reden bedeuten, und ich will es tun; du widersprichst dir selbst und machst mich ganz wirr. Sei ruhig und offen und beichte sofort, was du auf dem Herzen hast. Du willst mich doch sicher nicht beleidigen, Linton, nicht wahr? Du würdest doch keinem Feind gestatten, mich zu kränken, wenn du es verhindern könntest? Ich könnte mir vorstellen, daß du, was dich selbst angeht, ein Feigling bist, nicht aber, daß du deinen Freund feige verraten könntest.«

»Aber mein Vater hat mir gedroht«, keuchte der Junge und rang seine mageren Hände, »und ich habe Angst vor ihm, ich habe Angst vor ihm! Ich wage nicht, es zu verraten.«

»Nun gut«, sagte Catherine mit verächtlichem Mitleid, »behalte dein Geheimnis für dich; ich bin kein Feigling; sorge für deine Sicherheit; ich habe keine Angst.«

Ihre Großmut rührte ihn zu Tränen; er weinte fassungslos und küßte ihre Hände, die ihn stützten. Und doch brachte er nicht den Mut auf, zu sprechen. Ich sann darüber nach, was für ein

Geheimnis das sein möge, und beschloß, daß Catherine nach meinem Willen weder ihm noch anderen eine Wohltat erweisen solle. Da vernahm ich ein Rascheln im Heidekraut und sah aufblickend Mr. Heathcliff dicht vor uns die Anhöhe herabsteigen. Er warf den jungen Leuten keinen Blick zu, obwohl er Lintons Schluchzen gehört haben mußte, und begrüßte mich in dem fast herzlichen Ton, den er keinem anderen gegenüber anschlug und an dessen Aufrichtigkeit ich doch zweifelte.
»Es ist eine Seltenheit, daß man dich so nahe bei meinem Haus sieht, Nelly. Wie geht es euch in Thrushcross Grange? Laß hören! Man sagt«, fügte er leiser hinzu, »daß Edgar Linton im Sterben liege, aber vielleicht machen sie seine Krankheit schlimmer, als sie ist?«
»Nein, mein Herr stirbt«, erwiderte ich. »Es ist nur zu wahr. Für uns alle wird es hart sein, aber für ihn eine Erlösung.«
»Wie lange denkst du, daß es noch dauern wird?« fragte er.
»Ich weiß es nicht«, war meine Antwort.
»Nämlich«, fuhr er fort und blickte zu den beiden hinüber, die sich vor seinen Augen umschlungen hielten – Linton sah aus, als wäre es ihm nicht möglich, sich zu rühren oder seinen Kopf zu heben, und Catherine konnte sich seinetwegen nicht bewegen –, »nämlich der Bursche dort scheint mir zuvorkommen zu wollen. Ich wäre seinem Onkel dankbar, wenn er sich beeilen und vor ihm sterben wollte. Hallo! Führt sich der Junge schon lange so auf? Dabei habe ich ihm wegen seines Greinens so manche Lektion erteilt. Ist er für gewöhnlich nett und lebhaft mit Miß Linton?«
»Lebhaft? Nein, er ist sehr unglücklich gewesen«, antwortete ich. »Wenn man ihn sieht, so meint man, er gehöre ins Bett und in ärztliche Behandlung, statt mit seinem Liebchen in den Bergen umherzustreifen.«
»In ein oder zwei Tagen ist es soweit«, murmelte Heathcliff.
»Aber zuerst einmal: steh auf, Linton, steh auf!« rief er. »Kriech nicht auf dem Boden herum, hörst du? Augenblicklich stehst du auf!«
Linton war wieder, durch einen Anfall hilfloser Furcht völlig erschöpft, der Länge nach hingesunken, vermutlich weil sein Vater ihm einen Blick zugeworfen hatte; nichts anderes konnte ihn derart niederwerfen. Er machte mehrere Versu-

che zu gehorchen, aber seine geringe Kraft war bereits so erschöpft, daß er stöhnend zurücksank. Mr. Heathcliff ging hin und richtete ihn so weit auf, daß er sich gegen einen Torfstoß lehnen konnte.

»Jetzt werde ich böse«, sagte er mit verhaltener Wildheit, »und wenn du diesen erbärmlichen Zug in dir nicht beherrschen kannst... Zum Teufel, steh sofort auf!«

»Ja, Vater«, keuchte er, »nur faß mich nicht an, sonst werde ich ohnmächtig. Ich habe es gemacht, wie du es gewollt hast, bestimmt. Catherine kann dir erzählen, daß ich – daß ich – vergnügt war. Oh, bleib bei mir, Catherine, gib mir deine Hand!«

»Nimm meine«, sagte sein Vater, »und steh auf! So – sie soll dir ihren Arm reichen –, so ist es recht, blicke sie an! – Sie werden glauben, Miß Linton, ich sei der Teufel in Person, daß ich solches Entsetzen errege. Seien Sie so freundlich und begleiten Sie ihn nach Hause, ja? Er bebt, wenn ich ihn anfasse.«

»Lieber Linton«, flüsterte Catherine, »ich kann nicht nach Wuthering Heights kommen – Papa hat es mir verboten. – Er wird dir nichts tun; warum hast du solche Angst?«

»Ich kann *nie* wieder in das Haus zurückgehen«, antwortete er, »ich *darf* nicht wieder hin ohne dich!«

»Halt!« schrie sein Vater. »Wir wollen ihre kindlichen Gefühle berücksichtigen. Nelly, begleite ihn hinein, und ich werde deinen Rat betreffs des Arztes unverzüglich befolgen.«

»Daran werden Sie gut tun«, entgegnete ich; »aber ich muß bei meiner Herrin bleiben. Ihren Sohn zu bedienen, ist nicht meines Amtes.«

»Du bist sehr hartnäckig«, sagte Heathcliff, »ich kenne das; aber du wirst mich dazu zwingen, das Kind zu kneifen, damit es schreit und dein Mitleid weckt. Also komm, du Held! Bist du bereit, in meiner Begleitung zurückzukehren?«

Er trat wieder auf ihn zu und tat so, als wolle er das zerbrechliche Geschöpf fassen; aber Linton schreckte zurück, klammerte sich an seine Kusine und flehte sie mit so rasender Eindringlichkeit an, sie möge ihn begleiten, daß eine Weigerung nicht möglich war. Obwohl ich nicht einverstanden war,

konnte ich sie nicht daran hindern. Und wie hätte sie sich ihm entziehen können? Was ihn mit solchem Entsetzen erfüllte, konnten wir nicht ergründen, doch hielt es ihn, ohnmächtig, in seinen Fängen, und eine Steigerung seiner Angst hätte ihn dem Wahnsinn in die Arme treiben können. Wir erreichten die Schwelle, Catherine ging hinein, und ich blieb stehen, bis sie den Kranken zu einem Stuhl geführt hatte, in der Erwartung, daß sie sofort zurückkommen werde; Mr. Heathcliff jedoch stieß mich hinein und rief: »Mein Haus ist nicht von der Pest befallen, Nelly, und mir ist heute so gastfreundlich zumute; setz dich und gestatte, daß ich die Tür schließe.«
Er machte sie zu und drehte den Schlüssel um. Ich erschrak.
»Ihr sollt Tee trinken, bevor ihr heimreitet«, fügte er hinzu. »Ich bin allein. Hareton ist mit dem Vieh draußen, und Zillah und Joseph sind auf einer Vergnügungsreise. Und obwohl ich daran gewöhnt bin, allein zu sein, schätze ich doch interessante Gesellschaft, wenn ich sie haben kann. Miß Linton, setzen Sie sich neben *ihn*. Ich schenke Ihnen, was ich habe; das Geschenk ist allerdings kaum wert, angenommen zu werden, aber ich habe nichts anderes zu bieten. Es ist Linton, den ich meine. Wie sie mich anstarrt! Es ist seltsam, wie alles, was mich zu fürchten scheint, meine Grausamkeit reizt. Wäre ich in einem Lande geboren, wo der Geschmack weniger zimperlich und die Gesetze weniger streng wären, würde ich mir einen Spaß daraus machen, die beiden dort langsam zu Tode zu quälen.«
Er zog den Atem ein, schlug auf den Tisch und knirschte: »Beim Teufel, ich hasse sie!«
»Ich habe keine Angst vor Ihnen!« rief Catherine, die den letzten Teil seiner Rede nicht gehört hatte. Sie trat dicht an ihn heran, ihre schwarzen Augen loderten vor Zorn und Entschlossenheit. »Geben Sie mir den Schlüssel, ich will ihn haben!« sagte sie. »Ich würde hier nichts essen und trinken, und wenn ich am Verhungern wäre!«
Heathcliff hielt den Schlüssel in seiner Hand, die auf dem Tisch ruhte. Er blickte auf, durch ihre Kühnheit überrascht; vielleicht wurde er auch durch ihre Stimme und ihren Blick an *sie* erinnert, von der sie beides geerbt hatte. Sie griff nach dem Schlüssel, und fast gelang es ihr, ihn seinen gelockerten Fin-

gern zu entwinden, aber ihre Bewegung hatte ihn in die Gegenwart zurückversetzt, und schnell schloß sich seine Hand um den Schlüssel.

»Nun, Catherine Linton«, sagte er, »lassen Sie das, oder ich werde Sie niederschlagen, und das wird Mrs. Dean toll machen.«

Ohne auf seine Drohung zu achten, ergriff sie wiederum seine geschlossene Faust, mit dem Schlüssel darin. »Wir *wollen* gehen«, wiederholte sie und machte die größten Anstrengungen, um den eisernen Griff zu lockern. Als sie merkte, daß ihre Nägel nicht dazu ausreichten, nahm sie die Zähne zu Hilfe und biß kräftig zu. Heathcliff warf mir einen Blick zu, der mich davon abhielt, mich auch nur im geringsten einzumischen. Catherine war zu eifrig mit seinen Fingern beschäftigt, um ihm ins Gesicht zu sehen. Er öffnete sie plötzlich und ließ dabei den Gegenstand des Streites fahren; aber bevor sie ihn sich recht gesichert hatte, packte er sie mit der frei gewordenen Hand, zwang sie auf die Knie und verabreichte ihr mit der anderen Hand auf beide Seiten des Kopfes einen Hagel fürchterlicher Schläge, von denen jeder einzelne genügt hätte, seine Drohung wahrzumachen, wenn er sie nicht gepackt gehalten hätte.

Bei dieser teuflischen Roheit stürzte ich mich wütend auf ihn. »Schurke«, schrie ich, »Schurke!« Ein Stoß vor die Brust brachte mich zum Schweigen. Ich bin dick und gerate schnell außer Atem, dazu kam meine Wut: schwindlig taumelte ich zurück, und mir war, als müsse ich ersticken oder der Schlag solle mich rühren.

Das Ganze spielte sich in zwei Minuten ab. Catherine machte sich frei, fuhr sich mit den Händen an die Schläfen und wußte anscheinend nicht, ob ihr die Ohren noch am Kopf saßen. Das arme Ding zitterte und lehnte sich ganz verwirrt an den Tisch.

»Du siehst, ich verstehe Kinder zu züchtigen«, sagte der Schurke grimmig, während er sich bückte, um sich den Schlüssel wieder anzueignen, der hinuntergefallen war. »Geh jetzt zu Linton, wie ich dir befohlen hatte, und weine, soviel du willst. Morgen werde ich dein Vater sein – der einzige Vater, den du in einigen Tagen überhaupt haben wirst –, und du sollst viel Schläge bekommen. – Du kannst viel vertragen. Du bist kein Schwächling. Du sollst täglich eine Probe davon haben, wenn ich wieder so ein teuflisches Feuer in deinen Augen aufblitzen sehe.«

Statt zu Linton kam Cathy zu mir gelaufen, kniete sich hin und legte ihren heißen Kopf laut weinend in meinen Schoß. Ihr Vetter hatte sich tief in den Lehnstuhl verkrochen und war mäuschenstill; ich glaube, er beglückwünschte sich selber, daß nicht er, sondern ein anderer die Züchtigung empfangen hatte. Als Heathcliff uns alle so verwirrt sah, erhob er sich und machte den Tee schnell selbst. Die Tassen und Untertassen standen schon da. Er goß ein und reichte mir eine Tasse.

»Da, spül deinen Ärger hinunter«, sagte er, »und hilf deinem unartigen Liebling, und meinem auch. Der Tee ist nicht vergiftet, obwohl ich ihn zubereitet habe. Ich gehe hinaus und sehe nach euren Pferden.«

Unser erster Gedanke, als er uns verlassen hatte, war, uns irgendwo einen Ausgang zu erzwingen. Wir probierten die Küchentür: sie war von außen verschlossen; wir betrachteten die Fenster: sie waren selbst für Cathys zarte Gestalt zu schmal.

»Master Linton«, schrie ich, als ich sah, daß wir regelrecht gefangen waren, »Sie wissen, was Ihr teuflischer Vater vorhat, und Sie werden es uns sagen, sonst werde ich Sie ohrfeigen, wie er es mit Ihrer Kusine getan hat.«

»Ja, Linton, du mußt es verraten«, sagte Catherine. »Ich bin dir zuliebe gekommen, und es wäre schändlich undankbar, wenn du dich weigertest.«

»Gib mir etwas Tee, ich bin durstig, und dann werde ich es dir sagen«, antwortete er. »Mrs. Dean, geh weg! Ich mag es nicht, wenn du so dicht bei mir stehst. Aber Catherine, deine Tränen fallen in meine Tasse. Das mag ich nicht trinken. Gib mir eine andere.«

Catherine schob ihm eine andere zu und wischte sich das Gesicht ab. Ich fühlte mich abgestoßen von der Gemütsruhe, die der kleine Bösewicht bewahrte, da er nun für sich keine Angst mehr zu haben brauchte. Das Entsetzen, das er im Moor bekundet hatte, legte sich mit einem Schlag, als er Wuthering Heights betrat. Daraus schloß ich, daß ihm ein furchtbarer

Wutausbruch angedroht worden war, wenn es ihm nicht gelingen sollte, uns herzulocken. Nun, da es vollbracht war, hatte er fürs erste keine Furcht mehr.

»Papa will, daß wir uns heiraten«, fuhr er fort, nachdem er etwas Tee getrunken hatte. »Er weiß, daß dein Papa es jetzt noch nicht erlauben würde, und er fürchtet, daß ich sterbe, wenn wir warten. Darum sollen wir morgen früh getraut werden, und du sollst die Nacht über hierbleiben. Und wenn du alles tust, was er will, sollst du am nächsten Tag nach Hause zurückkehren und mich mitnehmen.«

»*Sie* mitnehmen, erbärmlicher Wicht?« rief ich. »*Sie* heiraten? Ei, der Mann ist toll, oder er hält uns alle für Narren. Oder bilden Sie sich ein, diese bildschöne junge Dame, dieses gesunde, fröhliche Mädchen werde sich an einen kleinen sterbenden Affen, wie Sie einer sind, binden? Sind Sie etwa der Meinung, daß irgend jemand – und nun gar Catherine Linton – Sie zum Manne haben möchte? Sie verdienten ausgepeitscht zu werden dafür, daß Sie uns überhaupt mit Ihren feigen, winselnden Kniffen hierhergelockt haben. Machen Sie nicht so ein albernes Gesicht! Ich habe die größte Lust, Sie für Ihren verächtlichen Verrat und für Ihren törichten Betrug tüchtig durchzuschütteln.«

Ich stieß ihn etwas an, doch fing er gleich an zu husten und griff nach seinem steten Hilfsmittel: er stöhnte und jammerte, so daß Catherine mir Vorwürfe machte.

»Die Nacht über hier bleiben? Nein!« sagte sie und blickte forschend um sich. »Ellen, ich werde die Tür niederbrennen, aber hinaus muß ich.«

Und sie wollte sich gleich an die Ausführung ihrer Drohung machen, aber Linton begann wieder für sein liebes Ich zu fürchten. Er umschlang sie mit seinen schwachen Armen und schluchzte: »Willst du mich nicht haben, mich nicht retten, mich nicht nach Thrushcross Grange kommen lassen? O Liebling! Catherine! Du darfst nicht weggehen und mich nach alledem allein lassen. Du *mußt* meinem Vater gehorchen, du *mußt*!«

»Ich muß *meinem* Vater gehorchen«, entgegnete sie, »und ihn aus der grausamen Ungewißheit erlösen. Die ganze Nacht! Was soll er denken? Er wird schon jetzt unglücklich sein. Ich werde mir aus diesem Haus einen Weg brennen oder brechen. Sei still! Du bist nicht in Gefahr, nur wenn du mich hindern willst... Linton, ich liebe Papa mehr als dich.«

Der tödliche Schrecken, den er vor seines Vaters Zorn fühlte, gab dem Jungen seine feige Beredsamkeit wieder. Catherine war dem Wahnsinn nahe, doch bestand sie darauf, daß sie nach Hause müsse, und legte sich ihrerseits aufs Bitten und redete ihm gut zu, seine selbstsüchtige Angst zu zähmen. Indem sie so miteinander redeten, kam unser Gefängniswärter wieder herein.

»Eure Gäule sind davongetrabt«, sagte er, »und... Na, Linton, wieder am Greinen? Was hat sie dir getan? Komm, komm, hör auf und geh zu Bett. In ein oder zwei Monaten, mein Junge, wirst du imstande sein, ihr tyrannisches Benehmen mit starker Hand heimzuzahlen. Du schmachtest nach wahrer Liebe, nicht wahr? Nach nichts anderem in der Welt: und sie soll dich kriegen. Nun, zu Bett! Zillah ist heute abend nicht da, du mußt dich allein entkleiden. Still, halt den Mund! Wenn du erst in deinem eigenen Zimmer bist, werde ich nicht in deine Nähe kommen, du brauchst keine Angst zu haben. Übrigens, du hast deine Sache ganz gut gemacht; den Rest überlaß mir.«

Während dieser Worte hielt er die Tür auf, damit sein Sohn hinausgehen konnte, und der schlüpfte hindurch wie ein Wachtelhund, der von seinem Wärter einen boshaften Fußtritt erwartet. Das Schloß wurde gesichert, Heathcliff trat ans Feuer, wo meine Herrin und ich schweigend standen. Catherine blickte auf und hob ihre Hand unwillkürlich vor das Gesicht; denn seine Nähe weckte in ihr schmerzliche Gefühle. Kein anderer wäre imstande gewesen, bei dieser kindlichen Bewegung seinen Ernst zu bewahren; aber er blickte sie finster an und murmelte: »Ich denke, du fürchtest dich nicht vor mir? Wo ist dein Mut geblieben? Du scheinst verflucht Angst zu haben.«

»Jetzt fürchte ich mich«, erwiderte sie, »weil Papa unglücklich sein wird, wenn ich bleibe; und ich kann es nicht ertragen, ihn unglücklich zu wissen, wo er doch... wo er... Mr. Heathcliff, lassen Sie mich nach Hause gehen. Ich verspreche Ihnen, Linton zu heiraten; Papa wird einverstanden sein, und ich liebe ihn, und warum wollen Sie mich zu etwas zwingen, was ich freiwillig tun will?«

»Er soll es wagen, Sie zu zwingen!« rief ich. »Gottlob gibt es noch Gesetze in unserem Land, ja, wenngleich wir so abseits liegen. Ich würde ihn anzeigen, wenn er mein eigener Sohn wäre, und ohne den Segen der Kirche ist es ein schweres Verbrechen.«

»Schweig!« sagte der Schurke. »Zum Teufel mit deinem Geschrei! Du hast den Mund zu halten. Miß Linton, der Gedanke, daß Ihr Vater unglücklich sein wird, bereitet mir ein ganz besonderes Vergnügen; ich werde vor Genugtuung nicht schlafen können. Sie konnten keinen sicherern Weg einschlagen, um Ihren Aufenthalt unter meinem Dach für die nächsten vierundzwanzig Stunden festzulegen, als mich das wissen zu lassen. Was Ihr Versprechen, Linton zu heiraten, angeht, so werde ich dafür sorgen, daß Sie es halten; denn Sie werden diesen Ort nicht eher verlassen, als bis es in die Tat umgesetzt worden ist.«

»Dann schicken Sie Ellen, damit sie Papa Bescheid sagt, daß ich in Sicherheit bin«, rief Catherine, bitterlich weinend. »Oder lassen Sie uns gleich trauen. Armer Papa! Ellen, er wird denken, wir seien umgekommen. Was sollen wir tun?«

»Das wird er nicht. Er wird denken, Sie seien es überdrüssig, ihn zu pflegen, und seien davongelaufen, um eine Abwechslung zu suchen«, antwortete Heathcliff. »Sie können nicht leugnen, daß Sie mein Haus aus freien Stücken betreten haben, entgegen seinem ausdrücklichen Befehl. Und es ist ganz natürlich, daß Sie in Ihrem Alter nach Abwechslung verlangen und daß Sie es überdrüssig sind, einen kranken Mann zu pflegen, noch dazu, wenn dieser Mann *nur* Ihr Vater ist. Catherine, seine glücklichsten Tage waren vorbei, als Ihr Leben begann. Ich glaube, er fluchte Ihnen, als Sie auf die Welt kamen – ich zum mindesten tat es –, und es wäre nur recht, wenn er Sie verfluchte, jetzt, da *er* die Welt verläßt. Ich würde ihm beistimmen. Ich kann Sie nicht leiden. Wie sollte ich auch? Weinen Sie nur. Soweit ich es voraussehen kann, wird das von jetzt an Ihre Hauptbeschäftigung sein, es sei denn, daß Linton Sie für den Verlust eines anderen entschädigt. Ihr besorgter

Vater scheint sich einzubilden, daß er das vermag. Seine mit Rat und Trost gefüllten Briefe haben mir großes Vergnügen bereitet. In seinem letzten empfiehlt er meinem Sohn, seine Tochter sorgsam zu hüten und freundlich zu ihr zu sein, wenn sie die Seine würde. Sorgsam und freundlich, das ist väterlich gedacht. Aber Linton beansprucht seinen ganzen Vorrat an Sorgfalt und Freundlichkeit für sich selbst. Er kann ausgezeichnet den kleinen Tyrannen spielen. Er würde es übernehmen, so viele Katzen, als Sie wollen, zu foltern, wenn ihnen vorher die Zähne gezogen und die Krallen gestutzt worden wären. Ich versichere Ihnen, Sie werden seinem Onkel schöne Geschichten über seine Güte erzählen können, wenn Sie nach Hause kommen.«

»So ist's recht«, sagte ich, »enthüllen Sie ihr den Charakter Ihres Sohnes. Zeigen Sie ihr, wie sehr er Ihnen gleicht; ich hoffe, Miß Cathy wird es sich dann zweimal überlegen, bevor sie diesen Basilisken nimmt.«

»Im Augenblick liegt mir nichts daran, von seinen liebenswürdigen Eigenschaften zu sprechen«, antwortete er; »denn entweder sie nimmt ihn, oder sie bleibt hier gefangen, und du mit ihr, bis dein Herr stirbt. Ich kann euch beide hier ganz verborgen halten. Wenn du es nicht glaubst, dann rede ihr zu, ihr Wort zurückzunehmen, und du wirst die Möglichkeit haben, dich davon zu überzeugen.«

»Ich werde mein Wort nicht zurücknehmen«, sagte Catherine. »Ich will ihn noch in dieser Stunde heiraten, wenn ich danach nach Thrushcross Grange zurück darf. Mr. Heathcliff, Sie sind ein grausamer Mann, aber Sie sind kein Teufel, und Sie werden nicht aus reiner Bosheit all mein Glück unwiederbringlich zerstören. Wenn Papa glauben müßte, ich hätte ihn vorsätzlich verlassen, und wenn er vor meiner Rückkunft stürbe, wie könnte ich dann weiterleben? Ich werde nicht mehr weinen, aber ich werde hier zu Ihren Füßen niederknien, und ich werde nicht aufstehen und werde nicht aufhören, Sie anzublicken, bis auch Sie mich ansehen. Nein, wenden Sie sich nicht ab. Sie *müssen* mich anblicken. Sie werden nichts sehen, was Sie aufbringen könnte. Ich hasse Sie nicht. Ich bin nicht böse, daß Sie mich geschlagen haben. Haben Sie nie in Ihrem Leben jemanden geliebt, Onkel? Niemals? Oh, Sie müssen mich einmal ansehen, ich bin so unglücklich, es wird Ihnen leid tun, und Sie werden mich bedauern müssen.«

»Nimm deine Froschfinger weg, und mach, daß du fortkommst, oder ich werde dir einen Fußtritt geben«, schrie Heathcliff und stieß sie roh zurück. »Lieber möchte ich von einer Schlange umarmt werden. Wie, zum Teufel, kannst du es wagen, vor mir zu kriechen? Ich verabscheue dich!«

Er zuckte die Achseln, schüttelte sich wirklich vor Ekel und warf sein schwarzes Haar zurück. Ich erhob mich und öffnete den Mund, um einen Strom von Schimpfworten über ihn zu ergießen; doch wurde ich mitten im ersten Satz zum Schweigen gebracht durch die Drohung, ich würde allein in ein Zimmer gesteckt werden, wenn ich noch ein Wort sagte. Es wurde dunkel, wir vernahmen Stimmen an der Gartenpforte. Unser Wirt eilte augenblicklich hinaus. Er war geistesgegenwärtig, wir nicht. Zwei bis drei Minuten wurde verhandelt, dann kehrte er allein zurück.

»Ich glaubte, es wäre Ihr Vetter Hareton«, bemerkte ich zu Catherine. »Ich wünschte, er käme. Wer weiß, vielleicht hätte er unsere Partei ergriffen.«

»Es waren drei Dienstboten von Thrushcross Grange, die nach euch geschickt worden waren«, sagte Heathcliff, der meine Bemerkung gehört hatte. »Du hättest das Fenster öffnen und hinausrufen müssen; aber ich möchte schwören, das junge Ding ist froh, daß du es nicht getan hast. Sicherlich freut sie sich, daß sie gezwungen ist, zu bleiben.«

Als wir erfuhren, welche günstige Gelegenheit wir versäumt hatten, gaben wir unserem Schmerz unbeherrschten Ausdruck, und er ließ uns ruhig bis neun Uhr jammern und wehklagen. Dann befahl er uns, durch die Küche hinauf in Zillahs Zimmer zu gehen, und ich flüsterte meiner Gefährtin zu, sie solle gehorchen; vielleicht, daß es uns gelänge, dort aus dem Fenster zu klettern oder in eine Bodenkammer zu gelangen und durch die Dachluke zu entkommen. Das Fenster jedoch war ebenso schmal wie unten, und die Dachluke war vor unseren Versuchen sicher, denn wir wurden wieder wie zuvor eingeschlossen. Wir legten uns beide nicht hin; Catherine ließ sich am Fenster nieder und wartete unruhig auf das Morgengrauen. Die einzige Antwort auf meine wiederholten Bitten, sie möge versuchen, zu ruhen, war ein tiefer Seufzer. Ich setzte mich in einen Stuhl, wiegte mich hin und her und hielt hartes Gericht über meine zahlreichen Pflichtversäumnisse, denn es wurde mir klar, daß sie an all dem Mißgeschick meiner Herrschaften schuld waren. Ich weiß, daß das in Wirklichkeit nicht der Fall war, sondern nur in meiner Einbildung in jener schrecklichen Nacht; aber damals hielt ich Heathcliff für weniger schuldig als mich.

Um sieben Uhr kam er und fragte, ob Miß Linton aufgestanden sei. Sie lief augenblicklich zur Tür und antwortete: »Ja.«
»Dann komm«, sagte er, indem er öffnete und sie hinauszog. Ich wollte ihr folgen, aber er drehte den Schlüssel wieder um. Ich forderte meine Freilassung.

»Gedulde dich«, entgegnete er, »ich werde dir das Frühstück bald heraufschicken.«

Ich hämmerte gegen die Türfüllung und rüttelte ärgerlich an der Klinke, und Catherine fragte, warum ich immer noch eingeschlossen sei. Heathcliff antwortete, ich müsse es schon noch eine Stunde aushalten, und dann entfernten sie sich. Ich ertrug es zwei oder drei Stunden; endlich vernahm ich Schritte, aber nicht die Heathcliffs.

»Ich hab dir was zu essen gebracht«, sagte eine Stimme, »mach die Tür auf.«

Ich gehorchte eilig und gewahrte Hareton, der mit so viel Eßvorräten beladen war, als sollte ich den ganzen Tag davon leben.

»Nimm's!« fügte er hinzu und drückte mir das Tablett in die Hände.

»Bleib eine Minute!« sagte ich.

»Nee!« schrie er und verschwand, ungeachtet meiner inständigen Bitten, die ihn zum Bleiben veranlassen sollten. Und da blieb ich nun eingeschlossen den ganzen Tag und die ganze folgende Nacht und noch eine und noch eine. Fünf Nächte und fünf Tage blieb ich im ganzen dort und sah niemanden als jeden Morgen Hareton, der ein vorbildlicher Gefangenenwärter war: verdrossen und stumm und taub gegen alle Versuche, seinen Gerechtigkeitssinn oder sein Mitleid zu wecken.

Achtundzwanzigstes Kapitel

Am fünften Morgen – oder vielmehr am Nachmittag dieses Tages – näherte sich ein anderer Schritt, ein leichterer, kürzerer, und diesmal trat jemand ins Zimmer. Es war Zillah, in ihren scharlachroten Schal gewickelt, eine schwarze Seidenhaube auf dem Kopf; sie hatte einen Weidenkorb am Arm hängen.

»Du meine Güte, Mrs. Dean!« rief sie aus. »Es geht ein Gerücht über Sie um in Gimmerton. Ich glaubte nicht anders, als daß sie im Blackhorse-Moor versunken seien, und das kleine Fräulein mit Ihnen, bis der Herr mir sagte, daß man Sie gefunden und daß er Sie hier einquartiert habe. Na, da sind Sie wohl auf eine Insel geraten? Wie lange haben Sie denn in dem Loch gesteckt? Hat der Herr Sie gerettet, Mrs. Dean? Aber Sie sehen gar nicht elend aus, es ist Ihnen wohl gar nicht so schlecht gegangen, was?«

»Dein Herr ist ein ausgemachter Schurke«, antwortete ich, »aber er soll dafür büßen! Er hätte dieses Märchen nicht zu verbreiten brauchen, die Wahrheit wird doch herauskommen.«

»Was meinen Sie damit?« fragte Zillah. »Er hat das nicht erzählt, im Dorf reden sie darüber, Sie hätten sich im Moor verirrt. Und ich gehe zu Earnshaw, als ich zurückkomme, und sage: ›Seltsame Sachen sind da geschehen, Mr. Hareton, seit ich fortging. Schade um das hübsche junge Ding und die muntere Nelly Dean!‹ Der starrt mich an. Ich dachte, er hätte nicht zugehört, und erzähle ihm von dem Gerücht. Der Herr hört es auch und lächelt in sich hinein und sagt: ›Wenn sie im Moor gewesen sind, dann sind sie wieder herausgekommen, Zillah. Nelly Dean ist zur Zeit in deinem Zimmer untergebracht. Du kannst ihr sagen, daß sie gehen kann, wenn du hinaufkommst; hier ist der Schlüssel. Das Sumpfwasser ist ihr in den Kopf gestiegen; sie wäre ganz verstört nach Hause gelaufen, aber ich habe sie festgesetzt, bis sie wieder zur Besinnung gekommen ist. Du kannst sie gleich nach Thrushcross Grange hinunterschicken, wenn sie gehen kann; sie soll von mir ausrichten, ihre junge Herrin käme rechtzeitig hinunter, um dem Begräbnis des Gutsherrn beizuwohnen.‹«

»Mr. Edgar ist doch nicht etwa tot?« keuchte ich. »O Zillah, Zillah!«

»Nein, nein; setzen Sie sich, meine Liebe, Sie sind immer noch ganz schwach. Er ist nicht tot. Doktor Kenneth glaubt, daß er noch einen Tag leben kann; ich habe ihn auf der Straße getroffen und gefragt.«

Statt mich hinzusetzen, raffte ich meine Überkleider zusammen und eilte hinunter, denn der Weg war frei. Unten im ›Haus‹ sah ich mich nach jemand um, der mir über Catherine hätte Bescheid sagen können. Der Raum lag im Sonnenschein, und die Tür stand weit offen, aber es schien niemand in der Nähe zu sein. Als ich überlegte, ob ich gleich fortgehen sollte oder umkehren und meine Herrin suchen, lenkte ein leises Husten meine Aufmerksamkeit auf den Kamin. Linton lag auf der Ofenbank, sog an einer Zuckerstange und folgte meinen Bewegungen mit teilnahmslosen Augen. »Wo ist Miß Catherine?« fragte ich streng; denn ich nahm an, ich könnte ihn, weil ich mit ihm allein war, so weit einschüchtern, daß er mir Auskunft gäbe. Er sog weiter wie ein unschuldiges Kind.

»Ist sie fort?« sagte ich.

»Nein«, antwortete er, »sie ist oben; sie darf nicht weg, wir lassen sie nicht fort.«

»Sie wollen sie nicht fortlassen, Sie kleiner Dummkopf?« rief ich. »Sofort führen Sie mich in ihr Zimmer, oder es soll Ihnen Hören und Sehen vergehen!«

»Papa würde dir Hören und Sehen vergehen lassen, wenn du versuchen würdest, zu ihr zu gehen«, antwortete er. »Er sagt, ich soll nicht nett mit ihr sein: sie ist meine Frau, und es ist eine Schande, daß sie mich verlassen will. Er sagt, sie hasse mich und wünsche mir den Tod, damit sie mein Geld bekommt; aber das kriegt sie nicht, und nach Hause darf sie auch nicht. Niemals! Sie soll heulen und krank sein, soviel sie will!«

Er nahm seine frühere Beschäftigung wieder auf und schloß die Augen, als wolle er einschlafen.

»Master Heathcliff«, fing ich wieder an, »haben Sie ganz vergessen, wie freundlich Catherine im vorigen Winter gegen Sie gewesen ist, als Sie behaupteten, Sie liebten sie, und als sie Ihnen Bücher brachte und Ihnen Lieder vorsang und viele, viele Male in Wind und Wetter herkam, um Sie zu besuchen? Sie weinte bei dem Gedanken, daß sie einen Abend nicht kommen könnte, weil Sie enttäuscht sein würden; und jetzt glauben Sie die Lügen, die Ihr Vater Ihnen erzählt, obwohl Sie wissen, daß er Sie beide nicht ausstehen kann. Und Sie verbünden sich sogar mit ihm gegen sie! Nennen Sie das Dankbarkeit?«

Lintons Mundwinkel sanken herab, und er nahm die Zuckerstange aus dem Mund.

»Ist sie nach Wuthering Heights gekommen, weil sie Sie haßte?« fuhr ich fort. »Denken Sie mal darüber nach. Und was Ihr Geld angeht: sie weiß nicht einmal, daß Sie welches haben werden. Sie sagen, sie sei krank, und dabei lassen Sie sie allein da oben in einem fremden Haus, Sie, der gespürt hat, wie es ist, wenn man so vernachlässigt wird! Sie taten sich selber leid wegen Ihrer Leiden, und Catherine bemitleidet Sie auch; aber für ihren Kummer haben Sie kein Mitgefühl! Sehen Sie, ich vergieße Tränen darüber, Master Heathcliff, und ich bin eine ältere Frau und bin nur ein Dienstbote – und Sie, der Sie Ursache hätten, sie anzubeten, haben nach allen ihren Liebesbeteuerungen nur Tränen und Gedanken für sich selber und liegen hier und lassen es sich wohl sein. Oh, Sie sind ein herzloser, selbstsüchtiger Junge!«

»Ich kann nicht bei ihr bleiben«, antwortete er brummig. »Ich will nicht allein mit ihr sein. Sie weint so, daß ich es nicht ertragen kann. Und sie will nicht still sein, auch wenn ich sage, daß ich meinen Vater rufe. Einmal habe ich ihn geholt, und er hat ihr gedroht, sie zu erwürgen, wenn sie nicht still wäre; aber im Augenblick, als er aus dem Zimmer war, fing sie wieder an und hat die ganze Nacht durch gejammert und gestöhnt, obwohl ich geschrien habe vor Wut darüber, daß ich nicht schlafen konnte.«

»Ist Mr. Heathcliff ausgegangen?« fragte ich, weil ich merkte, daß der jämmerliche Tropf keinen Funken Mitgefühl für die Seelenqualen seiner Kusine aufzubringen vermochte.

»Er ist im Hofe«, sagte er, »und spricht mit Doktor Kenneth; der sagt, daß der Onkel nun wirklich im Sterben liegt. Das freut mich, denn nach ihm werde ich der Herr von Thrushcross Grange sein. Catherine sprach immer davon als von *ihrem* Haus. Es gehört gar nicht ihr. Es gehört mir; Papa sagt, alles, was sie hat, gehört mir. Alle ihre hübschen Bücher gehören mir. Sie wollte sie mir schenken, auch ihre netten Vögel und ihr Pony Minny, wenn ich den Schlüssel zu unserem Zimmer holen und sie herauslassen würde. Aber ich habe ihr gesagt, daß sie nichts zu verschenken hätte, weil mir alles, alles gehört. Und dann hat sie geweint und hat ein kleines Medaillon von ihrem Hals genommen und hat gesagt, sie wolle mir das geben. Es waren zwei Bilder darin in einem goldenen Gehäuse, auf der einen Seite ihre Mutter, auf der anderen der Onkel, als sie jung waren. Das war gestern; ich sagte, die gehörten mir auch, und wollte sie ihr wegnehmen. Das boshafte Ding wollte sie mir nicht geben, sie stieß mich weg und tat mir weh. Ich schrie auf – das erschreckt sie immer –, sie hörte Papa kommen, da brach sie das Medaillon auseinander und gab mir das Bild ihrer Mutter, das andere versuchte sie zu verstecken; aber Papa fragte, was los sei, da habe ich ihm alles erzählt. Er nahm meine Hälfte weg und befahl ihr, mir die andere zu geben; sie weigerte sich, und er – er schlug sie nieder, riß das Bild von der Kette ab und zertrat es mit dem Fuß.«

»Und es hat Sie gefreut, daß er sie schlug?« fragte ich; ich verfolgte gewisse Absichten dabei, daß ich ihn zum Sprechen ermunterte.

»Ich habe die Augen zugemacht«, antwortete er. »Ich mache immer die Augen zu, wenn mein Vater einen Hund oder ein Pferd schlägt; er schlägt so hart zu. Zuerst war ich froh; sie verdiente eine Strafe, weil sie mich gestoßen hatte. Aber nachdem Papa gegangen war, zog sie mich ans Fenster und zeigte mir, daß ihre Backe durch die Zähne innen im Munde ganz aufgerissen war; ihr Mund war voll Blut. Und dann sammelte sie die Bruchstücke des Bildes auf und setzte sich mit dem Gesicht zur Wand. Seitdem hat sie kein Wort mehr mit mir gesprochen; manchmal denke ich, sie kann es nicht vor

Schmerzen. Ich denke nicht gern daran, aber sie ist ein ungezogenes Ding, weil sie immer weint; und sie sieht so bleich und wild aus, daß ich Angst vor ihr habe.«
»Und Sie können den Schlüssel haben, wenn Sie wollen?« sagte ich.
»Ja, wenn ich oben bin. Aber jetzt kann ich nicht hinaufgehen.«
»In welchem Zimmer ist er?« fragte ich.
»Oh, ich werde *dir* doch nicht sagen, wo er ist! Das ist unser Geheimnis. Das darf niemand wissen, weder Hareton noch Zillah. So, du hast mich müde gemacht, geh weg, geh weg!« Und damit legte er das Gesicht auf seinen Arm und schloß die Augen wieder.
Ich hielt es für ratsam, zu verschwinden, ohne Mr. Heathcliff zu begegnen, und meinem Fräulein Hilfe von Thrushcross Grange aus zu bringen. Als ich dort ankam, war das Erstaunen bei den anderen Dienstboten und die Freude, mich wiederzusehen, groß; als sie hörten, daß ihre kleine Herrin in Sicherheit war, wollten zwei oder drei von ihnen zu Mr. Lintons Tür laufen und ihm die gute Nachricht zurufen, aber ich setzte ihn selbst davon in Kenntnis. Wie sehr hatte er sich in den wenigen Tagen verändert! Da lag er, ein Bild der Trauer und der Entsagung, sein Ende erwartend. Er sah sehr jung aus; obwohl er neununddreißig Jahre alt war, hätte man ihn mindestens für zehn Jahre jünger gehalten. Er dachte an Catherine, denn er murmelte ihren Namen.
Ich berührte seine Hand und flüsterte: »Catherine wird kommen, mein lieber Herr. Sie lebt und ist gesund, und ich denke, sie wird heute abend hier sein.«
Ich erschrak über die erste Wirkung dieser Botschaft: er richtete sich halb auf, sah eifrig im Zimmer umher und sank ohnmächtig zurück. Sobald er wieder zu sich kam, berichtete ich von unserem erzwungenen Besuch und unserer Gefangenhaltung in Wuthering Heights. Ich erzählte, daß Heathcliff mich gezwungen hatte, ins Haus zu gehen, was nicht ganz der Wahrheit entsprach. Ich sagte so wenig wie möglich gegen Linton; auch das grausame Verhalten seines Vaters verschwieg ich, um nicht noch mehr Bitterkeit in Mr. Lintons schon übervollen Leidenskelch zu gießen.

Er erriet, daß eine der Absichten seines Feindes darin bestand, sowohl das persönliche Vermögen wie auch das Gut für seinen Sohn zu erlangen, oder vielmehr für sich selbst. Aber warum er damit nicht bis nach seinem Ableben wartete, war meinem Herrn ein Rätsel, denn er ahnte nicht, wie bald nach seinem Tode auch sein Neffe diese Welt verlassen würde. Er war jedoch der Meinung, daß sein Testament lieber geändert werden sollte: statt Catherine das Vermögen zu ihrer freien Verfügung zu lassen, beschloß er, es Treuhändern zu übergeben, so daß sie auf Lebensheit die Nutznießung hätte und nach ihr ihre Kinder, falls sie welche bekäme. Auf diese Weise konnte es nicht an Mr. Heathcliff fallen, wenn sein Sohn starb.

Als er mir seine Anweisungen gegeben hatte, schickte ich einen Mann weg, um den Notar zu holen, und vier andere, die mit den notwendigen Waffen versehen waren, um meine junge Herrin ihrem Kerkermeister abzufordern. Alle kehrten mit großer Verspätung zurück. Der einzelne Diener kam zuerst. Er sagte, Mr. Green, der Advoakt, sei bei seiner Ankunft nicht zu Hause gewesen, und er habe zwei Stunden auf seine Rückkehr warten müssen; dann habe Mr. Green ihm gesagt, er müsse noch eine kleine Sache im Dorf erledigen, er werde aber vor Tagesanbruch in Thrushcross Grange sein. Die vier Leute kamen auch allein zurück. Sie brachten die Nachricht mit, daß Catherine krank sei, zu krank, um ihr Zimmer zu verlassen; Heathcliff hatte ihnen nicht erlaubt, sie zu sehen. Ich schalt die dummen Burschen aus, weil sie sich ein Märchen hatten aufbinden lassen, das ich meinem Herrn gar nicht erzählen durfte, und beschloß, bei Tagesanbruch einen ganzen Trupp mit nach Wuthering Heights hinaufzunehmen und es regelrecht zu stürmen, falls uns die Gefangene nicht freiwillig ausgeliefert würde. Ihr Vater *soll* sie sehen, das gelobte ich mir wieder und wieder, und wenn der Teufel, beim Versuch, es zu verhindern, auf seiner Türschwelle totgeschlagen werden müßte!

Glücklicherweise wurden mir der Weg und die Mühe erspart. Um drei Uhr war ich hinuntergegangen, um einen Krug Wasser zu holen, und ging damit durch die Halle, als ein lautes Klopfen am Haustor mich zusammenfahren ließ. »Oh, das ist

Green«, sagte ich, mich auf mich selbst besinnend, »nur Green«, und ging weiter, um ihm durch jemand anders öffnen zu lassen; aber das Klopfen wiederholte sich, nicht laut, aber eindringlich. Ich stellte den Krug auf die Treppenstufe und eilte hin, um selbst zu öffnen. Hell schien draußen der Spätsommermond mit großer Klarheit. Es war nicht der Notar. Meine liebe süße kleine Herrin fiel mir schluchzend um den Hals.
»Ellen! Ellen! Lebt Papa?«
»Ja«, rief ich, »ja, mein Engel, er lebt. Gott sei Dank, daß Sie wieder heil bei uns sind!«
Atemlos, wie sie war, wollte sie in Mr. Lintons Zimmer hinauflaufen, aber ich zwang sie, sich erst einmal auf einen Stuhl zu setzen und etwas zu trinken; dann wusch ich ihr blasses Gesicht und rieb mit meiner Schürze so lange, bis etwas Röte darauf erschien. Dann sagte ich, daß ich zuerst hineingehen und ihre Ankunft melden müsse, und beschwor sie, zu sagen, daß sie mit dem jungen Heathcliff glücklich werden würde. Sie starrte mich zuerst verständnislos an; als sie jedoch begriff, warum ich diese offensichtlich falsche Darstellung von ihr verlangte, versicherte sie mir, sie werde keine Klage äußern.
Ich konnte es nicht ertragen, bei dem Wiedersehen zugegen zu sein. Eine Viertelstunde stand ich draußen vor der Schlafzimmertür, und selbst dann wagte ich mich kaum in die Nähe des Bettes. Beide waren jedoch gefaßt: Catherine in ihrer Verzweiflung war so schweigsam wie ihr Vater in seiner Freude. Sie stützte ihn, äußerlich ruhig, und er ließ seine Augen, die vor Glück geweitet schienen, auf ihren Zügen ruhen.
Er starb glücklich, Mr. Lockwood. Es war so: er küßte ihre Wange und murmelte: »Ich gehe zu ihr, und du, liebes Kind, wirst auch zu uns kommen.« Danach sprach und bewegte er sich nicht mehr. Nur der strahlende, beglückte Blick blieb, bis sein Puls unmerklich aussetzte und seine Seele Abschied nahm. Niemand hätte die genaue Minute seines Todes nennen können, so völlig kampflos verschied er.
Ob Catherine schon alle ihre Tränen im voraus vergossen hatte oder ob ihr Schmerz zu groß dafür war, sie saß mit trockenen Augen, bis die Sonne aufging; sie saß zu Mittag immer noch da und wäre noch weiter grübelnd an diesem Totenbett

geblieben, wenn ich nicht darauf bestanden hätte, daß sie sich ein wenig niederlegte. Es war gut, daß ich sie fortgebracht hatte, denn zur Essenszeit erschien der Notar, der sich vorher in Wuthering Heights Verhaltungsmaßregeln geholt hatte. Er hatte sich an Mr. Heathcliff verkauft, das war der Grund, warum er gezögert hatte, dem Ruf meines Herrn Folge zu leisten. Glücklicherweise hatte diesen kein Gedanke an weltliche Dinge mehr berührt und gestört, nachdem seine Tochter zurückgekehrt war.

Mr. Green übernahm es, über alles und alle bei uns zu verfügen. Er kündigte allen Dienstboten außer mir. Er hätte seine Anmaßung so weit getrieben, zu verlangen, Edgar Linton solle nicht neben seiner Frau begraben werden, sondern in der Kapelle bei seiner Familie. Aber da war das Testament und meine lauten Verwahrungen dagegen, daß in irgendeiner Weise gegen seine Anordnungen verstoßen werde. Das Begräbnis fand überaus eilig statt; Catherine, jetzt Mrs. Linton Heathcliff, wurde gestattet, in Thrushcross Grange zu bleiben, bis die Leiche ihres Vaters beigesetzt war.

Sie erzählte mir, daß ihr Schmerz Linton schließlich dazu veranlaßt hatte, das Wagnis ihrer Befreiung auf sich zu nehmen. Sie hatte die Männer, die ich abgeschickt hatte, an der Tür gehört und hatte den Sinn von Heathcliffs Antwort erraten. Das trieb sie vollends zur Verzweiflung. Linton, der bald nach meinem Weggang in das kleine Wohnzimmer geführt worden war, wurde von ihr durch Drohungen dahin gebracht, den Schlüssel zu holen, ehe sein Vater wieder heraufkam. Er gebrauchte die List, die Tür auf- und wieder zuzuschließen, ohne sie ins Schloß zu drücken, und als er zu Bett gehen sollte, bat er darum, bei Hareton schlafen zu dürfen, was ihm für diese eine Nacht gestattet wurde. Catherine stahl sich vor Anbruch des Tages hinaus. Sie wagte nicht, eine der Türen zu benutzen, weil sonst die Hunde angeschlagen hätten; sie ging durch die leeren Zimmer, untersuchte ihre Fenster und geriet glücklicherweise in das ihrer Mutter, durch dessen Fenster sie hinausklettern und an der dicht daranstehenden Föhre entlang auf den Erdboden gleiten konnte. Trotz dem zaghaft angewandten Kunstgriff hatte ihr Helfer für seinen Anteil an ihrer Flucht zu büßen.

Neunundzwanzigstes Kapitel

Am Abend nach der Trauerfeier saßen meine junge Herrin und ich in der Bibliothek, bald in traurige, teilweise verzweiflungsvolle Gedanken über unseren Verlust versunken, bald mit Vermutungen über die düster aussehende Zukunft beschäftigt.
Wir waren gerade übereingekommen, das gnädigste Geschick, das Catherine erwarten konnte, wäre die Erlaubnis, in Thrushcross Grange zu bleiben, wenigstens solange Linton am Leben war, und daß er bei ihr wohnen und ich als Haushälterin bleiben dürfte. Diese Anordnung schien allerdings zu schön, als daß man darauf hoffen durfte; und doch hoffte ich und begann bei dem Gedanken aufzuleben, mein Heim, meine Arbeit und vor allem meine geliebte junge Herrin zu behalten, als ein Diener – einer der entlassenen, der noch nicht fortgegangen war – hastig hereinstürzte und sagte, der Teufel, Heathcliff, käme durch den Hof, ob er ihm die Tür vor der Nase verrammeln solle.
Selbst wenn wir so wahnsinnig gewesen wären, diesen Befehl zu erteilen, wäre keine Zeit dazu geblieben. Heathcliff hielt sich nicht mit Förmlichkeiten auf, ließ sich nicht anmelden, klopfte auch nicht an die Tür; er war der Herr und nahm das Herrenrecht für sich in Anspruch, ohne ein Wort zu sagen, einfach hereinzukommen. Die Stimme des Dieners, der uns die Nachricht gebracht hatte, lenkte ihn zur Bibliothek; er trat ein, schickte den Mann durch eine Handbewegung weg und schloß die Tür.
Es war dasselbe Zimmer, in das er vor achtzehn Jahren als Gast geführt worden war; derselbe Mond schien zum Fenster herein, und draußen lag dieselbe Herbstlandschaft. Wir hatten noch kein Licht angezündet, aber das ganze Zimmer war erhellt bis zu den Bildern an der Wand, dem prachtvollen Kopf

Mrs. Lintons und dem feinen ihres Mannes. Heathcliff ging auf den Kamin zu. Die Zeit hatte auch an seinem Aussehen wenig verändert. Da stand derselbe Mann: sein dunkles Gesicht etwas bleicher und ruhiger, sein Körper etwa zehn bis zwanzig Pfund schwerer, aber sonst war da kein Unterschied. Catherine war bei seinem Erscheinen aufgesprungen und hatte eine Bewegung zur Flucht gemacht.

»Du bleibst!« sagte er und nahm sie beim Arm. »Weglaufen gibt es nicht mehr. Wohin wolltest du auch gehen? Ich komme, um dich nach Hause zu holen, und ich hoffe, daß du eine folgsame Tochter bist und meinen Sohn zu keinem weiteren Ungehorsam anstiftest. Ich wußte nicht, wie ich ihn strafen sollte, als ich seine Mittäterschaft bei der Sache entdeckte. Er ist so ein Hauch, daß schon ein harter Griff ihn auslöschen würde; aber du wirst an seinem Aussehen merken, daß er sein Teil abbekommen hat. Ich habe ihn vorgestern heruntergebracht und auf einen Stuhl gesetzt und habe ihn seitdem nicht wieder angerührt. Ich habe Hareton hinausgeschickt, und wir hatten das Zimmer für uns. Nach zwei Stunden habe ich Joseph gerufen und ihn wieder hinauftragen lassen, und seitdem lastet meine Gegenwart auf seinen Nerven wie ein Alpdruck. Ich glaube, er sieht mich oft, obwohl ich gar nicht in der Nähe bin. Hareton sagt, er wacht nachts alle Stunden auf und schreit und ruft dich um Hilfe an gegen mich, und ob du nun deinen kostbaren Gatten liebst oder nicht, mitkommen mußt du; er ist jetzt deine Angelegenheit, ich trete dir all mein Interesse an ihm ab.«

»Warum wollen Sie Catherine nicht hierbleiben lassen«, bat ich, »und Master Linton zu ihr schicken? Da Sie beide hassen, werden Sie sie nicht entehren; sie können doch nur eine tägliche Qual für Ihr verhärtetes Herz sein.«

»Ich suche einen Pächter für Thrushcross Grange«, antwortete er; »und selbstverständlich will ich meine Kinder um mich haben. Überdies schuldet mir das Mädchen ihre Dienste, wenn sie mein Brot ißt. Ich habe nicht die Absicht, sie nach Lintons Tod in Luxus und Müßiggang leben zu lassen. – Beeil dich jetzt, mach dich fertig, und zwing mich nicht zu Gewaltmaßnahmen.«

»Ich komme«, sagte Catherine. »Linton ist alles auf der Welt, was ich noch lieben kann, und obwohl Sie getan haben, was in Ihren Kräften stand, um ihn mir verhaßt zu machen und mich ihm, können Sie nicht erreichen, daß wir einander hassen. Ich warne Sie davor, ihm in meiner Gegenwart weh zu tun, und ich warne Sie davor, mich einschüchtern zu wollen.«

»Laß deine Großsprecherei«, antwortete Heathcliff; »aber du bist mir zu gleichgültig, als daß ich ihm deinetwegen etwas antun möchte; du sollst die ganze Qual bis zur Neige auskosten, solange sie dauert. Nicht ich werde ihn dir verhaßt machen, dafür wird er schon selbst sorgen mit seinem reizenden Wesen. Er ist voller Galle wegen deiner Flucht und ihrer Folgen; erwarte keinen Dank für diese edle Selbstaufopferung. Ich habe gehört, was für ein hübsches Bild er Zillah von dem entwarf, was er dir antun würde, wenn er so stark wäre wie ich. Die gute Absicht ist vorhanden, und gerade seine Schwäche wird seinen Verstand schärfen, um einen Ersatz für die mangelnde Körperkraft zu finden.«

»Ich weiß, daß er einen schlechten Charakter hat«, sagte Catherine, »er ist Ihr Sohn. Aber ich bin froh darüber, daß ich einen besseren habe und verzeihen kann; ich weiß auch, daß er mich lieb hat, und aus diesem Grunde mag ich ihn gern. Mr. Heathcliff, *Sie* haben *niemand,* der Sie liebt, und wie unglücklich Sie uns auch machen mögen, so bleibt uns doch als Rache das Bewußtsein, daß Ihre Grausamkeit nur von Ihrem größeren Elend herrührt. Nicht wahr, Sie *sind* unglücklich? Einsam wie der Teufel und mißgünstig wie er. Niemand liebt Sie, niemand wird weinen, wenn Sie einmal sterben. Ich möchte nicht tauschen mit Ihnen.«

Catherine sprach in einem Tone düsteren Triumphes; sie schien entschlossen zu sein, sich dem Geist ihrer neuen Familie anzupassen und über den Kummer ihrer Widersacher Freude zu empfinden.

»Es wird dir gleich leid tun, du selbst zu sein«, sagte ihr Schwiegervater, »wenn du noch eine einzige Minute hier stehen bleibst. Fort mit dir, Hexe, und hol deine Sachen!«

Sie zog sich voll Verachtung zurück. Während ihrer Abwesenheit versuchte ich, um Zillahs Stellung in Wuthering Heights zu bitten, und bot ihm an, meine hier dafür aufzugeben; aber er wollte das unter keinen Umständen zulassen. Er gebot mir Schweigen und ließ dann zum erstenmal seine Blicke im Zimmer umherschweifen und sah sich die Bilder an. Nachdem er das Bild von Mrs. Linton lange betrachtet hatte, sagte er: »Ich werde das holen lassen. Nicht, weil ich es brauche, aber...« Er wendete sich plötzlich dem Feuer zu und fuhr fort mit – nun, ich muß es mangels eines besseren Ausdrucks ein Lächeln nennen: »Ich will dir sagen, was ich gestern getan habe. Ich habe den Totengräber, der Lintons Grab grub, dazu veranlaßt, die Erde von ihrem Sargdeckel wegzuschaufeln, und habe den Deckel abgenommen. Ich dachte in dem Augenblick, ich müßte da unten bleiben, als ich ihr Gesicht wiedersah: es ist immer noch ihres, und der Totengräber hatte seine liebe Not, mich wegzubekommen; aber er sagte, es verändere sich, wenn die Luft darankäme, und so machte ich eine Seitenwand des Sarges los und deckte sie wieder zu; nicht Lintons Seite, verdammt soll er sein! Ich wollte, er wäre mit Blei verlötet. Ich habe den Totengräber bestochen, daß er das Sargbrett wegnimmt, wenn ich erst da liege, und meines auch. So will ich das haben, und wenn Linton zu uns herüberkommt, dann wird er uns nicht auseinanderkennen.«

»Das war eine gottlose Tat, Mr. Heathcliff«, rief ich aus; »schämen Sie sich nicht, den Frieden der Toten zu stören?«

»Ich habe keinen gestört, Nelly«, erwiderte er, »und mir habe ich ein wenig Erleichterung verschafft. Von jetzt an werde ich viel ruhiger sein, und ihr habt mehr Aussicht, mich da unten stillzuhalten, wenn ich unter der Erde bin. Ihre Ruhe gestört? Nein, sie hat die *meine* gestört, achtzehn Jahre lang, unaufhörlich, erbarmungslos, bis gestern nacht. Und gestern nacht war ich ruhig. Ich träumte, ich schliefe den letzten Schlaf neben ihr; mein Herz schlug nicht mehr, und meine Backe lag eiskalt neben der ihren.«

»Und wenn sie inzwischen zu Erde oder zu Schlimmerem geworden wäre, was hätten Sie dann geträumt?« fragte ich.

»Mich mit ihr in Nichts aufzulösen, und *noch* glücklicher zu sein«, antwortete er. »Glaubst du, ich fürchte mich vor einer Wandlung dieser Art? Als ich den Deckel hob, erwartete ich so eine Veränderung; aber ich bin froh darüber, daß sie nicht eintreten wird, bevor ich daran teilnehme. Überdies, wenn ich nicht einen so tiefen Eindruck von ihren leidenschaftslosen

Zügen empfangen hätte, würde jenes seltsame Gefühl kaum gewichen sein. Es fing merkwürdig an. Du weißt, wie wild ich nach ihrem Tode war und wie unablässig, von der Abenddämmerung bis zum Morgengrauen, ich um die Rückkehr ihres Geistes zu mir gebetet habe. Ich glaube fest an Geister: ich bin überzeugt davon, daß sie zwischen uns leben können und es auch tun. Am Tage, als sie begraben wurde, schneite es. Abends ging ich zum Friedhof. Es blies rauh wie im Winter, ringsum war alles einsam. Ich hatte keine Angst davor, daß ihr Narr von Ehemann noch so spät zu ihrem Grabe kommen werde, und sonst hatte niemand dort etwas zu schaffen. Ich war allein und war mir bewußt, daß nur zwei Ellen lockerer Erde uns voneinander trennten. Darum sagte ich zu mir: ›Ich will sie wieder in den Armen halten. Wenn sie kalt ist, will ich denken, daß es der Nordwind ist, der mich erschauern läßt, und wenn sie regungslos bleibt, daß es der Schlaf ist.‹ Ich holte einen Spaten aus dem Geräteschuppen und begann mit aller Kraft zu graben – er stieß an den Sarg, da setzte ich die Arbeit mit den Händen fort; das Holz begann, wo die Schrauben saßen, zu knacken. Fast hatte ich mein Ziel erreicht, als ich einen Seufzer von jemand zu hören glaubte, der oben am Rand des Grabes stand und sich herabbeugte. ›Wenn ich dies nur wegschaffen kann‹, murmelte ich, ›dann wollte ich, daß sie die Erde über uns beide schaufelten‹, und zog noch verzweifelter. Da hörte ich wieder einen Seufzer, ganz dicht an meinem Ohr. Mir war, als verscheuchte sein warmer Atem für einen Augenblick den eisigen Nachtwind. Ich wußte, daß kein Wesen aus Fleisch und Blut in der Nähe war; aber so sicher, wie man im Dunkeln das Näherkommen eines lebendigen Wesens spürt, obwohl es nicht zu erkennen ist, so sicher fühlte ich: Cathy war da, nicht unter mir, sondern auf der Erde. Ein plötzliches Gefühl der Erleichterung strömte mir vom Herzen in alle Glieder. Ich ließ von meiner verzweifelten Arbeit ab und fühlte mich sogleich getröstet, unaussprechlich getröstet. Ich spürte Catherines Gegenwart; sie blieb bei mir, während ich das Grab zuschaufelte, und ging mit mir nach Hause. Du kannst lachen, wenn du willst; aber ich war fest davon überzeugt, daß ich sie dort oben auch sehen würde. Ich war mir ihrer Gegenwart so deutlich bewußt, daß ich anfing, mit ihr zu sprechen. Oben in Wuthering Heights angekommen, lief ich zur Tür. Sie war verschlossen, und ich entsinne mich, daß der verdammte Earnshaw und meine Frau mir den Eintritt verwehrten. Ich kann mich erinnern, daß ich ihn besinnungslos schlug und dann zu meinem und zu ihrem Zimmer hinaufstürzte. Ich sah mich ungeduldig um, ich fühlte sie an meiner Seite, ich konnte sie beinahe sehen, und doch sah ich sie nicht! Ich hätte Blut schwitzen mögen vor Sehnsuchtsqualen, um im Eifer meiner flehentlichen Bitten einen Blick von ihr zu erhaschen. Er blieb mir versagt. Sie erwies sich, wie oft in meinem Leben, als mein Quälgeist. Und seit dieser Stunde bin ich immer wieder, manchmal mehr, manchmal weniger, dieser unerträglichen Qual unterworfen gewesen. Teuflisch, meine Nerven in solcher Spannung zu halten, daß, wären sie nicht so eisern fest gewesen, sie wohl bald nachgegeben hätten wie Lintons Nerven! Saß ich mit Hareton im Hause, dann meinte ich, ich müßte sie treffen, wenn ich hinausginge; und wenn ich ins Moor ging, meinte ich, sie bei meiner Rückkehr anzutreffen. Hatte ich außer dem Hause zu tun, dann eilte ich zurück: denn sie *mußte* ja irgendwo auf dem Hofe sein, dessen war ich sicher. Und wenn ich in ihrem Zimmer schlief, dann wurde ich daraus vertrieben. Ich konnte dort nicht liegen; denn im Augenblick, wenn ich die Augen schloß, war sie entweder vor dem Fenster, oder sie schob die Täfelung des Wandbetts zurück oder kam ins Zimmer herein, oder sie bettete ihren lieben Kopf sogar auf dasselbe Kissen, auf dem sie als Kind zu schlafen pflegte, und ich mußte die Augen öffnen, um sie zu sehen. Und so öffnete und schloß ich sie wohl hundertmal in einer Nacht – um immer wieder enttäuscht zu werden. Das war eine Folter für mich! Ich habe oft laut gestöhnt, so daß Joseph, der alte Schuft, wahrscheinlich geglaubt hat, mein schlechtes Gewissen plage mich. Jetzt, nachdem ich sie gesehen habe, bin ich ein wenig ruhiger. Eine merkwürdige Art, jemanden zu Tode zu quälen: nicht Zoll für Zoll, sondern um den Bruchteil einer Haaresbreite, und ihn achtzehn lange Jahre hindurch mit einem Hoffnungsschimmer zu betrügen.«

Mr. Heathcliff hielt inne und trocknete sich die Stirn; sein Haar klebte daran, naß von Schweiß; sein Blick ruhte auf der glühenden Asche des Kaminfeuers; die Augenbrauen waren nicht finster zusammengezogen, sondern liefen in natürlichem Bogen zu den Schläfen, so daß seine sonst so finsteren Gesichtszüge weicher erschienen; sie verrieten jetzt eher einen tiefen Kummer und eine schmerzliche seelische Spannung, so, als richteten sich alle Gedanken nur auf einen Gegenstand. Er hatte nur halb zu mir gesprochen, und ich verharrte in Schweigen. Ich war ungern Zeuge dieser Reden. Nach einer Weile hörte er auf, das Bild zu betrachten, nahm es herunter und lehnte es gegen das Sofa, um es besser ansehen zu können. Während er noch so stand, trat Catherine ein und sagte, daß sie fertig sei, sobald ihr Pony gesattelt wäre.

»Schicke das Bild morgen hinüber«, sagte Heathcliff zu mir; dann, sich zu Catherine wendend, fuhr er fort: »Du kannst ohne dein Pony auskommen; es ist ein schöner Abend, und in Wuthering Heights wirst du keine Ponys brauchen. Zu den Wegen, die du dort machen wirst, genügen deine Füße. Jetzt komm!«

»Leb wohl, Ellen!« flüsterte meine liebe kleine Herrin. Als sie mich küßte, fühlten sich ihre Lippen eiskalt an. »Besuche mich einmal, Ellen, denke daran!«

»Hüte dich davor, dergleichen zu tun, Mrs. Dean!« sagte ihr neuer Vater. »Wenn ich dich zu sprechen wünsche, werde ich hierherkommen. Ich wünsche nicht, daß ihr in meinem Hause umherschnüffelt.«

Er machte Catherine ein Zeichen, ihm zu folgen, und mit einem Blick, der mir das Herz zerriß, gehorchte sie. Vom Fenster aus sah ich sie in den Garten hinabgehen. Heathcliff klemmte Catherines Arm unter seinen, obwohl sie sich zuerst anscheinend heftig dagegen sträubte, und mit raschen Schritten zog er sie zu der Allee hinüber, hinter deren Bäumen sie verschwanden.

Dreißigstes Kapitel

Ich bin einmal in Wuthering Heights gewesen, aber ich habe sie nicht wiedergesehen, seit sie von hier wegging. Joseph hielt die Tür fest, als ich nach ihr fragte, und wollte mich nicht eintreten lassen. Er sagte, Mrs. Heathcliff sei beschäftigt und der Herr nicht zu Hause. Zillah hat mir dies und jenes darüber erzählt, wie sie leben, sonst würde ich kaum wissen, wer von ihnen noch am Leben und wer gestorben ist. Ihren Reden entnahm ich, daß sie Catherine für hochmütig hält und daß sie sie nicht leiden mag. Meine junge Herrin verlangte, als sie hinkam, einige Dienste von ihr; aber Mr. Heathcliff sagte, Zillah solle sich um ihre eigenen Angelegenheiten kümmern, und seine Schwiegertochter solle zusehen, wie sie fertig werde; und Zillah, die eine engherzige, selbstsüchtige Person ist, gab sich gern damit zufrieden. Catherine bekundete einen kindlichen Ärger über diese Vernachlässigung, erwiderte sie mit Geringschätzung und trieb Zillah dadurch so gewiß auf die Seite ihrer Feinde, als wenn sie ihr ein großes Unrecht zugefügt hätte. Vor etwa sechs Wochen hatte ich eines Tages, als wir im Moor zusammentrafen, ein langes Gespräch mit Zillah; das war kurz bevor Sie hierherkamen. Und dabei erzählte sie mir folgendes:

›Das erste, was Mrs. Heathcliff tat, als sie nach Wuthering Heights kam, war, die Trepppe hinaufzulaufen, ohne mir oder Joseph auch nur guten Tag zu sagen; sie schloß sich in Lintons Zimmer ein und blieb dort bis zum Morgen. Dann, während der Herr und Earnshaw beim Frühstück saßen, kam sie in das ›Haus‹ herunter und fragte zitternd, ob jemand den Doktor holen könne, ihr Vetter sei sehr krank.

›Das wissen wir‹, antwortete Heathcliff, ›aber sein Leben ist keinen Heller wert, und ich gebe für ihn auch keinen Heller mehr aus.‹

›Aber ich weiß nicht, was ich tun soll‹, sagte sie, ›und wenn mir niemand hilft, dann wird er sterben.‹

›Mach, daß du aus dem Zimmer kommst, und laß mich nie wieder ein Wort über ihn hören! Hier kümmert sich keiner darum, was aus ihm wird. Wenn du es tust, kannst du ja Krankenschwester spielen; wenn nicht, dann schließe ihn ein und laß ihn liegen.‹

Dann fing sie an, mich zu quälen, und ich sagte ihr, ich hätte genug Wirtschaft mit dem lästigen Bengel gehabt; jeder von uns hätte hier seine Arbeit, und die ihre wäre es, Linton zu pflegen. Mr. Heathcliff hätte mir befohlen, ihr diese Arbeit zu überlassen.

Wie sie miteinander zurechtkamen, kann ich nicht sagen. Ich glaube, er hat sie viel geärgert, und er stöhnte Tag und Nacht, so daß sie herzlich wenig Ruhe hatte; man konnte es ihrem blassen Gesicht und ihren schweren Augenlidern ansehen. Manchmal kam sie ganz verstört in die Küche und sah aus, als wolle sie um Hilfe bitten. Aber ich habe mich gehütet, dem Befehle des Herrn zuwiderzuhandeln. Ich wage das niemals, Mrs. Dean. Und wenn ich es auch für falsch hielt, Doktor Kenneth nicht kommen zu lassen, so war es ja nicht meine Sache, einen Rat zu geben oder mich zu beschweren, und ich habe mich immer gehütet, mich einzumischen. Ein- oder zweimal, nachdem wir schon zu Bett gegangen waren, habe ich meine Tür noch einmal geöffnet und habe sie oben auf der Treppe sitzen und weinen sehen. Da hab ich schnell wieder zugemacht, aus Angst, ich könnte mich dazu bewegen lassen, einzugreifen. Sie hat mir wirklich leid getan damals, aber ich wollte auch meine Stellung nicht verlieren, wissen Sie.

Schließlich kam sie eines Nachts einfach in mein Zimmer und erschreckte mich zu Tode mit den Worten: ›Sag Mr. Heathcliff, daß sein Sohn stirbt; diesmal bin ich ganz sicher, daß er stirbt. Steh schnell auf und sag es ihm!‹

Nach diesen Worten verschwand sie wieder. Ich lag eine Viertelstunde zitternd da und horchte. Nichts rührte sich, es war alles ruhig im Hause.

›Sie hat sich geirrt‹, sagte ich mir. ›Er hat es noch einmal überwunden. Ich brauche sie nicht zu stören‹, und dann schlummerte ich ein. Aber mein Schlaf wurde ein zweites

Mal unterbrochen durch ein lautes Anschlagen der Klingel
– der einzigen, die wir haben und die lediglich für Linton
angebracht worden war –, und der Herr rief, ich solle nachsehen, was los wäre, und ihnen sagen, daß er sich den Lärm
verbäte.
Ich richtete Catherines Auftrag aus. Er fluchte vor sich hin
und kam nach ein paar Minuten mit einer Kerze heraus und
ging in ihr Zimmer hinüber. Ich folgte ihm. Mrs. Heathcliff saß
neben dem Bett, die gefalteten Hände auf den Knien. Ihr
Schwiegervater ging hin, hielt das Licht nahe an Lintons Gesicht, sah ihn an und berührte ihn; dann wandte er sich zu
ihr.
›Nun, Catherine, wie ist dir zumute?‹
Sie war stumm.
›Wie dir zumute ist, Catherine?‹ wiederholte er.
›Er ist in Sicherheit, und ich bin frei‹, antwortete sie, ›ich sollte
froh sein, aber‹, fuhr sie mit einer Bitterkeit fort, die sie nicht
verbergen konnte, ›du hast mich so lange allein gegen den Tod
kämpfen lassen, daß ich jetzt nur den Tod sehe und fühle. Ich
fühle mich selber wie tot.‹
Und sie sah auch so aus. Ich gab ihr etwas Wein. Hareton und
Joseph, die durch das Klingeln und Hinundhergehen geweckt
worden waren und draußen unser Sprechen gehört hatten,
kamen jetzt herein. Ich glaube, Joseph war heilfroh darüber,
daß der Junge gestorben war. Hareton schien ein wenig beunruhigt, obwohl er mehr Catherine anstarrte als auf Linton achtete; der Herr schickte ihn aber wieder zu Bett, da wir seine
Hilfe nicht brauchten. Später ließ er Joseph den Leichnam in
sein Zimmer tragen, sagte mir, ich solle in meines gehen, und
Mrs. Heathcliff blieb allein.
Am Morgen schickte er mich hinauf, um ihr zu sagen, sie solle
zum Frühstück herunterkommen. Sie hatte sich ausgezogen
und schien einschlafen zu wollen und sagte mir, sie sei krank,
was mich kaum wundernahm. Ich richtete es Mr. Heathcliff
aus, und er erwiderte: ›Gut, laß sie in Ruhe bis nach dem Begräbnis, und geh ab und zu hinauf, um ihr zu bringen, was sie
braucht; und wenn ihr wohler ist, sag es mir.‹«
Vierzehn Tage lang blieb Cathy oben, nach dem, was Zillah
mir sagte, die täglich zweimal nach ihr sah und jetzt gern net-

ter zu ihr gewesen wäre; aber ihre Versuche einer freundlichen Annäherung wurden kurz und stolz abgewiesen.
Heathcliff ging einmal hinauf, um ihr Lintons Testament zu zeigen. Er hatte alles, was ihm und ihr an beweglichem Vermögen gehörte, seinem Vater vermacht. Während der Woche ihrer Abwesenheit, als sein Onkel starb, war der armselige Tropf durch Drohungen oder Schmeichelreden zu diesem Schritt gedrängt worden. Da er minderjährig war, konnte er über die Ländereien nicht verfügen. Aber Mr. Heathcliff hatte diese sowohl im Namen seiner Frau wie auch in seinem eigenen beansprucht und in Besitz genommen, und zwar rechtmäßig, glaube ich; auf jeden Fall kann Catherine ohne Geldmittel und ohne Freunde ihm seinen Besitz nicht streitig machen.
»Nur dieses eine Mal«, erzählte Zillah, »ist außer mir jemand in die Nähe ihrer Tür gekommen, und niemand hat nach ihr gefragt. An einem Sonntagnachmittag kam sie zum erstenmal herunter. Als ich das Mittagessen hinaufbrachte, schrie sie, sie könne es nicht länger in der Kälte aushalten, und ich sagte ihr, daß der Herr nach Thrushcross Grange hinunterritte und Earnshaw und ich sie nicht daran zu hindern brauchten herunterzukommen. So erschien sie, sobald sie Heathcliffs Pferd hatte forttraben hören, ganz in Schwarz, ihre blonden Locken straff hinter die Ohren zurückgekämmt, wie ein Quäker; ganz glatt konnte sie sie nicht bekommen.«
»Joseph und ich gehen gewöhnlich am Sonntag zur Kapelle.« (Die Kirche, müssen Sie wissen, hat jetzt keinen Pfarrer mehr, erklärte Mrs. Dean, und sie nennen das Gotteshaus der Methodisten oder Baptisten – ich weiß nicht, welche Sekte es ist – in Gimmerton die Kapelle.) »Joseph war hingegangen«, fuhr Zillah fort, »aber ich hielt es für schicklich, dazubleiben. Junge Leute sind immer besser unter Aufsicht eines älteren Menschen, und Hareton ist bei all seiner Schüchternheit nicht gerade ein Muster guten Benehmens. Ich ließ ihn wissen, daß seine Kusine voraussichtlich zu uns herunterkommen und bei uns sitzen werde, und da sie von jeher gewohnt war, den Sonntag heilig zu halten, sollte er seine Gewehre und seine kleine Alltagsarbeit ruhen lassen, solange sie da war. Er wurde rot bei der Nachricht und warf einen Blick auf seine Hände und

seinen Anzug. Gewehröl und Schießpulver waren im Nu aus dem Wege geräumt. Ich sah, daß er ihr Gesellschaft leisten, und seinem Wesen merkte ich an, daß er nett aussehen wollte. Da hab ich gelacht, wie ich niemals lachen darf, wenn der Herr in der Nähe ist, hab ihm angeboten, ihm zu helfen, und hab ihn wegen seiner Verwirrung geneckt. Da wurde er ärgerlich und fing an zu fluchen.

Nun, Mrs. Dean«, fuhr Zillah fort, als sie sah, daß mir ihre Art nicht gefiel, »Sie denken vielleicht, Ihre junge Dame sei zu gut für Mr. Hareton, und damit können Sie recht haben; aber ich muß zugeben, ich würde sie schon ganz gern von ihrem hohen Pferd herunterbringen. Und was nützt ihr jetzt ihre ganze Klugheit und Feinheit? Sie ist so arm wie Sie oder ich, vielleicht noch ärmer; denn Sie können sparen, und ich bringe es auch zu etwas.«

Hareton ließ sich wirklich von Zillah helfen, und diese brachte ihn mit ihrem Geschwätz nach und nach wieder in gute Laune, so daß, als Catherine kam, er halb und halb vergaß, wie sie ihn früher gekränkt hatte, und dank der Haushälterin versuchte, sich angenehm zu machen.

»Die junge Frau«, sagte Zillah, »kam herein, kalt wie ein Eiszapfen und hochmütig wie eine Prinzessin. Ich stand auf und bot ihr meinen Platz im Lehnstuhl an. Aber sie rümpfte die Nase über meine Höflichkeit. Earnshaw stand auch auf und bat sie, zur Ofenbank herüberzukommen und sich ans Feuer zu setzen, denn er glaubte, sie wäre ganz erfroren.

›Ich habe einen Monat und länger gefroren‹, war ihre mit verächtlicher Betonung gegebene Antwort.

Damit holte sie sich selbst einen Stuhl und setzte ihn in einiger Entfernung vor uns hin. Als sie sich erwärmt hatte, fing sie an, sich umzusehen, und entdeckte eine Anzahl Bücher auf der Anrichte; sofort war sie wieder auf den Füßen und reckte sich empor, um sie zu erreichen, aber sie standen zu hoch. Ihr Vetter faßte, nachdem er ihr Bemühen ein Weilchen beobachtet hatte, endlich den Mut, ihr zu helfen; sie breitete ihren Rock aus, und er füllte ihn mit Büchern, wie sie ihm gerade zur Hand kamen.

Das war ein großer Fortschritt für den jungen Menschen. Sie dankte ihm nicht; aber er fühlte sich belohnt, weil sie seine

Hilfe angenommen hatte, und blieb hinter ihr stehen, während sie die Bücher durchsah; er beugte sich sogar vor und zeigte auf das, was seine Aufmerksamkeit bei manchen alten Bildern in den Büchern fesselte. Er war auch nicht verletzt über die ungezogene Art, mit der sie die Blätter aus seinen Händen riß; er begnügte sich damit, ein wenig weiter zurückzutreten und sie selbst anzuschauen statt der Bücher. Sie fuhr fort, zu lesen oder etwas zum Lesen zu suchen. Seine Aufmerksamkeit wurde allmählich ganz von der Betrachtung ihrer dichten, seidigen Locken in Anspruch genommen; ihr Gesicht konnte er nicht sehen, und sie sah nichts von ihm. Wahrscheinlich ohne selber zu wissen, was er tat, so, wie ein Kind von einer brennenden Kerze angezogen wird, ging er schließlich vom Ansehen zum Berühren über; er streckte die Hand aus und strich so zart über eine ihrer Locken, als sei sie ein Vogel. Sie fuhr so heftig herum, als hätte er ihr ein Messer in den Nacken gestoßen.

›Geh augenblicklich weg! Wie kannst du es wagen, mich anzufassen? Warum stehst du hier herum?‹ rief sie in einem Ton des Widerwillens. ›Ich kann dich nicht ertragen! Ich gehe wieder hinauf, wenn du mir nahe kommst!‹

Mr. Hareton zog sich zurück und sah so blöde drein wie nur je; sehr still setzte er sich auf die Ofenbank, und sie blätterte eine halbe Stunde lang weiter in ihren Bänden. Schließlich kam Earnshaw zu mir herüber und flüsterte mir zu: ›Kannste sie bitten, ob se uns was vorliest, Zillah? Ich hab's satt, nichts zu tun, und ich hätt's gern, ich würd's gern hören. Sag nich, daß ich's will, frag von dir aus.‹

›Mr. Hareton bittet, ob Sie uns etwas vorlesen wollen‹, sagte ich sogleich. ›Er würde sich sehr darüber freuen, er würde Ihnen dankbar dafür sein.‹

Sie runzelte die Stirn und antwortete aufblickend: ›Mr. Hareton und ihr alle mögt gefälligst zur Kenntnis nehmen, daß ich jede Vorspiegelung von Freundlichkeit zurückweise, die ihr mir heuchlerisch vortäuschen wollt. Ich verachte euch alle und will mit euch allen gar nichts zu tun haben! Als ich mein Leben hingegeben hätte für ein einziges freundliches Wort, ja selbst dafür, einen von euch zu sehen, bliebt ihr alle weg. – Aber ich will mich bei euch nicht beklagen. Mich hat nur die Kälte her-

untergetrieben; ich habe weder die Absicht, jemand von euch zu unterhalten, noch eure Gesellschaft zu suchen.‹
›Was hätt ich'n tun sollen?‹ fing Earnshaw an. ›Was hab ich'n falsch gemacht?‹
›Oh, Sie sind natürlich ausgenommen‹, antwortete Mrs. Heathcliff. ›Ich habe *Ihre* Anteilnahme nie vermißt.‹
›Aber ich hab sie oft genug angeboten und hab gefragt‹, sagte er, infolge ihres schnippischen Wesens in Hitze geratend, ›ich hab Mr. Heathcliff gesagt, er soll mich nachts für Sie wachen lassen.‹
›Schweigen Sie! Lieber gehe ich hinaus oder sonstwohin, nur um Ihre unangenehme Stimme nicht hören zu müssen!‹ sagte die junge Frau.
Hareton brummte vor sich hin, seinetwegen möge sie sich zum Teufel scheren; und indem er seine Flinte von der Wand nahm, widmete er sich wieder seiner gewöhnlichen Sonntagsbeschäftigung. Er redete jetzt frei von der Leber weg, und sie war drauf und dran, sich wieder in ihre Einsamkeit zu verkriechen, aber der Frost hatte eingesetzt, und trotz ihrem Stolze mußte sie sich allmählich dazu bequemen, unsere Gesellschaft zu ertragen. Ich sorgte jedoch dafür, daß sie nicht wieder über meine Gutmütigkeit spottete; seither bin ich genauso abweisend wie sie, und niemand ist unter uns, der sie liebt oder auch nur gern hat, und sie verdient es auch nicht anders; denn jedem, der auch nur das geringste Wort zu ihr sagt, springt sie ins Gesicht, denn sie hat vor niemandem Angst. Sie macht nicht mal vor dem Herrn halt und fordert ihn geradezu heraus, sie zu schlagen, und je mehr er ihr weh tut, desto giftiger wird sie.« –
Nachdem ich diesen Bericht Zillahs gehört hatte, beschloß ich zuerst, meine Stellung aufzugeben, ein Häuschen zu mieten und Catherine dorthin zu mir zu nehmen; aber Mr. Heathcliff hätte das ebensowenig zugelassen, als er Hareton in einem Hause für sich allein hätte leben lassen; so sehe ich im Augenblick gar keinen Ausweg, es sei denn, sie könnte sich wieder verheiraten, doch kommt es mir nicht zu, etwas Derartiges in die Wege zu leiten.

Hier endete Mrs. Deans Geschichte. Trotz der Prophezeiung

des Arztes erhole ich mich zusehends, und obwohl wir erst in der zweiten Januarwoche sind, habe ich vor, in ein bis zwei Tagen auszureiten. Ich will nach Wuthering Heights hinauf, um meinem Gutsherrn mitzuteilen, daß ich das kommende halbe Jahr in London zu verbringen gedenke und daß er sich, wenn er will, nach einem neuen Pächter umsehen möge, der das Haus im Oktober übernimmt. Ich möchte um alles in der Welt nicht noch einen Winter hier verleben.

Einunddreißigstes Kapitel

Der Tag gestern war klar, ruhig und kalt. Wie ich es mir vorgenommen hatte, ritt ich nach Wuthering Heights. Meine Haushälterin bat mich, ein Briefchen an ihre junge Herrin mitzunehmen, und ich schlug ihr diese Gefälligkeit nicht ab, denn die gute Frau war sich keiner Unschicklichkeit bei ihrem Wunsch bewußt. Das äußere Tor stand offen, aber das Gattertor war festgemacht, wie bei meinem letzten Besuch; ich klopfte und rief Earnshaw von den Gemüsebeeten herüber; er löste die Kette, und ich ging hinein. Der Mensch ist der hübscheste Bauernbursche, den man sich nur wünschen mag. Ich betrachtete ihn dieses Mal besonders aufmerksam; anscheinend gibt er sich nicht die geringste Mühe, seine Vorzüge ins rechte Licht zu setzen.
Ich fragte ihn, ob Mr. Heathcliff zu Hause sei. Er antwortete, nein; aber zum Mittagessen werde er zurück sein. Es war elf Uhr, und als ich erklärte, hineingehen und auf ihn warten zu wollen, legte er sofort sein Werkzeug beiseite und begleitete mich, aber wie ein Wachhund, nicht um den Wirt zu vertreten.
Wir kamen zusammen ins Zimmer. Catherine war da und machte sich nützlich, indem sie etwas Gemüse für die bevorstehende Mahlzeit putzte. Sie sah verdrossener und weniger lebhaft aus als bei meinem ersten Besuch. Sie hob kaum die

Augen, um nach mir zu sehen, und setzte ihre Arbeit fort, mit derselben Nichtachtung aller üblichen Höflichkeitsformen wie damals: sie erwiderte weder mein ›Guten Morgen‹ noch meine Verbeugung durch das geringste Zeichen.

›Sie scheint nicht so liebenswürdig zu sein‹, dachte ich, ›wie Mrs. Dean mich glauben machen möchte. So viel ist wahr: sie ist eine Schönheit, aber kein Engel.‹

Earnshaw sagte mürrisch, sie möge ihre Sachen in die Küche bringen. »Bring sie selber hin«, sagte sie und stieß sie von sich, sobald sie damit fertig war. Dann zog sie sich auf einen Stuhl am Fenster zurück und fing an, aus den Rübenabfällen in ihrem Schoß Figuren von Vögeln und Tieren zu schnitzeln. Ich näherte mich ihr, als wenn ich einen Blick in den Garten werfen wollte, und ließ – wie ich glaubte, von Hareton unbemerkt – Mrs. Deans Briefchen in ihren Schoß gleiten, aber sie fragte laut: »Was ist das?« und stieß es fort.

»Ein Brief von Ihrer alten Bekannten, der Haushälterin von Thrushcross Grange«, antwortete ich, ärgerlich über ihre Art, meine freundliche Absicht bloßzustellen, und in der Befürchtung, der Brief könne für eine Botschaft von mir gehalten werden. Nach meiner Erklärung hätte sie das Papier gern aufgehoben, aber Hareton kam ihr zuvor; er erwischte es und steckte es in seine Westentasche mit der Bemerkung, Mr. Heathcliff solle es erst sehen. Darauf wendete Catherine schweigend ihr Gesicht von uns ab, zog ganz verstohlen ihr Taschentuch hervor und führte es an ihre Augen; und nachdem ihr Vetter eine Weile seine sanfteren Gefühle niedergekämpft hatte, zog er den Brief heraus und warf ihn so ungnädig wie möglich neben sie auf den Fußboden. Catherine ergriff ihn und las ihn begierig durch, dann richtete sie einige Fragen an mich über ihre Freunde unter den Menschen und Tieren in ihrem alten Heim, und während sie nach den Hügeln hinüberblickte, sagte sie halb zu sich selbst: »Wie gern ich Minny da unten ritte! Wie gern ich dort umherklettern würde! Oh, ich bin müde, ich habe es satt, Hareton!« Und sie lehnte ihren hübschen Kopf an den Fensterrahmen, halb gähnend, halb seufzend, und fiel in eine Art geistesabwesender Traurigkeit, ohne sich darum zu kümmern oder sich überhaupt bewußt zu sein, daß wir sie beobachteten.

»Mrs. Heathcliff«, sagte ich, nachdem ich eine Zeitlang stumm dagesessen hatte, »wissen Sie nicht, daß ich ein guter Bekannter von Ihnen bin? So gut, daß es mir merkwürdig vorkommt, daß Sie nicht zu mir kommen und mit mir sprechen wollen. Meine Haushälterin wird niemals müde, von Ihnen zu sprechen und Sie zu loben. Sie wird sehr enttäuscht sein, wenn ich mit keinem anderen Bescheid zurückkehre, als daß Sie ihren Brief erhalten und nichts gesagt haben.«

Sie schien sich über meine Worte zu wundern und fragte: »Hat Ellen Sie gern?«

»Ja, sehr gern«, erwiderte ich ohne Zögern.

»Sagen Sie ihr«, fuhr sie fort, »daß ich ihren Brief beantworten würde, aber ich habe kein Schreibmaterial, nicht einmal ein Buch, aus dem ich ein Blatt herausreißen könnte.«

»Keine Bücher!« rief ich aus. »Wie bringen Sie es fertig, ohne sie hier zu leben, wenn ich mir die Frage erlauben darf? Obwohl ich eine große Bibliothek zur Verfügung habe, finde ich das Leben in Thrushcross Grange oft sehr eintönig; wenn man mir meine Bücher wegnähme, wäre ich verzweifelt.«

»Ich habe immer gelesen, solange ich Bücher hatte«, sagte Catherine; »Mr. Heathcliff liest niemals, deshalb hat er es sich in den Kopf gesetzt, meine Bücher zu vernichten. Ich habe seit Wochen nicht ein einziges zu Gesicht bekommen. Nur einmal habe ich Josephs Vorrat an theologischen Werken durchstöbert, zu seinem großen Ärger, und ein anderes Mal geriet ich über einen verborgenen Stapel in deinem Zimmer, Hareton: etwas Latein und Griechisch und einige Erzählungen und Gedichte, alles alte Freunde. Diese brachte ich her, und du hast sie weggenommen, wie eine Elster silberne Löffel forttträgt, aus Lust am Stehlen. Dir nützen sie nichts; aber vielleicht hast du sie in der bösen Absicht versteckt, daß niemand anderes Freude daran haben soll, weil du sie nicht haben kannst. Vielleicht hat Mr. Heathcliff mich meiner Schätze auf *deinen* Rat hin beraubt? Aber die meisten von ihnen sind in mein Gehirn geschrieben und in mein Herz eingeprägt, und die kannst du mir nicht rauben.«

Earnshaw wurde dunkelrot, als seine Kusine diese Enthüllungen über seine private literarische Sammlung machte, und stammelte eine entrüstete Zurückweisung ihrer Anschuldigungen.

»Mr. Hareton möchte seine Kenntnisse erweitern«, kam ich ihm zu Hilfe. »Er ist nicht neidisch, sondern wißbegierig. In ein paar Jahren wird er ein gelehrter Mann sein.«

»Und er will, daß ich unterdessen zu einem Dummkopf herabsinke«, antwortete Catherine. »Jawohl, ich höre ihn buchstabieren und laut vor sich hin lesen, und schöne Fehler macht er! Ich wünschte, du wiederholtest ›Chevy Chase‹, so wie du es gestern aufgesagt hast; das war zu spaßig. Ich habe dir zugehört und habe gemerkt, wie du im Wörterbuch nach den schweren Wörtern gesucht und dann darüber geflucht hast, daß du ihre Erklärungen nicht lesen konntest.«

Der junge Mann fand es augenscheinlich zu schlimm, daß er erst wegen seiner Unwissenheit ausgelacht wurde und daß man sich dann darüber lustig machte, wie er sie aus eigener Kraft zu überwinden suchte. Ich hatte den gleichen Eindruck, und in Erinnerung an Mrs. Deans Geschichtchen von seinem ersten Versuch, die geistige Dunkelheit aufzuhellen, in der er aufgewachsen war, bemerkte ich: »Aber Mrs. Heathcliff, wir haben alle einmal angefangen und sind alle auf der Schwelle gestolpert; hätten unsere Lehrer uns verspottet, statt uns zu helfen, dann würden wir heute noch stolpern und wanken.«

»Oh«, antwortete sie, »ich will seinem Wissen keine Grenzen setzen; aber er hat kein Recht, sich meinen Besitz anzueignen und ihn mir durch seine schrecklichen Fehler und seine falsche Aussprache lächerlich zu machen. Diese Bücher, sowohl die Prosa wie die Gedichte, waren mir durch andere Erinnerungen geheiligt, und ich kann es nicht ertragen, daß sie durch seinen Mund herabgesetzt und entweiht werden. Überdies hat er sich, wie aus vorsätzlicher Bosheit, gerade meine Lieblingsstücke ausgesucht, die ich am allerliebsten wiederhole.«

Haretons Brust hob und senkte sich einen Augenblick stumm; er kämpfte mit einer heftigen Empfindung der Demütigung und des Zornes, die schwer zu unterdrücken war. Ich stand auf, und aus dem ritterlichen Gefühl, ihn aus seiner Verlegenheit zu befreien, stellte ich mich in den Torweg, von wo ich die Außenwelt überblicken konnte. Er folgte meinem Beispiel und verließ das Zimmer, erschien aber bald wieder mit einem halben Dutzend Bücher in den Händen, die er Catherine in den Schoß warf. Dabei rief er: »Nimm sie! Ich will nie wieder etwas von ihnen hören, darin lesen oder wieder an sie denken.«

»Jetzt will ich sie auch nicht mehr«, antwortete sie. »Ich würde sie in Beziehung zu dir bringen und sie nicht mehr ausstehen können!«

Sie öffnete eines, das offenbar viel gebraucht worden war, und las eine Weile in der gedehnten Art eines Anfängers daraus vor; dann lachte sie und warf es beiseite. »Hören Sie zu«, fuhr sie herausfordernd fort und fing an, eine Strophe aus einer alten Ballade in derselben Weise zu sprechen.

Aber seine Eigenliebe konnte diese Quälerei nicht länger ertragen: ich hörte – und war durchaus nicht entrüstet darüber – einen handgreiflichen Verweis, der ihrem frechen Mundwerk gegeben wurde. Die kleine Katze hatte ihr möglichstes getan, um die empfindlichen, wenn auch schlichten Gefühle ihres Vetters zu verletzen, und eine körperliche Züchtigung war für ihn die einzige Möglichkeit gewesen, die Rechnung zu begleichen und es seiner Widersacherin heimzuzahlen. Dann raffte er die Bücher zusammen und warf sie ins Feuer. Auf seinem Gesicht stand die Qual geschrieben, einer Laune dieses Opfer bringen zu müssen. Ich glaube, während die Bücher da von der Glut verzehrt wurden, stieg die Freude vor ihm auf, die sie ihm bisher gewährt, und der Triumph und das immer wachsende Vergnügen, das sie ihm bereitet hatten; und ich glaubte auch den Grund zu seinen geheimen Studien zu erraten. Er war mit der täglichen Arbeit und seinen primitiven Belustigungen zufrieden gewesen, bis Catherine seinen Weg kreuzte. Scham über ihre Verachtung und Hoffnung auf ihr Lob war der erste Antrieb zu höherem Streben gewesen; und statt ihn vor ihrer Mißachtung zu bewahren und ihm ihre Zuneigung zu gewinnen, hatten seine Bemühungen das genaue Gegenteil bewirkt.

»Ja, das ist alles, was so ein Rohling wie du Gutes aus ihnen ziehen kann!« rief Catherine und sog an ihrer verletzten Lippe, während sie mit zornigen Augen dem zerstörenden Werk der Flammen zusah.

»Du solltest jetzt lieber deinen Mund halten«, antwortete er grimmig.
Und da ihn seine Erregung am Weitersprechen hinderte, näherte er sich hastig der Tür, wo ich ihm Platz zum Durchgehen machte. Aber bevor er die Schwelle überschritten hatte, legte ihm Mr. Heathcliff, der den Fußweg heraufgekommen war, die Hand auf die Schulter und fragte: »Was ist denn los, mein Junge?«
»Nix, nix«, sagte er und flüchtete mit seinem Ärger und seinem Kummer in die Einsamkeit.
Heathcliff blickte ihm nach und seufzte.
»Seltsam, daß ich mir selber entgegenarbeite«, murmelte er, ohne zu ahnen, daß ich hinter ihm stand. »Aber wenn ich in seinem Gesicht nach seines Vaters Zügen suche, dann entdecke ich täglich mehr *ihre*. Warum, zum Teufel, ähnelt er ihr so? Ich kann es kaum ertragen!«
Heathcliff sah vor sich nieder und ging in Gedanken hinein. Sein Gesicht zeigte einen ruhelosen, gequälten Ausdruck, den ich noch nie zuvor beobachtet hatte, und er war auch hagerer geworden. Seine Schwiegertochter flüchtete in die Küche, sobald sie ihn durch das Fenster bemerkt hatte, so daß ich mit ihm allein blieb.
»Ich freue mich, Sie wieder einmal unterwegs zu sehen, Mr. Lockwood«, sagte er auf meinen Gruß, »zum Teil aus selbstsüchtigen Gründen; ich glaube, ich könnte Ihren Verlust in dieser Einöde nur schwer verwinden. Ich habe mich mehr als einmal gefragt, was Sie überhaupt hierhergebracht hat.«
»Ich fürchte, nur eine müßige Laune, Mr. Heathcliff«, war meine Antwort, »oder vielmehr eine müßige Laune wird mich von hier vertreiben. Ich werde mich nächste Woche nach London aufmachen, und ich möchte Ihnen schon heute sagen, daß ich Thrushcross Grange nicht länger behalten werde als das Jahr, für dessen Dauer ich es gepachtet habe. Ich glaube, ich werde nicht mehr dort wohnen.«
»Oh, wirklich, sind Sie es müde, von der Welt draußen verbannt zu sein?« sagte er. »Wenn Sie aber hierhergekommen sind, weil Sie nicht mehr für eine Wohnung bezahlen wollen, die Sie nicht mehr innehaben werden, dann war Ihr Weg ver-

geblich: ich gebe niemals Ansprüche auf, auf die ich ein Recht habe.«

»Ich bin nicht hergekommen, um mich von Verpflichtungen zu drücken«, rief ich einigermaßen ärgerlich. »Wenn Sie wollen, können wir die Sache sofort in Ordnung bringen.« Damit zog ich meine Brieftasche hervor.

»Nein, nein«, sagte er kühl, »Sie lassen genug zurück, um Ihre Schulden zu decken, falls Sie nicht zurückkehren sollten; ich habe keine solche Eile. – Nehmen Sie Platz und essen Sie mit uns zu Mittag. Einen Gast, von dem man weiß, daß er seinen Besuch nicht wiederholen wird, heißt man gewöhnlich gern willkommen. Catherine, decke den Tisch! Wo bist du denn?«

Catherine erschien wieder und trug ein Brett mit Messern und Gabeln.

»Du kannst bei Joseph essen«, murmelte Heathcliff zu ihr hin, »und in der Küche bleiben, bis er weg ist.«

Sie kam seinen Anweisungen sofort nach; sie fühlte sich wohl kaum versucht, seine Befehle nicht zu befolgen. Da sie unter Tölpeln und Menschenfeinden lebt, weiß sie wahrscheinlich Menschen einer anderen Lebensart gar nicht zu würdigen, wenn sie ihnen begegnet.

Mit dem grimmigen und düsteren Mr. Heathcliff auf der einen und dem völlig stummen Hareton auf der anderen Seite nahm ich eine ziemlich unerfreuliche Mahlzeit ein und verabschiedete mich bald. Ich wäre gern zur hinteren Tür hinausgegangen, um einen letzten Blick auf Catherine zu erhaschen und den alten Joseph zu ärgern; aber Hareton erhielt den Auftrag, mein Pferd zu bringen, und mein Gastgeber begleitete mich selbst zum Tor, so konnte ich meinen Wunsch nicht in die Tat umsetzen.

›Wie traurig vergehen die Tage in dem Hause dort!‹ überlegte ich, während ich die Straße hinunterritt. ›Hätte es Mrs. Linton Heathcliff nicht wie das Wahrwerden eines Märchens aus Tausendundeiner Nacht vorkommen müssen, wenn sie und ich eine Zuneigung füreinander gefaßt hätten, wie ihre gute Kinderfrau es ersehnte, und wenn wir zusammen in die erregende Atmosphäre der Stadt geflüchtet wären?‹

Zweiunddreißigstes Kapitel

1802. Im September dieses Jahres lud mich ein Jagdfreund ein, sein Moor im Norden unsicher zu machen, und auf meiner Reise nach seinem Landsitz befand ich mich ganz unerwartet fünfzehn Meilen von Gimmerton entfernt. Der Stallknecht eines Wirtshauses an der Straße hielt meinen Pferden einen Eimer Wasser zum Tränken hin, als ein Fuder mit sehr grünem, eben geschnittenem Hafer vorüberfuhr. Der Bursche meinte: »Das kommt von Gimmerton rüber. Die sin immer drei Wochen hinter alle andere Leute zurück mit ihre Ernte.«

»Gimmerton?« wiederholte ich, die Erinnerung an meinen Aufenthalt in jener Gegend war schon blaß und unwirklich geworden. »Ach ja, ich weiß. Wie weit ist das von hier?«

»Na, so vierzehn Meilen über die Berge; un ne schlechte Straße«, antwortete er.

Ein plötzlicher Einfall trieb mich, Thrushcross Grange aufzusuchen. Es war eben Mittag, und ich überlegte mir, daß ich die Nacht ebensogut unter meinem eigenen Dach wie in einem Gasthaus verbringen könnte. Außerdem konnte ich leicht einen Tag erübrigen, um mit meinem Gutsherrn alles zu regeln, und konnte mir auf diese Weise die Mühe sparen, noch einmal in diese Gegend zu kommen. Nachdem ich eine Weile geruht hatte, ließ ich durch meinen Diener den Weg nach dem Dorf erfragen, und mit großem Kraftaufwand für unsere Tiere legten wir den Weg in etwa drei Stunden zurück.

Ich ließ den Mann dort und setzte meinen Weg das Tal hinunter allein fort. Die graue Kirche sah noch grauer aus und der einsame Friedhof noch einsamer. Ich sah ein Moorschaf, das den kurzen Rasen auf den Gräbern abweidete. Es war köstliches, warmes Wetter, zu warm zum Wandern; aber die Hitze hinderte mich nicht am Genuß der entzückenden Landschaft über und unter mir: hätte ich sie schon im August gesehen, hätte sie mich zweifellos dazu verlockt, einen Monat in ihrer Einsamkeit zu verbringen. Im Winter konnte es nichts Traurigeres, im Sommer nichts Herrlicheres geben als die zwischen Bergen eingeschlossenen Schluchten und die steilen, mit Heidekraut bewachsenen Hänge.

Ich erreichte Thrushcross Grange vor Sonnenuntergang und klopfte an; aber die Bewohner hatten sich in den hinteren Teil des Hauses zurückgezogen, wie ich aus einem dünnen blauen Rauchwölkchen schloß, das sich vom Küchenschornstein emporkringelte, und hörten mich nicht. Ich ritt in den Hof. In der Torfahrt saß ein Mädchen von neun oder zehn Jahren und strickte, und eine alte Frau lehnte sich an die Rampe und rauchte nachdenklich eine Pfeife.

»Ist Mrs. Dean drin?« fragte ich die Frau.

»Mrs. Dean? Nee«, antwortete sie. »Die wohnt nich mehr da; die is oben in Wuthering Heights.«

»Dann sind Sie wohl die Haushälterin?« fuhr ich fort.

»Ja, ich halt das Haus in Ordnung«, erwiderte sie.

»Ich bin Mr. Lockwood, der Herr des Hauses. Sind ein paar Zimmer für mich bewohnbar? Ich möchte die Nacht über hier bleiben.«

»Der Herr!« rief sie in großem Erstaunen. »Ja, wer hätt'n soll'n denken, daß Sie kämen? Sie hätten soll'n schreiben! Nu is nix zurechtgemacht un aufgeräumt, nee, wirklich!«

Sie warf ihre Pfeife weg und eilte geschäftig ins Haus, das Mädchen folgte, und ich trat auch ein. Ich überzeugte mich bald, daß ihre Schilderung der Wahrheit entsprach und, vor allem, daß mein unerwartetes Erscheinen sie ganz aus der Fassung gebracht hatte. Ich ermahnte sie zur Ruhe; ich würde einen Spaziergang machen, und währenddessen sollte sie versuchen, mir eine Ecke des Wohnzimmers herzurichten, wo ich zu Abend essen, und ein Zimmer für die Nacht, worin ich schlafen könnte. Kein großes Reinmachen und Abstauben, nur tüchtiges Feuer und trockene Bettwäsche seien vonnöten. Sie schien den besten Willen zu haben, obwohl sie statt des Schüreisens den Herdbesen in den Kamin warf und auch sonst allerlei Werkzeuge falsch benützte; ich verzog mich jedoch im Vertrauen darauf, daß sie mir bis zu meiner Rückkehr

ein wohnliches Nachtquartier herrichten werde. Wuthering Heights war das Ziel meines geplanten Ausflugs. Als ich den Hof schon verlassen hatte, fiel mir etwas ein, und ich kehrte noch einmal um.
»Sind alle wohlauf in Wuthering Heights?« fragte ich die Frau.
»Ja, ja, soviel ich weiß«, antwortete sie und lief mit einer Pfanne voll glühender Kohlen davon.
Ich hätte gern gefragt, warum Mrs. Dean Thrushcross Grange verlassen hatte, aber ich sah ein, daß ich die Frau bei solch einer gefährlichen Beschäftigung nicht stören durfte, darum kehrte ich um und machte mich auf den Weg. Ich schlenderte voller Muße dahin, die Glut der untergehenden Sonne im Rücken und den milden Glanz des aufgehenden Mondes vor mir – die eine dahinsinkend, der andere heller werdend –, während ich den Park verließ und den steinigen Feldweg hinaufkletterte, der zu Mr. Heathcliffs Wohnsitz abzweigte. Ehe ich dort ankam, war alles, was vom Tageslicht übrigblieb, ein mattes, bernsteingelbes Licht im Westen; aber ich konnte jeden Kiesel auf dem Weg und jeden Grashalm in dem herrlichen Mondschein erkennen. Ich brauchte weder zu klopfen noch über das Tor zu klettern: es gab meiner Hand nach. ›Das ist ein Fortschritt‹, dachte ich. Und meine Nase verriet mir sogleich noch einen anderen: ein Duft von Goldlack und Levkojen schwebte mit dem Lufthauch von den Obstbäumen herüber.
Alle Türen und Fenster standen offen, und doch erhellte ein schönes rotes Feuer den Kamin, wie es in einem Kohlenbezirk üblich ist; das Behagen, das sich dem Auge darbietet, macht die etwas zu große Wärme leicht erträglich. Zudem ist das ›Haus‹ in Wuthering Heights so groß, daß seine Bewohner reichlich Platz haben, der Wärme des Kaminfeuers auszuweichen, und so hatten sich die Anwesenden nicht weit von einem der Fenster niedergelassen. Ich konnte die beiden sehen und sprechen hören, bevor ich eintrat, und konnte mir nicht versagen, zuzuhören und zuzusehen; ein Gemisch von Neugier und Neid trieb mich dazu und wuchs, je länger ich verweilte.
»Gegen*teil*«, sagte eine Stimme wie eine Silberglocke. »Und

das ist für das dritte Mal, du kleines Schaf! Noch einmal sage ich es dir nicht. Merke es dir, oder ich zupfe dich an den Haaren!«

»Also: Gegenteil«, antwortete eine andere in tiefer, aber weicher Stimmlage. »Und nun küsse mich, weil ich es mir so schön gemerkt habe!«

»Nein, erst lies es noch einmal ganz richtig durch ohne einen einzigen Fehler.«

Der männliche Sprecher fing an zu lesen; es war ein gutgekleideter junger Mann, der vor einem Tisch saß und ein Buch vor sich aufgeschlagen hatte. Seine hübschen Gesichtszüge glühten vor Freude, und seine Augen wanderten ungeduldig von den bedruckten Seiten zu einer schmalen weißen Hand auf seiner Schulter, die ihn jedesmal durch einen leichten Schlag auf die Wange ermahnte, wenn ihre Eigentümerin solche Zeichen von Unaufmerksamkeit entdeckte. Sie selbst stand hinter ihm; ihre hellen, seidigen Ringellöckchen berührten manchmal sein braunes Gelock, wenn sie sich niederbeugte, um seine Studien zu überwachen, und ihr Gesicht... ein Glück, daß er ihr Gesicht nicht sehen konnte, er wäre sonst nie im Leben so standhaft geblieben. Ich konnte es sehen, und ich biß mich auf die Lippe vor Verdruß, daß ich mir die Gelegenheit hatte entgehen lassen, etwas mehr zu tun, als diese blendende Schönheit anzustarren.

Die Aufgabe war, nicht ohne weitere Fehler, zu Ende gebracht worden; aber nun verlangte der Schüler eine Belohnung und erhielt sie in Gestalt von mindestens fünf Küssen, die er allerdings großmütig zurückgab. Dann kamen die beiden an die Tür, und ihrem Gespräch entnahm ich, daß sie noch ausgehen und einen Spaziergang durch das Moor machen wollten. Ich glaube, ich wäre in Hareton Earnshaws Herzen, wenn nicht gar von seinen Lippen in den dunkelsten Winkel der Hölle verwünscht worden, wenn ich Unglückseliger ihm in diesem Augenblick nahe gekommen wäre; so schlich ich mit ziemlich schlechtem Gewissen nach hinten, um in der Küche Zuflucht zu suchen. Auch auf dieser Seite war der Zutritt keinem verwehrt, und an der Tür saß meine alte Freundin Nelly Dean mit einer Näherei und sang ein Lied vor sich hin, das oft von drinnen durch barsche, unduldsam verächtliche Worte einer bedeutend weniger melodischen Stimme unterbrochen wurde.

»Na, ich wollte, du tätest lieber von morgens früh bis in de Nacht fluchen, als daß ich das Gedudel anhörn müßte«, sagte der unsichtbare Küchenbewohner als Antwort auf einige mir unverständlich gebliebene Worte Nellys. »'s is doch 'ne wahre Schande, daß ich die Heilige Schrift nich aufmachen kann, ohne daß du ihre Herrlichkeiten zum Teufel schickst, nur von wegen all die eingeborene, niederträchtige Bosheit in die Welt! Ja, du bist mir die Rechte, un die andere is auch nich besser; un den armen Burschen habt 'r zwischen euch genommen, un nu hat 'r nix mehr zu sagen. Armer Kerl!« fügte er mit einem Stöhnen hinzu; »der is behext word'n, das is nu mal sicher! O Herr, richte sie, denn 's gibt kein Gesetz un keine Gerechtigkeit mehr bei denen, die hier regiern!«

»Nein, denn sonst müßten wir auf brennenden Scheiterhaufen sitzen, nicht wahr?« erwiderte die Sängerin. »Aber nun sei still, alter Mann, und lies deine Bibel wie ein Christenmensch, und kümmere dich nicht um mich. Das war ›Fee Annies Hochzeit‹, eine hübsche Melodie, man kann auch danach tanzen.«

Mrs. Dean wollte ihren Gesang wiederaufnehmen, als ich auf sie zutrat. Sie erkannte mich augenblicklich, sprang auf und rief: »Ja, um alles in der Welt, Mr. Lockwood! Warum kommen Sie so unangemeldet her? In Thrushcross Grange ist alles verschlossen. Sie hätten uns Bescheid geben sollen!«

»Ich habe schon Anweisung gegeben für alles, was ich bei meinem Aufenthalt brauche. Ich reise morgen wieder ab. Aber wieso sind Sie hierherverpflanzt worden, Mrs. Dean? Erzählen Sie mir das!«

»Zillah ging weg von hier, und bald nachdem Sie nach London gereist waren, wünschte Mr. Heathcliff, ich sollte herkommen und bis zu Ihrer Rückkehr bleiben. – Aber bitte kommen Sie herein! Sind Sie zu Fuß von Gimmerton gekommen?«

»Von Thrushcross Grange«, antwortete ich, »und während sie dort eine Unterkunft für mich zurechtmachen, möchte ich mit Ihrem Herrn abrechnen, weil ich glaube, daß ich so bald keine Gelegenheit wieder dazu haben werde.«

»Was ist das für eine Abrechnung, Mr. Lockwood?« sagte

Nelly, während sie mich ins Haus führte. »Er ist gerade ausgegangen und wird so bald nicht wiederkommen.«
»Wegen der Pacht«, antwortete ich.
»Oh, dann müssen Sie das mit Mrs. Heathcliff abmachen«, bemerkte sie, »oder richtiger mit mir. Sie hat noch nicht gelernt, ihre Angelegenheiten selbst zu erledigen, und so tue ich es für sie. Sonst ist niemand da.«
Ich konnte meine Überraschung nicht verbergen.
»Oh, Sie wissen anscheinend nichts von Heathcliffs Tod?« fuhr sie fort.
»Heathcliff ist tot?« rief ich erstaunt aus. »Seit wann denn?«
»Seit drei Monaten. Aber setzen Sie sich doch, und geben Sie mir Ihren Hut. Ich werde Ihnen alles erzählen. Halt, Sie haben noch nichts zu essen bekommen, nicht wahr?«
»Danke, ich brauche nichts; ich habe mir zu Hause Abendbrot bestellt. Nun setzen Sie sich zu mir. Ich habe nicht im Traum daran gedacht, daß er sterben könnte. Lassen Sie hören, wie es kam. Sie sagen doch, Sie erwarten sie so bald nicht zurück, die jungen Leute.«
»Nein. Ich muß jeden Abend schelten wegen ihrer langen Spaziergänge, aber sie hören nicht auf mich. Trinken Sie wenigstens ein Glas von unserem alten Ale; das wird Ihnen guttun. Sie sehen müde aus.«
Ehe ich ablehnen konnte, eilte sie davon, um es zu holen, und ich hörte Joseph fragen, ob es nicht eine Affenschande sei, daß sie sich in ihrem Alter Liebhaber hielte und sie dann noch mit Bier aus ihres Herrn Keller bewirte! Er schäme sich, daß er dasitzen und zusehen müsse.
Sie ließ sich nicht die Zeit, ihm darauf zu erwidern, sondern kam nach einer Minute mit einem schäumenden Silberkrug zurück, dessen Inhalt ich mit gebührendem Ernst lobte. Alsdann berichtete sie mir den letzten Abschnitt von Heathcliffs Lebensgeschichte. Sein Ende war ›wunderlich‹, wie sie sich ausdrückte.
Vierzehn Tage nach Ihrer Abreise wurde ich nach Wuthering Heights geholt, erzählte sie, und ich gehorchte Catherines wegen mit Freuden. Mein erstes Zusammensein mit ihr erschreckte und bekümmerte mich, denn sie hatte sich seit unse-

rer Trennung sehr verändert. Mr. Heathcliff gab keine Erklärung über die Gründe, die ihn veranlaßt hatten, seine Meinung über meine Anwesenheit in Wuthering Heights zu ändern; er sagte mir nur, er brauche mich und hätte den Anblick von Catherine satt; ich solle das kleine Wohnzimmer für mich einrichten und sie dort bei mir behalten. Ihm genüge es, daß er sie ein- oder zweimal am Tage sehen müsse. Sie schien sich über diese Anordnung zu freuen, und nach und nach schmuggelte ich eine große Anzahl von Büchern und anderen Dingen herein, an denen sie in Thrushcross Grange ihre Freude gehabt hatte. Ich wiegte mich in der Erwartung, daß wir so in leidlicher Bequemlichkeit weiterleben würden, aber diese Täuschung dauerte nicht lange. Catherine, die anfangs zufrieden war, wurde nach kurzer Zeit reizbar und unruhig. Einmal war es ihr verboten, sich außerhalb des Gartens zu bewegen, und als der Frühling kam, grämte es sie sehr, auf einen so engen Raum beschränkt zu sein; und zum zweiten mußte ich sie häufig allein lassen, wenn ich meinen häuslichen Pflichten nachging, so daß sie sich über Einsamkeit beklagte; sie stritt sich lieber mit Joseph in der Küche herum, als daß sie friedlich oben in der Stille saß. Mich ärgerten ihre Plänkeleien nicht, aber Hareton war auch oft gezwungen, in die Küche zu gehen, wenn der Herr das ›Haus‹ für sich allein haben wollte; und obwohl sie anfangs bei seinem Kommen hinausging oder mir ruhig bei meinen Verrichtungen half und es vermied, ihn anzureden oder Bemerkungen über ihn zu machen, und obwohl er auch weiterhin so mürrisch und schweigsam wie möglich war, wandelte sich nach einer Weile ihr Benehmen: sie konnte ihn durchaus nicht in Ruhe lassen. Sie sprach ihn an, machte Bemerkungen über seine Dummheit und Trägheit und wunderte sich darüber, wie er das Leben, das er führte, aushielte, wie er zum Beispiel einen ganzen Abend dasitzen und ins Feuer starren und vor sich hin dösen könnte.

»Er ist genau wie ein Hund, nicht wahr, Ellen?« bemerkte sie einmal, »oder wie ein Ackergaul. Er tut seine Arbeit, ißt seine Mahlzeit, und im übrigen schläft er. Wie öde und leer muß es in seinem Kopf aussehen! Träumst du jemals, Hareton? Und wenn du es tust, wovon träumst du? Ach, du kannst nicht einmal mit mir sprechen!«

Dann blickte sie ihn an, aber er wollte weder den Mund auftun noch sie ansehen.
»Vielleicht träumt er gerade«, fuhr sie fort. »Er hat mit der Schulter gezuckt, genau wie Juno. Frag du ihn mal, Ellen!«
»Wenn Sie sich nicht benehmen können, wird Mr. Hareton den Herrn bitten, Sie hinaufzuschicken«, sagte ich. Er hatte nicht nur mit der Achsel gezuckt, sondern auch die Faust geballt, als ob er versucht wäre, Gebrauch von ihr zu machen.
»Ich weiß, warum Hareton niemals redet, wenn ich in der Küche bin«, rief sie ein anderes Mal aus. »Er hat Angst davor, daß ich ihn auslache. Ellen, wie denkst du darüber? Er einmal selbst angefangen, lesen zu lernen, und weil ich darüber lachte, verbrannte er seine Bücher und ließ es sein; war das nicht töricht?«
»Waren nicht Sie ungezogen?« sagte ich, »antworten Sie mir!«
»Vielleicht war ich das«, fuhr sie fort, »aber ich hatte nicht erwartet, daß er so albern sein würde. Hareton, wenn ich dir ein Buch gäbe, würdest du es jetzt annehmen? Ich will's versuchen!«
Sie legte eines, in dem sie geblättert hatte, in seine Hand; er schleuderte es fort und knurrte, wenn sie ihn nicht in Ruhe ließe, werde er ihr den Hals umdrehen.
»Nun, ich lege es hier in das Schubfach und gehe zu Bett.«
Dann flüsterte sie mir zu, ich möchte achtgeben, ob er es nähme, und verschwand. Aber er ließ das Buch liegen, und sie war sehr enttäuscht, als sie das am nächsten Morgen von mir hörte. Ich sah, daß ihr seine dauernde schlechte Laune und Trägheit leid tat: ihr Gewissen plagte sie, weil sie ihm sein Bemühen, sich fortzubilden, verleidet hatte, und sie war wirklich daran schuld. Nun versuchte sie mit all ihrem Scharfsinn, den Schaden wiedergutzumachen. Wenn ich plättete oder eine andere Arbeit hatte, die sich nicht gut im Zimmer verrichten ließ, brachte sie ein gutes Buch an und las mir daraus vor. Wenn Hareton dabeisaß, hielt sie gewöhnlich bei einer spannenden Stelle inne und ließ das Buch umherliegen. Das versuchte sie mehrere Male, aber er war halsstarrig wie ein Maulesel, und statt ihren Köder anzunehmen, saß er bei schlechtem Wetter rauchend bei Joseph. Wie die Automaten hockten sie zu bei-

den Seiten des Feuers, der Ältere zum Glück zu schwerhörig, um zu verstehen, was er ›ihr dummes Zeug‹ nannte, der Jüngere nach besten Kräften so tuend, als ob er ihr überhaupt keine Beachtung schenkte. An schönen Abenden, wenn er auf seinen Jagdstreifen war, gähnte Catherine, seufzte und plagte mich, ich solle ihr etwas erzählen; im Augenblick jedoch, wenn ich damit begann, lief sie davon in den Hof oder Garten, und zu guter Letzt fing sie an zu weinen und sagte, sie sei des Lebens müde, ihr Leben sei ganz nutzlos.

Mr. Heathcliff, der immer menschenscheuer wurde, hatte Hareton fast aus seinen Zimmern verbannt. Anfang März war dieser durch einen Unfall auf einige Tage an die Küche gefesselt. Sein Gewehr war losgegangen, als er allein in den Bergen war, ein Splitter riß ihm den Arm auf, und er verlor viel Blut, bevor er nach Hause kam. Infolgedessen war er wider Willen zum Stillsitzen am Feuer gezwungen, bis er wieder bei Kräften war. Catherine war es recht, ihn da zu haben; jedenfalls mißfiel ihr in jener Zeit der Aufenthalt oben in ihrem Zimmer mehr denn je, und sie zwang mich geradezu, mir unten zu schaffen zu machen, damit sie dort bei mir sein konnte.

Am Ostermontag ging Joseph mit einigen Stück Vieh zum Markt nach Gimmerton, und am Nachmittag machte ich in der Küche meine Wäsche fertig. Earnshaw saß so mürrisch wie immer in der Herdecke, und meine kleine Herrin vertrieb sich die müßige Stunde damit, Bilder auf die Fensterscheiben zu malen; sie brachte ein wenig Abwechslung in diesen Zeitvertreib, indem sie gedämpft vor sich hin sang, halblaute Seufzer ausstieß und schnelle, ärgerliche, ungeduldige Seitenblicke auf ihren Vetter warf, der unentwegt rauchte und in den Kamin schaute. Auf meine Bemerkung hin, daß ich nicht weiterarbeiten könne, wenn sie mir im Licht stehe, ging sie zum Herdplatz hinüber. Ich achtete wenig auf das, was sie dort trieb, aber schließlich hörte ich, wie sie eine Unterhaltung begann.

»Ich habe darüber nachgedacht, Hareton, daß ich gern – daß ich sehr froh wäre, wenn – daß ich dich jetzt sehr gern zum Vetter haben möchte, wenn du nicht so schrecklich böse auf mich wärest und so grob.«

Hareton gab keine Antwort.

»Hareton, Hareton, Hareton! Hörst du überhaupt?« fuhr sie fort.
»Scher dich weg!« knurrte er mit unerbittlicher Schroffheit.
»Gib mir mal die Pfeife!« sagte sie, streckte behutsam die Hand aus und nahm sie ihm aus dem Mund.
Ehe er ihrer wieder habhaft werden konnte, lag sie zerbrochen im Feuer. Er fluchte und griff nach einer anderen.
»Halt!« rief sie, »erst mußt du mir zuhören, und wenn du mir solche dicke Wolken ins Gesicht bläst, kann ich nicht sprechen.«
»Geh zum Teufel und laß mich in Ruhe!« rief er wütend aus.
»Nein«, beharrte sie, »das tue ich nicht. Ich weiß nicht, was ich tun soll, damit du mit mir sprichst. Und du willst einfach nicht verstehen. Wenn ich dich mal dumm nenne, dann meine ich nichts Schlimmes damit; das heißt nicht, daß ich dich verachte. Komm, sieh mich an, Hareton! Du bist mein Vetter, und du mußt mich auch als Verwandte anerkennen.«
»Ich will gar nix mit dir zu schaffen ham un mit deinem dreckigen Hochmut un mit deinem verdammten Spott«, gab er zur Antwort. »Ich will mit Haut un Haar der Hölle verfall'n sein, wenn ich je wieder ein'n Blick auf dich werfe! Geh mir aus dem Weg, augenblicklich!«
Catherine verzog das Gesicht, zog sich wieder zum Fenster zurück, biß sich auf die Lippe und versuchte durch das Summen einer kecken Melodie zu verbergen, daß ihr die Tränen näher waren als das Lachen.
»Sie sollten sich mit Ihrer Kusine vertragen, Mr. Hareton«, mischte ich mich ein, »weil sie ihre Ungezogenheit wirklich bereut. Ihnen würde das nur guttun; Sie würden ein ganz anderer Mensch werden, wenn Sie sie als Kameradin hätten.«
»Sie als Kameradin! Wo sie mich haßt un nich mal für gut genug hält, ihr die Schuh zu putzen! Nee, un wenn ich dadurch König werden könnte, würd mich keiner dazu bringen, ihre Freundschaft noch mal zu suchen.«
»Das ist nicht wahr, daß ich dich hasse, du haßt mich!« weinte Catherine los, die ihren Kummer nicht länger verbergen konnte. »Du haßt mich so sehr wie Mr. Heathcliff, und noch mehr!«

»Du bist 'ne verdammte Lügnerin!« schrie Earnshaw. »Warum hab ich ihn wütend gemacht? Weil ich hundertmal deine Partei ergriffen habe, und das, obwohl du über mich gespottet hast und mich verachtest und... Wenn du mich weiter quälst, geh ich zu ihm 'nüber und sage, daß du mich aus der Küche hinausgetrieben hast.«
»Ich habe nicht gewußt, daß du meine Partei ergriffen hast«, antwortete sie und trocknete sich die Augen, »und ich war unglücklich und gegen *alle* verbittert. Aber jetzt danke ich dir und bitte dich um Verzeihung: was kann ich anderes tun?«
Sie ging zum Herdplatz zurück und streckte ihm freimütig die Hand entgegen. Er aber sah weiter finster und drohend wie eine Gewitterwolke aus, hielt seine Fäuste fest geschlossen und wandte den Blick nicht vom Boden weg. Catherine schien erraten zu haben, daß es eigensinnige Verstocktheit war und nicht Abneigung, die ihn zu diesem verbissenen Benehmen veranlaßte, denn nach einem Augenblick unentschlossenen Zögerns beugte sie sich nieder und drückte einen sanften Kuß auf seine Wange. Der kleine Schelm dachte, ich hätte sie nicht beobachtet, und zog sich auf ihren alten Platz am Fenster zurück. Ich schüttelte vorwurfsvoll den Kopf; da errötete sie und flüsterte: »Was hätte ich denn anderes tun sollen, Ellen? Die Hand wollte er mir nicht geben, ja er sah nicht einmal auf; ich mußte ihm irgendwie zeigen, daß ich ihn gern habe – und daß ich Freundschaft mit ihm schließen will.«
Ob es dieser Kuß war, der Hareton überzeugte, kann ich nicht sagen; ein paar Minuten lang war er sehr bemüht, sein Gesicht nicht zu zeigen, und als er endlich den Kopf hob, war er in größter Verlegenheit, wohin er seine Augen wenden sollte.
Catherine beschäftigte sich damit, ein hübsches Buch sauber in weißes Papier einzuwickeln, und nachdem sie es mit einem Endchen Band verschnürt hatte, adressierte sie das Päckchen an ›Mr. Hareton Earnshaw‹ und bat mich, als ihre Abgesandte, das Geschenk seinem Empfänger zu übermitteln.
»Und sage ihm, wenn er es annimmt, dann will ich ihm beibringen, es richtig zu lesen«, sagte sie, »und wenn er es zurückweist, werde ich hinaufgehen und ihn nie, nie wieder quälen.«
Ich trug es hin und wiederholte die Botschaft, begleitet von

den ängstlichen Blicken meiner Auftraggeberin. Hareton streckte keinen Finger aus, deshalb legte ich es auf seine Knie. Er schob es auch nicht weg. So ging ich wieder an meine Arbeit. Catherine saß am Tisch und stützte ihren Kopf in die Hände, bis sie das leise Rascheln des Papiers hörte, das von dem Buch entfernt wurde; da stahl sie sich hinüber und setzte sich still neben ihren Vetter. Er zitterte, und sein Gesicht glühte. Seine ganze Grobheit und seine finstere Strenge waren verschwunden. Zuerst konnte er nicht den Mut aufbringen, auf ihren fragenden Blick und ihre leise Bitte auch nur mit einer einzigen Silbe zu antworten.
»Sag, daß du mir verzeihst, Hareton. Du kannst mich mit diesem einen kleinen Wort so glücklich machen!«
Er murmelte etwas Unverständliches.
»Und nun wirst du mein Freund sein?« fügte Catherine fragend hinzu.
»Nee, denn du wirst dich meiner schämen bis an dein Lebensende, je besser du mich kennst, desto mehr; un das kann ich nich ertragen.«
»So willst du also mein Freund nicht sein?« sagte sie mit einem süßen Lächeln und rückte näher an ihn heran.
Weiter konnte ich vom Gespräch nichts verstehen, aber als ich mich nach ihnen umsah, blickte ich in zwei so strahlende Gesichter, die sich zusammen über das geschenkte Buch beugten, daß mir kein Zweifel blieb: der Friedensschluß war von beiden Seiten vollzogen, und aus Feinden waren nun verschworene Verbündete geworden.
Das Werk, das sie zusammen studierten, war voll kostbarer Bilder, und diese Bilder und ihr neues Verhältnis zueinander hielt sie unbeweglich an ihrem Platz, bis Joseph nach Hause kam. Der arme Mann war ganz entgeistert über den unerwarteten Anblick, Catherine auf derselben Bank mit Hareton Earnshaw sitzen zu sehen, ihre Hand auf seine Schulter gelehnt, und verwirrt darüber, daß sein Liebling ihre Nähe duldete. Es erschütterte ihn so tief, daß er an diesem Abend nicht einmal eine Bemerkung darüber machte. Seine Aufregung äußerte sich nur in abgrundtiefen Seufzern, die er ausstieß, als er seine große Bibel feierlich auf dem Tisch aufschlug und sie mit schmutzigen Banknoten aus seinem Taschentuch bedeck-

te: dem Erlös dieses Tages. Schließlich rief er Hareton zu sich herüber.
»Trag das 'nüber ins Zimmer vom Herrn, Junge, un bleib drüben. Ich geh in meine eigne Kammer 'nauf. Die Höhle hier is nich menschlich un nich schicklich für uns. Wir müssen ausrücken un uns was andres suchen.«
»Kommen Sie, Catherine, wir müssen auch ›ausrücken‹. Ich bin mit meiner Plätterei fertig. Haben Sie Ihre Sachen zusammengeräumt?«
»Es ist noch nicht einmal acht Uhr!« rief sie und stand unwillig auf. »Hareton, ich lasse dieses Buch auf dem Kaminsims liegen, und morgen bringe ich ein paar andere mit.«
»Alle Bücher, die Sie rumliegen lassen, trag ich ins ›Haus‹«, erklärte Joseph, »un ich freß 'n Besen, wenn Sie die wiedersehn. So, nu könn Se machen, was Se wollen!«
Cathy drohte ihm, daß sie sich an seinen Büchern schadlos halten werde, dann lächelte sie Hareton zu und ging singend hinauf, wahrscheinlich mit leichterem und froherem Herzen, als sie es je unter diesem Dache gehabt hatte, die ersten Besuche bei Linton vielleicht ausgenommen.
Das so begonnene Einvernehmen wuchs rasch, obwohl es zeitweilig Unterbrechungen erlitt. Earnshaw konnte nicht durch einen bloßen Wunsch gesittet gemacht werden, und meine junge Herrin war kein Philosoph und kein Muster an Geduld; aber da sie beide demselben Ziel zustrebten – die eine liebend und willig zu achten, der andere liebend und mit dem brennenden Wunsche, geachtet zu werden –, erreichten sie es schließlich.
Sehen Sie, Mr. Lockwood, es war leicht genug, Mrs. Heathcliffs Herz zu gewinnen. Aber jetzt bin ich von Herzen froh darüber, daß Sie keinen Versuch dazu gemacht haben. Die Krönung aller meiner Wünsche wird die Vereinigung der beiden sein. An ihrem Hochzeitstag werde ich niemand in der ganzen Welt beneiden; dann wird es keine glücklichere Frau in England geben als mich!

Dreiunddreißigstes Kapitel

Am Morgen, der diesem Montag folgte, konnte Earnshaw seine gewöhnliche Arbeit noch nicht aufnehmen und blieb daher in der Nähe des Hauses. Ich sah mich außerstande, meine Schutzbefohlene wie bisher bei mir zu behalten. Sie ging vor mir hinunter und in den Garten, wo sie ihren Vetter bei einigen leichten Arbeiten gesehen hatte, und als ich hinauskam, um sie zum Frühstück zu rufen, sah ich, daß sie ihn dazu überredet hatte, ein großes Stück Land von Johannisbeer- und Stachelbeersträuchern zu säubern, und sie machten eifrig Pläne, wie man Gewächse von Thrushcross Grange hierherverpflanzen könnte.

Ich war entsetzt über die Zerstörung, die hier binnen einer kurzen halben Stunde angerichtet worden war. Die schwarzen Johannisbeersträucher waren Josephs Augapfel, und die beiden hatten es sich in den Kopf gesetzt, mitten zwischen ihnen ein Blumenbeet anzulegen.

»Das ist ja heiter!« rief ich aus. »Das wird alles dem Herrn gezeigt werden, sobald es entdeckt worden ist. Und welche Entschuldigung können Sie dafür vorbringen, daß Sie sich im Garten solche Freiheiten herausgenommen haben? Passen Sie auf, was für einen bösen Krach wir deswegen bekommen werden! Mr. Hareton, ich dachte doch, Sie hätten Verstand genug, um nicht solche Unordnung anzurichten, weil sie es so haben will!«

»Ich hatte vergessen, daß sie Joseph gehören«, antwortete Earnshaw einigermaßen verwirrt. »Aber ich werde ihm sagen, daß ich daran schuld bin.«

Wir nahmen alle Mahlzeiten mit Mr. Heathcliff zusammen ein. Ich vertrat die Hausfrau beim Teebereiten und Vorlegen, daher war ich unabkömmlich bei Tisch. Catherine saß gewöhnlich dicht neben mir, aber heute rückte sie näher zu Hareton hinüber, und ich merkte gleich, daß sie ihre Freundschaft ebensowenig verhehlen werde, wie sie es mit ihrer Feindschaft getan hatte.

»Passen Sie auf, daß Sie nicht mit Ihrem Vetter sprechen, und beachten Sie ihn nicht zuviel«, flüsterte ich ihr noch rasch zu, als wir ins Zimmer traten. »Es wird Mr. Heathcliff bestimmt ärgern, und er wird wütend auf Sie beide werden.«

»Ich werde mich vorsehen«, antwortete sie.

Eine Minute später war sie zu Hareton hinübergerutscht und steckte ihm Primeln in seinen Teller mit Haferbrei.

Er wagte dort überhaupt nicht, mit ihr zu sprechen; er wagte kaum aufzusehen, und doch neckte sie ihn immer weiter, bis er zweimal das Lachen kaum noch verbeißen konnte. Ich runzelte die Stirn, und da sah sie nach dem Herrn hinüber, dessen Gedanken sich im Augenblick mit anderen Dingen als seiner Umgebung beschäftigten, wie sein Gesicht erkennen ließ; sie wurde eine Weile ruhig und sah ihn mit prüfendem Ernst an. Später aber fing sie wieder an, Unsinn zu machen, bis Hareton schließlich ein unterdrücktes Gelächter ausstieß. Mr. Heathcliff fuhr auf, seine Augen glitten rasch über unsere Gesichter. Catherine begegnete ihnen, wie gewöhnlich, mit ihrem aus Angst und Trotz gemischten Blick, den er verabscheute.

»Gut, daß du außer Reichweite sitzt«, rief er aus. »Von welchem Dämon bist du besessen, daß du mich dauernd mit diesen teuflischen Augen anstarrst? Schlag sie nieder! Und erinnere mich nicht wieder an deine Anwesenheit. Ich dachte, ich hätte dir das Lachen ausgetrieben!«

»Ich bin es gewesen«, murmelte Hareton.

»Was sagst du da?« fragte der Herr.

Hareton sah auf seinen Teller nieder und wiederholte sein Geständnis nicht. Mr. Heathcliff sah ihn einen Augenblick an, dann beendete er schweigend sein Frühstück und vertiefte sich bald wieder in seine eigenen Gedanken. Wir waren fast fertig, die beiden jungen Leute waren weiter auseinandergerückt, so daß ich keine weitere Störung dieser Mahlzeit befürchtete, als Joseph in der Tür erschien; seine zitternden Lippen und wütenden Blicke verrieten, daß er den Schaden entdeckt hatte, der seinen kostbaren Sträuchern zugefügt worden war. Er mußte Hareton und Cathy schon, ehe er das Unheil

entdeckte, im Garten gesehen haben; denn seine Kinnbacken mahlten aufeinander wie die einer wiederkäuenden Kuh, und seine Rede war kaum zu verstehen, als er loslegte:
»Nu will ich mein' Lohn ham un gehn. Ich hatt geglaubt, ich könnt da sterben, wo ich sechzig Jahr gedient hab; un ich wollt meine Bücher un all mein bißchen Kram 'nauf in de Bodenkammer nehm, un se sollten de Küche alleine ham, damit Ruhe wär. 's wär hart gewesen, meine Herdstelle aufzugeben, aber ich hätt's getan! Aber nee, nun reißt se mir 'n Garten weg, un wahrhaftig, Herr, das kann ich nich aushalten! Mögen de andern sich beugen unterm Joch, wenn se wollen, ich bin nich dran gewöhnt; un so 'n alter Mann kann sich nich an neue Moden gewöhnen. Ich will lieber mei bißchen Suppe mit Steineklopfen auf der Straße verdienen!«
»Na, na, du Dummkopf, mach's kurz!« unterbrach Mr. Heathcliff, »Worüber regst du dich so auf? Ich mische mich nicht in Streitigkeiten zwischen dir und Nelly. Meinetwegen kann sie dich ins Aschenloch werfen!«
»'s is nich Nelly«, antwortete Joseph. »Ich würde wegen Nelly nich ziehn, so ruppig wie se auch is. Dem Herrn sei Dank! *Die* kann niemand de Seele aus 'm Leibe nich stehlen. Die war niemals hübsch genug, daß jeder ihr nachlaufen *müßte*. 's is das scheußliche, schamlose Weibsbild dort, das unsern Jungen behext hat mit ihren frechen Augen un ihr naseweises Benehmen, bis... Nee, nee, das bricht mir balde 's Herze! Er hat alles vergessen, was ich for ihn getan un gemacht hab, un is hingegangen un hat 'ne ganze Reihe von die scheensten Johannisbeerbüsche aus 'n Garten rausgerissen!« Und hier begann er laut herauszujammern, übermannt von dem Gefühl bitterer Kränkung, von Earnshaws Undankbarkeit und der Gefahr, in der er schwebte.
»Ist der Narr betrunken?« fragte Mr. Heathcliff. »Hareton, beklagt er sich über dich?«
»Ich habe zwei oder drei Büsche herausgerissen«, antwortete der junge Mann, »aber ich werde sie wieder einpflanzen.«
»Und warum hast du sie herausgerissen?« fragte der Herr.
Catherine mischte sich ein: »Wir wollten dort ein paar Blumen pflanzen«, rief sie. »Ich allein bin schuld, denn ich wollte es gern haben.«

»Und wer, zum Teufel, gab *dir* das Recht, hier einen einzigen Stock anzurühren?« fragte sichtlich überrascht ihr Schwiegervater. »Und wer befahl *dir,* ihr zu gehorchen?« fügte er, zu Hareton gewendet, hinzu.
Dieser blieb stumm, seine Kusine erwiderte: »Sie sollten mir wirklich ein paar Meter Land zum Bepflanzen gönnen, nachdem Sie all mein Land genommen haben.«
»*Dein* Land, freches Frauenzimmer? Du hast nie welches besessen!« sagte Heathcliff.
»Und mein Geld«, fuhr sie fort, indem sie seinen ärgerlichen Blick erwiderte, während sie an einer Brotkruste, dem Rest ihres Frühstücks, kaute.
»Ruhe!« rief er. »Mach, daß du fertig wirst und hinauskommst!«
»Und Haretons Land und sein Geld«, fuhr das leichtsinnige Ding fort. »Hareton und ich sind jetzt Freunde; und ich werde ihm alles über Sie erzählen.«
Einen Augenblick schien der Herr betroffen zu sein, er wurde blaß, und während er sie keinen Augenblick aus den Augen ließ, erhob er sich mit dem Ausdruck tödlichen Hasses.
»Wenn Sie mich schlagen, wird Hareton Sie schlagen«, sagte sie. »Deshalb setzen Sie sich lieber wieder hin.«
»Wenn Hareton dich nicht aus dem Zimmer wirft, dann werde ich ihn zur Hölle schicken!« donnerte Heathcliff. »Verdammte Hexe! Wagst du es, ihn gegen mich aufzuhetzen? Hinaus mit ihr! Hörst du? Stecke sie in die Küche! Ich schlage sie tot, Ellen Dean, wenn du sie mir wieder unter die Augen kommen läßt!«
Hareton versuchte mit gedämpfter Stimme, sie zum Verlassen des Zimmers zu bewegen.
»Wirf sie hinaus!« schrie Heathcliff wütend. »Was stehst du da und redest?« Und er kam näher, um seinen Befehl selbst auszuführen.
»Er wird Ihnen niemals mehr gehorchen, Sie schlechter Mensch«, sagte Catherine, »und bald wird er Sie ebenso hassen wie ich.«
»Scht, scht!« murmelte der junge Mann vorwurfsvoll. »Ich will dich nicht so reden hören. Still!«
»Aber du wirst nicht zulassen, daß er mich schlägt«, rief sie.

»Jetzt komm weg hier!« flüsterte er sehr ernst. Da war es schon zu spät: Heathcliff hatte sie gepackt.
»Nun gehst *du*!« sagte er zu Earnshaw. »Verfluchte Hexe! Diesmal hat sie mich herausgefordert, als ich es nicht vertragen konnte. Das soll sie ihr Leben lang bereuen!«
Er hatte sie bei den Haaren gepackt; Hareton versuchte ihre Locken zu befreien und flehte ihn an, ihr nicht weh zu tun. Heathcliffs schwarze Augen glühten, er schien Catherine in Stücke zerreißen zu wollen, und ich wollte ihr gerade zu Hilfe eilen, als seine Finger plötzlich ihren Griff lockerten; er ließ seine Hand von ihrem Kopf auf ihren Arm sinken und starrte ihr gespannt ins Gesicht. Er strich sich mit der Hand über die Augen, stand einen Augenblick still, wie um sich zu sammeln, dann wendete er sich wieder an Catherine und sagte mit erzwungener Ruhe: »Du mußt vermeiden, mich so zu reizen, sonst bringe ich dich wirklich eines Tages um! Geh zu Mrs. Dean und bleibe bei ihr, und vertraue deine Unverschämtheiten ihren Ohren an. Und was Hareton Earnshaw betrifft: wenn ich merke, daß er auf dich hört, soll er sich sein Brot verdienen, wo er will. Deine Liebe wird ihn zum Ausgestoßenen und zum Bettler machen! Nelly, nimm sie mit – und nun laßt mich alle allein! Laßt mich allein!«
Ich führte meine junge Herrin hinaus, und sie war viel zu froh darüber, so davongekommen zu sein, als daß sie widerstrebt hätte; die anderen folgten, und Mr. Heathcliff war bis Mittag allein im ›Haus‹. Ich hatte Catherine geraten, oben zu bleiben, aber als er ihren leeren Stuhl bemerkte, schickte er mich hinauf, um sie zu holen. Er redete mit keinem von uns, aß sehr wenig und ging sofort nach der Mahlzeit aus und bedeutete uns, daß er vor dem Abend nicht zurück sein werde.
Während seiner Abwesenheit machten es sich die beiden neuen Freunde im ›Haus‹ bequem. Dort hörte ich, wie Hareton seiner Kusine einen ernsten Verweis erteilte, nachdem sie versucht hatte, ihm das Verhalten ihres Schwiegervaters seinem eigenen Vater gegenüber klarzumachen. Er sagte ihr, daß er kein einziges Wort der Herabsetzung über ihn dulden werde. Und wenn er der Teufel selber wäre, so würde das an der Sache nichts ändern; er werde zu ihm stehen, und er wollte lieber, daß sie ihn selbst beschimpfe wie in früheren Tagen, als

daß sie sich gegen Mr. Heathcliff wende. Catherine wurde erst böse darüber, aber er fand den rechten Weg, sie zum Schweigen zu bringen, durch seine Frage, wie es ihr wohl gefallen würde, wenn er über ihren Vater Häßliches sagte. Sie verstand endlich, daß Earnshaw die Ehre seines Herrn zu seiner eigenen machte und daß er zu fest an ihm hing, als daß Vernunftsgründe diese Bande hätten zerstören können, Bande, durch die Gewohnheit geschmiedet und nur durch rohe Gewalt zu zerreißen. In Zukunft bewies sie ihre Neigung dadurch, daß sie es vermied, zu klagen oder Ausdrücke der Abneigung gegen Heathcliff laut werden zu lassen; mir gegenüber bekannte sie auch ihre Reue darüber, daß sie versucht hatte, Unfrieden zwischen ihm und Hareton zu stiften. Ich glaube wirklich, sie hat seither in Earnshaws Gegenwart kein einziges Wort mehr gegen ihren Unterdrücker gesagt.

Als diese kleine Verstimmung vorüber war, waren sie wieder gut Freund miteinander und ungemein eifrig in ihrer Tätigkeit als Schüler und Lehrer. Wenn ich mit meiner Arbeit fertig war, setzte ich mich zu ihnen, und während ich ihnen zuschaute, fühlte ich mich so getröstet und beruhigt, daß ich kaum merkte, wie die Zeit verstrich. Sie wissen, beide waren in gewisser Weise meine Kinder; ich war stolz auf das eine gewesen, und jetzt erkannte ich, daß das andere eine Quelle gleicher Freude werden würde. Haretons aufrichtige, warmherzige und geweckte Natur befreite sich rasch von den Schatten der Unwissenheit und Erniedrigung, unter denen er aufgewachsen war; und Catherines aufrichtig gemeintes Lob spornte seinen Fleiß immer mehr an. Sein klarer werdender Geist hellte seine Gesichtszüge auf und verlieh ihnen Ausdruck und Adel. Ich konnte kaum fassen, daß dies derselbe Mensch war, dem ich damals gegenübergetreten war, als ich meine kleine Herrin, nach ihrem Ausflug zur Felsenklippe von Penistone, in Wuthering Heights wiedergefunden hatte. Während ich stumm bewundernd dasaß und sie zusammen arbeiteten, brach die Dämmerung herein, und mit ihr kehrte der Herr zurück. Er kam ganz überraschend für uns durch die Vordertür herein und konnte uns alle drei genau beobachten, ehe wir nur die Köpfe zu ihm aufheben konnten. Nun, überlegte ich, es gab wohl kein freundlicheres oder harmloseres Bild, und es wäre eine Schmach und Schande gewesen, sie zu schelten. Das rote Licht des Feuers leuchtete über ihre hübschen Köpfe und belebte ihre Gesichter, die in kindlichem Wissensdurst strahlten; denn obwohl er dreiundzwanzig und sie achtzehn Jahre alt war, hatte jedes von ihnen so viel Neues zu lernen und in sich aufzunehmen, daß keinem von ihnen die Nüchternheit oder Entzauberung der Reife eigen war.

Sie erhoben beide ihre Augen zu denen Mr. Heathcliffs. Vielleicht haben Sie niemals bemerkt, daß sie genau die gleichen Augen haben, nämlich die Catherine Earnshaws. Die junge Catherine ähnelt ihr sonst nicht, abgesehen von der Breite der Stirn und einem gewissen Schwung der Nasenflügel, der ihr etwas Hochmütiges gibt, ob sie will oder nicht. Bei Hareton ist die Ähnlichkeit ausgesprochener; sie ist immer da, aber in diesem Augenblick war sie besonders auffallend, weil sein Verstand aufgeweckt und seine geistigen Fähigkeiten zu ungewohnter Tätigkeit angeregt waren. Ich glaube, diese Ähnlichkeit entwaffnete Mr. Heathcliff; er trat in offensichtlicher Erregung zum Kamin; doch legte sie sich schnell, als er den jungen Mann ansah, oder ich möchte besser sagen: sie veränderte ihren Charakter, denn sie war immer noch vorhanden. Er nahm ihm das Buch aus der Hand und überblickte die aufgeschlagene Seite; dann gab er es wortlos zurück und bedeutete Catherine nur durch ein Zeichen, fortzugehen. Hareton blieb nur noch eine kurze Zeit nach ihrem Verschwinden, und ich war ebenfalls im Begriff, mich zurückzuziehen, aber er wünschte, daß ich bei ihm sitzenbliebe.

»Nicht wahr, das ist ein armseliger Abschluß?« bemerkte er, nachdem er eine Weile über das soeben Erlebte gegrübelt hatte, »ein lächerliches Ende meiner heftigen Bemühungen! Mit Hebeln und Hacken hatte ich es unternommen, die beiden Häuser zu zerstören, und habe eine wahre Herkulesarbeit dabei geleistet, und nun, da alles vollendet und die Macht in meinen Händen ist, merke ich, daß mir der Wille fehlt, auch nur einen einzigen Schiefer von ihren Dächern wegzunehmen. Meine alten Feinde haben mich nicht besiegt; jetzt wäre der richtige Zeitpunkt, mich an ihren Nachkommen zu rächen. Ich könnte es tun, und niemand würde mich daran hindern. Aber was käme dabei heraus? Ich habe keine Lust mehr, zuzuschlagen; es lohnt mir nicht die Mühe, die Hand aufzuheben. Das klingt, als hätte ich die ganze Zeit nur auf das Ziel hingearbeitet, um jetzt eine schöne Geste der Großmut zu machen. Das ist ganz und gar falsch: ich habe die Freude an ihrer Vernichtung verloren, und ich bin zu träge, etwas zwecklos zu zerstören. Nelly, es geht eine seltsame Verwandlung vor, ich stehe schon in ihrem Schatten. Ich habe so wenig Interesse an meinem irdischen Leben, daß ich Essen und Trinken vergesse. Die beiden, die eben hinausgegangen sind, scheinen das einzige zu sein, was eine bestimmte körperhafte Erscheinung für mich behalten hat, und diese Erscheinung verursacht mir Schmerz, der sich zur Qual steigert. Über sie will ich nicht reden, und ich möchte auch nicht an sie denken; ich wünschte ernstlich, sie wäre unsichtbar, ihre Gegenwart beschwört Empfindungen herauf, die mich verrückt machen. Er berührt mich anders – aber wenn ich es tun könnte, ohne geistesgestört zu erscheinen, so würde ich ihn nie wieder sehen wollen. Vielleicht würdest du denken, ich sei auf dem Wege dazu«, fügte er mit einem Anflug von Lächeln hinzu, »wenn ich dir die tausend Arten früherer Gedankenverbindungen und Vorstellungen zu beschreiben versuchte, die er erweckt oder verkörpert. Aber du sprichst nicht über das, was ich dir sage, und mein Geist ist so völlig in sich zurückgezogen, daß die Versuchung groß ist, sich ein einziges Mal einem anderen Menschen zu offenbaren.

Vor fünf Minuten schien Hareton die Verkörperung meiner eigenen Jugend zu sein, nicht ein lebendes Wesen. Ich empfand für ihn in so unterschiedlicher Weise, daß es mir unmöglich gewesen wäre, ihn anzureden. Zum ersten verbindet seine auffallende Ähnlichkeit mit Catherine ihn in erschreckendem Maße mit ihr. Was nach deiner Meinung mich am stärksten fesseln müßte, ist in Wahrheit das Unwesentlichste; denn was wäre für mich *nicht* mit ihr verbunden, und was riefe sie mir nicht ins Gedächtnis zurück? Ich kann nicht auf diesen Fußboden sehen, ohne daß ihre Züge auf den Fliesen erscheinen. In jeder Wolke, jedem Baum, in der Luft, die mich nachts umgibt, in jedem Gegenstand, den mein Auge tagsüber wahrnimmt, scheint mir ihr Bild entgegenzustrahlen. Die nichtssagendsten Gesichter von Männern und Frauen, meine eigenen

Züge narren mich durch eine Ähnlichkeit mit ihr. Die ganze Welt ist ein schreckliches Mahnmal dafür, daß sie gelebt hat und daß ich sie verlor! Nun, Haretons Erscheinung war das Gespenst meiner unsterblichen Liebe, die Erinnerung an mein verzweifeltes Bemühen, mein Recht festzuhalten, an meine Erniedrigung, meinen Stolz, mein Glück, meine Qual. –

Es ist der reine Wahnsinn, vor dir all diese Gedanken auszubreiten, es wird dir aber erklären, warum seine Gesellschaft mir nicht wohltut, obwohl ich ungern allein bin; sie vertieft eher die ständige Qual, die ich leide, und sie trägt mit dazu bei, daß es mir gleichgültig ist, ob er und seine Kusine sich vertragen. Ich kann mich gar nicht mehr um sie kümmern.«

»Aber was meinen Sie mit der Verwandlung, Mr. Heathcliff?« fragte ich, durch sein Wesen beunruhigt, wenngleich er nicht in Gefahr war, seinen Verstand zu verlieren oder zu sterben: nach meinem Eindruck war er kräftig und gesund, und was seinen Geisteszustand anlangte, so hatte er von Kindheit an einen Hang zu düsteren Dingen und seltsamen Vorstellungen. In bezug auf sein verstorbenes Idol mochte er von einer fixen Idee besessen sein, in allen anderen Dingen waren seine Geisteskräfte so gesund wie die meinigen.

»Das werde ich nicht eher wissen, als bis sie da ist«, sagte er, »sie ist mir heute nur halb bewußt.«

»Sie fühlen sich doch nicht krank?« fragte ich.

»Nein, Nelly, durchaus nicht«, antwortete er.

»Dann haben Sie auch keine Angst vor dem Tode?« fuhr ich fort.

»Angst? Nein!« erwiderte er. »Ich habe weder Angst noch ein Vorgefühl, noch eine Hoffnung darauf, zu sterben. Warum auch? Bei meiner eisernen Gesundheit, meiner mäßigen Lebensweise und meinen gefahrlosen Beschäftigungen sollte man annehmen – und so wird es wahrscheinlich auch werden –, daß ich auf der Erde bleibe, bis ich kaum noch ein schwarzes Haar auf dem Kopf habe. Und doch kann es so nicht weitergehen! Ich muß mich geradezu ermahnen zu atmen, fast mein Herz daran erinnern, weiter zu schlagen! Es ist, als wenn man eine hart gewordene Feder zurückbiegt: zu allem, was nicht mit dem *einen* Gedanken zusammenhängt, muß ich mich zwingen, und nur unter Zwang nehme ich alles Lebende oder Tote wahr, das nicht mit der einen unendlichen Idee zusammenhängt. Ich habe einen einzigen Wunsch, und mein ganzes Wesen und alle meine Lebenskräfte sehnen sich nach seiner Erfüllung. Sie haben sich so lange und so standhaft danach gesehnt, daß ich fest glaube, er *wird* erfüllt, und bald, weil mein Dasein völlig davon in Anspruch genommen und ich im Vorgefühl dieser Erfüllung aufgezehrt wurde. Mein Geständnis hat mich nicht erleichtert, aber es mag dir einige sonst unerklärliche Zustände und Stimmungen verständlich machen, die du an mir bemerkst. – Gott! Es ist ein langer Kampf – ich wollte, er wäre vorüber!«

Er begann im Zimmer auf und ab zu gehen und sprach halblaut so schreckliche Dinge vor sich hin, daß ich anfing zu glauben, was er mir von Josephs Urteil über ihn gesagt hatte: daß das böse Gewissen sein Herz in eine Hölle auf Erden verwandelt hätte. Ich machte mir Gedanken, wie das alles enden sollte. Obwohl er diesen Gemütszustand selten zuvor, nicht einmal durch Blicke, enthüllt hatte, zweifelte ich nicht mehr daran, daß es seine gewohnte Verfassung war. Er behauptete es selbst, obwohl keine Seele diese Tatsache nach seiner äußeren Haltung hätte vermuten können. Sie, Mr. Lockwood, ahnten es auch nicht, als Sie ihn sahen, und zu der Zeit, von der ich spreche, war er genauso wie damals, nur liebte er die Einsamkeit noch mehr und war vielleicht noch einsilbiger in Gesellschaft.

Vierunddreißigstes Kapitel

Nach diesem Abend vermied es Mr. Heathcliff ein paar Tage lang, uns bei den Mahlzeiten zu begegnen, wenn er auch nicht ausdrücklich bestimmt hatte, Hareton und Catherine von ihnen auszuschließen. Er hatte eine solche Abneigung dagegen, seinen Gefühlen nachzugeben, daß er sich lieber selber fern-

hielt, und es schien, als böte ihm eine einzige Mahlzeit am Tage ausreichend Nahrung.
Eines Abends, als alle schon zu Bett gegangen waren, hörte ich ihn die Treppe hinabgehen und das Haus durch die vordere Tür verlassen. Ich hörte ihn nicht wieder hereinkommen, und am Morgen merkte ich, daß er immer noch nicht da war. Wir hatten damals April; das Wetter war mild und warm, das Gras so grün, wie Regenschauer und Sonnenschein es nur machen konnten, und die beiden Zwergapfelbäume an der Südwand des Hauses standen in voller Blüte. Nach dem Frühstück bestand Catherine darauf, daß ich mir einen Stuhl herausbrachte und mich mit meiner Arbeit unter die Kiefern an der Hausecke setzte. Und sie beschwatzte Hareton, der sich von seinem Unfall wieder ganz erholt hatte, ihren kleinen Garten abzustecken und umzugraben; er war auf Josephs Beschwerden hin in diese Ecke verlegt worden. Mit Behagen genoß ich den Frühlingsduft ringsum und das schöne sanfte Blau des Himmels über uns, als meine junge Herrin, die ans Tor hinunter gelaufen war, um Primelpflanzen für eine Beeteinfassung auszustechen, nur mit einer halben Ladung zurückkam und uns sagte, daß Mr. Heathcliff hineingegangen sei. »Und er hat mich sogar angesprochen«, setzte sie etwas verwirrt hinzu.
»Was hat er gesagt?« fragte Hareton.
»Er sagte mir, ich solle so schnell wie möglich verschwinden«, antwortete sie, »aber er sah so ganz anders aus als sonst, daß ich einen Augenblick stehenblieb und ihn anstarrte.«
»Wie sah er aus?« erkundigte er sich.
»Nun, fast strahlend und heiter. Nein, nicht nur fast, sondern *sehr* erregt, ausgelassen und froh«, antwortete sie.
»Also gefällt ihm das Nachtwandeln«, warf ich ein und versuchte, sorglos dreinzuschauen. In Wirklichkeit war ich ebenso überrascht wie Catherine und sehr begierig darauf, ihre Beobachtung bestätigt zu finden; denn den Herrn heiter zu sehen, wäre kein alltäglicher Anblick gewesen. Ich suchte nach einem Grund, ins Haus zu gehen. Heathcliff stand an der offenen Tür, er war bleich und zitterte; aber trotzdem stand ein seltsam freudiges Leuchten in seinen Augen, das seinen ganzen Gesichtsausdruck veränderte.
»Möchten Sie etwas Frühstück haben?« fragte ich ihn. »Sie

müssen hungrig sein, nachdem Sie die ganze Nacht draußen unterwegs waren.« Ich wollte herausbekommen, wo er gewesen war, ohne geradezu danach zu fragen.

»Nein, ich bin nicht hungrig«, antwortete er mit abgewandtem Gesicht in etwas verächtlichem Ton, als ob er erraten hätte, daß ich die Ursache seiner guten Stimmung erforschen wollte.

Ich war verwirrt und wußte nicht recht, ob jetzt die richtige Gelegenheit zu einer kleinen Ermahnung war.

»Ich halte es nicht für gut, die Nacht über draußen umherzulaufen, statt im Bett zu liegen. Auf jeden Fall ist es in dieser feuchten Jahreszeit nicht zu empfehlen. Ich fürchte, eine Erkältung oder ein Fieber ist bei Ihnen im Anzug; irgend etwas scheint Ihnen zu fehlen.«

»Nichts, was ich nicht ertragen könnte«, erwiderte er, »und sogar mit dem größten Vergnügen, wenn du mich allein läßt. Geh hinaus und ärgere mich nicht.«

Ich gehorchte, und als ich an ihm vorbeiging, merkte ich, daß er so schnell atmete wie ein Kätzchen.

›Ja‹, überlegte ich mir, ›da werden wir wohl einen Krankheitsfall bekommen. Ich kann mir nicht vorstellen, was er getrieben hat.‹

Mittags setzte er sich zu Tisch mit uns und ließ sich einen gehäuften Teller von mir geben, als wenn er das vorangegangene Fasten wieder ausgleichen wollte.

»Ich bin weder erkältet, noch habe ich Fieber, Nelly«, bemerkte er mit einer Anspielung auf unser Gespräch vom Morgen, »und ich habe die Absicht, deinem Essen Ehre anzutun.«

Er nahm Messer und Gabel und wollte anfangen zu essen, als die Neigung dazu plötzlich nicht mehr vorhanden schien. Er legte das Besteck auf den Tisch und sah aufmerksam nach dem Fenster hinüber, dann stand er auf und ging hinaus. Während wir bei der Mahlzeit saßen, sahen wir, wie er im Garten hin und her ging, und Earnshaw beschloß, hinauszugehen und ihn zu fragen, warum er nichts äße; er glaubte, wir hätten ihn vielleicht erzürnt.

»Nun, kommt er?« rief Catherine, als ihr Vetter zurückkehrte.

»Nein«, war seine Antwort, »er ist nicht böse; er sah eher vergnügt aus, er wurde nur ungeduldig, weil ich ihn zweimal ansprach; und dann schickte er mich weg zu dir: er wunderte sich, daß ich überhaupt mit jemand anders zusammensein mochte.«

Ich setzte seinen Teller am Kamingitter warm, und nach ein paar Stunden, als das Zimmer leer war, kam er wieder herein, jedoch um nichts ruhiger: mit demselben – ich kann es nicht anders nennen – unnatürlichen Ausdruck der Freude unter seinen dunklen Brauen, demselben blutleeren Gesicht und einem ab und zu darüberhuschenden geisterhaften Lächeln; der ganze Mann zitterte, nicht wie bei einem Schüttelfrost oder Schwächeanfall, sondern so, wie eine stark gespannte Saite bebt; es war eher ein heftiges Erschauern aus Freude als ein Zittern.

›Ich will ihn fragen, was ihn erregt‹, dachte ich, ›denn wer sollte es sonst tun?‹ Und ich sprach ihn an: »Haben Sie eine freudige Nachricht erhalten, Mr. Heathcliff? Sie sehen ungewöhnlich munter aus.«

»Woher sollten gute Nachrichten für mich kommen?« sagte er. »Ich bin vor Hunger aufgeregt, aber es scheint, daß ich nicht essen darf.«

»Ihr Essen steht hier«, erwiderte ich; »warum wollen Sie es nicht haben?«

»Ich mag jetzt nichts«, murmelte er hastig, »ich will bis zum Abendbrot warten. Und Nelly, ein- für allemal: halte mir bitte Hareton und die anderen fern. Ich will von niemand gestört werden; ich möchte diesen Raum für mich allein haben.«

»Haben Sie einen besonderen Anlaß dazu, daß Sie alle von sich verbannen?« forschte ich. »Sagen Sie mir, warum Sie so seltsam sind, Mr. Heathcliff! Wo waren Sie vorige Nacht? Ich frage bestimmt nicht aus müßiger Neugier, aber...«

»Du stellst diese Frage aus sehr müßiger Neugier«, unterbrach er mich lachend. »Ich will dir aber Antwort darauf geben. Vorige Nacht war ich am Tor der Hölle. Heute sehe ich meinen Himmel vor mir. Ich lasse meine Augen darauf ruhen: kaum drei Schritte trennen mich von ihm! Und nun geh lieber. Du wirst weder etwas Beängstigendes hören noch sehen, wenn du dich aller Nachforschungen enthältst.«

Nachdem ich das Feuer in Gang gebracht und den Tisch abgewischt hatte, zog ich mich, bestürzter denn je, zurück.
An diesem Nachmittag verließ er das Haus nicht wieder, und niemand störte seine Einsamkeit, bis ich es um acht Uhr, obwohl er nichts verlangt hatte, für richtig hielt, ihm eine Kerze und sein Abendbrot hineinzutragen. Er lehnte an einem offenen Fenster, ohne jedoch hinauszusehen; sein Gesicht war der Dunkelheit drinnen zugewendet. Das Feuer war erloschen, der Raum erfüllt von der feuchten, milden Luft des bewölkten Abends, und es war so still, daß man nicht nur das Rauschen des Bachs unten in Gimmerton hören konnte, sondern auch sein Plätschern und Gurgeln an den Steinen, die er nicht überfluten konnte. Ich stieß einen Laut des Mißbehagens aus, als ich die tote Asche im Kamin sah, und machte mich daran, die Fenster der Reihe nach zu schließen, bis ich an seines kam.
»Darf ich es schließen?« fragte ich, um ihn aufzuwecken, denn er rührte sich nicht.
Das Kerzenlicht huschte über sein Gesicht, während ich sprach. Oh, Mr. Lockwood, ich kann Ihnen nicht beschreiben, welch furchtbarer Schreck mich bei seinem Anblick packte. Diese tief eingesunkenen schwarzen Augen, dieses geisterhafte Lächeln und die Leichenblässe! Nicht Mr. Heathcliff schien vor mir zu stehen, sondern ein Gespenst, und in meiner Bestürzung ließ ich die Kerze gegen die Wand sinken, wo sie erlosch und mich im Dunkeln ließ.
»Ja, schließe es«, antwortete er mit seiner gewohnten Stimme. »Wie ungeschickt du bist! Warum hast du die Kerze waagerecht gehalten? Hol schnell eine andere!«
Ich eilte in einem Zustand törichten Schreckens hinaus und sagte zu Joseph: »Du sollst dem Herrn ein Licht hineintragen und das Feuer wieder anzünden«, denn ich selbst wagte mich im Augenblick nicht wieder zu ihm hinein.
Joseph tat etwas Glut auf die Schaufel und ging, kam aber sogleich damit zurück, trug das Brett mit dem Abendbrot in der anderen Hand und brachte mir den Bescheid, daß Mr. Heathcliff zu Bett ginge und bis zum folgenden Morgen nichts zu essen wünschte. Gleich danach hörten wir ihn hinaufgehen: er ging nicht in sein eigenes Zimmer, sondern in das mit dem

Wandbett, dessen Fenster, wie ich schon erwähnte, breit genug ist, um einen Menschen durchzulassen. Ich schloß daraus, daß er eine neue mitternächtliche Wanderung plante, von der wir nichts merken sollten.

›Ist der Mann ein Dämon oder ein Vampir?‹ überlegte ich. Ich hatte gelesen, daß es solche zu Fleisch gewordene Dämonen gäbe. Und dann fing ich an, darüber nachzudenken, wie ich ihn als kleines Kind gepflegt hatte, wie ich ihn zum Jüngling hatte heranreifen sehen, wie ich fast seinen ganzen Lebenslauf hatte verfolgen können und wie töricht es war, diesem plötzlichen Angstgefühl nachzugeben. Aber wo kam er her, der kleine dunkle Knabe, den ein guter Mann zu seinem eigenen Verderben bei sich aufnahm?‹ flüsterte mir der Aberglaube beim Einschlafen ins Ohr. Und so begann ich mich im Halbschlaf mit der Frage nach seiner Herkunft herumzuquälen. Ich nahm meine Überlegungen aus dem wachen Zustand hinüber, verfolgte seinen Lebenslauf von neuem, und zwar mit schauerlichen Abweichungen, und sah schließlich sogar seinen Tod und sein Begräbnis vor mir. Davon ist mir nur im Gedächtnis geblieben, daß ich mich sehr mit einer Inschrift für seinen Grabstein herumquälte, die ich angeben sollte, und daß ich mit dem Totengräber darüber sprach. Da wir weder das Alter noch einen Familiennamen kannten, mußten wir uns mit dem einen Wort Heathcliff begnügen. Dieser Teil meines Traums hat sich bewahrheitet. Wenn Sie auf den Friedhof gehen, lesen Sie auf seinem Grabstein nur dieses eine Wort und das Datum seines Todes.

Das Morgengrauen gab mir meine Vernunft zurück. Ich stand auf und ging, sobald ich sehen konnte, in den Garten, um mir Gewißheit darüber zu verschaffen, ob Fußspuren unter seinem Fenster waren. Es waren keine da. ›Er ist zu Hause geblieben‹, dachte ich, ›und wird heute wieder auf dem Posten sein.‹ Ich machte Frühstück für uns alle, wie es meine Gewohnheit war, und bat Hareton und Catherine herein, ehe der Herr herunterkam, denn er blieb lange liegen. Sie zogen es vor, das Frühstück im Freien einzunehmen, und ich setzte ihnen einen kleinen Tisch dorthin, um es ihnen behaglich zu machen.

Beim Hereinkommen fand ich Mr. Heathcliff unten vor. Er

sprach mit Joseph über eine Angelegenheit des Gutes; er gab klare, genaue Anweisungen in der betreffenden Sache, aber er sprach sehr schnell und drehte dauernd den Kopf nach der Seite, auch hatte er den gleichen aufgeregten Gesichtsausdruck, ja er war eher noch aufgeregter als am Tage zuvor. Als Joseph das Zimmer verlassen hatte, setzte er sich auf seinen gewohnten Platz, und ich stellte eine Tasse Kaffee vor ihn hin. Er zog sie näher heran, dann stützte er die Arme auf den Tisch und sah auf die gegenüberliegende Wand. Mir schien, daß er nur eine bestimmte Stelle im Auge behielt; seine ruhelosen, glitzernden Augen glitten mit solch glühender Eindringlichkeit daran auf und nieder, daß ihm für eine halbe Minute sogar der Atem stockte.

»Nun, kommen Sie«, rief ich und schob das Brot vor seine Hand, »essen und trinken Sie etwas, solange der Kaffee heiß ist; er steht schon eine Stunde da.«

Er nahm mich überhaupt nicht wahr, und doch lächelte er. Ich hätte es lieber gesehen, daß er mit den Zähnen geknirscht, als daß er auf diese Weise gelächelt hätte.

»Mr. Heathcliff! Lieber Herr! Um Gottes willen, sehen Sie nicht aus, als hätten Sie eine überirdische Vision!«

»Um Gottes willen, schrei nicht so laut!« erwiderte er. »Sieh dich um und sage mir, ob wir allein sind.«

»Natürlich«, war meine Antwort, »natürlich sind wir allein!« Trotzdem gehorchte ich ihm unwillkürlich, als wäre ich meiner Sache nicht ganz sicher. Mit einer Handbewegung schaffte er einen freien Platz zwischen seinem Frühstücksgeschirr und beugte sich vor, um besser sehen zu können.

Ich merkte jetzt, daß er nicht die Wand ansah; denn als ich ihn betrachtete, schien es mir genauso, als ob er etwas anblickte, das zwei Meter von ihm entfernt war. Und was es auch sein mochte, es schien ihm zugleich außerordentliche Freude und großen Schmerz zu verursachen; jedenfalls brachte mich sein gequälter und doch verzückter Gesichtsausdruck auf diesen Gedanken. Der Gegenstand seiner Betrachtung schien nicht an der gleichen Stelle zu bleiben, seine Augen folgten ihm mit unermüdlichem Eifer und wendeten sich selbst dann nicht ab, wenn er mit mir sprach. Ich erinnerte ihn vergeblich daran, daß er viel zu lange nichts gegessen hatte. Wenn er auf meine

Vorstellungen hin seine Hand nach einem Stück Brot ausstreckte, schlossen sich seine Finger, bevor sie es berührt hatten, und blieben auf dem Tisch liegen, als hätten sie vergessen, was sie gewollt hatten.

Mit großer Geduld saß ich bei ihm und versuchte seine abirrenden Gedanken von ihrer angespannten Grübelei abzulenken, bis er gereizt aufstand und mich fragte, warum er seine Mahlzeiten nicht dann einnehmen dürfe, wann es *ihm* passe. Weiter sagte er, das nächste Mal solle ich nicht warten, sondern ihm die Speisen hinsetzen und wieder gehen, und damit verließ er das Haus, schlenderte langsam den Gartenweg hinunter und ging zum Tor hinaus.

Die Stunden schlichen angstvoll dahin, und wieder kam der Abend heran. Spät erst begab ich mich zur Ruhe und konnte dann nicht einschlafen. Er kam nach Mitternacht zurück und schloß sich, statt zu Bett zu gehen, im Zimmer unten ein. Ich horchte und warf mich im Bett hin und her, zuletzt kleidete ich mich an und ging hinunter. Ich war es überdrüssig, da oben zu liegen und mein Gehirn mit hundert müßigen Befürchtungen zu plagen.

Unten hörte ich Mr. Heathcliffs Schritte in rastlosem Hin und Her auf den Steinfliesen; häufig unterbrach er die Stille durch ein tiefes Atemholen, das eher einem Stöhnen glich. Er murmelte auch unzusammenhängende Worte vor sich hin; das einzige, was ich davon verstehen konnte, war der Name Catherine in Verbindung mit wilden Zärtlichkeiten oder Schmerzausbrüchen, die so gesprochen waren, als sei die Person gegenwärtig, auf die sie sich bezogen: halblaut und ernst, aus tiefster Seele kommend. Mir gebrach der Mut, einfach in das Zimmer zu treten, aber ich wollte ihn aus seinen Phantasien aufwecken, und so verfiel ich auf das Küchenfeuer; ich schürte es und fing an, die Asche wegzuräumen. Das lockte ihn schneller zu mir hin, als ich erwartet hatte; er öffnete beim ersten Geräusch die Tür und sagte: »Nelly, komm her! Ist es Morgen? Komm mit deinem Licht herein!«

»Eben schlägt es vier Uhr«, antwortete ich. »Sie suchen eine Kerze, um hinaufzugehen? Sie hätten hier am Feuer eine anzünden können.«

»Nein, ich will gar nicht hinaufgehen«, sagte er. »Komm herein und zünde mir ein Feuer an und bringe das Zimmer in Ordnung.«

»Ich muß erst die Glut anblasen, ehe ich Ihnen welche bringen kann«, erwiderte ich und holte mir einen Schemel und den Blasebalg.

Inzwischen wanderte er ruhelos hin und her in einem Zustand, der an Geistesgestörtheit grenzte; seine tiefen Seufzer jagten einander in so rascher Folge, daß normale Atemzüge kaum noch dazwischenlagen.

»Sobald es Tag wird, will ich zu Green schicken«, sagte er, »um ihm einige Rechtsfragen vorzulegen, solange ich mich noch mit solchen Dingen befassen und solange ich ruhig verfügen kann. Ich habe noch kein Testament aufgesetzt und kann zu keinem Entschluß kommen, wem ich mein Besitztum hinterlassen will. Am liebsten vertilgte ich es vom Erdboden.«

»So dürfen Sie nicht sprechen, Mr. Heathcliff!« warf ich ein. »Lassen Sie Ihr Testament noch eine Weile ruhen. Sie haben noch viel Zeit, um Ihre vielen Ungerechtigkeiten zu bereuen. Ich hätte nie gedacht, daß Ihre Nerven einmal nachgeben könnten; aber im Augenblick sind sie sehr erschüttert, und fast allein durch Ihre eigene Schuld. Ihre Lebensweise während der letzten drei Tage hätte die Gesundheit eines Riesen untergraben können. Nehmen Sie etwas zu sich, und ruhen Sie danach. Sie brauchen nur in den Spiegel zu sehen, um zu wissen, wie nötig Sie beides haben. Ihre Wangen sind eingefallen und Ihre Augen blutunterlaufen wie bei einem Menschen, der vor Hunger fast umfällt und vor Schlaflosigkeit beinahe nicht mehr sehen kann.«

»Es ist nicht meine Schuld, daß ich keine Ruhe finde und nichts essen kann«, erwiderte er. »Ich versichere dir, daß ich es nicht absichtlich tue. Ich werde essen und schlafen, sobald es mir möglich ist. Aber du könntest ebensogut von einem Mann, der gegen das Ertrinken kämpft, verlangen, er solle in einem Meter Abstand vom Ufer bleiben. Erst muß ich am Ufer sein, dann kann ich ruhen. Mach dir keine Gedanken um Mr. Green; und was meine Ungerechtigkeiten anlangt, ich habe keine begangen, und ich bereue nichts. Ich bin unsäglich glücklich, und doch noch nicht glücklich genug. Meine innere

Seligkeit tötet meinen Körper ab und tut sich trotzdem nicht Genüge.«
»Seligkeit, Herr?« rief ich. »Das ist eine seltsame Seligkeit! Wenn Sie auf mich hören wollten, ohne ärgerlich zu werden, möchte ich Ihnen einen Rat geben, der Sie glücklicher machte.«
»Was ist es? Sag es nur!«
»Sie werden zugeben, Mr. Heathcliff, daß Sie von der Zeit an, als Sie dreizehn Jahre alt waren, ein selbstsüchtiges und unchristliches Leben geführt haben und daß Sie seitdem wahrscheinlich nie eine Bibel in den Händen gehabt haben. Sie müssen vergessen haben, was darin steht, und jetzt haben Sie vielleicht keine Zeit mehr, es nachzuholen. Könnte es da etwas schaden, einen Geistlichen, einerlei von welchem Bekenntnis, holen zu lassen, der es Ihnen auslegt und Ihnen klarmacht, wie sehr weit Sie von den christlichen Lehren abgewichen sind und wie wenig Sie in den Himmel passen, falls kein Wandel in Ihnen vorgeht, bevor Sie sterben?«
»Ich bin eher dankbar als ärgerlich darüber, daß du mich daran erinnerst, festzusetzen, wie ich begraben sein will, Nelly«, sagte er. »Es soll am Abend sein. Du und Hareton, ihr mögt meinen Sarg begleiten, wenn ihr wollt. Und vor allem denk daran, daß der Totengräber meine Anweisungen befolgt, was die beiden Särge anbelangt! Es soll kein Geistlicher dabeisein und kein Segen gesprochen werden. – Ich sage dir: ich bin beinahe in *meinem* Himmel angelangt, und der anderer Leute hat weder Wert für mich, noch gelüstet es mich nach ihm.«
»Und wenn Sie nun bei Ihrem eigensinnigen Fasten bleiben und daran sterben und man würde sich weigern, Sie innerhalb der Friedhofsmauern zu begraben?« sagte ich, entsetzt über seine gottlose Gleichgültigkeit. »Wie würde Ihnen das gefallen?«
»Das werden sie nicht tun«, erwiderte er, »und wenn sie es täten, dann müßtest du mich heimlich dort beisetzen lassen, wo ich liegen will. Und wenn du es versäumst, dann wirst du der Welt den Beweis dafür liefern, daß die Toten weiterleben!«
Sobald er merkte, daß die anderen Hausbewohner aufstanden, zog er sich in sein Zimmer zurück, und ich atmete auf.

Aber am Nachmittag, als Joseph und Hareton an ihre Arbeit gegangen waren, kam er wieder in die Küche und forderte mich mit einem verstörten Blick auf, bei ihm im ›Haus‹ zu sitzen; er brauche einen Menschen. Ich weigerte mich und sagte ihm rundheraus, daß sein seltsames Wesen und seine Reden mich erschreckten und daß ich nicht die Nerven und auch nicht die Absicht hättte, ihm allein Gesellschaft zu leisten.
»Ich glaube, du hältst mich für den bösen Feind in Person«, sagte er mit seinem schrecklichen Lachen, »zu scheußlich, um unter einem anständigen Dach zu wohnen.« Dann wendete er sich an Catherine, die dabeistand und bei seinem Näherkommen sich hinter mich geflüchtet hatte, und fügte halb spöttisch hinzu: »Willst du zu mir kommen, Kleine? Ich tue dir nichts! Nein, dir gegenüber habe ich mich wirklich schlimmer als der Teufel betragen. Nun, da ist wenigstens *eine,* die nicht vor meiner Gesellschaft zurückschreckt! Bei Gott, sie ist unbarmherzig. Verdammt! Das ist wahrhaftig zu unerträglich für ein Wesen aus Fleisch und Blut, sogar für eines von meinem Schlag!«
Von da an mied er die Gesellschaft jedes Menschen.
Als die Dämmerung hereinbrach, ging er in sein Zimmer. Die ganze Nacht hindurch bis weit in den Morgen hörten wir ihn stöhnen und Selbstgespräche führen. Hareton wollte zu ihm hineingehen, aber ich sagte ihm, er solle Doktor Kenneth holen, und der sollte zu ihm gehen und nach ihm sehen. Als der Arzt da war und ich um Einlaß bat und versuchte, die Tür zu öffnen, war sie verschlossen, und Heathcliff fluchte drinnen. Es ginge ihm besser, und er wolle allein bleiben, wir sollten uns zum Teufel scheren. So ging der Doktor unverrichteter Sache wieder weg.
Der nächste Abend war sehr feucht, es goß in Strömen bis zur Morgendämmerung. Als ich meinen Rundgang um das Haus machte, sah ich, daß das Fenster des Herrn weit offenstand und daß es dort stark hineinregnete. ›Er kann nicht im Bett sein‹, dachte ich, ›diese Regengüsse würden ihn völlig durchnässen. Er muß entweder aufgestanden oder ausgegangen sein. Aber nun mache ich keine Umstände mehr; ich gehe einfach hinein und sehe nach.‹
Ich verschaffte mir mit Hilfe eines anderen Schlüssels Einlaß

und lief rasch zum Wandbett, um die Täfelung beiseite zu schieben, denn das Zimmer war leer. Schnell sah ich hinein: Mr. Heathcliff war da, er lag auf dem Rücken. Seine Augen sahen mich so durchdringend und wild an, daß ich erschrak; aber dann schien er zu lächeln. Ich konnte nicht glauben, daß er tot war, aber sein Gesicht und Hals waren vom Regen ganz durchnäßt, das Bettzeug tropfte, und er lag bewegungslos da. Der hin und her schwingende Fensterflügel hatte eine seiner Hände, die auf dem Fensterbrett ruhte, aufgeschürft, aber es tropfte kein Blut aus der Wunde; und als ich meine Finger auf die Hand legte, konnte ich nicht mehr daran zweifeln: er war tot und starr.

Ich hakte das Fenster zu, dann kämmte ich sein langes, schwarzes Haar aus der Stirn zurück und versuchte seine Augen zu schließen, um, wenn möglich, diesen schrecklichen, fast lebendigen Ausdruck des Frohlockens auszulöschen, ehe jemand anderes ihn sah. Die Augen wollten sich nicht schließen, sie schienen allen meinen Anstrengungen zu spotten, und sein geöffneter Mund und seine spitzen weißen Zähne spotteten auch! Mich packte von neuem ein Gefühl feiger Angst, und ich rief nach Joseph. Der schlurfte mit ziemlichem Gepolter heran, aber er weigerte sich zuzufassen.

»Der Teufel is davongemacht mit seiner Seele«, schrie er, »nu soll er seinen Leichnam obendrein nehmen; was scher ich mich drum! Uuh, was for 'n schlechter Kerl is er, daß er noch im Tode grinst!«, und der alte Sünder grinste selber spöttisch. Ich glaubte, er werde noch Freudensprünge da vor dem Totenbett ausführen; doch plötzlich faßte er sich, fiel auf die Knie, erhob die Hände und begann ein Dankgebet dafür zu sagen, daß nun der wirkliche Herr und die alte Familie wieder in ihre Rechte eingesetzt worden seien.

Ich war betäubt von dem schrecklichen Ereignis, und meine Gedanken umkreisten die alten Zeiten mit einer Art bedrückter Traurigkeit. Der arme Hareton, der von allen am meisten Unrecht erlitten hatte, war jetzt der einzige, der wirklich tief trauerte. Er saß die ganze Nacht bei dem Toten und weinte bitterlich. Er drückte seine Hand und küßte das spöttisch wilde Gesicht, vor dem alle anderen zurückschraken, und betrauerte den Verstorbenen mit dem tiefen, ehrlichen

Kummer, der jedem großmütigen Herzen entspringt, auch wenn es fest wie gehärteter Stahl ist.

Doktor Kenneth war in Verlegenheit, welchen Namen er der Krankheit geben sollte, an der der Herr gestorben war. Ich verschwieg die Tatsache, daß er vier Tage lang keinen Bissen zu sich genommen hatte, um allen Schwierigkeiten vorzubeugen. Ich war auch überzeugt davon, daß er nicht absichtlich gefastet hatte; es war die Folge einer seltsamen Krankheit, nicht ihre Ursache.

Zum Ärgernis der ganzen Nachbarschaft begruben wir ihn so, wie es sein Wunsch gewesen war. Earnshaw und ich, der Totengräber und sechs Männer, die den Sarg trugen, waren das ganze Trauergeleit. Die sechs Leute gingen davon, nachdem sie den Sarg in die Grube hinuntergelassen hatten, wir anderen blieben, bis sie geschlossen war. Hareton stach mit tränenüberströmtem Gesicht grüne Rasenstücke ab und legte sie selbst über den braunen Hügel. Jetzt ist er schon so weich und dicht bewachsen wie alle um ihn her, und ich hoffe, der Schläfer unter ihm ruht ebenso friedlich wie die anderen. Aber die Bauersleute hier würden Ihnen, wenn Sie sie fragen, auf die Bibel schwören, daß er umgeht. Einige wollen ihn nahe der Kirche, andere im Moor, wieder andere sogar hier im Hause gesehen haben. ›Müßiges Geschwätz!‹ werden Sie sagen, und ich denke ebenso. Aber der alte Mann da am Küchenfeuer schwört darauf, daß er seit seinem Tode an jedem regnerischen Abend zwei Gestalten gesehen hat, die aus dem Fenster seines Zimmers herausblickten, und vor etwa einem Monat begegnete mir selber etwas Seltsames. Eines Abends ging ich hinunter nach Thrushcross Grange – es war ein dunkler, gewitterdrohender Abend –, und gerade an der Wegbiegung vor Wuthering Heights begegnete ich einem kleinen Jungen mit einem Schaf und zwei Lämmern vor sich; er weinte jämmerlich, und ich dachte, die Lämmer wären störrisch und wollten sich nicht führen lassen.

»Was ist denn los, kleiner Mann?« fragte ich.

»Da unten steht Heathcliff mit 'ner Frau, dort unter dem Busch«, schluchzte er, »un ich trau mich nich vorbei.«

Ich sah nichts, aber weder die Schafe noch er selber wollten näher herangehen. So wies ich ihn auf den anderen Weg, der weiter unten entlangführt. Wahrscheinlich glaubte er die Geister wirklich zu sehen, nachdem er im einsamen Moor an sie gedacht hatte, weil er von seinen Spielkameraden oder von den Eltern den Unsinn hatte erzählen hören. Aber ich muß gestehen, daß ich selber jetzt nicht gern im Dunkeln ausgehe und daß ich nicht gern allein in diesem düsteren Hause bin. Ich kann mir nicht helfen, ich freue mich auf den Tag, an dem sie ausziehen und nach Thrushcross Grange übersiedeln. –

»So werden sie in Zukunft in Thrushcross Grange wohnen?«
»Ja«, antwortete Mrs. Dean, »sobald sie geheiratet haben, die Hochzeit wird am Neujahrstag stattfinden.«
»Und wer wird dann hier wohnen?«
»Joseph wird für das Haus sorgen und wird vielleicht einen Jungen zu seiner Gesellschaft bekommen. Sie werden in der Küche wohnen, und die übrigen Räume werden abgeschlossen.«
»Zur Benützung für alle Gespenster, die darin wohnen mögen«, bemerkte ich.
»Nein, Mr. Lockwood«, sagte Nelly und schüttelte den Kopf. »Ich glaube, daß die Toten ihren Frieden haben; aber wir sollen nicht leichtfertig von ihnen sprechen.«
In diesem Augenblick schlug das Tor zu: die Spaziergänger kehrten zurück.
›Die haben vor nichts Angst‹, sagte ich bei mir selbst und beobachtete ihr Näherkommen durch das Fenster. ›Zusammen würden sie dem Satan mit seinen Heerscharen Trotz bieten.‹
Als sie die Eingangsstufen heraufkamen und einen Augenblick verhielten, um nach dem Mond zu sehen – oder richtiger, um einander anzusehen in seinem Licht –, fühlte ich den unwiderstehlichen Wunsch, ihnen auch diesmal wieder aus dem Wege zu gehen. Ich drückte Mrs. Dean ein Zeichen meiner Dankbarkeit in die Hand, und trotz ihrer freundschaftlichen Vorhaltungen wegen meiner Unhöflichkeit entschlüpfte ich durch die Küche, als sie die Haustür öffneten. Ich würde auf diese Weise Joseph in seinem Verdacht in bezug auf Mrs. Dean bestärkt haben, wenn nicht das süße Klimpern eines

Goldstücks zu seinen Füßen ihn veranlaßt hätte, in mir eine achtbare Persönlichkeit zu sehen.

Mein Heimweg wurde durch einen Abstecher in der Richtung der Kirche verlängert. Als ich neben ihren Mauern stand, sah ich, daß der Verfall während der letzten sieben Monate weiter vorgeschritten war; viele Fenster standen als dunkle Höhlen ohne Scheiben da, die Schiefer auf dem Dach waren hier und da aus ihrer richtigen Reihe gerutscht, und in den kommenden Herbststürmen würden sie vollends herabgerissen werden.

Ich hielt Ausschau nach den drei Grabsteinen am Abhang neben dem Moor und fand sie bald. Der mittlere war schon verwittert und halb im Heidekraut vergraben; der Sockel von Edgar Lintons Stein wurde – wie um sich dem anderen anzugleichen – bereits von Rasen und Moos bedeckt: Heathcliffs Stein war noch ganz kahl.

Ich verweilte ein wenig bei ihnen unter diesem sanften Himmel, sah die Nachtfalter zwischen Heidekraut und Glockenblumen umherfliegen, lauschte, wie der Wind leicht durch das Gras strich, und wunderte mich darüber, daß jemand sich einbilden könne, es gäbe etwas in der Welt, was den letzten Schlummer der Schläfer in diesem stillen Stückchen Erde stören könnte.

PERSONEN DES ROMANS

Die Familien Earnshaw, Linton und Heathcliff:

```
Mr. Earnshaw     ∞     Mrs. Earnshaw           Mr. Linton  ∞  Mrs. Linton
† Oktober 1777         † Frühling 1773         † Herbst 1780  † Herbst 1780

┌─────────────────────────────────────┐       ┌──────────────────────────────────────┐
Hindley Earnshaw ∞ Frances  Catherine Earnshaw ∞ Edgar Linton    Isabella Linton ∞ Heathcliff
* Sommer 1757  1777 † Sommer   * Sommer 1765    März   * 1762     * 1765   Januar  * 1764
† September 1784    1778       † 20. März 1784  1783   † September 1801  † Juni 1797  1784  † Mai 1802
                  (zweite Ehe)
```

```
Hareton Earnshaw                Catherine Linton                 Linton Heathcliff
* Juni 1778                     * 20. März 1784                  * September 1784
                                                                 † Oktober 1801
            ∞
       1. Januar 1803
        (zweite Ehe)
                       ∞
                  August 1801
                  (erste Ehe)
```

Weitere Personen:

Mrs. Ellen Dean: * 1757, Milchschwester von Hindley Earnshaw, Bedienerin in Wuthering Heights 1769 (?) bis 1783; in Thrushcross Grange 1783 bis 1803. Der größte Teil der Geschichte wird von ihr erzählt.

Mr. Lockwood: Heathcliffs Pächter in Thrushcross Grange (1801/02). Sein Tagebuch zeichnet die Geschichte so auf, wie Mrs. Dean sie ihm erzählt hat; zum Teil schildert und eigenes Erleben.

Joseph: Knecht in Wuthering Heights seit 1742.

Eine Frau aus Gimmerton, im Dienst in Wuthering Heights 1784 bis 1799.

Zillah: im Dienst in Wuthering Heights 1799 bis 1802.

Mr. Kenneth: ein Arzt aus Gimmerton.

Mr. Green: ein Richter aus Gimmerton.

Zu dieser Ausgabe

insel taschenbuch 2123: Emily Brontë, Die Sturmhöhe. Titel der englischen Originalausgabe: Wuthering Heights. Erstveröffentlichung unter dem Pseudonym Ellis Bell im Verlag Thomas Cautley Newby, London 1847. Der Text der vorliegenden Übersetzung folgt der Ausgabe: Emily Brontë, Die Sturmhöhe. Roman. Aus dem Englischen übersetzt von Grete Rambach. Insel Verlag Leipzig 1938. Er ist text- und seitengleich mit dem 1975 erstmals erschienenen insel taschenbuch 141. Umschlagfoto: Paul Barker